杜詩鏡銓

唐・杜甫 著
清・楊倫 箋注

上冊

臺灣學生書局印行

杜　甫　像（采自南熏殿舊藏《唐名臣象》）

出版説明

清人楊倫箋注的杜詩鏡銓，是具有代表性的杜甫詩集注本之一。楊氏參考了宋代至清代的各家杜詩注本，頗能裁擇各家之長，結合自己的研究心得，糾正、補充舊注中的一些錯誤和缺漏。本書的注釋比較平正通達，簡明扼要，不穿鑿附會，不作繁瑣的徵引和考證。楊氏除了着重根據歷史背景闡明作品的寫作年代和主旨外，還注意到對詩意的疏解，並精選諸家評箋作爲注釋的重要補充。由于具有上述特點，本書向來爲研究杜詩者所重視。

本局用原刻本標點出版並附曹樹銘《杜詩鏡銓》一文校記供讀者研究參考。

一九七八年十二月

前言

郭紹虞

楊倫的杜詩鏡銓以精簡著稱。不穿鑿，不附會，不矜奇，不逞博，而平正通達，自使少陵精神躍然紙上，這就是這一部書的長處。大抵自詩史之說興，而注杜者遂多附會史事之論；自杜詩無一字無來處之說興，而注杜者遂又多徵引典實之作。杜詩反映了當時的現實，以史證詩，當然無可非議，但強加附會，則失之鑿，甚至揑造史實，則更近於妄。杜甫『讀書破萬卷』，沒有杜甫之學當然也不易理解杜甫之詩，但字字求解，都要找出來處，甚至搜羅僻典而與詩義無關，則將以眩博，也適形其陋而已。所以浦起龍謂『杜之禍，一烈於宋人之注，再烈於近人之解』，也不是無因的。

杜詩一向受人推崇，何以解人難索，反有這種現象呢？這不能不說是注家的問題了。注家求深得鑿，求明轉繁，鑿近於誣，繁易成蕪，誣與蕪兼，非繆則穢，於是杜詩之眞面目，眞精神，反變得不易理解了。昔人謂史家要有才學識三長，我以爲注家也是如此。我所謂注，是包括注和解和評三方面的。注以明其義，解以通其旨，評以闡其志和論其藝，所以注則重在學，解則重在才，而評則於才學之外，更重在識。楊氏有詩人的創作經驗，深知作詩甘苦，所以卽使講些『轉接照應脈胳貫通處』，而能『順其文勢之自然』，加以說明，自不致陷於兔園習氣，成爲『陋人立陋法』（王夫之語）；卽使『語求其着落』，考證時事，以意逆志，但不爲異說，不尙臆度，也自然免於穿鑿支離之病。再加以反復沈潛，好學深思，所以一方面能正仇、浦諸家之誤，補朱注之缺，一方面再能裁擇各本之長，以歸於至是。這卽是注家才學識三長的表現，而杜詩鏡銓一書所以特別受人重視之原因就在此。

然而，話又得說回來。是不是此書一行而前人注杜之作都可以廢棄呢？則又不然。楊氏之書正是在前人的基礎上進一步提高的。沒有前人之注，不可能有楊氏之書，而同時沒有楊氏之書，反不能顯出前人之注之長。前人之注杜固然病在鑿與繁，但是除了一些無識的注家援引僞作杜詩事實一類之書以外，一般都有一些特點可作參考之資。所以不要震於此書序中畢沅諸人之說，認爲前人之注完全可廢。如果要於杜詩注中選一本一般適用的讀本，則杜詩鏡銓誠是最適當最合理想的書；如果對於杜詩要作深入的研究，則前人之注不可盡廢。儘管楊氏於箋注紛挐之中，『搜討實費苦心』，但是一人之見總有它的局限性的；何況昔人書籍更有沈埋晚出之事。卽如王夫之的夕堂永日緒論，在現代人看來覺得很平常，是習見之書，但在楊倫那時却不易看到，所以開卷龍門奉先寺詩解天闕雲臥一聯，只能取楊愼之說改『天闕』作『天闚』，認爲『天闚雲臥乃倒字法』。其實，假使如王夫之說，認爲『闕』字『臥』字乃子美早年下字法，從陰鏗、何遜來，那末許多曲說一掃而空，也就不必改『闕』爲『闚』了。

學問之事總是後來居上，這是肯定的。杜詩鏡銓一書，簡明扼要，有勝過前人之注之處，這也是肯定的。然而我們既不要看到它的一些突過前人之處，就捧得太高，認爲前人之注一無是處；也不要只看到一些因襲之處，就抑得太低，認爲不過是抄襲成書。現在整理古籍的工作正在開始。我們應當在前人的基礎上批判繼承，進一步提高，以求突過前人，也是分內之事，但是千萬不要過度誇張自己的一些成績，乃至輕率否定前人的成績。這也有關學風問題，故特發其義於此。

一九六二年十一月七日

杜詩鏡銓序

畢序

杜拾遺集詩學大成，其詩不可注，亦不必注。何也？公原本忠孝，根柢經史，沉酣於百家六藝之書，窮天地民物古今之變，歷山川兵火治亂興衰之蹟；一官廢黜，萬里饑驅，平生感憤愁苦之況，一一託之歌詩，以涵泳其性情，發揮其才智；後人未讀公所讀之書，未歷公所歷之境，徒事管窺蠡測，穿鑿附會，刺刺不休，自矜援引浩博，眞同癡人說夢，於古人以意逆志之義，毫無當也。此公詩之不可注也。公崛起盛唐，紹承家學，其詩發源於三百篇及楚騷、漢魏樂府，吸羣書之芳潤，擷百代之精英，抒寫胸臆，鎔鑄偉辭，以鴻博絕麗之學，自成一家言；氣格超絕處，全在寄託遙深，醞釀醇厚，其味淵然以長，其光油然以深，言在此而意在彼，欲令後之讀詩者，深思而自得之；此公詩之不必注也。是公之詩卷流傳天地間，原自光景常新，無注而公詩自顯，有注而公詩反晦矣。宋、元、明以來箋注者，不下數十家，其塵羹土飯，蟬聒蠅鳴，知識迂繆，章句割裂，將公平生心蹟與古人事蹟牽連而比附之，而公詩之眞面目、眞精神盡埋沒於坌囂垢穢之中，此公詩之厄也！注杜而杜詩之本旨晦，而公詩轉不可無注矣。陽湖楊進士西穌，少游名場，卽工聲韻之學，宗仰少陵，能篤信謹守，涉其藩籬，窺其堂奧；搜羅古集，攷核遺文，片言隻字有關於杜詩者，節取而錄存之，歲月旣久，積成卷帙，爰製杜詩鏡銓一書，以質於余。余自束髮授詩，與吳下諸子，結爲吟社，每討論源流，必以工部爲宗。有友人株守明人箋注一册，珍爲枕中祕本，謂能箋釋新、舊唐書時事，確當詳贍，此讀杜之金針也。余應之曰：如此何不竟讀唐書。友人廢然而去。今閱楊君是書，非注杜也，將各家注杜之説，勘削紕繆，盪滌蕪穢，俾杜老之眞面目、眞精神洗發呈露，如鏡之不疲於照，而無絲毫之障翳也。是由前之説，杜詩之不可注，不必注，竊冀當代宗工，扶輪大雅，抉草堂之精髓，求神骨於語言文字之外，而棄初得之筌蹄也；由後之説，近日杜詩之不可無注，又以風雅夐絕，迷塗未遠，探浣花之門戶，俾端趨向而識指歸，爲後學示以津逮也。則楊君是書，安得謂非詞壇之正的，少陵之功臣也哉！

乾隆壬子孟春下澣，鎭洋畢沅書於武昌節署之叢桂軒。

朱序

余夙聞楊子西河名，來皖出示所著杜詩鏡銓二十卷，首言用力幾二十年，排纂成帙，又閱五年，其於杜可謂勤矣！昔之治三百篇者曰：正得失，動天地，感鬼神，莫近於詩。傳注家以詩爲最古，詩傳猶未能盡應爾雅，戔則多以禮注詩，論者謂其特長於禮，此注之難也。今言詩率舉陶、杜爲獨得三百篇遺意。陶詩自梁昭明太子、北齊陽休之編次外，注者絕鮮。宋時注杜已有王洙、宋祁、王安石、黃庭堅、薛夢符、杜田、鮑彪、師尹、趙彥材等九家，原書不傳，尚見於郭知達之所采集。杜之奧博，有非詁訓不顯。治亂之迹，與國史相證，近於變風雅之義。注家徵實，病其支虛則鑿，章比句櫛則固，治杜之倍難於諸家也。是編裁擇各本，草薙沙汰，以歸簡約，使讀者開卷瞭然。至其疏通證明，往往出前賢尋味之外。又博採諸名家評隲，附列簡端，如元高楚芳採劉辰翁之例，而後杜詩之學，闡發始無遺憾。雖其沉著獨絕，殷殷乎正得失，動天地，感鬼神者，仍必待其人自領之。要之學者得此爲津筏，厥功爲不朽矣！

乾隆辛亥嘉平月，大興朱珪序。

周序

乙巳歲，余任湖北糧儲道，値楊君西龢掌教江漢書院，愛其品粹學醇，還往無間。今歲來訪余皖江藩署，出所著杜詩鏡銓見示，並索序於余。余讀竟作而嘆曰：少陵詩兼綜衆體，冠絕古今，昔人稱之爲詩史，爲詩聖，復何容贅一辭？然子美非僅以詩見也。子美以一小臣，旋遭罷黜，乃流離困躓，每飯不忘朝廷，忠義自出於天性。至其才與識，則亦有過人者：在安史之亂方劇，扼寇蘆關，斬鯨遼海，論事切中機宜，多與李、郭諸公相合；以及回紇、吐蕃之蹂躪，強藩分鎭之不恭，宦豎典兵之爲害，皆有以見於幾先，而憂深慮遠；美王相國則思復屯營之制，嘉元道州則深哀徵歛之苛，追勗修德以致時和，法斗魁而求元輔，於本原之地，尤三致意焉。使得行其志，所謂致君堯舜，再使俗淳者，良非虛語。乃宋祁無識，輒云公好論天下大事，高而不切，亦猶陳壽作史，謂將略非武侯所長。觀公蜀中懷古詩云：伯仲之間見伊呂，指揮若定失蕭曹。非徒詠古，蓋亦借以自況也。顧公詩包羅宏富，含蓄深遠，其文約，其詞微，稱名小而指極大，舉類邇而見義遠，亦有如太史公之稱屈原者。苟不得其解，往往視忠愛爲刺譏，等憂危於訐激，詩義晦而公之所爲自比稷契者，其志亦將以不明於天下。楊子研精二十餘年，乃盡得其要領，章疏節解，珠聯繩貫，於異說如蝟，一一爬羅而剔抉之，以求其至是，如鏡燭形，一經磨瑩而其光愈顯，使凡讀公詩者，有以知公之志，悄然興悲，肅然起敬，信足動天地而感鬼神。他如棲屑之出北史，扶侍之出漢書，寄韓諫議詩楓香之當引十洲記，江樓夜宴詩海查之當引拾遺記，皆舊注搜索所未及。其餘訂正舛譌，不一而足。又昔遊詩商山、呂尙，當指汾陽、鄴侯；瞿唐出峽詩伊、呂、韓、彭，斷指杜相、崔旰。攷證詳確，尤能發前人所未發，然後嘆其用心勤而爲學博，有功於子美之多也！昔松陵朱鶴齡氏著杜詩輯注，一時盛行於世，至雞林賈人，亦爭購其書。是編出，吾知其不脛而走，必有以先覩爲快者，其爲嘉惠來學，豈淺鮮哉！爰不辭而爲之序。

乾隆歲次辛亥長至後二日，滇南同學弟周樽譔。

自序

自昔稱詩者，無不服膺少陵，以其原本忠孝，有志士仁人之大節，而又千彙萬狀，茹古涵今，無有端涯；視他人尋章摘句爲工者，眞不啻岱華之於部婁，江海之於潢潦也。顧其學極博，體極備，用意極深遠，自非反復沈潛，未易諜然已解。宋以下注杜者名有千家，邇來論列者，亦不下數十家，然繁簡失中，卒少善本。余自束髮後，即好誦少陵詩，二十年來，凡見有單詞隻字關於杜詩者，靡不採錄，於舊說多所折衷。年來主講武昌，閒居無事，重加排纂，義有牴滯，至忘寢食，不覺豁然開明，若有神相之者，凡閱五寒暑，始獲成書。竊謂昔之杜詩，亂於僞注，今之杜詩，汩於謬解，多有詩義本明，因解而晦，所謂萬丈光焰化作百重雲霧者，自非擢陷廓清，不見廬山眞面。惟設身處地，因詩以得其人，因人以論其世，雖一登臨感興之暫，述事詠物之微，皆指歸有在，不爲徒作。計公生平，惟爲拾遺侍從半載，安居草堂僅及年餘，此外皆饑餓窮山，流離道路，乃短詠長吟，激昂頓挫，蒿目者民生，繫懷者君國，所遇之困阨，曾不少芥蔕於其胸中。自古詩人，固窮砥節，不隕其志，上下千年，惟淵明可以抗行，然後嘆子美眞天人也。公之爲詩，多出於所自道。其曰：「毫髮無遺憾，波瀾獨老成」；又意愜關飛動，篇終接混茫，皆非公不足當此語。至於妙取筌蹄棄，高宜百萬層，知詩外自有事在，而但索之於語言文字間，猶其淺也。今也年經月緯，句櫛字比，以求合乎作者之意，殆倘所云鏡象未離銓者。然一切㰍醲叢脞之說，剪薙無餘，使淺學皆曉然易見，則亦庶幾刮膜之金篦也夫。

乾隆歲在重光大淵獻中秋前五日，陽湖楊倫題於武昌江漢書院之見山樓。

杜詩鏡銓凡例

一、詩以編年爲善，可以考年力之老壯，交遊之聚散，世道之興衰。諸本編次互有不同，是本詳加校勘，使編次得則詩意易明。如重題鄭氏東亭定爲亂後作，有感五首當編廣德二年春之類，皆特爲更正。

一、自山谷謂杜詩無一字無來處，注家繁稱遠引，惟取務博矜奇，如天棘烏鬼之類，本無關詩義，遂致聚訟紛紜。至近時仇注，月露風雲，一一俱煩疏解，尤爲可笑。茲所采各注，或典故必須疏證，或足發明言外之意，否則俱從芟汰。其易曉者，亦不復贅詞。然微詞奧義，亦已闡發無餘矣。

一、杜公一生憂國，故其詩多及時事。朱注於新舊唐書及通鑑等考證最詳，其間有漏略處，更為增入。

一、孟子說詩貴於以意逆志，但通前後數十卷參觀，自能見作者立言之意。浦解好為異說，故多穿鑿支離。拙解不為苟同，亦不喜立異，平心靜氣，惟期語語求其著落，庶少陵於千載之上猶如晤語也。

一、杜詩箋注紛挐，是非異同，多所牴牾，使閱者靡所適從。茲擇其善者定歸一解，搜討實費苦心，其義可參用者，亦從附載。至舊解或俱未愜意，則間以鄙見附焉。

一、詩教主於溫柔敦厚，況杜公一飯不忘，忠誠出於天性。後人好以臆度，遂乃動涉刺譏，深文周內，幾陷子美為輕薄人，於詩教大有關繫，如是者概從刊削。

一、朱子謂杜詩佳處，有在用事造意之外者，惟虛心諷詠，乃能見之。元遺山謂讀杜詩當如九方皐相馬，得天機於滅沒存亡之間，原不須屑屑分疏。然公自言：法自儒家有，心從弱歲疲。又云：晚節漸於詩律細。又杜集凡連章詩，必通各首爲章法，最屬整齊完密，此體千古獨嚴。茲於轉接照應脈絡貫通處，一一指出，聊爲學詩者示以繩墨彀率。大雅君子，幸勿哂兔園習氣。

一、古律長篇固有段落，然亦何必拘拘句數如今帖括之爲。仇本分段處，最多割裂難通。茲於長篇界畫，悉順其文勢之自然，其句數有限者，不復強爲分截。

一、長律特詩之一體，杜公却好爲之。元微之所謂大則千言，次猶數百者。兼之忽遠忽近，奇正出沒，非鋪陳排比足以盡之。學者每苦其汗漫難讀，是本振裘挈領，俾讀者展卷瞭如，洵屬快事。

一、唐子西謂作文當學龍門，作詩當學少陵，則趨向正而可以進退百家矣。故非盡讀古今之詩，不足以讀杜詩。茲於淵源所出，派別所開，均特爲標舉，洵爲詩學津梁，得以盡窮正變。

一、宋人一代之詩，多講性情，而不合於體格，是委巷之歌謠也。明人一代之詩，專講體格，而不能自達其性情，是優孟之衣冠也。試觀少陵詩，憲章漢魏，取材六朝，正無一語不自眞性情流出；無論義篤君臣，不忘忠愛，凡關及兄弟夫婦朋友諸作，無不切摯動人，所以能繼迹風雅，知此方可與讀杜詩。

一、杜評始劉須溪。宋潛溪譏其如醉翁寱語，不甚可曉。然於諸本中爲最古，其可採者悉錄之。前輩如盧德水、王右仲、申凫盟、黃白山、張上若、沈確士等，皆多所發明。近得王西樵、阮亭兄弟，李子德、邵子湘、蔣弱六、何義門、俞犀月、張惕菴諸公評本，未經刊布者，悉行載入，庶足爲學者度盡金針。

一、建安蔡氏有草堂詩話二卷，諸本所採亦夥。餘如東坡志林、容齋隨筆、困學紀聞、王楙野客叢書、張戒歲寒堂詩話之類，凡前人有未經採錄者，今並補入，以廣見聞。

一、詩貴不著圈點，取其淺深高下，隨人自領。然畫龍點睛，正使精神愈出，不必以前人所無而廢之。

一、杜詩宋元諸刻，傳寫字樣互有不同。今擇其義可兩存者，仍夾注本文之下，以備參攷。其無當者，則竟從删，以免混目。

一、字有一字數音者，每致混讀，兹隨四聲圈出，使得一覽了然。如青陽峽般字之當讀平聲，不當讀上聲；驛次草堂之強字當讀上聲，不當讀去聲，皆舊本誤讀，今改正。

一、蔡傅卿草堂詩箋另列逸詩一卷，庶古本猶可考見。今姑從近本依年次編入，以便省覽，仍注明見某某本以別之。

一、杜集諸人酬唱詩附載集中者，向與本文平列，未免主客不辨，今改用低一格寫。

一、少陵詩昔人比之周孔制作，後世莫能擬議。乃好爲攻杜者，章摘句摭，儼然師資，是亦妄人也已矣。然間有拙句累句，不害其爲大家，偶然指出，惟恐誤學者之祈嚮耳。

一、采輯衆說，惟取簡明，意在掇諸家之長而棄其短，於原文間有增損，識者諒諸。

杜詩鏡銓目錄

卷之一

卷之三

卷之四

卷之五

卷之六

卷之七

卷之八

卷之九

卷之十

卷之十二

卷之十三

卷之十四

卷之十五

卷之十七

卷之十八

卷之十九

讀書堂杜工部文集註解目錄

卷之一

卷之二

杜詩鏡銓卷一

陽湖楊倫西河編輯

開元天寶間，公居東都，遊齊趙及歸京師作。

遊龍門奉先寺

龍門卽伊闕。元和郡縣志：伊闕山在河南府伊闕縣北，非禹貢之龍門。

李子德云：氣體高妙，瀟然自足。

已從招提遊，更宿招提境。題是遊詩只寫宿。僧輝記：招提者，梵言拓鬬提奢，唐言四方僧物，傳筆者訛拓爲招，去鬬奢字。卽今十方住持是也。唐會要：官賜額爲寺，私造者爲招提蘭若。陰壑生虛一作靈。籟，虛籟謂風也。莊子有天籟、地籟、人籟。月林散淸影。天闚一作闕。象緯逼，雲臥衣裳冷。楊愼曰：天闚雲臥乃倒字法，闚天則星辰垂地，臥雲則空翠溼衣，見山寺高寒殊於人境也。庚溪詩話引韋述東都記，謂天闕卽指龍門，究於對屬未稱。欲覺古效切。聞晨鐘，令人發深省。王嗣奭曰：人在塵溷中終日碌碌，一當靜境，不覺萬慮皆空。結語具有解悟。

望嶽

元和郡縣志：泰山一曰岱宗，在兗州乾封縣西北三十里。

劉須溪云：只五字，雄蓋一世。

岱宗夫如何？齊魯靑未了。史記貨殖傳：泰山之陽則魯，其陰則齊。李因篤云：靑，嶽色也。造化鍾神秀，孫綽天台賦序：天

又云：盪胸句不必可解，登高意豁，自見其趣。

台山者，蓋山嶽之神秀。**陰陽割昏曉。**割字奇險。言陰陽之氣爲昏曉之所分也。徐增曰：山後爲陰，日光不到故易昏；山前爲陽，日光先臨故易曉。朱注：封禪記：泰山東南隅有日觀，雞鳴時見日出長三丈，卽割昏曉之義。**盪胸生曾**通作層。**雲，**張衡南都賦：淯水盪其胸。**決眥**音恣。**入歸鳥。**仇注：曹植冬獵篇：張目決眥。眥，目眶也。薛夢符曰：言登覽之遠，攄決其目力入歸鳥之羣也。**會當凌絕頂，一覽衆山小。**

登兗州城樓

唐書：兗州魯郡屬河南道。蔡注：公父閑爲兗州司馬，公時省侍。朱注：按舊譜不載省親事，當在下第後遊齊趙之時。

東郡趨庭日，南樓縱目初。浮雲連海岱，平野入青徐。唐書：青州北海郡，徐州彭城郡，俱屬河南道。**孤嶂秦碑在，**秦本紀：始皇東行郡縣，上鄒嶧山刻石頌秦德。**荒城魯殿餘。**王延壽魯靈光殿賦：殿本景帝子魯共王所立，遭漢中微，未央建章悉隳，而靈光巋然獨存。後漢書注：殿在兗州曲阜縣城中。**從來多古意，臨眺獨躊躇。**

此集中第一首律詩，氣象宏闊，感慨遙深。公少作已不同如此。○三四承上縱目字寫景，五六起下古意字感懷，章法方不呆板。

題張氏隱居二首

次首當是數至後再題。

蔣弱六云：寫其居其人，皆迴絕塵凡，杳不可即。

顧修遠云：巧對蘊藉不覺。

春山無伴獨相求，伐木丁丁山更幽。與鳥鳴山更幽同旨。澗道餘寒歷冰雪，石門斜日到林丘。（王阮亭云：情景俱佳。）不貪夜識金銀氣，（邵子湘云：中有至理。）史天官書：敗軍場，亡國之墟，下有積錢，金寶之上皆有氣，不可不察。按：南史載梁隱士孔祐至行通神，嘗見四明山谷中有錢數百斛，視之如瓦石，樵人競取，入手即成沙礫。又東坡謂深山大澤，有天地之寶，惟無意於寶者能識之。即此句義也。遠害朝看麋鹿遊。乘興杳然迷出處，謂如入桃源。對君疑是泛虛舟。謂無心與化。莊子：方舟而濟於河，有虛船來觸舟，雖褊心之人不怒。

之子時相見，邀人晚興留。霽潭鱣發發，春草鹿呦呦。（用經不腐。）杜酒偏勞勸，急就篇注：杜康作秫酒。張梨不外求。潘岳閒居賦：張公大谷之梨。前村山路險，歸醉每無愁。

劉九法曹鄭瑕邱石門宴集 唐書：府州各有法曹參軍事。又兗州治瑕邱縣，石門在兗東。李白集有魯郡東石門送杜甫詩。

秋水清無底，蕭然淨客心。椽曹乘逸興，鞍馬到荒林。能吏逢聯璧，北史：韋孝寬從荊州刺史源子恭鎮穰城。時獨孤信為新野郡守，與孝寬情好甚密，政術俱美，荊部吏人號為聯璧。華筵直一金。史平準書：一金，黃金一斤。漢食貨志：黃金一斤值錢萬。臣

結就宴集合到石門，應轉首句。

瓚曰：秦以一鎰爲一金，漢以一斤爲一金。**晚來橫吹好，泓下亦龍吟。**說文：泓，水深處。晉書：鼓角橫吹曲：蚩尤氏率魑魅與黃帝戰於涿鹿，帝乃命鼓角爲龍吟以禦之。

與任城許主簿遊南池

唐書：任城縣屬兗州。

秋水通溝洫，城隅進小船。張上若云：寫景甚細。**晚涼看洗馬，森木亂鳴蟬。菱熟經時雨，蒲荒八月天。晨朝降白露，遙憶舊青氈。**結借秋意入鄉思。世說：王獻之夜臥齋中，有盜入室。獻之語曰：青氈我家舊物，可特置之。

仇滄柱云：公詩善記節候，此詩晨朝降白露，明日白露節也。秦州詩露從今夜白，今日白露節也。

對雨書懷走邀許主簿

東嶽雲峰起，溶溶滿太虛。楚辭：雲溶溶兮雨冥冥。**震雷翻幕燕，驟雨落河魚。座對賢人酒，**魏志：太祖時禁酒而人竊飲之，故難言酒，以白酒爲賢人，淸酒爲聖人。**門聽長者車。**陳平傳：平家負郭窮巷，以席爲門，然門外多長者車轍。**相邀愧**

蔣云：五六是詩意亦是禪機，卽用起下。

泥濘，騎馬到階除。張上若云：起四寫山中暴雨景，次第如畫。五六寫對酒懷人，工雅。末結到走邀，意又甚眞。○王阮亭云：驟雨落河魚，亦是卽目妙境。

巳上人茅齋

吳曾漫錄：唐詩多以僧爲上人，按摩訶般若經云：佛言若菩薩一心行阿耨菩提心不散亂，是名上人。

巳公茅屋下，可以賦新詩。張云灑然而來 枕簟入林僻，夏天樂境 茶瓜留客遲。江蓮搖白羽，朱注：白羽謂白羽扇，搖白羽狀蓮之迎風而舞也。華嚴會元記：青松爲麈尾，白蓮爲羽扇。天棘蔓青絲。學林新編：天棘蔓青絲，蓋天門冬，亦名天棘。其苗蔓生，好纏竹木上，葉細如青絲，寺院庭檻中多植之可觀。後人改蔓字爲夢，又釋天棘爲柳，皆非也。杜田正謬：抱朴子及博物志皆云：天門冬一名顚棘，然不載天棘之名。蔡夢弼曰：天與顚聲相近也。空忝許詢輩，難酬支遁詞。世說：支遁許詢共在會稽王齋，支爲法師，許爲都講。高僧傳：支遁講維摩經，遁通一義，詢無以厝難；詢設一難，遁亦不能復通。

房兵曹胡馬

胡馬大宛於爰切。名，史記：得大宛汗血馬，名曰天馬。鋒稜瘦骨成。所謂不比凡馬空多肉也。竹批雙耳峻，齊民要術：馬耳欲小而銳，狀如削竹筒。風入四蹄輕。所向無空闊，眞堪託死生。上寫骨相，二句幷及性情。驍騰有如此，赭白馬賦：料武藝，品驍騰。萬里可橫行。末句謂兵曹得此馬，可立功萬里外，推開說方不重上。

趙汸曰：前輩言詠物詩戒粘皮帶骨，此詩矯健豪縱，飛行萬里之勢如在目前，區區摹寫體貼以爲詠物者，何足語此？○李子德云：五六如詠良友大將，此所謂沈雄。

畫鷹

王阮亭云：五字已攝畫鷹之神。

素練風霜起，蒼鷹畫作殊。㩳同竦。身思狡兔，側目似愁胡。孫楚鷹賦：深目蛾眉，狀如愁胡。朱注：按傅玄猨猴賦云：揚眉蹙頞，若愁若嗔，既似老公，又類胡兒。所謂愁胡也。絛鏇光堪擿，絛同縧。鏇，轉軸。以絛繫鷹足而繫之於鏇也。傅玄鷹賦：飾五彩之華絆，結璇璣之金環。軒楹勢可呼。何當擊凡鳥，毛血灑平蕪。西都賦：風毛雨血，灑野蔽天。因畫鷹而思見眞者之搏擊，卽進鵰賦意。

王西樵云：命意精警，句句不脫畫字。○仇滄柱云：每詠一物，必以全副精神入之，故老筆蒼勁中時見靈氣飛舞。

過宋員外之問舊莊

原注：員外季弟執金吾見知於代，故有下句。唐書：宋之問字延清，景龍中遷考功員外郎，弟之悌以驍勇聞，開元中自右羽林將軍出爲

王西樵云：二語感慨情事，無所不包。

劍南節度使。

宋公舊池館，零落首陽阿。一統志：首陽山在河南偃師縣。浦注：按之問有陸渾別業詩。陸渾首陽俱在洛陽之南，公亦有陸渾莊，當相去不遠也。枉道祇音支從入，吟詩許更過？朱注：祇從入，言一任過客之入，見莊已無主也。許更過，言他日可更過此乎？見重來未有期也。皆極歎其零落，故下接以淹留寂寞二語。淹留問耆老，寂寞向山河。更識將軍樹，悲風日暮多。後漢馮異傳：諸將並坐論功，異獨屏樹下，軍中呼爲大樹將軍。庾信哀江南賦：將軍一去，大樹飄零。壯士不還，寒風蕭瑟。

夜宴左氏莊

風林纖月落，衣露淨琴張。劉須溪云：景語閒曠。衣露謂衣霑露。暗水流花徑，春星帶草堂。檢書燒燭短，說一作看劍引杯長。莊子有說劍篇。詩罷聞吳詠，扁舟意不忘。結有遠神。朱注：公弱冠曾遊吳越，故因聞吳詠而思其地也。顧修遠云：一章之中，樂事皆具，而時地景物重疊鋪敍，却渾然不見痕跡。○黃白山云：夜景有月易佳，無月難佳。三四就無月時寫景，語更精切。上句妙在一暗字，覺水聲之入耳；下句妙在一帶字，見星光之遙映。

題甚明悉。

邵云：大家起法。

寫景如畫。

臨邑舍弟書至，苦雨黃河泛溢隄防之患，簿領所憂，因寄此詩，用寬其意唐書：臨邑縣屬齊州。

二儀積風雨，百谷漏波濤。二句說盡千古河患之由 聞道洪河坼，遙連滄海高。職司憂悄悄，郡國訴嗷嗷。概言防河有司 舍弟卑棲邑，防川領簿曹。方說到本人 尺書前日至，版築不時操。難假黿鼉力，二句形版築之艱竹書紀年：周穆王東至於九江，叱黿鼉以爲梁。空瞻烏鵲毛。爾雅翼：涉秋七日，鵲首無故皆禿，相傳是日烏鵲爲梁渡織女，故毛皆脫去。燕南吹畎畝，下乃極言泛溢之患 濟上沒蓬蒿。浦注：燕南今順天保安州等地。濟上今山東濟南兗州等地。螺蚌滿近郭，蛟螭乘九皐。徐關深水府，徐關在齊州，公送弟潁詩：徐關東海西。碣石小秋毫。山海經注：碣石山在右北平海邊。白屋留孤樹，青天失萬艘。吾衰同泛梗，說苑：土偶謂桃梗曰：子東園之桃也，刻子以爲梗，遇天大雨，水潦並至，必浮子泛泛乎不知所止。利涉想蟠桃。十洲記：

李云：三四承上虛狀，二句

東海有度索山，山有大桃樹，屈蟠三千里，名曰蟠桃。賴倚天涯釣，猶能掣巨鼇。列子：龍伯之國有大人，一釣而連六鼇。

朱鶴齡曰：新、舊史：開元二十九年七月，伊洛水溢，損居人廬舍，秋稼無遺。壞東都天津橋及東西漕河，南北諸州皆漂溺。此詩黿鼉二句，誌橋毀也。燕南、濟上、徐關、碣石，誌諸州漂沒也。吹畎畝，失萬艘，誌害稼幷害漕也。末因臨邑濱海，故用蟠桃巨鼇事；言我雖泛梗無成，猶思垂釣東海以施掣鼇之力，水患豈足憂耶。蓋戲爲大言以慰之，題所云用寬其意也。

天寶初，南曹小司寇舅，唐志：吏部員外郎二人，一人主判南曹。朱注：權德輿吏部南曹廳壁記云：高宗上元初，請外郎一人顓南曹之任，後或詔他曹郎權居之。此云南曹小司寇，當是以秋官權職者。於我太夫人堂下，太夫人盧氏，公祖審言繼室。壘土爲山，一匱盈尺，以代彼朽木，承諸焚香瓷甌，甌甚安矣。旁植慈竹，述異記：南中生子母竹，卽今之慈竹也。又謂之孝竹。蓋茲數峰，嶔岑、謂山。嬋娟，謂竹。宛有塵外格、一無此字。致，乃不知興之所至，而作是詩

一匱功盈尺，三峰意出羣。補序中所無望中疑在野，幽處欲生雲。慈竹春陰覆，香爐曉

體極生動。

上四寫景，下四感懷。

勢分。惟南將獻壽，佳氣日氤氳。

龍門 前有遊龍門奉先寺五古，此當係途次再經作。

龍門橫野斷，○邵云：奸起。仇注：水經注：禹疏伊水，北流兩山相對，望之若闕。卽所謂橫野斷也。韋應物龍門遊眺詩亦云：鑿山導伊流，中斷若天闕。驛樹出城來。言山斷處遠望見城邊之樹也，舊解俱混。氣色皇居近，承二 唐書：東都皇城，前直伊闕，後據邙山。金銀佛寺開。承一 舊注：佛地有金色世界，銀色世界。元人龍門記：舊有八寺。往來時屢改，川陸日悠哉！相閱征途上，生涯盡幾回？歎未知何日方免奔馳也。

李監宅二首 一作李鹽鐵。朱注：後一首見吳若本逸詩，草堂本入正集。

尚覺王孫貴，李係宗室。豪家意頗濃。屛開金孔雀，舊唐書：高祖皇后竇氏父毅，於門屛畫二孔雀，有求婚輒與兩箭，潛約中目者許之。高祖後至，兩發各中一目，遂歸於帝。褥隱繡芙蓉。王僧孺述夢詩：以親芙蓉褥，方開合歡被。且食雙魚美，誰看異味重。門闌多喜色，女壻近乘龍。楚國先賢傳：孫儁與李元禮俱娶太尉桓焉女，時人謂桓叔元兩女俱乘龍，言得壻如龍也。觀後首末二句，李亦非得志者。篇

李云：雅調亦近太白。○張上若云：機巧二字說盡世情可厭。

中尙字、頗字、且字，誇美中寓不足之意，舊說諷其豪奢者非。

華館春風起，高城烟霧開。雜花分戶映，嬌燕入簾回。一見能傾座，虛懷只愛才。鹽車雖絆驥，戰國策：騏驥駕鹽車上吳坂，遷延負轅而不能進。庾信詩：絆驥猶千里，垂鵬更九飛。名自漢廷來。漢有鹽鐵使故云。

贈李白

朱注：按天寶三載，公在東都，太白以力士之譖，亦放還遊東都。此贈詩當在其時，故有脫身金閨之句。

二年客東都，唐書：東都隋置，武德四年廢，貞觀二年號洛陽宮，顯慶二年詔改東都。所歷厭機巧。野人對腥羶，蔬食常不飽。朱注：言腥羶非己所堪，寧不飽其蔬食，蓋惡機巧而思去之。豈無青精飯，陶隱居登眞隱訣：太極眞人青精乾石𩚬飯法，用南燭草木葉雜莖皮煮取汁，浸米蒸之，令飯作青色曝乾，日可服二升，勿復血食，塡胃補髓，消滅三蟲。使我顏色好？苦乏大藥資，抱朴子：覽金丹之道，令人不復措意小小方書，然大藥卒難辦得。又曰：余受金丹仙經二十年，資無儋石，無以爲之。丹書：抱陽山人大藥證曰：夫大藥者，須煉砂中汞，能取鉛裏金，黃芽爲根底，水火鍊功深。山林迹如掃。李侯金閨彥，江淹別賦：金閨之諸彥。注：金閨，金馬門也。白嘗供奉翰林，故云。脫身事幽討。亦有梁宋遊，浦注：梁宋今開封

此及下首俱選體。

特注出古亭，與下新亭別。

寫留連佳境，意極飄緲。

歸德境。方期拾瑤草。江淹廬山詩：瑤草正翕絶。李善注：瑤草，玉芝也。

太白好學仙，故贈詩亦作出世語。卻前八句俱說自己，後方轉入李侯，可悟賓主虛實之法。

陪李北海宴歷下亭

舊唐書地理志：天寶元年改青州爲北海郡。李邕傳：天寶初，邕爲汲郡北海太守。朱注：歷下亭在齊州，以歷山名。于欽齊乘：歷下亭在府城驛邸內，歷山臺上，面山背湖，實爲勝絶。少陵有陪李北海宴詩。

東藩駐皁蓋，（北海歷下雙起）上林賦：齊列爲東藩。後漢書：太守秩二千石，皁蓋，朱兩轓。北渚臨清河。杜氏通典：今東平、濟南、淄川、北海界中，有水流入海，謂之清河，實菏澤汶水合流，亦曰濟河。海右此亭古，江淹恨賦：巡海右以送日。濟南名士多。原注：時邑人蹇處士等在座。舊唐書：齊州屬河南道，天寶五載改濟南郡，乾元二年復爲齊州。雲山已發興，（次寫宴亭景事）玉珮仍當歌。玉佩指侑酒者。脩竹不受暑，交流空湧波。三齊記：歷水出歷祠下，衆源競發，與濼水同入鵲山湖。所謂交流也。蘊眞愜所遇，謝靈運詩：表靈物莫賞，蘊眞誰爲傳。又江淹詩：悠悠蘊眞趣。落日將如何！（結陪字）貴賤俱物役，從公難重過。

王阮亭云：唐人用字多異音：韓退之岳陽樓詩：軒然大波起，宇宙隘而防。防音訪。元微之痁臥詩：一生長苦節，三省詎行怪。怪音乖。又苦思正且酬白雪。且音丹。白樂天寄裴晉公詩：金屑琵琶槽。琵字讀入聲。李義山石城詩：簟冰將飄枕。冰字讀去聲。如是不可枚舉。今按杜詩如從公難重過，幾時杯重把，君臣重修德，蒼生豈重攀，葉蒂辭枝不重蘇，皆以平讀去。細草偏稱坐，意內稱長短，乘輿恐未迴，皇極正乘輿，皆以去讀平。

王西樵云：此與公詩頗不類，當是有意倣北海耳。

同李太守登歷下古城員外新亭

原注：時李之芳自尚書郎出齊州製此亭。按：員外係太守從孫。

新亭結搆罷，隱見形甸切。清湖陰。原注：亭對鵲湖。一統志：鵲山湖在濟南府城北二十里。趙曰：或隱或見，言昏明異候。跡籍韻會：古籍字與藉通。臺觀舊，氣冥海嶽深。言亭之氣象遠與海嶽冥接。圓荷想自昔，遺堞感至今。朱注：古齊歷下城，對歷山之下。芳宴此時具，哀絲千古心。主稱壽尊客，仇注：主員外，客太守。下蓬華興，則公自謂也。筵秩宴北林。不阻蓬華興，得兼合到和詩兼切歷下梁甫吟。諸葛武侯梁甫吟云：步出齊東門，遙望蕩陰里。

附　登歷下古城員外孫新亭

李　邕

北海甚有文名，詩甚樸拙何也？

公律詩每帶古意。

吾宗固神秀，體物寫謀長。形制開古跡，曾冰延樂方。傅毅舞賦：亢音高歌，爲樂之方。仇注：此言夏時置冰，乃引樂之方也。太山雄地里，巨壑眇雲莊。卽指鵲湖。高興泊蠲也。煩促，永懷清典常。含宏知四大，老子：域中有四大；道大，天大，地大，王亦大。出入見三光。班固典引：經緯乾坤，出入三光。負郭喜粳稻，安時歌吉祥。

暫如臨邑，至嶆音宅。山湖亭，奉懷李員外，率爾成興浦注：先是有臨邑弟河泛書至，此當暫往省之。王道俊杜詩博議：嶆山當卽鵲山之訛。疑公將往臨邑，中道抵歷下登新亭，因懷李之芳也。

野亭逼湖水，歇馬高林間。鼉吼風奔浪，魚跳平聲。日映山。沈謝句法。杜臆：二句言湖亭欲雨景，偶然觸目，所云率爾成興也。暫遊阻詞伯，卻望臨青關。朱注：青關李員外所在。或云：卽青州穆陵關。靄靄生雲霧，惟應促駕還。

末句言欲相訪未得也。

蔣云：是白一生小像。公贈白詩最多，此首最簡，而足以盡之。

李云：古意亦超超元箸，同太白便類太白詩。

入門句從對面寫，侍立句從側面寫，偶然事只拈出便妙。

贈李白

秋來相顧尚飄蓬，未就丹砂愧葛洪。晉書：葛洪聞交阯出丹砂，求爲勾漏令，至廣州，止羅浮山煉丹。痛飲狂歌空度日，飛揚跋扈爲誰雄？北史侯景傳：常有飛揚跋扈之意。唐史謂李白好縱橫術，喜擊劍，爲任俠，故以飛揚跋扈目之。按說文：扈，尾也。跋扈，猶大魚之跳跋其尾也。

與李十二白同尋范十隱居

顧注：天寶三載三月，白自翰林放歸。四載，白在齊州，公與同遊歷下，所謂余亦東蒙客，憐君如弟兄也。

李侯有佳句，往往似陰鏗。南史：陰鏗字子堅，善五言詩，爲當時所重。余亦東蒙客，憐君如弟兄。醉眠秋共被，攜手日同行。想見此中細論文之樂。更想幽期處，還尋北郭生。後漢書：汝南廖扶，絕志世外，不應辟召，時號北郭先生。太白集尋魯城北范居士失道落蒼耳中詩云：忽憶范野人，閒園養幽姿。酸棗垂北郭，寒瓜蔓東籬。想卽其人也。入門高興發，侍立小童清。落景影同。聞寒杵，屯雲對古城。張云：幽居秋景寫得出。向來吟橘頌，楚辭有橘頌，大意言受命不遷。誰欲一作與。討蓴羹？

晉書：張翰在洛，見秋風起，思吳中菰菜蓴羹鱸魚膾，曰：人生貴適志，何能羈宦數千里以要名爵乎？遂命駕歸。**不願論簪笏，悠悠滄海情。**末因訪隱而動出世之思也。

鄭駙馬宅宴洞中

唐書：明皇臨晉公主下嫁鄭潛曜。朱注：按潛曜廣文博士鄭虔之姪，公作公主母皇甫淑妃墓碑云：甫忝鄭莊之賓客，遊貴主之園林。長安記：蓮花洞在神禾原，卽鄭駙馬之居，所云主家陰洞者也。

邵云：拗體蒼秀。

主家陰洞細烟霧，留客夏簟青琅玕。言簟色也。**春酒杯濃琥珀薄，冰漿椀碧瑪瑙寒。**浦注：琥珀是酒是杯，瑪瑙是漿是椀，以雙關見其精麗。**悞疑茅堂過江麓，已入風磴霾雲端。**朱注：草堂疑過江麓，風磴宵入雲端，二句極狀洞中。如此用古亦奇。**自是秦樓壓鄭谷，**列仙傳：秦穆公以女弄玉妻蕭史，日於樓上吹簫作鳳鳴，鳳止其屋。一旦，夫妻皆隨鳳去。揚子法言：谷口鄭子眞耕於巖石之下，名震京師。**時聞雜佩聲珊珊。**杜臆：後半乃總四句作開合。上二句幾杳不知所之矣，迨佩響遙傳，始知身在主家也。

結用駙馬公主並收。

飲中八仙歌

朱注：考唐史，蘇晉死開元二十二年，賀知章、李白去天寶三載。八仙歌當是綜括前後言之，非一時俱在長安也。

沈確士云：前不用起，後不用收，參差歷落，似八章仍是一章，格法古未曾有。

知章騎馬似乘船，眼花落井水底眠。舊唐書：賀知章，會稽永興人，性放曠，晚年尤縱誕，無復規檢，自號四明狂客，又稱祕書外監。天寶三載，上疏請度爲道士還鄉里。騎馬似乘船，以知章吳人故云。眼花落井，乃極狀其狂態，或當時偶有此事也。汝陽三斗始朝天，道逢麴車口流涎，恨不移封向酒泉。舊唐書：讓皇帝長子璡，與賀知章、褚廷誨爲詩酒之交。三秦記：酒泉郡城下有金泉，泉味如酒，故名酒泉。拾遺記：羌人姚馥嗜酒，羣輩呼渴羌。武帝擢爲朝歌宰，遷酒泉太守。左相日興費萬錢，飲如長鯨吸百川，銜杯樂聖稱避賢。舊唐書：李適之雅好賓客，飲酒一斗不亂。天寶元年爲左丞相，五載罷，賦詩云：避賢初罷相，樂聖且銜杯。爲問門前客，今朝幾個來？魏志：醉客謂酒清者爲聖人，濁者爲賢人。宗之蕭灑美少年，舉觴白眼望青天，皎如玉樹臨風前。舊唐書：崔宗之，日用之子，襲封齊國公。李白傳：侍御史崔宗之謫金陵，與白詩酒唱和。蘇晉長齋繡佛前，舊唐書蕭瑀傳：太宗以瑀好佛道，嘗賚繡佛像一軀。醉中往往愛逃禪。新唐書：蘇晉，珦之子，數歲知爲文，歷官戶吏兩部侍郎，終太子左庶子。李白一斗詩百篇，長安市上酒家眠，天子呼來不上船，自稱臣是酒中仙。四句獨詳，八人以此人爲主也。范傳正李白新墓碑：玄宗泛白蓮池，公不在宴，皇懽既洽，召公作序。時公已被酒，命高將軍扶以登舟。張旭三杯草聖

張上若云：二句便描出局戲之景。不肯成，謂不能取勝。

傳，王愔文章志：後漢張芝好草書，學崔杜之法，韋仲將謂之草聖。脫帽露頂王公前，揮毫落紙如雲烟。舊唐書：吳郡張旭善草書而好酒，每醉後，索筆揮灑，變化無窮，若有神助。金壺記：旭官右率府長史。焦遂五斗方卓然，高談雄辨驚四筵。獨以一不醉者作結。袁郊甘澤謠：陶峴開元中家於崑山，自製三舟。客有前進士孟彥深、孟雲卿、布衣焦遂，共載遊山水。

蔡寬夫詩話：此歌眠字天字再押，前字三押，亦周詩分章之意也。○王右仲曰：描寫八公，各極平生醉趣而俱帶仙氣。○李子德云：似贊似頌，只一二語可得其人生平。妙是敍述，不涉議論，而八公身分自見，風雅中司馬太史也。

今夕行

今夕何夕歲云徂，更長燭明不可孤。言不可負此夕也。咸陽客舍一事無，唐書：咸陽縣屬京兆府。相與博塞蘇代切。爲歡娛。莊子：問穀奚事，則博塞以遊。馮音憑。陵大叫呼五白，仇注：馮陵，意氣發揚貌。袒跣不肯成梟盧。梟盧皆貴采，晉謝艾曰：六博得梟者勝。招魂：成梟而牟，呼五白些。注：倍勝爲牟。五白，博齒也。師氏曰：即今之骰子。程大昌演繁露：古惟斲木爲之，一具凡五子，故

邵云：排律長篇，前此未有，此爲老杜刱格。鋪敘勻穩，波瀾老成，要自不可及。

亦名五木。其法上黑下白，一子悉爲兩面，一面塗黑畫犢，一面塗白畫雉。凡投子者五皆現黑，其名盧，在摴蒱爲最高之采，其四黑一白，其采名雉，比盧降一等，自此而降，二白三黑爲犍，即爲惡齒。御覽謂：六博五擲皆犍，不爲不能是也。晉書劉毅傳：毅於東堂聚摴蒱大擲，餘人並黑犢以還，惟劉裕及毅在後。毅次擲得雉大喜，繞牀叫謂同座曰：非不能盧，不事此耳。裕惡之，因挼五木久之，曰：老兄試爲卿答。既而四子俱黑，一子轉躍未定，裕厲聲喝之，即成盧。朱注：按不肯成梟盧，正用劉毅事，兼舉六博之梟者。原本楚辭語，以摴蒱本博類也。昌黎詩：六博在一擲，梟盧叱迴旋。語與此同。又按挼音那，說文：兩手相切摩也。英雄有時亦如此，邂逅豈即非良圖？君莫笑，劉毅從來布衣願，家無儋石輸百萬。南史：劉毅家無儋石儲，摴蒱一擲百萬。

贈特進汝陽王二十韻

舊唐書：讓皇帝長子璡封汝陽郡王，天寶初，終父喪，加特進。

起勢軒舉。

特進羣公表，唐書：文散階正二品爲特進。表，表率也。天人夙德升。魏略：邯鄲淳見曹植才辨，歎爲天人。霜蹄千里駿，風翮九霄鵬。服禮求毫髮，推思忘去聲。寢興。聖情常有眷，朝退若無憑。鄭繼之曰：若無憑，猶漢高失蕭何，若失左右手意。仙醴來浮蟻，釋名：酒有汎齊浮蟻。南都賦：浮蟻若萍。奇毛或賜鷹。陶詩：毛色奇可憐。清關塵

八句先言其才，次言其忠。

沈云：寫重文好士，接入自敘，滅去痕跡。

不雜，謂門無雜賓。中使日相乘。晚節嬉遊簡，平居孝義稱。自多親棣蕚，（次八言其）唐書：先天後，以隆慶舊邸爲興慶宮，賜寧王及申薛諸王第，環列宮側。宮西置花蕚相輝之樓，聞諸王作樂，必亟召升樓，同榻宴飲。誰敢問山陵？（禮遇謙謹）舊唐書：寧王薨，謚曰讓皇帝，葬橋陵，號惠陵，璡上表懇辭，手制不許。朱注：言帝雖篤親親之誼，崇禮有加，而汝陽終恪守臣節，不敢問及山陵之名，所謂孝義足稱者此也。學業醇儒富，詞華哲匠能。筆飛鸞聳立，吳質答太子牋：摛藻下筆，龍鸞之文奮矣。章罷鳳騫騰。張懷瓘書錄：許圉師見太宗書。曰：鳳翥鸞迴，實古今書聖。精理通談笑，忘形向友朋。寸長堪繾綣，一諾豈驕矜？（次八言其能文愛客上）已忝歸曹植，（皆頌汝陽以下自敘）魏志：平原侯植好文學，山陽王粲與北海徐幹、廣陵陳琳、陳留阮瑀、汝南應瑒、東平劉楨，並見友善。何知對李膺。後漢書：杜密與李膺名行相次，時人亦稱李杜焉。招要恩屢至，崇重力難勝。披霧初歡夕，世說：衛玠見樂廣曰：見此人，若披雲霧而覩青天。高秋爽氣澄。樽罍臨極浦，鳧雁宿張燈。言至夜尚留飲也。此四言初見，下四言以後。花月窮遊宴，炎天避鬱蒸。硯寒金井水，簷動玉壺冰。四句分春夏秋冬說，見遊於王門者久也。瓢飲惟三徑，（自述）高士傳：蔣詡移疾歸杜陵，荊棘塞門，舍中三徑，終身不出。巖棲在百層。即入山惟恐不深意。謬持蠡音離。測海，東方朔傳：以蠡測海。注：瓠勺也。言王德之深。況挹酒如澠。左傳：有酒如澠。言王恩之渥。鴻寶寧全祕，劉向傳：淮南王有枕中鴻寶苑祕書。丹梯庶可陵。杜臆作凌，與上不複。淮王門有客，末用賓主兼神仙傳：淮南王安好方術，養士數千人。終不愧孫登。收各見品格晉隱逸傳：孫登居汲郡北山，好讀易，撫一絃琴，時時遊人間，所經家或設衣食者，一無所受。嵇康幽憤詩：昔慚柳下，今愧孫登。朱注：言汝陽愛士固不下淮南，我則何敢有愧孫登乎？蓋不欲自居於曳裾之客也。

胡元瑞曰：杜公贈汝陽、哥舒、李白、韋見素等作，格律精嚴，體骨勻稱。無論其人履歷，咸若指掌，且形神意氣，踴躍毫楮，如周昉寫生，太史敘傳，逼奪化工。而杜從容聲律間，尤爲難事，眞古今絕詣也。

贈比部蕭郎中十兄

原注：甫從姑之子。唐書：比部屬刑部，郎中、員外各一人。仇注：玩詩末意，當亦係應詔退下將歸東都作。

有美生人傑，前八句敘蕭謂生人之傑。由來積德門。漢朝丞相系，梁日帝王孫。唐書世系表：蕭氏漢有丞相酇文終侯何，定著二房：一皇舅房，一齊梁房。齊梁房即梁武帝之後。蘊藉爲郎久，魁梧秉哲尊。漢書周勃傳：魁梧奇偉。詞華傾後輩，風

沈鬱。

仇云：上四述存問之語，下四感垂注之情。

濁酒八句，自敘途窮，以答所問之意。

雅靄孤鶱。宅相榮姻戚，四句合說晉書：魏舒爲外家甯氏所養，甯氏起宅，相宅者云：當出貴甥。舒曰：當爲外氏成此宅相。兒童惠討論。承上起下見知眞自幼，謀拙愧諸昆。漂蕩雲天闊，後八句自述沈埋日月奔。致君時已晚，懷古意空存。中散山陽鍛，嵇康傳：康拜中散大夫，居山陽宅中，有一柳樹甚茂，每夏月居其下以鍛。愚公野谷村。說苑：齊桓公逐鹿入谷中，見一老公，問爲何谷？對曰：爲愚公之谷，以臣名之。水經注：時水又北逕杜山，北有愚公谷。寧紆長者轍，紆轍，猶言枉駕。蕭必有欲過訪之語。歸老任乾坤。

奉寄河南韋尹丈人原注：甫故廬在偃師，承韋公頻有訪問，故有下句。舊唐書韋濟傳：天寶七載爲河南尹，遷尚書左丞。仇注：觀詩中西東周流等語，公此時以在都失意，或嘗浪跡近畿，聞韋尹垂問，因有此寄。下二首則入都後所贈也。

有客傳河尹，逢人問孔融。後漢孔融傳：河南尹李膺，不妄接士，融年十歲，造門與交。青囊仍隱逸，郭璞傳：璞嘗受業於鄭公，得青囊書九卷，遂開洞五行。章甫尚西東。莊子：宋人章甫而適越，越人斷髮文身，無所用之。鼎食分門戶，仇注：韋氏有大小兩逍遙房，故曰分門戶。詞場繼國風。舊唐書：濟以詞翰聞，製宣德詩四章，詞致高雅。張云兩句相形見妙尊榮瞻地絕，疏放憶途窮。濁酒尋陶令，丹

末稱頌河尹，仍歸結到見問上。

砂訪葛洪。江湖漂短褐，霜雪滿飛蓬。上二言隱逸之狀，下二言東西之跡。牢落乾坤大，周流道術空。謬慙知薊子，後漢書：薊子訓有神異之道，到京師，公卿以下候之者，常數百人。眞怯笑揚雄。揚雄傳：雄草太玄，或嘲雄以玄尚白，雄作解嘲曰：子徒笑我玄之尚白，我亦笑子之病甚不遭臾跗、扁鵲。上二句對章甫說，此二句對青囊說。盤錯神明懼，謳歌德義豐。尸鄉餘土室，誰話一作難說。祝一作粥。雞翁？詩正義：河南偃師縣西二十里，有尸鄉亭。列仙傳：祝雞翁，洛人也，居尸鄉，養雞至數千頭，皆有名字，呼則種別而至。說文解字：粥，讀若祝，誘致禽畜之意。誰話者，言獨有韋公見問耳。

王嗣奭曰：公贈人詩多前半頌其人，後半自敘。此獨彼此錯寫，轉接呼應，脈理甚細。

贈韋左丞丈濟

起得莊重。左轄頻虛位，唐六典：左右丞掌管轄省事，糾察憲章。今年得舊儒。相門韋氏在，舊唐書：韋思謙子承慶、嗣立，父子三人皆至宰相。經術漢臣須。漢書：韋賢兼通禮、尚書，以詩教授，號鄒魯大儒。子玄成，復以明經歷位丞相。時議歸前烈，天倫恨莫俱。

邵云：突兀二語，一肚皮牢騷憤激，信口衝出。

鶺原荒宿草，舊唐書：嗣立三子：孚、恆、濟。孚至左司員外郎，恆拜殿中侍御史，為隴右道河西黜陟使，出為陳留太守，未行而卒。時恆必已先沒。鳳沼接亭衢。謝莊讓中書令表：璧門天邃，鳳沼神深。朱注：通典：光宅元年，中書省改曰鳳閣。濟父祖皆官鳳閣，故以接亭衢期之。有客雖安命，衰容豈壯夫！言無如其已老也。家人憂几杖，甲子混泥塗。左傳：絳縣老人曰：臣生之歲，正月甲子朔，四百有四十五甲子矣。趙孟謝曰：使吾子辱在泥塗久矣，武之罪也。不謂矜餘力，還來謁大巫。吳志注：張紘見陳琳武庫賦歎美之，琳答曰：河北率少文章，易為雄伯。今足下在彼，所謂小巫見大巫，神氣盡矣。歲寒仍顧遇，日暮且踟躕。二句感懷種種。老驥思千里，饑鷹待一呼。君能微感激，亦足慰榛蕪。張儀傳：蘇秦使人微感張儀。榛蕪，猶埋沒意。

奉贈韋左丞丈二十二韻　杜臆：前詩有誦韋丞語，此詩全屬陳情，贈似宜作呈為是。按此詩係將歸東都時作。

紈袴不餓死，漢書班伯傳：在綺襦紈袴之間。注：綺，細綾。紈，素也。並貴戚子弟服。儒冠多誤身。一篇之主。丈人試靜聽，樂府調開出全篇。賤子請具陳。甫昔少年日，早充觀國賓；年譜：公遊吳越歸，赴鄉舉，時方二十三歲。讀書破萬卷，下筆

范溫曰：自甫昔少年日至再使風俗淳，皆言儒冠事業。自此意竟蕭條至蹭蹬無縱鱗，乃言誤身如此。

末致銜感敘別之意。

張云：入後一連數轉，寫去住兩難心事，不忘君，不負恩，何等忠厚。○一篇瑣瑣旅

如有神。賦料揚雄敵，詩看子建親；李邕求識面，唐書本傳：甫少貧不自振，客齊趙間，李邕奇其才，先往見之。王翰願卜鄰。唐書文苑傳：王翰，幷州晉陽人，及進士第。張說輔政，召爲祕書正字，終道州司馬。自謂頗挺出，立登要路津；（自是腐儒大言，在他人亦不敢說。）致君堯舜上，再使風俗淳。此意竟蕭條，行歌非隱淪。桓譚新論：天下神人五，一曰神仙，二曰隱淪。騎驢三十載，旅食京華春。朝扣富兒門，暮隨肥馬塵；（蔣云是唐時名士習氣。）殘杯與冷炙，到處潛悲辛。顏氏家訓：殘杯冷炙之辱，戴安道猶遭之，況爾曹乎。主上頃見徵，欻許勿切，忽也。然欲求伸。青冥卻垂翅，蹭十鄧切。蹬無縱鱗。木華海賦：蹭蹬窮波。年譜：天寶六載，詔天下有一藝詣轂下。李林甫命尚書省試，皆下之。公應詔退下。甚愧丈人厚，（劉須溪云人得磊落。）甚知丈人眞。每於百僚上，猥誦佳句新。（寫出前輩愛才之心令人感涕。）竊效貢公喜，劉峻廣絕交論：王陽登則貢公喜。難甘原憲貧。焉能心怏怏？祇是走踆踆。踆踆，走貌。浦注：二句乃心口問答，進退徘徊之狀。今欲東入海，卽將西去秦。尙憐終南山，回首淸渭濱。元和郡縣志：終南山在京兆府萬年縣南五十里。渭水在萬年縣北五十里。常擬報

言，妙在結處忽縱身雲表，有海闊天空之致。

汪伯玉云：此詩清麗奇偉，勢欲飛動，可與吳生畫手並絕古今。

一飯，朱注：後漢李固傳：常懷古人一飯之報。注：謂靈輒也。況懷辭大臣。邵云：有此一結，全首斂岸。白鷗沒浩蕩，萬里誰能馴？東坡志林：子美白鷗沒浩蕩，言滅沒於烟波間耳。宋敏求謂鷗不解沒，改作波字，便覺神氣索然。

朱鶴齡曰：韋必嘗薦公而不達，故有踆踆去國之思，今猶未忍決去者，以眷眷大臣也。然去志終不可回，當如白鷗之遠汎江湖耳。意最委折，而語非乞憐，應與昌黎上宰相書同讀。范元實但稱其布置得體，未為知言。○東皋雜錄：有問荊公，老杜詩何故妙絕古今？公曰：老杜固嘗言之：讀書破萬卷，下筆如有神。

冬日洛城北謁玄元皇帝廟

原注：廟有吳道子畫五聖圖。封演聞見記：高祖武德三年，晉州人吉善，行於羊角山，見白衣老父呼謂曰：為語唐天子，吾是老君，即汝祖也。高祖即遣使致祭，立廟其地。唐書：高宗乾封元年幸亳州，詣老君廟，追尊為玄元皇帝。開元二十九年，制兩京諸州各置廟。鶴注：天寶二年，親祀玄元廟，改西京廟為太清宮，東京為太微宮。康駢劇談錄：東都老君廟，臺殿高敞，下瞰伊洛。

配極元都閟，趙注：廟在洛城北，故曰配極。極，北極也。道藏：道君處大元都，坐高蓋天，上羅三清，下包三界。雲笈七籤：三洞經：元都上有九曲崚嶒。鳳臺、瓊房、玉室，處於九天之上，玉京之陽。憑高禁籞長。廟在北邙山上，故曰憑高。羽獵賦：禁禦所營。漢紀注：籞者，禁苑之遮衞也。謂折竹以繩懸連之，使人不得往來。守祧嚴

邵云：接得高妙。

具禮，周禮：守祧掌守先王先公之廟祧。掌節鎭非常。周禮：掌節，掌守邦節而辨其用。唐書：老君廟置令丞各一員。趙注：既尊老君爲聖祖，故監廟者得謂守祧，必有符驗，以防非常，故得借稱掌節。碧瓦初寒外，金莖一氣旁。西都賦：擢雙立之金莖。注：銅柱也。山河扶繡戶，（首記廟）日月近雕梁。（制尊嚴）仙李蟠根大，神仙傳：老子生而能言，指李樹曰：以此爲我姓。述異記：中山有縹李大如拳者，呼爲仙李。又云：瀨鄉老子祠有紅縹李，一李二色。庾信老子廟詩：盤根古樹低。猗蘭奕葉光。漢武故事：帝以七月七日旦生於猗蘭殿。句概言世緒綿遠，不必專指玄宗。世家遺舊史，（次推崇）言譜系失載於舊史也。舊謂史記不列世家，與下句不貫。道德付今王。（祀之由）封演聞見記：明皇親注道德經，令學者習之。畫手看前輩，（旁及畫壁）吳生遠擅場。朱景元名畫錄：吳道元字道子，東京陽翟人，明皇召入內供奉，凡畫人物佛像神鬼山水臺殿草木，皆冠絕於世。森羅移地軸，妙絕動宮牆。五聖聯龍袞，通鑑：天寶八載六月，上以符瑞相繼，皆祖宗休烈，上高祖謚曰神堯大聖，太宗曰文武大聖，高宗曰天皇大聖，中宗曰孝和大聖，睿宗曰元貞大聖。千官列雁行。冕旒皆秀發，旌旆盡飛揚。翠柏深留景，（補寫冬日畫影亦足與上畫手相映發）影同。紅梨迥得霜。風箏吹玉柱，丹鉛錄：古人殿閣簷稜間有風琴風箏，皆因風動成音，自叶宮商。袁淑正情賦：陳玉柱之鳴箏。露井凍銀牀。樂府淮南王篇：後園鑿井銀作牀。名義考：銀牀乃轆轤架也。身退（仍就）

結語略含諷意，卻只以吞吐出之，渾然不覺。

王阮亭云：此子美少壯時作，無一句不精悍。

玄元卑周室，列仙傳：老子生於殷時，爲周柱下史，後周德衰，乃乘青牛車去入大秦。咏歎作收。經傳拱漢皇。老氏聖紀圖：河上公授漢文帝道德二經旨奧，帝齋戒受之。言得清靜無爲之道，故垂拱而治也。去路悠然。谷神如不死，老子：谷神不死，是謂元牝。注：谷，養也。神，五藏之神。養拙更何鄉？

陳後山曰：敍述功德，反覆申意，事核而理長。○張惕菴曰：遙遙華胄，本屬荒唐，卻說得極纏綿鉅麗，文人彩筆，炳於龍鸞。○毛稚黃曰：此篇舊說皆屬諷刺，不知詩人以忠厚爲心，如明皇失德致亂，子美於洞房夙昔諸作，及千秋節有感二首，何等含蓄溫和。況玄元致祭立廟，始於唐高祖，歷世沿祀，不始明皇。在洛城廟中，又五聖並列，臣子入謁，宜如何肅將者。且子美後來獻三大禮賦，其朝獻太清宮，卽老子廟也，賦中竭力鋪張。若先刺後頌，不應自相矛盾若此。此論可一空前說。

高都護驄馬行

黃鶴謂是高仙芝。按史：仙芝爲安西副都護，天寶六載平小勃律，八載入朝。

安西都護胡青驄，舊唐書：貞觀十七年，置安西都護府，于闐以西，波斯以東，十六都督府隸焉。聲價欻然來向東。此馬臨陣久無敵，與人一心成大功。功成惠養隨所致，赭白馬賦：願終惠養蔭本枝兮。飄飄遠自流沙至。天馬歌：天馬來，從西極，涉流沙。雄姿未受伏櫪恩，猛氣猶思戰場利。腕促蹄高如踣音匐。鐵，

邵云：結有老驥伏櫪之感。

相馬經：馬腕欲促，促則健。蹄欲高，高耐險峻。邵注：踣鐵，言馬蹄之堅。**交河幾蹴曾冰裂。**元和郡縣志：貞觀四年，於漢車師前王地置交河縣，取界內交河爲名。交河源出縣北天山，分流城下。一統志：今西番火州地。**五花散作雲滿身，**仇注：名畫錄：開元內廄有飛黃、照夜、浮雲、五花之乘。李白集注：五花，馬毛色也。又郭若虛云：五花者，翦鬃爲瓣，或三花或五花。白樂天詩所謂馬鬣翦三花是也。此另一說。**萬里方看汗流血。**漢書注：大宛舊有天馬種，蹋石汗血，汗從肩髆小孔中出如血。

長安壯兒不敢騎，走過掣電傾城知。青絲絡頭爲君老，古樂府：青絲纏馬尾，黃金絡馬頭。**何由**應向**卻出橫**東句孟康：音光。**門道？**漢西域傳：百官送至橫門外。三輔黃圖：長安城北出西頭第一門曰橫門。程大昌雍錄：自橫門渡渭而西，是趨西域之路。

贈翰林張四學士垍

舊唐書張說傳：二子均、垍，皆能文。唐會要：玄宗始選朝官有詞藝學識者入居翰林。開元二十六年，始以翰林供奉改稱學士，別建學士院，俾專內命。太常少卿張垍，起居舍人劉光謙等首居之。

翰林逼華蓋，唐會要：翰林院在麟德殿西廂。晉天文志：大帝上九星曰華蓋，所以蔽覆大帝之座。**鯨力破滄溟。**對得奇浦注：上句言其官貴，下句謂其才雄。

天上張公子，徐陵詩：張星舊在天河上，由來張姓本連天。漢書：成帝時童謠曰：燕燕尾涎涎，張公子，時相見。**宮中漢客星。**後漢書：光武與嚴光共臥，太史奏客星犯帝座甚急。舊唐書：垍尚寧親公主，玄宗特加恩寵，許於禁中置內宅，侍爲文章。此句更似借用俗語女壻爲嬌客意。賦詩拾翠殿，佐酒望雲亭。長安志：東內翰林門北有九仙門、大福殿、拾翠殿。西內有景福臺，臺西有望雲亭。紫誥仍兼綰，西京雜記：漢以武都紫泥爲璽室。鶴注：制誥本集賢學士領之，今翰林學士得分掌，故曰兼綰。黃麻似六經。唐會要：開元三年，始用黃麻紙寫詔。似六經，美其文章典重也。內頒。一作分。金帶赤，唐書：緋爲四品服，淺緋爲五品服，並金帶。恩與荔枝青。朱注：貴妃嗜生荔枝，置驛傳送。垍在禁中，故得與賜。無復隨高鳳，顏延之詩：椅梧顧高鳳。空餘泣聚螢。晉書：車胤家貧，不常得油，夏月以練囊盛數十螢火照書讀。此生任春草，言隨遇而安。垂老獨漂萍。倘憶山陽會，魏氏春秋：嵇康寓居河內山陽，與王戎、向秀同遊，秀後作思舊賦。悲歌在一聽。張必與公有舊。

贈陳二補闕

世儒多汨沒，夫子獨聲名。獻納開東觀，後漢書：永光二年，帝幸東觀，覽書林，閱篇籍，博選藝術之士以充其官。君王問長卿。漢書：上讀子虛賦而善之曰：朕獨不得與此人同時哉！狗監楊得意侍上曰：臣邑人司馬相如自言爲此賦。上驚，召問相如。皂雕寒始急，埤雅鷹似鶻而大，黑色，俗呼皂鶻。唐書：王志愔除左臺御史，百僚畏憚，時人呼為皂鶻。

天馬老能行。自到青冥裏，休看白髮生。言已得遇，既老可無憾也。

浦二田云：詩是賀人，卻正為己發慨，首句便含得自家在內。結句若曰：如我者，乃不能不有歎老嗟卑之感也。後半一片神行，意在言外。

冬日有懷李白 時白方遊吳越。

寂寞書齋裏，終朝獨爾思。更尋嘉樹傳，不忘角弓詩。如此用古亦是斷章取義。左傳：晉韓宣子來聘，公享之，韓子賦角弓。既享，燕於季氏，有嘉樹焉，宣子譽之。武子曰：宿敢不封殖此樹，以無忘角弓，遂賦甘棠。朱注：公嘗與白同遊齊魯，情逾兄弟，故言己之不忘太白，猶季武之不忘韓宣也。短褐風霜入，還丹日月遲。神仙傳：藥之上者有九轉還丹，太乙金液。白嘗從北海高天師授道籙於齊州紫極宮，故云。未因乘興去，暗用子猷雪夜訪戴事。空有鹿門期。盛宏之荊州記：龐德公居漢之陰，司馬德操居漢之陽，望衡對宇，歡情自接。

春日憶李白

蔣云：細字對三四句看，自有微意。

李云：寄元逸人超忽有神，此作極狂簡之致。

沈云：李杜多縹緲恍惚語，其原盡出於騷。

白也詩無敵，飄然思不羣。清新庾開府，周書：庾信留長安，遷驃騎大將軍開府儀同三司。俊逸鮑參軍。宋書：臨海王子頊在荊州，鮑照爲前軍參軍。渭北春天樹，江東日暮雲。沈云：二句寫景而離情自見。渭北公所在，江東白所在也。何時一樽酒，重與細論文？

首句自是閱盡甘苦上下古今，甘心讓一頭地語。竊謂古今詩人，舉不能出杜之範圍；惟太白天才超逸絕塵，杜所不能壓倒，故尤心服，往往形之篇什也。

送孔巢父謝病歸遊江東，兼呈李白

唐書：巢父字弱翁，冀州人。早勤文史，少與韓準、李白、裴政、張叔明、陶沔隱居徂徠，號竹溪六逸。朱注：按詩云：南尋禹穴見李白，此江東乃浙江以東，即會稽也。仇注：孔之東遊，志在遯世引年，故詩中多言神仙事。

飄忽起句便奇。

巢父掉頭不肯住，莊子：鴻濛拊髀雀躍掉頭曰：吾弗知。東將入海隨烟霧。詩卷長留天地間，釣竿欲拂珊瑚樹。述異記：珊瑚碧色生海底，一樹數十枝，枝間無葉，大者高五六尺。深山大澤龍蛇遠，左傳：深山大澤，實生龍蛇。句借左語以見巢父歸隱之高遠者，謂遊方之外，無所羈束也。春寒野陰風景暮。邵云：寫景杳冥，迥非人境。句紀別去之時，亦見人世光陰苦短意。蓬萊織女趙云：當從別本作玉女。

仇云：置酒者蔡也，惆悵者公也，寄書道訊者孔也，末後賓主一齊收拾。

邵云：是唐詩史，亦古樂府。

通篇設爲役夫問答之詞，乃風人遺格。

回雲車，指點虛無引歸一作是征。路。自是君身有仙骨，世人那得知其故？惜君只欲苦死留，富貴何如草頭露？蔡侯靜者意有餘，此補題中所無清夜置酒臨前除。罷琴惆悵月照席，幾歲寄我空中書？梁高僧傳：史宗不知何許人，常在廣陵白土埭。有一道人取小兒到一山，山上人作書付小兒，令其捉杖，飄然而去。或聞足下波浪聲，送至白土埭。史宗開書大驚曰：汝那得蓬萊道人書耶！南尋禹穴見李白，張云帶處烟波無盡史記自序：上會稽，探禹穴。道甫問訊今何如？王士禛云：李受籙於高天師，言丹砂瑤草其事何如也？正與中間有仙骨句照應。

兵車行

朱注：玄宗季年，窮兵吐蕃，徵戍繹騷，内郡幾遍。詩故託爲從征者自愬之辭。

車轔轔，馬蕭蕭，行人弓箭各在腰。敍起一片慘景，筆勢如風潮驟湧耶孃妻子走相送，不可逼視古樂府：不聞耶孃哭子聲，但聞黃河水流鳴濺濺。塵埃不見咸陽橋。一統志：西渭橋在舊長安西，唐時名咸陽橋。牽衣頓足攔道哭，哭聲直上干雲霄。道旁過者問行人，行人但云點行頻。蔣云三字一吞聲小頓下再說起或從十五北防河，舊唐書：開元十五年制，以吐蕃爲邊害，徵隴中

沈云：以人哭起，以鬼哭仗，照應在有意無

兵萬人集臨洮防秋，至冬初，無寇而罷。便至四十西營田。唐食貨志：開軍府以捍要衝，因隙地以置營田，有警則以軍若夫千人助役。去時里正與裹頭，歸來頭白還戍邊。邊庭流血成海水，武皇開邊意未已。一篇微旨。不敢斥言，故託漢武以諷。君不聞漢家山東二百州，閻若璩曰：山東謂華山以東也。通鑑：秦孝公時，河山以東強國六，乃通韓、魏、燕、趙、齊、楚言之，不專指今之山東。千村萬落生荆杞。縱有健婦把鋤犁，善作反襯禾生隴畝無東西。此概天下言。況復秦兵耐苦戰，被驅不異犬與雞。此指今點行者。長者雖有問，又作一折役夫敢伸恨？且如今年冬，未休關西卒。縣官急索租，史記索隱：謂國家為縣官者，畿內縣即國都，王者官天下，故曰官也。租稅從何出？朱注：名隸征伐，則生當免其租稅矣。今以遠戍之身，復督其家之輸賦，豈可得哉？此承上更進一層語，亦與上村落荆杞相應。信知生男惡，反是生女好；生女猶得嫁比鄰，痛絕語生男埋沒隨百草。君不見青海頭，水經注：金城郡南有湟水出塞外，又東南逕卑禾羌海，世謂之青海。舊唐書：吐谷渾有青海，周圍八九百里。高宗龍朔三年，為吐蕃所併，開元中王君㚟、張景順、張忠亮、崔希逸、皇甫惟明、王忠嗣先後破吐蕃，皆在青海西。古來白骨無

篇，章法最奇。

憑空寫意中語入，便爾聳特，亦早伏後一段意。

人收。新鬼煩冤舊鬼哭，左傳：吾見新鬼大，故鬼小。天陰雨溼聲啾啾。

蔡寬夫曰：齊梁以來，文士喜爲樂府詞，往往失其命題本意。惟老杜兵車行、悲青坂、無家別等篇，皆因時事，自出己意，立題略不更蹈前人陳跡，眞豪傑也。○沈確士云：縱筆所之，猶龍夭矯，足以驚風雨而泣鬼神。

同諸公登慈恩寺塔

原注：時高適薛據先有作。兩京新記：京城東慈恩寺，高宗在春宮時爲文德皇后立，故名西院。浮圖六級，高三百尺，沙門元奘所立。

高標跨蒼穹，烈風無時休。自非曠士懷，登茲翻百憂。王粲登樓賦：登茲樓以四望兮，聊暇日以消憂。此翻用其語。方知象教力，王巾頭陀寺碑：正法既沒，象教淩夷。足可追冥搜。仰穿龍蛇窟，先寫登。謂塔間磴道屈曲而升，如穿龍蛇之窟。始出枝撐幽。王延壽魯靈光殿賦：枝撐杈枒而斜據。注：枝撐，交木也。黃山谷曰：慈恩塔下數級，皆枝撐洞黑，出上級乃明。七星在北戶，四句仰望。七星指北斗。河漢聲西流。天漢秋漸轉西，以逼近，故若聞其聲也。二句總是極形其高。羲和鞭白日，楚辭注：羲和，日御也。鞭字見日行之速。少昊行清秋。月令：孟秋之月，其帝少昊。秦山忽破碎，四句俯望各極神妙。涇渭不可求。朱注：秦山謂終南諸山，登高望之，大小錯雜如破碎然。涇

何義門云：此下意有所託，卽所謂登茲翻百憂也。身世之感，無所不包，卻只是說塔前所見，別無痕跡，所以爲風人之旨。

渭二水從西北來，遠望則不見其淸濁之分也。俯視但一氣，焉能辨皇州？迴首叫虞舜，左傳：或叫於宋太廟。注：叫，呼也。博議云：高祖號神堯皇帝，太宗受內禪，故以虞舜方之。蒼梧雲正愁。山海經：南方蒼梧之丘中有九疑山，舜所葬。朱注：寺本爲文德皇后祝釐之所，蒼梧雲愁，以二妃比文德也。惜哉瑤池飮，日晏一作宴，非。崑崙丘。列子：穆王升崑崙之邱，遂賓於西王母，觴於瑤池之上。程嘉燧曰：明皇遊宴驪山，皆貴妃從幸，故以日晏崑崙諷之。按：上二感昔，以虞舜蒼梧比太宗昭陵；下二傷今，以王母瑤池比太眞溫泉，卻俱在望中見得。黃鵠去不息，哀鳴何所投。君看隨陽雁，書禹貢注：陽鳥，隨陽之鳥，鴻雁屬。各有稻粱謀。朱注：末以黃鵠哀鳴自比，而歎謀生之不若陽雁，蓋憂亂之詞。又文章正宗引師尹注：黃鵠哀鳴，以比高飛遠引之徒；陽雁稻粱，以比附勢貪祿之輩。

前半寫盡窮高極遠，可喜可愕之趣，入後尤覺對此茫茫，百端交集，所謂渾涵汪茫千彙萬狀者，於此見之。視同時諸作，其氣魄力量，自足壓倒羣賢，雄視千古。○李子德云：岑作高，公作大；岑作秀，公作奇；岑作如浩然洞庭，終以公詩吳楚東南坼，乾坤日夜浮爲大。

投簡咸一作成。華兩縣諸子

鶴注：梁權道編成都詩，內以咸華爲成都華陽兩縣。然詩云長安苦寒，又南山靑門皆長安事，當是天寶間在京師簡咸寧華原

浦云：項領成，禮數絕，語太憤激矣，故以疏頑自任，而結復歸之不敢聲言。

用比起冒全意。

二縣者。

赤縣官曹擁才傑，元和郡縣志：唐縣有赤畿、望、緊、上、中、下六等之分。京都治爲赤縣。軟裘快馬當冰雪。反對自家 長安苦寒誰獨悲？杜陵野老骨欲折。漢地理志：杜陵屬長安，古杜伯國，宣帝葬此，因曰杜陵。南山豆苗早荒穢，二語亦帶刺時 楊惲傳：田彼南山，蕪穢不治，種一頃豆，落而爲萁。青門瓜地新凍裂。三輔黃圖：長安霸城門其色青，故曰青門。秦東陵侯邵平隱居於此，種瓜五色。鄉里兒童項領成，詩：四牡項領。注：項，大也。四牡者，人所駕，今但養大其領，不肯爲用。後漢呂強傳：羣邪項領。朝廷故舊禮數絕。故舊指朝臣。禮數絕，言無能相卹也。自然棄擲與時異，況乃疏頑臨事拙。饑臥動卽向一旬，敝衣何啻聯百結。王隱晉書：董威輦拾殘繒，輒結爲衣，號曰百結。君不見空牆日色晚，此老無聲淚垂血！

病後過王倚飲贈歌

麟角鳳觜世莫識，煎膠續弦奇自見。十洲記：鳳麟洲在西海中，洲上多鳳麟。仙家煮鳳喙及麟角合煎作膠，名爲集弦膠，或云連金泥。

此病後過王而述問答之詞。仇云：乍見而怪，久視而哀，見疾痛相關意。

此王生留飲而記款待之情。

仍歸感交誼作收。

張云：結處語有深味，情景逼眞。

此膠能屬連弓弩，斷弦折劍，亦以膠連之。盧元昌曰：此以煎膠喻交情，即所謂膠漆雖堅，不如雷與陳也。蓋王生敦篤士，尋常亦幾失之。及公以尩羸病軀，與之談情愫，留歡宴，不覺手足輕旋，沈痾爲之頓起，眞有似乎煎膠續弦者，比意最爲切當。

尙看王生抱此懷，在於甫也何由羨？言王生果奇，而自愧己無可羨也。

且過王生慰疇昔，素知賤子甘貧賤。酷見凍餒不足恥，多病沈年苦無健。王生怪我顏色惡，答云伏枕艱難遍：瘧癘三秋孰可忍？寒熱百日交相戰。頭白眼暗坐有胝，音支。坐久皮厚也。肉黃皮皺命如線。（極寫不堪）惟生哀我未平復，爲我力致美肴膳。遣人向市賒香粳，可見亦非有餘。喚婦出房親自饌。可見亦無從人。長安冬菹酸且綠，（點染有風致）周禮七菹注：全物若牒爲菹，細切爲齏。金城土酥淨如練。長安志：京兆府歲貢興平酥。唐書：金城縣，至德二載更名興平。兼求畜豪且割鮮，畜豪即豪豬。密沽斗酒諧終宴。（極寫周旋）故人情義晚誰似？令我手脚輕欲旋。（極寫感激）辭變切。老馬爲駒信不虛，詩：老馬反爲駒，不顧其後。注：已老矣，而孩童慢之。當時得意況深眷。言王生不以老而慢，我即此片時款洽，已

邵云：眞趣亦自漢魏出。

沈云：隨事比興，全得古樂府之神。

足快心，況異日之眷有深於此者乎。但使殘年飽喫飯，只願無事長相見！詩開宋派，讀此歌見古人一飯之德不忘。○仇滄柱曰：此章及後贈姜七少府詩，皆用方言諺語。蓋王姜二子本非詩流，故用世俗常談發出懇摯眞情，令其曉然易見。文章淺深，因人而施，此其所以有益也。

示從孫濟

平明跨驢出，未知適誰門。無聊光景宛然。權門多噂沓，詩：噂沓背憎。箋：噂噂，沓沓，相對語。背則乃相憎逐。且復尋諸孫。諸孫貧無事，客舍如荒村。堂前自生竹，堂後自生萱。兩自字，便寫出如荒村光景。萱草秋已死，竹枝霜不蕃。仇注：此亦傷本支零落，賦而比也。淘米少汲水，汲多井水渾。刈葵莫放手，放手傷葵根。趙云：時必淘米刈葵，故復以起興。族之有宗，猶水之有源，葵之有根也。水有源，勿渾之；葵有根，勿傷之；族有宗，則亦勿疏之而已。阿翁懶惰久，覺兒行步奔。所來爲宗族，亦不爲盤飧。小人利口實，薄俗難具論。勿受外嫌猜，同姓古所敦。結意厚。

杜位宅守歲

守歲阿戎家，仇注：謝惠連初不爲父所知，族兄靈運曰：阿戎才悟如此，何作常兒遇之？通鑑注：晉宋間多呼弟爲阿戎，他本改作阿咸未是。椒盤已頌花。崔寔四民月令：正月一日以盤進椒飲酒，號椒盤焉。晉書：劉臻妻陳氏，元旦獻椒花頌。盍簪喧櫪馬，列炬散林鴉。困學紀聞：位，李林甫諸壻也。四十明朝過，年譜謂天寶十載，林甫方在相位，盍簪列炬，其炙手之徒歟。四十明朝過，飛騰暮景斜。吳均詩：景斜不可駐。誰能更拘束？爛醉是生涯。

顧修遠云：公目擊附勢之徒，見位而傴僂俯仰，不勝拘束，故有末二句。○趙汸曰：後半感慨豪縱，讀之可想公之爲人。

方虛谷云：四十飛騰，乃句中自對。

元都壇歌寄元逸人

夢弼注：元都壇漢武帝所築，在長安南山子午谷中。

故人昔隱東蒙峰，在魯地。已佩含景蒼精龍。初學記：後漢公孫瑞劍銘：從革庚辛，含景吐商。史記索隱：文曜鉤云：東宮蒼帝，其

李云：高格微言，咀詠不盡。

申鳧盟云：二語大類長吉。

精爲龍。春秋繁露：劍之在左，蒼龍象也。含景謂含日月之景。

故人今居子午谷，三秦記：長安正南，山名秦嶺，谷名子午。**獨在陰崖結茅屋。屋前太古元都壇，青石漠漠常風寒。子規夜啼山竹裂，**言子規夜啼而山竹爲之欲裂也。**王母晝下雲旗翻。**列仙傳：穆王與王母會瑤池，雲旗霓裳擁簇，自天而下。一說：杜修可云：王母鳥名，故對子規。酉陽雜俎云：齊郡函山有鳥，足青嘴赤黃，素翼絳顙，名王母使者。又王椿齡云：其尾五色，長二三丈許，飛則翩翻，正如旗狀。**知君此計誠長往，芝草琅玕日應長。**漢武內傳：王母曰：太上之藥，有廣庭芝草，碧海琅玕。**鐵鎖高垂不可攀，**舊注：道藏經：晉時有戍卒屯於子午谷，入谷之西澗水窮處，忽見鐵鎖下垂約有百餘丈，戍卒欲挽引而上，有虎蹲踞焉。**致身福地何蕭爽。**洞天福地記：終南山太乙峯在長安西南五十里，內皆福地。

張云：此指明皇遊幸，妙在渾含。

杜詩鏡銓卷二

樂遊園歌 天寶中公在京師作。

原注：晦日賀蘭楊長史筵醉中作。漢書：神爵三年起樂遊苑。注：三輔黃圖云：在杜陵西北。長安志：樂遊苑在京兆萬年縣南八里，亦曰樂遊原。兩京新記：太平公主於原上置亭遊賞，每正月晦日、三月三日、九月九日，士女咸卽此祓禊登高，詞人樂飲歌詩，翼日傳於都市。

樂遊古園崒森爽，烟緜碧草萋萋長。公子華筵勢最高，秦川對酒平如掌。三秦記：秦川一名樊川。長安志：樂遊原居京城之最高，四望寬敞。長生木瓢示眞率，偏有此閒筆 晉嵇含有長生木賦。更調鞍馬狂歡賞。首敍長史筵宴，次及望中景事。青春波浪芙蓉園，雍錄：漢宣帝樂遊廟，唐世基跡尚存，與芙蓉園相並。張禮遊城南記：芙蓉園在曲江西南，園內有池，謂之芙蓉池，唐之南苑也。白日雷霆夾城仗。兩京新記：開元二十年，築夾城，自大明宮夾亘羅城，複道經通化門觀以達興慶宮；次經春明延喜門，至曲江芙蓉園。閶闔晴開詄蕩蕩，漢禮樂志：天門開，詄蕩蕩。曲江翠幙排銀牓。張正見詩：銀牓映仙宮。拂水低回舞袖翻，緣雲清切歌聲

劉須溪云：每誦此結不自堪。

前後四句寫景，將自己一句插在中間，章法錯落。

此首接上起下。

上。卻憶年年人醉時，此則當筵有感只今未醉已先悲。數莖白髮那拋得？百罰深杯亦不辭。聖朝已亦一作知賤士醜，一物自荷皇天慈。仇注：一物指酒，猶陶公云杯中物。謂朝已被棄而天猶見憐，假以一飲之緣也。此身飲罷無歸處，獨立蒼茫自詠詩。邵云：淒寂可念。

沈確士云：極歡宴時，不勝身世之感。臨川蘭亭序所云：情隨事遷，感慨係之也。

曲江三章章五句　相如哀二世賦：臨曲江之隑洲。注：曲江在杜陵西北五里。康駢劇談錄：曲江池本秦隑洲，開元中疏鑿爲勝境，花卉環列，烟水明媚。都人遊賞，盛於中和、上巳二節。按隑音祈，曲岸也。

曲江蕭條秋氣高，菱荷枯折隨風濤。游子空嗟垂二毛。白石素沙亦相蕩，哀鴻獨叫求其曹。

即事非今亦非古，杜臆：謂即事吟詩，五句成章，似古體七言成句，又似今體也。長歌激越捎林莽，莫補切。比屋豪華

承轉悲壯，一句截住，見筆力。

王阮亭云：十字盡學詩之祕。

固難數。吾人甘作心似灰，弟姪何傷淚如雨？謂聞此歌也。自斷丁亂切。此生休問天，翻用楚辭天問語。杜曲幸有桑麻田，雍錄：樊川韋曲東十里有南杜北杜。杜固謂之南杜，杜曲謂之北杜。二曲名勝之地。故將移住南山邊。南山即終南山。短衣匹馬隨李廣，看射猛虎終殘年。漢李廣傳：廣屏居藍田南山中射獵，見草中石，以為虎而射之，中石沒羽，視之石也。廣所居郡聞有虎，常自射之。

題倣三百體，詩則公之變調。○邵子湘云：短章踸踔，空同極學此種。

敬贈鄭諫議十韻

唐書：諫議大夫凡四人，屬門下省。

諫官非不達，詩義早知名。本聯只一語揭過 破的由來事，世說：劉尹至王長史許清言，長史曰：韶音令詞不如我，往輒破的勝我。先鋒孰敢爭！思飄雲物動，律中鬼神驚。謂能神明於規矩之中也。毫髮無遺憾，杜老自謂。一作恨。賈子新書：十毫曰髮，十髮曰釐。波瀾獨老成。爾雅：大波為瀾，小波為淪。仇注：謂通篇結構。野人寧得所，下皆自敘 天意薄浮生。言薄命出於天賦。多病休儒服，冥搜信客旌。杜詩信字多作任字用。築居仙縹緲，海賦：羣仙縹緲，餐玉淸涯。公獻賦後命待制集賢院，殆卽指翰苑諸公。旅食歲崢嶸。舞鶴賦：歲崢嶸而愁暮。注：崢嶸，高貌。言歲之將盡，如物之高。使者求顏闔，莊子：魯君聞顏闔得道之士也，使人以幣先焉。顏闔對曰：恐聽誤而遺使者罪，不若審之。使者反求之，則不得已。諸公厭禰衡。後漢書：禰衡氣剛傲，好矯時慢物。曹操懷忿，送劉表，表不能容，以江夏太守黃祖性卞急，送與之，爲所殺。二句言主上憐才而執政見忌也。將期一諾重，史記：曹邱生曰：得黃金百斤，不如得季布一諾。時公必有所陳乞。欻使寸心傾。君見途窮哭，宜憂阮步兵。阮籍傳：籍率意命駕，不由徑路，車跡所窮，輒慟哭而反。聞步兵廚人善釀，有貯酒三百斛，乃求爲步兵校尉。

貧交行

一語說得盡。

翻手作雲覆手雨，朱注：雲合而雨散，一翻覆手間，雲雨已判，甚言交道之不可久也。紛紛輕薄何須數？君不見管鮑貧時交，此道今人棄如土。王右仲云：作行止此四句，語短而恨長，亦唐人所絕少者。

蔣云：寫妙技不覺說入自家話，微乎其微。

慧心香口，直似飛卿，公詩眞無所不有。

白絲行

繰絲須長不須白，首句乃有激之詞。喻奔競之徒，但希榮進，不須名節也。越羅蜀錦金粟尺。象牀玉手亂殷紅，烏閑切。萬草千花動凝碧。已悲素質隨時染，裂下鳴機色相射。食亦切。美人細意熨貼平，裁縫滅盡針線跡。春天衣著陟略切。爲君舞，媚人取說之影。蛺蝶飛來黃鸝語。落絮游絲亦有情，隨風照日宜輕舉。香汗淸塵汙顏色，開新合故置何許？君不見才士汲引難，起結無限悲慨。恐懼棄捐忍羈旅。

邵子湘云：得梁陳樂府之遺。○白絲行，卽墨子悲素絲意也。歎士人媚時，徒失其身，終歸棄置。故有志者，寧守貧賤也。全首託興，正意只結處一點。

前出塞九首

朱鶴齡曰：天寶末，哥舒翰貪功於吐蕃，安祿山搆禍於契丹，於是徵調半天下。前出塞爲哥舒發，後出塞爲祿山發。沈德潛曰：今按詩前九章多從軍愁苦之詞，後五章防強臣跋扈之漸，長孺所分，理或然也。○諸詩皆代爲從征者之言。

首章敘初發時辭別室家之情。

二章述上路後輕生自奮之狀。

三章中途感觸而爲自解之詞。

四章跋涉既遠而吐被驅之憤。

戚戚去故里，悠悠赴交河。鶴注：交河郡在隴右道，備吐蕃之處也。公家有程期，亡命嬰禍羅。君已富土境，開邊一何多？邵云：二句是前出塞詩旨。棄絕父母恩，吞聲行負戈。結語黯然。

出門日已遠，不受徒旅欺。骨肉恩豈斷？男兒死無時。二句言骨肉之恩，豈能遽絕。今所以決然舍去者，以男兒死地無常，不如死綏爲烈耳。此承上末二句，復作徘徊轉戀語。走馬脫轡頭，手中挑青絲。梁簡文帝詩：宛轉青絲鞚。捷下萬仞岡，俯身試搴旗。劉須溪云：賦至此極可壯可傷。李陵書：斬將搴旗。注：拔取曰搴。

磨刀嗚咽水，蔣云：借磨刀撰出一首，自奇。三秦記：隴頭歌：隴頭流水，鳴聲幽咽，遙望秦川，肝腸斷絕。又蔡琰胡笳曲：夜聞隴水兮聲嗚咽。時將征吐蕃，故度隴而經此水也。水赤刃傷手。欲輕腸斷聲，心緒亂已久。言本不欲以此嗚咽之聲動心，無如心亂已久，故聞水聲觸耳而不覺手傷也。丈夫誓許國，重振起。憤惋復何有？功名圖麒麟，漢書：甘露三年，圖畫霍光等一十八人於麒麟閣。戰骨當速朽。末句反言見意。

送徒既有長，遠戍亦有身。生死向前去，不勞吏怒嗔。路逢相識人，附書前專

五章初到軍中而歎，亦見功名難就意，就三首末二句翻轉。

六章忽作閑評論一首，復提醒本意。

七章言戍守也。築城必依山險，兼帶述苦寒。

八章言戰陣也。聊作妄想快意，亦正見

與六親。（言父母此兼及六親亦有次第。）漢書注：六親，父母兄弟妻子。哀哉兩決絕，不復同苦辛！

迢迢萬里餘，領我赴三軍。軍中異苦樂，主將寧盡聞？（作平心語愈見悲痛。）隔河見胡騎，倏忽數百羣。我始爲奴僕，幾時樹功勳？（浦云結語足令寒士淚下。）

挽弓當挽強，用箭當用長；射人先射馬，左傳：樂伯左射馬而右射人。擒賊先擒王。（四語似謠似諺，是古樂府妙境。）張綖曰：上三句興，下一句即起。末二句意言朝廷果有制敵之道，不在勞師以用武也。

殺人亦有限，限，制也。即書不愆於六伐七伐乃止齊焉意。立一作列。國自有疆。（大識議，非詩。）苟能制侵陵，豈在多殺傷？（人語。）

驅馬天雨雪，軍行入高山。逕危抱寒石，指落曾冰間。已去漢月遠，何時築城還？浮雲暮南征，可望不可攀。

單于寇我壘，百里風塵昏。雄劍四五動，彼軍爲我奔。烈士傳：楚王命鏌鎁鑄雙劍，一雌一雄。越絕書：

當時主將無能如衞霍輩者，不過徒殘民命而已。

末章他手必作策勳行賞語。以苟得二字發邊將冒功邀恩之弊，以中原亂釁人主開邊黷武之心，託諷尤爲深婉。

蔣云：慣截取中幅語作起句，最見突兀。

晉國圍楚，三年不解。楚引太阿之劍登城麾之，三軍破敗，流血千里。虜其名王歸，漢書匈奴傳：虜名王貴人以百數。注：名王謂有大名，以別於諸小王也。繫頸授轅門。潛身備行列，一勝何足論？言立功如上四句，庶可望圖形麒麟矣；然方沉淪卒伍，未必爲封賞所及，即一勝亦何足論哉。此即爲下章前半引脈，下更作一轉。

從軍十年餘，能無分寸功？衆人貴苟得，欲語羞雷同。中原有鬭爭，況在狄與戎？丈夫四方志，安可辭固窮？後半言窮兵不已，非特邊疆多故，並恐釁起蕭牆；人臣果有志立勳，儘有可馳驅効命之處，不必一時妄希榮顯也。○從軍十年餘，能無分寸功？隱見得不償失，借軍士口中逗出，總是綿裏裹針之法。

借古題寫時事，深悉人情，兼明大義，當與東山采薇諸詩並讀，視太白樂府更高一籌。○九首承接只如一首，杜詩多有此章法。○吳昌祺曰：無意不深，無筆不健，掃絕依傍，獨有千古。

送高三十五書記十五韻

舊唐書：高適字達夫，渤海人，解褐封邱尉，去遊河右。河西節度使哥舒翰表爲左驍衞兵曹，充翰府掌書記。

崆峒小麥熟，黃希曰：山名崆峒者三：一在臨洮，一在安定，一在汝州，此指在臨洮者。且願休王師。請公問主將：焉

張云：寫高從戎裝束，似贊似嘲。

用窮荒爲？朱注：通鑑：積石軍每歲麥熟，吐蕃輒來穫之，邊人呼爲吐蕃麥莊。天寶六載，哥舒翰先伏兵於其側，虜至斷其後夾擊之，無一人得返者。後遂因麥莊一捷，而黷武窮荒，屢致敗衂。今高之往，適當其時，公故戒其貪勝，欲適以之告翰也，此是送高本旨。

饑鷹未飽肉，側翅隨人飛。（先作一比）魏志：陳登喻呂布曰：登見曹公言待將軍譬如養虎，當飽其肉，不則噬人。公曰：不如卿言，譬如養鷹，饑則爲用，飽則颺去。

高生跨鞍馬，有似幽并兒。脫身簿尉中，始與捶楚辭。適封邱縣詩：鞭撻黎庶令人悲。當指他人言爲是。

借問今何官，觸熱向武威？（問答亦本樂府體）舊唐書：涼州屬河西道，天寶元年，改武威郡。

答云一書記，所愧國士知。人實不易知，更須慎其儀。（忠告之言）陶侃傳：諸參佐當正其衣冠，攝其威儀，何有亂頭養望，自謂曠達耶。

十年出幕府，自可持旌麾。（期以大用）此行既特達，足以慰所思。男兒功名遂，亦在老大唐佐切。時。時高年已暮。

常恨結驩淺，各在天一涯。（結言送別之意）又如參與商，慘慘中腸悲。驚風吹鴻鵠，不得相追隨。黃塵翳沙漠，念子何當歸。一作時。

邊城有餘力，早寄從軍詩。（到底熱處難忘）

觀詩直有家人骨肉之愛，公於同時諸詩人，無不惓惓如此。

前四格高，倒起有憑虛御風之致。

送裴二虬尉永嘉

唐書：永嘉縣屬溫州。

孤嶼亭何處？天涯水氣中。謝靈運有登江中孤嶼詩。寰宇記：孤嶼在永嘉江中，嶼有二峯，謝靈運所遊，後人建亭其上。故人官就此，絕境與誰同？起五六。起七八。隱吏逢梅福，漢書：梅福補南昌尉，棄妻子去隱於會稽，至今傳爲仙。遊山憶謝公。扁舟吾已具，把釣待秋風。

送張十二參軍赴蜀州，因呈楊五侍御

唐書：都督諸州，俱有參軍事掌出使贊導。又蜀州屬劍南道。

好去張公子，通家別恨添。兩行秦樹直，萬點蜀山尖。秦樹言所經之途，蜀山言所至之境。御史新驄馬，後漢書：桓典拜侍御史，常乘驄馬。參軍舊紫髯。晉書：郗超爲桓溫參軍，超有髯，府中號曰髯參軍。獻帝春秋：張遼問吳降人，有紫髯將軍是誰？曰：是孫會稽。皇華吾善處，猶云相好處。於汝定無嫌。

結語前路茫茫，眞覺黯然涕下。

黃白山云：楊必爲蜀中諸道使，而張參其軍。此四十字薦書也，妙在不露痕迹。○張上若云：直字是秦中之樹，尖字是蜀中之山，只兩字有化工之妙。

送韋書記赴安西

唐書：元帥節度府有掌書記一人，關預軍中機密。安西注見一卷。

夫子欻通貴，雲泥相望懸。白頭無藉在，（二句言向日）趙注：謂無所倚藉。朱紱有哀憐。唐制，御史賜金印朱紱，時韋必兼官御史。書記赴三捷，（二句言當下）公車留二年。漢書注：公車令屬衛尉，上書者所詣。時公方待制集賢。欲浮江海去，此別意茫然。言知己去而己亦將遯矣。

寄高三十五書記

此別後寄候之作。

歎息高生老，新詩日又多。唐書：適年過五十，始留意篇什，數年之間，體格漸變，以氣質自高。美名人不及，（流走一氣）佳句法如何？即欲與細論文意。主將收才子，崆峒足凱歌。樂府詩集：哥舒翰破吐蕃收九曲，黃河置洮陽郡，適爲作九曲詞。聞君已朱紱，且得慰蹉跎。

此首指初沒時。

此首又追敘身前，上四帶表技能，下四實指勞績。

浦二田云：首着歎息二字。彼此詩人，一遇一否，言外有不遇者在，即遇者亦慨與幸俱有。

故武衛將軍挽詞三首

唐書：左右衛將軍各二員，掌統領宮禁警衛之法。

嚴警當寒夜，前軍落大星。晉陽秋：有星赤而芒角，自東北往西南投於諸葛亮營，俄而亮卒。壯夫思果決，哀詔惜精靈。王者今無戰，書生已勒銘。班固爲竇憲作燕然山銘，勒石紀功。此句亦當作偃武意，即上崆峒凱歌之類。仇注謂指墓碑，與上下不合。封侯意疏闊，編簡爲誰青？後漢吳祐傳：殺青簡寫書。注：殺青以火炙簡令汗，取其青易書，且不蠹。朱注：將軍大抵嘗立功塞外而未加爵賞者，故言當此太平不尙武之秋，封侯之志雖未得遂，然編簡不爲之青而誰青乎？許其功名之必垂於史冊也。

舞劍過人絕，鳴弓射獸能。銛音纖。鋒承一行愜順，謂投之所向，無不如意。猛噬承二失蹻邱妖切。騰。赤羽千夫膳，家語：子路曰：願得白羽若月，赤羽若日。羽旌旗也。黃河十月冰。橫行沙漠外，神速自今稱。朱注：赤羽之下，會食千夫，見以孤軍轉鬭，又值塞外苦寒、冰堅難渡之時，當此而能橫行沙漠，其神速誠可稱矣。舊解都謬。

末首紀送葬情事，乃哀挽正文。

邵曰：起手大好氣概，自負不淺。

李子德云：三詩沉雄悲壯，足慰鬼雄，此篇尤有生造之力。

哀挽青門去，新阡絳水遙。水經注：應劭曰：絳水出絳縣西南。邵注：去長安六百里。路人紛雨泣，曹植誄：延首歎息，雨泣交頤。天意颯風飆。部曲精仍銳，匈奴氣不驕。劉辰翁曰：匈奴尚畏其部曲，則逝者可知，此爲書生善頌。無由覩雄略，大樹日蕭蕭！用馮異事。注見一卷。

奉留贈集賢院崔國輔于休烈二學士 浦注：公獻賦後命待制集賢院，時因召試不遇，意將辭別而歸。二學士乃集賢院長。舊說崔于當是試文之官，玩詩意恐非是。

昭代將垂白，途窮乃叫閽。獻賦時公年四十。氣衝星象表，詞感帝王尊。天老書題目，聖賢羣輔錄：黃帝七輔，其一曰天老。天老謂宰相，春官謂禮部也。春官驗討論。二句指召試文章而言。倚風遺鶂路，鷁同。左傳：六鷁退飛過宋都，風也。隨水到龍門。三秦記：龍門在河東界，每暮春有黃黑鯉魚自海及諸川來赴，得上者化爲龍，否則曝腮點額而退。仇注：遺鷁路，言期免退飛；到龍門，言志在騰躍。

張云：蛟螭謂爲權奸所阻，燕雀指同時小人得志者，却俱用喻說，故自渾然。

末叙留贈之意。

二段頌鮮于。

○首從多士形起，稱其才氣傑出。

次從侯伯形起，見其位望特優。

竟與蛟螭雜，徒聞燕雀喧。（四句分承）青冥猶契闊，陵厲不飛翻。朱注：公以詞賦爲人主所知，再降恩澤，止送隷有司參列選序，故有青冥契闊之歎。儒術誠難起，家聲庶已存。故山多藥物，公族在杜陵而田園在洛陽，此指東都故居言。勝槪憶桃源。桃源在武陵，此借言欲如秦人之避世也。欲整還鄉旆，長懷禁掖垣。謬稱三賦在，難述（致○感○只○淡○淡○二語○自○覺）二公恩。（隱○然○無○限）原注：甫獻三大禮賦出身，二公常謬稱述。

奉贈鮮于京兆二十韻　唐書楊國忠傳：國忠無行檢，不爲姻族齒，蜀大豪鮮于仲通頗資給之，國忠拜御史大夫，引通爲京兆尹。朱注：通鑑：天寶十一載十一月，國忠爲右相，仲通諷選人請爲刻頌，立於省門。此殆公謁選時所上。

王國稱多士，賢良復幾人？異才應間出，爽氣必殊倫。始見張京兆，宜居漢近臣。漢書：張敞守京兆尹，略循趙廣漢之迹。（二○語○杜○詩○熟○境○）驊騮開道路，鵰鶚離風塵。朱注：史稱仲通輕財好施，其人必豪邁有才氣，故以驊騮鵰鶚目之。侯伯知何算，文章實致身。（蔣○云○隱○對○自○家○雙○管○齊○下○之○筆）奮飛超等級，容易失沈淪。脫略磻溪釣，

四句結上起下。

二段自敘。○此敘開元末應鄉舉下第之事。

此敘天寶中初應詔而見黜，後召試而仍棄之事。仇云：只陰謀忌刻四字，極盡奸邪情狀。

末望汲引，乃贈詩本意。

水經注：渭水之右，磻溪水注之，水次平石，卽太公垂釣之所。顏魯公墓碑：仲通年近四十，舉鄉貢進士，五十始擢一第，從官十年而後超登四岳。可見其晚年始遇。**操持郢匠斤。**莊子：郢人堊墁其鼻端若蠅翼，匠石運斤成風盡堊而鼻不傷。仇注：上句言遇合之遲，此句言鋒鋩之利。**雲霄今已逼，台袞更誰親？鳳穴雛皆好，**顏魯公墓碑：子六人皆有令聞。**龍門客又新。**李膺傳：膺性簡亢，被容接者名曰登龍門。**義聲紛感激，敗績自逡巡。途遠欲何向，天高難重陳。學詩猶孺子，**卽早充觀國賓意。**鄉賦忝嘉賓。不得同晁錯，**晁錯傳：文帝詔舉賢良文學對策者百餘人，惟錯爲高第。**吁嗟後郤詵。**音隙。晉書：泰始中舉賢良直言之士，郤詵以對策上第，拜議郎。**計疏疑翰墨，時過憶松筠。**言欲收功晚節也。二句寫盡士子窮途心事。**獻納紆皇眷，中間謁紫宸。且隨諸彥集，方覬**音冀。**薄才伸。破膽遭前政，陰謀獨秉鈞。**前政謂李林甫也。林甫傳：天寶六載詔天下通一藝以上者，皆詣京師。林甫恐對策者斥言其奸，乃委尚書省覆試，遂無一人及第。**微生霑忌刻，萬事益酸辛。交合丹青地，**鹽鐵論：公卿者神化之丹青。謂與國忠交好。**恩傾雨露辰。有儒愁餓死，早晚報平津。**平津謂國忠也。漢公孫弘傳：元朔中代薛澤爲丞相，封平津侯。

李安溪云：歐陽文忠言春秋之義，痛之深則詞益隱，子般卒是也。刺之切則旨益微，君子偕老是也。此詩實與美目巧笑象揥縐絺同旨。詩至老杜乃可與風雅代興耳。

麗人行

困學紀聞：王無功三月三日賦：聚三都之麗人。杜語本此。

三月三日天氣新，長安水邊多麗人。朱注：此刺諸楊遊宴曲江也。舊唐書：玄宗每幸華清宮，國忠姊妹五家扈從，每家爲一隊，著一色衣。五家合隊，照映如花，遺鈿墜舄，瑟瑟珠翠，燦爛芳馥於路。而國忠私於虢國，不避雄狐之刺，聯鑣方駕，不施帷幔。其從幸華清如此，度上巳修禊，亦必爾也。態濃意遠淑且眞，淑眞婦人美德，公反言以刺之也。此言天姿之美。肌理細膩骨肉勻。此下言服飾之麗繡羅衣裳照暮春，蹙金孔雀銀麒麟。頭上何所有？翠爲㔩葉垂鬢脣。音罨。烏合切。玉篇：㔩綵，婦人頭花髻飾。背後何所見？珠壓腰衱穩稱身。爾雅：衱謂之裾。注：衣後裾也。蓋衣裾以珠綴之。就中雲幕椒房親，西京雜記：成帝設雲帷雲帳雲幕於甘泉殿。三輔黃圖：椒房殿在未央宮，以椒和泥塗壁。賜名大國虢與秦。唐書：太眞姊三人，皆有才貌，並封國夫人。長姨韓國、三姨虢國、八姨秦國，同日拜命。此下言饌飲紫駝之峯出翠釜，晉樂之精漢書：大月氏出一峯橐駝。注：脊上有一封高也，如封土然，今俗呼爲犎。酉陽雜俎：衣冠家名食有將軍曲，良翰能爲駝峯炙。水精之盤行素鱗。犀筯厭飫久未下，鸞刀縷切空紛綸。又添一波非常助色黃門飛鞚不動塵，漢書注：禁中黃門謂閹人，在內給事

沈云：態濃意遠下倒插秦虢，當軒下馬下倒插丞相，他人無此筆法。何云：國忠孽子而淫亂若此，是以無根之楊花，覆有根之白蘋也。青鳥紅巾，幾於感帨矣。

者。御廚絡繹送八珍。朱注：唐書貴妃傳：帝所得珍奇貢獻，分賜諸嬪，使者相銜於道，五家如一。二句正詠其事也。簫鼓一作管。哀吟感鬼神，賓從雜遝實要津。後來鞍馬何逡巡！當軒下馬入錦茵。繼乃備言狎昵之態。仇注：鞍馬逡巡，見賓從伺候之多。當軒下馬，見旁若無人之象。楊花雪落覆白蘋，二句隱語。廣雅：楊花入水化爲萍。爾雅翼：萍，大者曰蘋。樂府楊白花歌：白楊花，飄蕩落南家。又曰：願銜楊花入窠裏。此胡太后淫辭，用之亦以託諷楊氏也。青鳥飛去銜紅巾。漢武故事：七月七日王母至，有二青鳥如烏夾侍王母旁。炙手可熱勢絕頂要津字下。倫，愼莫近前丞相嗔！微詞。

宋轅文曰：唐人不諱宮掖，擬之樂府，亦羽林郎之亞也。○陸時雍曰：詩言窮則盡，意褻則醜。少陵麗人行，太白楊叛兒，一以雅道行之，故君子言有則也。又曰：色古而厚。○蔣弱六曰：美人相，富貴相，妖淫相，後乃現出羅刹相，眞可笑可畏。

歎庭前甘菊花

庭前甘菊移時晚，謂移植已晚。青蕊重陽不堪摘。明日蕭條醉盡醒，謂無菊飲不歡也。殘花

邵云：此與秋雨三首，短章蕭散，三復耐人把玩。

張云：開手以富貴形貧賤，起得排宕。

爛漫開何益？籬邊野外多衆芳，采擷細瑣升中堂。念茲空長大枝葉，結根失所纏風霜。此公自喻負經濟才，過時而無以自見，反不如小人之見用也。

醉時歌

原注：贈廣文館博士鄭虔。

諸公衮衮登臺省，唐制：御史臺、中書省、尚書省、門下省，皆清要之職。廣文先生官獨冷；舊書：天寶九載，國子監置廣文館。新書鄭虔傳：玄宗愛虔才，欲置左右，以不事事，更置廣文館，以虔爲博士，在官貧約，甚淡如也。甲第紛紛厭粱肉，張衡西京賦：北闕甲第，當道直啓。漢書注：凡列侯居邑，皆有甲乙次第。廣文先生飯不足。先生有道出羲皇，先生有才過屈宋。德尊一代常坎軻，楚辭七諫：年既已過大半兮，愁轗軻而留滯。王逸云：轗軻，不遇也。轗一作坎。名垂萬古知何用？杜陵野客人更嗤，被褐短窄鬢如絲。日糴太倉五升米，唐書：天寶十二載八月，京城零雨米貴，出太倉米十萬減糶。時赴鄭老

李云：眞氣溢於行間。

同襟期。得錢卽相覓，沽酒不復疑，忘形到爾汝，痛飲眞吾師。清夜沈沈動（接法）春酌，燈前細雨簷花落。但覺高歌有鬼神，焉知餓死塡溝壑？相如逸才親滌器，漢書：司馬相如令文君當壚，身着犢鼻褌，滌器於市中。子雲識字終投閣。揚雄傳：雄校書天祿閣，上使者來收雄，雄從閣上自投下，幾死。莽問其故，乃劉棻嘗從雄學作奇字，雄不知情，詔勿問。二句言自古文人不遇者多，非獨我兩人也。先生早賦歸去來，石田茅屋荒蒼苔。儒術於我何有哉？孔丘盜跖俱塵埃。不須聞此意慘愴，生前相遇且銜杯。（仍結到飲酒）悲壯淋漓之至，兩人卽此自足千古。○王嗣奭曰：此詩總屬不平之鳴，無可奈何之辭，非眞謂垂名無用，非眞謂儒術可廢，亦非眞欲孔跖齊觀，非眞欲同尋醉鄉也。公詠懷詩云：沈飲聊自遣，放歌頗愁絕。卽可移作此詩之解。

醉歌行

原注：別從姪勤落第歸。

陸機二十作文賦，臧榮緒晉書：機少襲父兵爲牙門將軍，年二十而吳滅，退臨舊里，與弟雲勤學。機妙解情理，心識文體，故作文賦。汝更小年能

沈云：送別情景突然接入，開後人無限法門。

劉須溪云：人有此情，寫得不濃至而止。

綴文。總角草書又神速，世上兒子徒紛紛。驊騮作駒已汗血，鷙鳥舉翮連青雲。詞源倒流三峽水，承綴文。益州記：明月峽、巫山峽、廣谿峽，謂之三峽。筆陣獨掃千人軍。承草書。王羲之題衛夫人筆陣圖：紙者陣也，筆者刀矟也，墨者鍪甲也，硯者城池也，本領者將軍也，心意者副將也。只今年纔十六七，射策君門期第一。舊穿楊葉眞自知，戰國策：楚有養由基者，去柳葉百步而射之，百發百中。暫蹶霜蹄未爲失。偶然擢秀非難取，會是排風有毛質。仇注：蹶蹏應驊騮，惜其不遇也。排風應鷙鳥，望其終達也。汝身已見唾成珠，上文多少解慰，只兩句合到自家，自見嗚咽。趙壹詩：咳唾自成珠。汝伯何由髮如漆？二句謂汝自無憾，但我年不再少也。春光潭一作澹。沲徒可切。秦東亭，富嘉謨詩：春光潭沲度千門。潭沲，猶淡蕩也。渚蒲芽白水荇青。風吹客衣日杲杲，寫景極其慘黯。樹攪離思花冥冥。陳子高詩：花片攪春心。酒盡沙頭雙玉瓶，衆賓皆醉我獨醒。此首醉歌意只末處一點。乃知貧賤別更苦，吞聲躑躅涕淚零。

浦二田云：以半老人送少年，以落魄人送下第，情緒自爾纏綿愷惻。〇首贊其才，中慰其遇，後惜其別，章法易明。

是十首緣起，宜居第一。○仇云：前半乃

陪李金吾花下飲

勝地初相引，徐行得自娛。見輕吹鳥毳，毳，鳥細毛也。（二句在徐行中見得。）隨意數花鬚。細草偏稱坐，一作稱偏坐。仇注：稱字義從去聲，讀作平聲，端午賜衣詩意內稱長短同此。香醪懶再沽。二句言花氣薰人，不覺易醉也。醉歸應犯夜，（妙譜）可怕李金吾。唐六典：金吾將軍掌宮中及京城晝夜巡警之法。

杜詩大含元氣，細入無倫。如此詩三四句，及仰蜂粘落絮，行蟻上枯梨，青蟲懸就日，朱果落封泥之類，往往於無意中摹寫入細，如化工之肖物，即所謂毫髮無遺憾者，不當以此論格律高下也。

陪鄭廣文遊何將軍山林十首

東方朔傳：竇太主曰：回輿枉路，臨妾山林。注：園中有山，故言山林。通志：少陵原乃樊川之北原，自司馬村起至何將軍山林而盡。其高三百尺，在杜城之東，韋曲之西，上有浮圖亦廢，俗呼爲塔陂。

不識南塘路，今知第五橋。（二句參錯成文，是初來口氣。）張禮遊城南記：第五橋在韋曲西，橋以姓名。名園依綠水，野竹上青霄。（山林之勝在水，第三句乃十首眼目。）谷未至而遙望之詞：自塘至橋，橋畔有園，園中有竹，層次如畫。

全首寫潭，潭最大，故特提出居二。

異花第三。○十首全寫山林，便覺呆板，忽詠一物，忽憶舊遊，自是連章錯落法。

口舊相得，揚子法言：谷口鄭子眞耕於巖石之下，名著京師。謂廣文也。濠梁同見招。莊子：莊子與惠子同遊濠梁之上。平生爲幽興，未惜馬蹄遙。

百頃風潭上，千章夏木清。史記貨殖傳：山居千章之萩。注：大樹曰章。卑枝低結子，（二句承夏木）接葉暗巢鶯。朱注：卑枝接葉二句，古人所謂疊韻詩也。鮮鯽銀絲鱠，（二句承風潭）香芹碧澗羹。翻疑柂同柁。樓底，（何云落句所謂濠濮間想也）南方大船尾有柁樓。晚飯越中行。公年二十時，嘗遊吳越。見羹鱠而思越，亦猶聞吳詠而思吳也。

萬里戎王子，本草：日華子云：獨活一名戎王使者，此花當是其類。何年別月支？漢張騫傳：匈奴破月氏王。師古曰：西域外國也，氏音支。異花開杜臆作來，與下不複。絕域，滋蔓匝清池。漢使徒空到，神農竟不知。趙曰：漢使空到，謂張騫至西域，止得安石榴種。神農不知，謂本草不載也。露翻兼雨打，開拆漸一作日。離披。

後半即異花見無知己意，並寓零落之感。○蔣弱六云：五六謂見遺於無意搜羅之人不足怪，遺於搜羅已盡之人爲可恨耳。

纔說山林第四。○前半乃園林外邐迤而行所見之景，後半入意中語發感。

山林第五。○首二景之大者，次二景之小者，後半紀樹下小酌，亦見主人雅趣高致。

山林第六。○上四壯其高寒，下四美其淳樸。

山林第七。○上四紀其物產，下四歎其景幽。

旁舍連高竹，疏籬帶晚花。碾渦深沒馬，碾渦，碾磑間水渦漩也，當指水磨，仇注非。（劉須溪云：又極幽僻。）藤蔓曲藏蛇。詞賦工無益，山林迹未賒。賒，遠也。時方在獻賦不遇之後。盡捻書籍賣，來問爾東家。家語：魯人謂孔子東家邱，東家當即指旁舍。言以讀書無益，故欲結避世之鄰也。

賸剩同。水滄江破，殘山碣石開。（陳云：寫得闊大，方是山林，非小小園林可比。）仇注：言此間穿池壘石，特大地中剩水殘山耳，然其勢之雄闊，恍若破滄江而開碣石也。綠垂風折筍，紅綻雨肥梅。銀甲彈箏用，古詩：十五學彈箏，銀甲不曾卸。金魚換酒來。佩魚始高宗朝。唐會要：魚袋著紫者金裝，緋者銀裝。晉書：阮孚為散騎常侍，以金貂換酒。興移無灑掃，隨意坐莓苔。（李云：結語寫出流連酣適之致。）

風磴吹陰雪，雲門吼瀑泉。（此風潭百頃之源。）二句串講，言飛瀑之濺，乍疑吹雪。酒醒思臥簟，衣冷欲裝緜。野老來看客，河魚不取錢。蔣云：言何不禁人遊，不禁人取，即所謂淳樸也。只疑淳樸處，自有一山川。

棘一作棟，音色。樹寒雲色，說文：棘，小棗叢生。爾雅注：白棟葉圓而岐為大木，似當作棟為是。茵蔯春藕香。本草：茵蔯，蒿類，經冬不死，更因舊

憶舊第八。○著此一首，更覺波瀾飛動。

將軍第九。○補寫主人，非此與山林不稱。

苗而生，故云。李時珍曰：氣芳烈，昔人多蒔爲蔬。脆添生菜美，（承二）陰益食單涼。（承一）鄭望膳夫錄：韋僕射巨源有燒尾宴食單，謂鋪地布單也。野鶴清晨出，山精白日藏。元中記：山精如人，一足，長三四尺，夜出晝藏。石林蟠水府，百里獨蒼蒼。言其氣象之遠。

（承上末二句觸發）憶過楊柳渚，走馬定丁去聲。昆池。唐書安樂公主傳：嘗請昆明池爲私沼不得，乃自鑿定昆池。定言可抗定之也。雍錄：定昆池在長安西南十五里。醉把青荷葉，西陽雜俎：魏鄭公慤取大荷葉盛酒，刺葉令與柄通，吸之，名碧筩杯。狂遺白接䍦。晉山簡傳：每臨高陽池未嘗不大醉而還，時人爲之歌曰：時時能騎馬，倒著白接䍦。接䍦謂白巾也。刺郎達切。船思郢客，解水乞吳兒。（二句指當下言）解水，識水性也。郢客善操舟，吳兒善泅水。園本以水勝，顧氏謂此遊有馬無舟，故欲思而求之也。坐對秦山晚，江湖興頗隨。（打轉前半）舊說上六句通指昔遊，今按下半當另轉一意。

牀上書連屋，階前樹拂雲。將軍不好武，稚子總能文。（上俱出遊此乃歸宿）醒酒微風入，聽詩靜夜分。謂夜中也。絺衣挂蘿薜，（結夏）涼月白紛紛。言月色照於衣上，其光零亂也。

歸期第十。○結到知己縱情，並無聊自遣，情懷如話。

此首說大概。○前四句一句一層一轉。

全首認舊，於此中此外，一一生情。

幽意忽不愜，歸期無奈何。言歸正不愜之故。出門流水住，回首白雲多。結水與名園二句對看。自笑燈前舞，誰憐醉後歌。是十首結語。祗應與朋好，風雨亦來過。拖起後文，天然湊合。

王右仲云：合觀十首，分明一篇游記。有首有尾，中間或賦景，或寫情，經緯錯綜，奇正互用，不可方物。○陳秋田云：十首已盡連章之法，而鍊字鍊句之法亦盡。語語切時景，無一字落空，無一語犯複。世以潦草湊才，架屋叠牀，徒誇繁富耳。○按連章律詩，亦他人集中所少，惟杜章法整嚴中亦極變化，熟此可以類推。

重遊何氏五首

朱注：前詩云千章夏木清，後詩云春風啜茗時，蓋前遊在夏，後遊在明年之春也。

問訊東橋竹，將軍有報書。問竹便韻。蓋有約重遊之語。倒衣還命駕，顧注：倒衣，言速往也。高枕乃吾廬。花妥鶯捎蝶，二句逗出春暖。曲禮正義：妥，頹下之貌。又關中人謂落爲妥。捎，掠也，取也。溪喧獺趁魚。重來休沐地，眞作野人居。

三四寫賓至如歸，早令重遊意躍出。○蔣弱六云：末二句中解第四句，惟其爲野人居，故竟稱吾廬，不嫌唐突也。

山雨樽仍在，沙沈榻未移。樽仍在，謂置酒之處。沙沈，言水漲也。犬迎曾宿客，鴉護落巢兒。如畫。言春

述現在景，獨提出平臺作一首，亦是前遊所未及。

此首專贊主人，下首專說自家，與前末二首表裏。

來鴉已乳子也。

雲薄翠微寺，二句屬追說山雨沙沈雲薄天淸兩種景色相反相映 顧注：長安志：翠微寺在終南山上。天淸皇子陂。十道志：秦葬皇子，起冢陂北原上，故名皇子陂，地在韋曲之西。

向來幽興極，承前遊幽興字。步屧過東籬。說文：屧，履中薦也，又屐也。

王阮亭云：語語重過，喜其自然，不則小家矣。○李子德云：五六宕開，惟大家有此筆力。

落日平臺上，春風啜茗時。石欄斜點筆，桐葉坐題詩。二句謂倚石欄而點筆題詩桐葉上也。翡翠鳴衣桁，下浪切。韻會：桁，竹竿也，所以晒衣。蜻蜓立釣絲。自今幽興熟，承上首幽興字。來往亦無期。

劉須溪云：五六與花妥鶯捎蝶二句，閒趣畫景，並極自然。○李子德云：鳴衣桁，立釣絲，正寫熟字意，見魚鳥相親相忘之樂。

頗怪朝參懶，王右軍帖：吾怪足下朝參少晚。應耽野趣長。雨拋金鎖甲，承首句即將軍不好武意 薛蒼舒曰：車頻秦書：苻堅造金銀細鎧，金爲綫以纚之。今謂甲之精細者爲鎖子甲，言相銜之密也。苔臥綠沈槍。西溪叢語：武庫賦：綠沈之槍。以調綠漆之，其色深沈也。手自移蒲柳，承次句。古今注：蒲柳生水邊，葉似青楊，一曰蒲楊。家纔足稻粱。看君用幽意，白日到羲皇。陶潛傳：夏日高臥北窗之下，淸風颯至，自謂羲皇上人。此句乃翻用陶語。

何義門云：家纔足稻粱，非但言其知足，正羨其無求於世，意與下買田對映。

到此應常宿，相留可判年。顧注：判與拚通，可判年猶云可卒歲也。蹉跎暮容色，悵望好林泉。何日霑微祿，歸山買薄田？斯游恐不遂，把酒意茫然。

張上若云：末首無限低徊，既欲終年留賞，又以遲暮悵別。忽思沾祿買田，復恐蹇乖不遂。種種心事，每二句一折，一往情深。○以此結前後十五首，尤見餘音嫋嫋。

陪諸貴公子丈八溝攜妓納涼，晚際遇雨二首

鶴注：丈八溝，天寶元年韋堅所通漕渠。通志：下杜城西有第五橋丈八溝。

落日放船好，輕風生浪遲。竹深留客處，荷淨納涼時。公子調冰水，佳人雪藕絲。家語：黍以雪桃。注：雪，拭也。片雲頭上黑，應是雨催詩。

仇滄柱云：輕遲深淨四字，詩眼甚工。○胡夏客云：公子作詩催之，亦未必即就，應是雨催詩，調笑中卻有含蓄。

雨來霑席上，風急打船頭。越女紅妝溼，燕姬翠黛愁。後漢書：明帝宮人拂青黛蛾眉。越女、燕姬，妓兼南北，見公子尚豪華意。北人不慣乘船而遇風，故愁也。纜侵堤柳繫，張溍注：風急故避舟岸旁，侵，迫近也。幔卷浪花浮。歸路翻蕭颯，陂塘五月秋。

張上若云：二首當合作一首看。首聯泛舟，次納涼，三聯陪公子攜妓，末句是雨將至。次首前六句是舟中避雨倉皇之景，結是歸時天氣陡涼。放船歸路，各有情景，互爲起結。

九日曲江

語淡而悲，律中陶句。

綴席茱萸好，荊楚歲時記：茱萸九月九日熟，味辛色赤，摘其房插頭，可辟惡氣。浮舟菡萏衰。爾雅：荷，芙渠，其花菡萏。百年秋已半，時公年四十餘。九日意兼悲。言悲秋兼傷老也。江水清源曲，夢弼曰：曲江以江水屈曲故名。荊門此路疑。九域志：江陵府龍山上有孟嘉落帽臺，其地在荊門東，言風景似龍山也。晚來高興盡，殷仲文詩：獨有清秋日，能使高興盡。搖蕩菊花期。

李云：英詞壯采，可勒鼎鐘。

投贈哥舒開府翰二十韻

舊唐書哥舒翰傳：翰突騎首領，哥舒部曲之後，因以爲氏。新書天寶十一載，翰自隴右節度副大使加開府儀同三司。

今代麒麟閣，何人第一功？（邵云：起得高亮，又得體。）君王自神武，駕馭必英雄。朱鶴齡曰：哥舒本蕃將，必駕馭之而成功，故以神武歸美天子，此立言之體也。開府當朝傑，論兵邁古風。舊唐書：翰好讀左氏春秋傳及漢書，通大義。先鋒百勝在，略地兩隅空。舊唐書：翰初事河西節度使王倕，倕攻新城，使翰經略。又事王忠嗣，遷郎將。吐蕃寇邊，翰拒之於苦拔海，其衆三行，從山差池而下。翰持半段鎗迎擊，所向披靡。尋充隴右節度副使，設伏殲吐蕃於積石軍。兩隅空，蓋指河西隴右言之。青海無傳箭，唐書：翰代王忠嗣爲隴右節度，築神威軍於青海上，又築城於青海中龍駒島，吐蕃屏跡。趙注：寇兵起則傳箭爲號。天山早挂弓。史記索隱：祁連山一名天山，在張掖酒泉界。唐書：開元二年，置天山軍隸河西道。廉頗仍走敵，史記：廉頗趙良將，破齊攻魏。魏絳已和戎。（以上括翰大概）左傳：晉魏絳說悼公和戎有五利，公賜之女樂二人，歌鐘一肆。注：翰年已老，素有風疾，十二載賜翰音樂田園，故以廉、魏爲比。舊

每惜河湟棄，（另提出大事說）舊唐書吐蕃傳：湟水抵龍泉與河合，世謂西戎地，曰河湟。新書：睿宗時楊矩爲鄯州都督，奏請黃河九曲地爲公主湯沐，九曲水甘草良，宜畜牧，近與唐接。自是虜益張雄，易入寇。新兼節制通。十二載，翰進封涼國公，加河西節度使，攻破吐蕃，悉收九曲地，置洮陽郡。智謀垂睿想，出入冠諸公。

王阮亭云：入自敘，一句一轉，脫手如彈丸。

（又得此壯句作襯）日月低秦樹，言朝廷清明。乾坤繞漢宮。言四方效順。胡人愁逐北，宛馬又從東。宛馬注見一卷。

（下紀其入朝封王）受命邊沙遠，歸來御席同。（張云：寓諷妙於不覺）軒墀曾寵鶴，左傳：衛懿公好鶴，鶴有乘軒者。注：軒，大夫車也，與墀字不協。朱注：按韻會：檐宇之末曰軒，取車象也。借用無害。畋獵舊非熊。史齊世家：文王將獵，卜曰所獲非龍非彲，非虎非羆，乃帝王之輔。果遇太公於渭陽，載與俱歸。按史記及六韜並無非熊語。爾雅翼：熊之雌者爲羆，則熊羆殆可互用。舊唐書：翰與安祿山、安思順並爲節度，祿山在范陽，思順、翰分控隴朔。翰素與二人不協，十一載並來朝，使高力士於駙馬崔惠童山池宴會，賜熱洛河以和解之。以衛懿公託諷玄宗，譏其不能屏祿山、思順而專任翰也。言祿山、思順軒墀之鶴耳，豈如翰爲畋獵之非熊乎。茅土加名數，漢書：徙名數於長安。注：名數，戶籍也。河山誓始終。舊唐書玄宗紀：十二載九月，翰進封西平郡王，食實封五百戶。策行遺戰伐，契合動昭融。二句言策命之行，自有獨契天心處，不徒以戰功顯也。（二句峯上搭下轉接有力）勳業青冥上，交親氣概中。舊唐書：翰倜儻任俠，好然諾，縱蒱酒，疏財重氣，士多歸之。未爲珠履客，史記：春申君客三千人，上客皆躡珠履。已見白頭翁。壯節初題柱，成都記：司馬相如初西去，題昇仙橋柱曰：不乘駟馬車，不復過此橋。生涯獨轉蓬。幾年春草歇，言虛擲景光。今日暮途窮。（小開）軍事留孫楚，晉書：孫楚爲石苞參軍，楚負其才氣，頗侮易苞，

投詩本因獻納，故先表兼官次。

初至長揖曰：天子命我參卿軍事。舊注：翰奏侍御史裴冕爲河西行軍司馬，嚴挺之子武爲節度判官，河東呂諲爲度支判官，前封邱尉高適爲掌書記，又蕭昕亦爲翰掌書記，是皆委之軍事也。

行間識呂蒙。吳志：呂蒙幼隨姊夫鄧當擊賊，策引置左右，張昭薦蒙拜別部司馬。翰爲其部將論功，隴右十將皆加封。若王思禮爲翰押衙，魯炅爲別將，郭英乂亦策名河隴間，又奏安邑曲環爲別將，是皆拔之行間也。

防身一長劍，將欲倚崆峒。結句氣岸不凡，首尾方工力。悉敵 宋玉大言賦：長劍耿耿倚天外。舊唐書：隴右道岷州溢樂縣有崆峒山，在縣西二十里。倚劍崆峒，蓋言欲入戎幕。

胡元瑞曰：排律，沈宋二氏藻贍精工，太白、右丞明秀高爽，然皆不過十韻，且體在繩墨之中，調非畦徑之外。惟少陵大篇鉅什，雄偉神奇。如此首與謁先主廟等作，闔闢馳驟，如飛龍行雲，鱗鬣爪甲，自中矩度；又如淮陰用兵，百萬掌握，變化無方，盡排律之能事矣。

贈獻納使起居田舍人澄

唐六典：延恩匭，凡懷材抱器，希於聞達者投之。唐書：以諫議大夫補闕拾遺一人充使知匭事。天寶中改爲獻納使，又仗下議政事，置起居舍人分侍左右秉筆。時田蓋以起居舍人知匭事。

獻納司存雨露邊，地分清切任才賢。舍人退食收封事，宮女開函近御筵。陪說一句，襯出榮近。

[illegible]山亭又別。

唐書：內官有掌書三人，掌傳宣啓奏。曉漏追趨青瑣闥，宮闕簿：青瑣門在南宮。漢書注：青瑣刻爲連瑣文，以青塗之。晴窗檢點白雲篇。薛夢符注：漢武帝秋風詞：秋風起兮白雲飛。指舍人所編制誥言。一說：朱注：陶淵明和郭主簿詩：遙遙望白雲，懷古一何深。郎士元詩有陶令好文嘗對酒，相招一和白雲篇。則指在野文章，舍人皆得上達，更於起下爲順。揚雄更有河東賦，揚雄傳：上陟西岳以望八荒，迹殷周之虛，思唐虞之風。雄還上河東賦以勸。惟待吹噓送上天。時公既獻三賦投延恩匭，又欲獻封西岳賦，故云。

李子德云：工整中自饒流麗，近初唐應制之篇。

崔駙馬山亭宴集 唐書：玄宗女晉國公主，下嫁崔惠童。

蕭史幽棲地，林間踏鳳毛。蕭史注見一卷。洑流何處入，海賦：洄洑萬里，洑洄流也。亂石閉門高。客醉揮金椀，詩成得繡袍。舊唐書：則天幸洛陽龍門，令從官賦詩，先成者以錦袍賜之。淸秋多宴會，終日困香醪。

濃麗猶近初唐。○此詩當有所指，如麗人行之類。觀在字自是望中，不必身與。

與鄠音戶縣源大少府宴渼陂

唐書：鄠縣屬京兆府。容齋隨筆：唐呼縣令爲明府，尉爲少府。長安志：渼陂在鄠縣西五里。

應爲西陂好，金錢罄一餐。飯抄雲子白，仇注：北人謂匕爲抄，公詩嘗稻雪翻匙可以互證。漢武內傳：太上之藥，有風實、雲子、玉津、金漿。葛洪丹經：雲子，碎雲母也。蓋擬飯色之白。瓜嚼水精寒。無計迴船下，空愁避酒難。按：岑參亦有此題詩，結句云：憐君公事後，陂上日娛賓。少府蓋好客而喜縱飲者。主人情爛漫，持答翠琅玕。張衡四愁詩：美人贈我青琅玕，何以報之雙玉盤。翠琅玕以況主人情重，故欲以詩相答耳。

城西陂泛舟

西陂即渼陂，上詩已見。

青蛾皓齒在樓船，橫笛短簫悲遠天。二句承樓船。春風自信牙檣動，古詩：象牙作帆檣。遲日徐看錦纜牽。吳志：甘寧嘗以繒錦維舟，去輒割棄。張正見詩：金堤分錦纜。魚吹細浪搖歌扇，仇注：搖指水中扇影。燕蹴飛花落舞筵。不有小舟能蕩槳，百壺那送酒如泉？末二正以襯出樓船容與。

天已異色而猶泛舟，正見好奇處，卽下所云事殊興極。

此言泛舟惡景。

此言泛舟佳景。

此從水邊泛入中央。

此從中流移近南岸。

渼陂行

杜臆：胡松遊記云：渼陂上爲紫閣峯，峯下陂水澄湛，環抱山麓，方廣可數里，中有芙蕖鳧雁之屬。

岑參兄弟皆好奇，攜我遠來遊渼陂。天地黯慘忽異色，波濤萬里堆琉璃。琉璃汗漫泛舟入，此琉璃只當波濤字用。事殊興極憂思集。鼉作鯨吞不復知，惡風白浪何嗟及。主人錦帆相爲開，陰鏗詩：平湖錦帆張。舟子喜甚無氛埃。時已風恬浪靜矣。

喜憂二字詩眼，起後哀樂字。

鳧鷖散亂棹謳發，倉頡解詁：鷖，鷗也。

邵云：光怪中須得此秀句。

絲管啁啾空翠來。沉竿續蔓深莫測，舊注：沈竿續蔓，戲測水之深淺也。菱葉荷花淨如拭。宛在中流渤澥清，胡解切。漢書注：渤澥，海別支，言水色空曠。下歸無極終南黑。雍錄：渼陂源出終南山。言山峯倒映。半陂以南純浸山，動影裊窕沖融間。裊窕，謂山影動搖。沖融，謂水波溶漾。

劉須溪云：寫景入微，烟波遠近變態俱足。

船舷暝戛雲際寺，長安志：雲際山太安寺，在鄠縣東南。水面月出藍田關。長安志：關在藍田縣，卽秦嶢關也。雍錄：嶢關在渼陂東南。此時驪龍亦吐珠，莊子：千金之珠，必在九重之淵，驪龍頷下。馮音憑夷擊鼓羣龍趨。楚辭：令海若，舞馮夷。馮夷，河伯也。洛神賦：馮夷擊鼓，女媧清歌。西京賦：

劉須溪云：慘愴之容，窈渺之思。吾嘗遊西湖遇風雨，誦此句，如同舟同時。

萬騎龍趨。湘妃漢女出歌舞，沈云：此是虛景，本之楚騷。湘妃，舜二妃也。列仙傳：鄭交甫遊江漢，見二女解佩與之。金支翠旗光有無。漢房中歌：金支秀華，庶旄翠旌。注：樂上衆飾，有流翅羽葆，以黃爲支，其首敷散，若草木之秀華也。一說：仇注：此指月下見聞之狀：燈火遙映，如驪龍吐珠。音樂遠聞，如馮夷擊鼓。晚舟移棹，如羣龍爭趨。美人在舟，依稀湘妃漢女。服飾鮮麗，彷彿金支翠旗。張綖謂月出而樂作，恍若神遊異境是也。咫尺但愁雷雨至，蒼茫不曉神靈意。少壯幾時奈老何，向來哀樂何其多？漢武帝秋風辭：歡樂極兮哀情多，少壯幾時兮奈老何。

只平敍一日遊景，而滉漾飄忽，千態並集，極山岫海潮之奇，全得屈騷神境。○通篇首以好奇二字領起，岑生人奇，渼陂景奇，故詩語亦奇。末用哀樂二字總束全文，章法有草蛇灰線之妙。○朱長孺曰：始而天地變色，風浪堪憂；既而開霽放舟，沖融裊窕；終而神靈冥接，雷雨蒼茫。只一遊陂時，情境迭變已如此，況自少壯至老，哀樂之感，何可勝窮。此孔子所以歎逝水，莊生所以悲藏舟也。

渼陂西南臺

高臺面蒼陂，六月風日冷。蒹葭離披去，去字入神，詩中有畫。何云：昌黎多祖此句法。天水相與永。懷新目似擊，接要

浦云：前半景，後半情，俄頃登臨，便有戀戀而不舍之意，即起下半首。

心已領。莊子：仲尼見溫伯雪子而不言，子路問之，曰：夫人者目擊而道存矣。仿像識鮫人，搜神記：南海有鮫人，水居如魚，不廢績紡。空濛辨漁艇。錯磨終南翠，束晳詩：如磨如錯。錯磨，言水漾山光也。顛倒白閣影。通志：紫閣、白閣、黃閣三峯，俱在圭峯東。紫閣旭日射之爛然而紫，白閣陰森積雪不融。朱注：終南白閣，皆臨渼陂，即前詩所謂半陂以南純浸山者。又秋興詩：紫閣峯陰入渼陂，亦此意。崷崒增光輝，乘陵惜俄頃。風賦：乘陵高城，入於深宮。勞生愧嚴鄭，漢書：谷口有鄭子眞，蜀有嚴君平，皆脩身自保。嵇康幽憤詩：仰慕嚴鄭，樂道閑居。外物慕張邴。外物，以物爲外也。謝靈運詩：偶與張邴合。注：張謂張良，邴謂邴漢及曼容也。漢書：邴漢以清行徵用，兄子曼容，亦養志自脩。世復輕驊騮，（仍帶感慨）吾甘雜鼃黽。國語：鼃黽之與同渚。說文：鼃即蛙，黽大於蛙者，即青蛙也。知歸俗可忽，取適事莫並。身退豈待官，時公雖參列選序，尙未授官，故云。老來苦便（平聲）靜。謝靈運詩：還得靜者便。浦注：苦便猶云苦愛，言深便此寂靜之境也。況資菱芡足，庶結茅茨迴。從此具扁舟，（收應起處）彌年逐淸景。

此詩句法，多本謝公，所謂熟精文選理者。

起語古健，情景宛然。

九日寄岑參

通考：岑參南陽人，天寶三載進士，釋褐爲右衛率府兵曹參軍。

出門復入門，雨脚但如舊。所向泥活活，音括。思君令人瘦。沈吟坐西軒，飲食錯昏晝。張云積雨眞景寸步曲江頭，難爲一相就。吁嗟乎蒼生，稼穡不可救。八句安得誅雲師？雙關隱喻時事張衡思玄賦：雲師黮以交雜兮。注：雲師卽雨師屏翳也。疇能補天漏？梁益記：雅州有大小漏天。大明韜日月，曠野號禽獸。君子強逶迤，小人困馳驟。維南有崇山，恐與川浸溜。周禮注：水流而趨海者曰川，深積而成淵者曰浸。是節東籬菊，紛披爲誰秀？岑生多新詩，性亦嗜醇酎。酎，重釀酒也。采采黃金花，何由滿衣袖？

仇滄柱云：按通鑑天寶十三載秋八月，淫雨傷稼，國忠取禾之善者獻之。高力士侍側，上曰：淫雨不止，卿可盡言。對曰：自陛下以權假宰相，賞罰無章，陰陽失度，臣何敢言。詩中蒼生稼穡一段，確有所指。雲師惡宰相之失職，天漏譏人君之闕德。韜日月，國忠蒙蔽也，號禽獸，祿山恣橫也。君子小人，貴賤俱不得所也。崇山二句，言國家危難將至，恐有載胥及溺之憂也。

承沈八丈東美除膳部員外郎，阻雨未遂馳賀，奉寄此詩 唐書：膳部屬禮部，郎中、員外各一人。沈東美，佺期之子。朱注：唐書：佺期以起居郎兼修文館直學士，與公祖審言同事武后，故有舊史通家等語，而比東美爲諸父。

今日西京掾，多除南省郎。原注：府掾四人，同日拜郎。按掾謂京兆府掾，如司錄功曹之類。通典：時謂尚書省爲南省。通家惟沈氏，謁帝似馮唐。漢書：馮唐年九十餘爲郎。見遷非異數，而沈獨傷遲暮也。詩律羣公問，儒門舊史長。淸秋便平聲。寓直，潘岳秋興賦序：余以太尉掾兼虎賁中郎將，寓直於散騎之省。列宿頓輝光。多少慼慨。後漢書：郎官上應列宿。未暇申安慰，含情空激揚。司存何所比，膳部默悽傷。原注：甫大父昔任此官。貧賤人事略，經過霖潦妨。禮同諸父長，恩豈布衣忘？天路牽騏驥，雲臺引棟梁。徒懷貢公喜，颯颯鬢毛蒼。

首八句賀沈除官，次八句阻雨失賀，郤俱以世誼夾敍，其間情致縷縷。末四句復就沈合到自家，結出奉寄之意。

張云：二句寫盡久雨氤氳光景。

苦雨奉寄隴西公兼呈王徵士

原注：隴西公卽漢中王瑀，徵士瑯琊王徹。舊唐書：瑀，讓皇帝第六子，初封隴西公，十五載從玄宗幸蜀，因封漢中王，乃汝陽王璡之弟。

今秋乃淫雨，仲月來寒風。羣木水光下，萬家雲氣中。所思礙行潦，以下寄隴西九里信不通。悄悄素滻音産。路，潘岳西征賦：南有玄灞、素滻。長安志：滻水在萬年縣流入渭。迢迢天漢東。三輔黃圖：渭水貫都，以象天漢。願騰六尺馬，周禮：馬八尺以上爲龍，七尺以上爲騋，六尺爲馬。背若孤征鴻。趙曰：鴻孤飛則逐伴而急疾，此言身跨馬背若飛鴻孤征也。劃見公子面，超然懽笑同。奮飛既胡越，局促傷樊籠。一飯四五起，憑軒心力窮。嘉蔬沒溷濁，以下呈王時菊碎榛叢。鷹隼亦屈猛，張華鷦鷯賦：蒼鷹鷙而受緤，屈猛志以服養。烏鳶何所蒙。言求食無所。式瞻北鄰居，謂王。取適南巷翁。自指。掛席釣川漲，焉知淸興終。四句欲約王同游以遣愁寂。

先就一物寄慨，別韻蕭疏，可歌可泣。申鳧盟云：涼風二句，說君子處亂世甚危。

秋雨歎三首

雨中百草秋爛死，階下決明顏色鮮。本草圖經：決明子夏初生，苗葉似苜蓿而大。七月開黃花，其子似青菉豆而銳。日華子云：治頭風明目。著葉滿枝翠羽蓋，開花無數黃金錢。涼風蕭蕭吹汝急，邵云：叫得親切。恐汝後時難獨立。堂上書生空白頭，臨風三嗅馨香泣。

次方及淫雨。○蔣云：暗影昏昏世界，是一篇愁霖賦。

闌風伏雨秋紛紛，趙曰：闌珊之風，沈伏之雨，言風雨不已也。四海八荒同一雲。去馬來牛不復辨，莊子秋水：秋水時至，百川灌河，兩涘渚涯之間，不辨牛馬。濁涇清渭何當分？關中記：涇水入渭，清濁不相雜。禾頭生耳黍穗黑，朝野僉載：諺曰：秋雨甲子，禾頭生耳。生耳謂芽蘖綮卷如耳形。農夫田父無消息。秋興賦：談話不過農夫田父之客。城中斗米換衾裯，詩：抱衾與裯。謂結婚也，舊注非。相許寧論兩相直？暗影辱身之士

三首方正說自家苦雨寥落之況。

長安布衣誰比數，反鎖衡門守環堵。老夫不出長蓬蒿，稚子無憂走風雨。反形亦曲盡稚子無

蔣云：起法奇突，令人不可端倪。

雨聲颼颼催早寒，（知光景）胡雁翅溼高飛難。秋來未曾見白日，泥汚后土何時乾？九辯：皇天淫溢而秋霖兮，后土何時得乾？仇滄柱云：此感秋雨而賦詩，當與寄岑參詩參看。房琯上言水災，國忠使御史按之，故曰恐汝後時難獨立。國忠惡言災異，而四方匿不以聞，故曰農夫田父無消息。帝以國事付宰相，而國忠每事務爲壅蔽，故曰秋來未曾見白日。三章各有諷刺，語雖微婉，而寓意深切，非泛然作也。

奉贈太常張卿垍二十韻

舊唐書張垍傳：十三載出垍爲盧溪司馬，歲中召還爲太常卿。

（邵云：氣勢又別）方丈三韓外，史記：海中有三神山，名曰蓬萊、方丈、瀛洲，仙人居之。十洲記：方丈洲在東海中央。魏志東夷傳：韓在帶方之南，東西以海爲限。有三種：一曰馬韓，二曰辰韓，三曰弁韓。崑崙萬國西。河圖：崑崙之墟五城十二樓，河水出焉。水經：崑崙墟在西北，去嵩高五萬里。建標天地闊，天台賦：赤城霞起而建標。詣絕古今迷。氣得神仙迴，恩承雨露低。朱注：言方丈崑崙爲天地闊絕之境，古今共迷其處，豈若禁掖承恩者，能迴得神仙之氣乎？因垍尚主，有宅在禁中，故云。然方丈崑崙乃假象爲辭，公嶽麓道林詩：方丈涉海費時節，玄圃尋河知有無？暮年且喜經行近，春日兼蒙暄暖扶。與此詩起語正相類。一作諷刺解，殊非贈人之體。

相門淸議衆，儒術大名齊。垍父說相玄宗，言張能以文章纘先烈，不徒用帝戚貴顯。軒冕羅天闕，琳瑯識介珪。詩箋：介珪長尺有二寸。句指立朝品格，言軒冕雖多，而淸卿特重也。伶官詩必誦，先點本職漢禮樂志：誦六詩，習六舞。夔樂典猶稽。健筆淩鸚鵡，後漢書：禰衡在黃祖座作鸚鵡賦，筆不停綴，文不加點。銛鋒瑩縈定切。鸊鵜。音匹題。爾雅注：鸊鵜似鳧而小，膏中瑩刀劍。謂詞鋒如劍也。友于皆挺拔，並及乃兄曹植求通親親表：今之否隔，友于同憂。公望各端倪。朱注：通鑑：均垍兄弟，及蕭嵩韋安石之子，皆以才望至大官。上嘗曰：吾命相當遍舉故相子弟耳。已而皆不用。通籍踰靑瑣，四句重溯向來恩遇漢文帝紀：令從官給事官，得爲大父母父母兄弟通籍。應劭曰：籍者爲二尺竹牒，記其年紀名字物色，懸之宮門，按驗相應，乃得入也。亨衢照紫泥。靑瑣紫泥注已見前。二句言張供奉翰林掌綸翰之事。靈虬傳夕箭，陸倕新刻漏銘：靈虬承注，陰蟲吐噏，銅史司刻，金徒抱箭。歸馬散霜蹄。二句言其入直禁中，向夕始歸也。能事聞重譯，略及貶後仍歸到當下嘉謨及遠黎。弼諧方一展，弼諧謂助其和諧也，當卽指太常。班序更何躋。言無能出其右者。適越空顚躓，莊子：宋人章甫而適越，越人斷髮文身，無所用之。遊梁竟慘悽。史記：相如因病免客遊梁。謬知終畫虎，馬援傳：畫虎不成反類狗也。微分是醯雞。莊子注：醯雞，甕中蠛蠓也。二句謂獻賦終落。萍

上俱頌張，以下自敘。

浦云：碧海青雲用仙家語，亦暗與起處對照。

劉須溪云：頌相業多矣，未有如此之軒豁快意者。○命相從君上說

泛無休日，桃陰想舊蹊。李廣傳贊：桃李不言，下自成蹊。吹噓人所羨，騰躍事仍暌。碧海眞難涉，二句承騰躍青雲不可梯。謝靈運詩：共登青雲梯。顧深慚鍛鍊，二句承吹噓材小辱提攜。檻束哀猿叫，枝驚夜鵲棲。魏武樂府：月明星稀，烏鵲南飛。繞樹三匝，無枝可依。幾時陪羽獵，邵云結語自負揚雄作羽獵賦。以比張爲侍從。應指釣璜溪。文干因獵得遇太公。尚書大傳：文王至磻溪見呂尚拜之，答曰：望釣得玉璜。刻曰：姬受命，呂佐檢。十道志：櫟陽有釣璜浦。朱注：垍必嘗薦公而不達，故有吹噓提攜等語。陪羽獵而指璜溪，則終以汲引望之也。

上韋左相二十韻

舊書職官志：開元元年十二月，改尚書左右僕射爲左右丞相。玄宗紀：天寶十三載秋八月，文部侍郎韋見素爲武部尚書同中書門下平章事代陳希烈。鶴注：見素天寶十五載從玄宗幸蜀，詔兼左相。此詩是十三載初入相時投贈，題或後來追書耳。

鳳歷軒轅紀，左傳：郯子曰：我高祖少皞摯之立也，鳳鳥適至，故紀於鳥，爲鳥師而鳥名。鳳鳥氏，歷正也。注：少皞，黃帝子，鳳鳥知天時，故以名歷正之官。龍飛四十春。時玄宗在位四十二年，此舉成數也。八荒開壽域，漢書王吉傳：毆一世之民，登之仁壽之域。一氣轉洪鈞。仇注：御世久，故八荒

起，最爲得體，與贈哥舒篇俱有高屋建瓴之勢。

浦云：二句一以世胄高意東上，一以襟度宏遠意起下，不同泛頌。

同壽。春和至，故一氣鈞陶。時必歲初所作。**霖雨思賢佐，**用事精切朱注：唐書：天寶十三載秋，大霖雨害稼，六旬不止，帝恐宰相非其人，爲罷陳希烈，相韋見素。**丹青憶老臣。**原注：公之先人，遺風餘烈，至今稱之。按見素父湊，開元中封彭城郡公，累官太原尹，卒謚曰文。**應圖求駿馬，**曹植獻文帝馬表：形法應圖。梅福傳：猶以伯樂之圖，求騏驥於市。**驚代得麒麟。**一作騏驎。此與麒麟帶好兒俱兼用徐陵天上石麒麟事。二句謂韋以世臣登用也。**沙汰江河濁，**晉孫綽傳：沙之汰之，瓦礫在後。句指陳希烈也。希烈柔佞，乃李林甫之黨。**調和鼎鼐新。韋賢初相漢，**漢韋賢傳：本始三年，代蔡義爲丞相。**范叔已歸秦。**史記：范雎字叔，王稽載入秦，昭王逐穰侯乃拜爲相。姜宸英謂豕韋與范同出，故用范叔事對，終覺擬不於倫。舊注：謂見素雖爲國忠引薦，公深望其秉正以去國忠，故有范叔之喻。蓋國忠以外寵擅國，猶穰侯之擅秦也。今范叔已歸秦矣，穰侯其可少避乎？蓋詭詞以勸之。玩詩似果有微意，不同曲說。**盛業今如此，傳經固絕倫。**亦用韋賢事。注見一卷。**豫章深出地，**高士傳：豫章之木，本於高山。**滄海闊無津。北斗司喉舌，**補敘官位後漢書李固傳：北斗爲天之喉舌，尚書亦爲陛下喉舌。**東方領縉紳。**書康王之誥：畢公率東方諸侯入應門右。按顧命注：司馬第四，畢公領之。時見素以兵部尚書爲相。**持衡留藻鑑，**唐書：見素天寶五載爲吏部侍郎，銓敘平允，人士稱之。**聽履上星辰。**漢鄭崇傳：哀帝時爲尚書僕射，每見曳革履。上笑曰：我識鄭尚書履聲。殿廷象太微帝座，

（生涯似衆人，感慨，眞名士語。結處興會激昂。）

故曰上星辰。**獨步才超古，餘波德照鄰。聰明過管輅，**魏志：管輅喜仰視星辰，能明天文地理變化之數。按：唐書：肅宗至德十月，有星犯昴。見素決祿山必敗，此雖後事，諒其平日必明於五行。**尺牘倒陳遵。**漢書陳遵傳：遵善與人尺牘，主者藏弆以爲榮。倒卽傾倒之倒。**豈是池中物？**（四句又以唱嘆出之）吳周瑜傳：蛟龍得雲雨，終非池中物也。**由來席上珍。廟堂知至理，風俗盡還淳。才傑俱登用，**（轉接無痕）**愚蒙但隱淪。長卿多病久，**西京雜記：相如素有消渴疾。**子夏索居頻。回首驅流俗，**謂馳驅流俗中也。**生涯似衆人。巫咸不可問，**列子：鄭有神巫自齊來，曰季咸，知人生死禍福壽夭，期以歲月。**鄒魯莫容身。感激時將晚，蒼茫興有神。爲公歌此曲，涕淚在衣巾。**

李子德云：上宰相詩，其體自宜典重，而有一氣流注之妙。○浦二田云：獨步下八句，全以好賢意作頌。蓋用人爲相臣第一要事，故言其以獨步之才而有照鄰之德；雖復聰明絕世，還當尺牘下交。凡若此者，正以此日池中之物，皆將來席上之珍，惟宰執知急親賢，斯士風彌息奔競，所謂知至理盡還淳者此也。昌黎上宰相書：誦菁莪，稱樂育，以爲舍此宜無大者焉。與此同意。轉入自家，只歷敍寥落，不須更作乞憐語，而聞者之心頭已動，作者之地步亦高，用意非餘子所及。

杜集諸論詩處，即可悟詩法。

夜聽許十一一作許十損。誦詩愛而有作

許生五臺賓，先敍禪宗 水經注：五臺山五巒巍然，故謂之五臺。其北臺即文殊師利常鎮毒龍之所。寰宇記：在代州五臺縣東北。想許向嘗居五臺學佛。業白出石壁。寶積經：若純黑業得純黑報，若純白業得純白報。翻譯名義集：五戒、十善、四禪、四定，此屬於善，名爲白業。余亦師粲可，唐書：達摩傳慧可，慧可嘗斷其左臂以求法。慧可傳璨，璨傳道信，道信傳宏忍。身猶縛禪寂。維摩經：有方便慧解，無方便慧縛，言未能悟徹也。何階子方便，言何所階梯而得子之慧 謬引爲匹敵。離索晚相逢，公詩每好用經語 包蒙欣有擊。易蒙卦：九二、包蒙，上九、擊蒙。誦詩渾遊衍，中段正寫誦詩之妙 四座皆辟易。應手看捶鉤，莊子：大馬之捶鉤者，年八十矣，而不失毫芒。句喻功之純熟。清心聽鳴鏑。史記注：鳴鏑，髐箭也，今俗名響箭。句喻機之迅捷。精微穿溟涬，莊子：大同乎溟涬。注：自然氣也。飛動摧霹靂。陶謝不枝梧，項籍傳：莫敢枝梧。注：小柱爲枝，邪柱爲梧。仇注：枝梧猶抵當意。風騷共推激。謂推尊而激揚之。紫燕自超詣，西京雜記：文帝自代來，有良馬九匹，其一曰紫燕騮。翠駮駁同。誰翦剔？子虛賦：楚王乃駕馴駮之駟。莊子：我善治馬，燒之剔之。注：剔謂剔其毛。浦注：二句言許詩自佳，而抉剔其妙者少也。君意人莫末以知音自

蔣云：嬉笑之音，過於慟哭。

景眞語曠，絕似淵明。

巢多六句，總見所居幽靜，

知，人間夜寥闃。許並結出夜聽意

戲簡鄭廣文虔兼呈蘇司業源明。唐書蘇源明傳：出爲東平太守，召爲國子司業。

廣文到官舍，繫馬堂階下。醉則騎馬歸，可見並無一事。頗遭官長罵。才名三十年，坐客寒無氈。賴有蘇司業，時時乞邱既切，一作與。酒錢。朱買臣傳：吏卒更乞丐之。師古曰：乞讀氣，與也。又廣韻：乞，與人也。

夏日李公一云李家令。見訪仇注：宗室世系考：蔡王房炎爲太子家令。疑即此人。

遠林暑氣薄，公子過我遊。貧居類村塢，僻近城南樓。朱注：公居在長安城南，所謂城南韋杜也。傍舍頗淳朴，所須亦易求。隔屋喚西家，借問有酒不？防鳩切。牆頭過濁醪，村居眞率光展席俯長流。景如畫清風左右至，客意已驚秋。巢多衆鳥鬭，葉密鳴蟬稠。苦遭此

卻以一反一正出之，便非恒筆。

王西樵云：入手揭清題目，以是何喚起全神。先贊驃騎之雄俊。再敘牧養之始末。

物聒，孰謂吾廬幽？水花晚色淨，古今注：芙蓉名荷華，一名水花。庶足充淹留。預恐樽中盡，張云：了而不了。更起爲君謀。

天育驃匹妙切。騎英華作圖。歌

舊注：天育，廄名。仇注：按驃，疾走也。驃騎猶云飛騎。又唐貞觀間，骨利幹所貢馬十疋，太宗爲製名。其六曰飛霞驃。

吾聞天子之馬走千里，起筆突兀而高老。穆天子傳：天子之馬走千里，勝猛獸。今之畫圖無乃是？是何意態雄且傑，駿尾蕭梢朔風起。毛爲綠縹兩耳黃，說文：縹，青白色。穆天子傳注：魏時鮮卑獻千里馬，白色，兩耳黃，名曰黃耳。眼有紫燄雙瞳方。赭白馬賦：雙瞳夾鏡，兩顴協月。矯矯龍性含一作合。變化，摹寫入神。卓立天骨森開張。伊昔太僕張景順，監牧攻駒閱清峻。張說隴右監牧頌德碑序：開元元年，牧馬二十四萬匹，十三年乃有四十三萬匹。上顧謂太僕少卿兼秦州都督張景順曰：吾馬蕃息，卿之力也。周禮夏官：庾人掌教駣攻駒。遂令大奴守天育，漢昌邑王傳：使大奴以衣車載女子。注：大奴，奴之尤長大者，此當即指牧馬之人。別養驥子憐神駿。當時四十萬匹馬，橫絕之筆。張公歎其材盡下。故獨寫眞傳世人，寫眞

仇云：首敘苑中水草，見良馬所由產。

次從廄中多馬，表驌驦之獨異。

謂寫此驃馬之眞。見之座右久更新。年多物化空形影，嗚呼健步無由騁！如今豈無（張云：見畫馬不及眞馬有用，即起下文，又轉到有眞材而無知。）騕褭與驊騮，瑞應圖：騕褭神馬，明君有德則至。應劭曰：赤喙黑身，一日行萬里。時無王良伯樂死即休！（遇結處寄託深遠。）

公好以驊騮鶻鷹況人，又集中題鷹馬二項詩極夥，想俱愛其神駿故耶。

沙苑行

元和郡縣志：沙苑在同州馮翊縣南東西八十里，南北三十里，其處宜六畜，置沙苑監。

君不見左輔白沙如白水，漢書：京兆尹、左馮翊、右扶風，謂之三輔。同州屬馮翊，故曰左輔。寰宇記：同州白水縣，其境東南谷多白土。繚以周牆百餘里。西都賦：西郊則有上囿禁苑，繚以周牆，四百餘里。龍媒昔是渥洼生，漢禮樂志：天馬徠，龍之媒。武帝紀：元鼎四年，馬生渥洼水中。汗血今稱獻於此。苑中騋牝三千匹，豐草青青寒不死。食之豪健西域無，每歲攻駒冠邊鄙。王有虎臣司苑門，入門天廄皆雲屯。驌驦一骨獨當御，左傳：唐成公如楚，有兩肅霜馬。馬融疏：肅霜，雁也。其羽如練，高首脩頸，馬似之故云。春秋二時歸至尊。言驌驦乃御用之馬，故每年春秋兩次進獻。至

李云：掉尾一波，如史之有贊。

寫花驄雄姿，又與驃騎別。

尊內外馬盈億，伏櫪在坰空大存。逸羣絕足信殊傑，倜儻權奇難具論。天馬歌：志倜儻，精權奇。纍纍塠都回切。阜藏奔突，往往坡陀縱超越。相如哀二世賦：登坡陀之長阪。蔡注：塠阜謂苑中山塢，坡陀謂苑中沙汀。角壯翻同麋鹿遊，承塠阜句。浮深簸蕩黿鼉窟。承坡陀句。浮深言馬浴水中。泉或云當是淵字，唐諱淵改作泉。出巨魚長比人，丹砂作尾黃金鱗。王西樵云：結更超忽。豈知異物同精氣，雖未成龍亦有神。朱注：言此馬浮深之時，有丹尾金鱗之巨魚出見。蓋其物雖未成龍，而精氣則能相感，所以深美驌驦之爲龍媒也。

閱詩宜曰驌驦行，今曰沙苑，重天廄也；且爲良馬著所出也。後半亦似紀異之篇，他本必欲牽入祿山，殊覺無謂。

驄馬行

原注：太常梁卿敕賜馬也，李鄧公愛而有之，命甫製詩。

鄧公馬癖人共知，二字詩眼。晉書：王濟有馬癖。初得花驄大宛種。夙昔傳聞思一見，牽來左右神皆竦。精神先從對面託出。雄姿逸態何崷崒，顧影驕嘶自矜寵。並傳馬之神情。隅目青熒夾鏡懸，西京賦：隅目高匡。注：隅

蔣云：愛良馬如美人，爲辯字傳神。

目謂目有角也。夾鏡注已見。肉騣碨（烏罪切。）礧（力罪切。）連錢動。騣，馬鬣也。舊唐書：開元二十九年，滑州刺史李邕獻馬，肉騣麟臆。爾雅：青驪驎曰驒。注：色有深淺斑駁如魚鱗。今連錢驄也。蔡注：碨礧謂肉騣突起。連錢謂馬文點綴。

朝來少試華軒下，未覺千金滿高價。赤汗微生白雪毛，銀鞍卻覆香羅帕。卿家舊賜公取之，天廄眞龍此其亞。（補敍來歷已含末句）晝洗須騰涇渭深，夕趨可刷幽并夜。（邵云用賦語錘鍊深渾）赭白馬賦：旦刷幽燕，晝秣荊楚。說文：刷，刮也。張溍注：涇渭二水在西，幽并二州在北，相去幾千里。晝洗涇渭，夜刷幽并，言其疾也。

吾聞良驥老始成，此馬數年人更驚。豈有四蹄疾於鳥，不與八駿俱先鳴。穆天子傳：八駿曰赤驥、盜驪、白義、踰輪、山子、渠黃、驊騮、騄耳。

時俗造次那得致，雲霧晦冥方降精。（結處人馬雙關喻奇材必當大用）春秋考異記：地生月精爲馬，月數十二，故馬十二月而生。雲霧晦冥，龍馬降生時也。

近聞下詔喧都邑，肯使騏驎地上行。朱注：言時方下求馬之詔，此馬必當騰躍天衢，殆以況李鄧公也。

沈確士云：老杜詠馬詩並皆佳妙，而用意用筆無一處相似，此老胸中具有造化。

魏將軍歌

仇云：首敘其立功西極。

次述其歸領禁軍。

此言其爽氣逼人。

此言其威能弭患。

將軍昔著從事衫，姜宸英曰：魏孝肅詔有司不得以務衫從事。從事衫，乃戎衣也。鐵馬馳突重兩銜。說文：銜，馬銜勒也。被音披。堅執銳略西極，崑崙月窟東嶄仕咸切。巖。（險句）長楊賦：西壓月蹠。注：蹠音窟，月所出也。吳子良曰：崑崙月窟在西，而云東嶄巖者，言魏將軍略地至西方之極，回顧崑崙月窟反在東也。君門羽林萬猛士，惡若哮呼交切。虎子所監。越絕書：吳王許句踐行成，子胥大怒，目若夜光，聲若哮虎。五年起家列霜戟，朱注：唐制，官至上柱國，門列棨戟。一日過海收風帆。過海收帆承上略西極言之，蓋過青海也。平生流輩徒蠢蠢，長安少年氣欲盡。魏侯骨聳精爽緊，華嶽峰尖見秋隼。星纏寶校金盤陀，（令人目眩是相如）校當作鉸。赭白馬賦：寶鉸星纏，鏤章霞布。注：鉸，裝飾也。鮑照詩：金銅飾盤陀，日照光踝躞。杜詩博議：唐書食貨志：先是諸鑪鑄錢窳薄，鎔破錢及佛像，謂之盤陀。蓋雕飾鞍勒以銅雜金為之。夜騎天駟超天河。（光怪陸離）漢書：房曰天駟。河東賦：乘翠龍而超河兮。欃槍熒惑不敢動，（子雲賦手）漢天文志：欃槍妖星，熒惑火星。翠蕤雲旓相蕩摩。子虛賦：錯翡翠之葳蕤，亦言旗也。西京賦：棲鳴鳶，曳雲旓。四句皆狀其宿衛軍容。吾為

末稱其忠勇可以大用，並自明會飲贈歌之意。

子起歌都護；古樂府有丁都護歌。宋武帝歌云：督護北征去，前鋒無不平。朱門垂高蓋，永世揚功名。酒闌插劍肝膽露，鈎陳蒼蒼玄武暮。漢書音義：鈎陳，紫宮外營星也。宮衛之位亦象之。漢書：北宮玄武虛危，其南有衆星曰羽林天軍。浦注：按玄武暮見，正是秋天。鈎陳、玄武，以星象映宿衛，且顯時令也。趙曰：以鈎陳則蒼蒼，以玄武則暮，言當酒闌插劍之時。萬歲千秋奉聖明，臨江節士安足數！朱注：漢藝文志有臨江王及愁思節士歌四篇。景帝廢太子爲臨江王，後自殺，時人悲之，故爲作歌。其愁思節士無考，與臨江本各爲一事；宋陸厥乃作臨江王節士歌曰：節士慷慨，髮上衝冠。彎弓挂若木，長劍竦雲端。誤合爲一。公詩亦襲用韓卿語，乃相沿之誤。

劉須溪云：起伏音節，壯麗甚偉。○此等詩以鍊詞鍊句勝，亦所謂光燄萬丈者；其氣魄沈雄，卻非長吉輩所及。

杜詩鏡銓卷三

天寶至德間，公居京師授率府參軍，及陷賊中，間道歸鳳翔官左拾遺作。

贈田九判官梁邱

在哥舒翰幕。

崆峒使節上青霄，從主人說起。言崆峒地勢之高。河隴降王款聖朝。王師禮傳：十三載吐谷渾蘇毗王款塞，詔翰至磨環川接應之。仇注：使節西往，而降王入款，見翰能威名遠服也。宛馬總肥春苜蓿，承降王。漢書：大宛馬嗜苜蓿，上遣使者持千金請宛馬，采苜蓿歸，種之離宮。將軍只數漢嫖姚。承使節。音飄飖。漢書：霍去病爲嫖姚校尉。陳留阮瑀誰爭長，魏志：陳留阮瑀字元瑜，太祖辟爲軍謀祭酒、管記室。仇注：指高適也。京兆田郎早見招。三輔決錄：田鳳爲郎，容儀端正。靈帝目送之，題柱曰：堂堂乎張，京兆田郎。麾下賴君才並美，一作入。獨能無意向漁樵。反句

浦二田云：用事典切，風格高渾，律詩正法眼藏。○朱瀚曰：苜蓿嫖姚，亦用疊韻作對。

送蔡希魯一作曾。都尉還隴右，因寄高三十五書記

原注：時哥舒入奏，勒蔡子先歸。舊唐書：諸府折衝都尉各一人，季冬教軍陣戰鬬之法。朱注：天寶十四載春，哥舒翰入朝，道得風疾，遂留京師。故蔡都尉先歸而公送之也。

蔡子勇成癖，彎弓西射胡。健兒寧鬬死，壯士恥爲儒。先形容志氣。官是先鋒得，材緣挑徒了切。戰須。身輕一鳥過，槍急萬人呼！次形容才技。雲幕隨開府，春城赴上都。馬頭金匼匝，韻會：匼匝，周繞貌。謂金絡馬頭。駝背錦模糊。次寫往來行色。唐書：哥舒翰在隴右，每遣使入奏，常乘白橐駝，日馳五百里。錦模糊，謂以錦帕蒙之。咫尺雪山路，元和郡國志：雪山在瓜州，南連吐谷渾界。歸飛靑海隅。方及送還隴右。上公猶寵錫，指哥舒。突將且前驅。漢使黃河遠，一作水。涼州白麥枯。唐志：涼州爲武威郡。通典：涼州貢白小麥十石。因君問消息，末帶寄高。好在阮元瑜？朱注：好在乃存問之詞。通鑑：高力士宣上皇誥曰：諸將士各好在。

全首警拔。○蔣云：代說二句，如聞其聲。

橋陵詩三十韻因呈縣內諸官

舊唐書：開元四年十月，葬睿宗於橋陵。奉先縣本同州蒲城縣，以管橋陵，改屬京兆府，仍改爲奉先，制官

李子德云：整麗可誦，初唐遺風。○古詩亦似排律。昌黎如縣齋有懷、答張徹等作皆學此體。張云：先言地勢之勝，宮闕之崇。

四句見官守之虔，儀物之盛。又發出今上之孝，且頌且祝，此段尤有關係。

員同赤縣。新書：橋陵在奉先縣西北三十里豐山。按：天寶十三載，物價暴貴，人多乏食。公因留京久困，不能自存，絕意引去，故先往奉先置家，詩當是其時作。

先帝昔晏駕，直起莊重得體。漢書：宮車晏駕。注：天子初崩，臣子之心，猶謂宮車晚出。茲山朝百靈。崇岡擁象設，近看陵前。招魂：象設居室，靜安閑些。沃野開天庭。遠看陵外。仇注：象設，石馬之類。天庭，壇宇之高。即事壯重險，論功超五丁。華陽國志：蜀有五丁力士，能移山。每一王死，輒為立大石，長三丈，重千鈞為墓誌。坡陀因厚地，玉篇：坡陀，險阻也。卻略羅峻屏。古樂府：卻略再拜跪。趙曰：卻略乃退身之義，言山之退而在後，其勢亦然。雲闕虛冉冉，闕高入雲，故憑虛欲動。松風肅泠泠。石門指墓門。霜露白，玉殿莓苔青。石門泠，故霜露常凝。玉殿空，故莓苔常綠。宮女晚知曙，朱注：廟宇深嚴，故晚而後知曙。祠官朝見星。空梁簇畫戟，陰井敲銅瓶。祠官早入，故梁間簇戟。宮女奉浣，故銅瓶吸井。二句分承。中使日相一作夜。繼，李云有體。維王心不寧。豈徒卹備享，尚謂求無形。唐六典：凡朔、望、元正、冬至、寒食，皆修享於諸陵。若橋陵則日獻羞焉。孝理敦國政，神凝推道經。舊唐書：天寶十四載，頒御註老子道德經并義疏於天下。句言深明玄理，故能通微合漠。瑞芝產廟柱，好鳥鳴巖扃。高嶽前嵂崒，

補寫橋陵形勝拱衞。

四句過脈。

此段頌縣內諸官。

末段自敘不能無望於諸公之存卹也，卻不作乞憐語。

嶽謂華山。蒲城在華陰北不遠。洪河左瀅胡坰切。瀠。烏營切。瀅瀠，水回旋貌。河謂黃河。水經注：河水又南經蒲城東。金城蓄峻趾，寰宇記：秦孝公元年築長城，今沙苑長城是也。三秦記云：在蒲城東五十里。沙苑交迴汀。沙苑注見二卷。與蒲城皆屬同州。永與奧區固，川原紛眇冥。眇冥乃彷彿可見之義，卽指上四句言。居然赤縣立，隔句對法變臺榭爭岧亭。官屬果稱是，聲華眞可聽。王劉美竹潤，裴李春蘭馨。鄭氏才振古，啖侯筆不停。遺詞必中律，文章利物常發硎。莊子：刀刃若新發於硎。注：硎，砥石也。綺繡相展轉，琳琅愈青熒。側聞魯恭化，治行後漢書：魯恭爲中牟令，專以德化爲理，不任刑罰。秉德崔瑗銘。後漢書：崔瑗爲汲令，作座右銘。太史候鳧影，後漢書：王喬爲葉令，入朝數。帝令太史候望，言有雙鳧飛來，乃舉網張之，但得雙舄。詔尚方診視，則四年中所賜尚書官屬履也。王喬隨鶴翎。借用列仙傳王子喬事。朝儀限霄漢，公時尚未授官。客思迴林坰。轗軻辭下杜，長安志：下杜城在長安縣南，城在杜陵之下，故名。飄颻淩濁涇。朱注：涇水在長安北，公自杜陵往奉先，故渡此水。諸生舊短褐，旅泛一浮萍。荒歲兒女瘦，暮途涕淚零。主人念

既切九日，又關合奉先，用事巧切。

頗近率筆。

老馬，韓詩外傳：田子方出見老馬於道，喟然嘆曰：少盡其力，老棄其身，仁者不為也。束帛贖之。廨宇容秋螢。流寓理豈愜，窮愁醉不醒。何當擺俗累，浩蕩乘滄溟？

前半誦橋陵，後半呈縣內諸官，兩截不用照應，乃別為一體。

九日楊奉先會白水崔明府

唐書：白水縣屬同州。

今日潘懷縣，同時陸浚儀。晉書潘岳傳：岳為河陽令轉懷令。又陸雲傳：以太子舍人出補浚儀令。坐開桑落酒，水經注：河東郡民劉白墮，采挹河流，醞成芳酎，熟於桑落之辰，故酒得其名。庾信就蒲州使君乞酒詩：蒲城桑葉落，灞岸菊花秋。蓋桑落正菊開之時也。來把菊花枝。天宇清霜淨，言其時。公堂宿霧披。言其地。晚來留客醉，鳧舄共差池。

白水明府舅宅喜雨，得過字

邵注：舅是崔十九翁。按：後高齋詩崔本少府而此稱明府者，其時或以尉攝令。

吾舅政如此，古人誰復過。碧山晴又濕，虛對實白水雨偏多。精禱既不昧，歡娛

張云：耽酒句是就率府之故。狂歌句又言時無忌諱，可以縱吟。寓諷而渾。

首章言應募。○前出塞迫於官遣，其情蹙，故專就苦一邊形容。此志在立功，其氣豪，故轉借樂一邊翻出，境界迥然不同。

將謂何？湯年旱頗甚，今日醉絃歌。

官定後戲贈

原注：時免河西尉爲右衞率府兵曹。杜臆：戲贈，戲自贈也，後人自贈題本此。

不作河西尉，（傲岸）淒涼爲折腰。晉書：陶潛爲彭澤令，郡遣督郵至，吏白應束帶見之。潛歎曰：吾不能爲五斗米折腰。即解印去。　老夫怕趨走，率府且逍遙。耽酒須微祿，狂歌託聖朝。故山歸興盡，回首向風飇。言一官潦倒，歸計無時，惟有臨風歎息而已。

後出塞五首

時徵東都之兵赴薊門而作。祿山以邊功市寵，重賞要士，朝廷曲意徇之，志益驕而反遂決矣，故作是詩以諷。此當在祿山將叛之時，編從浦本。

男兒生世間，及壯當封侯。戰伐有功業，焉能守舊邱？召募赴薊門，（點眼）一統志：古薊門在今順天府薊州。水經注：武王封堯後於薊，今城內西南隅有薊邱，因名薊門。　軍動不可留。千金裝馬鞍，一作鞭。　百金裝刀頭。二句亦見用財如糞土意。　閭里送我行，親戚擁道周。斑白居上列，酒酣進庶羞。

二章言入軍。○五首只如一首，章法相銜而下。前詩何等高興，至是束於軍令，乃慘不驕矣。

三首全用空說，承上起下。○仇云：當時朝廷好大，以致邊將邀功，

少年別有贈，（蔣云：波折雋）含笑看吳鉤。（逸）吳越春秋：闔閭命國中作金鉤，有人殺其二子以血釁金，成一鉤獻之，王曰：何以異乎？鉤師呼二子名：吳鴻、扈稽，我在此聲絕於口，兩鉤俱飛著父之胸。吳王大驚，賞之百金。夢溪筆談：吳鉤，刀名也，刃彎。今南蠻用之，謂之葛黨刀。

朝進東門營，（又點明徵兵之所）寰宇記：上東門，洛陽東面門也。暮上河陽橋。通典：河陽縣，古孟津，亦曰富平津，跨河有浮橋，杜預所建。落日照大旗，馬鳴風蕭蕭。平沙列萬幕，部伍各見招。中天懸明月，令嚴夜寂寥。（邵云：寫出軍中嚴肅，大好）悲笳數聲動，（氣勢）壯士慘不驕。借問大將誰，恐是霍嫖姚。引霍去病事，亦取開邊勤遠意。

劉須溪云：其時、其境、其情，眞橫槊間意，復欲一語似此，千古不可得。○許彥周詩話：詩有力量，如弓之鬬力，未挽時不知其難也；及其挽之，力不及處，分寸不可強。若出塞詩云：落日照大旗，馬鳴風蕭蕭。悲笳數聲動，壯士慘不驕。又八哀詩：汝陽讓帝子，眉宇眞天人。虬髯似太宗，色映塞外春。此等力量，不容他人到。

古人重守邊，今人重高勳。豈知英雄主，出師亘長雲。六合已一家，四夷且孤軍。遂使貔虎士，奮身勇所聞。言輕生賈勇者，皆聞主上意旨而起。拔劍擊大荒，日收胡馬

曰豈知，曰遂使，正見上行下效也，此章特探本言之。此章言竭天下之力，借寇兵而齎盜糧也。○當邊廷獲勝，日恣歡娛，厚賞以結軍心，而嚴刑以箝衆口，祿山叛逆之勢成矣。

末章亦以諷諸人之從逆者。

羣。祿山事蹟：祿山包藏禍心，畜單于護眞大馬，習戰鬥者數萬匹。誓開玄冥北，淮南子：北方水也，其帝顓頊，其佐玄冥。持以奉吾君。

獻凱日繼踵，兩蕃靜無虞。舊唐書北狄傳：奚與契丹兩國，常遞爲表裏，號曰兩蕃。新書安祿山傳：天寶四載，奚契丹叛，祿山起兵擊之。八月給契丹諸酋，大置酒，毒焉，既酣悉斬其首，獻馘闕下。通鑑：十三載四月，祿山奏擊破奚契丹，虜其王李日越。十四載四月，奏破奚契丹。漁陽豪俠地，漢地理志：漁陽郡屬幽州。擊鼓吹笙竽。豪鏡㯫 雲帆轉遼海，遼東南臨渤海，故曰遼海。粳稻來東吳。朱注：隋唐時於揚州置倉，以備海運，餽東北邊。祿山鎮范陽，江淮輓輸，千里不絕。昔游詩：幽燕盛用武，供給亦勞哉。吳門轉粟帛，泛海淩蓬萊。與此同意。越羅與楚練，照耀輿臺軀。賊㯫 左傳：士臣阜，阜臣輿，輿臣隸，隸臣僚，僚臣僕，僕臣臺。唐書：十三載祿山奏前後立功將士，請超三資告身，於是超授將軍五百人，中郎將三千餘人。主將位益崇，氣驕淩上都。逆臣㯫 唐書：七載祿山賜鐵券，封柳城郡公，九載進爵東平郡王。祿山事蹟：祿山自歸范陽，逆節漸露，使者至，稱疾不迎，成備而後見之，無復臣禮。邊人不敢議，議者死路衢。大書直書 祿山事蹟：或言祿山反，玄宗必縛送之，道路相目，無敢言者。

我本良家子，出師亦多門。將驕益愁思，身貴不足論。邵云二句是後出塞詩旨 躍馬二十年，恐孤

張惕菴云：情急詞危，不啻祖伊奔告，卻託之逃軍之言，所謂言之者無罪，聞之者足戒也。

王阮亭云：胸次海闊天空。

俗作辜非。明主恩。李陵書：陵雖孤恩，漢亦負德。坐見幽州騎，唐范陽屬幽州。長驅河洛昏。中夜間道歸，故里但空村。此句亦帶見中原凋敝。惡名幸脫兔，窮老無兒孫。

張綖曰：左傳：兵猶火也，不戢自焚。前四章著明皇黷武不戢，過寵邊將，啓其驕恣輕上之心。末則直著祿山之叛，以見明皇自焚之禍也。○劉後村曰：前後出塞詩筆力高古，可與十九首並傳。○范梈曰：前後出塞皆傑作，有古樂府之聲而理勝。

去矣行

君不見鞲上鷹，史記滑稽傳注：鞲，臂捍也。一飽即飛掣。焉能作堂上燕，銜泥附炎熱？野人曠蕩無靦顏，豈可久在王侯間？未試囊中餐玉法，明朝且入藍田山。後魏書：李預居長安，羨古人餐玉之法，乃采訪藍田，掘得若環璧雜器者大小百餘，預乃椎七十枚爲屑食之。長安志：藍田山在長安縣東南三十里。

奉同郭給事湯東靈湫作

湯東，驪山溫湯之東也，以龍所居，故謂之靈湫。此往奉先時作。

邵云：靈秀沸渴，實杜集之奇作。

四句言水之深潔，極寫靈字。

東山氣鴻濛，（先從溫湯敘起）東山卽驪山也。逑征記：長安東則驪山。寰宇記：驪山在臨潼縣東南二里。溫湯在山下。氣鴻濛，言高入雲際。宮殿居上頭。唐書：天寶六載更溫泉爲華清宮，治湯井爲池，環山列宮室。君來必十月，長安志：開元後，玄宗每歲十月幸溫湯，歲盡而歸。朱注：譏非時也。樹羽臨九州。江淹詩：君王淡以思，樹羽望楚城。樹羽謂立羽葆蓋。陰火煮玉泉，海賦：陽冰不治，陰火潛然。博物志：凡水源有硫黃，其泉則溫。噴薄漲巖幽。有時浴赤日，山海經：日出於暘谷，浴於咸池，此借日以言君也。光抱空中樓。長安志：驪山有觀風樓、羯鼓樓。閬風入轍迹，十洲記：崑崙三角，其一角正北，名曰閬風顚。曠原延冥搜。穆天子傳：自西王母之邦，北至於曠原之野，千九百里。以周穆爲比，取諷荒遊，卽日宴崑崙意。沸天萬乘動，（渡入觀湫）蕪城賦：歌吹沸天。觀水百丈湫。幽靈斯可怪，王命官屬休。穆天子傳：天子以寒之故，命王屬休。杜臆：休謂休沐以致祭。初聞龍用壯，（追敘原委，此小段係觀湫正文）易大壯：小人用壯。擘石摧林丘。中夜窟宅改，移因風雨秋。劇談錄：咸通九年，華陰縣南十餘里，一夕風雨暴作，有龍移湫，自遠而至，碧波迴塘，湛若疏鑿。倒懸瑤池影，謂宮殿下映。屈注滄江流。謂衆水奔赴。味如甘露漿，揮弄滑且柔。（并及祭典之盛）江賦：揮弄灑珠。翠旗澹偃蹇，長門賦：澹偃蹇而待曙兮。李奇注：澹，猶動也。七發：旌旗偃蹇。雲

沈云：難題言者，每以隱語出之，最得詩人之體。

宋張表臣有珊瑚鉤詩話，取此。

車紛少留。漢郊祀歌：靈之車，駕玄雲。此句言神降也。簫鼓蕩四溟，張載詩：雨足灑四溟。異香泱烏朗切。漭浮。鮫人獻微綃，任昉述異記：鮫人即泉先也，南海出鮫綃紗，泉先潛織，一名龍紗。以為服，入水不濡。曾祝沉豪牛。穆天子傳：天子大朝於燕然之山，奉璧南面，曾祝佐之，祝沉牛馬豕羊。注：曾，猶重也。又曰：文山之人歸遺，乃獻良馬十駟，天子與之豪馬豪牛尨狗豪羊，以三十祭文山。注：豪，猶髭也。夢弼曰：獻綃以為幣，沉牛以為牲也。百祥奔盛明，古先莫能儔。坡陀金蝦蟆，出見蓋有由。埤雅：蝦蟆一名蟾蜍，或作詹諸。鈕琇曰：按瀟湘錄：唐高宗患頭風，宮人穿池置藥爐，忽有蝦蟆躍出，色如黃金，背有朱書武字，宮人奏之，帝頗驚異，放之苑池。子美當用此事。舊注所引俱未當。至尊顧之笑，王母不肯收。王母以比貴妃。仇注：詩：此宜無罪，女反收之。注：收，拘也，此收字所本。復歸虛無底，即湫水。化作長黃虯。玉篇：虯，無角龍也，俗作虬。按：此正與上龍湫相應，舊引張衡靈憲，謂始終以蝦蟆事為比，殊於上意不協。飄颻青瑣郎，（和詩只末處一點）漢舊儀：給事黃門侍郎，每日暮向青瑣門拜，謂之夕郎。文采珊瑚鉤。吳注：纂典記：相如見枚叔文，稱曰：如珊瑚之鉤，璠璵之器，非世間尋常可見。此言文采之可貴也。浩歌淥水曲，淥水，古曲名，暗指靈湫。清絕聽者愁。（微旨畢露）

李安溪云：此篇金聲玉振，可為壓卷。

朱鶴齡曰：此詩直陳溫湯事，而風刺自見。其憂亂之意，情見乎辭，當與慈恩寺迴首叫虞舜數語，及奉先詠懷淩晨過驪山一段參看。○浦二田云：明皇每與貴妃行幸湯泉，因而駐蹕靈湫，褻舉祀禮，此詩陳其事以為諷也。按長安志：湯泉在漢陰盤縣故城東門外。貞觀中，乘輿自東門入，水暴漲，見物狀如豬，當土門臥，命有司致祭，其物起向北，因失所在。開元八年，乘輿自南入，黑氣從東北角起，倏忽滿城，從官相失，上悵然回宮。學士王翰以為龍躍雲從，無足異者，作客問上之。又按祿山事蹟：玄宗嘗夜宴祿山，祿山醉臥化為豬而龍頭，左右遽言之。玄宗曰：渠豬龍耳，無能為也。祿山將入朝，乃令於溫泉造宅至溫湯賜浴。據此則湫中之物，信為祿山之應矣。明皇毫不知警，漫逞嬉遊，可嘆也。故下文又幻出蝦蟆化蚪一段以深惕之。淮南子：月照天下，食於詹諸。夫月為陰精，后妃之象，祿山約楊妃為母子，通宵禁掖，濁亂宮闈，豈非同蝦蟆之蝕月者乎。又通鑑：國忠言祿山必反，陛下試召之必不來。祿山聞命即至，上益親信之，續遣歸范陽。祿山驚喜，疾驅出關，明年遂反。詩曰：至尊顧笑，王母不收，意舉朝議收之，而妃陰勸上縱遣之歟。歸虛無而化黃虯，則言祿山之勢已成，有不可復制者，詩人之託喻微矣。

自京赴奉先縣詠懷五百字

長安志：奉先縣西南至京兆府二百四十里。魯曰：公在率府，其家先在奉先，至是往省之也。朱注：公赴奉先，玄宗時正在華清宮，故詩中言驪山事特詳。

杜陵有布衣，老大意轉拙。許身一何愚？竊比稷與契。（何等志願，所以為千古第一詩人）居然成濩落，白首

首從詠懷敘起，每四句一轉，層層跌出。自許稷契本懷，寫仕既不成，隱又不遂，百折千迴，仍復一氣流轉，極反復排蕩之致。

次敘自京赴奉先道途所聞見，而致慨於國奢民困，此正憂端最切處。

甘契音挈。闊。詩注：契闊，勤苦也。蓋棺事則已，宋書：劉毅曰：大丈夫蓋棺事乃定矣。此志常覬豁。窮年憂黎元，歎息腸內熱。取笑同學翁，浩歌彌激烈。非無江海志，蕭灑送日月。妙句。生逢堯舜君，不忍便永訣。當今廊廟具，構廈豈云缺？葵藿傾太陽，物性固莫奪。曹植表：葵藿之傾葉，太陽雖不為迴光，然終向之者，誠也。顧惟螻蟻輩，但自求其穴；指瑣瑣事干謁者，舊解非。胡為慕自嘲。大鯨，輒擬偃溟渤？海賦：其魚則橫海之鯨，突兀孤游，戛巖嶅，偃高濤。以茲誤生理，獨恥事干謁。兀兀遂至今，忍甘也。為塵埃沒。因不求穴，故不干謁，遂至塵沒也。終愧巢與由，未能易其節。言不能起而隱去。沉飲聊自遣，放歌破一作頗。愁絕。歲暮百草零，接陡健。疾風高岡裂。公赴奉先在十一月初。天衢陰崢嶸，言陰盛也。客子中夜發。霜嚴衣帶斷，張云：寫出嚴寒之狀。指直不得結。凌晨過驪山，寰宇記：驪山在昭應縣東南，自京至此六十里。御榻在嵽徒結切。嵲。雍錄：溫泉在驪山。玄宗即山建立百司，十月往，至歲盡乃還宮。又緣楊妃之故，奢蕩益著，宮包驪山，牆周

蔣云：敘事中夾議論，不覺髮上指冠，大聲如吼，卽所謂激烈愁絕也。

李云：四句束上起下，並有含蓄，是長篇斷犀手。

其外，下又有夾城通禁中。蚩尤塞寒空，甘泉賦：蚩尤之倫，帶干將，秉玉戚。蹴踏崖谷滑。二句言衛士之苦。瑤池氣鬱律，江賦：氣滃渤以霧杳，時鬱律其如烟。言溫泉之氣上升也。羽林相摩戛。唐兵志：高宗置左右羽林軍，朝會以衛階陛，行幸則夾馳道。君臣留懽娛，樂動殷音隱。膠葛。上林賦：張樂乎膠葛之寓。注：膠葛，廣大也。謂其聲遠聞。賜浴皆長纓，諷其不揚側陋明皇雜錄：上嘗於華清宮中置長湯數十，賜從臣浴。津陽門詩注：除供奉兩湯外，更有湯十六所，長湯每賜諸嬪御。與宴非短褐。彤庭所分帛，西京賦：玉階彤庭。本自寒女出。鞭撻其夫家，聚斂貢城闕。聖人筐篚恩，實欲邦國活。孫楚與孫皓書：愛民活國，道家所尚。言欲得賢輔治。臣如忽至理，君豈棄此物？浦注：在位者如其佚豫不恤國事，則厚賜爲虛擲矣，此責臣以諷君。多士盈朝廷，仁者宜戰慄。況聞內金盤，謂尚方器用。盡在衛霍室。衛霍皆漢內戚，以比國忠。中堂有神仙，指貴妃及諸姨。烟霧蒙玉質。煖客貂鼠裘，樂府法亦用隔句對悲管逐清瑟。勸客駝蹄羹，香橙壓金橘。朱門酒肉臭，路有凍死骨。拍到路上無痕榮枯咫尺異，惆悵難再述。北轅就涇渭，遙接前凌晨句更追憶官渡又改轍。

末敘抵家事，仍歸到憂黎元作結，乃是詠懷本意。張云：只此家常事，曲折如話，亦非人所能及。窮困如此，而惓惓於國計民生，非希蹤稷契者，詎克有此。

途次倉皇之狀

浦注：過驪山向北往奉先。朱注：官渡即涇渭二水渡口。羣水從西下，極目高崒兀。疑是崆峒來，涇渭諸水皆從隴西而下，故疑來自崆峒也。恐觸天柱折。音舌。列子：共工氏怒而觸不周之山，折天柱，絕地維。杜臆：句乃隱語，憂國家將覆也。河梁幸未坼，言未爲水所毀。枝撐聲窸窣。窸窣，聲不安也。行李相攀援，川廣不可越。老妻寄異縣，指奉先。十口隔風雪。誰能久不顧？沈云：情至語。庶往共饑渴。入門聞號咷，幼子餓已卒。浦云：卒字複，下當作歿。吾寧捨一哀？禮記：孔子曰：遇於一哀而出涕。言以達觀自解。里巷亦嗚咽。所愧爲人父，無食致夭折。音哲。豈知秋禾登，貧窶有倉卒。音猝。生常免租稅，名不隸征伐。撫跡猶酸辛，平人固騷屑。劉向九嘆：風騷屑以搖木兮。默思失業徒，租稅失業，即指前出帛者言。因念遠戍卒。憂端齊終南，澒胡孔切。洞徒總切。不可掇。淮南子：鴻濛澒洞，莫知其門。魏武樂府：明明如月，何時可掇。憂從中來，不可斷絕。

五古前人多以質厚淸遠勝，少陵出而沉鬱頓挫，每多大篇，遂爲詩道中另闢一門徑。無一語蹈襲漢魏，正深得其神理。此及北征，尤爲集內大文章，見老杜平生大本領；所謂巨刃摩天，乾坤雷硠者，惟此種足以當之。牛山、後山，尚未望見。○張上若云：文之至者，但見精神，不見語言。此五百字眞懇切至，淋漓沉痛，俱是精神，何處見有語言？豈有唐諸家所能及！○李子德云：太史公謂國風好色而不淫，小雅怨誹而不亂，離騷兼之。公詠懷足以相敵。

奉先劉少府新畫山水障歌

堂上不合生楓樹，怪底江山起烟霧。（突兀。）聞君掃却赤縣圖，（劉爲奉先尉，先寫其邑之山水爲圖。）乘興遣畫滄洲趣。（卽指本畫障。）畫師亦無數，好手不可遇。對此融心神，知君重毫素。豈但祁岳與鄭虔，（李嗣眞畫錄：不見蹤跡二十五人，祁岳在李國恆之下。唐書：鄭虔善圖山水。）筆跡遠過楊契（乞結切。）丹。（張彥遠名畫記：隋楊契丹官至上儀同，畫在閻立本下。）得非元圃裂？（穆天子傳：乃爲銘迹於元圃之上，以詔後世。）毋乃瀟湘翻？（圖經：湘水至零陵而營水會之，二水合流，謂之瀟湘。瀟者水清深之名也。）悄然坐我天姥下，（吳越郡國志：天姥山與括蒼相連。寰宇記：在剡縣南八十里。）耳邊已是聞清猿。（公壯游詩歸帆拂天姥，蓋舊遊之地，故因畫而思及之。）反思前夜風雨急，（一波未平，一波又起，詩亦若有神助。）乃是蒲城鬼神入。（蒲城卽奉先。）元氣

張云：以畫作眞，落想甚奇。先疏明緣起，下贊畫並極其形容。

何云：跌斷上文，忽入反思四句，變化曲折之極，不過夜雨之後見此新畫障耳，一

運筆便十分離奇。

以上都是空際盤旋之筆，以下方入畫實境。

此段贊劉並及二子，卽申前重毫素意，章法疏密相間。

結到移情處，宛入眞境，神遊題外，尤覺去路邈然。

淋漓障猶濕，眞宰上訴天應泣。莊子：若有眞宰而不得其朕。仇注：言其巧奪天工，亦暗用倉頡造字，天雨粟，鬼夜哭意。野亭春（邵云：忽接景語妙）還雜花遠，漁翁暝踏孤舟立。滄浪水深靑且闊，欹岸側島秋毫末。不見湘妃鼓瑟時，（指點極縹緲）至今斑竹臨江活。楚辭：使湘靈鼓瑟兮。博物志：舜崩於蒼梧，二妃啼，以淚揮竹，竹盡斑。劉侯天機精，愛畫入骨髓。自有兩兒郎，揮灑亦莫比。大兒聰明到，能添老樹巓崖裏。小兒心孔開，貌音莫。得山僧及童子。若耶溪，雲門寺，水經注：若耶溪上承嶕峴麻溪，溪水至清，照衆山倒影，窺之如畫。又云：山陰縣南有玉笥、竹林、雲門、天柱精舍，盡泉石之好。南史：何胤以會稽多靈異，往游焉，居若耶山雲門寺。吾獨何爲在泥滓？靑鞋布襪從此始。舊注：公前送孔巢父詩云：南尋禹穴見李白。時方遭亂，思孔李輩或在剡中，欲往從之而不可得也。如此看則語意更有着落。

字字飛騰跳躍，篇中無數山水境地人物，縱橫出沒，幾莫測其端倪。○沈確士云：題畫詩自少陵開出異境，後人往往宗之。

晦日尋崔戢李封

鶴注：唐以正月晦日爲令節，詩有喜結仁里懽，當在奉先作。

邵云：詩亦似陶，入後則公本色。首敘晦日出遊。

次述尋崔李二家。

末對春景而感時事。所謂舉杯消愁愁更愁也。

朝光入甕牖，尸寢驚弊裘。張云：想披裘而臥，見日驚起耳。起行視天宇，春氣漸和柔。興來不暇懶，今晨梳我頭。出門無所待，徒步覺自由。杖藜復恣意，免値公與侯。晚定崔李交，會心眞罕儔。每過得酒傾，二宅可淹留。喜結仁里懽，況因令節求。李生園欲荒，舊竹頗脩脩。引客看掃除，家貧好客意隨時成獻酬。寫得出崔侯初筵色，已畏空樽愁。未知天下士，至性有此不？草芽旣青出，蜂聲亦煖遊。思見農器陳，何當甲兵休？上古葛天氏，帝王世紀：大庭氏至葛天氏皆號炎帝。不貽黃屋憂。漢書音義：黃屋，車上蓋。天子之儀，以黃繒爲裏。至今阮籍等，熟醉爲身謀。非尋常詩人語阮籍傳：魏晉之際，天下多故，名士少有全者，籍由是不與世事，遂酣飲爲常。朱注：言上古之世，黃屋始可無憂，今何時乎？而阮籍之流止沉飲以謀身，歎己與崔李輩無能與天子分憂也。威鳳高其翔，漢孝景紀：南海獲白虎威鳳。晉灼曰：鳳之有威儀者。句謂賢人隱遯。長鯨吞九州。地軸爲之翻，百川皆亂流。天寶十四載十一月祿山反，陷河北諸郡，十二月陷東京。

當歌欲一放，淚下恐莫收。濁醪有妙理，庶用慰沉浮。游俠傳：放意自恣，浮沉俗間。

送率府程錄事還鄉 原注：程攜酒饌相就取別。唐六典：太子左右衛率府有錄事參軍。

鄙夫行衰謝，抱病昏忘集。常時往還人，記一不識十。張云：與下聰明相反。程侯晚相遇，與語才傑立。薰然耳目開，頗覺聰明入。千載得鮑叔，末契有所及。意鍾老柏青，對衰謝 義動修蛇蟄。對傑立 易：龍蛇之蟄，以存身也。言己之避亂潛蹤，如修蛇之蟄，而程之義足以相感動也。若人可數見，慰我垂白泣。告別無淹晷，百憂復相襲。內愧突不黔，楊子：墨突不黔。黔，黑也。庶羞以賙給。言程方啓行，己不能設餞而反蒙饋遺也。素絲挈長魚，碧酒隨玉粒。途窮見交態，世梗悲路澀。二句感此，彼情緒宛然。東風吹春冰，泱漭后土濕。二句述時景兼影世事。念君惜羽翮，既飽更思戢。按戢羽即指還鄉言，下二句乃戒其輕出也。莫作翻雲鶻，聞呼向禽急。盧注：鶻聞人呼則向禽而擊。朱注：上云與語才傑立，意程錄事必負才敢爲者。然世難方殷，當思斂戢，故又以向禽之鶻戒之。

仇云：首敘來蹤，兼記時候。

此高齋遠景。

此高齋近景。

此記舅氏款待之情。

此記山中變幻之狀，語亦暗影時事。○俞犀月云：寫得風烟慘淡，總爲襯出兵氣來。

白水崔少府十九翁高齋三十韻

公去秋曾往白水，至是挈家往依。

客從南縣來，寰宇記：後魏分白水縣置南白水縣，以在白水之南爲名，後改蒲城，即奉先也。浩蕩無與適。旅食白日長，況當朱炎赫。高齋坐林杪，（先出高齋）信宿遊衍闃。謂無人遊也。清晨陪躋攀，傲睨俯峭壁。崇岡相枕帶，曠野迴咫尺。始知賢主人，贈此遺岑寂。危階根青冥，曾冰生淅瀝。言其地高寒。上有無心雲，下有欲落石。泉聲聞復息，動靜隨所激。鳥呼藏（託鳥）其身，有似懼彈射。（起下吏隱亦暗寫自家匿跡景象）吏隱適情性，茲焉其窟宅。白水見舅氏，（次出崔翁）諸翁乃仙伯。仇注：崔翁作尉，諸舅在焉，故避亂而喜良覿也。仙伯猶言桃源中人。杖藜長松下，作尉窮谷僻。爲我炊彫胡，大招：設菰粱只。注：菰粱，蔣實，謂彫胡也。宋玉諷賦：主人之女，爲臣炊彫胡之飯。逍遙展良覿。坐久風頗怒，晚來山更碧。相對十丈蛟，（承風怒句）欻翻盤渦坼。海賦：盤渦谷轉，波濤山頹。注：渦，水旋流也。何得空裏雷，殷殷尋地脈。烟氛

結到少府席上，有倉卒徬徨之意。

靄崷崒，魍魎森慘戚。崑崙崆峒巔，回首如不隔。朱注：崑崙、崆峒在白水西北。前軒頹反照，（承晚來句）頹，下照也。巉絕華嶽赤。華嶽在白水東南，故見於前軒。兵氣漲林巒，川光雜鋒鏑。知是相公軍，鐵馬雲霧積。唐書：祿山反，以哥舒翰爲太子先鋒兵馬元帥，明年正月，進位尚書左僕射。時翰統兵二十萬守潼關。潼關屬華州，與白水近，故見兵氣之盛如此。玉觴淡無味，（不覺大聲疾呼）胡羯豈強敵？唐書：顏杲卿罵祿山曰：汝本營州牧羊羯奴。長歌激屋梁，淚下流衽席。人生半哀樂，（另一振起，下又作徐）天地有順逆。慨彼萬國夫，（徐嘆息）休明備征狄。言當此太平之世，而忽遭寇亂，所謂有順有逆也。猛將紛塡委，廟謀蓄長策。東郊何時開？書序：淮夷、徐戎並興，東郊不開。時東京已陷於賊。帶甲且未釋。欲告清宴罷，難拒幽明迫。張縉注：幽明卽指上文征狄數句，謂天道人事皆可憂也。三歎酒食旁，何由似平昔！

自早至晚，備寫所歷多少奇景奇情，結歸傷時正意，尤見深識隱憂。敍次錯綜，波瀾萬狀。○盧元昌曰：高齋旅食，時哥舒正守潼關，李郭皆請固關而守。國忠恐翰圖己，促之出戰，將相不和，

首從山行敘起。

此記山水之漲。

潼關危矣。詩云：知是相公軍，鐵馬雲霧積。謂守關猶足恃也。猛將紛塡委，廟謀蓄長策。謂當將相協和，兼任李郭，以圖萬全不敗之道也。東郊何時開，帶甲且未釋。謂宜枕干袵革，勿懈於防也。終日三歎酒食旁，何由似平昔。又知闔任不專，廟謨失策，潼關必潰也。

三川觀水漲二十韻

舊唐書：三川縣屬鄜州。鶴注：時公自白水之鄜州，道出華原，聞肅宗即位，遂寄家口於鄜，已欲詣靈武。是年史不書大水，可以補史之闕。

我經華原來，長安志：華原縣屬雍州。不復見平陸。北上惟土山，張云北方山川如此連天走窮谷。連天謂連日。火雲無時出，飛電常在目。自多窮岫雨，多雨乃水漲之由行潦相豗音灰。蹙。豗，水相擊。海賦：磊匒匌而相豗。蓊烏孔切。匌口答切。川氣黃，蓊匌謂水氣蓊鬱而匌匝也。羣流會空曲。浦云：色帶山土故黃。連山屈蟠，故會空曲。二句確是山內暴水。清晨望高浪，忽謂陰崖踣。音匐。恐泥去聲。竄蛟龍，恐泥借用論語字，廣韻：泥，滯也，陷也。登危聚麋鹿。枯查槎同。卷拔樹，礧洛罪切。磈力罪切。共充塞。叶粟。查，水中浮木。礧磈，砂石也。聲吹鬼神下，勢閱人代速。邵云：驚絕寫得駭人。

此記川水之漲。

以憫亂意作結，復有舉世淪胥之慨。

不有萬穴歸，開筆承上起下何以尊四瀆。及觀泉源漲，反懼江海覆。漂砂圻岸去，朱注：謝靈運詩：圻岸屢崩奔。按玉篇：圻，一音魚斤切，與垠同。岸也，界也。文選注音祈，恐誤。漱壑松柏禿。乘陵破山門，迴斡裂地軸。抱朴子：地有三千六百軸，名山大川，孔穴相連。交洛赴洪河，舊唐書：洛交縣屬鄜州，洛水之交，故名。及關豈信宿。關謂潼關也，關在華山之東。應沉數州沒，如聽萬室哭。洛水發源鄜州白於山，合漆沮水至同州朝邑縣入河，其勢最大而疾，故有數州沉沒之懼。穢濁殊未清，風濤怒猶蓄。何時通舟車？陰氣不黲黷。按黲當作墋，楚錦切。陸機高祖功臣贊：芒芒宇宙，下墋上黷。注：墋，不澄清貌。黷，媟也。浮生有蕩汩，吾道正羈束。人寰難容身，石壁滑側足。雲雷屯不已，艱險路更跼。普天無川梁，寓言拯溺無人。欲濟願水縮。因悲中林士，未脫眾魚腹。舉頭向蒼天，安得騎鴻鵠？

浦二田云：每述一事，必極其情狀，仿像飛動，雕鏤刻深，遂為昌黎鬥雞石鼎等聯句及宋元以來體物諸詩之祖。

李云：朴老之氣，一往孤行，遂字、且字，定非公不能下。

原題起兼用興體，語如童謠，即風人莫黑匪烏意。

避地

集外詩，見趙次公本。

避地歲時晚，竄身筋骨勞。詩書遂牆壁，孔安國尚書序：及秦滅典籍，我先人用藏其家書於屋壁。言值世亂，詩書將無所用也。奴僕且旌旄。盧注：當時賊黨如田乾眞、蔡希德、崔乾祐之徒，各擁旌旄。舊注謂指朝廷將士，非是。行在僅聞信，時肅宗已即位靈武。此生隨所遭。神堯舊天下，唐高祖稱神堯皇帝。會見出猶逐也。腥臊。腥臊，犬羊也，指祿山。

哀王孫

舊唐書：十五載六月九日，潼關不守，十二日，凌晨，上自延秋門出，親王妃主王孫以下，皆從之不及。通鑑：上從延秋門出，妃主王孫之在外者，多委之而去。此見王孫顛沛而作也。

長安城頭頭白烏，夜飛延秋門上呼；楊愼曰：三國典略：侯景篡位，令飾朱雀門。其日有白頭烏萬計，集於門樓。童謠曰：白頭烏，拂朱雀，還與吳。杜蓋用其事，以侯景比祿山也。長安志：苑中宮庭凡二十四所，西面二門；南曰延秋門，北曰玄武門。又向人家啄大屋，屋底達官走避胡。金鞭斷折九馬死，宋本作馬九死。西京雜記：文帝自代來，有良馬九匹，號爲九逸。骨肉不得一作待。同馳驅。

汪鈍翁云：天寶間達官皆楊李私人，借作襯起，明此輩不足哀，所可哀者高帝子孫耳。此卽微寓袞鉞之意。

蔣云：見其寶玦尚存，故疑爲王孫。問其姓名不得，又因見龍準而斷爲高帝之子孫。敘次語意曲折。

張云：當時降逆之臣，必有爲賊耳目搜捕宗室以獻媚

張戒曰：烏朝飛而夜宿，今夜飛延秋門上呼，又向人家啄大屋者，長安城中兵亂也。鞭至於斷折，馬至於九死，骨肉不得同馳驅，則達官走避胡之急也。**腰下寶玦青珊瑚，可憐王孫泣路隅。問之不肯道姓名，但道困苦乞爲奴。**日知錄：南史：齊明帝遣柯令孫殺建安王子眞，叩頭乞爲奴，不許而死。**已經百日竄荊棘，**（張云敘語形容）浦注：自明皇六月出狩，至此百日，蓋在九月間。**身上無有完肌膚。**（奔馳困辱之狀殆盡。）**高帝子孫盡龍準，**音拙。漢高祖紀：帝隆準龍顏。李斐曰：準，鼻也。**龍種自與常人殊。**（又作回護語。）**豺狼在邑龍在野，王孫善保千金軀。**至德元載七月，祿山使人殺霍國長公主及王妃駙馬等八十人，又殺王孫及郡縣主二十餘人。此云善保千金軀，危之亦戒之也。**不敢長語臨交衢，**（頓挫。）**且爲王孫立斯須。昨夜春風吹血腥，**（先惕以賊形猖獗）**東來橐駝滿舊都。**史思明傳：祿山陷兩京，以橐駝運御府珍寶於范陽，不知紀極。肅宗時在靈武，故號長安爲舊都。**朔方健兒好身手，**（檢極恨處寫二句）顏氏家訓：頃世亂離，衣冠之士雖無身手，或聚徒衆。**昔何勇銳今何愚？**朔方健兒指哥舒翰。時翰將河隴朔方兵及蕃兵共二十萬守潼關拒賊，戰敗於靈寶西原。火拔歸仁等絡翰出關，執以降賊。**竊聞天子已傳位，**（檢極要緊處寫主句）**聖德北服南單于。**光武紀：匈奴薁鞬日逐王，比自立爲南單于。建武二十五年，遣使詣闕貢獻，奉蕃稱臣。舊唐書：肅宗卽位，九月南幸彭原，遣使與回紇和親。二載二月，其首

者，故詩云云，欲其深藏謹默以避禍也，忠愛之意，溢於言表。

蔣云：苦音急調，千古魂消。

領入朝。**花門剺面請雪恥，**花門卽回紇。剺，割也，謂割面流血以示信。**慎勿出口他人狙。**（忽然絕口，急接此句，口吻宛然。）史記留侯傳：秦皇東遊，良與客狙。索隱：狙，伺也，狙之伺物，必伏而候之。（又佀呼二語，具見丁寧反復。）**哀哉王孫慎勿疏，五陵佳氣無時無。**唐紀：高祖葬獻陵，太宗葬昭陵，高宗葬乾陵，中宗葬定陵，睿宗葬橋陵，是爲五陵。光武紀：蘇伯阿爲王莽使至南陽，遙望舂陵郭，唶曰：氣佳哉，鬱鬱葱葱然！言有中興之象。

劉須溪云：忠臣之盛心，倉猝之隱語，備盡情態。〇沈確士云：一韻到底，波瀾變化，層出不窮，似逐段轉韻者。七古能事，至斯已極。

哀江頭

此公在賊中時，覩江水江花哀思而作，因帝與貴妃常遊幸曲江，故以哀江頭爲名。

少陵野老吞聲哭，杜臆：長安城東有霸陵，文帝所葬。霸南五里卽樂遊原，宣帝築以爲陵，曰杜陵。杜陵東南十餘里，又有一陵差小，許后所葬，謂之少陵。其東卽杜曲，西卽子美舊宅。**春日潛行曲江曲。江頭宮殿鎖千門，**曲江南有紫雲樓、芙蓉苑，西有杏園、慈恩寺。**細柳新蒲爲誰綠？**言無主也。劇談錄：曲江池入夏則菰蒲葱翠，柳陰四合，碧波紅蕖，湛然可愛。**憶昔霓旌下南苑，**卽芙蓉苑。**苑中萬物生顏色。昭陽殿裏第一人，**漢書：飛燕立爲皇后，寵少衰，女弟絕幸，爲昭儀，居昭陽殿。李白詩：漢宮誰第一，飛燕在昭陽。亦指貴妃也。**同輦隨君**

邵云：轉折矯健，略無痕跡。蘇黃門謂如百金戰馬，注坡驀澗，如履平地，信然。王西樵云：亂離事只敘得兩句，清渭以下純以唱嘆出之，筆力高不可及。

侍君側。輦前才人帶弓箭，唐百官志：內官才人七人，正四品。白馬嚼齧黃金勒。翻身向天仰射雲，一笑一作箭。正墜一作墮。雙飛翼。亦暗用如皐射雉事。明眸皓齒今何在？血污遊魂歸不得。國史補：玄宗幸蜀至馬嵬驛，縊貴妃於佛堂梨樹之前。太眞外傳：妃死瘞於西郭之外一里許道北坎下，時年三十八歲。清渭東流劍閣深，去住彼此無消息。清渭，貴妃縊處，劍閣，明皇入蜀所經。彼此無消息，卽長恨歌所謂一別音容兩渺茫也。朱注：作公自言，恐與上下文不相連屬。人生有情淚霑臆，江水一作草。江花豈終極？黃昏胡騎塵滿城，欲往城南望城北。一作忘南北。沈云：結出心迷目亂，與起潛行意闇照。舊注：公家居城南。往城南，乃向城北，亦不能記南北之意。

張戒歲寒堂詩話：楊太眞事，唐人吟咏至多，然類皆無禮。太眞配至尊，豈可以兒女語黷之耶！惟杜子美則不然。哀江頭詩：昭陽殿裏第一人，同輦隨君侍君側；不待云嬌侍夜，醉和春，而太眞之專寵可知。不待云玉容梨花，而太眞之絕色可想也。至於言一時行樂事，不斥言太眞，而但言輦前才人，此意尤不可及。如云：翻身向天仰射雲，一笑正墜雙飛翼；不待言緩歌慢舞凝絲竹，盡日君王看不足，而一時行樂可喜事，筆端畫出，宛在目前。江水江花豈終極；不待云比翼鳥、連理枝，此恨綿綿無盡期，而無窮之恨，黍離麥秀之悲，寄於言外。其詞婉而雅，其意微而有禮，眞可謂得風人之旨者。元白數十百言竭力摹寫，不若子美一句，人才高下乃如此。

悲陳陶

唐書：至德元載十月，房琯自請討賊，分軍爲三：南軍自宜壽入，中軍自武功入，北軍自奉天入，琯自將中軍爲前鋒。辛丑，中軍北軍遇賊於陳陶斜，接戰敗績。癸卯，琯自以南軍戰又敗。通鑑注：陳陶斜在咸陽縣東，又名陳陶澤。

孟冬十郡良家子，漢書趙充國傳：六郡良家子，選給羽林期門。血作陳陶澤中水。野曠天淸無戰聲，仇注：言不戰而自潰也。四萬義軍同日死。書。法。見。公。不。以。成。敗。論。人。唐書：時琯效古法用車戰，賊縱火焚之，人畜大亂，官軍死傷者四萬餘人。羣胡歸來血洗箭，仍唱胡歌飲都市。謂祿山之衆。都人迴面向北啼，日夜更望官軍至。

浦云：官軍之聊草敗沒，賊軍之驕橫得志，只數語兩兩如生。

悲青坂

去陳陶不遠，所謂以南軍又敗者也。

我軍青坂在東門，天寒飲馬太白窟。三秦記：太白山在武功縣南。朱注：史云琯敗陳陶，殘卒數千不能軍。帝使哀夷散，復圖進取。青坂東門，駐軍之地也。飲馬太白，蓋言依山而守。黃頭奚兒日向西，唐書：室韋，東胡之北邊，分部凡二十餘，黃頭部，強部也。奚亦東胡種。祿山事蹟：祿山反，發同羅、

邵云：沉着悽惋。

奚、契丹、室韋曳落河之衆，號父子軍。數騎彎弓敢馳突。見彼壯我怯。山雪河冰野蕭瑟，（寫出戰敗慘景）青是烽烟白人骨。安得附書與我軍，時公陷賊中故云。忍堅也。待明年莫倉卒？前結冀其重整，此乃戒其毋蹈前轍也。其後香積寺之捷，果在至德二載。

朱鶴齡曰：考史琯既敗，猶欲持重有所伺。而中使邢延恩促戰，遂大敗，故末二句云云。又陳陶之敗與潼關之敗，其失皆在以中人促戰，不當專爲琯罪也，故子美深悲之。○邵子湘云：日夜更望官軍至，人情如此；忍待明年莫倉卒，軍機如此。此杜所以爲詩史也。

對雪

戰哭多新鬼，時方在陳陶敗後。愁吟獨老翁。亂雲低薄暮，急雪舞迴風。瓢棄樽無綠，爐存火似紅。（寫愁中妙）正言無火也。數州消息斷，（結句開首句意）愁坐正書空。世說：殷浩坐廢，終日書空作咄咄怪事四字。

李子德云：苦語寫來不枯寂，此盛唐所以擅長。正如善畫者，古木寒鴉，一倍有致。

邵云：一氣如話。

張云：杜詩中往往直書人名。

月夜

今夜鄜音夫。州月，閨中只獨看。（獨雙二字一詩之眼）唐書：鄜州屬關內道，時公之家寓焉。遙憐小兒女，未解憶長安。時公方陷賊中。香霧雲鬟濕，清輝玉臂寒。仇注：鬟濕臂寒，見看月之久。何時倚虛幌，江淹詩：錬藥照虛幌。幌，帷也。雙照淚痕乾？

王右仲云：公本思家，反想家人思己，已進一層。至念及兒女不能思，又進一層。五六語麗情悲。末想到聚首時對月舒愁之狀，詞旨婉切。公之篤於伉儷如此。

薛端薛復筵簡薛華醉歌

文章有神交有道，端復得之名譽蚤。（領句突兀至理名言）愛客滿堂盡豪傑，（承交有道）一作翰。開筵上日思芳草。書：正月上日。注：上日，朔日也。安得健步移遠梅，亂插繁花向晴昊？千里猶殘舊冰雪，百壺且試開懷抱。垂老惡聞戰鼓悲，急觴為緩憂心擣。謝靈運詩：急觴蕩幽默。少年努力

又云：老杜此等處極天然，極老到，眞不可及。

淋漓盡致。

縱。談。笑。，看我形容已枯槁。首。敍。端。復。敍。宴。座中薛華善醉歌，承文章有神歌詞自作風格老。近來海內爲長句，汝與山東李白好。朱注：白本隴西成紀人，此稱山東者，太白父爲任城令，因家焉。生平客齊兗閒最久，故時人以山東李白稱之。何劉沈謝力未工，梁書：何遜文章與劉孝綽並見重於世，世謂之何劉。世祖著編論之云：詩多而能者沈約，少而能者謝朓、何遜。才兼鮑照愁絕倒。此乃致簡薛華宋書：鮑照嘗爲古樂府，文甚遒麗。計東曰：長句謂七言歌行，太白所最擅場者。太白長句，其源出於鮑照，故言何劉沈謝但能五言，於七言則力有未工，必若鮑照七言樂府如行路難之類，方爲絕妙耳。世說：衞玠談道，平子絕倒。謂其言愁處足使人絕倒也。舊注非。諸生頗盡新知樂，萬事終傷不自保。遙接少年二句再一跌轉以盡醉歌之。意。氣。酣。日。落。西。風。來，願吹野水添金杯。如澠之酒常快意，注見一卷。亦。知。窮。愁。安。在。哉！忽。憶。雨。時。秋。井。塌，古。人。白。骨。生。青。苔；單。句。住。別。有。神。味。如何不飲令心哀？

張上若云：縱橫排宕中法律井井，想見得心應手之妙。

元日寄韋氏妹

鶴注：此至德二載元日作。妹嫁韋氏，即同谷詩所云有妹有妹在鍾離者。

近聞韋氏妹，迎在漢鍾離。漢地理志：鍾離縣屬九江郡。邵注：今爲鳳陽府臨淮縣。郎伯殊方鎮，朱注：婦人稱其夫曰郎曰伯。詩：自伯之東。京華舊國移。秦一作春。城迴北斗，浦注：長安城本似斗形，見三輔黃圖。迴北斗，又是用斗柄東而天下皆春意，既紀時，又切地，杜詩用事，往往如此。郢樹發南枝。黃希曰：楚辭哀郢：望長楸而太息兮。此郢樹所自來也。鍾離，春秋時屬楚地。秦城己所在，郢樹妹所在也。不見朝正使，唐書：朝集使位都督刺史三品以上。唐會要：天寶六載，敕自今以後諸道應賀正使，並取元日隨京官例序立便見。句當即指韋郎爲是，因家事而感國事也。啼痕滿面垂。

邵云：全首沉痛，正不易得。

春望

國破山河在，城春草木深。感時花濺淚，恨別鳥驚心。烽火連三月，承感時 浦注：謂亂後兩逢三月。家書抵萬金。承恨別 白頭搔更短，渾欲不勝簪。

溫公詩話：牂羊羵首，三星在罶。言不可久也。古人爲詩貴於意在言外，使人思而得之。近世惟杜子美最得詩人之體。如此言山河在，明無餘物矣；草木深，明無人矣；花鳥平時可娛之物，見之而泣，聞之而悲，則時可知矣。他皆類此，不可偏舉。

得舍弟消息二首

近有平陰信，朱注：唐書：平陰縣隋屬濟州。天寶十三載州廢，縣屬鄆州。遙憐舍弟存。側身千里道，寄食一家村。烽舉新酣戰，啼垂舊血痕。不知臨老日，招得幾時魂。仇注：楚辭有招魂篇，恐死期將至，不復相會也。

汝懦歸無計，吾衰往未期。浪傳烏鵲喜，西京雜記：乾鵲噪而行人至。深負鶺鴒詩。生理何顏面，言憔悴不堪。憂端且歲時。言銷憂無日。兩京三十口，雖在命如絲。張遠注：兩京，公在西京，弟在東京也。三十口，應合公與弟家屬而言。

邵子湘云：憶弟諸作，全是一片眞氣流注，便爾妙絕，不能摘句稱佳。○俞犀月云：杜公至性人，每於憂國思家，各見衷語。若徒爲一飯不忘君而不動心骨肉者，必僞人也。

憶幼子
公幼子宗武，小名驥子。

驥子春猶隔，鶯歌暖正繁。卽所謂恨別鳥驚心也。別離驚節換，聰慧與誰論。澗水空山道，柴門老樹村。趙曰：二句指言鄜州羌村置家之地。憶渠愁只睡，炙背俯晴軒。

一百五日夜對月
荆楚歲時記：去冬至一百五日，卽有疾風甚雨，謂之寒食。注：據曆合在清明前二日。

無家對寒食，有淚如金波。漢郊祀歌：月穆穆以金波。斫音酌。卻月中桂，酉陽雜俎：月桂高五百丈，下有一人常斫之，樹創隨合。人姓吳名剛，學仙有過，謫令伐樹。清光應更多。謂可照見家中也。仳或云當作披。離放紅蘂，想像顰青蛾。一作娥。紅蘂，丹桂花也。青蛾，當借姮娥以影閨人。牛女漫愁思，秋期猶渡河。世說：牛女二星，隔河而居，每七夕則渡河而會。全詩從此生出。邵云：無賴語自豪。

夢溪筆談：此詩首二對起，三四散承，謂之偷春格，如梅花偷春色而先開也。○按此格起於六朝初，唐人亦多有之。梁簡文夜聽妓詩：合歡蠲忿葉，萱草忘憂條。何如明月夜，流風拂舞腰。乃此體所託始也，大家偶一用之。

李云：如節制之師，偶用一奇。末正借牛女以自寬也。

遣興

驥子好男兒，前年學語時：問知人客姓，誦得老夫詩。世亂憐渠小，家貧仰母慈。張云二句情事百稱。鹿門攜不遂，後漢書：龐德公襄陽人也，攜妻子登鹿門山，采藥不返。雁足繫難期。蘇武傳：漢使者言天子射上林中得雁，足有繫帛書，知武所在。句乃自況陷賊。天地軍麾滿，山河戰角悲。儻歸免相失，見日敢辭遲。眞情苦語。

塞蘆子

一統志：蘆子關在延安府安塞縣。塞字當作壅塞解。

五城何迢迢？朱注：唐方鎮表：朔方節度領定遠豐安二軍及三受降城。元載請城原州云：北帶靈武五城，爲之羽翼。即此詩所指。迢迢隔河水。五城在黃河之北。邊兵盡東征，城內空荊杞。通鑑：祿山反，邊兵精銳者皆徵發入援，謂之行營，留兵殘弱。思明割懷衞，懷州，河內郡。衞州，汲郡。俱屬河北道。是時思明舍河北而西，故曰割懷衞。秀巖西未已。唐書：史思明雜種胡人也，本名窣干，玄宗改爲思明。高秀巖本哥舒翰將，降賊爲僞河東節度。至德二載正月，史思明自博陵，蔡希德自太行，高秀巖自大同，引兵共十萬寇太原。思明以爲指掌可取，既得太原當遂長驅於朔方河隴。迴略大荒來，崤函

浦云：插入四句，一見設守有成效，一見助守有聲援，岐在延西，尚且得力，況延州尤據形勝而逼賊衝者乎？

蓋慮爾。崤山函谷俱在潼關之東。恐寇來西突，不由近關也。仇注：延州秦北戶，關防猶可倚。舊唐書：延州中都督府屬關內道，在京師東北六百三十一里。為得一萬人，疾驅塞蘆子。岐有薛大夫，扶風即古岐周地，今鳳翔府。旁制山賊起。近聞昆戎徒，為退三百里。通鑑：至德元載七月，以陳倉令薛景仙為扶風太守兼防禦使，賊寇扶風，景仙擊却之，京畿豪傑往往殺賊官吏，遙應官軍。江淮奏請之蜀之靈武者，皆自襄陽取上津路抵扶風，道路無壅，景仙力也。蘆關扼兩寇，深意實在此。誰能叫帝閽，胡行速如鬼！末見遲則無及，蓋危之也。

以韻語代奏議，洞悉時勢，見此老碩畫苦心。學者熟讀此等詩，那得以詩為無用，作詩為閒事。○朱鶴齡曰：此詩首以五城為言，蓋憂朔方之無備也。高史二寇合力攻太原，克太原則渡河而西，卽延州界，北出卽朔方五城。靈距延才六百里爾。靈武為興復根本，公恐二寇乘虛襲之，故欲以萬人守蘆關，牽制二寇使不得北。時太原幾不守，幸祿山死，思明走歸范陽，勢甚岌岌，公故深以為慮也。

大雲寺贊公房四首

長安志：大雲經寺本名光明寺，武后幸此，沙門宣政進大雲經，經中有女主之符，因改名焉。

此初過寺中而記其勝概。

邵云：自在可想，得陶之神。

心在水精域，起筆便幽。江總大莊嚴寺碑：影徹琉璃之道，光遍水精之域。衣霑春雨時。洞門盡徐步，漢書董賢傳：重殿洞門。注：言門門相當也。深院果幽期。果字猶言踐約意。謝靈運撰征賦：果歸期於願言。到扉開復閉，不欲俗人過從也。撞鐘齋及茲。仇注：僧家設齋，每撞鐘而會食。醍醐長發性，王洙注：釋經言聞正法如食醍醐。唐本草：醍醐出酥中，乃酥之精液。潘鴻曰：按涅槃譬云：從熟酥出醍醐，譬於佛性，佛性即是如來。又止觀輔行云：見是慧性，發必依觀，禪是定性，發必依止。此發性二字所本。飲食過扶衰。過謂相待禮意有加。把臂有多日，開懷無愧辭。黃鸝度結構，謂所架臺閣。何晏景福殿賦：其結構則修梁彩制。紫鴿下罘罳。音浮思。禮記：疏屏天子之廟飾。鄭注：屏謂之樹，今罘罳也。雍錄：罘罳鏤木爲之，其中疏通，或爲方空，或爲連瑣；又有網戶者，連文綴屬，其形如網，世遂有直織絲網，張之簷窗，以護禽雀者。此句亦暗用釋氏鴿入佛影，心不驚怖之語。愚意會所適，花邊行自遲。湯休起我病，南史：沙門惠休姓湯氏，善屬文。微笑索題詩。傳燈錄：釋迦拈起一花，迦葉微笑，遂授以正法眼藏。

鍾伯敬云：詩有一片幽潤靈妙之氣，浮動筆端。○李子德云：此選體也，竟陵以入排律，何可與讀庾鮑。

此首謝贈物而帶言雨景。

此述通夜見聞之狀。

細軟青絲履，爾雅釋草：綸，似綸。注：綸，糾青絲也，音關。張華云：綸草如宛轉繩。方言：草作謂之履，麻作謂之不借。光明白氎巾。後漢書注：外國傳曰，諸薄國女子，織作白氎花布。深藏供老宿，取用及吾身。張云：質而不俚，亦自宛轉。自顧轉無趣，交情何尚新。道林才不世，惠遠德過人。才德二字品評不苟。高僧傳：支遁字道林，聰明秀徹，每至講肆，善標宗會，一代名流，皆著塵外之狎。惠遠性度宏偉，風鑒朗拔，居廬阜三十餘年，化兼道俗。

雨瀉暮簷竹，風吹春井芹。天陰對圖畫，最覺潤龍鱗。張彥遠名畫記：大雲寺東浮圖有三寶塔，東壁北壁鄭法輪畫，西壁田僧亮畫，外邊四壁楊契丹畫。朱注：畫斷：吳道子嘗畫殿內五龍，鱗甲飛動，每欲大雨，即生烟霧。此云潤龍鱗，殆類是耶。

燈影照無睡，心清微妙香。劉須溪云：便爾超悟。維摩經：菩薩各坐香樹下，聞斯妙香，即獲一切，得藏三昧。夜深殿突兀，風動金琅璫。漢西域傳注：琅璫，長瑣也，今殿塔皆有之。一曰：殿角懸鈴，其聲琅璫也。天黑閉春院，地清棲暗芳。清字稜。玉繩迴斷絕，春秋元命苞：玉衡南兩星爲玉繩。迴斷絕，言殿宇之高，玉繩不爲所蔽而斷絕也。鐵鳳森翺翔。西京賦：鳳騫翥於甍標，咸遡風而欲翔。薛綜注：謂作鐵鳳凰，令張兩翼，舉頭敷尾以函屋上，當棟中央，下有轉樞，常向風如將飛者。梵放時出寺，句自內而外。鐘殘仍殷牀。句自外而內。二句是昧爽時事。明此敘早晨惜別之情。

朝在沃野，苦見塵沙黃。黃白山云：夜景無月最難寫，惟杜能入妙，夜深殿突兀，摹寫逼眞，亦在暗中始覺其然耳。以下句句是暗中景象。

童兒汲井華，本草：平旦第一汲爲井華水，令人好顏色。慣捷瓶在手。霑灑不濡地，掃除似無帚。金俊明曰：不濡地，似無帚，言灑掃之輕且潔也。（張云：細事寫得逼眞，又極大雅。）明霞爛複閣，霽霧搴高牖。梁元帝詩：能令雲霧搴。選注：搴，開也。長安志：大雲寺當中寶閣，崇百尺，時人謂之七寶臺。側塞被徑花，側塞，花多貌。飄颻委墀柳。仇注：上四朝起之事，此四曉時之景。艱難世事迫，隱遯佳期後。晤語契深心，那能總鉗口？奉辭還杖策，暫別終回首。泱泱于黨切。泥污人，狺狺與狺通，音銀。國多狗。九辨：猛犬狺狺而迎吠兮。左傳：國狗之瘈，無不噬也。朱注：是時賊將張通儒收錄衣冠，污以僞命，不從者殺之。公晦迹寺中，故有那能總鉗口，及泥污人、國多狗等語。既未免羈絆，時來憩奔走。復訂後期也。近公如白雪，執熱煩何有？（結處恰與起處相應。）

李云：眞率有味。○此及下首皆陶句。

雨過蘇端 原注：端置酒。

雞鳴風雨交，久旱雲亦好。一作雨。杖藜入春泥，無食起我早。張云：無食起早，寫窮忙可笑。諸家憶所歷，一飯跡便掃。蘇侯得數過，歡喜每傾倒。也復可憐人，呼兒具梨棗。濁醪必在眼，盡醉攄懷抱。紅稠屋角花，碧委牆隅草。貧家春景宛然 親賓縱談謔，喧鬧慰衰老。況蒙霈澤垂，糧粒或自保。妻孥隔軍壘，謂家在三川。撥棄不擬道。

杜詩隻字片句，後人多據爲故實。山谷詩：月黑虎夔藩，謬誤可笑。東坡送梁左藏詩云：東方健兒虓虎樣，泣涕懷思廉恥將，乃用杜遺興詩中語，亦恐非原文。不如放翁詩：無復短衣隨李廣，但思微雨過蘇端，爲新而工也。

喜晴

皇天久不雨，既雨晴亦佳。出郭眺四郊，蕭蕭春增華。五字時事可想 青熒陵陂麥，莊子：青青之麥，生於陵陂。窈窕桃李花。春夏各有實，我饑豈無涯。先爲己喜。干戈雖橫放，慘澹鬭龍蛇。甘澤不猶愈，且耕今未賖。言甘雨之後，及此耕鉏，猶未緩也。丈夫則帶甲，愈慰愈悲婦女終在家。力難及黍稷，得種菜與麻。次爲人喜千載商山芝，高士傳：四皓避秦入商雒山，作歌曰：曄曄紫芝，可以療飢。往者東門瓜。蕭何傳：邵平故秦東陵侯，秦破爲布衣，貧，種瓜長安城東，甚美，世謂東陵瓜。其人骨已朽，此道誰疵瑕？左傳：不汝疵瑕。史龜筴傳：黃金有疵，白玉有瑕。英賢遇轗軻，遠引蟠泥沙。顧慚昧所適，回首白日斜。言己年已暮。漢陰有鹿門，黃希曰：鹿門在漢水之陰，地屬襄陽，非指漢陰郡。滄海有靈查。槎同。博物志：舊說天河與海通，近有人居海上，年年八月，見浮查去來不失期，多齎糧乘查而往。十餘日至一處，遙望宮中有織婦，一丈夫牽牛渚次飲之，驚問何由至此？此人具說來意，并問此是何處？答曰：君還至蜀郡訪嚴君平則知之。因還問君平，曰：某年某月，有客星犯牽牛宿。計年月正是此人到天河時也。焉能學衆口，咄咄空咨嗟！朱注：先言古人之道可尚，既以不能遠引爲慙，末言必欲追蹤高隱，不徒付之咨嗟已也。

鄭駙馬池臺喜遇鄭廣文同飲

鄭駙馬當卽鄭潛曜。

邵云：十字沉痛，語有開合。

張云：燃臍四句，敘陷賊中情事，卽寓爲虜昭雪意。

劉須溪云：荒村岐路之間，望樹而往，並山曲折，非身歷顛沛不知其

不謂生戎馬，【二句藏無限層折】謂當此戎馬而猶得生存也。何知共酒杯。燃臍郿塢敗，後漢書：董卓築塢於郿，號萬歲城，及呂布殺卓，尸卓於市，卓素充肥，守尸吏燃火置卓臍中，光明達曙。唐書：至德二載正月，嚴莊與祿山子慶緒謀殺祿山，使帳下李猪兒以大刀斫其腹，腸潰於牀而死。事與卓類。握一作禿。節漢臣回。漢書：蘇武仗漢節牧羊，臥起操持，節毛盡落，留十九年而還。楊升菴引張衡傳：蘇武以禿節效貞，謂公詩正用此。然握節本出左傳，襄公之難，公子卬握節以死。又祖孫登詩：握節暮看羊。公詩蓋兼用之。虔本被拘東都，此時想乘間脫歸也。白髮千莖雪，言其憂危。丹心一寸灰。虔雖僞授水部郎中，能詐稱風，旋緩以密章達靈武，故以丹心稱之。句亦寓痛惜。別離經死地，披寫忽登臺。重對秦簫發，【帶敘駙馬池臺】注見一卷。俱過阮宅來。晉書：阮籍與兄子咸居道南，諸阮居道北。駙馬乃鄭虔之姪。留連春夜舞，淚落強徘徊。

喜達行在所三首

原注：自京竄至鳳翔。舊唐書：至德二載二月，肅宗自彭原幸鳳翔，時改扶風爲鳳翔郡。

西憶岐陽信，無人遂卻回。浦注：遂卻猶言卽便。岐陽卽行在處。遙憶之而無一人來，故思之迫切如此也。眼穿當落日，朱注：鳳翔在京師西，故曰當落日。心死著【四句陟略追述】寒灰。霧樹行相引，【二句途中景】連山一作蓮峯。望忽開。所親驚

言之工也。

張云：脫險回思，情景逼眞。只影靜心蘇字，以前種種奔竄驚危之狀，俱可想見。

老瘦，辛苦賊中來。

愁思胡笳夕，淒涼漢苑春。三輔黃圖：漢有三十六苑。生還今日事，沈著語有深痛。昨日還未知決有是事。間道暫時人。當時猶不知是人是鬼也。司隸章初覩，邵云：接得氣色。光武紀：更始以帝行司隸校尉，置官屬，作文移，一如舊章。南陽氣已新。注已見前。喜心翻倒極，嗚咽淚霑巾。末句言喜極反悲也。

死去憑誰報，歸來始自憐。兩首起句俱承前首末說下。猶瞻太白雪，唐書：鳳翔府郿縣有太白山。地圖記：太白山甚高，上常積雪，無草木。喜遇武功天。長安志：京兆武功縣，以武功山得名。三秦記：武功太白，去天三百。二句猶復見天日意。影靜千官裏，心蘇七校前。漢書：京師有南北軍屯，至武帝平百越，內增七校。注：中尉、屯騎、步兵、越騎、長水、胡騎、射聲、虎賁，凡八校尉。胡騎不常置，故言七也。今朝漢社稷，新數中張仲切。興年。朱注：按中興本讀平聲，或作去聲。東皋雜錄：毛公詩序：蒸民，任賢使能，周室中興焉。陸德明釋文：中，張仲反。故老杜此詩及萬里傷心嚴譴日，百年垂死中興時，皆作去聲讀。古人留意音訓如此。

張上若云：三首艱難之情，忠愛之念，一一寫出，讀之惻惻動人。○李子德云：三詩於倉皇情事，寫得到，推得開，老氣橫披，眞絕調也。仇滄柱云：首句見親知，次章至行在，末章對朝官，次第亦自井井。

述懷

去年潼關破，妻子隔絕久。今夏草木長，脫身得西走。陶潛詩：孟夏草木長。公至鳳翔在夏四月。麻鞋見天子，衣袖露兩肘。張云：寫出微服瑣尾景況。朝廷愍生還，親故傷老醜。涕淚授拾遺，流離主恩厚。通典：武后置左右拾遺二人，掌供奉諷諫。柴門雖得去，未忍即開口。時公已有請急之意。寄書問三川，不知家在否？舊注：三川在鄜州南，公之家寓焉。比聞同罹禍，殺戮到雞狗。山中漏茅屋，庾信小園賦：穿漏茅茨。誰復依戶牖。摧頹蒼松根，地冷骨未朽。言新死者衆。幾人全性命？盡室豈相偶？嶔岑一作崟。猛虎場，鬱結迴我首。朱注：按通鑑：祿山反後，京畿鄜坊所在寇奪，故以家之罹禍爲憂。自寄一封書，

李云：其妙處有一唱三嘆，朱絃疏越之遺。

李云：括景好，又帶出時序。

今已十月後。趙云：自去年寄書已經十月。反畏消息來，寸心亦何有？張云：經歷患難，實有此景。漢運初中興，生平老耽酒。沈思歡會處，恐作窮獨叟。

亦以朴勝，詞旨深厚，卻非元白率意可比。公詩只是一味眞。○李子德云：如子長敘事，遇難轉佳，無微不透。而忠厚之意，纏綿筆端，公至性過人，不易企如此。

得家書

去憑遊客寄，來爲附家書。意帶書來者，卽公前次所託寄書之人。今日知消息，他鄉且定居。熊兒特幸無恙，（一一數出以自慰）驥子定憐渠。熊兒，宗文。驥子，宗武也。臨老羈孤極，月賦：羈孤遞進。傷時會合疏。二毛趨帳殿，一命待鸞輿。謂初授拾遺。北闕妖氛滿，謂安慶緒方熾。西郊白露初。涼風新過雁，秋雨欲生魚。農事空山裏，眷言終荷鋤。終思歸隱完聚也。

送樊二十三侍御赴漢中判官

唐書：漢中郡屬山南道，本梁州漢川郡，天寶元年改漢中郡。浦注：其地係當日鳳翔行在，通江淮饋運之襟

全首沈鬱有奇氣。

首從喪亂說到興復。

邵云：二語惟諸葛武侯足以當之。

喉，即今漢中府。威弧不能弦，易：弦木爲弧，剡木爲矢，弧矢之利，以威天下。河東賦：彏天狼之威弧。自爾無寧歲。起警借說，是變雅詩人遺法。天官書：西宮七宿觜星，東有大星曰狼，狼下四星曰弧，弧屬矢，擬射於狼。弧不直狼，則盜賊起，所謂不能弦也，下故有豺狼沸相噬之句。言明皇不能早除祿山，以致禍亂。川谷血橫流，法言：原野厭人之肉，川谷流人之血。豺狼沸相噬。天子從北來，自靈武至鳳翔。長驅振彤旆。頓兵岐梁下，二山俱在鳳翔。卻跨沙漠裔。仇注：謂回紇方許助順。二京陷未收，四極我得制。爾雅：東至於泰遠，西至於邠國，南至於濮鈆，北至於祝栗，謂之四極。蕭索漢水清，漢水在漢中。緬遠也。通淮湖稅。西都賦：其東則有通溝大漕，清渭洞河，泛舟山東，控引淮湖。通鑑：至德元載，第五琦請以江淮租庸市輕貨，泝江漢而上，令漢中王瑀陸運至扶風以助軍。使者紛星散，王綱尚旒綴。劉琨勸進表：國家之危，有若綴旒。南伯從事賢，南伯即漢中王。通鑑：至德元載七月，玄宗以隴西公瑀爲漢中王梁州都督。君行立談際。坐知七曜歷，梁元帝纂要：日月五星，謂之七曜。唐藝文志：吳伯善陳七曜歷五卷。手畫三軍勢。冰雪淨聰明，雷霆走精銳。言其明斷兼優。幕府輟諫官，

次詳樊才略，委任以㝡其匡濟。

末敍別景而致自謙之詞。

張云：起得不衫不履，歷落有致。

朝廷無此例。言以邊防警急，故破格用人。至尊方旰食，仗爾布嘉惠。補闕暮徵入，杜史晨征憩。通典：侍御史於周爲柱下史。樊蓋以補闕授御史也。正當艱難時，實藉長久計。迴風吹獨樹，（接法好）白日照執袂。慟哭蒼烟根，山門萬重閉。居人莽牢落，遊子方迢遞。徘徊悲生離，局促老一世。陶唐歌遺民，左傳：季札請觀周樂，爲之歌唐。曰：思深哉，其有陶唐氏之遺民乎？句指岐西風俗淳厚。後漢更列帝。列帝謂明章以下諸帝，以比唐祚中興。我無匡復姿，聊欲從此逝。

送判官諸詩，看每篇首尾結構各不相同，無一贈行套語。○胡夏客曰：此及送從弟亞及韋評事三詩，感慨悲壯，使人懦氣亦奮，此聲音之通乎時命者也。

送長孫九侍御赴武威判官

武威注見二卷。浦注：此下三篇皆屬西路備禦，地逼羌蕃，與安史事各別。

驄馬新鑿蹄，周禮：頒馬攻特。注：壯馬蹄齧，不可乘用，故因夏乘馬而攻鑿其蹄。銀鞍被來好。繡衣黃白郎，漢書：武帝遣直指使者，衣繡衣杖斧，分部逐捕羣盜。黃白，或云即漢書銀黃。師古曰：銀，銀印也。黃，金印也。北齊樂曲：懷黃綰白，鵷鷺成行。騎向交河道。交河注見一卷。問

上送其行，下惜其別。

結處推開一步，勉其力任匡扶，比前牧遺甿更進。

君適萬里，取別何草草！倒出長孫即借勢跌出一時情事天子憂涼州，嚴程到須早。去秋羣胡反，朱注：通鑑：至德二載正月，河西兵馬使蓋庭倫與武威九姓商胡安門物等殺節度使周泌，武威小城據其五。度支判官崔稱討平之。曰去秋者，討平在正月，發難則在去秋也。時武威雖復而餘亂尚有未戢，故欲其早到涼州，安甿黎而按城堡也。不得無電掃。此行牧遺甿，風俗方再造。蔣云語關至要似西京詔族父領元戎，唐書至德二載五月，以武部侍郎杜鴻漸為河西節度使。名聲國中老。奪我同官良，公與長孫同為諫官。飄颻按城堡。使我不能餐，令我惡懷抱。若人才思闊，溟漲浸絕島。樽前失詩流，塞上得國寶。皇天悲送遠，雲雨白浩浩。東郊尚烽火，浦注：東郊兼兩京言，俱在鳳翔行在之東也。朝野失枯槁。西極柱亦傾，如何正穹昊。

送從弟亞赴河西判官

舊唐書：杜亞字次公，京兆人，少涉學，善言歷代成敗事。肅宗在靈武，上書論時政，擢校書郎。其年杜鴻漸節度河西，辟為從事。朱注：貞觀元年，分隴坻以西為隴右道，景雲二年，自黃河以西分為河西道。

李云：讀之有猛氣烈風。

申鳧盟曰：疏通略文字，便是英雄本色，若兩脚書廚濟得甚事？此段敘弟亞，承異人來。

此段赴河西，承時危來。

南風作秋聲，殺氣薄炎熾。（起法又別）盛夏鷹隼擊，禮記：立秋之日，鷹乃擊。時危異人至。（句乃一篇之主）令弟草中來，謝靈運酬從弟惠連詩：末路值令弟。蒼然請論事。詔書引上殿，奮舌動天意。兵法五十家，漢書藝文志：兵權謀十三家，兵形勢十一家，陰陽十六家，兵技巧十三家，凡兵書五十三家，七百二十篇。爾腹爲篋笥。應對如轉丸，疏通略文字。經綸皆新語，陸賈傳：粗述存亡之徵，凡著十二篇奏之，帝稱善，號曰新語。足以正神器。宗廟尙爲灰，（接警動此處）唐書：（便伏末二句意）祿山陷京師，九廟皆爲所焚。君臣俱下淚。崆峒地無軸，青海天軒輊。崆峒青海注已見前，皆河西節度所統。軒輊乃翻覆之義。西極最瘡痍，連山暗烽燧。漢書音義：晝則燔燧，夜則舉烽。時方有九姓商胡之叛。帝曰大布衣，（備述大語丁寧典重有體）藉卿佐元帥。謂杜鴻漸。坐看清流沙，元和郡縣志：居延澤在張掖縣東北一千六百里，即古流沙。所以子奉使。歸當再前席，適遠非歷試。須存武威郡，爲畫長久利。朱注：按武威郡地勢西北斜出，隔斷羌戎，乃控扼要地。河西有事，則隴右朔方皆擾，故云然。孤峯石戴驛，（接法）爾雅：石戴土謂之崔嵬，土戴石謂之砠。石戴驛謂驛路在山上，殆卽送別之處。快馬金纏轡。黃羊飫不羶，（又借邊陲風景）

李安溪云：踴躍若不能慘澹，則喜事，不足以當大任。

末蓋以歸朝大用期之。

蘆酒多還醉。（寫出許多慷慨淋漓以盡前文之致）蔡曰：大觀三年，郭隨出使，舉黃羊蘆酒問外使時立愛，立愛云：黃羊，野物，可獵取，食之不羶。蘆酒，麋穀醞成，可撥醅，取不醉也，但力微，飲多則醉。信子美之言驗矣。楊慎曰：蘆酒以蘆爲筒，吸而飲之，今之咂酒也。又名鈎藤酒。見溪蠻叢笑。**踴躍常人情，慘澹苦士志。**蔣云：慘澹謂經營顧慮，視踴躍更進一層。**安邊敵何有，反正計始遂。**張綖注：安邊應上佐元帥，反正應上正神器。**吾聞駕鼓車，不合用騏驥。**（王右仲云：起結皆用比。）後漢書：建武十三年，異國有獻名馬者，日行千里，詔以馬駕鼓車。（興英嬌不凡）**龍吟迴其頭，**（奇語）龍吟謂龍馬長吟。**夾輔待所致。**杜詩博議：騏驥駕鼓車，比亞不當爲判官。回首京闕，思成夾輔之功，喩亞雖在河西，乃心不忘朝廷也。

邵子湘云：沈鬱頓挫，少陵本色。○蔣弱六云：極意鼓舞，極意感動，使其竟日汗流，終夜膽戰，自不能不努力竭心；以爲誇祝之詞，失之千里。

送韋十六評事充同谷防禦判官

舊唐書：成州同谷郡，秦隴西郡，天寶元年改爲同谷郡。通鑑：天寶十四載冬安祿山反，郡當賊衝者，始置防禦使。

從交情敘起。

昔沒賊中時，潛與子同遊。今歸行在所，王事有去留。去指韋，留自謂。**偪側兵馬間，**

表評事素日忠勇，寫得勃勃有生氣。

此言同谷防禦之重。

補敍羌俗風景於寂寥邊地，偏有生色。蔣云：與前子雖四句呼應

主憂急良籌。是充判之由。子雖軀幹小，晉載記：劉曜討陳安於隴城，安死，人歌曰：隴上壯士有陳安，軀幹雖小腹中寬。老氣橫去聲。九州。挺身艱難際，張目視寇讐。朝廷壯其節，奉詔令參謀。鑾輿駐鳳翔，同谷爲咽喉。西扼弱水道，禹貢：弱水既西。寰宇記：弱水自甘州删丹縣界流入張掖縣北。南鎭枹音孚。罕陬。漢書：金城郡有枹罕縣。應劭曰：故罕羌侯邑。唐書：河州治枹罕縣。此邦承平日，剽劫吏所羞。況乃胡未滅，控帶莽悠悠。府中韋使君，帶敍時防禦使蓋即評事之叔。道足示懷柔。令姪才俊茂，二美又何求？受詞太白脚，太白山在鳳翔。走馬仇池頭。舊唐書：成州白馬羌所處，州南八十里有仇池山。古邑沙土裂，積陰雲一作霜。雪稠。羌父豪猪鞾，長楊賦：搤熊羆，拖豪猪。本草圖經：豪猪鬣間，有豪如箭，能射人，陝、洛、江東諸山中並有之。羌兒青兕裘。吹角向月窟，月窟西極之地注見二卷。蒼山旌旆愁。鳥驚出死樹，張云：險句畫出窮邊荒涼之景龍怒拔老湫。見屯兵之盛鳥驚龍怒也。古來無人境，今代橫戈矛。傷哉文儒士，憤激馳林邱！中原正格鬭，遙接首四句後

唱嘆，怒氣哀容，歌哭並下。末致臨別繾綣之情。

蔣云：只開首八句，含多少情事曲折。

驊騮句代寫忠誠，卽爲下文伏脈，下二句復加勉勵。

四句了却題目正文，末二字旋趨下段。

會何緣由。百年賦命定，豈料沈與浮。且復戀良友，握手步道周。論兵遠壑靜，亦可縱冥搜。題詩得秀句，札翰時相投。言論兵既定，亦可寄詩以相慰也。結處仍不脫本意。

奉送郭中丞兼太僕卿充隴右節度使三十韻

鮑曰：郭英乂也。浦注：隴右在今鞏昌臨洮之境。

詔發山西將，起得鄭重。漢趙充國傳贊：秦漢以來，山東出相，山西出將。天水、隴西、安定、北地皆爲山西。英乂瓜州長樂人，故曰山西將也。秋屯隴右兵。淒涼餘部曲，燀一作煊。赫舊家聲。舊唐書：英乂，郭知運之季子也，知運爲鄯州都督隴右諸軍節度大使，甚爲蠻夷所憚，開元九年卒於軍。至德初，英乂以將門子特見任用。朱注：英乂繼其父節度隴右，故有部曲家聲之句。鵰鶚乘時去，驊騮顧主鳴。艱難須上策，容易卽前程。斜日當軒蓋，高風卷旆旌。松悲天水冷，唐書：天寶元年改秦州爲天水郡。沙亂雪山清。一統志：雪山在河州衞，西南接洮州蕃境，一名雪嶺。和虜猶懷惠，防邊詎敢驚。言吐蕃和好，久懷舊恩，故防邊之法，不在驚擾。古來於異域，鎭靜示專征。首敍郭鎭隴右甚略。言鎭將安邊，然後可幷力爲討賊計。燕薊奔封豕，敍內亂特詳。左傳：吳爲封豕長蛇，薦食上國。謂祿山反幽州。

浦云：是時帝在鳳翔，兩京未復，緩在邊備，急在中原，故特於送郭發之。

此段送郭而敘交情。

周秦觸駭鯨。陳琳檄：若駭鯨之觸細網。謂陷河北及洛陽、長安。中原何慘當作摻。黷，注已見前。遺孽尙縱橫。謂慶緒思明。箭入昭陽殿，笳吹細柳營。括地志：細柳營在咸陽縣西南，周亞夫屯兵處。內人紅袖泣，王子白衣行。邵云寫京師失陷光景慘動宸極祆醯堅切。一作妖。星動，說文：祆，胡神也。漢天文志：祆星，不出三年，其下有軍。句指祿山僭位。園陵殺氣平。光武紀：赤眉發掘園陵。注：園謂山墳。言殺氣高與之平也。空餘金盌出，金盌殉葬之物，注詳諸將詩。無復繐帷輕。鄴都故事：魏武遺令西陵施六尺牀，張繐帷。注：繐，細疏布也。毀廟天飛雨，舊唐書：東都太廟九室，神主共二十六座。祿山取太廟爲軍營，神主棄階巷。天飛雨，猶言雨泣。焚宮火徹明。罘罳朝共落，蘇鶚演義：罘罳，織絲爲之。象羅網交文之狀，蓋宮殿簷戶之間。棆桷夜同傾。爾雅注：棆，木名，梗屬，似豫章。桷，椽也。三月師逾整，羣凶勢就烹。盧注：肅宗至鳳翔，隴右、河西、安西、西域兵皆會。時王思禮軍武功，王難得軍西原、郭英乂軍東原，所謂三月師逾整也。瘡痍親接戰，勇決冠垂成。通鑑：是年二月，安守忠寇武功，英乂戰不利，流矢貫頤而走。趙曰：二句微言英乂之敗，激其再立功也。妙譽期元宰，兼銜帶敘殊恩且列卿。朱注：唐制御史中丞二人正四品，下太僕寺卿一人從三品。中丞兼卿，所以爲加恩也。陪意卻是正意幾時迴節鉞，戮力埽欃槍？

張云：安邊謂屯隴右，總前一段。仍扈從謂迴節鉞成勤王之功，承後一段。只五字該括前文，何等周匝。

抽庚切。爾雅：彗星爲欃槍。注：亦謂之孛。言其形孛孛似掃彗。**圭竇三千士，雲梯七十城。恥非齊說客，**（敍入自家）漢書：酈食其說田廣罷歷下守備，馮軾下齊七十餘城。**愧似魯諸生。**漢書：叔孫通曰：臣願徵魯諸生共起朝儀。朱注：齊說客申七十城，魯諸生申三千士。時賊尚據長安，故用下城事。**通籍微班忝，周行列坐榮。**詩箋：周行，周之列位也。後漢書：宣秉拜御史中丞，光武特詔與司隸校尉尚書令，並專席而坐，京師號三獨坐。**隨肩趨漏刻，短髮寄簪纓。徑欲依劉表，**魏志：王粲字仲宣，以西京擾亂，乃之荊州依劉表。**還疑厭禰衡。**注見一卷。**漸衰那此別，忍淚獨含情。廢邑狐狸語，空村虎豹爭。**（本意再一振醒）**人頻墜塗炭，公豈忘**去聲**精誠。**浦注：四句申舉京邑之殘破，以勉其竭誠而率先恢復。**元帥調新律，前軍壓舊京。**元帥指廣平王，前軍指李嗣業，詳見後官軍臨賊境詩。**安邊仍扈從，莫作後功名。**言毋使功名在人後也。

王嗣奭曰：此詩本送郭之隴右，而語意輕外重內，其於隴右，但以懷惠鎮靜勗之。未幾吐蕃果遣使來，並請討賊，蓋有先見矣。至於中原墋黷，餘孽縱橫，亹亹而談，有人臣所不忍言者，正以感激中丞，使知發憤而戮力也。後云幾時迴節鉞，又曰安邊仍扈從，蓋深以討賊大事，望之英乂矣。

唱嘆而入，四句更無意不到。浦云：憐贊普，謂朝廷鑒其誠而許之，似非我欲借力者，立言有體。

送楊六判官使西蕃

朱注：舊唐書：至德元載，吐蕃遣使請和親，願助國討賊。二載三月，吐蕃遣使和親，遣給事中南巨川報命。詩云：愼爾參籌畫，楊蓋贊巨川以行者。

竟從送別說起，格變。送遠秋風落，西征海氣寒。青海在唐鄯州，往吐蕃當渡青海。帝京氛祲滿，左傳：吾見赤黑之祲。注：祲，妖氛也。時京師尚未收。人世別離難。此明出使之故絕域遙懷怒，和親願結歡。敕書憐贊普，唐書：吐蕃俗謂強雄曰贊，丈夫曰普，故號君長曰贊普，贊普妻曰末蒙。兵甲望長安。宣命前程急，惟良待士寬。仇注：指巨川爲正使。杜詩博議：漢書：宣帝曰：與我共理者，其惟良二千石乎。詩用惟良本此，亦友于貽厥之類。李嘉祐送五叔守歙州詩：新安江自綠，明主重惟良，可證。明南或以郡守徵入爲給諫，銜命出蕃也。子雲淸自守，揚雄傳：雄三世不徙官，有以自守泊如也。今日起爲官。謂楊被辟入幕。想見出門慷慨。垂淚方投筆，班超傳：超爲官傭書，投筆嘆曰：丈夫當立功異域，安能久事筆硯乎。傷時卽據鞍。馬援傳：援請討五溪蠻，據鞍顧盼，以示可用。儒衣山鳥怪，漢節野童看。普寫邊庭風景。邊酒排金盞，夷歌捧玉盤。草肥蕃馬健，雪重拂廬乾。唐書：吐蕃贊普聯毳帳以居，號大拂廬。愼爾參籌畫，從茲正羽翰。朱注：楊蓋以徵兵而往，然借兵非美事，又恐其屈節外夷，故以愼謀畫、正羽翰戒之，欲其中中國之威不辱命也。歸來權可取，謂斟酌其可用否也。九萬一朝摶。莊子：摶扶搖而上者九萬里。

羅大經曰：子雲淸自守二句，雲日借對，兩句一意，乃詩家活法。今按公詩如江村建子月，獨樹老夫家；非尋戴安道，似向習家池；次第尋書札，呼兒檢贈詩。皆用假對，亦大家偶作狡獪耳。至太白送內尋廬山女道士詩：水舂雲母碓，風掃石楠花。張賁酬魯望和吳門旅泊詩：淸秋將落帽，子夏正離羣。借對尤爲工雅。

送靈州李判官

集外詩，見郭知達黃鶴本。靈州卽靈武。

羯胡腥四海，回首一茫茫。血戰乾坤赤，氛迷日月黃。將軍專策略，仇注：唐書：祿山反，以郭子儀爲靈武太守，充朔方軍節度使。陳陶斜之敗，帝惟倚朔方軍爲根本。幕府盛才良。近賀中興主，神兵動朔方。言將大舉興復。

蔣云：自是前輩口吻，然所以爲嚴重者至矣。

杜詩鏡銓卷四

奉贈嚴八閣老

至德乾元間，公官左拾遺作。

鮑曰：嚴武也，時爲給事中。蔡曰：國史補：宰相相呼爲堂老，兩省相呼爲閣老。

扈聖登黃閣，困學紀聞：給事中屬門下省，開元曰黃門省，故曰黃閣。左拾遺亦東省之屬，故曰官曹可接聯，後世用此詩爲宰輔事，誤矣。明公獨妙年。武爲給事中年三十一。蛟龍得雲雨，鵰鶚在秋天。客禮容疏放，官曹可一作許。接聯。新詩句句好，應任老夫傳。顧注：武父挺之與公友善，故稱武妙年而自稱曰老夫。

月

天上秋期近，人間月影清。入河蟾不沒，張衡靈憲：姮娥奔月，是爲蟾蜍。說文：蟾蜍，蝦蟆也。擣藥兔長生。傅玄擬天問：月中何有，白兔擣藥。只益丹心苦，能添白髮明。干戈知滿地，休照國西營。

邵云：淸眞。

朱注：時官軍屯於長安西，恐征人見月而悲也。

王嗣奭曰：此詩爲肅宗而作，天運初回，新君登極，將有太平之望，秋期近而月影淸也。然嬖倖已爲熒惑，貴妃方敗，復有良娣，入河而蟾不沒也。國忠旣亡，又有輔國，搗藥之兔長生也。所以心愈苦，而髮增白耳。

雖近穿鑿，亦有會意。

留別賈嚴二閣老兩院補闕，一作兩院遺補諸公。得雲字　賈至時爲中書舍人，遺補謂拾遺補闕。此往鄜州省家時作。

田園須暫住，戎馬惜離羣。去遠留詩別，愁多任酒醺。一秋常苦雨，今日始無雲。山路晴吹角，那堪處處聞！上二句是喜意，末二句又未免觸著憂端矣。

晚行口號　平聲。顧注：隨口號吟也。梁簡文有和衞尉新渝侯巡城口號詩。

三川不可到，歸路晚山稠。落鴈浮寒水，饑烏集戍樓。（寫荒途晚景）市朝今日異，（卻又雙關）喪亂幾時休？遠愧梁江總，（感慨蘊藉）還家尚黑頭。浦注：考陳書：江總濟陽考城人，仕梁。侯景陷臺城，避亂會稽，憩龍華寺，寺卽其上世都陽里居舊基。公以自

邵云：杜每自道得意。

蔣云：借馬帖，亦寫得慷慨淋漓。

況遭亂而歸寓宅也。總避亂時纔三十餘，而公年已望五，故曰遠愧。

獨酌成詩 此將到家時作。

燈花何太喜？酒綠正相親。醉裏從爲客，詩成覺有神。兵戈猶在眼，儒術豈謀身？苦被微官縛，低頭愧野人。

蔣弱六云：前半是初酌時，不覺一切放下。後半是酒後，又不覺萬感都集，心事如畫。

徒步歸行 原注：贈李特進，自鳳翔赴鄜州途經邠州作。李特進，趙次公曰：李嗣業也。嗣業有宛馬千匹，或公從之借乘。

明公伏少字壯年值時危，經濟實藉英雄姿。國之社稷今若是，武定禍亂非公誰？鳳翔千官且飽飯，衣馬不復能輕肥。張云是經亂後荒涼窘乏實景青袍朝士最困者，白頭伏老字拾遺徒步歸。人生交契無老少，論心何必先同調。妻子山中哭向天，須公櫪上追風驃。

張云：四句爲本朝回護，最得體，却又寓諷。

仇云：對故宮而念新君，含

古今注：秦始皇七馬，一曰追風。廣韻：馬黄白色曰驃。

九成宮

唐書：九成宮在鳳翔麟遊縣西五里，本隋仁壽宮，貞觀間修之，以避暑更名焉。宮周垣千八百步，並置禁苑及府庫官寺等。太宗高宗嘗臨幸，山有九重，故曰九成。

蒼山八百里，崖斷如杵臼。（奇景寫得出）楊敬之華山賦：坳者似池，洼者似臼。張云：如臼言其深而圓，是谷中景。曾宮憑風迴，岌嶪土囊口。風賦：風起於地，浸淫谿谷，盛怒於土囊之口。注：土囊，谷口也。仇注：山高宮敞，此遙望之勢。立神扶棟梁，（劉須溪云：二語雄稱）魯靈光殿賦：神靈扶其棟宇。鑿翠開戶牖。其陽產靈芝，其陰宿牛斗。紛披長松倒，揭嶭魚列切。怪石走。魯靈光殿賦：飛陛揭嶭，緣雲上征。揭嶭，嶄巖貌。哀猿啼一聲，客淚迸林藪。（以上敍事以下發論）荒哉隋家帝，通鑑：隋開皇十三年，詔營仁壽宮，使楊素監之。夷山堙谷，以立宮殿，崇臺累榭，宛轉相屬。役使嚴急，丁夫多死。製此今頹朽。向使國不亡，（有殷鑒不遠意）焉爲巨唐有。海賦：昔在帝嬀巨唐之世。雖無新增修，尚置官居守。舊唐書：九成宮總監一人，副監一人，丞簿錄事各一人。巡非瑤水遠，王融曲水

無限興亡之感。

張文潛謂此詩風雅鼓吹，未易爲人言，得其音響節奏，始知其妙。

劉須溪云：起結淒黯，殆難爲懷。

詩序：穆滿八駿，如舞瑤水之陰。跡是雕牆後。我行屬時危，仰望嗟嘆久。天王狩太白，末意更深 春秋：天王狩於河陽。時肅宗在鳳翔，故云。駐馬更搔首。

玉華宮

舊唐書：貞觀二十一年，作玉華宮，制度務從菲薄，更令卑陋。明年詔曰：卽澗疏隍，憑巖建宇，矯鋪首以荊扉，變綺窗於甕牖。地理志：在坊州宜君縣北七里鳳凰谷，永徽二年廢爲玉華寺。按鄜至坊百四十五里。

溪回松風長，張潛注：溪回，言回遠也，惟回遠故松風不歇。梅聖俞曰：玉華宮前有溪曰釀醁溪。蒼鼠竄古瓦。不知何王殿，遺構絕壁下。只極言荒涼之意，他解深求反失之。陰房鬼火青，梅聖俞云：玉華宮近有晉苻堅墓。壞道哀湍瀉。萬籟眞笙竽，蔣云：二句插得妙，點綴尤爲淒絕 秋色正蕭灑。美人爲黃土，況乃粉黛假。邵注：謂殉葬木偶人也。當時侍金輿，恨賦：喪金輿，及玉乘。故物獨石馬。趙曰：當時必有隨輦美人沒葬宮旁者，故詩中及之。四句言富貴倏忽已盡，卽起末句意。憂來藉草坐，浩歌淚盈把。冉冉征途間，誰是長年者？管子：導血氣以求長年，舊引淮南子誤。

此初抵家驚喜之象。○王遵巖云：一字一句，鏤出肺腸，而婉轉周至，躍然目前，又若尋常人所欲道，眞國風之義。

此抵家稍自寬慰之景。

邵子湘云：簡遠淒涼，正以少許勝人多許。○浦二田云：九成、玉華，用意各別，一爲隋代所建，故明誌來歷，有借秦爲喻之意；一爲本朝所作，故不忍斥言，有黍離行邁之思。

羌村三首

鄜州圖經：州治洛交縣，羌村，洛交村墟。元和郡國志：隋開皇十六年，分三川、洛川二縣，置洛交縣。

崢嶸赤雲西，日脚下平地。張云：是薄暮眞景。柴門鳥雀噪，歸客千里至。妻孥怪我在，驚定還拭淚。摹寫入神。世亂遭飄蕩，生還偶然遂。鄰人滿牆頭，感嘆亦歔欷。叶音戲。二句亦村居眞景，與野老來看客同。夜闌更秉燭，相對如夢寐。妙。

晚歲迫偷生，還家少歡趣。嬌兒不離膝，畏我復却去。寫出孩稚依依景象。憶昔好追涼，故繞池邊樹。公去在夏時。蕭蕭北風勁，撫事煎百慮。賴知禾黍收，已覺糟牀注。魯訔曰：糟牀即酒醡也。如今足斟酌，且用慰遲暮。

羣雞正亂叫，客至雞鬭爭。張云：亦偶然事，寫出便的。驅雞上樹木，始聞叩柴荊。眞村景如繪。父老四五人，問我久

此歸後比鄰贈物之景。〇李云：敍事之工不必言，尤妙在筆力高古，愈質愈雅；司馬子長之後身也。

蘇東坡曰：北征詩識君臣之大體，忠義之氣與秋色爭高，可貴也。

遠行。手中各有攜，傾榼濁復淸。苦辭酒味薄，黍地無人耕。兵革既未息，（雖述父老厚意，而時事艱難已帶出。）兒童盡東征。四句代述父老語。請爲父老歌，艱難愧深情。二句自述。歌罷仰天嘆，四座淚縱橫。二句主客都在。

劉須溪云：當時適然，千載之淚，常在人目，詩三百不多見也。〇語語從眞性情流出，故足感發人心，此便是漢魏三百篇一家的髓傳也。新城尙書所以未滿人意者，只是未詣斯境。

北征

輿地圖：鄜州在鳳翔府東北。仇注：班彪作北征賦，用以爲題。

皇帝二載秋，閏八月初吉。（李云：古調高文，竟用文筆。）詩註：初吉，朔日也。杜子將北征，（敍起老氣無敵）蒼茫問家室。（先伏中段意）維時遭艱虞，朝野少暇日。顧慚恩私被，詔許歸蓬蓽。拜辭詣闕下，怵惕久未出。雖乏諫諍姿，恐君有遺失。（張云：曲折沈至。）君誠中興主，經緯固密勿。（伏結末意，緊接上句，斡旋得妙。）漢劉向傳引詩：密勿從事，不敢告勞。師古曰：密勿，猶黽勉也。東胡反未已，（伏後段意。）謂安慶緒。臣甫憤所切。揮涕戀行在，（上道）道途猶恍惚。乾坤含

首述辭朝戀主之情，即總伏一篇意。

此歷敘征途所見之景。

周甸云：途中所歷，有可傷者，有可喜者，有可畏者，有可痛者，一一寫出。

張上若云：凡作極要緊極忙

瘡痍，憂虞何時畢？靡靡踰阡陌，人烟眇蕭瑟。所遇多被傷，呻吟更流血。是亂後景回首鳳翔縣，旌旗晚明滅。一路敘述，用無限低徊出之前登寒山重，屢得飲馬窟。邠郊入地底，唐書：邠州新平郡，屬關內道。浦注：入地底，正顯四面之高。涇水中蕩潏。括地志：涇水發源涇州，東南流邠州界，至高陵入渭。猛虎立我前，蒼崖吼時裂。菊垂今秋花，石戴古車轍。青雲動高興，幽事亦可悅。山果多瑣細，此最僻之路羅生雜橡栗。若別一身世廣韻：橡，櫟實也，似栗而小。或紅如丹砂，或黑如點漆；雨露之所濡，甘苦齊結實。緬思桃源內，益嘆身世拙。坡陀望鄜畤，漢郊祀志：秦文公作鄜畤，用三牲郊祀白帝。鄜畤即鄜州。巖谷互出沒。我行已水濱，我僕猶木末。鴟鴞鳴黃桑，野鼠拱亂穴。夜深經上無人煙，此出孔道矣戰場，寒月照白骨。潼關百萬師，往者散六句又關合瘡痍一作敗。何卒？本意跌入自家，眞化工之筆哥舒翰傳：翰率兵出關，次靈寶縣之西原，為賊所乘，自相踐躪，墜黃河死者數萬人。遂令半秦民，殘害為異物。此處從國入家況我墮胡塵，及歸盡華音花。髮。經年

文字，偏向極不要緊極閒處傳神，乃夕陽反照之法，惟老杜能之。如篇中青雲幽事一段，他人於正事實事尙鋪寫不了，何暇及此，此仙凡之別也。○申鳧盟曰：丹砂數句，混然元化。我行二句，儼若畫圖。此備寫歸家愁喜之狀。敘兒女事可悲可笑，乃從東山詩果臝瓜苦等得來，故不嫌瑣悉傷雅。突接尙字，亦從上且字生來，節拍甚警。

至茅屋，妻子衣百結。慟哭松聲迴，悲泉共幽咽。（一作嗚。）平生所嬌兒，顏色白勝雪。見耶背面啼，垢膩脚不襪。牀前兩小女，補綻才過膝。（同纔。）海圖拆波濤，（隨手寫出，俱作奇文。）舊繡移曲折。天吳及紫鳳，（山海經：朝陽之谷有神曰天吳，是爲水伯，虎身人面。丹穴之山有鸑鷟，鳳之屬也，五色而多紫。）顛倒在裋褐。（方言：關西謂襜褕短者裋褐。漢書注：裋，謂童豎所著之襦。褐，毛布也。朱注：海圖、天吳、紫鳳，皆所繡之物，以舊繡補綻爲豎衣，故波濤拆，繡紋移，天吳、紫鳳皆顛倒也。）老夫情懷惡，數日臥嘔泄。（一作嘔泄臥數日。日字複韻。）那無囊中帛，救汝寒凜慄？粉黛亦解包，衾裯稍羅列。瘦妻面復光，癡女頭自櫛。學母無不爲，曉妝隨手抹。（此老亦善詼諧乃爾，極情摹致。）移時施朱鉛，狼籍畫眉闊。生還對童稚，似欲忘饑渴。問事競挽鬚，誰能卽嗔喝？翻思在賊愁，甘受雜亂聒。新歸且慰意，（蔣云：忽然截住，萬鈞之力。）生理焉得說？至尊尙蒙塵，（此處又從家人國）幾日休練卒？仰觀天色改，坐覺妖氛豁。陰風西北來，慘澹隨回紇。（一作鶻。）

此段目擊時艱而致其祝頌，因借兵回紇，望以兩京收復，直擣賊巢，爲當時反正之急務。邵滄來云：極寫回紇助順，而接以此輩少爲貴句，正留花門之所以作也。獨此不極斥言者，以天子正賴之耳。

趙曰：當以紇爲正。德宗時，始請易號回鶻。其王願助順，其俗善馳突。唐書回鶻傳：其先匈奴，元魏時號高車部，隋曰回紇。至德元載遣其太子葉護率兵助國討賊，肅宗宴賜甚厚，命廣平王約爲兄弟。送兵五千人，驅馬一萬匹。張云：回紇以馳突取勝，一人兩馬，此古法也。此輩少爲貴，四方服勇決。回紇傳：其人驍強，初無酋長，逐水草轉徙，善騎射，喜盜鈔。所用皆鷹騰，破敵過箭疾。聖心頗虛佇，時議氣欲奪。二語規諷不露。伊洛指掌收，指東京。西京不足拔。官軍請深入，蓄銳可一作同。俱發。此舉開青徐，二州更在伊洛東。旋瞻略恆碣。恆山、碣石俱屬燕，指安賊巢穴。朱注：當時李泌之議，欲命建寧並塞北出，與光弼犄角以取范陽，所見正與公同。昊天積霜露，正氣有肅殺。禍轉亡胡歲，勢成擒胡月。應起處。東胡二句特作快語。皇綱句卻又開下。胡命其能久？皇綱未宜絕。憶昨狼狽初，重追溯事與古先別。姦臣竟葅醢，同惡隨蕩析。不聞夏殷胡仔云：當作殷周。衰，中自誅褒妲。褒姒妲己比貴妃。周漢獲再興，宣光果明哲。周宣、漢光比肅宗。魏道輔詩話：唐人詠馬嵬事多矣。世所稱者，劉禹錫：官軍誅佞倖，天子捨妖姬。白居易：六軍不發爭奈何，宛轉蛾眉馬前死。此乃言官軍背叛逼迫，明皇不得已而

末復追述初亂，終以開創之大業，屬望中興，以今皇帝起，以太宗結，是始末大章法。

李云：不聞夏殷衰，中自誅褒妲。不言周，不言妹喜，此古人互文之妙，正不必作誤筆，自八股興，無人解此法矣。

如此長篇，結勢仍復了而不了，所謂篇終接混茫也。

誅貴妃也。非特不曉文章體裁，而造語蠢拙，亦失事君之禮。老杜則曰：不聞夏殷衰，中自誅褒妲。乃是明皇畏天悔禍，賜妃子以死，無與官軍也。立言有體，深得爲君諱惡之義。

桓桓陳將軍，仗鉞奮忠烈。上面極周旋，此處仍不失實，是爲詩史。舊唐書：上幸蜀至馬嵬驛，左龍武大將軍陳玄禮整比六軍以從，以禍由國忠，欲誅之。會吐蕃使者遮國忠馬，訴無食，軍士呼曰：國忠與虜謀反。遂殺之。上出驛門，令收隊，不應。玄禮對曰：國忠謀反，貴妃不宜供奉，願陛下割恩正法。上令力士引貴妃於佛堂縊殺之。

微爾人盡非，於今國猶活。許彥周詩話：禍亂既作，惟賞罰當則再振，否則不可支矣。玄禮首議誅國忠貴妃，無此舉，雖有李郭不能奏匡復之功，故以活國許之。

淒涼大同殿，長安志：南內興慶宮勤政樓之北曰大同門，其內大同殿。寂寞白獸闥。朱注：卽白獸門。三輔黃圖：未央宮有白虎殿，唐避太祖諱改爲獸。時長安尚爲賊據。

都人望翠華，佳氣向金闕。園陵固有神，掃灑數不闕。言收京之後，掃灑園陵，禮數可以不缺。

煌煌太宗業，樹立甚宏達！李云結得住。語千鈞。

范溫曰：孫莘老嘗謂老杜北征詩勝退之南山詩，王平甫以爲南山勝北征，終不能相服。時山谷尙少，乃曰：若論工巧，則北征不及南山，若書一代之事，與國風雅頌相爲表裏，則北征不可無，而南山雖不作未害也。二公之論遂定。○盧德水云：赴奉先及北征，肝腸如火，涕淚橫流，讀此而不感動者，其人必不忠。○李子德曰：上關廟謨，下具家乘。其材則海涵地負，其力則排山倒

起十字精警突兀，括隋末唐初多少情事。

四句於貞觀治績尤能舉要，亦暗對當日言之。

岳。有極尊嚴處，有極瑣細處；繁處有千門萬戶之象，簡處有急絃觸柱之悲。元河南謂其具一代興亡，與風雅頌相表裏，可謂知言。○鍾伯敬云：讀少陵奉先、詠懷、北征等篇，常於潦倒淋漓，忽反忽正，時斷時續處，得其篇法之妙。

行次昭陵

朱注：唐書：京兆府醴泉縣有九嵕山，太宗昭陵在西北六十里。是還鄜道中所經。黃鶴編天寶五載，謂西歸應詔時作，大謬。

舊俗疲庸主，疲謂凋敝。羣雄問獨夫。庸主獨夫，皆指隋煬。羣雄指李密、竇建德輩。讖歸龍鳳質，舊唐書：太宗方四歲，有書生見之曰：龍鳳之姿，天日之表，年將二十，必能濟世安民。威定虎狼都。顧炎武曰：天官書：西宮參為白虎，東一星曰狼。秦本紀贊：據狼弧，蹈參伐，乃是秦之分野。舊引蘇秦傳，未當。天屬尊堯典，李云：不略高祖有識。莊子：彼以利合，此以天屬。謂受高祖禪位。神功協禹謨。太宗樂有九功舞。風雲隨絕足，承神功句。句言房杜諸公贊治之盛。日月繼高衢。承天屬句。登樓賦：冀王道之一平兮，假高衢而騁力。此句亦言繼統，取光華復旦意。文物多師古，朝廷半老儒。直辭寧戮辱，賢路不崎嶇。言不艱於進用。往者災猶降，蒼生喘未蘇。朱注：天寶之亂，乃隋末之災再見於今日。指麾安率土，蕩滌撫洪鑪。張云：二句以昔日戡亂之易，慨今日平賊之難，所謂流恨滿山隅也。壯士悲陵邑，西都賦：三選七遷，充奉陵邑。幽人拜鼎湖。漢郊祀志：黃帝鑄鼎荊山下，鼎成，有龍垂胡髯下迎，帝騎龍上天，後人名其地爲鼎湖。玉衣晨自舉，霍光傳：宣帝賜光玉衣梓宮。師古曰：漢儀注：以玉爲衣如鎧狀連綴之，以黃金爲縷。漢武故事：高皇廟中御衣，自篋中出舞於殿上。王莽傳：杜陵便殿，乘輿虎文衣廢藏在室匣者，出自樹立外堂上，良久乃委地。莽惡之。又按北史后妃傳：齊武明婁太后寢疾，衣忽自舉。乃知二字亦有出也。石一作鐵。馬汗常趨。唐會要：高宗欲闡揚先帝徽烈，乃刻石爲常所乘破敵馬六匹於昭陵闕下。祿山事蹟：潼關之戰，我軍既敗，賊將崔乾祐領白旗馳突，又見黃旗軍數百隊，與乾祐鬭，後昭陵奏是日靈宮前石人馬汗流。二句只是言神靈如在意。一說：浦云：公深憤於陷京之事，而欲乞靈於在天之神，故必玉衣舉，鐵馬趨，佑子孫以殺賊而後快也。亦有意。松柏瞻虛殿，塵沙立暝途。寂寥開國日，歎太宗之功，無人能繼。流恨滿山隅。

前半頌昭陵，矞皇典重；後半慨時事，沉鬱悲涼。當是以正雅之體裁，寫變雅之情緒者。○李子德云：贊述得體，繁簡合宜，如周頌漢章，有典有則。

彭衙行

元和郡縣志：同州白水縣，漢彭衙縣地，春秋秦晉戰於彭衙是也。寰宇記：彭衙故城在白水縣東北六十里。按：同家窪當即孫宰所居，公去歲自白水往鄜州，曾經留宿；意還鄜時路經彭衙西，追憶款洽之情，未能枉道相訪，聊作此寄謝，非紀行詩可比。

于美一飯之德不忘，自處於厚，眞詩所從出也。張云：寫人所不能寫處，眞極朴極，亦趣極，惟杜公善用此法。先極寫道路顚連，愈見孫宰情誼之厚。

憶昔避賊初，北走經險艱。二字貫全篇。鄜州在白水縣北。夜深彭衙道，月照白水山。謂白水縣之山。盡室久徒步，逢人多厚顏。參差谷鳥吟，不見遊子還。仇注：鳥鳴無人，見一路荒涼之景。癡女饑咬我，啼畏虎狼聞。懷中掩其口，反側聲愈嗔。曲盡逃亂之態。小兒強解事，故索苦李餐。一旬半雷雨，泥濘相牽攀。既無禦雨備，徑滑衣又寒。有時經一作最。契闊，一作勤苦解。注已見前。竟日數里間。野果充餱糧，卑枝成屋椽。早行石上水，暮宿天邊烟。少留同家窪，浦注：同家窪，地名，當卽在彭衙境。欲出蘆子關。帶說。更在彭衙北，相去甚遠，是達靈武之路。故人有孫宰，高義薄曾雲。延客已曛黑，張燈啓重門。煖湯濯我足，翦紙招我魂。朱鶴齡曰：古人招魂之禮，不專施於死者，公詩如翦紙招我魂，老魂招不得，魂招不來歸故鄉，南方實有未招魂，皆招生時之魂也。本王逸楚辭注。按招魂章句，宋玉哀屈原忠而斥棄，恐其魂魄放佚，厥命將落，故作招魂。從此出妻孥，相視涕闌干。息夫躬絕命詞：涕泗流兮萑蘭。瓚曰：萑蘭，涕泗闌干也。王洙注：闌干，淚墮多貌。衆雛爛熳申云爛

此極言其接待體恤之周。

四句就題直起，先作一頓。

睡，喚起霑盤飧。（熳二字寫稚子睡態入神）誓將與夫子，永結爲弟昆。杜臆：二句乃代述孫宰語，所謂豁達露心肝也。遂空所坐堂，安居奉我歡。誰肯艱難際，豁達露心肝。別來歲月周，胡羯仍搆患。（末四句結出本意）何時有翅翎，飛去墮爾前？

邵子湘云：彭衙羌村是眞漢魏古詩，但不襲其面目耳，解人得之。○考宋鄭庠古音辨眞、文、元、寒、刪、先六韻皆協先音，此詩合六韻於一篇，及石壕村起句兼用元、眞、寒三韻，乃皆古韻同用，非叶也。

喜聞官軍已臨賊境二十韻

唐書：至德二載閏八月，賊寇鳳翔，崔光遠行軍司馬王伯倫等率衆捍賊，乘勝追擊，賊燒營而去。九月丁亥，廣平王將朔方等軍及回紇西域之衆十五萬發鳳翔，壬寅至長安城西，與賊將安守忠等戰於香積寺之北，賊大敗，斬首六萬，賊帥張通儒棄京城走陝郡。癸卯大軍入京師，甲辰捷書至鳳翔。

胡虜潛京縣，官軍擁賊壕。鼎魚猶假息，南史：邱遲與陳伯之書：將軍魚遊於沸鼎之中。後漢謝夷吾傳：遊魂假息，無所施刑。

次預言羣臣奉車駕還京，是意中極緊要語，故先揭於此。

今日四句直接首四句便少味，於插入八句下又作一提倡頓宕，方見章法之妙。

上半幅先在空中極力寫一番，以下再用實敘。

又用空句排宕，與今日四句相應。

穴蟻欲何逃。帳殿羅玄冕，文 唐書：武德中令侍臣服有袞冕，鷩冕，毳冕，繡冕，玄冕。轅門照白袍。武 梁書：陳慶之所統之兵，悉著白袍，所向披靡。秦山當警蹕，前漢書：出稱警，入稱蹕。漢苑入旌旄。路失羊腸險，寫得氣色 漢志：上黨壺關縣有羊腸坂。雲橫雉尾高。古今注：周制后夫人車，緝雉尾爲扇翣，漢乘輿服之。唐書：天子大駕鹵簿，有雉尾障扇。五原空壁壘，長安志：長安萬年二縣外有畢原、白鹿原、少陵原、高陽原、細柳原，謂之五原。壁壘皆空，言餘孽已靖也。八水散風濤。關中記：涇、渭、滻、灞、澇、滈、灃、潏爲關內八水。今日看天意，蔣云十分痛恨亦十分悲憫 遊魂貸爾曹。言不可復赦。乞降那更得，尚詐莫徒勞。元帥歸龍種，先舉將帥 唐書：二載九月，以廣平王俶爲天下兵馬元帥，肅宗太子，即代宗。司空握豹韜。時郭子儀爲副元帥，先進位司空。隋書經籍志：太公六韜五卷。小學紺珠：文、武、龍、虎、豹、犬爲六韜。前軍蘇武節，唐書：李嗣業統前軍陳於香積寺北。胡夏客曰：嗣業所將皆蕃夷四鎮，故以蘇武之典屬國爲比。左將呂虔刀。僕固懷恩爲朔方左廂兵馬使擊賊，剪滅殆盡。晉書：呂虔有佩刀，工相之，以爲必三公可服。兵氣迴飛鳥，威聲沒巨鼇。戈鋋開雪色，次及兵士 東都賦：戈鋋彗雲。鋋，小矛也。弓矢向秋毫。言雖微必中。天步艱方盡，時和運更遭。誰云遺毒螫，西京賦：蕩亡秦之毒螫。已是沃

此首遡前說來。

腥臊。到底歸功主上睿想丹墀近，言行師皆由廟略。神行羽衞牢。此句言軍陣之整。帶及外域花門騰絕漠，助順不敍入拓羯渡臨洮。得體唐西域傳：安西者卽康居小君長罽王故地，募勇健者爲柘羯，猶中國言戰士也。通鑑：是年二月，安西、北庭及拔汗那、大食諸國兵至涼鄯。唐書：洮州臨洮郡屬隴右道。此輩感恩至，羸俘何足操。執也。鋒先衣染血，騎突劍吹毛。倒裝句法更警言其利也。喜覺都城動，悲連子女號。時長安尚陷賊中。家家賣釵釧，祇待獻春醪。浦注：取壺漿迎師意。漢董卓傳：呂布殺董卓，百姓歌舞於道，長安士女，賣其珠玉衣裝，市酒肉相慶者，塡滿街肆。

字字精彩，句句雄壯，全是喜極涕零語。逐色鋪張，覺一片快情，飛動紙上。〇俞犀月云：可作軍中露布讀。

收京三首

指西京也。仇注：觀第二首起句，明是在家聞詔。肅宗於二載十月還京，公時尚在鄜州。

仙仗離丹極，謂上皇幸蜀。妖星照玉除。謂賊入長安。祿山事蹟：祿山生，夜赤光旁照，羣獸四鳴，望氣者見妖星芒熾，落其穹廬。承須爲妖星下殿走，梁武帝紀：以諺云：熒惑入南斗，天子下殿走。乃跣足下殿以禳之。承仙仗不可好樓居。漢武帝紀：公孫卿曰：仙人好樓居。於是令長安作飛廉、桂觀，甘

此首全借自家說。○劉須溪云：沈著敦厚，讀之墮淚。

泉作益壽、延壽觀。朱注：玄宗晚節怠荒，深居九重，政由妃子，以致播遷之禍。公不忍顯言，而寓意於仙人之樓居，因貴妃常爲女道士，故舉此況之。連昌宮詞：上皇正在望仙樓，太眞同凭闌干立。此一的證。二句追維禍本，婉詞以歎息之，言當知警戒而不可耽逸樂也。暫屈汾陽駕，莊子：堯往見四子藐姑射之山，汾水之陽，窅然喪其天下焉。句言上皇將回。聊飛燕將書。史記：燕將下聊城，田單攻之，歲餘不下，仲連乃爲書約之，矢射城中遺燕將。時嚴莊來降，史思明亦叛慶緒納土，河北折簡可定，故以魯連射書言之。依然七廟略，言削平禍難，不減祖烈。更蔡：讀平聲。與萬方初。

生意甘衰白，天涯正寂寥。忽聞哀痛詔，眞社稷臣語又下聖明朝。天寶十五載八月，上皇御蜀都府衙宣詔罪己，大赦天下。明年十月，肅宗還京，十一月朔，御丹鳳樓下制曰：早承聖訓，嘗讀禮經，義切奉先，恐不負荷。前後兩次聞詔，故曰又下也。羽翼懷商老，張良傳：四人者，隱商雒山，從太子。上召戚夫人指示曰：彼羽翼已成，難動矣。朱注：此指廣平王言，肅宗先以良娣輔國之譖，賜建寧王倓死。至是廣平新立大功，又爲良娣所忌，潛搆流言，雖李泌力爲調護，而時已還山，公恐復有建寧之禍，故不能無思於商老也。文思憶帝堯。謂玄宗禪位，猶堯禪舜。肅宗還京後，使良娣輔國得媒孽其間，以致劫遷西內，子道不終。此時猜嫌未起，公已若有深見其微者，曰憶帝堯，欲其篤於晨昏之戀也。時上皇尚未還京，故曰憶。叨逢罪己日，左傳：禹湯罪己，其興也勃焉。霑灑望青霄。邵云：即喜極霑巾意。

此首預擬。

末後一轉，尤見摯情切處。

浦二田云：五六於正始之日就朝覲君德，舉其重且大者以爲頌禱。言我君從此安儲位，戀寢門，和氣薰蒸，太平坐致，小臣何幸能不望青霄而感泣哉。公爾時身遠闕廷，忽聞新詔，此心何等雀躍，乃逆料其君以戕子逆親，遽加誹刺，當必無是理。

汗馬收宮闕，蕭何傳：未有汗馬之勞。春城鏟賊壕。賞應歌杕杜，詩序：杕杜，勞還役也。歸及薦櫻桃。月令：仲夏之月，天子乃羞以含桃，先薦寢廟。注：含桃，櫻桃也。雜虜橫戈數，謂回紇諸番助順者。功臣甲第高。通鑑：安史亂後，法紀隳弛，將相競治第宅，時謂之木妖。萬方頻送喜，易林：謳歌送喜。毋乃聖躬勞。浦注：晉羊祜既請伐吳，乃曰：正恐吳平之後，方勞聖慮耳。意與此同，非無使君勞之謂。

是時王師復兩京，圍安慶緒於鄴城未下，故言方春必可平賊，正值櫻桃薦廟之時，蓋預期之也。但恐回紇恃功邀賞，諸將僭奢無度，將萬方送喜之時，毋乃即聖躬焦勞之漸乎。蓋憂虜橫臣驕，復成蹂躪跋扈之勢。厥後邊方猾夏，藩鎭擅權，果如所料。公之有遠識如此，而語意仍含蓄不露。

重經昭陵

此當係鄜州省家後，復至長安時作。

蔣云：首二句見神器有定，不可以智力爭也，與班彪王命論同旨。

張云：虔之受知，特因善畫，第二句正是牢騷，正是樗散。

草昧英雄起，謳歌歷數歸。風塵三尺劍，先言創業社稷一戎衣。翼亮貞文德，丕承戢武威。言以武功起，而以文德治也。聖圖天廣大，次言垂統蘇頲應制詩：聖圖恢萬縣。宗祀日光輝。陵寢盤空曲，長安志：昭陵因九嵕山為陵。熊羆守翠微。熊羆謂護陵之軍。翠微，山杪也。爾雅：山未及上曰翠微。再窺松柏路，結得有體有力還見五雲飛。瑞應圖：景雲一曰慶雲，非氣非烟，氤氳五色。京房易飛候：宣太后陵前後數有光，又有五彩雲在松下如車蓋。此言復見太平氣象也。

李子德云：典重高華，直追三頌。○此收京之後，絕是喜詞，與前首各別。

送鄭十八虔貶台州司戶，傷其臨老陷賊之故，闕為面別，情見於詩

此下還京後作。通鑑：至德二載，詔陷賊官六等定罪，三等者流貶，虔在次三等，故止貶台州。

鄭公樗散鬢成絲，起便骯髒樗樹，散木，見莊子。言材不合世用也。酒後常稱老畫師。萬里傷心嚴譴日，百年垂死中興時。張仲切。顧宸云：人生百年，孰能無死，死亦安足惜，獨惜其於垂死於中興之時耳。倉皇已就長途往，想見當日情事邂逅無

端出餞遲。便與先生成永訣，九重泉路盡交期！

盧德水云：此詩萬轉千迴，清空一氣，純是淚點，都無墨痕。詩至此直可使暑日霜飛，午時鬼泣，在七言律中尤難。末竟作永訣之詞，詩到眞處，不嫌其直，不妨於盡也。

臘日

趙大綱測旨：唐以大寒後辰日爲臘。

臘日常年暖尚遙，今年臘日凍全消。侵陵雪色還萱草，漏洩春光有柳條。縱酒欲謀良夜醉，還家初散紫宸朝。下四句倒序先虛後實口脂面藥隨恩澤，酉陽雜俎：臘日賜口脂臘脂，盛以碧鏤牙筒。朱瀚注：口脂面藥，以禦寒凍。翠管銀罌下九霄。管罌乃盛脂藥之器。

顧修遠云：元日至人日，未有不陰時。占亂象而憂也。臘日常年暖尚遙，今年臘日凍全消。占治象而喜也。

奉和賈至舍人早朝大明宮

唐書：賈曾景雲中擢中書舍人，子至字幼隣，從玄宗幸蜀，拜起居舍人知制誥。帝傳位，至撰冊進藁，帝曰：昔先天誥命，乃父所爲，今茲命冊，又爾爲之，可謂濟美矣。雍錄：唐都城有三大內：太極宮在西，故名西內；大明宮在東，故名東內；別有興慶宮號南內也。三內更迭受朝，而大明最數。

楊仲宏曰：賈至諸公早朝篇，氣格雄深，句意嚴整，熟之可洗寒儉。

五夜漏聲催曉箭，漢舊儀：晝漏盡，夜漏起，省中黃門持五夜。五夜者，甲、乙、丙、丁、戊。殷夔刻漏法：鑄金爲司晨，具衣冠，以左手抱箭，右手指刻。九重春色醉仙桃。仇注：唐時殿庭多植桃柳。朱注：言春色之濃，桃花如醉，以在禁內，故曰仙桃，非用王母事。聲彩壯麗，妙復生動。旌旗日煖龍蛇動，宮殿風微燕雀高。朝罷香烟攜滿袖，詩成珠玉在揮毫。欲知世掌絲綸美，原注：舍人先世嘗掌絲綸。池上於今有鳳毛。宋書：謝鳳子超宗，有文詞，帝大嗟賞，謂謝莊曰：超宗殊有鳳毛。

張綖曰：初聯早朝之候；次聯大明宮景；三聯言退朝作詩，稱賈至之才；結聯言父子繼美，切舍人之事。比諸公所作，格法尤爲謹嚴。

附　早朝大明宮呈兩省僚友　　賈至

一起獨勝。銀燭朝天紫陌長，禁城春色曉蒼蒼。承次句千條弱柳垂青瑣，百囀流鶯繞建章。承首句劍佩聲隨玉墀步，衣冠身惹御爐香。共沐恩波鳳池上，晉書：荀勖久在中書，及失之，甚悵悵。或有賀者，勖曰：奪我鳳凰池，諸君何賀耶！朝朝染翰侍君王。

和前　　王維

絳幘雞人報曉籌，漢官儀：夜漏未明三刻，雞鳴，衛士候於朱雀門外，著絳幘，專傳雞唱。尚衣方進翠雲裘。唐百官志：尚衣掌供冕服。九天閶闔開宮殿，萬國衣冠拜冕旒。日色纔臨仙掌動，香烟欲傍袞龍浮。朝罷須裁五色詔，佩聲歸向鳳池頭。

和前　　岑參

雞鳴紫陌曙光寒，鶯囀皇州春色闌。金闕曉鐘開萬戶，玉階仙仗擁千官。花迎劍佩星初落，柳拂旌旗露未乾。獨有鳳凰池上客，陽春一曲和皆難。
○二句早朝合寫○

宣政殿退朝晚出左掖　朱注：唐會要：宣政殿在含元殿後，即正衙殿也。唐六典：殿東有東上閤門，西有西上閤門。按東上閤門門下省在焉，西上閤門中書省在焉，公時為左拾遺屬門下，故出左掖。漢書注：掖門在兩旁，若人之臂掖。

劉須溪云：佳處自在可想。

劉須溪云：從容富麗，六句有意外意。

天門日射黃金榜，殿外春殿晴曛赤羽旗。殿前宮草霏霏殿下一作微微。承委佩，爐烟細細駐殿中莊遊絲。麗語仇注：無風則烟不動，故如絲駐。卻寫得幽細雲近蓬萊常五色，雪殘鳷鵲亦多時。上林賦：過鳷鵲，望露寒。注：皆觀名，在雲陽、甘泉宮外。句言春和之景。侍臣緩步歸青瑣，退食從容出每遲。歸青瑣，謂退朝回院。出每遲，則出掖還邸也。

紫宸殿退朝口號

唐六典：紫宸殿卽內朝正殿。雍錄：含元之北爲宣政，宣政之北爲紫宸。楊愼曰：唐之朝制，宣政，前殿也，謂之衙。衙有仗，所謂春旗簇仗齊是也。紫宸，便殿也，謂之閤。朔望不御前殿而御紫宸，謂之入閤，所謂還家初散紫宸朝是也。張綖注：此內殿也，故所詠皆宮中景，與大明宣政自別。

戶外昭容紫袖垂，邵云：唐時朝儀尚可想見雙瞻御座引朝儀。唐制昭容正二品，係九嬪。酉陽雜俎：今閤門有宮人垂帛引百僚，或云自則天，或言因後魏。據開元禮疏：晉康獻后臨朝不坐，則宮人傳百僚拜。周隋相沿，國家因之不改。香飄合殿春風轉，花覆千官淑景同影。移。吳注：香隨風轉，言殿宇之寬。花下影移，見奏對之久。晝漏稀聞高閣報，朱注：長安志：含元殿東南有翔鸞閣，西南有棲鳳閣，與飛廊相接。報，謂傳呼晝刻。紫宸內衙，故稀聞晝刻，必待外庭高閣之報也。天顏有喜近臣知。仇注：諫官隨宰相入，得近御前。宮中每出歸東省，卽左掖。會送夔龍

鍾伯敬云：明朝有封事，諫臣之心。避人焚諫草，大臣之體。

集鳳池。又自東省而集西省，就政事堂見宰相也。

春宿左省

花隱掖垣暮，啾啾棲鳥過。星臨萬戶動，月傍九霄多。警句。九霄，天也，比宮殿高遠，故得月獨多。不寢一作寐。聽金鑰，因風想玉珂。張華詩：乘馬鳴玉珂。珂，馬飾也。明朝有封事，唐書：補闕拾遺掌供奉諷諫，大事廷諍，小則上封事。數問夜如何？

仇滄柱云：自暮至夜，自夜至朝，敘述詳悉，而忠勤爲國之意卽在其中。

晚出左掖

晝刻傳呼淺，陸倕新漏刻銘：衛宏載傳呼之節。注：衛宏著漢儀，使夜漏起，宮衛傳呼以爲備。趙曰：淺，謂傳呼在晝，不若夜之遠也。春旗簇仗齊。退朝花底散，歸院柳邊迷。樓雪融城濕，宮雲去殿低。張溍云：樓在城上，故雪融而濕；殿高逼雲，故去殿若低。

杜好作拗體七律，自覺意致翛然。

此錬字法也。避人焚諫草，騎馬欲雞棲。詩：雞棲於塒，日之夕矣。

首二入朝，次二朝退，五六未進院路上景，七句在院中事，出院只末句一點。與前首專寫宿字者，格法各不相同。

題省中院壁

掖垣竹埤音皮。梧十尋，蔡曰：竹埤，言竹編爲儲胥，若城埤然，如今竹籬竹屏之類。王褒詩：圍竹茂成埤。洞門對霤舊作雪，正異定作霤。常陰陰。吳都賦：玉堂對霤，石室相距。說文：霤，屋水流也。落花游絲白日靜，鳴鳩乳燕青春深。腐儒衰晚謬通籍，退食遲迴違寸心。袞職曾無一字補，許身愧比雙南金。張載擬四愁詩：美人贈我綠綺琴，何以報之雙南金。言無足貴重也。

浦二田云：前半想見省中清邃，下四寫懷，又是純臣心事。○張綖曰：白日靜，慨素餐也。青春深，惜時邁也。二句景中有情，故接下半首。

送賈閣老出汝州今屬河南南陽府。

起句妙在破空而來，入結聯則常調矣。

浦云：堂皇而綿邈，自是傑作。

西掖梧桐樹，初學紀：中書省在右，因謂中書爲右曹，又稱西掖。賈至時爲中書舍人。空留一院陰。何云：起句特言從此掖垣無人也。黃白山云：亦用卷阿詩意而無其跡。艱難歸故里，鶴注：至河南洛陽人，汝州與河南府爲鄰。去住損春心。一句該多少去留之感楚辭：目極千里兮損春心。宮殿青門隔，雲山紫邏音路。深。九域志：汝州梁縣有紫邏山。結處又作慰詞人生五馬貴，漢官儀：太守四馬，行部加一馬，故曰五馬。莫受二毛侵。諷其不以怨苦自老也。

送翰林張司馬南海勒碑

浦注：唐志：翰林無司馬，時或奉詔勒碑，皋授新銜。姜氏謂即新書所載詔呂向爲鐫勒使之類。黃鶴謂或是待詔鐫刻之流，公不須作詩推重矣。唐書：廣州南海郡屬嶺南道。

冠冕通南極，冠冕指翰林，言極海之南素與中華不通，今司馬去而冠冕始通南極也。文章落上台。原注：相國製文。詔從三殿去，兩京新記：大明宮有麟德殿，此殿三面，故以三殿爲名。李肇翰林志：翰林院在少陽院南，其東當三殿。碑到百蠻開。文運開也。野館濃花發，春帆細雨來。二句寫路上景。不知滄海上，天遺幾時迴？落句點化乘槎事，切張司馬，又切往海上。

邵云：亦是寫景耳，作起語妙絕，若寫入中聯，便覺平平。

劉須溪云：二詩落落酣暢，如不經意，而首尾圓活，生意自然，有不

李空同云：疊景者意必二，闊大者半必細，此最律詩三昧。如登兗州城樓中四句，前景寓目，後景感懷也；此詩中四句，前半闊大，後半工細也。唐法律甚嚴惟杜，變化莫測亦惟杜。

曲江陪鄭八丈南史飲

雀啄江頭黃柳花，顧注：柳始生嫩蘂，其色黃，故曰黃柳，未葉而先花，故雀啄之。鵁鶄鸂鶒滿晴沙。爾雅注：鵁鶄狀似鳧，脚高毛冠；鸂鶒毛有五色，皆水鳥。二句即所謂春事物華也。自知白髮非春事，且盡芳樽戀物華。黃白山云：一氣轉下，勢若連環，格法甚別。近侍即今難浪跡，此身那得更無家？朱注：即笑爲妻子累意，時已有去官之志，故云然。丈人才力猶強健，豈傍青門學種瓜？時鄭當亦必有歸隱之語，故以勉之。

曲江二首

一片花飛減卻春，風飄萬點正愁人。蔣云：只一落花，連寫三句，極反復層折之妙，接入第四句，魂消欲絕。且看欲盡花經眼，莫厭傷多酒入脣。言莫以傷多而不飲也。

江上小堂巢翡翠，苑邊高塚臥麒麟。述異記：丹陽大姑陵石麟二枚，不知年代。傳曰秦漢間公卿墓，則以石

可名言之妙。

邵云：已逗宋派。

二詩以送春起，以留春住。

麒麟鎮之。堂無主故鳥巢，塚無主故獸臥，二句寫曲江亂後荒涼之景。細推物理須行樂，句總上何用浮名絆此身？

朝回日日典春衣，每日江頭盡醉歸。酒債尋常行處有，賈誼傳：彼尋常之汚瀆兮。應劭曰：八尺曰尋，倍尋曰常。人生七十古來稀。對句活變開後人無限法門言縱酒正以年之易老也。穿花蛺蝶深深見，點水蜻蜓款款飛。二句正春盡夏初景。傳語風光共流轉，暫時相賞莫相違。朱注：公祖審言詩：寄語洛城風月道，明年春色倍還人。即此意。

葉夢得云：深深字若無穿字，款款字若無點字，亦無以見其精微。然讀之渾然，全似未嘗用力，所以不礙氣格超勝。使晚唐人爲之，便涉魚躍練川抛玉尺，鶯穿絲柳織金梭矣。○王阮亭云：宣政等作，何其春容華藻；游賞詩乃又跌宕不羈如此，蓋各有體也。

曲江對酒

苑外江頭坐不歸，水精宮殿轉霏微。謂遙望迷離也。述異記：闔閭構水精宮，此借言宮殿近水。桃花細逐楊一作梨。花落，苑外江頭合寫亦是霏微之景黃鳥時兼白鳥飛。蔡注：次聯桃自對楊，白自對黃，謂之自對格。縱飲久判普官切，正作拚。人共棄，懶朝眞與世相違。吏情更覺滄洲遠，（謂牽於薄宦，更覺高隱爲難。）老大徒傷未拂衣。（謝靈運詩：拂衣五湖裏。）

張上若云：此與曲江二首，流便眞率，已開長慶集一派，但其中仍有變化曲折，視元白務取平易者不同耳。○觀數詩，公在諫垣必有不得行其志者，所以不久卽出。

（結語無限低佪）

曲江對雨

城上春雲覆苑牆，江亭晚色靜年芳。浦云：對雨則景益寂寥，故回首繁華，不堪俯仰，一靜字含通首意。林花著雨燕支（一作脂。）溼，（一作落。）（金釵歌舞舊地宛然）水荇牽風翠帶長。龍武新軍深駐輦，唐兵志：高宗置左右羽林軍，玄宗改爲龍武軍。芙蓉別殿謾焚香。唐地理志：興慶宮謂之南內，築夾城入芙蓉園。仇注：園與曲江相接，二句有懷上皇之在南內也。玄宗以萬騎平韋氏，改龍武軍，出則扈從，入則宿衛，此借以言乘輿所在。時玄宗迴鑾，深居南內不出，故曰深駐輦；當時遊幸芙蓉園，別殿宮人焚香以待，今無復此事，故曰謾焚香。何時詔此金錢會，顧注：舊唐書：開元間宴王公百寮，令左右於門下撒金錢，許中書五品以上及諸司三品以上官爭拾之。暫（一作爛。）醉佳人錦瑟旁？劇談錄：開元中，上巳賜宴臣寮，會於曲江山亭，恩賜敎坊聲樂。時京師新復，遊宴之會，無復開元之盛，雖對酒感嘆，意亦在上皇也。

趙云：起用俗語，豪縱跌宕。

全祖望云：肅宗惑於悍婦，承歡闕如，詩有感於此，而含毫邈然，眞溫柔敦厚之遺。○以麗句寫其哀思，尤玉溪所心摹手追者。

奉陪鄭駙馬韋曲二首

通志：韋曲在樊川，唐韋安石之別業。

此首全是反言以見其佳勝。

韋曲花無賴，家家惱殺人。綠樽須盡日，白髮好禁春。朱注：禁猶言禁當之禁，言我已白髮，無奈此春何！卽上惱殺人意。二句言老畏見春，惟恃痛飲以消愁耳。石角鉤衣破，藤梢刺音七。眼新。何時占叢竹，頭戴小烏巾？南史：劉巖隱逸不仕，常著緇衣小烏巾。

次首方實寫景

野寺垂楊裏，春畦亂水間。美花多映竹，好鳥不歸山。言卽宿此間也。城郭終何事？風塵豈駐顏？言勞勞塵世，徒敝精神也。誰能共公子，薄暮欲俱還？

蔣弱六云：此與漫興江畔尋花諸絕，同是一種奈何不得光景。此老癡情狂興，眞絕世風流。

奉答岑參補闕見贈

李云：此詩殊遜岑作。

窈窕清禁闥，罷朝歸不同。君隨丞相後，我往〔一作住，非。〕日華東。〔朱注：補闕屬中書省，拾遺屬門下省。唐六典：宣政殿前有兩廡，廡各有門，東曰日華，日華之東，即門下省也。西曰月華，月華之西，即中書省也。凡兩省官繫銜以左右者皆分屬焉。罷朝則分東西班各歸本省，故不同也。〕冉冉柳絲碧，娟娟花蘂紅。故人有佳句，〔多少意思俱未說出〕獨贈白頭翁。

附　寄左省杜拾遺　岑參

聯步趨丹陛，分曹限紫微。曉隨天仗入，暮惹御香歸。白髮悲花落，〔自謂。〕青雲羨鳥飛。〔指杜。〕聖朝無闕事，自覺諫書稀。

奉贈王中允維〔唐書：天寶末，維官給事中，為賊所得，服藥取痢，詐稱瘖疾。祿山使人迎至洛陽，拘於普施寺，迫以僞署。賊平，維以凝碧詩聞於行在，肅宗特宥之，責授太子中允。〕

中允聲名久，〔只一句稱惜都在〕如今契闊深。〔詩毛傳：契闊，勤苦也。〕共傳收庾信，〔收，收錄也。周書：侯景作亂，臺城陷，信奔於江陵，元帝承制除御史中丞。此蓋以侯景比祿山也。**不比得陳琳。**魏志：琳避亂冀州，袁氏使典文章，袁敗，琳歸太祖，太祖曰：卿昔爲本初移書，但可罪狀孤而已，何乃上及祖父耶？琳謝罪。太祖愛其才，不之責。仇注：維初繫洛陽而肅宗復用，與庾信之奔竄江陵元帝收用者相似。維作凝碧詩能不忘故主，與陳琳之爲紹草檄後事魏武者不同；蓋琳更事二姓，大節已虧，維雖同以文士見宥，故不當以相比也。**一病緣明主，三年獨此心。窮愁應有作，試誦白頭吟。**舊注：引卓文君白頭吟：願得一心人，白頭不相離。以喻維之事君無貳。今按鮑照代白頭吟有直如朱絲繩，清如玉壺冰語。詩當兼用此意，以見維之不汚僞命，心跡可白也。至謂譏肅宗之失刑，恐無此懟上之理。

王右仲曰：此詩直是王維辨寃疏。○黃白山云：三四用古人作影，故敘事無痕。凡詩寫景易而敘事難，易至直致而拖沓，緣無少陵萬卷書、如神筆耳。

送許八拾遺歸江寧覲省。甫昔時嘗客遊此縣，於許生處乞瓦棺寺維摩圖樣，志諸篇末

唐書：昇州江寧郡屬江南東道。公開元末嘗遊此。朱注：瓦官寺本晉武帝建，以陶官故地在秦淮北，故名。後官訛作棺耳。

天語一作詔許。**辭中禁，慈顏拜**一作赴。**北堂。聖朝新孝理，**仇注：去冬迎上皇回京，春加尊號。**祖席倍輝光。內帛擎偏重，宮衣著更香。淮陰清夜驛，**唐書：楚州淮陰郡屬江南東道。**京口渡江航。**郡縣

志：建安十四年，孫權自吳治丹徒，號曰京城。十六年遷都建業，於此爲京口鎮。**春隔雞人晝，**周禮：雞人夜嘑旦以嘂百官。**秋期燕子涼。**二句言春起行而秋到家也。**賜書誇父老，壽酒樂**一作賽。**城隍。**顧炎武曰：北齊書：慕容儼鎮郢城，城中有神祠號城隍神，儼率衆禱之。此城隍始見史傳者。朱注：按城隍之神，祀典不載，後人因其保障民生，以義而起也。**看畫曾饑渴，追蹤恨淼茫。虎頭金粟影，**舊注：唐瓦棺寺維摩詰畫像碑：瓦棺寺變相，乃晉虎頭將軍顧愷之所畫。一云：愷之小字虎頭。名畫記：愷之工丹青，傳寫形像，莫不妙絕。曾於瓦棺殿畫維摩詰，畫訖光耀月餘。淨名經義鈔：梵語維摩詰，此云淨名，鄔提之子，過去成佛，號金粟如來。**神妙獨難忘。**

因許八奉寄江寧旻上人

不見旻公三十年，封書寄與淚潺湲。舊來好事今能否，老去新詩誰爲傳？棋局動隨幽澗竹，袈裟憶上泛湖船。朱瀚注：旻居幽澗，公攜棋局以相隨，公在湖船，旻著袈裟而同泛，即所謂舊來好事也。**聞君話我爲官在，頭白昏昏只醉眠。**

王阮亭云：清空如話，東坡半山七律多祖此。

邵云：亦是老手起法，六一謂有俗氣，非也。

題李尊師松樹障子歌

老夫清晨梳白頭，玄都道士來相訪。唐會要：京城朱雀街有玄都觀。握髮呼兒延入戶，手提新畫青松障。障子松林靜杳冥，憑軒忽若無丹青。寫狀入神。朱注：言無異眞松，不知其爲丹青也。陰崖卻承霜雪幹，偃蓋反走虬龍形。老夫生平好奇古，對此興與精靈聚。已知仙客意相親，謂李尊師。更覺良工心獨苦。接前松林四句脈細松下丈人巾屨同，偶坐似是商山翁。悵望聊歌紫芝曲，注見三卷。時危慘澹來悲風。

張上若云：畫中所有作兩層寫，末說到感時思隱，寓意甚深，方不是拘拘題畫。○東坡志林：管子曰：事無終始，無多事業。此言學者貴能成就也。唐人爲詩皆量己力以致功，常積情思數十年然後各自名家。今人不然，未有小得於己，高視前人，自以爲無敵。然知音之難，萬事悉然。杜工部云：更覺良工心獨苦，用意之妙，有舉世莫知之者，此其所以爲獨苦歟。

得舍弟消息

劉須溪云：苦心怨調，使人淒然。

蔣云：自恐二句看似閒文襯筆，正其所以感激作詩處。

點事遙得新饒有古意

風吹紫荊樹，色與春庭暮。言花色下地，與薄暮春光同一慘黯。花落辭故枝，風迴返無處。續齊諧記：田廣、田眞、田慶兄弟三人欲分財，其夜庭前三荊便枯。兄弟嘆之，却合，樹還榮茂。仇注：荊花吹落，喻兄弟分張；風迴不返，喻漂泊難遇。骨肉恩書重，漂泊難相遇。猶有淚成河，經天復東注。世說：顧長康哭桓宣武，聲如震雷破山，淚如傾河注海。時公弟在河南，故云。

送李校書二十六韻

唐書宗室世系表：舟字公受，父岑，水部郎中，眉州刺史。

喻起

代北有豪鷹，生子毛盡赤。魏彥深鷹賦：白如散花，赤如點血。渥洼騏驥兒，尤異是龍脊。李舟名父子，清峻流輩伯。柳宗元石表先友記：李舟隴西人，有文學，俊辨，高志氣。

極寫欣羨

人間好少年，不必須白晳。想舟貌不揚。

古樂府調

十五富文史，十八足賓客。謂廣交游。十九授校書，二十聲輝赫。衆中每一見，使我潛動魄。自恐兩男兒，謂公子宗文、宗武。辛勤養無益。乾元元年春，萬姓始安宅。舟也衣綵衣，列士傳：老萊子行年七十作嬰兒娛親，著五色斒斕衣。告我欲遠適。倚門固有望，斂衽

此段現身說法，正見相愛之至。

就行役。仇注：舟父向爲眉州刺史，天寶之亂，必寓家於此。南登吟白華，詩序：白華，孝子之潔白也。已見楚山碧。朱注：校書自京師歸省母，道經漢中，漢中在長安南，爲楚北境，故曰楚山碧，觀後褒斜漢水語可見。又史記秦紀：楚自漢中，南有巴黔。據此則蜀漢本屬楚地。藹藹咸陽都，冠蓋日雲積。何時太夫人，堂上會親戚？四句幷及其迎母而來，乃後話預說。汝翁草明光，漢官儀：尚書郎直宿建禮門，奏事明光殿，下筆爲詔策，出言爲誥命。天子正前席。歸期豈爛漫，（曲筆頓挫）一作熳，琴賦：流連爛漫。別意終感激。顧我蓬屋資，謬通金閨籍。小來習性懶，晚節慵轉劇。每愁悔吝作，如覺天地窄。羨君齒髮新，行己能夕惕。臨岐意頗切，對酒不能喫。迴身視綠野，慘澹如荒澤。老鴈春忍饑，（結復用喻）哀號待枯麥。（自況）時哉高飛燕，（況李）絢練新羽翮。赭白馬賦：別輩越羣，絢練夐絕。長雲濕褒斜，後漢順帝紀：罷子午道，通褒斜路。注：褒斜，漢中谷名。漢水饒巨石。漢水亦在漢中。無令軒車遲，衰疾悲夙昔！徐幹詩：夙昔悲離別。此期校書以早還京師也。

五字突然而起，下意俱從此生出。

只是不能親來訪畢一意，既貧難具馬，又不可徒步，至告假後更不便出門，作三層寫出，語意曲折。

偪側行贈畢曜

偪側何偪側！我居巷南子巷北。可恨鄰里間，十日不一見顏色。自從官馬送還官，行路難行澀如棘。我貧無乘非無足，（轉）昔者相過今不得。實不是愛微軀，又非關足無力。一本無實又二字。徒步翻愁官長怒，此心炯炯君應識。曉來急雨春風顛，睡美不聞鐘鼓傳。東家蹇驢許借我，（又翻一波）泥滑不敢騎朝天。詩意謂因無馬，故久不出門，今日欲上朝，適晏起而又逢風雨也。已令請急會通籍，仇注：謝靈運傳：既無表聞，又不請急。謂業以請假注籍。男兒性命絕可憐。（二句倒文）焉能終日心拳拳，憶君誦詩神懍然。辛夷始花亦已落，陳藏器本草：辛夷初發如筆頭，人呼為木筆，其花最早，南人呼為迎春。況我與子非壯年。街頭酒價常苦貴，方外酒徒稀醉眠。徑須相就飲一斗，恰有三百青銅錢。（蔣云：住得脫灑，亦復蕭瑟。）

觀一相字，知上七句俱是兩人合說。

張云、七排如此流轉如意爲難。

是招畢飲小簡，坦率開宋人之先。

贈畢四曜

才大今詩伯，家貧苦宦卑。饑寒奴僕賤，張溍注：言以窮爲奴僕所賤也，最是眞情。按：孟郊送韓愈從軍詩有親賓改舊觀，僮僕生新敬。可與此互證。顏狀老翁爲。所謂憂令人老也。同調嗟誰惜，論文笑自知。言索解人不得也。流傳江鮑體，江淹，鮑照。相顧免無兒。晉書鄧攸傳：天道無知，使伯道無兒。謂公與曜皆有子傳其詩，惟此一端堪慰耳。

題鄭十八著作丈

鄭虔時貶台州司戶。朱注：鄭以陷賊得罪，故題此詩以浣雪之也。杜臆：觀結句，丈下疑脫故居二字。

（就當下哭起）台州地闊海冥冥，雲水長和島嶼青。亂後故人雙別淚，春深逐客一浮萍。（四句懷舊）酒酣懶舞誰相拽，詩罷能吟不復聽。第五橋邊流恨水，皇陂岸北結愁亭。第五橋、皇子陂注俱見二卷。公昔與鄭同游何將軍山林，此追憶其事也。（四句排寃）賈生對鵩傷王傅，賈誼鵩鳥賦序：誼爲長沙王太傅，三年，有鵩飛入舍，止於坐隅，鵩似鴞，不

蔣云：是讀書人最不幸結局，千古大家一哭。

仇云：寫鷹能訴冤於鶻事甚奇，寫鶻能爲鷹報讐事更奇。

祥鳥也。誼以謫居卑濕，自傷悼，以爲壽不得長，乃爲賦以自廣。此句比虔之貶官。蘇武看羊陷賊庭。注見三卷。以比虔之不附賊也。可念此翁懷直道，也卞音夜。霑新國用輕刑。朱注：是時六等定罪，虔貶台州，於刑爲輕矣。然虔稱風緩，以密章達靈武，不當議罪，故公於此深惜之。禰衡實恐遭江夏，禰衡爲江夏太守黃祖所殺，注見一卷。方朔虛傳是歲星。漢武內傳：西王母使者至，朔死，使者曰：朔是木帝精，爲歲星下游人中，以觀天下，非陛下臣也。二句憂其遂貶死台州。又禰以喻其狂，方朔喻上之不見知也。窮巷悄然車馬絕，結到故居住。長安志：韓莊在韋曲之東，鄭莊又在其東南，鄭十八虔之居也。李商隱有過鄭虔舊隱詩。案頭乾死讀書螢。晉書：車胤囊螢讀書。

義鶻行

陰崖有蒼鷹，養子黑柏顛。白蛇登其巢，吞噬恣朝餐。雄飛遠求食，雌者鳴辛酸。力強不可制，黃口無半存。其父從西歸，翻身入長烟。斯須領健鶻，痛憤寄所宣。謂痛憤之心，託於宣訴。斗上捩練結切。寫出猛勢孤影，嗷古弔切。哮許交切。來九天。嗷哮，吼怒也。

王仲樵云：直目此鶻爲魯仲連輩人矣。

修鱗脫遠枝，巨顙拆老拳。刻畫處十分痛快淋漓。朱注：巨顙，白蛇之頭；老拳，鶻翼下勁骨也。晉載記：石勒引李陽臂笑曰：往日厭卿老拳，卿亦飽孤毒手。如有殺氣英風閃動紙上。高空得蹭蹬，言下墜也。短草辭蜿蜒。折尾能一掉，左傳：尾大不掉。飽腸皆已穿。生雖滅衆鶵，且怒且笑。死亦垂千年。言蛇雖滅衆鶵，旋死於義鶻，可垂鑒千年之後也。物情可報復，快意貴目前。謂蒼鷹。茲實鷙鳥最，急難心炯然。謂義鶻。功成失所往，一作在。又括出奇中之奇。用舍何其賢！近經潏水湄，漢書音義：潏水在長安杜陵，自皇子陂西北流入渭。此事樵夫傳。飄蕭覺素髮，凜欲衝儒冠。史記：藺相如髮上衝冠。人生許與分，去聲。沈云：一篇刺客傳盡此。只在顧盼間。聊爲義鶻行，永一作用。激壯士肝。漫叟詩話：肝主怒，故曰永激壯士肝。

記異之作，憤世之篇，便是聶政荆軻諸傳一樣筆墨，故足與太史公爭雄千古。得之韻言，尤爲空前絕後。〇王嗣奭曰：借端發議，時露作者品格性情。

畫鶻行

高堂見生鶻，颯爽動秋骨。邵云：便爾生動。朱注：秋骨，鶻至秋而善擊也。初驚無拘攣，何得立突兀！言鶻無條鏇拘

鍾伯敬云：是近臣謝表。

攣，何以兀立不去。乃知畫師妙，巧刮造化窟。寫此神俊姿，充君眼中物。烏鵲滿樛枝，軒然恐其出。側腦看青霄，寧爲衆禽沒。長翮如刀劍，人寰可超越。乾坤空崢嶸，高曠也。粉墨且蕭瑟。緬思雲沙際，自有烟霧質。即就畫鶻寄慨，結法又別。舞鶴賦：烟交霧凝，若無毛質。吾今意何傷，顧步獨紆鬱。言眞鶻當高舉雲沙，而此鶻獨不能飛去，故未免鬱鬱傷懷耳。公殆自喻其志之不得伸乎？

仇滄柱云：首八句從生鶻突起轉到畫鶻，頓挫生姿。以下烏鵲恐其出擊，疑於眞鶻矣，乃仰天而不肯沒去，則畫鶻也。長翮可任超越，又疑眞鶻矣，乃墨痕空帶蕭瑟，則仍畫鶻也。語意層層跌宕。

端午日賜衣

宮衣亦有名，亦字有出自望外意。端午被恩榮。細葛含風軟，香羅疊雪輕。承首聯。自天題處濕，題，謂題名衣上也。當暑著來淸。承次聯。意內稱身。作恰稱。長短，終身荷聖情。結語善致感恩意。

首二委折入情，全首眞切。

酬孟雲卿 唐詩紀事：孟雲卿河南人，與杜子美、元次山最善。浦注：此出華州將行時作，雲卿亦當有他行也。

樂極傷頭白，更長愛燭紅。言不肯睡也。相逢難袞袞，告別莫匆匆。但恐天河落，寧辭酒盞空？明朝牽世務，揮淚各西東。

杜詩鏡銓卷五

乾元中，公出爲華州司功，棄官客秦州作。

首四句明述己忠心苦節，妙在不露。

至德二載，甫自京金光門出間道歸鳳翔。乾元初，從左拾遺移華州掾，與親故別，因出此門，有悲往事

長安志：唐京師外郭城西面三門：北開遠，中金光，南延平。唐書：華州華陰郡屬關內道，在京師東一百八十里。按：公去歲疏救房琯，琯雖罷相猶在朝。至乾元元年六月，琯貶邠州刺史，公遂以琯黨出，自是不復至京師矣。

此道昔歸順，謂赴行在。西郊胡正煩。至今猶破膽，應有未招魂。近侍歸京邑，此句言去拾遺而赴華州也。華陰爲京師旁縣，故曰京邑。移官豈至尊。五字怨而不怒無才日衰老，駐馬望千門。

顧修遠云：移官豈至尊，不敢歸怨於君也。當時讒毀，不言自見。又以無才自解，更見深厚。○趙汸云：結句言雖遭貶黜，不忘朝廷也。

寄高三十五詹事

唐書：至德二載，高適除揚州大都督府長史，淮南節度使。李輔國惡其才，數短毀之，下除太子少詹事。

張云：二句跟憑高來，一明一暗，景各入妙。

安穩高詹事，兵戈久索居。時來知宦達，以將來言。歲晚莫情疏。天上多鴻雁，池中足鯉魚。相看過半百，歷晚字不寄一行書？

浦二田云：慰而候之，後四若作怪詞，彌見交厚。

題鄭縣亭子　唐書：華州倚郭爲鄭縣。老學菴筆記：華之鄭縣有西溪，在官道旁七八十步，澄深可愛，亭曰西溪亭，即杜詩鄭縣亭子。

鄭縣亭子澗之濱，戶牖憑高發興新。雲斷岳蓮臨大路，遠景承上岳蓮西岳蓮花峯也。晉書：檀道濟伐後秦至潼關，秦遣姚鸞屯大路，絕道濟糧道。通鑑注：自澠池西入關有兩路；南路由回谿阪，自漢以前皆有之。曹公惡南路之險，更開北路，遂以北路爲大路。句言雲斷故山容露出。天晴宮柳暗長春。唐書：同州朝邑縣有長春宮。寰宇記：周宇文護所築。巢邊野雀欺羣燕，近景起下花底山蜂趁遠人。如畫二句寓意君子孤危，小人趨媚，故不免自傷幽獨耳。更欲題詩滿靑竹，晚來幽獨恐傷神。

望岳　唐書：華州華陰縣有華山。

邵云：作律詩讀尤老。

西岳崚嶒竦處尊，諸峰（奇）羅立似（一作如）兒孫。安得仙人九節杖，劉根外傳：漢武帝登少室，見一女子以九節杖仰指日。眞誥：楊羲夢蓬萊仙翁拄赤九節杖而視白龍。拄到玉女洗頭盆？詩含神霧：華山上有明星玉女，手持玉漿，得上服之，即成仙，道險僻不通。集仙錄：明星玉女居華山，祠前有五石臼，號曰玉女洗頭盆。其中水色碧綠澄澈，不溢不耗。車箱入谷無歸路，寰宇記：車箱谷一名車水渦，在華陰縣西南，深不可測。此句言其回遠。箭栝（筈）通天有一門。韓非子：秦昭王令工施鉤梯而上華山，以松柏心爲博箭，勒之曰：王與天神博於此。又岐山有箭筈嶺，詩或借用其字，以形山之險峻。朱注：以箭栝爲列柏之訛，亦恐未然。水經注：華山中路名天井，纔容人行，迂迴頓曲而上，可高六丈餘。山上有微涓細水，流入井中，上者皆所由涉，更無別路，所謂有一門也。稍待秋風涼冷後，高尋白帝問眞源。洞天記：華山名太極總仙之天，即少昊爲白帝治西岳。梁劉孝儀詩：降道訪眞源。

邵子湘云：語語是望岳，筆力蒼老渾勁，此種氣候極難到。○黃白山云：玉女洗頭盆五字本俗，先用九節杖引起，而句法更覺森挺，有擲米丹砂之巧。

早秋苦熱堆案相仍

七月六日苦炎蒸，對食暫餐還不能。每愁夜中自足蠍，況乃秋後轉多蠅。

束帶發狂欲大叫，簿書何急來相仍。南望青松架短壑，江淹詩：風散松架險。注：松橫生曰架。安得赤脚踏層冰？

張上若云：公以近侍出爲外掾，簿書瑣悉，非所能堪，故因苦熱欲棄官南遊以避之也。

觀安西兵過赴關中待命二首 二字、史筆

通鑑：乾元元年六月，李嗣業爲懷州刺史充鎮西北庭行營節度使，八月，同郭子儀等將步騎二十萬討安慶緒。浦注：此自懷州赴闕，道經華州，乃八月以前未赴討時事。

四鎮富精銳，舊唐書：龜茲、毗沙、疏勒、焉耆四鎮都督府，皆安西都護所統。摧鋒皆絕倫。還聞獻士卒，足以靜風塵。

老馬夜知道，李云：五六寫意甚妙 韓非子：齊桓公伐孤竹還，迷失道，管仲曰：老馬之智可用也。乃放馬而隨之。蒼鷹饑著人。晉載記：慕容垂猶鷹也，饑則附人，飽則高飛。朱注：老馬饑鷹比其慣戰而深入。今按著人，譬樂爲主用也。臨危經久戰，唐書：嗣業討小勃律，執一旗，引陌刀，緣險先登，力戰大破之。及收西京時，官軍幾敗，嗣業執長刀陷陣，賊遂潰。用急始如神。邵長蘅云：急字兵法所謂巧遲不如拙速也，一作意非。

起勢突兀。

首敘花門氣習强梁可畏。此段敘古來馭夷，正見當時相反，可當名臣奏議。此下寫其騷擾剽悍之狀。

奇兵不在衆，萬馬救中原。談笑無河北，唐書：河北道領孟、懷、魏、博、相、衞、貝、澶等二十九州。時安慶緒據相、衞。心肝奉至尊。孤雲隨殺氣，飛鳥避轅門。竟日留歡樂，城池未覺喧。上二句言其軍威，下二句言其節制。

留花門 唐地理志：甘州寧寇軍東北有居延海，又北三百里有花門山堡，又東北千里至回紇衙帳。舊唐書：肅宗還西京，葉護辭歸。奏曰：回紇戰兵留在沙苑，今且歸靈夏取馬，更爲陛下收范陽餘孽。浦注：此當是寧國出塞後，回紇復遣騎入助時作，故有傾國至之語，諸本失編。

北方一作花門。天驕子，漢書匈奴傳：胡者天之驕子也。飽肉氣勇決。漢匈奴傳：匈奴居北邊，君王以下咸食畜肉，衣其皮。高秋馬肥健，挾矢射漢月。自古以爲患，詩人厭薄伐。言常勞侵伐。脩德使其來，羈縻固不絕。胡爲傾國至？出入暗金闕。中原有驅除，隱忍用此物。張溍云：此物二字言不得比於人類也。公主歌黃鵠，漢西域傳：元封中，以江東王建女爲公主，妻烏孫。公主悲愁作歌曰：居常土思兮心內傷。願爲黃鵠兮歸故鄉。舊唐書：乾元元年七月，上以幼女寧國公

四句總收。

陳後山云：頷聯文雅曠達，不減昔人，故謂詩非力學可致，正須胸中

主妻回紇可汗，送至咸陽磁門驛，公主辭訣曰：國家事重，死且無恨。上流涕而還。 君王指白日。 連雲屯左輔，謂沙苑。百里見積雪。樓鑰曰：回紇之俗，衣冠皆白。又朱注：回紇旗幟用白，故云。 長戟鳥休飛，哀笳曙幽咽。 田家最恐懼，麥倒桑枝折。 沙苑臨清渭，泉香草豐潔。 渡河不用船，千騎常撇烈。上林賦：轉騰撇冽。 胡塵踰太行，述征記：太行山首始河內，自河內至幽州凡有八陘。按：連山中絕曰陘。浦注：胡塵謂安史，時慶緒在鄴，猶據七郡地，皆在太行之旁。 雜種抵京室。雜種卽指回紇，舊注非。 花門旣須留，原野轉蕭瑟。

張上若云：經國之計，憂深慮遠，豈尋常韻言可及。○唐仲言曰：肅宗以回紇兵收京，久留不遣。子美慮其爲害而作是詩。公主君王二語，說得可憐可羞；田家原野二語，說得亦憂亦憤。

九日藍田崔氏莊

唐書：藍田縣屬京兆府，在長安東南七十里。

二句直下中具幾許曲折。

用事入化。

老去悲秋強自寬，興來今日盡君歡。 羞將短髮還吹帽，笑倩旁人爲正冠。王隱晉書：孟嘉爲桓溫參軍，九日溫遊龍山，風至，吹嘉帽落，溫命孫盛爲文嘲之。 藍水遠從千澗落，三秦記：藍田有川，方三十里，其水北流，出玉石，合溪谷之水

度世耳。

看字即指茱萸，意更微妙。

邵云：格老而秀。

爲藍水。**玉山高並兩峰寒。**玉山即藍田山也。朱注：華山志：岳東北有雲臺山，兩峯峥嵘，四面懸絕，上冠景雲，下通地脈。藍田山去華山近，故曰高並兩峯寒，寒字見秋光蕭瑟意。**明年此會知誰健？醉把茱萸仔細看。**結處仍與老去悲秋相應。西京雜記：漢武宮人賈佩蘭，九日佩茱萸，飲菊花酒，令人長壽。

異鄉佳節，寫得十分慷慨纏綿。○楊誠齋云：此詩句句字字皆奇，唐律如此者絕少。首聯對起，方說悲，忽說歡，頃刻變化。頷聯將一事翻騰作兩句，嘉以落帽爲風流，此以不落爲風流，最得翻案妙法。人至頸聯，筆力多衰，復能雄杰挺拔，喚起一篇精神。結聯意味深長，悠然無窮矣。

崔氏東山草堂

邵注：東山即藍田山，又名玉山，在長安藍田縣東南。王維輞川莊在藍田，必與崔莊東西相近。

愛汝玉山草堂靜，高秋爽氣相鮮新。有時自發鐘磬響，落日更見漁樵人。王阮亭云：頷聯正承靜字。**盤剝白鴉谷口栗，**長安志：白鴉谷在藍田縣東南，中有翠微寺，其地宜栗。**飯煮青泥坊底芹。**按芹韻在十二文，疑當作蓴字。長安志：青泥城在藍田縣南，又青泥驛在縣郭下。邵注：飯煮芹謂菜雜米爲飯也。**何爲西莊王給事，柴門空閉鎖松筠？**王維傳：乾元中拜給事中，晚年得宋之問藍田別墅，在輞川。朱注：公贈維詩，窮愁應有作，試誦白頭吟。維之再仕必非得志者，故此以柴門空鎖諷其歸老藍田也。

王右仲云：前詩悲壯，此篇蕭散，各見其妙。

瘦馬行

舊注：爲房相作。蔡興宗云：是華州詩，詳其語意，似是罷拾遺後作此自況。

東郊瘦馬使我傷，骨骼音格。硉兀如堵牆。（開口先極致嗟歎，形容下再細說）絆之欲動轉欹側，此豈有意仍騰驤？細看六印帶官字，唐六典：諸牧監馬皆印，印右髆以小官字，右髀以年辰，尾側以監名。若形容端正，擬送上乘，不用監名。二歲始春，則量其力，以飛字印印其左髀髆；細馬、次馬，以龍形印印其項左；送上乘者，尾側印以三花。眾道三軍遺路旁。皮乾剝落雜泥滓，毛暗蕭條連雪霜。去歲奔波逐餘寇，驊騮不慣不得將。士卒多騎內廄馬，惆悵恐是病乘黃。唐六典：乘黃署令一人。當時歷塊誤一蹶，王褒頌：過都越國，蹶如歷塊。委棄非汝能周防。見人慘澹若哀訴，失主錯莫無晶光。天寒遠放鴈爲伴，日暮不收烏啄瘡。誰家且養願終惠，更試明年春草長。赭白馬賦：願終惠養，蔭本支兮。

張云：雖是借題寫意，而寫病馬寂寞狠狽光景亦盡。

仇云：思兄弟也。

念故居也。

懷舊友也。

劉須溪云：展轉沉着，忠厚惻怛，感動千古。

遣興三首

我今日夜憂，諸弟各異方。不知死與生，何況道路長。避寇一分散，饑寒永相望。豈無柴門歸？欲出畏虎狼。仰看雲中鴈，比用倒煞禽鳥亦有行。

蓬生非無根，漂蕩隨天風。天寒落萬里，不復歸本叢。客子念故宅，三年門巷空。悵望但烽火，戎車滿關東。謂函關以東。生涯能幾何，人有此感常在羈旅中！

昔在洛陽時，親友相追攀。送客東郊道，遨遊宿南山。烟塵阻長河，樹羽成皋間。陸機洛陽記：洛陽四關，東有成皋關，在氾水縣東南。迴首載酒地，豈無一日還？丈夫貴壯健，慘戚非朱顏。朱注：言豈無得還之日，特悲非壯健耳。

毛西河云：追憶告語如訴，且於敘事攄意中不廢壯浪跳擲之致，與劉白相去何等。

由來只在四字，含許多悵望意，不勝君門萬里之感。

公諸遣興詩，亦自漢魏出，但蹊徑易尋，不及漢魏之縱橫變化耳。

至日遣興，奉寄北省舊閣老、兩院故人二首。通典：唐謂門下中書爲北省。

去歲茲辰捧御牀，五更三點入鵷行。欲知趨走傷心地，言爲華州掾趨謁上官。正想氤氳滿眼香。無路從容陪笑語，有時顛倒著衣裳。句言心意迷亂，正寫窮愁之況，似不必拘定詩旨。何人卻一作錯，非。憶窮愁日，日日一作愁日。愁隨一線長。歲時記：魏晉間，宮中以紅線量日影，冬至後日影添長一線。

憶昨逍遙供奉班，去年今日侍龍顏。麒麟不動爐烟上，舊注：晉禮儀：大朝會卽塡宮皆以金鍍九尺麒麟香爐。上，謂騰上。孔雀徐開扇影還。六典：大朝會則孔雀扇一百五十有六。仇注：初升御座則合扇，既升則羽扇兩開而影還左右矣。玉几由來天北極，顧命：皇后憑玉几。西京雜記：天子玉几，冬則加錦其上，謂之綈几。朱衣只在殿中間。唐會要：李適之奏：冬至大禮朝參，并六品清官服朱衣，以下通服袴褶。孤臣此日腸堪斷，愁對寒雲雪一作白。滿山。

邵云：詩代尺牘，亦自有致。

蔣弱六云：兩作俱首尾呼應，另爲一格。○前首悵懷，次首追溯。前首全用虛筆，次首全用實筆。結處一愁將來，一愁當下，亦相表裏。

路逢襄陽楊少府入城，戲呈楊四員外綰

原注：許員外爲求茯苓。舊唐書楊綰傳：綰字公權，華州華陰人，肅宗卽位，除起居舍人歷司勛員外郎。此下六首皆冬自華歸東都途次作。

寄語楊員外，山寒少茯苓。唐書：華州上輔，土貢茯苓茯神。唐本草：茯苓第一出華山，形極麄大。歸來稍暄暖，當爲斸青冥。說文：斸，斫也。圖經本草：茯苓生大松下，二月八月采，陰乾。翻動神仙窟，封題鳥獸形。陶隱居本草：茯苓形如鳥獸龜鼈者良。兼將老藤杖，扶汝醉初醒。仇注：藤杖亦華山所產，楊必嗜酒，故結用以戲之。

贈衞八處士

人生不相見，動如參與商。左傳：遷閼伯於商邱主辰，故辰爲商星。遷實沈於大夏主參，故參爲晉星。曹植詩：曠若參與商。今夕是何夕，共此燈燭光？少壯能幾時？鬢髮各已蒼。訪舊半爲鬼，驚呼熱中腸。

問我來何方下，他人必尙有數句，看他翦裁淨鍊之妙。

結處對處士感客子，隱然無限。

張云：寫途中風沙之苦，字字逼眞。

焉知二十載，重上君子堂？昔別君未婚，男女忽成行。怡然敬父執，問我來何方。問答未及已，兒女羅酒漿。夜雨翦春韭，蔣云：處士家風宛然。新炊間一作閒。黃粱。舊注：招魂：稻粢穱麥，挐黃粱些。注：挐，糅也。此詩間字卽挐字之義。按：本草：黃粱香美，逾於諸粱，號爲竹根黃，以和而柔嫩且香滑也。主稱會面難，一舉累十觴。十觴亦不醉，感子故意長。明日隔山岳，世事兩茫茫！

張上若云：全詩無句不關人情之至，情景逼眞，兼極頓挫之妙。

冬末以事之東都，湖城東遇孟雲卿，復歸劉顥宅宿，宴飮散因爲醉歌

唐書：湖城縣屬虢州，漢湖縣，後改湖城。

疾風吹塵暗河縣，水經注：河水又北逕湖縣東，故曰河縣。行子隔手不相見。隔手謂以手遮目。湖城城東一開眼，駐馬偶識雲卿面。順出孟向非劉顥爲地主，逆出劉懶迴鞭轡成高宴。劉侯歡我攜客

張云：設鱠前用如許折筆。

來，置酒張燈促華饌。且將款曲終今夕，（二句時事交情兩面寫到。）休語艱難尚酣戰。時九節度之師圍安慶緒於鄴。照室紅爐促曙光，縈牕素月垂文練。（鍊句襯出佳景。）謝莊詩：秋月明如練。天開地裂長安陌，（文勢重一振開。）朱注：按京房易占：天開陽不足，地裂陰有餘，皆兵起下害上之象。寒盡春生洛陽殿。寒盡春生，喻亂極將治。二句言長安昔爲賊陷，今則洛陽幷收復也。豈知驅車復同軌，可惜刻漏隨更箭。人生會合不可常，（三人合結。）庭樹雞鳴淚如綫。一作霰。張衡古別離：雞鳴庭樹枝，客子振衣起。別淚落如霰，相顧不能止。

盧德水云：公既飲畢而去，又拉孟而回，寫出賓主忘形，從殘局中翻出新興。此段光景，至今令人迴環，詩欲不佳得乎？

閿音文。鄉姜七少府設鱠，戲贈長歌元和郡國志：閿鄉本漢湖縣地，隋開皇中移湖城縣於今所，改名閿鄉，屬陝州。唐屬虢州。

姜侯設鱠當嚴冬，昨日今日皆天風。河凍未漁一作味魚。不易得，潘淳詩話：韓玉汝云：河中府三面黃河，惟有味魚，似鯽而肥短，味亦美。鑿冰恐侵河伯宮。饔人受魚鮫人手，西征賦：饔人細切，鑾刀若飛。鮫人謂捕魚者。洗魚

俗事雅句，寫得出色。

蔣云：全在顏色上看禮輕人意重也，此一篇微意所在。

磨刀魚眼紅。言猶生也。無聲細下飛碎雪，言猶生也。有骨已剁觜音追。春葱。朱注：廣韻：剁，斫剉也。觜，喙也。剉其骨使觜如春葱，言尖而脆也。偏勸腹腴愧年少，說文：腴，腹下肥也。愧年少，卽艱難愧深情意。軟炊香飯緣老翁。陪說落碪砧同。何曾白紙溼，張溍注：碪，割魚之案石。白紙溼，凡作鱠以灰去血水，又用紙以隔灰也。齊民要術：切鱠不得洗，洗則鱠溼。放筯未覺金盤空。放筯謂縱意食之，上句言制治之精，此句言供具之侈。新歡便飽姜侯德，清觴異味情屢極。東歸貪路自覺難，欲別上馬身無力。杜臆：貪路本宜急往，今反覺難行而上馬無力者，以不忍相別故也。可憐爲人好心事，於我見子眞顏色。不恨我衰子貴時，悵望且爲今相憶。末二句言後日窮通皆可不論，只今情誼長足相憶耳。

戲贈閿鄉秦少府短歌

去年行宮當太白，在鳳翔。朝回君是同舍客。同心不減骨肉親，每語見許文章伯。今日時清兩京道，謂東西京俱收。相逢苦覺人情好。昨夜邀歡樂更無，多才依

李云：朴老中有激發之致。

張云：側身注目，寫出英雄未遇，磊落自負光景。

舊能潦倒。嵇康書：知吾潦倒，不切事情。此承上遨歡句，當指酣嬉淋漓意，舊說俱支離。

李鄠縣丈人胡馬行

丈人駿馬名胡騮，前年避胡過金牛。揚雄蜀士記：秦欲伐蜀無路，遣人告蜀王曰：秦有金牛，其糞成金。蜀王使五丁力士開山路通，秦遂取蜀，因號其國曰金牛。舊唐書：梁州金牛縣，漢葭萌地，此指其扈從明皇。迴鞭卻走見天子，朝飲漢水暮靈州。漢水在漢中近蜀，靈州即靈武，乃肅宗即位處，此言其走謁肅宗。自矜胡騮奇絕代，乘出千人萬人愛。一聞說盡急難才，趙注：急難才，如劉備的顱躍過檀溪，以免劉表之追；劉牢之馬跳五丈澗，以免慕容之逼。此處指避胡言。轉益愁向駑駘輩。自傷所乘皆駑駘也。頭上銳耳批秋竹，注見一卷。腳下高蹄削寒玉。言其堅有如削玉。始知神龍別有種，不比凡一作俗。馬空多肉。洛陽大道時再清，累日喜得俱東行。鳳臆麟一作龍。鬐未易識，晉載記：苻堅時大宛獻千里駒，朱鬣五色，鳳膺麟身。側身注目長風生。

李云：高處每以淡語寫悲情。

蔣弱六云：前半是聞用虛說，後半是見用實說，說前段轉似說盡，後段轉似不盡，章法又別。

憶弟二首

原注：時歸在河南陸渾莊。唐書：陸渾縣屬河南府。

喪亂聞吾弟，饑寒傍濟州。前有得舍弟消息詩云：近有平陰信，卽此。人稀書不到，兵在見何由。浦注：時河南雖復，而討鄴之兵尚往來不絕。憶昨狂催走，言避亂之時。無時病去憂。言憂弟之病無時解去也。卽今千種恨，惟共水東流。濟州在河南之東。

且喜河南定，不問鄴城圍。百戰今誰在？三年望汝歸。故園花自發，春日鳥還飛。斷絕人烟久，東西消息稀。

仇滄柱云：次首申上首意，上四望弟歸鄉，承前兵在見何由；下四望弟音書，承前人稀書不到。

得舍弟消息

起句又轉一意，語出至情，不嫌朴率。

亂後誰歸得，他鄉勝故鄉。直爲心厄苦，久念與存亡。言與之俱爲存亡也。汝書猶在壁，汝妾已辭房。舊犬知愁恨，垂頭傍我牀。蔣云：後半即是念與存亡感觸處，妾是亡之一，書、犬、我皆是存之一也。

觀兵

乾元元年十一月，郭子儀等九節度討安慶緒圍鄴城，此方赴討時作。

北庭送壯士，貔虎數尤多。二句完題 顧注：北庭謂李嗣業，時統四鎮之兵，故曰尤多。精銳舊無敵，邊隅今若何？二句用詰問開下 朱注以邊隅爲鄴城，浦注謂指延州雁門等，今按只渾說爲是。妖氛擁白馬，二句陳邊隅形勢 南史侯景傳：童謠曰：青絲白馬壽陽來。時史思明自范陽引兵來救慶緒，陷魏州。元帥待琱戈。漢書古鼎銘：賜爾旂鸞，黼黻琱戈。仇注：郭子儀曾爲副元帥收復東京，又元勳當有琱戈之賜，今望朝廷以元帥授子儀，故云。莫守鄴城下，二句設策 斬鯨遼海波。遼東南臨渤海，故曰遼海。言當直搗范陽傾思明之巢穴，則彼將自顧不暇，援兵絕而鄴城亦可拔，不當困守鄴城，老師乏饋以待思明之救也。公詩司徒急爲破幽燕，即此意。

此如諸將五首之類，皆以議論爲詩，具見才識。○是時頓兵鄴城，軍無統制，公早知其有覆敗之患，故借所見嗣業之兵以發之。

想見空城無人，浮葬其中，不勝悽惻。

正意反從喩意帶出，亦屬變格。

不歸

河間尙征戍，汝骨在空城。唐書：河間郡屬河北道，公從弟必死於河間。從弟人皆有，終身恨不平。數金憐俊邁，蔡夢弼曰：數金，謂幼時識數錢也。漢時童謠有河間奼女工數錢語，公偶憶弟幼時聰慧，與河間事相合，故及之。總角愛聰明。面上三年土，春風草又生。

獨立

此因獨立偶有所見而作，又凡題有不便明言者，則摘詩內字爲題。

空外一鷙鳥，河間雙白鷗。飄颻搏擊便，承一容易往來遊。承二仇注：鷙鳥方恣行搏擊，白鷗可容易往來乎？危之也。草露亦多溼，蛛絲仍未收。罥衣張網見中傷無已時意，二句較上更深一層。天機近人事，獨立萬端憂。疾讒也，若詩之有比體。○劉須溪云：此必有幽人受禍而羅織仍未已者，如太白、鄭虔諸人。今按當指房琯、嚴、賈輩，後有寄賈嚴兩閣老詩云：浦鷗防碎首，霜鶻不空拳。語意正相似也。

唐仲言云：洗兵馬一篇有典有則，雄渾闊大，足稱唐雅。

鄴城竟以無元帥致潰。

安不忘危，大臣之識。

洗兵馬 原注：收京後作。左思魏都賦：洗兵海島，刷馬江洲。浦注：時慶緒圍困，官軍勢張，公在東都作此詩以鼓其氣，多欣喜願望之語，當在相州未潰時。

中興諸將收山東，（從本事敍起）山東，河北也，注見一卷。**捷書夜報清晝同。**見報之的。**河廣傳聞一葦過，胡危命在破竹中。**杜預傳：今兵威已振，勢如破竹，數節之後，迎刃而解。通鑑：乾元元年十月，郭子儀自杏園渡河至獲嘉，破安太清。太清走保衞州，子儀進圍之，遣使告捷。魯炅、季廣琛、崔光遠與李嗣業兵皆會於衞。慶緒來救，復大破之，遂拔衞州。慶緒走，子儀等追至鄴，許叔冀、董秦等皆引兵繼至。慶緒收餘兵拒戰於愁思岡，又敗。慶緒乃入城固守，子儀等圍之。**祇殘鄴城不日得，**舊唐書：相州屬河北道，天寶改鄴郡，乾元改鄴城。**獨任朔方無限功。**舊唐書：祿山反，以郭子儀爲靈武太守充朔方節度使，自陳濤斜之敗，帝惟倚朔方軍爲根本。朱注：是時命九節度討安慶緒，又以魚朝恩爲觀軍容使，雖圍相州，而兵柄不一。此曰獨任朔方無限功，蓋舉前事以風之，欲其專任子儀也。**京師皆騎汗血馬，回紇餧**食委切**肉蒲萄宮。**漢張耳傳：如以肉餧虎何益。卽留花門所謂飽肉氣勇決也。匈奴傳：元帝元壽二年，單于來朝，舍之上林苑蒲萄宮。通鑑：是年八月，回紇遣驍騎三千助討安慶緒，上命僕固懷恩領之。**已喜皇威清海岱，**（插入四句尤極抑揚頓宕之致）禹貢：海岱維青州。海岱與燕冀接壤。**常思仙仗過崆峒。**括地志：笄頭山一名崆峒山，在原州平涼縣西百里。朱注：肅宗自馬嵬經彭原、平涼至靈武，合兵興復，道必由崆峒，及南回，亦自原州入。此欲

王西樵云：氣勢如春潮三折，排山倒海。

邵云：鶴駕二句，自見書法。

蔡聞之云：是時將帥恃功驕

其以起事艱難爲念也。三年笛裏關山月，樂府解題：關山月，傷離別也。萬國兵前草木風。晉載記：苻堅與苻融登城而望，見八公山草木皆類人形，風聲鶴唳，疑以爲兵。此言興師以來，笛（再詳敍諸將品評）咽關山，兵驚草木，征戍之勤，鋒鏑之慘，爲不可忘也。成王功大心轉小，唐書：（一一不苟）廣平王俶進爵楚王，徙封成王，乾元元年四月立爲皇太子。浦注：收復兩京廣平爲帥，今圍鄴未與，而詩首及之者，誌元勳尊主器也。郭相謀深古來少。子儀時進中書令。司徒清鑒懸明鏡，李光弼先加檢校司徒。尚書氣與秋天杳。王思禮時遷兵部尚書，公哀思禮詩云：爽氣春淅瀝，與此詩語合。二三豪俊爲時出，整頓乾坤濟時了。東走無復憶鱸魚，翻用張翰語。南飛覺有安巢鳥。翻用魏武語。（劉須溪云：有氣象有風韻）青春復隨冠冕入，紫禁正耐烟花繞。鶴駕通宵鳳輦備，藝文類聚：太子晉乘白鶴仙去，故後世稱太子之駕曰鶴駕。唐書儀衞志：輦有七，一曰大鳳輦。雞鳴問寢龍樓曉。漢書：上嘗急召，太子出龍樓門，不敢絕馳道。張晏曰：門樓上有銅龍，若白鶴飛廉之爲名也。雍錄：桂宮南面有龍樓門。言鶴駕通宵，備鳳輦以迎上皇，雞鳴報曉，趨龍樓以伸問寢也。青春重整朝儀，人主復脩子道，皆將見之寇盡之餘，語亦以頌寓規。蓋移仗事雖在後，而是時張李用事，當已有先見其端者，與收京詩：文思憶帝堯同旨，正見公忠愛切摯處。深文固非，卽泛說亦非也。攀龍附鳳勢莫當，（此更以濫恩宜抑引起任相需賢）天下盡化爲侯王。

縱，必釀尾大不掉之禍，先生豫知之，故正詞以警。鎬之才勝於琯，乃公所尤注意以贊中興者，故申說獨詳。

漢書敍傳：攀龍附鳳，並乘天衢，雲起龍驤，化爲侯王。**汝等豈知蒙帝力？時來不得誇身強。**朱注：時加封扈從功臣，二句卽介之推貪天功以爲己力意。**關中既留蕭丞相，**史記蕭何傳：漢王引兵東定三秦，何以丞相留收巴蜀，使給軍食。蕭丞相謂房琯自蜀奉冊，留相肅宗。一說：蔡夢弼謂指杜鴻漸。唐書：肅宗按軍平涼，鴻漸首建朔方興復之謀，且錄軍資器械儲廥上之。肅宗喜曰：靈武吾關中，卿乃吾蕭何也。按鴻漸爲人無勳德，且非公所喜，自當指琯爲是。**幕下復用張子房。**謂張鎬也。至德二載琯罷相，以張鎬代。**張公一生江海客，身長九尺鬚眉蒼。徵起適遇風雲會，扶顛始知籌策良。**舊唐書：張鎬風儀魁岸，廓落有大志，自褐衣拜左拾遺。玄宗幸蜀，徒步扈從，玄宗遣赴行在，至鳳翔，奏議多有宏益，拜諫議大夫，尋代房琯爲相。封氏聞見記：張鎬起自布素，不二年而登宰相，正身特立，不肯苟媚閹人，羣閹疾之，稱其無經濟才，改荊府長史。朱注：按史是年五月鎬已罷相，此盛稱其籌策者，惜其去而功不就也。觀史思明許叔冀之叛，鎬先料之，則比以子房，豈爲過哉。**青袍白馬更何有，**南史侯景傳：先是大同中童謠曰：青絲白馬壽陽來。景渦陽之敗，求錦，朝廷給以青布，悉用爲袍。景乘白馬，青絲爲轡，欲以應謠。**後漢今周喜再昌。**以漢光周宣比肅宗，言能專用鎬，則餘寇不足平而太平可坐致也。**寸地尺**承上句再極其願望**天皆入貢，奇祥異瑞爭來送。不知何國致白環，**竹書紀年：帝舜九年，西王母來朝，獻白環玉玦。**復道諸**

沈云：結出題目，通篇得力。

山得銀甕。瑞應圖：王者宴不及醉，刑罰中則銀甕出焉。隱士休歌紫芝曲，當指李泌，泌時歸衡山。詞人解一作角。撰清河頌。南史：宋元嘉中河濟俱清，當時以爲瑞，鮑照作河清頌。趙曰：收京後，嵐州、合關河清，蓋紀實事也。田家望望惜雨乾，點入時景布穀處處催春種。爾雅：鳲鳩，鵠鵴。注：今之布穀也。御覽：崔實曰：夏扈趣耕鋤，即竊脂。淇上健兒歸莫懶，結仍應轉起處淇水在衛地，衛與相州相鄰，指圍鄴之兵也。歸莫懶，蓋速其成功。城南思婦愁多夢。城南謂長安城南。安得壯士挽天河，淨洗甲兵長不用！說苑：武王伐紂，風霽而乘以大雨，王曰：天洗兵也。

此及古柏行多用偶句，對仗工整，近初唐四家體，少陵偶一爲之，其氣骨沈雄，則仍係公本色。○朱鶴齡曰：中興大業，全在將相得人，前曰：獨任朔方無限功；中曰：幕下復用張子房，此是一詩眼目。使當時能專任子儀，終用鎬，則洗兵不用，旦夕可期，而惜乎肅宗非其人也。王荊公選工部詩以此詩壓卷，其大旨不過如此。若玄肅父子之間，公爾時不應遽加譏切。○陶開虞曰：三年笛裏關山月，萬國兵前草木風，雄亮悲壯，恍如江樓聞笛，關塞鳴笳。青春復隨冠冕入，紫禁正耐烟花繞；寫得收京後，春日暄妍，百官忭豫，一種氣象在目。

重題鄭氏東亭

原注：在新安界。此詩明是亂後無人之景，一片荒涼，且注有在新安界四字，當亦自東都返華時作，諸本失編，今改正。曰重題者，或先有詩而

浦云：起提明點兵，末詳言

今逸之。

華亭入翠微，翠微注見四卷。一說：山氣之輕縹也。秋日亂清輝。當作晴暉，與下不複。崩石欹山樹，清漣曳水衣。張協詩：堂上水衣生。注：水衣，苔也。仇注：亭枕山，故有崩石；亭瞰水，故有清漣。紫鱗衝岸躍（承水），蒼隼護巢歸（承樹）。向晚尋征路，殘雲傍馬飛。

顧修遠云：此詩得力處全在詩腰：數實字着一欹字，如見嶙巖錯落；着一曳字，宛然藻荇交橫。曰衝岸，則跳突排湧惟恐墮岸；曰護巢，則疾飛急赴惟恐失巢；幷魚鳥精神俱為寫出，此詩家鍊字法也。

新安吏

原注：收京後作。雖收兩京，賊猶充斥。唐書：新安縣屬河南府。師氏曰：從新安吏至無家別，蓋紀當時鄴師之敗，朝廷調兵益急也。皆乾元二年自東都回華州，道途所經次感事而作。

客行新安道，喧呼聞點兵。借問新安吏（客問）：縣小更無丁？更無丁，言豈無餘丁可遣乎。（吏答）府帖昨

軍潰，是首章體。

措詞得體，卽詩人父母孔邇意。

夜下，次選中男行。顧炎武曰：唐制人有丁、中、黃、小之分，天寶二載，令民十八以上爲中男，二十三以上成丁。中男（客又語）絕短小，何以守王城？仇注：唐之東都，卽周之王城。肥男有母送，（無父在言外尤慘）瘦男獨伶俜。蔣云：就中男中又分出兩種，有母則男肥，絕短小者，類皆無母者也。白水暮東流，喻行者。青山猶哭聲。喻居者也。莫自使眼枯，收汝淚縱橫。眼枯卽一作卻。見骨，（初極其悲憫）天地終無情。杜臆：不言朝廷而言天地，諱之也。我軍取相州，卽鄴城。日夕望其平。豈意（軍敗事敍得渾）賊難料，歸軍星散營。言軍散各歸其營也。通鑑：九節度圍鄴，自冬涉春，慶緒食盡，克在朝夕，而諸軍既無統帥，城久不下，上下解體。思明自魏州引兵趨鄴，日於城下抄掠，諸軍乏食思潰。三月，戰於安陽河北，大風晝晦，官軍潰而南，賊潰而北。子儀以朔方軍斷河陽橋保東京，築南北兩城而守之。就糧近故壘，見非缺食。練卒依舊京。卽東都也，見非臨陣。掘壕不到水，牧馬役亦輕。此皆言子儀留守之事。況乃王師順，（次復爲安慰）撫養甚分明。仇注：師順則能制勝，撫養則能優恤。送行勿泣血，（邵云結意深厚）僕射如父兄。郭子儀傳：至德二載五月，子儀敗於潏水，詣闕請貶，從司徒降爲左僕射。舊注：汾陽在乾元初已進位中書令，此復稱僕射者，本相州之潰舉其初貶之官，亦春秋書法也。洗兵馬則目之曰郭相。

先以惻隱動其君上，後以恩誼勉其丁男，仁至義盡。此山谷所云論詩未覺國風遠也。○浦二田云：篇中守王城，依舊京，皆點淸戍守眉目處。

潼關吏

雍錄：潼關在華州華陰縣東北，此因相州敗後，築潼關以備寇也。

士卒何草草，詩疏：草草，勞苦貌。築城潼關道。大城鐵不如，小城萬丈餘。朱注：城在山上，故曰萬丈餘。上句言堅，下句言高，其意互見。借問潼關吏：修關還備胡。張溍云：此在潼關失守之後，故着一還字。要我下馬行，爲我指山隅：連雲列戰格，飛鳥不能踰。戰格卽戰柵，所以捍敵者。下八句皆設爲關吏之言。胡來但自守，豈復憂西都？丈人視要處，窄狹容單車。艱難奮長戟，千古用一夫。劍閣銘：一人荷戟，萬夫趑趄。哀哉桃林戰，左傳：守桃林之塞。注：今潼關是也。元和郡國志：桃林塞自靈寶以西至潼關皆是。百萬化爲魚！請囑防關將，愼勿學哥舒！末乃答吏之語，見守關在乎得人也。哥舒翰傳：翰率兵出關，次靈寶縣之西原，爲賊所乘，自相踐蹂，墜黃河死者數萬人。

石壕吏

王應麟曰：石壕吏蓋陝州陝縣之石壕鎭也。一統志：在今陝州城東七十里。

李云：響悲意苦，最近漢魏。

李安溪云：小窗嗚咽，可泣鬼神，此小戎板屋之遺調。

暮投石壕村，有吏夜捉人。老翁踰牆走，老婦出門看。吏呼一何怒！頓挫 婦啼一何苦！聽婦前致詞：三男鄴城戍。一男附書至，二男新戰死。存者且偸生，死者長已矣。室中更無人，惟有乳下孫。獨匿過老翁，家中人偏一一數出 孫有母未去，出入無完裙。一云：孫母未便出，見吏無完裙。老嫗力雖衰，請從吏夜歸。急應河陽役，朱注：唐書：河陽縣屬孟州，子儀兵既潰，用都虞候張用濟策守河陽。猶得備晨炊。夜久語聲絕，如聞泣幽咽。孫母在內 天明登前途，獨與老翁別。

浦二田云：丁男俱盡，役及老婦，較他首更慘。○三吏兼問答敘事，三別則純託為送者行者之詞，並是古樂府化境。

新婚別

兔絲附蓬麻，比起 引蔓故一作固。不長。古詩：與君為新婚，兔絲附女蘿。埤雅：在木為女蘿，在草為兔絲。此言兔絲當施於松柏，今附蓬麻，故引蔓不長也。嫁女與征夫，不如棄路旁。結髮為君妻，席不煖君牀。暮婚晨告別，無乃

既勉其夫，且復自勵，乃所謂發乎情止乎禮義者也。

太匆忙。君行雖不遠，守邊赴河陽。妾身未分明，（少不得此）何以拜姑嫜？（道學語）漢書：背尊章，嫖以忽。師古曰：尊章謂舅姑也。章與嫜通。夢弼曰：婦人嫁三日告廟上墳，謂之成婚。婚禮既明，然後稱姑嫜。今嫁未成婚而別，故云。父母養我時，日夜令我藏。生女有所歸，雞狗亦得將。用諺語。君今往死地，沈痛迫中腸。誓欲隨君去，形勢反蒼黃。與倉皇同。北山移文：蒼黃反覆。勿爲新婚念，努力事戎行。婦人在軍中，（少不得此）兵氣恐不揚。（英雄語）李陵傳：我士氣少衰而鼓不起者何也！軍中豈有女子乎？搜得皆斬之。自嗟貧家女，久致一作致此。羅襦裳。羅襦不復施，對君洗紅妝。卽誰適爲容意。仰視百鳥飛，（比結）大小必雙翔。人事多錯迕，與君永相望。終望夫婦相聚也。

垂老別

四郊未寧靜，（直起）垂老不得安。子孫陣亡盡，（沈痛）焉用身獨完？投杖出門去，同行

邵云：互相憐痛，聲情宛然。

爲辛酸。幸有牙齒存，所悲骨髓乾。男兒既介冑，長揖別上官。仇注：此敍出門時慷慨前往之狀，乃答同行者。周亞夫傳：亞夫持兵揖曰：介冑之士不拜。老妻臥路啼，歲暮衣裳單。孰知是死別？且復傷其寒。此去必不歸，還聞勸加餐。此敍臨別時夫婦繾綣之情，乃對其妻者。土門壁甚堅，浦注：土門未詳所在，大約即在河陽左近，舊引鎮州獲鹿縣之土門關，非是。杏園度亦難。九域志：衛州汲縣有杏園鎮。舊唐書：郭子儀自杏園渡河圍衛州。勢異鄴城下，縱死時猶寬。正深傷鄴城之敗也。人生有離合，豈擇衰盛端。憶昔少壯日，遲迴竟長歎。萬國盡征戍，烽火被岡巒。積屍草木腥，流血川原丹。何鄉爲樂土？安敢尚盤桓？棄絕蓬室居，塌然傷肺肝。朱注：土門四句，寬解其妻；人生以下，又自爲寬解，而終之以決絕。

蔣弱六云：通首心事，千迴百折，似竟去又似難去。至土門以下，一一想到，尤肖老人聲吻。

無家別

劉須溪云：寫至此無復餘恨，可以泣鬼神矣。浦云：結點題，章法又別，何以爲蒸黎五字，直可作六篇總結。

寂寞天寶後，追敘起園廬但蒿藜。我里百餘家，世亂各東西。存者無消息，死者爲塵泥。賤子因陣敗，當卽指鄴城之潰。歸來尋舊蹊。久行見空巷，日瘦氣慘悽。寫盡滿目荒涼。日瘦，謂日色無光。但對狐與狸，豎毛怒我啼。四鄰何所有？一二老寡妻。宿鳥戀本枝，安辭且窮棲。方春獨荷鋤，日暮還灌畦。縣吏一作令。知我至，召令習鼓鞞。與鼙同。雖從本州役，內顧無所攜。雖從役本州，內顧而無與離別，則已傷矣。近行止一身，遠去終轉迷。乃今復迫之遠去，將來未知埋骨何所。家鄉既盪盡，遠近理亦齊。然總是無家，亦不論遠近矣。此處語意共有三層轉折，強作曠達而愈益悲痛，舊注非。永痛長病母，五年委溝谿。生我不得力，終身兩酸嘶。黃生注：詩言內顧無妻也，永痛無母也，母亡妻去，曲盡無家之慘。人生無家別，何以爲蒸黎？

自六朝以來，樂府題率多摹擬剽竊，陳陳相因，最爲可厭。子美出而獨就當時所感觸，上憫國難，下痛民窮，隨意立題，盡脫去前人窠臼，苕華草黃之哀，不是過也。樂天古樂府秦中吟等篇，亦

李云：夏日匪風下泉之慨，夏夜悲天憫人之懷。

追想太平，無限心事，隱然言外。

自此出，而語稍平易，不及杜之沈警獨絕矣。○王嗣奭曰：目擊成詩，遂下千年之淚。一一刻畫宛至，同工異曲，隨物賦形，眞造化手也。○盧元昌曰：先王以六族安萬民，使民有室家之樂。今新安無丁，石壕遣嫗，新婚怨曠，垂老訣絕，至戰敗逃歸者亦不免焉。唐之百姓，幾於靡有孑遺矣，其不亡也幸哉。

夏日歎

下三首復歸華州詩。舊唐書：乾元二年四月，以久旱徙市，雩祭祈雨。按是時關輔饑。

夏日出東北，陵天經中街。杜臆：夏至日出寅入戌，寅，東北方也。中街謂亭午。又浦注：天官書有街南街北，街南畢主之，街北昴主之，四五月之交，日行正在昴畢之界，故可云中街也。朱光徹厚地，楚辭：陽杲杲其朱光。鬱蒸何由開？上天久無雷，無乃號令乖？漢書郎顗傳：易傳曰：當雷不雷，陽德弱也。雷者號令，其德生養。盧注：時李輔國專掌禁兵，制勅皆其所爲，詩曰號令乖，當指此。雨降不濡物，良田起黃埃。飛鳥苦熱死，池魚涸其泥。萬人尙流冗，散也。漢成帝詔：水旱爲災，關東流冗者衆。舉目惟蒿萊。至今大河北，安史所據。化作虎與豺。浩蕩想幽薊，王師安在哉？唐書：幽州范陽郡，薊州漁陽郡，皆屬河北道，時方在鄴城潰後。對食不能餐，我心殊未諧。眇然貞觀初，難與數子偕！

謂房、杜、王、魏之流。盧注：時宰相李揆執子弟禮於輔國，又呂諲、第五琦等皆碌碌庸臣，此所以思貞觀諸賢也。

王嗣奭曰：二歎俱以旱熱起興，而所以嘆在河北之賊未平，蓋憫旱憂時之作。○此詩係齊、佳、灰同用。

蔣云：前首借死涸興起，此卻從自適翻出，各有意境。

夏夜歎

永日不可暮，炎蒸毒中腸。一作我。安得萬里風，飄颻吹我裳？昊天出華月，江淹詩：華月照方池。茂林延疏光。仲夏苦夜短，開軒納微涼。虛明見纖毫，羽蟲亦飛揚。張云：月夜眞景。物情無巨細，自適固其常。念彼荷戈士，窮年守邊疆。何由一洗濯，執熱互相望？鍾惺曰：考亭解詩執熱作執持之執，今人以水濯手，豈便能執持熱物乎？蓋熱曰執熱，猶云熱不可解，此古文用字奧處。濯卽洗濯之濯，浴可解熱也。杜詩屢用執熱字，皆作實用，是一證據。竟夕擊刁斗，漢書注：以銅作鐎受一斗，晝炊飯食，夜擊持行，名曰刁斗。喧聲連萬方。青紫雖被體，不如早還鄉。朱注：通鑑：至德二載，郭子儀敗於淸渠，復以官爵收散卒，由是應募入軍者，一切衣金紫。北城悲笳發，顧轉苦夜短意。鸛鶴號且翔。

邵云：音節簡古。

李云：中多悟道之語。

況復煩促倦，張華詩：煩促每有餘。激烈思時康。

立秋後題

唐書本傳：甫爲華州司功，屬關輔饑，棄官客秦州，此詩蓋欲棄官時作。

日月不相饒，節序昨夜隔。玄蟬無停號，秋燕已如客。二句帶興。平生獨往願，惆悵年半百。時公年四十八。罷官亦由人，何事拘形役？

貽阮隱居

昉○以下秦州詩。

陳留風俗衰，世說：王平子嘗經陳留郡界曰：舊名此邦有風俗。人物世不數。晉書：阮籍，陳留尉氏人。父瑀，魏丞相掾。子渾，姪咸，咸子瞻，瞻弟孚，咸從子修，孚族弟放，放弟裕，皆知名當世，推人物第一。塞上得阮生，迥繼先父祖。貧知靜者性，精句。白一作自。益毛髮古。車馬入鄰家，蓬蒿翳環堵。張云：二句相形見妙。清詩近道要，識子用心苦。尋我草徑微，褰裳踏寒雨。更議居遠村，避喧甘猛虎。所謂避俗如仇。足明箕潁客，榮貴如糞土。

此經戰場而譏邊將之要功者。

此望馬邑而諷諸將之僨軍者。

申鳧盟云：末二句言恩寵太過，恐將驕不可用也。

此覩秋成而感賢士之晚遇

遣興三首

下馬古戰場，四顧但茫然。風悲浮雲去，黃葉墮一作墜。我前。朽骨穴螻蟻，又爲蔓草纏。仇注：風悲二句，仰而見者；朽骨二句，俯而見者。故老行歎息，今人尙開邊。指吐蕃界。漢虜互勝負，封疆不常全。安得廉頗一作恥，東坡詩常用之。將，三軍同晏眠？朱注：廉頗老將以安邊爲務者，故感戰場而思之。

高秋登塞山，南望馬邑州。唐書羈縻州內有馬邑州，在秦成二州山谷間。降虜東擊胡，謂秦隴間屬夷調發討賊者。壯健盡不留。穹廬莽牢落，漢書注：穹廬，旃帳也，其形穹隆然。上有行雲愁。老弱哭道路，願聞甲兵休。鄴中事反覆，死人積如邱。諸將已茅土，載驅誰與謀？黃希曰：諸將不指李郭。如封朔方大將軍孫守亮等九人爲異姓王，李商臣等十三人爲同姓王是也。

豐年孰云遲，甘澤不在早。耕田秋雨足，禾黍已映道。春苗九月交，顏色

者，遺興意在結末。

以上述佳人之遭遇，以下寫佳人之志節。

同日老。即日至皆熟意。勸汝衡門士，勿悲尚枯槁。時來展才力，先後無醜好。但訝鹿皮翁，（自喻）忘機對芳草。謂甘心隱遯也。列仙傳：鹿皮翁淄川人也，少爲府小吏。岑山上有神泉，作祠屋留止其旁。食芝飲泉，七十餘年。淄水來山下，呼宗族家室上山半，水漂一郡。遣宗家令下山，著鹿皮衣，去復上閣。後百餘年下，賣藥齊市。

佳人

此因所見有感，亦帶自寓意。

絕代有佳人，幽居在空谷。自云良家子，零落依草木。關中昔喪敗，一作亂。兄弟遭殺戮。官高何足論？不得收骨肉。世情惡衰歇，萬事隨轉燭。庾肩吾詩：聊持轉風燭，暫映廣陵琴。夫壻輕薄兒，新人美如玉。言以兄弟既喪，遂爲夫所棄。合昏尚知時，風土記：合昏，槿也，華晨舒而暮合。本草：合歡即夜合也，人家多植庭除，一名合昏。鴛鴦不獨宿。但見新人笑，那聞舊人哭？自云至此皆述語。在山泉水清，出山泉水濁。（接轉又插一喻語淺義深遠眞漢魏）仇注：謂守正清而改節濁也，他說皆未當。侍婢賣珠迴，牽蘿補茅屋。（樂府神理）摘（李）

花不插鬢，采柏動盈掬。（云：落落穆穆，寫出幽眞本色）亦取其貞心不改。天寒翠袖薄，日暮倚修竹。

沈確士云：結處只用寫景，不更着議論，而清潔貞正意，自隱然言外，詩格最超。

郝楚望云：讀此段，千載之下，恍若夢中，眞傳神之筆。

夢李白二首

曾鞏李白集序：白臥廬山，永王璘迫致之。璘敗，白坐繫潯陽獄得釋。乾元元年，終以汙璘事，長流夜郎。至巫山，以赦得還。

死別已吞聲，生別常惻惻。（蔣云：便陰風忽來，慘澹難名。）江南瘴癘地，趙注：潯陽今之江州也，屬江南西路。今按當渾說爲是。逐客無消息。故人入我夢，明我長相憶。彷彿欣慰。恐非平生魂，路遠不可測。旋又惶惑。魂來（一句）楓林青，（抵宋玉招魂一篇）白所在。魂返關塞黑。公所在。君今在羅網，何以有羽翼？二句又疑其非。落月滿屋梁，猶疑照顏色。二句又信其是。水深波浪闊，無使蛟龍得。末二憂其遠謫而遭患也，自潯陽至夜郎，當泛洞庭上峽江，故屢以風波爲慮。

浮雲終日行，遊子久不至。三夜頻夢君，（補前所未及）情親見君意。告歸常局促，苦道來

劉須溪云：結極慘黯，情至語塞。

蔣云：空中落筆，起勢極警。

不易。江湖多風波，舟楫恐失墜。出門搔白首，若負平生志。仇注：六句代述夢中心事，曲盡倉皇悲憤情狀。以下公爲白感歎，是醒後語。冠蓋滿京華，斯人獨憔悴。孰云網恢恢，將老身反累。言朝廷宜加寬典。千秋萬歲名，寂寞身後事。言所相許獨此耳。

陸時雍曰：是魂是人，是眞是夢，都覺恍惚無定，親情苦意，無不備極，眞得屈騷之神。○仇云：次首因頻夢而作，故詩語更進一層。前云明我憶是白知公，此云見君意是公知白。前云波浪蛟龍是公爲白憂，此云江湖舟楫是白又自爲慮。前章說夢處多涉疑詞，此章說夢處宛如目擊。千古交情，惟此爲至。然非公至性不能有此至情，非公至文不能傳此至性。

有懷台州鄭十八司戶

天台隔三江，首憂其不歸 仇注：三江謂長江、浙江、曹娥江也。風浪無晨暮。意更折進一層 鄭公縱得歸，老病不識路。昔如次水上鷗，遙憶台州景事 今如罝中兔。性命由他人，悲辛但狂顧。山鬼獨一腳，亦本招魂 博物志：一足曰夔，魍魎也，越人謂之山魈。蝮蛇長如樹。山海經：蝮蛇色如綬紋，一名反鼻蛇。嚴助傳：越地林中多蝮蛇猛獸。呼號傍孤城，歲月誰與

張惕菴云：五詩懷賢、思友、自嘲，寄託遙深。○此章言士不遇知己，則不得展舒其抱負，爲下四首發端。

度？從來禦魑魅，左傳：投之四裔，以禦魑魅。多爲才名誤。（再敘及謫台始末幷帶司戶）夫子嵇阮流，更被時俗惡。海隅微小吏，眼暗髮垂素。黃帽映一作鳩杖近。青袍，隋禮儀志：年七十以上，賜鳩杖黃帽。非供折腰具。言暮歲不應爲此卑官。平生一杯酒，見我故人遇。言只杯酒見我與故人相遇也。（結出懷念之情並彼此大家一哭）相望無所成，乾坤莽迴互。海賦：乖蠻隔夷，迴互萬里。言此乾坤莽莽中，我兩人在其間，既俱流落無成，且不得相見，其傷痛爲何如耶！

王嗣奭曰：此詩想像鄭公孤危之狀，如親見亦如身歷，總從肺腑交情流露出來，幾於一字一淚，與夢李白篇同一眞切。

遣興五首

蟄龍三冬臥，老鶴萬里心。古時賢俊人，未遇猶視今。（意中語含吐入妙）嵇康不得死，謂不得其死。晉書：鍾會言於文帝曰：嵇康臥龍也，不可起；公無憂天下，顧以康爲慮耳。因譖康欲助毌丘儉，殺之。孔明有知音。蜀志：諸葛亮躬耕隴畝，徐庶言於先主曰：孔明臥龍也，將軍宜枉駕過之。先主遂詣亮。朱注：言同爲臥龍而遇不遇有異。又如隴坻都禮切。松，鸚鵡賦：慕隴坻之高松。秦人謂阪曰坻。用舍在所尋。

此章言不能如孔明之救時，則當如龐公之高隱也。張云：取字見避世之識力。

此首獨借陶自懺。

大哉霜雪幹，歲久爲枯林。朱注：言松在隴坻，必匠石尋求乃得之，不用則棟梁之幹久成枯株。士之有才而爲世所棄者，何以異此。

第一首雖有兩古人作骨，卻多說自家話。又臥龍用老鶴配說，獨爲離奇。下四章則一律矣。○起結俱用比意，章法最古。

昔者龐德公，未曾入州府。襄陽耆舊間，處士節獨苦。豈無濟時策？終竟畏網罟。二句亦兼自寓。林茂鳥有歸，水深魚知聚。舉家隱鹿門，劉表焉得取。後漢書：龐德公居峴山南，未嘗入城府，荊州刺史劉表就候之。謂曰：夫保全一身，孰若保全天下乎？龐公笑曰：鴻鵠巢於高林，暮而得所棲；黿鼉穴於深淵，夕而得所聚。夫趣舍行止，亦人之巢穴也，且各得其棲而已。因釋耕隴上。表歎息而去。後遂攜妻子登鹿門山，採藥不返。

陶潛避俗翁，未必能達道。觀其著詩集，頗亦恨枯槁。陶飲酒詩：雖留身後名，一生亦枯槁。達生豈是足？默識蓋不早。蔣云：恨枯槁，未達生也，然達生亦未是足。默識，卽達道也，苟能達道，更何事不看破。二句申上卽起下，較前義更進一層。

有子賢與愚，何其挂懷抱？陶責子詩：雖有五男兒，總不好紙筆。又有命子詩及與五子疏。

賀公亦是能達生者。

浩然之窮，公亦似之，憐孟正以自憐也。

黃山谷云：子美嘗困於三川，爲不知者詬病，以爲拙於生理。又往往譏議宗文宗武失學，故寄之淵明以解嘲耳。俗人不領，便以爲譏病淵明，所謂癡人前不得說夢也。

賀公雅吳語，在位常清狂。上疏乞骸骨，黃冠歸故鄉。舊唐書：賀知章爲禮部侍郎，取舍非允，門蔭子弟，喧訴盈庭，於是以梯登墻，首出決事，時人咸嗤之。晚尤縱誕，自號四明狂客。天寶三載，因病恍惚，乃上疏請度爲道士，求還鄉里，仍捨本鄉宅爲觀，上許之。爽氣不可致，世說：王徽之以手板拄頰云：西山朝來，致有爽氣。斯人今則亡。山陰一茅宇，江海日清涼。

吾憐孟浩然，短褐卽長夜。賦詩何必多，往往凌鮑謝。張云：觀第三句著作不以多傳可知舊唐書：孟浩然隱鹿門山，以詩自適，年四十遊京師，應進士不第，還襄陽卒。清江空舊魚，一作舊美魚。漢水中出鯿魚甚美。浩然詩：試垂竹竿釣，果見槎頭鯿。春雨餘甘蔗。張載詩：江南郡蔗，醴液豐沛。王士源浩然集序：灌園藝圃以全高。每望東南雲，令人幾悲吒。歎也。郭璞詩：撫心獨悲吒。

諸詩皆從漢魏出，自成杜體。嗣宗詠懷，太沖詠史，延年五君詠，公蓋兼而用之。○蔣弱六云：子美本襄陽人，諸葛、龐、孟皆以襄陽，故思之也。而山陰尤所注念，見於詩者極多，故又獨稱賀。作詩首推陶謝，而人文並美，尤莫如陶。至引嵇康特與孔明同號，而鮑謝亦附見孟詩，公之雅志大略可見矣。

蔣云：二詩一戒一勸，意亦尋常，而語最奇特。

遣興二首

天用莫如龍，漢食貨志：天用莫如龍，地用莫如馬，人用莫如龜。有時繫扶桑。劉向九嘆：維六龍於扶桑。十洲記：扶桑在碧海中，樹長數千丈，一千餘圍，兩兩同根，更相依倚，故曰扶桑。頓轡海徒湧，曹植與吳質書：思抑六龍之首，頓羲和之轡。神人身更長。神異經：西北海外有人焉，長二千里，兩脚中間相去千里，腹圍一千五百里。性命苟不存，英雄徒自強。吞聲勿復道，眞宰意茫茫。

朱鶴齡曰：六龍本以駕日，有時恃其強陽，則頓轡扶桑之上，徒使海波鼎沸，神人之力更足以制之。此可見人臣而敢行稱亂者，雖英雄自命，終必不保其身，事後飲泣，亦何及矣！且天意茫茫，非可妄覬，彼獨不以跋扈不臣爲懼乎？此詩乃深警祿山之徒。或曰爲僕固懷恩而發。懷恩既反，代宗使裴遵慶諭之，懷恩抱其足而號泣，所以有吞聲之句。

地用莫如馬，無良復誰記？此日千里鳴，追風可君意。君看渥洼種，態與駑駘異。不雜蹄齧間，逍遙有能事。言能從容制勝以立大功。

朱云：渥洼之種，既非駑駘，又不蹄齧，所謂追風可君意者也。當時惟郭子儀李光弼足以語此。肅宗不能專任，公詩蓋以風之。

遣興五首

朔風飄胡鴈，慘澹帶沙礫。長林何蕭蕭，秋草萋更碧。北里富薰天，高樓夜吹笛。焉知南鄰客，公自謂。九月猶絺綌。

首章見旅客悲秋之旨。

長陵銳頭兒，漢書：高祖葬長陵。長安志：在咸陽縣東。春秋後語：平原君曰：武安君小頭而銳。出獵待明發。騂弓金爪鏑，梁元帝詩：金爪鬪雞場。此言箭鏃之利如金爪然。白馬蹴微雪。未知所馳逐，但見暮光滅。歸來懸兩狼，李云諷而不露。門戶有旌節。唐車服志：大將出，賜旌以專賞，節以專殺。旌以絳帛五丈，粉畫虎，有銅龍一，首纏緋幡，紫縑爲袋，油囊爲表。節垂畫木盤三，相去數寸，隅垂尺麻，餘與旌同。

此章諷勳貴豪縱之習。○下三首皆追憶長安事。

漆有用而割，膏以明自煎；莊子：山木自寇也，膏火自煎也。桂可食故伐之，漆可用故割之。世說：寧爲蘭摧玉折，不作蕭敷艾榮。首四借物託興，言才智難恃，盛衰無常，如蕭可鑒矣。蘭摧白露下，桂折秋風前。府中羅舊尹，舊注：唐京兆尹多宰相私人，若蕭炅與鮮于仲通皆是，故

此章慨趨炎附勢之徒。

此章戒憑威肆虐之輩。

末章言貧富貴賤强弱皆同歸於盡，爲諸首總結。

曰羅舊尹。

沙道故依然。國史補：凡宰相禮絕班行，府縣載沙塡路，自私第至於城東街，號曰沙路。于競大唐傳：天寶三載，因蕭京兆炅奏，於要路築甬道，載沙實之，屬於朝堂。

赫赫蕭京兆，今爲人所憐。漢書：成帝時童謠：故爲人所羨，今爲人所憐。按史天寶八載，京兆尹蕭炅坐贓，左遷汝陰太守。炅，林甫所親善，國忠誣奏譴逐，林甫不能救。

猛虎憑其威，往往遭急縛。後漢呂布傳：縛虎不得不急。

雷吼徒咆哮，枝撑已在脚。忽看皮寢處，蔣云：妙句。左傳：譬於禽獸，臣食其肉而寢處其皮矣。解頤寒膽

無復睛閃爍。人有甚於斯，足以勸元惡。舊注：此指吉溫之流，唐書吉溫傳：李林甫當國，溫與羅希奭鍛獄，相勉以虐，號羅鉗吉網，公卿見者莫敢耦語。後貶端溪尉，俄遣使殺溫。一說：卽指安史輩。

朝逢富家葬，前後皆輝光。共指親戚大，緦麻百夫行。叶音杭。

送者各有死，不須羨其強。憤語亦快語　君看束縛去，亦得歸山岡。吳志：孫峻殺諸葛恪，以葦席裹身，用篾束其腰，投之於石子岡。

五章亦係古雜詩體，信手拈來，自覺可歌可泣。

杜詩鏡銓卷六

乾元中公客秦州作。

秦州雜詩二十首

舊唐書：秦州在京師西七百八十里。仇注：今屬陝西鞏昌府。寰宇記：秦州本秦隴西郡，漢武帝分隴西置天水郡。王莽末，隗囂據其地。後漢更天水爲漢陽郡。張溍云：隨意所及，爲詩不拘一時，不拘一境，不拘一事，故曰雜詩。

滿目悲生事，因人作遠遊。 二句赴秦之由。時公以關輔大饑，棄官西去。**遲迴度隴怯，** 二句入秦之難。晉地道記：漢陽有大坂名曰隴坻，亦曰隴山。三秦記：隴坂九迴，欲上者七日乃得越。**浩蕩及關愁。** 唐書：隴州汧源縣西有安戎關，在隴山，本大震關更名。**水落魚龍夜，** 二句寫到秦風景。水經注：汧水出汧縣西山，其水東北流，歷澗注以成淵。潭漲不測，出五色魚，俗以爲龍，而莫敢採捕，因謂魚龍水，亦通謂之魚龍川。按：隴頭歌：隴頭流水，鳴聲幽咽。在以夜聽之尤悲。**山空鳥鼠秋。** 水經：渭水出隴西首陽縣渭谷亭南鳥鼠山。爾雅：鳥鼠同穴，其鳥爲鵌，其鼠爲鼵。二句亦係倒句法，時地合說，幷見作客淒涼之況。**西征問烽火，** 二句留秦之故。時吐蕃未靖。**心折此淹留。** 別賦：心折骨驚。言畏前途烽火，故中路淹留也。

首章言初至秦事，爲二十首總冒。

二章咏城北寺也，首句明點秦州，結仍逗出客感。

三章總寫秦州形勢。

四章咏鼓角也，幷帶憂邊警意。

秦州城北寺，勝跡一作傳是。隗囂宮。方輿勝覽：秦州麥積山之北，舊有隗囂避暑宮。杜臆：地志：州東北山上有崇寧寺，乃隗囂故居。苔蘚山門古，承寺丹青野殿空。承宮寫古寺淒寂，造句尤雋。月明垂葉露，雲逐度溪風。清渭無情極，愁時獨向東。渭水在秦州，東流於長安，嘆己之不得趨朝也。

州圖領同谷，唐書：秦州都督府督領天水隴西同谷三郡。驛道出流沙。朱注：驛道西出吐蕃之道。唐六典：隴右道東接秦州，西踰流沙。流沙在沙州以北，連延數千里。降虜兼千帳，居人有萬家。馬驕朱汗落，梁簡文帝紫騮馬：朱汗染香衣。胡舞白題斜。漢灌嬰傳：斬胡白題將一人。白題，西域國名。薛夢符曰：題者額也，其俗以白塗堊其額因名，舞則首偏，故曰白題斜。年少臨洮子，臨洮在秦州西。西來亦自誇。即閭閻聽小子，談笑覓封侯意。言習俗驕悍，居民亦然，尤見此邦可憂，舊謂諷詞非是。

鼓角緣邊郡，川原欲夜時。秋聽殷上聲。地發，二句承鼓角風散入雲悲。上句見聲之深入，此句見聲之高舉。抱葉寒蟬靜，歸山獨鳥遲。二句承夜時。萬方同一概，吾道竟何之！言本因避亂而來到此，仍無寧宇，亦更有何地

五章借傷馬致慨。

六章傷防河戍卒也，亦在驛道所見。

可托足耶？

南使宜天馬，南使猶言漢使。漢書：張騫使西域還，得烏孫天馬。由來萬匹強。浮雲連陣沒，西京雜記：文帝自代還，有良馬九四，一曰浮雲。漢天馬歌：籋浮雲，晻上馳。秋草徧山長。聞說眞龍種，仍殘老驌驦。哀鳴思戰鬬，迴立向蒼蒼。

朱鶴齡曰：通鑑：是年春三月，九節度之師潰於鄴城，戰馬萬匹，惟存三千。此詩浮雲連陣沒，正其事也。秦州乃出西域之道，故感天馬事而賦之。○張溍曰：九節度師潰，郭子儀獨保河陽，詔留守東都。此詩眞龍種，老驌驦，皆指子儀言，望其勠力王室，以建大功也。

城上胡笳奏，山邊漢節歸。指徵兵之使。防河赴滄海，朱注：唐河北道滄景等州，皆古渤海郡地，黃河入海於此。奉詔發金微。唐地理志：羈縻州有金微都督府，隸安北都護府。時發金微之卒防禦河北，途經秦州，故賦其所見。士苦形骸黑，林疏鳥獸稀。插人空句添毫仇注：言軍士遠涉，適當林木風凋之候。那堪往來戍，恨解鄴城圍。浦注：末句點明徵兵之由，圍不曰潰而曰解，諱之也。

七章憂吐蕃之不庭。○吳昌祺云：如鵰鶚盤空，雄健自喜。

八章懷古傷今，格法用上下呼應一氣。

九章咏秦州驛亭也，即借傳

莽莽萬重山，孤城山谷間。（沈云：起手壁立萬仞。）無風雲出塞，不夜月臨關。（神句。）山多故無風而雲常出塞，城迴故不夜而月先臨關，二句寫出邊境蒼涼景象。舊注以無風不夜爲地名，無論穿鑿可笑，而意亦索然矣。屬國歸何晚？漢書：蘇武使匈奴歸，拜爲典屬國。樓蘭斬未還。漢書：傅介子持節至樓蘭，斬其王，持首還。西域傳：鄯善國本名樓蘭。時必有出使吐蕃，留而未還若李之芳者。烟塵一一作獨。長望，衰颯正摧顏。

聞道尋源使，從天此路回。牽牛去幾許，言不見路遠乘槎至牽牛渚，出博物志，詳見第三卷。荆楚歲時記載作張騫事。漢武帝令張騫使大夏尋河源，乘槎經月而至一處云云。古詩：迢迢牽牛星，皎皎河漢女。河漢清且淺，相去復幾許。宛馬至今來。一望幽燕隔，何時郡國開。朱注：時河北幽、薊諸州，皆陷史思明。東征健兒盡，唐書：天寶十四載冬，以安祿山反，京師募兵十萬，號天武健兒，此亦謂鄴城之敗。羌笛暮吹哀。

趙汸曰：因秦州爲西域驛道，歎漢以一使窮河源，且通大宛，如此其易；而今以天下之力，不能定幽燕，至使壯士幾盡，一何難耶？是可哀也。

今日明人眼，臨池好驛亭。叢篁低地碧，高柳半天青。稠疊多幽事，喧呼

舍逗出謀家室意。

十章咏秦州雨景，兼傷邊事。

十一對雨而傷寇亂也，前四律帶古意。

十二章咏南郭寺也。

閱使星。後漢李郃傳：和帝遣使者二人到益部，郃曰：有二使星入蜀分野。晉天文志：流星，天使也。老夫如有此，不異在郊坰。一說：浦注：此間直可作幽人別墅，其奈何爲倥傯之區何？反看亦好。

雲氣接崑崙，括地志：崑崙山在肅州酒泉縣西南八十里。涔涔塞雨繁。羌童看渭水，張溍注：看者測其淺深，有窺覰秦州意。使節向河源。唐書：鄯州鄯城縣有河源軍，屬隴右道。烟火軍中幕，牛羊嶺上村。二句言其地軍民雜處。所居秋草靜，正閉小蓬門。

忽作變調。蕭蕭古塞冷，漠漠秋雲低。黃鵠翅垂雨，蒼鷹饑啄泥。仇注：鵠垂翅，見奮飛無路；鷹啄泥，慨一飽難期。二句亦帶興意。薊門誰自北，指思明自北，當即用毛詩，以其不服，故作此反詰。漢將獨征西。指吐蕃。後漢光武紀：以偏將軍馮異爲征西將軍。不意書生耳，臨衰厭鼓鼙。

山頭南郭寺，水號北流泉。寰宇記：天水縣界有水一泒，北流入長安縣界。舊唐書：秦州州前有湖水，冬夏無增減，故名天水郡。承首句。老樹空庭

十三章思遊東柯谷也。〇下四首專爲所居言。

十四咏仇池之勝也。〇東柯近仇池稍遠，故東柯三首，仇池只一首。

得，清渠一邑傳。承次句。謂傳注於一邑也。秋花危石底，晚景臥鐘邊。寫廢寺如畫。俛仰悲身世，溪風爲颯然。

傳道東柯谷，通志：東柯谷在秦州東南五十里，杜甫有祠於此。宋栗亭令王知彰記云：工部棄官寓東柯谷姪佐之居。趙傁曰：天水圖經載秦州隴城縣有杜工部故居，及其姪佐草堂，在東柯谷之南，麥積山瑞應寺上。按：此則公居特與佐相近，當另是一處，觀後示姪佐及佐還山後寄等詩可見。深藏數十家。對門藤蓋瓦，映竹水穿沙。寫景幽細。瘦地翻宜粟，陽坡可種瓜。陽坡，坡之向日者。朱注：阮籍詩：昔日東陵瓜，今在青門外。五色耀朝日，子母相鉤帶。可見種瓜之宜陽地矣。二句見不惟山水幽勝，兼有謀生娛老之資。船人近相報，但恐失桃花。趙汸曰：起用傳道二字，則以下景物皆是未至谷中，先述所聞。末方言泛舟往遊，恐如桃源之迷路也。

萬古仇池穴，水經注：仇池絕壁峭峙孤險，其高二十餘里，羊腸蟠道，三十六迴，山上豐水泉，所謂清泉涌沸，潤氣上流者也。潛通小有天。名山記：王屋山有洞，周迴萬里，名小有清虛之天。東坡志林：趙德麟曰：仇池，小有洞天之附庸也。王仲至謂余曰：嘗奉使過仇池，有九十九泉，萬山環之，可以避世如桃源。神魚今不見，

十五在秦而羨東柯也。

十六定計卜居東柯也。

十七咏山居苦雨也。

舊注：世傳仇池穴出神魚，食之者仙。福地語眞傳。近接西南境，浦注：仇池山在秦州西南二百餘里，二句亦係句中對。長懷十九泉。朱注：按舊志：仇池上有田百頃，泉九十九眼，此云十九泉，豈舉其最勝者耶？觀卒章讀記憶仇池，則前六句皆是引記中語。何當一作時。一茅屋，送老白雲邊。李子德云：仇池勝地，詩之高老，足以發之。

未暇泛滄海，悠悠兵馬間。塞門風落木，客舍雨連山。阮籍行多興，龐公隱不還。東柯遂疏懶，休鑷鬢毛斑。謂無心出仕也。左思白髮賦：星星白髮，生於鬢垂，將拔將鑷，好爵是縻。

東柯好崖谷，不與衆峯羣。蔣云：將前後不堪之景對此二句看方見好處。落日邀雙鳥，晴天卷一作養。片雲。野人矜險絕，水竹會平分。朱注：言野人久占水竹之居，欲與之平分其勝。採藥吾將老，兒童未遣聞。

邊秋陰易夕，不復辨晨光。簷雨亂淋幔，見雨之驟。山雲低度牆。見雲之濃。鸕鷀窺

十八客秦而憂吐蕃也。○此與下首又及國事。

十九憂亂而思良將也。

淺井，鸕鷀食魚。陶隱居云：今謂之水老鴉。久雨井生魚，故窺之。蚯蚓上深堂。車馬何蕭索，門前百草長。杜臆：有幔有牆，有井有堂，似是卽次後之作。

地僻秋將盡，山高客未歸。塞雲多斷續，邊日少光輝。警急烽常報，傳聞檄屢飛。西戎外甥國，唐書：景龍四年，以金城公主下嫁吐蕃。顧炎武曰：冊府元龜載吐蕃書俱自稱外甥，稱上爲皇帝舅。何得迕天威。反言以見和親之無益也。

鳳林戈未息，水經：河水又東歷鳳林北。注：鳳林，山名也，五巒俱峙。舊唐書：鳳林縣屬河州，本漢白石縣地，屬金城郡。魚海路常難。朱注：魚海地在河州之西，屬吐蕃境。候火承一雲峰一作烽。峻，言烽火多在山上。懸軍承二幕井乾。易：井收勿幕。注：井口曰收，勿遮幕之。此借言軍幕之井。二句指官軍深入也。風連西極動，月過北庭寒。唐書：北庭大都護府屬隴右道。故老思飛將，何時議築壇？漢書：李廣爲右北平太守，匈奴號曰飛將軍。飛將舊指子儀，與上六句不洽，當指從前征吐蕃有功者。

末章慨世不見用，而羈棲異地也，爲二十首總結。

淒楚不堪多讀。

唐堯眞自聖，野老復何知。曬藥能無婦？應門亦有一作幸。兒。言欲攜家而來。二句見心口相商意。藏書聞禹穴，吳越春秋：禹登宛委之山，發石得金簡玉字之書，山中有一穴，深不見底，謂之禹穴。句係陪說，取與仇池穴相類耳。仇注非。讀記憶仇池。爲報鴛行舊，鷦鷯在一作寄。一枝。

張上若云：是詩二十首，首章敍來秦之由，其餘皆至秦所見所聞也：或遊覽，或感懷，或即事，間有帶慨河北處，亦由本地觸發。大約在西言西，反復於吐蕃之驕橫，使節之絡繹，無能爲朝廷效一籌者。結以唐堯自聖，無須野人，惟有以家事付之婦與兒，此身訪道探奇，窮愁卒歲，寄語諸友，無復有立朝之望矣。公之志可知也。

月夜憶舍弟

起突兀。戍鼓斷人行，秋邊一作邊秋。一雁聲。露從今夜白，是夜逢白露節。月是故鄉明。謂猶是故鄉月色。有弟皆分散，無家問死生。寄書長不達，況乃未休兵。

王彥輔曰：子美善用故事及常語，多顚倒用之，語峻而體健，如露從今夜白，月是故鄉明之類是也。

黃白山云：不曰弔曰贈，說得寃魂活現。

天末懷李白

陸機詩：佳人眇天末。

涼風起天末，君子意如何？鴻鴈幾時到，望其音信。江湖秋水多。慮其風波。文章憎千古命達，傷心語文人多遭困躓，反似憎命之達者，即詩能窮人意。魑魅喜人過。白流夜郎，乃魑魅之地。黃生注：喜人過即招魂中甘人意。注言此物食人以爲甘美也。應共寃魂語，投詩贈汨音密。羅。湘水係中途所經，亦見白幾與屈同寃也。水經注：湘水又北，汨水注之。汨水東出豫章艾縣恆山，西經羅縣北，謂之羅水，又西爲屈潭，屈原懷沙自沈於此。一統志：汨羅江在長沙湘陰縣北。

邵子湘云：如此詩可以懷李。○蔣弱六云：向空遙望，喃喃作聲，此等詩眞得風騷之意。

宿贊公房

原注：京中大雲寺主，謫此安置。趙汸曰：贊公亦房相客，公故與之欸曲如此。

杖錫何來此，邵注：杖錫，禪家以錫爲杖也。釋氏稱遊行僧爲飛錫，安住僧爲掛錫。秋風已颯然。雨荒深院菊，霜倒半是秋日僧房景池蓮。放逐寧違性？虛空不離去聲。禪。言諸事久已悟徹，當不以遷謫動心。相逢成夜宿，隴月向人便打一禪語結

有王孟之清幽，在公集中亦爲變調。

李云：三謝正格，可稱雋永。

圓。仇注：華嚴經：如來於此四天下中，或名圓滿月。

赤谷西崦人家

地理志：秦州有崦嵫山在赤谷之西，故曰西崦。一統志：赤谷在秦州西南七十里。此公偶留宿山家而作。

躋險不自安，出郊已清目。二句言從山行而來。溪迴日氣暖，逕轉山田熟。二句說西崦。鳥雀依茅茨，藩籬帶松菊。二句說人家。如行武陵暮，欲問桃源宿。

西枝村尋置草堂地，夜宿贊公土室二首

公已卜居東柯矣，以贊公故，意欲移居西枝，觀後別贊詩知仍未果耳。

出郭眄細岑，披榛得微路。溪行一流水，曲折方屢渡。張云：二句寫盡山溪紆曲之狀。仇注：溪止一水，以左右往來，故須屢渡，此首言獨往訪贊。贊公湯休徒，注見二卷。好靜心跡素。昨枉霞上作，卜居緣起。盛論巖中趣。怡然共攜手，恣意同遠步。捫蘿澀先登，陟巘眩反顧。要求陽岡煖，苦涉陰嶺沍。朱注：山南向日故煖，山北背日故寒沍。惆悵老大藤，沈吟屈蟠樹。公意在尋向陽地方，而山南竟無隙地，故不免惆悵沈吟耳。卜居意

劉須溪云：自然境，自然語。

未展，杖策迴且暮。言且去而暮方迴也。層巔餘落日，草蔓已多露。接上首來。天寒鳥已一作以歸，月出山更一作人靜。邵云：起語幽寂，清景如見。土室延白光，松門耿疏影。謝靈運詩：牽葉入松門。躋攀倦日短，語樂寄夜永。明燃林中薪，暗汲石底井。仇注：燃薪代燭，汲井煮茶，此山居清況。大師京國舊，德業天機秉。從來支許遊，謂支遁、許詢，注見一卷。此言公與贊交好有素。興趣江湖迥。數奇所其切。謫關塞，史記：李廣數奇。孟康曰：奇，隻不耦也。朱注：贊公不知以何事謫秦州？師氏注：贊公與房琯遊從，琯既得罪，贊亦被謫。此語未詳所本，姑存其說。道廣存箕潁。言能隨遇而安。何知戎馬間，復接塵事屏。幽尋豈一路，遠色有諸嶺。晨光稍朦朧，更越西南頂。

前首從尋置草堂帶起宿土室，次首從夜宿土室環轉尋草堂，章法整密。

寄贊上人

此別後更寄之作，玩詩意似是前此卜居未遂，今聞西谷有可居處，復寄詩與商確耳。

一昨陪錫杖，卜隣南山幽。年侵腰腳衰，未便陰崖秋。重岡北面起，謂在山南。竟日陽光留。茅屋買兼土，斯焉心所求。六句即前詩要求陽岡煖二句意。近聞西枝西，此處方點出西枝有谷杉桼稠。古漆字。亭午頗和暖，應上乃卜居主意梁元帝纂要：日在午曰亭午。亭，高貌，午時日正高也。石田又足收。當期塞雨乾，宿昔齒疾瘳。徘徊虎穴上，陝西通志：虎穴在成縣城西。面勢龍泓頭。朱注：龍泓一在飛龍峽，一在天井山，總是與西枝相近之地。柴荊具茶茗，神農食經：早收曰茶，晚收曰茗。逕路通林邱。與子成二老，來往亦風流。

結得瀟灑有致。

蔣弱六云：此首全是虛擬，卻說得十分熱鬧，十分暢適，如已在草堂上共話，足見相知之眞。

太平寺泉眼

仇云：首從寺泉敘起。

招提憑高岡，疏散連草莽。莫補切。出泉枯柳根，汲引歲月古。石間見海眼，海眼注見後卷石笋行。此寺泉從石中而出，亦如海眼也。天畔縈水府。言其高。廣深丈尺間，宴息敢輕侮。只此丈尺之間，人不敢

此形容泉眼之靈異。

此言其味美而色清。

此羨山泉而仍動卜居之興也。

蔣云：括盡唐人征戍佳語。

侮者，以中有神物故也。青白二小蛇，幽姿可時覿。如絲氣或上，爛漫爲雲雨。（李云：眞有神龍繞其筆端。）朱注：二蛇乃龍類，故吐氣爲雲雨。水經注云：漢水又東合洛谷，其地有神蛇戍，左右山溪多五色蛇，性馴良不爲毒。豈卽此耶。山頭到山下，鑿井不盡土。取供十方僧，法華經：十方佛土中，惟有一乘法。香美勝牛乳。言其白而甘。維摩經：阿難白佛言，憶念昔時世尊身小有疾，當用牛乳。北風起寒文，弱藻舒翠縷。明涵客衣淨，細蕩林影趣。（寫景細。）何當宅下流，餘潤通藥圃。三春溼黃精，本草：黃精，陽草，久服輕身延年。一食生毛羽。拾遺記：昭王夢有人衣服皆毛羽，因名羽人。抱朴子：韓終服菖蒲，身生毛。杜臆：惟乳泉香美，故引潤黃精而一服可仙。

東樓 樓跨府城上。

萬里流沙道，注見前。西行過此門。但添新戰骨，不返舊征魂。樓角凌風迥，城陰帶水昏。（又添襯慘句。）傳聲看驛使，送節向河源。恐復有興師之事也。上四說從前，此四說當下。

邵云：寫景疏散。

雨晴

天際一作永。秋雲薄，從西萬里風。今朝好晴景，久雨不妨農。農字出韻 塞柳行疏翠，山梨結小紅。二句亦從日光乍映中見出。胡笳樓上發，晴景如繪 謂笳聲因晴而倍響也。一鴈入高空。

寓目

一縣蒲萄熟，二句言物產之異 永徽圖經：蒲萄生隴西五原燉煌山谷，今處處有之，汁可釀酒。秋山苜蓿多。爾雅翼：苜蓿似灰藋，秋後結實，黑房纍纍如穄，俗謂木粟，米可爲飯，亦可釀酒。關雲常帶雨，二句言地氣之殊 以山多故。塞水不成河。仇注：塞外地高，四下荒涼無阻，故不成河。羌女輕烽燧，二句言人性之悍 胡兒制一作掣。駱駝。自傷遲暮眼，喪亂飽經過。言不堪再逢亂離也。

何義門云：公先欲卜居秦州，以其逼吐蕃必亂，故去而之蜀。○朱鶴齡曰：此詩當與州圖領同谷一首參看。關塞無阻，羌胡雜居，乃世變之深可慮者，公故感而嘆之。未幾秦隴果爲吐蕃所陷。

山寺

方輿勝覽：麥積山在秦州東南百里，爲秦地林泉之冠。姚秦時建瑞應寺在山之後，姚興鑿山而修，千崖萬象，轉崖爲閣。又有隋時塔，杜甫有詩。

野寺殘僧少，謂餘僧無幾。山園細路高。麝香眠石竹，嵇康養生論：麝食柏而香。圖經本草：麝香出秦州文州，諸蠻中尤多。酉陽雜俎：衞公言蜀中石竹有碧花。鸚鵡啄金桃。鸚鵡亦隴右所產。舊唐書：貞觀中，康國獻金桃銀桃。亂水通人過，爾雅釋：水正絕流曰亂。懸崖置屋牢。天水圖經：麥積山有瑞應寺，山形如積麥。佛龕剜石，閣道縈旋，上下千餘丈，山下水縱橫可涉。上方重閣晚，邵注：上方謂方丈，在山頂也。百里見秋毫。何義門云：麝以香焚，逃竄無所；鸚以言累，囚閉不放。非此山高峻，人迹不至，安得適性如此。三四以奇麗寫幽寂，眞開府之嗣音。

即事

舊唐書：乾元二年三月，回紇從郭子儀戰於相州城下，不利，奔西京。四月，可汗死，其牙官都督等欲以寧國公主殉葬，公主以中國禮拒之。然猶依本國法，剺面大哭，竟以無子得歸。八月詔百官於鳴鳳門外迎之。

聞道花門破，和親事卻非。言回紇本不足恃，至此方知和親無益耳。人憐漢公主，生得渡河歸。秋思李云：當作愁思。拋雲髻，腰肢賸音剩。寶衣。羣凶猶索戰，朱注：是年九月，史思明分兵四道濟河，李光弼棄東都守河陽。回

三四係直下格，又公詩每不拘對偶。

仇云：此詩句句咏景，卻句句言情，酸心處讀之淚下。

首意多違。朱鶴齡曰：此詩言和親之無益也。時公主不肯殉葬，又以無子歸唐，則回紇之好失矣。然向者結婚回紇，實欲資其力以討賊，今賊方索戰而回紇之好中絕，其如和親之本意何？結句正與次句相應。

遣懷

愁眼看霜露，寒城菊自花。天風隨斷柳，客淚墮清笳。水靜樓陰直，山昏塞日斜。趙汸注：水靜句下因上，山昏句上因下。夜來歸鳥盡，啼殺後棲鴉。顧注：即上林無限樹，不借一枝棲意，蓋嘆卜居無地也。

天河

常時任顯晦，秋至轉一作最。分明。二句即士窮見節義意。縱被浮雲掩，猶能永夜清。含星動雙闕，心之所注，即依斗望京意。伴月落邊城。身之所居。牛女年年渡，何曾風浪生。

洪仲曰：天河初月二詩，皆暗寫題意，不露題字。○浦二田云：只寫天河而戀闕之誠，遠遊之感，與讒口中傷之不足相累，言外都隱隱見之，粘着則成鈍漢矣。

初月

光細弦欲一作初。上，歷書：月至八日上弦，至二十三日下弦。影斜輪未安。微升古塞外，切地。已隱暮雲端。河漢不改色，月明則河漢當爲所奪，今一上即落，故仍不改色也。關山空自寒。樂府有關山月題，句謂月光沒後。庭前有白露，暗滿菊花團。切時。亦在月隱中見出微光閃爍。團當與漙通。毛詩：零露漙兮。說文：漙，露多貌。謝惠連詩：團團滿葉露。謝朓詩：猶霑餘露團。皆作團字用。

山谷詩話：王原叔說此詩爲肅宗作。○朱鶴齡曰：按肅宗即位靈武，旋爲張后李輔國所蔽，故舊注以古塞二句爲託喻，後人將下四句俱牽合作比，如何可通。

擣衣

浦注：古樂府擣衣篇皆託爲從軍者之婦言。

邵云：起語悲甚。

亦知戍不返，秋至拭清砧。已近苦寒月，況經長別心。寧辭擣衣一作熨。倦，一寄塞垣深。遠也。蔡邕疏：秦築長城，漢築塞垣。塞垣即長城也。用盡閨中力，君聽空外音。朱注：末句即王灣擣衣詩風響傳聲不到君意。

沈確士云：一氣旋折，全以神行。○劉須溪云：此晚唐所竭力彷彿之者。

歸燕

仇云：傷羈旅也。

不獨避霜雪，其如儔侶稀。當時賈至嚴武等皆因房琯而出，所謂儔侶稀也。四時無失序，八月自知歸。月令：二月玄鳥至，八月玄鳥歸。春色豈相訪？衆雛還識機。故巢儻未毀，會傍主人飛。上二似問詞，此二似答詞。盧元昌曰：末句見身雖棄官而心還戀主，忠厚之至也。

鍾伯敬云：少陵如苦竹、蒹葭、胡馬、病馬、鸂鶒、孤雁、促織、螢火、歸雁、歸燕、鸚鵡、白小、猿、雞、麂諸詩，有讚羨者，有悲憫者，有痛惜者，有懷思者，有慰藉者，有嗔怪者，有嘲笑者，有勸戒者，有計議者，有用我語詰問者，有代彼語對答者；蠢者靈，細者巨，恆者奇，默者辨，咏物至此，神佛聖賢帝王豪傑具此難著手矣。

促織

感客思也。爾雅釋：蟋蟀一名蛬，今促織也。

促織甚微細，哀音何動人。草根吟不穩，言非定一處。牀下意相親。久客得無淚？故妻難及晨。謂聽之而夜不能眠也。朱買臣傳：故妻與夫家，見買臣飢寒呼飯之。顧注：故妻指棄婦孀婦。悲絲與急管，感激異天眞。朱注：絲管感人，不如促織之甚，以聲出天眞故也。

螢火 刺閹宦也。

幸因腐草出，敢近太陽飛。未足臨書卷，用車胤事。時能點客衣。隨風隔幔小，帶雨傍林微。十月淸霜重，飄零何處歸。

仇滄柱云：此詩黃鶴謂指李輔國輩。今按腐草譬刑餘之人，太陽乃人君之象，比義顯然。隔幔傍林，言其潛形匿跡。末謂不久自當澌滅也。

蒹葭 此傷賢人之失志者。

摧折不自守，言其生質脆弱。秋風吹若何？暫時花戴一作帶。雪，幾處葉沈波。體弱春二句再苗早，湖其盛時作一曲叢長夜露多。江湖後搖落，仇注：北方風氣早寒，故兼葭望秋先零；南方地氣多暖，故在江湖者後落。亦恐歲蹉跎。言遠託江湖者搖落雖遲，但恐歲月易過，不能自立，亦終不免於摧折耳。末二句有自傷意。

顧修遠云：此詠秋日兼葭，而兼及四時：苗早言春，露多言夏，後落則又涉冬矣。

苦竹

此嘉君子之苦節者。齊民要術：竹醜者有四：曰青苦，白苦，紫苦，黃苦。

青冥亦自守，張衡南都賦：青冥芊眠。此言筠色也。軟弱強扶持。味苦夏蟲避，莊子：夏蟲不可語冰。叢卑春鳥疑。軒墀曾不重，翦伐欲無辭。幸近幽人屋，霜根結在茲。

王右仲云：前章不自守，言遭時之窮；此章亦自守，見保身之哲。讀二詩知公去就之間，善於審處也。〇中四句言世已見棄，末欲以隱居全晚節也。翦伐欲無辭，何等謙厚。

除架

瓜架也。二首亦公自寓，皆自傷零落之意。

束薪已零落，仇注：束薪所以構架者。瓠葉轉蕭疏。幸結白花了，杜臆：瓠與瓜有別。瓜乃總名，瓠是開白花者。寧辭

邵云：結有遠神。

黃白山云：風霜曰纏，日月曰夾，霜露曰擁，常字新用，俱出意外。

青蔓除，秋蟲聲不去，喩窮交猶在。暮雀意何如？喩勢交已離。寒事今牢落，只半句妙極落字重起句。人生亦含蓄有初。詩：靡不有初，鮮克有終。言始盛終衰，卽人生亦然也。

王阮亭云：天涯逐客，落寞窮途，不覺觸物寄慨，以爲譏刺則非。○仇滄柱云：唐人工於寫景，杜詩善於摹意。寧辭青蔓除，能代物揣分；豈敢惜凋殘，能代物安命。不獨鶂雁詩善訴哀情也。

廢畦

秋蔬擁霜露，豈敢惜凋殘。暮景數枝葉，天風吹汝寒。綠霑泥滓盡，香與歲時闌。生意春如昨，悲君白玉盤。浦注：公詩云：春日春盤細生菜，蓋唐制有立春頒賜之典。言春盤之薦猶如昨日，今乃僅存凋殘之葉，深可悲也。

夕烽

夕烽來不近，每日報平安。唐六典：凡烽候所置，大率相去三十里，其放烽有一炬、二炬、三炬、四炬者，隨賊多少而爲差焉。近畿烽二百七十所。朱注：

王右仲云：起似尾後餘意，而用作起句，語突而意倍慘。

唐鎮戍每日初夜放烟一炬，謂之平安火。祿山事跡：潼關失守，是夕平安火不至，帝懼焉。塞上傳光小，雲邊落點殘。照秦通警急，過隴自艱難。聞道蓬萊殿，千門立馬看。

浦二田云：五六從平安內看出警急，深致戒於守者。蓋惟邊將照秦知警，則蕃兵過隴斯難，所謂將軍且莫破愁顏也。結更將廊廟憂虞，警其時刻準備，曰蓬萊立馬，恍見君心安不忘危之象，足使聞者瞿然。

秋笛 此塞上聞笛，有感征人而發。

清商欲盡奏，宋玉笛賦：吹清商，發流徵。奏苦血霑衣。他日傷心極，征人白骨歸。言笛本欲聞其盡奏，然方秋時商音悽愴，易動哀思，若又惟恐其盡奏者，以此間慘景本觸目傷心故也。相逢恐恨過，故作發聲微。倒傳出不盡奏曲甚。不見秋雲動，就發聲寫微。悲風稍稍飛。字字極飄渺。韓非子：師曠奏清徵，有玄雲從西北方起，再奏之，大風至。朱注：言笛聲雖微，其悲猶感入風雲，況可盡奏乎？

浦二田云：詩用逆局，筆筆凌空，着紙飛去，律體至此，超神入化。

日暮

日落風亦起，城頭烏尾訛。後漢書：桓帝時童謠曰：城上烏，尾畢逋。詩傳：訛，動也。黃雲高未動，塞雲故多黃。白水已興波。見風尚小而勢已震。羌婦語還笑，一作哭。胡兒行且歌。將軍別換馬，夜出擁雕戈。

王右仲云：日落風起，雲屯波撼，此虜將入寇之象，故羌婦笑而胡兒歌。羌胡蓋降夷也。邊將擁戈夜出，其惶急可知矣。

野望

清秋望不極，迢遞起層陰。句領下下六總在層陰中望見者。遠水兼天淨，孤城隱霧深。葉稀風更落，山迥日初沈。獨鶴歸何晚？語含比興。昏鴉已滿林。言凡鳥有巢而鶴獨遲歸，以況己之無家也。

唐仲言云：杜公下字善於用虛，如晚出左掖詩融、溼、去、低，此篇兼、淨、隱、深，俱沈細可想。

寫窮況妙在詼諧瀟洒。

空囊

翠柏苦猶食，列仙傳：赤松子好食柏實，齒落更生。明霞高一作朝。可餐。相如大人賦：呼吸沆瀣餐朝霞。二句乃自嘲自解之詞，言直欲學仙人辟穀也，作實講非是。世人共鹵莽，即衆人貴苟得意。吾道屬艱難。不爨井晨凍，無衣牀夜寒。言僅存敝衾故不煖。囊空恐羞澀，留得一錢看。趙壹詩：文籍雖滿腹，不如一囊錢。杜臆：看乃看守之看。

病馬

乘爾亦已久，天寒關塞深。塵中老盡力，歲晚病傷心。毛骨豈殊衆？馴良猶至今。杜臆：二句即不稱力而稱德之意，再溯到從前，所謂沉吟也。物微意不淺，感動一沉吟！蔣弱六云：貧賤患難中，只不我棄者，便生感激，寫得眞摯。

蕃劍

邵云：精悍踔厲，氣格蒼然。

仇云：突起一句，至結尾方挽合，乃古文遙呼徐應之法。

致此自僻遠，又非珠玉裝。西京雜記：高帝斬白蛇劍，劍上有七采珠，九華玉。如何有奇怪，每夜吐光芒。虎氣必騰上，一作趋。吳越春秋：闔閭死，葬以扁諸之劍，金精上揚，爲白虎踞其上，號曰虎邱。龍身寧久藏。雷次宗豫章記：有紫氣見牛斗間，張華問雷孔章，孔章言寶物之精，在豫章豐城。遂以爲豐城令，掘獄得二劍，其夕牛斗氣不復見。孔章乃留其一，匣而進之。華遇害，此劍飛入襄城水中。孔章臨亡，戒其子恆以劍自隨。後爲建安從事，經淺瀨，劍忽於腰間躍出，見二龍相隨逝焉。又殷芸小說：有人盜發王子喬墓，惟有一劍懸在空中，欲取之，劍便作龍吟虎吼，俄而飛上天。風塵苦未息，持汝奉明王。

浦二田云：借蓄劍聊一吐氣，作作有芒。○顧修遠云：豐城獄底，秦州旅次，同一感慨。

銅瓶

汲水器。唐汝詢曰：張籍楚妃怨：梧桐落葉黃金井，橫架轆轤牽素綆，美人初起天未明，手拂銀瓶秋水冷。讀籍詩，杜義自明。

亂後碧井廢，時清瑤殿深。四句承時清銅瓶未失水，百丈有哀音。杜臆：蜀中牽船竹綆曰百丈，此借以名汲水之綆。哀音即轆轤牽轉之音。側想美人意，美人指汲井宮人。應悲一作非。寒甃沈。風俗通：甃，聚甎修井也。言此瓶失水，當時不知若何珍惜。蛟龍半缺落，師尹曰：蛟龍蓋瓶上刻鑄者。猶得折黃金。楊愼曰：折，當也。以屬舊宮古物，故雖缺落，而猶爲可貴耳。

二句應亂後

洪容齋云：此篇蓋見故宮井內汲者得銅瓶而作，首句便說廢井，則下文反覆敍述爲難，而曲折宛轉如是，全在時淸瑤殿深句，追想宮中情景，便覺如許生動，他人畢一生摹寫不能到也。○黃白山云：因銅瓶思美人，因美人思瑤殿，注意在太平之時，不可復見耳。如此詩乃可當沈鬱頓挫四字。

送遠

此詩當是旣別後作詩以追送者，上四昨日送行之事，下四今朝惜別之情。

帶甲滿天地，何爲君遠行？親朋盡一哭，鞍馬去孤城。草木歲月晚，關河霜雪淸。二句途中景。別離已昨日，因見古人情。仇注：江淹古別離：黃雲蔽千里，遊子何時還。送君如昨日，簷前露已團。不惜蕙草晚，所悲道里寒。末四句借此作案，言古今有同悲也。

起突兀

邵子湘云：一幅出塞圖，看他一氣轉折。○王西樵云：感慨悲壯，不減蕭蕭易水之句。

送人從軍

原注：時有吐蕃之役。

似太白。

弱水應無地，浦注：弱水今自甘州界流入肅州之西南出塞。應無地，謂當地盡處。陽關已近天。漢西域傳：阸以玉門、陽關。孟康曰：二關皆在燉煌西界。今君度沙磧，累月斷人烟。好武寧論命，謂不顧生死。封侯不計年。謂不論遲速。馬寒防失道，雪沒錦鞍韉。

浦二田云：若將前兩聯倒轉便平坦，如此起勢，分外突兀。上四悲其遠道獨行，下代述其壯懷，復囑以小心謹慎，恩誼備至。

示姪佐 原注：佐草堂在東柯谷。

淡句傷神

多病秋風落，君來慰眼前。自聞茅屋趣，只想竹林眠。嵇康傳：康與阮籍、阮咸、山濤、向秀、王戎、劉伶特相友善，號竹林七賢。滿谷山雲起，侵籬澗水懸。顧注：澗水自高流下，故曰懸。嗣宗諸子姪，早覺仲容賢。籍字嗣宗，咸字仲容，乃籍之姪。

佐還山後寄三首 按：圖經：公與佐同居麥積山，想佐更在山上。

蔣云：只如白話，韻言化境。

寫田園野景又別。

山晚黃雲合，歸時恐路迷。澗寒人欲到，林黑鳥應棲。野客茅茨小，田家樹木低。舊諳疏懶叔，須汝故相攜。

浦二田云：首章追念其還山之景，歷歷具見關情。結言以疏懶拙於生計，故須佐相攜。次章專望寄黃粱，三章兼及寄霜薤，俱申此二句之意。

白露黃粱熟，言黃粱熟於秋後。分張素有期。朱注：分張，分別時也。王羲之帖：秋當解褐，行復分張。謂別時曾有分餉之約。已應春得細，頗覺寄來遲。味豈同金菊，本草：菊一名金蕋。香宜配綠葵。帶起下首詩：七月烹葵及菽。老人他日愛，正想滑流匙。

幾道泉澆圃，交橫幔落坡。顧注：設幔於坡以防鳥雀，是爲瓜果而設者。交橫乃坡上幔影。葳蕤秋葉少，隱映野雲多。隔沼連香芰，武陵記：兩角曰菱，三角四角曰芰。通林帶女蘿。甚聞霜薤白，唐本草：薤是韭類，有赤白二種，白者補而美。重惠意如何。

何云：俗題措筆，乃爾蘊藉。

此以詩作寄謝之簡。

從人覓小胡孫許寄（廣志：猴一名王孫，一名胡孫。）

人說南州路，（顧注：兩粵爲南州路。）山猿（仇云：當作猴。）樹樹懸。舉家聞若咳，（舊作駭。山谷別集：禺屬猨猴，喜怒飲食常作咳。）爲寄小如拳。（崇安志：武彝山多獮猴，小者僅如拳。）預哂愁胡面，（愁胡注見一卷。）初調見馬鞭。（齊民要術：常繫獮猴於馬坊，令馬不畏，辟惡消百病。）許求聰慧者，童稚捧應癲。（急就篇注：顚亦作癲。）

秋日阮隱居致薤三十束

隱者柴門內，畦蔬繞舍秋。盈筐承露薤，不待致書求。束比青芻色，圓齊玉筯頭。（言薤根之白。）衰年關鬲冷，味暖併無憂。（本草：陶隱居曰：薤性溫補，仙方及服食家皆須之。）

秦州見勅（一作除。）目，（除官目次也。）薛三據授司議郎，（唐書：東宮官屬有司議郎四人，掌侍從規諫，并錄東宮記注。）畢四曜除監察，（御史也。）與二子有故，遠喜遷官，兼述索居，凡三十韻（按此詩法駕初還下

首段賓主並提，已索居而喜人還官，大意已說完。因其久屈後伸，故從前閒話反敘述許多，乃正益見其可喜耳。

此申彼此舊交，及遭逢亂離之故。

諸解，俱有未合，今訂正。

大雅何寥闊，斯人尙典刑。交期余潦倒，才力爾精靈。二子聲一作陛。同日，諸生困一經。杜臆：公罷職，故自比諸生。文章開窔奧，爾雅：室西南隅謂之奧，東南隅謂之窔。遷擢潤朝廷。謂足爲朝廷生色。

舊好何由展，新詩更憶聽。別來頭併白，相見眼終青。阮籍見佳客則爲青眼。仇注：上四承才力句，身困而喜彼陞擢也。下四承交期句，身衰而望其垂注也。伊昔貧皆甚，同憂歲不寧。悽遑分半菽，承貧皆甚 漢書項羽傳：歲飢人貧，卒食半菽。注：士卒食蔬菜以菽雜半之。浩蕩逐流萍。承歲不寧 俗態猶猜忌，指李林甫。妖氛忽杳冥。指安祿山。獨慙投漢閣，投閣注見一卷。朱注：揚雄爲莽大夫，以比降賊諸臣，如陳希烈、張均兄弟是也。俱議哭秦庭。左傳：吳入郢，申包胥如秦乞師，立依庭牆而哭，日夜不絕聲，七日，秦師乃出。以比肅宗遣使徵兵回紇也。還蜀祇無補，魏志：黃權降魏曰：臣降吳不可，還蜀無路，是以歸命。浦注：句自謙脫賊謁上鳳翔任拾遺之事。囚梁亦固扃。漢書：梁孝王下鄒陽獄，陽從獄中上書，王立出之。謂二子亦嘗被賊拘於洛陽也。華夷相混合，宇宙一羶腥！帝力收 勁。接。

此記其抱屈明時，及方喜還官之事。以下乃所謂兼述索居者也。

三統，天威總四溟。舊都俄望幸，淸廟肅維馨。謂收復長安。雜種雖高壘，長驅甚建瓴。漢高紀：地勢便利，其以下兵於諸侯，若居高屋之上建瓴水也。焚香淑景殿，長安志：西南綵絲院西，有淑景殿。漲水望雲亭。注見一卷。法駕初還日，羣公若會星。猶云聚星。朱注引詩非是。宮臣仍點染，八哀鄭虔詩云：點染無滌盪。謂被誣仍未湔洗。杜史正零丁。史記：老子爲柱下史。浦注：肅宗還京時，衆慶彈冠，而兩人尙困，想因其曾被賊拘，又遭讒妬，遂致嫌疑蹭蹬。曰宮臣杜史者，特就今日之官稱之。若謂薛畢於當時已授此官，不應至秦州始見勅目也。官忝趨棲鳳，康駢劇談錄：含元殿左右立棲鳳翔鸞兩閣。朝回歎聚螢。喚人看騕褭，不嫁惜娉婷。言我是時忝官拾遺，歎二子好學而貧，逢人爲之吹薦，而無如罕遇知音，深惜過時不字。掘劍知埋獄，注見前。提刀見發硎。莊子：提刀而立，如新發於硎。二句方及除官，言刀劍之光氣，至今始發。侏儒應共飽，此處追慨二公帶入自己　東方朔傳：侏儒飽欲死，臣朔飢欲死。漁父忌偏醒。楚詞漁父：屈原曰：衆人皆醉吾獨醒。漁父曰：何不餔其糟而歠其釃。此又言朝廷倖祿者多，以二子之才，反至久遭屈抑也。旅泊窮淸渭，長吟望濁涇。朱注：渭水在秦州，涇水在長安，言寓秦州而憶長安也。二句諸解多屬上段，今按當另提起下。羽書還似急，烽火未全停。師老

又帶歎息時事，正與前幅相應。

何云：萍字兩用，字義各別，古有此體。

仍結到當下住。

以故人剔出今我，卻仍以老興呼起詞客，賓主互用，筆如游龍。

資殘寇，戎生及近坰。時鄭圍既潰，史思明且濟河會汴。忠臣詞憤激，烈士涕飄零。上將盈邊鄙，元勳溢鼎銘。仰思調玉燭，爾雅：四時調謂之玉燭。誰定握青萍。陳琳答曹植牋：君侯秉青萍干將之器。注：劍名也。言欲佐太平不知誰爲救時利器，蓋欲以濟世功業望之二子。隴俗輕鸚鵡，句言邊俗不知愛才，當用禰衡賦事，又鸚鵡本出隴右，故云。原情類鶺鴒。句言交情有如同氣。秋風動關塞，高臥想儀形。舊作刑，從仇本，與前不複。世說：東海王曰：閑習禮度，不如式瞻儀形。末乃自感遠遊，而有懷薛畢也。

寄彭州高三十五使君適、虢州岑二十七長史參三十韻

唐書：彭州濛陽郡屬劍南道，虢州弘農郡屬河南道。按彭州今成都府彭縣。虢州今河南府盧氏縣。浦注：高岑雖典州郡，亦可謂官職聲名俱入手矣。公在羈旅沈疴中，慨然遠想，故寄此詩。

故人何寂寞？二句亦彼我雙提。仇注：何嘗寂寞也。今我獨淒涼。老去才難盡，翻用。南史：江淹晚節才思微退，時人謂之才盡。秋來興甚長。折用。潘岳有秋興賦。物情尤可見，詞客未能忘。張云：詞客二字一篇要領。以識物情涼薄，故益思同調也。海內知名士，雲端各

邵云：意愜二句，杜詩實有此境地，他人不能到。反跌波瀾橫溢，亦是自家一肚牢騷，反借前人觸發耳。

羈旅二句，又爲第二段之綱，三年八句承沈綿，無錢八句承羈旅。蔣云：瑣屑怪幻，一一俱能寫出。

異方。高岑殊緩步，（入客）沈鮑得同行。（此法公當獨步）沈約，鮑照。意愜關飛動，篇終接混茫。舉天悲（李云頓）富駱，（揮處）近代惜盧王。（妙不容言）唐書：富嘉謨武功人，舉進士，文章本經術，中興初，官監察御史卒。駱賓王義烏人，七歲能賦詩，武后時除臨海丞，棄官去；徐敬業舉兵署爲府屬，後亡命，不知所之。盧照鄰范陽人，爲鄧王典籤，王重其文，調新都尉，病去官，自沈潁水死。王勃龍門人，六歲善文辭，年二十九補虢州參軍，渡海溺水，悸而卒。似爾官仍貴，前賢命可傷。諸侯非棄擲，通典：武德元年，罷郡置州，改太守爲刺史，即古諸侯。半刺已翺翔。職原：別駕、長史、司馬通謂之上佐。庾亮答郭豫書：別駕舊與刺史別乘，其任居刺史之半。詩好幾時見，（點眼）書成無使一作將。男兒行處是，（入主接得健）起羈旅，即志在四方意。客子鬬身強。起沈綿。羈旅推賢聖，沈綿抵咎殃。（訴苦中仍善占地步）三年猶瘧疾，原注：時患瘧疾。一鬼不消亡。後漢禮儀志注：顓頊氏有三子，生而亡去，爲疫鬼。一居江水，爲瘧鬼。隔日搜脂髓，增寒抱雪霜。徒然潛隙地，有靦屢鮮妝。朱注：潛隙地，屢鮮妝，言逃瘧也。俗云：避瘧鬼必伏於幽隙之地，不爾卽畫易容貌。賓退錄曰：高力士流巫州，李輔國授謫制，力士方逃瘧功臣閣下。則避瘧之說，自唐已然。何太龍鍾極，青箱雜記：古語有二聲合爲一字者，蓋起於西域二合之音，如龍鍾切爲癃，潦倒切爲老。謂人之癃老，以龍鍾潦倒目之，

以秦州不可居，跌起二君所居佳勝。

結到太平聚首，仍扣定論文，章法最密。

音義取此。於今出處妨。謂出處兩難。無錢居帝里，盡室在邊疆。劉表雖遺恨，龐公至死藏。注見五卷。言當時雖有惜之者，而已則無心復出矣。心微也。傍魚鳥，肉瘦怯豺狼。幽苦句 隴草蕭蕭白，洮雲片片黃。襯渡有神 彭門劍閣外，又人客 水經注：李冰爲蜀守，見氐道縣有天彭山，兩山相對，其形如闕，謂之天彭門。劍閣注別見。號略鼎湖旁。左傳：東盡號略。注：從河內而東，盡號界也。唐書：號州先曰鼎州，以鼎湖名。荆玉簪頭冷，四句分貼 寰宇記：荆山在鼎湖縣南，出美玉，即黃帝鑄鼎之所。巴牋染翰光。紙譜：蜀牋紙盡用蔡倫法，有玉牋、貢餘、經屑、表光之名。烏麻蒸續曬，本草：胡麻生中原山谷。陶隱居曰：胡麻當九蒸九晒，熬擣充餌，以烏者爲良。丹橘露應嘗。蜀都賦：戶有橘柚之園。豈異神仙宅？俱兼山水鄉。竹齋燒藥竈，花嶼讀書堂。從朱本。別本皆作牀。上四記物產之佳，此四言景地之勝。更得清新否？仍挽應到詩 遙知對屬忙。音祝 李因篤云：對屬有二義，詞欲其對，情欲其屬也。若詞對而情不屬，雖工無益。舊官寧改漢，略開起下 漢百官志：武帝初置部刺史，掌奉詔條察諸州。淳俗本歸唐。詩傳：成王封叔虞於唐，其俗有堯之遺風，以號州本晉地，故云。濟世宜公等，二句賓主兼攝恰應轉首二句 安貧亦士常。列子：榮啓期曰：貧者，士之常也。死者，民之終也。居常得終，當何憂哉？蚩尤終

王阮亭云：雙起健筆淩雲，唱嘆而入。仇云：首段總挈大旨。

戮辱，史記：黃帝擒殺蚩尤於涿鹿之野。胡羯漫猖狂。統指安史輩。會待妖氛靜，論文暫裹糧。

李子德云：高岑偉人，兼公夙契，故其詩渾雄沈着，冠絕古今。○此詩只開手兩句喝盡通篇大意：前後說高岑文章官職及致羨所居，應上故人何寂寞；中段自言邊方遠客，貧病交攻，應上今我獨淒涼。敘法卻用彼此錯綜，條理中正極其變化。○高岑特以詞客見懷，故只於結末略及世事，篇中帶定言詩處，脈理一絲不走。

寄岳州賈司馬六丈、巴州嚴八使君兩閣老五十韻

唐書地理志：岳州巴陵郡屬江南西道，巴州清化郡屬山南西道。浦注：巴州今爲縣，屬重慶府，岳州今爲府，在洞庭湖北。肅宗紀：九節度師潰，汝州刺史賈至奔於襄鄧。王道俊曰：至貶岳州，因棄汝之故。嚴武傳：坐房琯事貶巴州刺史。

衡岳猿啼舊作啼猿。從浦本。裏，巴州鳥道邊。故人俱不利，謫宦兩悠然。開闢乾坤正，盧云：二句全篇關鍵。謂兩京收復。榮枯雨露偏。仇注：二句謂乾坤反正，人各沾恩，因質有榮枯，故受此雨露者偏異耳。舊注：直謂不得蒙恩而見謫，未免語涉懟上矣。長沙才子切姓。遠，漢書：賈誼以大中大夫謫長沙王太傅。西征賦：賈生洛陽之才子。釣瀨客星懸。後漢書：嚴光耕富春山中，後人名其釣處爲嚴陵瀨。又光武與嚴光共臥，太史奏

客星犯帝座。憶昨趨行殿，殷憂捧御筵。謂鳳翔行在謁肅宗。討胡愁李廣，朱注：愁李廣當指哥舒翰，謂其以老將敗績也。奉使待張騫。謂肅宗即位，即遣使回紇，脩好徵兵。無復雲臺仗，謂明皇出奔。庾信哀江南賦：非無北闕之兵，猶有雲臺之仗。虛修水戰船。謂西京失守。西京雜記：武帝作昆明池以習水戰，中有戈船樓船數百艘。蒼茫城七十，謂河北皆陷，借用樂毅下齊七十餘城事。祿山反，河北二十餘郡皆棄城走，故云然。流落劍三千。謂軍士潰散。莊子：趙文王喜劍，劍客來者三千餘人。畫角吹秦晉，旄頭俯澗瀍。前漢書：昴爲旄頭，妖星也。澗瀍二水在東都。小儒輕董卓，有識笑苻堅。董卓殺於呂布，苻堅亡於鮮卑，喻安史必滅。浪作禽塡海，山海經：赤帝之女溺死東海，化爲鳥，名精衞，取西山木石塡海。那將血射天。殷本紀：帝乙爲偶人謂之天神，與之搏，令人爲行，天神不勝，爲革囊盛血，仰而射之，命曰射天。二句更惡其不自量而敢於犯上也。萬方思助順，一鼓氣無前。竊得氣色。陰散陳倉北，唐書：鳳翔府寶雞縣，本陳倉更名。晴熏太白巔。太白山亦在鳳翔。亂麻屍積衞，史記：死人如亂麻。衞謂衞州。破竹勢臨燕。謂范陽也。法駕還雙闕，王師下八川。上林賦：八川分流，指關內八水，詳四卷注。此時霑奉引，插入自家與憶昨二句相應。漢郊祀志：禮月之夕，奉引復迷，韋昭曰：奉引前導引車。時公爲拾遺扈從還京，故云。

以上言天寶之末，目擊亂離，收京以後，同爲近侍，所謂開闢乾坤正也。浦云：四句特揭主盟之房琯，以表諸人升黜之因，爲上下轉樞，具

佳氣拂周旋。貔虎開一作闢。金甲，謂將士暫休。麒麟受玉鞭。謂乘輿更駕。侍臣諳入仗，謂朝儀復備。廄馬解登仙。謂舞馬仍歸。通典：晉制，太僕有典牧乘黃等廄令。齊職儀：乘黃獸名，龍翼馬身，黃帝乘之而仙，後因以名廄。舊注：上皇敎舞馬百匹，銜杯上壽。祿山克長安，皆運載詣洛陽，收京後當復舊也。花動朱樓雪，城凝碧樹烟。二句言初春景色。衣冠心慘愴，故老淚潺湲。鋪張中仍餘淚痕。哭廟悲風急，舊唐書：太廟爲賊所焚，子儀復京師，權移神主於大內長安殿，上皇還，謁廟請罪，肅宗素服向廟哭三日。朝正霽景鮮。新書：乾元元年正月戊寅朔，上皇御宣政殿，授皇帝受命傳國寶。月分梁漢米，謝承後漢書：章帝分梁漢儲米給民。此言月俸也。春給水衡錢。漢書：本始二年春，以水衡錢爲平陵徙民起第宅。應劭曰：水衡與少府皆天子私藏。內蕊繁於纈，內蕊謂宮花。說文：纈，結也，繫彩繒爲文也。宮莎軟勝綿。莎，草名。拾遺記：方丈山有莎蘿草，細如髮，一莖百尋，柔軟香滑。恩榮同拜手，出入最隨肩。晚著華堂醉，寒重繡被眠。轡齊兼秉燭，謂同遊每至日晚。書枉滿懷牋。每覺昇元輔，深期列大賢。李云：八句寫得到，尤自感慨激昂。指房琯。秉鈞方咫尺，謂房相當國未幾。鎩翮再聯翩。謂同官遷謫多人。五君詠：鸞翮有時鎩。鎩，殘羽也。禁掖朋從改，微班性從賈嚴說入自己。

大神力。以下言方欣茅茹，旋見謫遷，在賈嚴不免憂讒畏譏，在己則又衰頹羈旅，所謂榮枯雨露偏也。

使東坡知此，不至有烏臺之禍。

張云：此段囑其緘默深藏，言言忠告，足見公與二子相與之厚，相愛之深，不是尋常投贈。

命全。青蒲甘受戮，謂疏救房琯。漢書：元帝欲易太子，史丹伏青蒲上泣諫。注：青緣，蒲席也。白髮竟誰憐？謂罷官以後。四句極言吾道之孤弟子貧原憲，諸生老伏伏當作服。虔。引起舊好腸斷來後漢書：服虔字子慎，少入太學受業，有雅才，著春秋左氏傳解行於世。誠齋詩話：詩有實字而虛用之者，老服虔，蓋用趙充國請行，上老之。顧炎武日知錄：古人經史皆是寫本，子美久客四方，未必能攜，一時用事之誤，自所不免。詩云諸生老伏虔，本用濟南伏生事，伏生名勝非虔，後漢有服虔，非伏也。師資謙未達，鄉黨敬何先？仇注：弟子二句，公蓋以原憲、服虔自比，而後輩嫌其貧老，因言師資雖不敢居，鄉黨獨不當先敬乎？舊好腸堪斷，新愁眼欲穿。翠乾危棧竹，紅膩小湖蓮。朱注：巴在棧閣之外，岳多湖泊。賈筆論孤憤，嚴詩賦幾篇。趙注：賈曰筆，以能文；嚴曰詩，以能詩；南史有三筆六詩故也。陸放翁云：南朝詞人，謂文為筆。然賈亦非不能詩者，不必泥。定知深意苦，莫使衆人傳。貝錦無停織，詩：萋兮斐兮，成是貝錦。箋云：喻讒人集己過以成於罪，猶女工之集采色以成錦文。朱絲有斷絃。遣語尤警雋鮑照詩：直如朱絲繩。浦鷗防碎首，霜鶻不空拳。周甸曰：鶻拳堅處，大如彈丸，鳩鴿中其拳，隨空中墮。地僻昏炎瘴，山稠隘石泉。且將棊度日，二句敎以遠害全身之道應用酒為年。按賈嚴皆以琯黨貶，故雖移官州郡，而尚恐讒慝中傷，未能一日安枕也。典郡終微

控弦兵戈，收前討胡奉使一段意。親故失侶，收前禁掖朋從一段意。末乃賓主並收，自歎而望人也。

渺，治中實棄捐。通典：高宗改諸州治中並爲司馬。仇云：前彭州虢州乃除授也，故曰諸侯非棄擲，牛刺已翺翔。此巴州岳州乃貶謫也，故曰典郡終微渺，治中實棄捐。意各有屬，立言故不同如此。安排求傲吏，莊子：安排而去化，乃入於寥天一。郭璞詩：漆園有傲吏。比興展歸田。張衡有歸田賦。去去才難得，蒼蒼理又玄。老子：玄之又玄。古人稱逝矣，漢書：楚元王敬禮穆生，常爲設醴，及王戊即位，忘設醴。穆生退曰：可以逝矣，遂謝病去。吾道卜終焉。王羲之傳：初渡浙江便有終焉之志。六句通是揣摹太息語，恐二公亦因失志而無意用世也。隴外翻投跡，又敍入自己謂身在秦州。漁陽復控弦。漁陽即范陽，時史思明復反。笑爲妻子累，甘與歲時遷。心事可憐親故行稀少，兵戈動接聯。他鄉饒夢寐，失侶自迍邅。多病加淹泊，長吟阻靜便。如公盡雄俊，鶱字志在必騰鶱。兩意重押仇注：鶱字作騫方合，而騫字不在韻中。今按考工記：梓人爲筍簴，小體騫腹。注：身小而腹縮，可以騫舉也。則鶱字亦可作掀舉之義。此段就上傲吏歸田翻轉說，見己則甘心遯世，而二公不久仍當大用也。

李子德云：敍事整贍，用意深苦，章法秩然，五十韻無一失所，如左馬大篇文字，精神到底，卓絕百代矣。○子美近體長篇，多至千言而氣力愈壯。全局既審，段落斯分，縱橫開合，任其所止而休，眞使人有望洋之歎。樂天長排亦好學杜，雖變化宏麗不及，然如代書詩東南行等作，直寫胸懷，渾灝流轉，無一語牽湊，才力亦自不同。溫李而下，率多塡砌套語耳。

仇云：首言山人奉母入關，往時得以相遇。○公所深感在此，下多藝學仙，皆屬襯義。

次言山人才具出人，故得伸其孝養。

寄張十二山人彪三十韻

唐詩紀事：彪蓋潁洛間靜者，天寶末，將母避亂。嘗有北遊酬孟雲卿詩曰：善道居貧賤，潔服蒙塵埃。慈母憂疢疾，室家念栖栖。又有神仙詩曰：五穀無長年，四氣乃靈藥。

獨臥嵩陽客，（李云：發端深）述征記：嵩山東太室，西少室，嵩其總名。浦注：在今河南登封縣界。三達潁水春。水經：潁水出少室山，東南入於淮。艱難隨老母，慘澹向時人。（渾艱難二句一篇大旨）謝氏尋山屐，謝靈運傳：尋山必造幽峻，嘗着木屐，上山則去前齒，下山則去後齒。陶公漉酒巾。陶潛傳：郡將候潛，逢其酒熟，取頭上葛巾漉酒，畢，還復着之。（蔣云：借物言人如許雋妙）羣凶彌宇宙，此物在風塵。歷下辭姜被，歷下謂齊州。姜被亦借言其奉母之孝。海內先賢傳：姜肱事繼母年少，肱兄弟同被而寢，不入室，以慰母心。關西得孟鄰。浦注：關西謂潼關以西，當指華州。列女傳：孟子之母，凡三徙而舍學宮之旁。早通交契密，晚接道流新。公蓋交山人於歷下，而再遇之於華州也。靜者心多妙，先生藝絕倫。草書何太古，詩興不無神。曹植休前輩，張芝更後身。（四句分承）羊欣論書：弘農張芝高尚不仕，善草書，精勁絕倫，人謂之草聖。

王右仲云：山人以道術名，而公極稱其孝，有關世教不淺。

此憶在華相遇旋別之事。此處敘收復事，只用兩句該括，詳略各極其至。

數篇吟可老，一字賣堪貧。猶云字值千金。將恐曾防寇，詩：將恐將懼。深潛託所親。寧聞倚門夕，言不暫相違。盡力潔飧晨。疏懶為名誤，說人自家真切。驅馳喪我真。言不如山人之為母也。索居尤寂寞，時方在謫官之後。相遇益愁一作悲。辛。流轉依邊徼，逢迎念席珍。時來故舊少，亂後別離頻。世祖修高廟，世祖，光武廟號。後漢書：光武建武二年，立高廟於洛陽。文公賞從臣。至德二年十二月，蜀郡靈武元從功臣皆加封爵。次年四月九廟成，自長安迎神主入新廟。二句借漢晉為喻也。商山猶入楚，十道志：商洛山在商縣東南九十里，亦名楚山。又王維詩：商山包楚鄧。渭水不離秦。按：商山四皓隱處。上句喻兩都定亂，山人仍隱嵩陽。下句則自嘆流落窮邊，不能高蹈如渭水之不離秦也。二句各就所處之地言，與贈別何邕詩：綿谷元通漢，沱江不向秦同旨。舊解多屬牽強。存想青龍祕，雲笈七籤：老君存思圖：凡行道時所存，清旦思青雲之氣，匝滿齋室，青龍獅子，備守前後。四象論：青龍東方甲乙木，潛藏變化，故言龍。騎行白鹿馴。神仙傳：衞叔卿嘗乘駕白鹿見漢武帝。三輔決錄：辛繕隱居弘農華陰，所居旁有鹿甚馴，不畏人。耕巖非谷口，注見二卷。結草即河濱。神仙傳：河上公結草為菴於河濱，讀老子。肘後符應驗，神仙傳：張道陵弟子趙昇七試皆過，乃授肘後丹經。囊中藥

此言山人得還故居，惜已不復相見。

邵云：兵分權散，餘孽難除，相州九節度之潰，病正坐此。杜老實有深識，非儒生語。此自敘棲泊他鄉，思山人而寄意也。

未陳。言尚新也。後漢方術志：王初平性好道術，有書百餘卷，藥數囊，後人言其尸解。旅懷殊不愜，良覿眇無因。自古多悲恨，浮生有屈伸。以下正申旅懷不愜之故，言山人以世事粗安，已得伸學道娛親之志，而已則仍所懷未展也。此邦今尚武，何處且依仁。打着山人 論語古注：仁者功施於人，故可倚。鼓角凌天籟，天籟謂風也。關山倚月輪。句言地勢之高。官場羅鎮磧。唐書：隴右道北庭都護府有神仙鎮，又有大漠小磧。趙曰：四鎮皆置官場收賦斂以供軍需。賊火近洮岷。唐書：洮岷二州皆屬隴右道。朱注：按上元元年，吐蕃陷廓州，廓州與洮岷連接。蕭索論兵地，蒼茫鬭將辰。謂邊方又逢亂世也。大軍多處所，餘孽尚紛綸。仇注：上四言吐蕃之侵，下四憂思明之亂。高興知籠鳥，秋興賦序：猶池魚籠鳥，有江湖山藪之思。斯文起獲麟。言己困如籠鳥，惟藉窮愁著書，正對山人已出世外，且身隱焉文也。窮秋正搖落，回首望松筠。結處悠然不盡

李子德云：清圓雅正，兼諸公之長，無所不有，如太廟明堂；無所不容，如霜天霽宇。

寄李十二白二十韻

張云：起筆眞而縱。

王阮亭云：善寫榮遇。

首敘太白詩才，能傾動於朝宁。

此敘白辭歸後兩相交契之情。

昔年有狂客，號爾謫仙人。筆落驚風雨，是太白境地詩成泣鬼神。賀知章傳：知章自號四明狂客。孟棨本事詩：白自蜀至京師，賀監知章聞其名，首訪之，請所爲文。白出蜀道難示之，稱歎數四，號爲謫仙人。解金貂換酒，與傾盡醉，自是聲譽光赫。范傳正新墓碑：賀知章吟公烏棲曲云：此詩可以泣鬼神矣。聲名從此大，汨沒一朝伸。文彩承殊渥，流傳必絕倫。唐書：知章言白於玄宗，召見金鑾殿，奏頌一篇，賜食，帝爲調羹，召供奉翰林。樂史別集序：上命李龜年持金花牋宣賜李白，白宿酲未解，援筆賦之，立進清平調三章。龍舟移棹晚，用玄宗泛白蓮池事，詳見一卷。獸錦奪袍新。獸錦袍，織錦爲獸文也。舊唐書：武后令從臣賦詩，東方虬先成，賜以錦袍。宋之問繼進，詩尤工，於是奪袍賜之。此借言恩賜也。白日來深殿，青雲滿後塵。仇注：指文士之追隨者。乞歸優詔許，唐書：白爲高力士所譖，自知不爲親近所容，懇求還山，帝賜金放還。遇我夙心親。二句早爲下辨誣伏脈未負幽棲志，兼全寵辱身。言其寵辱不驚，獨能全身而退。劇談憐野逸，公自謂。嗜酒見天眞。上二乃乞歸之故，此二見夙心之投。醉舞梁園夜，一統志：梁園一名兔園，在今歸德府城東。行歌泗水春。唐書：泗水縣屬兗州。浦注：天寶初，白東遊，公亦在梁齊間與之遇。才高心不展，道屈善無隣。處士禰衡俊，諸生原憲貧。稻粱求未傷絀

張云：用事精切，回護語何等渾妙。

此痛其見污永王而抱枉莫伸也。

結到當下，無限悲愴。

足，薏苡謗何頻？馬援傳：援征交趾，載薏苡種還，人謗之以爲明珠大貝。蔡注：此以喻永王璘反，謂白爲參屬與謀也。五嶺炎蒸地，鄧德明南康記：始興大庾嶺，桂陽騎田嶺，九眞都龐嶺，臨賀萌渚嶺，始安越城嶺，是爲五嶺。三危放逐臣。山海經：三危之山，廣圓百里，在鳥鼠山西，與岷山相接。括地志：三危山在沙州燉煌縣東南二十里，山有三峯，故曰三危。朱注：太白時流夜郎，三危去夜郎甚遠，此特借言其放逐耳。按：漢夜郎縣屬牂牁郡，唐屬珍州。牂牁郡在今播州界，珍州在今施州。幾年遭鵩鳥，注見四卷。獨泣向麒麟。用西狩獲麟事，言將絕筆也。蘇武元還漢，謂不受迫脅。黃公豈事秦？夏黃公，四皓之一，避秦商山，以比白之高臥廬山也。楚筵辭醴日，梁獄上書辰。注皆見本卷。以比白不與其謀。按：太白書懷詩云：半夜水軍來，尋陽滿旌旃。空名適自誤，迫脅上樓船。徒賜五百金，棄之若浮烟。辭官不受賞，翻謫夜郎天。可與此詩相發明。已用當時法，誰將此議一作義。陳。老吟秋月下，病起暮江濱。白時以赦後還潯陽。莫怪恩波隔，乘槎與問津。二句亦暗影謫仙意。朱注：末嘆如白之才而恩波不及，故欲乘槎以問之天也。然曰莫怪，亦有喻以安命意。

別贊上人 將去秦州赴同谷。

相勉語極眞至。

百川日東流，客去亦不息。我生苦漂蕩，何時有終極？先自傷 贊公釋門老，放逐來上國。還爲世塵嬰，頗帶憔悴色。次傷贊 楊枝晨在手，華嚴淨行品：手執楊枝，當願衆生皆得妙法，究竟清淨。涅槃經：諸大比邱等於晨朝日初出，離常住處嚼楊枝，遇佛光明，疾速漱口澡手。豆子雨已熟。叶熟。華嚴疏鈔：譬如春月，下諸豆子，得煖氣色，尋便出土。句喻言禪行已成。是身如浮雲，維摩經：是身如浮雲，須臾變滅。安可限南北。異縣逢舊友，初欣寫胸臆。天長關塞寒，歲暮饑凍逼。二句去秦之故。野風吹征衣，欲別向曛黑。馬嘶思故櫪，歸鳥盡斂翼。古來聚散地，宿昔長荊棘。蔣云：隔夕曰宿，三日曰昔。二句卽俯仰之間，已爲陳迹意。相看俱衰年，出處各努力！

兩當縣吳十侍御江上宅 舊唐書：鳳州兩當縣，漢故道縣地，今屬鞏昌府。吳十侍御名郁，見後成都詩。杜臆：時侍御尙在長沙，公過其空宅，思及往事而作。

張云：開手寫慘淡之景，還客憂危寂寞行徑俱已傳出，寫景即是寫情。

蔣云：窮途失意時，回首生平，越多懺悔，四句最是眞情。

寒城朝煙淡，山谷落葉赤。陰風千里來，吹汝江上宅。趙注：兩當縣枕嘉陵江上。鶡雞號枉渚，楚辭：鶡雞啁哳而悲鳴。注：鶡雞似鶴，黃白色。枉渚，曲渚也。陸雲詩：通波激枉渚。日色傍阡陌。借問持斧翁：漢書王訢傳：繡衣御史暴勝之使持斧逐捕盜賊。亦暗用吳剛事切姓。幾年長沙客？哀哀失木狖，淮南子：猿狖失木而擒於狐狸，非其處也。矯矯避弓翮。亦知故鄉樂，愴絕未敢思宿昔。昔在鳳翔都，共通金閨籍。天子猶蒙塵，東郊暗長戟。兵家忌間諜，此輩常接跡。臺中領舉劾，君必愼剖析。不忍殺無辜，所以分白黑。張云：二句寫出奸人心術上官權許與，失意見遷斥。朱注：時必有賊間中傷朝臣，吳爲分剖是非，以此失執政意，雖權許而終斥之，公特爲表出耳。仲尼甘旅人，向子識損益。後漢書：向長字子平，讀易至損益卦，喟然嘆曰：吾已知富不如貧，貴不如賤，但未知死何如生耳？言當安於義命。朝廷非不知，閉口休歎息。況還斥非人主意，又何所怨乎？四句所以慰之。余時忝諍臣，丹陛實咫尺。相看受狼狽，謂不能救也。至死難塞責。行邁心多違，出門無與適。時將赴同谷。

於公負明義，惆悵頭更白。言補過無日也。

劉須溪云：子美心事如此，固宜一出言而傳不朽，非徒言也。○申鳧盟云：余時忝諍臣四句，眞情實語，聲淚俱下。王摩詰云：知爾不能薦，羞稱獻納臣。兩公心事如青天白日，他人便多迴護矣。

杜詩鏡銓卷七 乾元、上元間，公赴同谷，居成都作。

發秦州 原注：乾元二年自秦州赴同谷縣紀行。鶴注：秦州西南至成州二百六十五里，同谷其附邑。

仇云：首敘啓行大意。

我衰更懶拙，生事不自謀。無食問樂土，無衣思南州。同谷在秦州南。漢源十月交，唐書：漢源縣屬成州。天氣涼如秋。草木未黃落，況聞山水幽。朱注：此言同谷風土之煖，利於無衣。栗亭名更嘉，九域志：栗亭在成州東五十里。下有良田疇。充腸多薯蕷，本草：薯蕷俗名山藥，補虛勞，充五臟，久服輕身不飢。注：蜀道者尤良。崖蜜亦易求。圖經本草：石蜜卽崖蜜，其蜂黑色，作房於巖崖高峻處或石窟中，以長竿刺令蜜出，承取之，味醶色綠，入藥勝於他蜜。此言同谷物產之佳，利於無食。密竹復冬笋，清池可方舟。西都賦：方舟並騖。注：方，並也。雖傷旅寓遠，庶遂平生遊。此邦俯要衝，實恐人事稠。應接非本性，登臨未銷憂。谿谷無異名，塞田始微

此言同谷之當居。

此言秦州之當去。末寫臨發情景，是第一首起法。

收。豈復慰老夫？惘然難久留。仇注：人事稠雜，則風土不幽，塞田薄收，則物產不饒，與上緊相應。日色隱孤樹，烏啼滿城頭。（似古樂府語）中宵驅車去，飲馬寒塘流。磊落星月高，蒼茫雲霧浮。大哉乾坤內，吾道長悠悠！（結得空闊）言以乾坤之大，無容身之所，長此奔馳，未知何日方得休息耳？

蔣弱六云：此詩亦用逆局，文格故不平直。自此看到七歌，分明初欲往時意中有多少好處，直謂可安身立命，及既到了，又一刻不自安，情景最眞。○韓子蒼曰：子美秦州紀行諸詩，筆力變化，當與太史公諸贊方駕。朱文公語錄：杜詩初年甚精細，晚年曠逸不可當，如自秦州入蜀諸詩，分明如畫，乃其少作也。按：此詩變化精細，當兼而有之，但已非少作耳。

赤谷

一統志：赤谷在鞏昌府秦州西南七十里。

天寒霜雪繁，遊子有所之。（接上首說下）豈但歲月暮？公往同谷在十月。重來未有期。蔣云：前已說秦州不可居矣，此仍不無戀戀，亦是眞情。晨發赤谷亭，險艱方自茲。亂石無改轍，我車已載脂。山深苦多風，落日童稚饑。悄然村墟迴，烟火何由追？貧病轉零落，故鄉不可思。（三字悲甚）常

說到窮途生死，語尤哀慘。

邵云：起語亦爾縹緲。○鐵堂二字有此刻劃。

前寫地險，末帶及憂亂之情。

恐死道路，永為高人嗤。（此語遂成詩讖。）

李子德云：古調鏗然，有空山清磬之音。○浦二田云：此纔是發足之始，故景少情多，而赤谷風景，自可想見。

鐵堂峽

說文：山陗夾水曰峽。通志：峽有鐵堂莊，四山環抱，面有孤塚，傳是姜維祖塋。方輿勝覽：鐵堂山在天水縣東五里。

山風吹遊子，縹緲乘險絕。硤（與峽通。）形藏堂隍，（隍，漢書作皇。胡建傳：列坐堂皇上。注：室無四壁曰皇。）壁色立（險句。）積鐵。（一作精。言石色黑也。）徑摩穹蒼蟠，（峽之上。）石與厚地裂。（上句言山路之險，此句言山石之峻。）修纖無垠竹，嵌空太始雪。（太始猶云太古。）威遲哀壑底，（峽之下）（潘岳詩：峻坂路威遲，言回遠也。殷仲文詩：哀壑叩虛牝。）徒旅慘不悅。水寒長冰橫，我馬骨正折。生涯抵弧矢，（趙曰：抵，當也，謂當用兵之時。）盜賊殊未滅。飄蓬踰三年，（浦注：總計奉先、白水、鄜州以來。）回首肝肺熱。

黃白山云：諸詩寫蜀道之艱難，與行役之辛苦，每章結句，各有出場，無一相同處。

鹽井

唐食貨志：唐有鹽井六百四十，成州嶲州井各一。元和郡國志：鹽井在成州長道縣東三十里，水與岸齊，鹽極甘美。

鹵中草木白，張遠注：謂鹵氣浸漬，草木凋枯也。青者官鹽烟。說文：鹵，鹽地也，東方謂之斥，西方謂之鹵。官作既有程，煮鹽烟在川。汲井歲搰搰，莊子：搰搰然用力甚多而見功寡。出車日連連。自公斗三百，轉致斛六千。玉篇：十斗爲斛。官賣斗三百，商販石六千，倍其利也。君子慎止足，言不當與小民爭利。小人苦喧闐。我何良歎嗟，物理固自然。言厚利所在，民必爭趨，無足怪也。

此歎公私趨利者衆也，諷語含蓄。○按乾元初，第五琦爲鹽鐵使，盡搉天下鹽，斗加時價百錢，詩正其時作。

此首獨作述事體。

寒峽

宋書氏胡傳：安西參軍魯尚期追楊難當出寒峽。

行邁日悄悄，山谷勢多端。雲門轉絕岸，雲門謂峽口。積阻霾天寒。險阻重疊，以天寒均爲雲霧所霾也。寒峽不可度，我實衣裳單。況當仲冬交，泝沿增波瀾。泝逆流沿順流也。野人尋烟語，

全極不堪處，忽又作自解語，翻轉前篇死道路、肝肺

熱等句意，筆極變幻。

此首畏途中忽得清涼世界。

蔣云：結聯幽絕，正爲神傷二字添毫。

行子傍水餐。積阻寒霾，故尋烟語；地逢絕岸，故傍水餐。二句暗承前二句。此生免荷殳，未敢辭路難。劉須溪云：怨傷忠厚，得詩人之正。

陳眉公云：此與鐵堂青陽二篇，幽奧古遠，多象外異想，悲風泣雨，入蜀人不堪多讀。

法鏡寺

身危適他州，勉強終勞苦。神傷山行深，愁破崖寺古。嬋娟碧蘚淨，蕭摵寒籜聚。二句寺內景 秋興賦：庭樹摵以洒落。回回山根水，二句寺前景 王褒九懷：上乘雲兮回回。摹寫入神 冉冉松上雨。洩雲蒙清晨，魏都賦：窮岫洩雲，日月恆翳。初日翳復吐。朱甍半光炯，朱注：甍，棟也。所以承瓦。沈佺期詩：紅日照朱甍。戶牖粲可數。拄策忘前期，出蘿已亭午。記時亦藏短景意。冥冥子規叫，微徑不復取。一作敢。

鍾伯敬云：老杜入蜀詩，非徒山川陰霽，雲日朝昏，寫得刻骨；即細草敗葉，破屋危垣，皆具性情，千載之下，宛如身歷。

靑陽峽

邵云：寫景奇壯。

塞外苦厭山，南行道彌惡。岡巒相經亘，經言縱，亘爲橫。雲水氣參錯。林迴峽角來，奇句。天窄壁面削。上句得之遠望，此句得之近見。天窄卽公詩峽外絕無天意。谿西五里石，奮怒向我落。言石勢傾險。仰看日車側，漢李尤歌：安得力士翻日車。俯恐坤軸弱。魑魅嘯有風，霜霰浩漠漠。謂山深陰慘。憶昨踰隴坂，高秋視吳嶽。周禮：雍州其鎭曰嶽山。注：吳嶽也。漢地理志：吳山在汧縣西，古文以爲岍山。秦都咸陽，以爲西岳。東笑蓮華卑，北知崆峒薄。浦注：蓮華，華山峯名，在東。崆峒，近今平涼府城，在吳嶽北。超然侔壯觀，已謂殷一作隱。寥廓。此句殷字舊作上聲讀，於義難通。按史記天官書：衡殷南斗。索隱注：宋均曰：殷，當也，似當用此義。殷寥廓，猶云其高極天。突兀猶趁人，及茲歎冥寞。諸本多作漠，重。上言吳嶽之險，已非他山所及，其突兀之狀，猶若逐人而來，今到青陽，其險有勝於吳嶽者，乃不覺爽然如失也。正應前南行道彌惡意，不必作冥漠解。

江盈科曰：少陵秦州以後詩，突兀宏肆，迥異前作，非有意換格，蜀中山水自是挺特奇崛；獨能象景傳神，如春蠶結繭，隨物肖形，乃爲眞詩人，眞手筆也。

龍門鎭

一統志：龍門鎭在鞏昌府成縣東，後改府城鎭。

申鳧盟云：起勢奇崛，若安放在中間，亦常語耳。

細泉兼輕冰，沮洳棧道溼。元和郡國志：褒斜道一名石牛道，張良令燒絕棧道卽此。不辭辛苦行，迫此短景影同。急。仇注：此往龍門之路。石門雲雪隘，一作溢。蜀都賦：岨以石門。注：在漢中之西，褒中之北，蜀之險隘。浦注：石門當卽指龍門，地在兩當成縣之間，正是漢西褒北。古鎮峯巒集。旌竿暮慘澹，風水白刃澀。（寒山荒戍幷寫入神。）胡馬屯成皐，成皐在東都東。唐書：乾元二年九月，史思明陷東京及齊、汝、鄭、滑四州。防虞此何及！嗟爾遠戍人，山寒夜中泣！（至此直不暇自悲矣。）黃淳耀曰：時東京爲思明所據，秦成間密邇關輔，故龍門有兵鎮守。然旌竿慘澹，白刃鈍澀，既無以壯我軍容，況此地又與成皐遠不相及，則亦徒勞吾民而已。

石龕

熊羆咆我東，楚辭招隱：虎豹鬭兮熊羆咆。虎豹號我西。我後鬼長嘯，我前狨又啼。（蔣云：寫萬慘畢集，抵一篇招魂讀。）鬼，山鬼也。埤雅：狨，猿屬，輕捷善緣木，生川峽深山中。此悲嘯呼號，都從天寒無日中見得。天寒昏無日，山遠道路迷。驅車石龕下，仲冬見虹蜺。（出怕人。）朱注：月令：孟冬之月，虹藏不見。今仲冬見之，紀異也。伐竹者誰子？悲歌上雲梯。爲官採美

此及上首俱於題外生波。蔣云：將到未到，中間又添此一段波折。

記地之作，朴老如古樂府。

箭，五歲供梁齊。浦注：安史之亂，起天寶十四載，至是五年，梁齊謂河北官軍也。苦云直簳盡，無以充提攜。奈何漁陽騎，颯颯驚蒸黎！下半偶因所見而歎世亂之不得平也。

積草嶺 原注：同谷界。

連峯積長陰，白日遞隱見。颼颼林響交，慘慘石狀變。山分積草嶺，路異記程體鳴舊作明。水縣。舊唐書：鳴水縣屬興州。蔡注：從此嶺分路，東則同谷，西則鳴水。旅泊吾道窮，衰年歲時倦。卜居尚百里，休駕投諸彥。邑有佳主人，情如已會面。朱注：時同谷宰蓋以書迎公。來書語絕妙，遠客驚深眷。食蕨不願餘，史記：伯夷叔齊採薇而食。索隱注：薇，蕨也。茅茨眼中見。

泥功山 浦注：元和郡國志：青泥嶺在興州長舉縣西北五十三里，接溪山東，懸崖萬仞，上多雲雨，行者屢逢泥淖。泥功或即青泥嶺之別名，舊引唐書未合。

朝行青泥上，暮在青泥中。言隄成即壞，如朝暮之速。泥濘非一時，版築勞人功。不畏道途

沈云：句法與前心以當竹實

永，乃將汨沒同？白馬爲鐵驪，小兒成老翁。謂小兒陷泥中，力竭不能出如老翁也。哀猿透卻墜，亦極刻畫死鹿力所窮。寄語北來人，後來莫忽忽。只淡淡一語自足

鳳凰臺

原注：山峻，人不至高頂。水經注：鳳溪水上承蜀水於廣業郡，南逕鳳溪，中有二石雙高，其形若闕，漢世有鳳凰棲其上，故謂之鳳凰臺。方輿勝覽：在同谷東南十里。

亭亭鳳凰臺，北對西康州。唐書：武德初置西康州，貞觀初，州廢爲同谷縣，屬成州。西伯今寂寞，鳳聲亦悠悠。文王時鳳鳴岐山。浦注：是臺非岐山鳴處，特因鳳聲觸發，早逗出下文，注想太平之意。山峻路絕蹤，石林氣高浮。安得萬丈梯，幻出奇波爲君上上聲頭？恐有母無雛，謂賢人未得主者。饑寒日啾啾。我能剖心血，飲啄慰孤愁。心以當竹實，心血又分出兩項奇幻炯然無外求。血以當醴泉，豈徒比清流？詩疏：鳳凰非竹實不食，非醴泉不飲。所重王者瑞，敢辭徵命休。坐看綵翮長，舉一作縱。意八極周。自天銜瑞圖，春秋元命包：黃帝遊洛水之上，鳳凰銜圖置帝前，帝再拜受。飛下十二樓。漢郊祀志：方士言黃帝時爲五城十二樓，以候神人於執期。圖以奉至尊，

等句明犯，古樂府中有此。

申凫盟云：七歌頓挫淋漓，有一唱三歎之致，是集中得意作。

鳳以垂鴻猷。劉敬叔異苑：晉隆安中，鳳凰集劉穆之庭，韋藪謂曰：子必協贊鴻猷。再光中興業，一洗蒼生憂。蔣云：直入奇老之筆。深衷正爲此，羣盜何淹留。

張上若云：此公欲舍命荐賢以致太平，因過鳳凰臺而有感也。殆卽指房琯、張鎬輩。○浦二田云：是詩想入非非，要只是鳳臺本地風光，亦只是杜老平生血性，奇情橫溢，興會淋漓，爲十二詩意外之結局。

乾元中寓居同谷縣作歌七首 舊唐書：成州治同谷縣。

有客有客字子美，白頭亂一作短。髮垂過耳。歲拾橡栗隨狙公，莊子：狙公賦芧。芧卽橡子，狙公謂畜狙之人。天寒日暮山谷裏。中原無書歸不得，手腳凍皴七倫切。皮肉死。說文：皴，皮細起也。嗚呼一歌兮歌已哀，悲風爲我從天來。

浦二田云：七詩章法本極整密，舊解每於第六首若贅疣，然今按第一首係總攝諸章，白頭肉死，乃作客傷老本旨，故應在末章。其曰拾橡栗，則二章之家計也。天寒山谷，則五章之流寓也。中

劉須溪云：一歌喚子美，二歌喚長鑱，豈不奇崛。

原無書，則三章四章之弟妹也。歸不得則六章之値亂也。下各章一一承說，條理井然，結獨逗一哀字、悲字，以下諸歌不復言悲哀，而聲聲悲哀矣。每章結句亦多貼定。

長鑱仕衫切。長鑱白木柄，說文：鑱，銳也。吳人云犁鐵。我生託子以爲命。叫得親切。黃獨一作精。無苗山雪盛，山谷別集：黃獨狀如芋子，肉白皮黃。梁漢人蒸食之，江東人謂之土芋。陳藏器云：黃獨遇霜雪枯無苗，蓋蹲鴟之類。又蔡夢弼引別注：歲飢土人掘以充糧，根惟一顆而色黃，故謂之黃獨。若黃精雖能止飢，究恐於此不合。短衣數挽不掩脛。此時與子空歸來，男呻女吟四壁靜。張溍曰：既曰呻吟，又曰靜，言除呻吟外，別無所有，別無所聞也。嗚呼二歌兮歌始放，隣一作閭。里爲我色惆悵。

有弟有弟在遠方，三人各瘦何人強？趙曰：公四弟，曰穎，曰觀，曰豐，曰占。穎、觀、豐各在他郡，惟占從入蜀。後有舍弟占歸草堂詩。後漢書：趙孝弟禮爲賊所得，將食之，孝自縛詣賊曰：禮餓羸瘦，不若孝肥飽。賊感其意，俱赦之。梁元帝與武陵王書：兄肥弟瘦，無復相見之期。生別展轉不相見，胡塵暗天道路長。前飛駕鵝後鶖鶬，亦樂府句。子虛賦：弋白鵠，連駕鵝。陶隱居曰：野鵝大於雁，謂之駕鵝。楚辭大招：鵾鴻羣晨，雜鶖鶬只。詩：有鶖在梁。毛萇曰：鶖，禿鶖。埤雅：狀如鶴而大。物類相感志：玄鶬，鶴類，以其色蒼，故曰鶬。安得送我置汝旁？二句特言道路阻絕，欲假翼飛鳥耳，鳥名

李子德云：嗚咽悱惻，如聞哀絃。○淡至矣，而文采爛然。雄至矣，而聲色俱化。

此首寫同谷實景，上四確是谷裏孤城，說得悽慘可畏。

沈云：木葉黃落，冬日愁慘之象，故望其迴春姿，着意在陽長陰消，所感者大。

不必泥。嗚呼三歌兮歌三發，汝歸何處收兄骨？

有妹有妹在鍾離，浦注：唐爲濠州，今鳳陽府。良人早歿諸孤癡。公有元日寄韋氏妹詩。時已嫠居矣。長淮浪高蛟龍怒，濠在淮南。十年不見來何時？扁舟欲往箭滿眼，杳杳南國多旌旗。嗚呼四歌兮歌四奏，林猿爲我啼清晝。朱注：猿多夜啼，今啼清晝，極言其悲也。舊作竹林解，穿鑿難信。

四山多風溪水急，寒雨颯颯枯樹溼。黃蒿古城雲不開，白狐跳梁黃狐立。言無人也。我生何爲在窮谷？中夜起坐萬感集。嗚呼五歌兮歌正長，魂招不來歸故鄉。言欲招魂同歸故鄉，而驚魂欲散，故招之不來也。楚辭：魂兮歸來，反故居些。結語翻用更深。

南有龍兮在山湫，王道俊曰：同谷萬丈潭有龍，此借以起興。古木巃力董切。嵸子孔切。枝相樛。劉安招隱士：山氣巃嵸兮石嵯峨。木葉黃落龍正蟄，蝮蛇東來水上游。抱朴子：蝮蛇中人至急，一日不治則殺人。我行怪畏也。此安敢

末章仍歸到窮老作客之感，是收結體。

出，拔劍欲斬且復休。漢書：高祖夜徑澤中，有大蛇當道，拔劍斬之。　嗚呼六歌兮歌思遲，溪壑爲我迴春姿。匪風下泉之旨。

浦二田云：此章慨世亂，乃作客之由也，不敢斥言在位，故借南湫之龍爲比。蓋龍蟄山湫，主威不振也。蝮蛇東來，史孽寇偪也。我安敢出，所以遠避也。欲斬且休，力不能殄也。舊注牽扯玄肅父子，固爲不倫，即泛咏龍湫，亦屬無謂。

男兒生不成名身已老，三年饑走荒山道。長安卿相多少年，富貴應須致身早。有激之談。　山中儒生舊相識，浦注：時必有舊交寓同谷者。　但話夙昔傷懷抱。　嗚呼七歌兮悄終曲，仰視皇天白日速。

朱子謂此歌七章，豪宕奇崛，兼取九歌、四愁、十八拍諸調而變化出之，遂成創體。○李薦師友記聞：太白遠別離、蜀道難與子美寓居同谷七歌，皆風騷極致，不在屈宋之下。○艾千子論文曰：如海外奇香，風相嚙，斷滅欲盡，獨留眞液，公七歌足以當之。

首二句領全篇。

中間詳敘潭景，申上青溪合冥寞。

末歎遊潭之勝，應轉神物有顯晦。

萬丈潭

舊注：同谷縣作。方輿勝覽：在同谷縣東南七里，俗傳有龍自潭飛出。杜臆：同谷有龍峽，峽旁有潭，其深莫測，曰萬丈潭。

青溪合一作含。冥寞，神物有顯晦。龍依積水蟠，（承神物）窟壓萬丈內。（承青溪）跼步凌垠堮，（此自山上而及潭中）淮南子：出於無垠堮之門。許愼曰：垠堮，端崖也。側身下烟靄。前臨洪濤寬，杜臆：指嘉陵江，蓋同谷之東河、南河，皆入龍峽而注於嘉陵江也。卻立蒼石大。山危一徑盡，言路之狹。岸絕兩壁對。言巖之峭。蔡夢弼曰：潭値兩山危立，其下澄泓萬丈。削成根虛無，倒影垂澹瀩。（寫峽即寫潭）廣韻：瀩，清也，濡也。黑知灣澴底，（此自潭中而及四旁）玉篇：澴，聚流也。清見光炯碎。仇注：黑言淵底，清言波面。孤雲到來深，飛鳥不在外。（神句寫潭仍寫峽）朱注：言潭上石高，鳥飛不能過也。高蘿成帷幄，陸機詩：輕條象雲構，密葉承翠幄。寒木壘一作疊。旌旆。康協終南行：楓丹杉碧，疊旌立旆。遠川曲通流，嵌竇潛洩瀨。二句言其遠波近穴。造幽無人境，發興自我輩。告歸遺恨多，將老斯遊最。閉藏脩鱗蟄，出入巨石礙。何當暑天過，快意風雲一作雨。會。言方冬龍蟄，未能擘石而出，還思乘暑過此，觀其騰躍風雲之會也。

以議論起，又一法。此下十二首之發端。

開手如何自解，至此仍不能不嗚咽。

蔣弱六云：字句章法，一一神奇，發秦州後詩，此首尤見搏虎全力。○楊德周曰：山水間詩，最忌庸腐。杜公此詩及青陽峽、飛仙閣、龍門閣諸篇，幽靈危險，直令氣浮者沉，心淺者深。刻畫之中，元氣渾淪；窈冥之內，光怪迸發。

發同谷縣

原注：乾元二年十二月一日，自隴右赴成都紀行。朱注：公居同谷不盈月，即赴成都。

賢有不黔突，聖有不煖席。淮南子：墨子無黔突，孔子無煖席。況我饑愚人，焉能尙安宅？始來茲山中，休駕喜地僻。奈何迫物累，一歲四行役！趙曰：是年春，公自東都回華，秋自華客秦，冬自秦赴同谷，又自同谷赴成都，是四行役也。忡忡去絕境，杳杳更遠適。停驂龍潭雲，迴首虎崖石。龍潭即萬丈潭。一統志：有虎穴在成縣西。臨岐別數子，握手淚再滴。交情無舊深，窮老多慘慼。平生懶拙意，偶値棲遁跡。去住與願違，仰慚林間翮。言此間地僻，正與懶拙相宜，願本欲住而捨之去，反不如鳥之得所棲也。

邵子湘云：發同谷縣後十二首，較秦州詩更爾刻畫精詣，奇絕千古。

邵云：詩文亦然，學者正須放開眼孔。

木皮嶺

方輿勝覽：在同谷縣東二十里。杜甫發同谷，取路栗亭南入郡界，歷當房村，度木皮嶺，由白水峽入蜀，即此。黃巢之亂，王鐸置關於此以遮秦隴，路極險阻。一統志：木皮嶺在鞏昌府徽州西十里。

首去聲。路栗亭西，顏延之詩：首路跼艱險。栗亭注見前。尚想鳳凰村。朱注：鳳凰村當與鳳凰臺相近，在同谷。季冬攜童稚，辛苦赴蜀門。即劍門。南登木皮嶺，艱險不易論。汗流被我體，祁寒為之暄。張云登山真景。遠岫爭輔佐，千巖自崩奔。始知五嶽外，別有他山尊。四句遠景，正寫真高。仰干一作看。塞大明，俯入裂厚坤。廣雅：日名輝靈，一名大明。謂山高蔽日也。八句近景，一一寫到，亦言度嶺艱難之狀。再聞虎豹鬬，屢跼風水昏。高有廢閣道，摧折如斷轅。下有冬青林，石上走長根。西崖特秀發，煥若靈芝繁。謂五色璀璨。潤聚金碧氣，清無沙土痕。八句又忽轉出好景，所謂情隨事遷。憶觀崑崙圖，目擊玄圃存。劉孝綽詩：玄圃樓金碧。神仙傳：崑崙一名玄圃。此借仙境以形其絕勝，故留戀而不忍去也。對此欲何適？默傷垂老魂。

六句入畫。

張云：四句寫黑夜險景甚眞。

白沙渡

浦注：舊據方輿勝覽，以白沙水回二渡俱屬劍州，誤也。劍州在劍門南，此去劍門尚遠，當卽成州渡嘉陵江處。

畏途隨長江，（此記渡口登舟）嘉陵江也。寰宇記：嘉陵江去興州長舉縣南十里。渡口下絕岸。差池上舟楫，窈窕入雲漢。仇注：嘉陵江卽西漢水，故比之雲漢。天寒荒野外，日暮中流半。（此下記舟中之景）亦見過渡之難。我馬向北嘶，山猿飲相喚。水清石礧礧，沙白灘漫漫。迴然洗愁辛，多病一疏散。高壁抵嶔崟，（此捨舟而陸行）一作岑。洪濤越凌亂。臨風獨回首，攬轡復三歎。朱注：言水清沙白，風景可娛，及已渡回首，見高壁洪濤之可畏，故爲之三歎也。

張上若云：一渡分作三層寫，法密心細。○此首是晝渡，下首是夜渡。

水會（一云回。）渡

浦注：一統志：嘉陵江東歷兩當、略陽，會東谷等水。恐卽此處。

山行有常程，（此從山行說到渡水）言無宿處也。中夜尚未安。微月沒已久，崖傾路何難！大江動我前，亦指嘉陵江。洶若溟渤寬。篙師暗理楫，歌笑輕波瀾。二句正極言其可危。霜濃木石滑，風急手足寒。此又從渡水說，到登岸。入舟已千憂，陟巘仍萬盤。迴眺積水外，始知衆星乾。險句。朱注：言水勢洶湧，星漢之行，若出其裏，非登岸而回眺水外，幾不知天水之爲二也。遠遊令人瘦，衰疾慚加餐。

飛仙閣

方輿勝覽：飛仙嶺在興州東三十里，相傳徐佐卿化鶴踐泊之所，故名。上有閣道百餘間，即入蜀路。朱注：在今漢中府略陽縣東南四十里。華陽國志：諸葛亮相蜀，鑿石駕空，爲飛梁閣道。水經注：大劍戍至小劍三十里，連山絕險，飛閣相通，謂之閣道。蓋架閣山間，閣上爲道也。

土門山行窄，微徑緣秋毫。此登閣道之路。棧雲闌干峻，梯石結構牢。仇注：棧雲謂高棧連雲，梯石謂疊石爲梯。萬壑欹疏林，棧之旁。積陰帶奔濤。棧之下。寒日外澹泊，長風中怒號。朱注：幽深則日不及照，故曰外澹泊。空大則風從內出，故曰中怒號。二語總見閣道之險，非身歷不能形容。歇鞍在地底，始覺所歷高。往來雜坐臥，人馬同疲勞。如畫。浮生有定分，饑飽豈可逃。歎息謂妻子：我何隨汝曹？言非爲衣食計，亦何至

王阮亭云：倒醒飛仙妙甚。歎息處正爲地險添毫。

來此地也。

此下四篇皆記棧道之景。

五盤

棧道盤曲有五重。一統志：七盤嶺在保寧府廣元縣北一百七十里，一名五盤嶺。

五盤雖云險，山色佳有餘。仰凌棧道細，俯映江木疏。地僻無網罟，水清反多魚。揚雄答客難：水至清則無魚。好鳥不妄飛，野人半巢居。喜見淳朴俗，坦然心神舒。寫淳朴意妙東郊尙格鬬，巨猾何時除？謂思明未平。故鄉有弟妹，流落隨邱墟。成都萬事好，豈若歸吾廬？

蔣弱六云：是險極中略見可喜，反因此生出別慼來，分明一路恐懼驚憂，萬苦在心，俱記不起；至此心神略閒，不覺兜底觸出，最爲神到。

龍門閣

元和郡國志：龍門山在利州綿谷縣東北八十二里。寰宇記：一名葱嶺山。梁州記云：葱嶺有石穴高數十丈，其狀如門，俗號龍門。一統志：在保寧府廣元縣嘉陵江上。

一幅棧道圖。〇何云：寫艱難險峻，乃爾細麗。

入畫似小謝佳句。〇蔣云：

清江下龍門，謂江在龍門之下。絕壁無尺土。方輿勝覽：他閣道雖險，然在山腰，亦微有徑可以增置閣道。惟此閣石壁斗立，虛鑿石竅，架木其上，比他處極險。李云：雄渾。長風駕高浪，浩浩自太古。危途中縈盤，仰望垂線縷。滑石欹誰鑿，浮梁裊相拄。目眩隕雜花，頭風吹過一云過飛。雨。水經注：棧道俗謂千梁無柱。諸葛孔明與兄瑾書曰：其閣梁一頭入山腹，其一頭立柱於水中，水大而急，不得安柱。後孔明卒，魏延先退而焚之。自後按修舊路者悉無復水中柱，逕涉者，浮梁振動，無不搖心眩目。浦注：臨迅駛之流，故目眩如花隕。騰澎湃之響，故頭風若雨吹。二句亦兼承江險意，說作實講恐非。百年不敢料，一墜那復取！飽聞經瞿塘，峽名，在夔州。足見度大庾。嶺名，在江西南安府。終身歷艱險，恐懼從此數！謂從前所歷之險，皆算不得也。

浦二田云：飛仙之險在山，龍門之險尤在下臨急水。起四揭清，中八先述閣道之欹危，次述臨江之恐墜，意以承遞而下，末四乃涉險而歎也。

石櫃閣

方輿勝覽：石欄橋在綿谷縣北一里，自城北至大安軍界，營欄橋閣共一萬五千三百一十六間，其著名者爲石櫃閣、龍門閣。

季冬日已長，山晚半天赤。蜀道多早一作草。花，江間饒奇石。石櫃曾波上，臨

二句亦見清暉猶在水，暝色已在山意，寫水間道上傍晚時景宛然。

浦云：前半可作長橋行旅圖。俞犀月云：此與前二渡作法又別，獨見清曠之氣。結句仍入險途。

虛蕩高壁。清暉回羣鷗，暝色帶遠客。（唐子西最愛此二句。）仇注：日落鷗還，則暝色侵客矣。羈棲負幽意，感歎向絕跡。信甘孱懦嬰，謂高蹈不勇。不獨凍餒迫。優游謝康樂，放浪陶彭澤。吾衰未自由，謝爾性所適。

上八敘景，下八述懷。○浦二田云：此亦臨江之棧也，復言幽，不言險。四篇一苦一愉，以相間成章，總見章法變化處。

桔柏渡

方輿勝覽：在利州昭化縣。

青冥寒江渡，架竹為長橋。竿溼烟漠漠，江永風蕭蕭。（倒承上二句。）連笮動嫋娜，梁益記：笮橋連竹索為之，亦名繩橋。征衣颯飄颻。急流鴇鷁散，西都賦：鶬鴰鴇鷁。注：鴇似雁，無後趾。鷁，水鳥。絕岸黿鼉驕。流急故散，岸絕故驕。西轅自茲異，東逝不可要。高通荊門路，闊會滄海潮。舊注：桔柏渡乃文州嘉陵二江合流處，東下入渝，合達荊州。朱注：言我西行而水但東注，通荊門，下滄海，不可要之使止也。戴叔倫詩：沅湘日夜東流去，不為愁人住少時。即此意。孤光隱顧盼，遊（寫得縹緲悵）

邵云：大山水詩須得此氣概。○宋祁知成都至此，詠杜詩首四句，歎伏，以為實錄。

子悵寂寥。快無限。無以洗心胸，前登但山椒。釋名：山頂曰冢，亦曰椒。謝靈運詩：稅駕登山椒。

劍門　舊唐書：劍州劍門縣界大劍山，卽梁山也，其北三十里有小劍山大劍山，有閣道三十里。一統志：大劍山在保寧府劍州北二十五里，蜀所恃為外戶。其山峭壁中斷，兩崖相嵌，如門之闢，如劍之植，故又名劍門山。

惟天有設險，劍門天下壯。連山抱西南，石角皆北向。朱注：石角北向，言有面內之義。按玄宗幸蜀，後以蜀郡為南京，故云。兩崖崇墉倚，刻畫城郭狀。一夫怒臨關，百萬未可傍。以上正義以下發感　珠玉走中原，蔣云：忽接入意中語突兀。岷峨氣悽愴。趙注：岷山在成都之西，卽青城山。峨山在成都西南，卽峨嵋山也。朱注：蜀為天府，故珠玉皆歸中原，然物力有窮，岷峨亦為之悽愴矣。按：仇本珠玉上有二句，庸濫決非公筆。三皇五帝前，天縱筆勢　雞犬莫一作各，非。相放。史記貨殖傳序：老子曰：至治之極，鄰國相望，雞狗之聲相聞，民各安其俗，樂其業，至老死不相往來。後王尚柔遠，職貢道已喪。言蜀地當上古之世，本與中國不通，自秦開金牛，務以柔遠；職貢修而淳朴道喪，蜀所以遂為多事之國。至今英雄人，高視見霸王。霸如公孫述輩，王如後漢先主。并吞與割據，極力不相讓。吾將

赤谷入險，此乃出險。

罷眞宰，意欲鏟疊嶂。恐此復偶然，言割據之事恐偶然復有之也，後段子璋、徐知道、崔旰、楊子琳之徒，果據險爲亂。臨風默惆悵。

以議論爲韻言，至少陵而極，少陵至此等詩而極，筆力雄肆，直欲駕劍閣銘而上之。○朱鶴齡曰：蜀爲財賦所出，自明皇臨幸，供億不貲，民力盡矣；民力盡而寇盜乘之，晉李特流人之禍，可爲明鑒。此詩故有岷峨悽愴，與英雄割據之慮也。公豈徒詩人已哉？

鹿頭山

唐書：漢州德陽縣有鹿頭關在鹿頭山上，南距成都百五十里。

鹿頭何亭亭？是日慰饑渴。連山西南斷，俯見千里豁。遊子出京華，劍門不可越。重發歎直從第一番上路說起 及茲險阻盡，始喜原野闊。王洙曰：自秦入蜀，川嶺重複，極爲險阻。及下鹿頭關，東望成都，沃野千里，葱鬱之氣，乃若烟霞靄然。殊方昔三分，大感慨 謂蜀魏吳三國時。霸氣曾間發。天下今一家，雲端失雙闕。蜀都賦：華闕雙邈，重門洞開。悠然想揚馬，切感慨 繼起名硉兀。華陽國志：司馬相如耀文上京，揚子雲齊聖廣淵，斯蓋華岷之靈標，江漢之精華也。有文令人

入境頌邦君，自體當如此，而依劉之意，即在其中。

楊德周云：此詩寄興含情，悲涼激壯，正復有俯仰六合之意。

傷，何處埋爾骨！此幸撫蜀得人 紆餘脂膏地，上林賦：紆餘逶迤。高曰：紆餘，廣遠貌。蜀都賦：內函要害於膏腴。 慘澹豪俠窟。華陽國志：秦克六國，輒徙其豪俠於蜀，家有鹽銅之利，人擅山川之材，簫鼓歌吹，擊鐘肆懸，富侔公室，豪過田文。 仗鉞非老臣，宣風豈專達？周禮：大事則從其長，小事則專達。四句言蜀本善地，經亂後不免凋殘，必得老臣坐鎮，方足播宣風敎而上達朝廷耳。 冀公柱石姿，論道邦國活。裴冕亦首倡朔方興復之議。 斯人亦何幸，指蜀人也。 公鎮踰歲月。舊唐書：至德二載，右僕射裴冕封冀國公，乾元二年六月拜成都尹，充劍南西川節度使。

李長祥曰：自秦州至此，山川之奇險已盡，詩之奇險亦盡，乃發爲和平之音；使讀者至此，別一世界，情移於境，不可強也。

成都府

似十九首。 翳翳桑榆日，照我征衣裳。我行山川異，忽在天一方。但逢新人民，未卜見故鄉。大江東流去，浦注：此當指岷江。 遊子日月長。曾城塡華屋，季冬樹木蒼。蜀都賦：寒卉冬馥。 喧然名都會，吹簫間笙簧。朱注：盛稱都會，愈見故鄉可懷，即所謂成都萬事好，豈若歸吾廬也。 信美無與適，是二十四首總結語。

登樓賦：雖信美而非吾土兮，謂弟妹等不可見。**側身望川梁。鳥雀夜各歸，中原杳茫茫。**中原公故鄉所在。**初月出不高，衆星尙爭光。**（出門時磊落星月，又一意境。）困學紀聞：二句謂肅宗初立，盜賊未息也，亦不必泥。**自古有羈旅，我何苦哀傷！**言世亂未平，亦且暫謀安息耳。

李子德云：萬里之行役，山川之夷險，歲月之暄涼，交游之違合，靡不曲盡，眞詩史也。○蔣弱六云：少陵入蜀詩，與柳州柳子厚諸記，剔險搜奇，幽深峭刻，自是千古天生位置配合，成此奇地奇文，令讀者應接不暇。○大處極大，細處極細，遠處極遠，近處極近，奧處極奧，易處極易，兼之化之，而不足以知之。

酬高使君相贈

鶴注：公初到成都寓浣花溪寺，時高適爲彭州刺史，以詩寄贈，公酬以此詩。趙清獻玉壘記：公寓沙門復空所居。

古寺僧牢落，空房客寓居。故人分祿米，杜臆：故人當指裴冕。**鄰舍與園蔬。雙樹容聽法，**翻譯名義集：娑羅樹，東西南北四方各雙，故曰雙樹，方面悉皆一榮一枯。涅槃經：世尊在雙樹間演法。**三車肯載書。**法華經：長者以牛車、羊車、鹿車立門外，引諸子出離火宅。王勃釋迦成道記：羊鹿牛之三車出宅。注：法華三車喻也，羊車喻聲聞乘，鹿車喻緣覺乘，牛車喻菩薩乘，俱以運載爲義。前二乘方便施設，惟大白牛車是實，引重致遠，不遺一物。

按：此句當兼用莊子惠施多方，其書五車事，言佛法在語言文字之外也。草、玄、吾、豈、敢，賦、或、似、相、如。漢書揚雄傳贊：經莫大於易，故作太玄。又本傳：孝成時有薦雄文似相如者，召雄待詔承明之庭。

仇滄柱云：此詩與高詩逐聯分答，句句相應：空房客居，見無詩書可討。鄰友供給，見非取資僧飯。但容聽法，則不能設難。未肯載書，亦何用翻經乎？末則謝草玄而居作賦，言詞人不敢擬經也。

附　贈杜二拾遺　高適

傳道招提客，詩書自討論。佛香時入院，僧飯屢過門。聽法還應難，尋經剩欲翻。廬山記：謝靈運卽遠公寺翻涅槃經，名其臺曰翻經臺。草玄今已畢，此後更何言？言當別有著作。

卜居

浣花溪水水西頭，寰宇記：浣花溪在成都西郭外，屬犀浦縣，一名百花潭。主人爲卜林塘幽。已知出郭少塵

張云：齊字對字寫出物情。

蔣云：且訴且謝且祝，只如白話自妙。

諸作以詩代簡，俱屬戲筆。

事，更有澄江銷客愁。趙曰：公居在浣花溪水西岸江流曲處，公詩所謂田舍清江曲也。無數蜻蜓齊上下，一雙鸂鶒對沈浮。東行萬里堪乘興，須向山陰上小舟。華陽國志：蜀使費禕聘吳，孔明送之。禕歎曰：萬里之行，始於此矣。世說：王子猷居山陰，雪夜忽憶戴安道，時戴在剡溪，即乘輕船就之。既造門，不前便返，人問其故，曰：吾本乘興而來，興盡而返。東遊乃公素志，因此溪直通吳會，故云。亦是初到，故作快心語。

王十五司馬弟出郭相訪兼遺營草堂資

客裏何遷次？浦注：言何所藉以爲遷次之資。左傳：廢日共積，一日遷次。陳樂昌公主詩：今日何遷次，新官對舊官。謂所遷次舍也。江邊正寂寥。肯來尋一老，愁破是今朝。憂我營茅棟，攜錢過野橋。他鄉惟表弟，還往莫辭遙。

蕭八明府實處覓桃栽

鶴注：數首俱上元元年初營草堂作。按：栽即種也。仇注作桃秧解，於松樹子不可通。

奉乞桃栽一百根，春前爲送浣花村。河陽縣裏雖無數，白帖：潘岳爲河陽令，遍樹桃李。濯錦江邊未滿園。錦江注見後。

從韋二明府續處覓綿竹蔡注：綿竹産漢州綿竹縣之紫巖山。

華軒藹藹他年到，想韋嘗爲綿竹令。綿竹亭亭出縣高。江上舍前無此物，幸分蒼翠拂波濤。

憑何十一少府邕覓榿丘宜切。木栽公有贈別何邕詩。齊東野語：榿，前輩讀若欹。榿木惟蜀有之，不材木也。宋祁益部方物記：榿木蜀所宜，民家蒔之，不三年可爲薪，疾種急取，里人以爲利。

草堂塹西無樹林，非子誰復見幽心？飽聞榿木三年大，與致溪邊十畝陰。

憑韋少府班覓松樹子栽後有涪江泛舟送韋班詩。

落落出羣非欅柳，爾雅注：柜柳似柳，皮可煮飲。徐氏曰：柜或作欅。青青不朽豈楊梅？浦注：欅柳高可及松而易凋，楊梅不凋類松而

仇云：林礙日，葉吟風，竹和

榦矮，故兩用爲襯。欲存老蓋千年意，酉陽雜俎：松千歲方頂平偃蓋。爲覓霜根數寸栽。

又於韋處乞大邑瓷盌唐書：大邑縣屬邛州。

大邑燒瓷輕且堅，扣如哀玉錦城傳。徐陵賦：哀玉發於新聲。君家白盌勝霜雪，急送茅齋也可憐。愛也。

詣徐卿覓果栽一有子字。公有徐卿二子歌。

草堂少花今欲栽，不問綠李與黃梅。石筍街中卻歸去，注見後。果園坊裏爲求來。浦注：石筍街，公自徐歸草堂之路，果園坊徐所居。

堂成

背郭堂成蔭白茅，緣江路熟俯青郊。謝朓詩：結軫青郊路。榿林礙日吟風葉，籠力鍾切。竹和

烟，梢滴露，六字本相對，將風葉露梢倒轉，句法便覺變化。

烟滴露梢。山谷別集：蜀人名大竹曰籠竹。朱注：竹有數種，節間空八九寸者曰籠竹，一尺者曰苦竹，弱梢垂地者曰釣絲竹。暫止飛烏將數子，古樂府：烏生八九子，端坐秦氏桂樹間。將，領也。頻來語燕定新巢。旁人錯比揚雄宅，翻案得妙懶惰無心作解嘲。寰宇記：子雲宅在華陽縣少城西南角，一曰草玄堂。揚雄傳：哀帝時丁傅董賢用事，雄方草太玄，或嘲雄以玄尚白，而雄解之，號曰解嘲。

王嗣奭曰：此章與卜居相發，前詩寫溪前外景，此詩寫堂前內景；前景是天然自有者，此景則人工所致者，此卜居堂成之別也。○羅大經曰：詩莫尚乎興，興者因物感觸，言在於此而意在於彼，非若比賦之直言其事也。故興多兼比賦，比賦不兼興，古詩皆然。今以杜陵詩言之，發潭州云：岸花飛送客，檣燕語留人。蓋因飛花語燕，傷人情之薄，言送客留人止有燕與花耳。此賦也，亦興也。若感時花濺淚，恨別鳥驚心。則賦而非興矣。堂成云：暫止飛烏將數子，頻來語燕定新巢。蓋因烏飛燕語而喜己之攜雛卜居，其樂與之相似。此比也，亦興也。若鴻雁影來聯峽內，鶺鴒飛急到沙頭。則比而非興矣。

邵云：牢壯渾勁，此爲七律

蜀相

丞相祠堂何處尋？錦官城外柏森森。顧注：成都先主廟側有諸葛武侯祠，祠前有大柏，係孔明手植。華陽國志：成都西城故錦官城也，錦

正宗。

自始至終，一生功業心事，只用四語括盡，是如椽之筆。

仇云：茅茨二句，見細雨濛濛之景；蛟龍二句，見長江洶洶之勢。

江織錦濯其中則鮮明，他江則不好，故命曰錦里。映階碧草自春色，隔葉黃鸝空好音。三四堂柏分承 三顧頻煩天下計，出師表：三顧臣於草廬之中。頻煩卽點三顧說，當指先主，舊注非是。天下計，言非爲一己之私。兩朝開濟老臣心。晉劉琨傳：琨忠亮開濟。言以先主之彈丸而能立國，以後主之昏庸而能嗣位，皆武侯一片苦心也。出師未捷身先死，長使英雄淚滿襟！宗忠簡臨終誦此二語 諸葛亮傳：亮悉大衆由斜谷出據武功、五丈原，與司馬懿對於渭南，相持百餘日，疾卒於軍。

俞犀月云：眞正痛快激昂，八句詩便抵一篇絕大文字。

梅雨

四時纂要：梅熟而雨曰梅雨，江東人呼黃梅雨。

南京犀浦道，唐書：玄宗幸蜀還，改成都府，置尹視二京，號曰南京。犀浦縣屬成都府。四月熟黃梅。湛湛長江去，冥冥細雨來。寫意入化 茅茨疏易溼，雲霧密難開。竟日蛟龍喜，盤渦與岸回。盤渦注見二卷。謂水盤聚而回洑者，與岸迴旋也。

為農　杜臆：此喜避地得所而作。

錦里烟塵外，江村八九家。圓荷浮小葉，細麥落輕花。卜宅從茲老，為農去國賒。遠慚勾漏令，不得問丹砂。一統志：勾漏山在今安南，古勾漏縣在其下。葛洪事見一卷。

王嗣奭曰：首句烟塵外為一詩之骨。遍地兵戈，江村獨在烟塵之外，故有終焉之志。烟塵不到，便同仙隱，乃以不得丹砂為慚，戲詞也。

有客

患氣經時久，師氏曰：公嘗有肺疾。臨江卜宅新。喧卑方避俗，疏快頗宜人。有客過茅宇，呼兒正葛巾。自鋤稀菜甲，說文：草木初生曰甲。小摘為情親。謝靈運永嘉記：百卉正發時，聊以小摘供日。

八句一氣直下，自有一種散淡真率之趣，必妄加賞歎，無謂也。

賓至

邵云：對起老致又別。

杜詩七律間有失嚴者，尚沿初唐體。

讀末二句，見此老倔强猶昔。

幽棲地僻經過少，老病人扶再拜難。豈有文章驚海內？漫勞車馬駐江干。沈云：二句自謙，實自任也。竟日淹留佳客坐，百年粗糲音辣。腐儒餐。不嫌野外無供給，乘興還來看藥欄。藥欄，花藥之欄也。

朱瀚曰：通首一主一賓，對仗成篇而錯綜照應，極結搆之法。○顧宸曰：此詩詞人聲價，高士性情，種種具見。

狂夫

萬里橋西一草堂，華陽國志：郡治少城西南兩江有七橋，南渡流曰萬里橋，在成都縣南八里，即諸葛亮送費禕處。百花潭水即滄浪。風含翠篠娟娟淨，一作靜。雨裛紅蕖冉冉香。厚祿故人書斷絕，恒饑稚子色淒涼。欲塡溝壑惟疏放，言雖處困極之境而懶散自如。自笑狂夫老更狂。

邵子湘云：賓至蒼老，狂夫蕭散，各是一種風格。

浦云：敘意在前，綴景在後，倒格見致。

詩亦瀟灑清眞，遂開宋派。

寫出水勢迅疾，後四句更

田舍

田舍清江曲，柴門古道旁。草深迷市井，地僻懶衣裳。櫸一作楊。柳枝枝弱，注見前。枇杷樹樹香。鸕鷀西日照，曬翅滿漁梁。王洙注：鸕鷀水鳥，蜀人以之捕魚。

江村

清江一曲抱村流，長夏江村事事幽。自去自來梁上燕，相親相近水中鷗。二句物色之幽。老妻畫紙爲棊局，稚子敲針作釣鉤。二句人事之幽。多病所須惟藥物，蜀中多出藥材。微軀此外更何求？

江漲

江漲柴門外，兒童報急流。下牀高數尺，倚杖沒中洲。細動迎風燕，輕搖

添頰毫。

四句可畫。

邵云：非此一結，全首味淺。

側句入突兀，通首亦一片神行，不爲律縛。

逐浪鷗。謂急流中燕鷗，皆不能自主，故但見其細動輕搖也。漁人縈小楫，容易拔趙音蒲撥切，一作捩。船頭。容易，言不容易也，此亦言急流之勢，仇注非。

野老

野老籬邊一作前。江岸迴。柴門不正逐江開。張云：偶然事，寫出便妙。漁人網集澄潭下，下，謂下網也。賈客船隨返照來。長路關心悲劍閣，片雲何意傍琴臺？對句活變，喻留蜀非己意也。玉壘記：相如琴臺在浣花溪北。王師未報收東郡，東郡謂京東諸郡。浦注：是年雖破思明於河陽，而東都尚未收復。城闕秋生畫角哀。原注：南京同兩都，得稱城闕。

所思

苦憶荊州醉司馬，原注：崔吏部漪。蔡夢弼曰：崔蓋自吏部而謫荊州司馬也。謫官一作居。樽酒定常開。九江日落醒何處？朱注：禹貢：過九江至於東陵。注：江分爲九道，在荊州。一柱觀頭眠幾回。渚宮故事：宋臨川王義慶鎮江陵，於羅公洲立觀甚大，而惟

邵云：情事颯然。

一杜。杜臆：或醒或眠，想見崔公顚狂落拓之趣。可憐懷抱向人盡，此人字當卽指自家，思其平日相知也。欲問平安無使來。故憑錦水將雙淚，（奇語）好過瞿唐灔澦堆。瞿唐峽在夔州峽口，有灔澦石，過此則達荊州。二句卽太白詩：我寄愁心與明月，隨風直到夜郎西意。

劉須溪云：肆筆縱橫有疏野氣，大家數不可無此。○李子德云：極悲涼又極排宕，負才獨大，故其運筆最高。

雲山

京洛雲山外，京謂長安，洛謂洛陽。音書靜不來。神交作賦客，指相如，亦見時無同調意。力盡望鄉臺。成都記：望鄉臺，隋蜀王秀所築。衰疾江邊臥，（黯然）親朋日暮迴。白鷗原水宿，（末復爲自解）言疏野性成，本宜浪跡江湖也。何事有餘哀？

遣興

干戈猶未定，弟妹各何之！拭淚沾襟血，梳頭滿面絲。言髮落多也。地卑荒野大，天遠暮江遲。地平無山，故見野寬；江水緩流，故望天益遠。二句正寫一身寥落之景，起下。衰疾那能久，應無見汝期。

石筍行

華陽國志：蜀五丁力士，能移山，舉萬鈞。每王薨，輒立大石長三丈重千鈞為墓誌，今石筍是也。號曰筍里。杜田曰：石筍在成都西門外，二株雙蹲，一南一北。北筍長一丈六尺，圍九尺五寸；南筍長一丈三尺，圍一丈二尺。

君不見益州城西門，一統志：成都府秦置蜀郡，漢武帝置益州。陌上石筍雙高蹲。古來相傳是海眼，苔蘚蝕盡波濤痕。謂歲久而苔蘚生不見濤痕也。華陽風俗記：蜀人曰：我州之西有石筍焉，天地之堆，以鎮海眼，動則洪濤大濫。成都記：距石筍二三尺，每夏月大雨，往往陷作土穴，泓水湛然，以竹測之，深不可及，以繩繫石投其下，愈投而愈無窮，凡三五日忽然不見，故有海眼之說。雨多往往得瑟瑟，此事恍惚難明論。博雅：瑟瑟，碧珠也。成都記：石筍之地雨過必有小珠，或青黃如粟，亦有細孔，可以貫絲。趙清獻蜀都故事：石筍街眞珠樓基也。昔有胡人於此立大秦寺，其門樓十間，皆以眞珠翠碧貫之為簾，後摧毀墜地。至今基腳在每大雨後，人多拾得珠翠等物。據此則瑟瑟與石筍無與。恐是昔時卿相墓，立石為表今仍存。仇注：世以石筍為海眼，遂云雨後有珠，此語恍惚不足憑也，墓前石表，乃公之獨斷。姚寬以公為未見華陽國志，故有此說。今按杜田所云丈尺，與志本不相符，公故臆是卿相墓前物耳。

詠石笋說及此，似有指斥。

惜哉俗態好蒙蔽，亦如小臣媚至尊。此句露意 言俗人爲石笋所蒙蔽，猶至尊爲小臣所蒙蔽也。若以石笋比至尊，於前後語脈不貫。 政化錯迕失大體，坐看傾危受厚恩。極言蒙蔽之害，必至政舛國危。 嗟爾石笋擅虛名，後來未識猶駿奔。張衡溫泉賦：殊方跋涉，駿奔來臻。 安得壯士擲天外，使人不疑見本根。末欲逐而去之也。

趙彥材曰：上元元年，李輔國離間兩宮，擅權蒙蔽，故賦石笋以譏之。

石犀行

華陽國志：李冰作石犀五頭，以厭水精，穿石犀溪於江南，命曰犀牛里。全蜀總志：李冰五石犀在成都府城南三十五里。此詩特咏古跡，舊注謂託諷時事，殊可不必。

結處亦傷廟堂無燮理陰陽之人也。

君不見秦時蜀太守，刻石立作三蔡云：當作五，後同。犀牛。按酈道元水經注：李冰作石犀五頭，後轉犀牛二頭在府中，一頭在市橋，二頭沈之於淵，公詩缺訛只與長川逝語，正與此合。三犀殆據所見言之，可不必改作五字。 自古雖有厭音壓勝法，漢匈奴傳：上以太歲厭勝所在。 天生江一笑水向東流。 蜀人矜誇一千載，泛溢不近張儀樓。華陽國志：張儀築成都城，屢頹不立，忽有大龜旋走，巫言依龜行處築之得堅。城西南樓百有餘尺名張儀樓，臨山瞰江。成都志：李冰爲蜀郡守，化爲牛形，入水鬭蛟，故冬春設鬭牛之戲。祠南數千家，邊江低圮，雖甚秋潦亦不移。今日灌口損戶口，元和郡國志：灌口山在彭州導江縣西北二十六里，文翁穿湔江灌溉，故名。灌口鎮在縣西六十里，灌口鎮城內有望帝祠，西有李冰祠。鶴注：按是年八月霖雨不止。此事或恐爲神羞！修築隄防出衆力，高擁木石當淸秋。先王作法皆正道，詭怪何得參人謀。朱注：言厭勝乃詭怪之說，不如人力隄防之爲正。嗟爾三犀不經濟，謂無關經濟。缺訛只與長川逝。缺謂損其數，訛謂易其處。但見元氣常調和，探原之論，更進一層。自免洪濤恣彫瘵。叶音際。海賦：天綱浡潏，爲彫爲瘵。洪濤瀾汗，萬里無際。安得壯士提整也。天綱，再平水土犀奔茫。

杜鵑行

華陽國志：魚鳧王後有王曰杜宇，教民務農。七國稱王，杜宇稱帝，號曰望帝。會有水災，其相開明決玉壘山以除水患，帝遂禪位於開明，升西山隱焉。成都記：望帝死，其魂化爲鳥，名曰杜鵑，亦曰子規。華陽風俗錄：杜鵑大如鵲而羽烏，聲哀而吻有血。

君不見昔日蜀天子，化爲杜鵑似老烏。寄巢生子不自啄，羣鳥至今與一作爲。

首六正其名分，次六推其隱微。

末致感慨悲痛之意。

李云：朴老絕倫。

哺雛。博物志：杜鵑生子寄之他巢，羣鳥爲飼之。雖同君臣有舊禮，骨肉滿眼身羈孤。業工竄伏深樹裏，四月五月偏號呼。其聲哀痛口流血，所訴何事常區區。爾豈摧殘始發憤，羞帶羽翮傷形愚。杜臆：傷形愚，傷其有情而不能自達也。蒼天變化誰料得，萬事反覆何所無。萬事反覆何所無，豈憶當殿羣臣趨？

容齋隨筆：時明皇爲李輔國刼遷西內，肅宗不復定省，子美作杜鵑行以傷之。○黃鶴曰：上元元年七月，輔國遷上皇，高力士及舊宮人皆不得留；尋置如仙媛於歸州，出玉眞公主居玉眞觀，上皇不懌寢成疾。詩曰：雖同君臣有舊禮，骨肉滿眼身羈孤。蓋謂此也。

題壁上韋偃畫馬歌

朱景元畫斷：韋偃京兆人，寓居於蜀。常以越筆點簇鞍馬，千變萬態，其小者或頭一點，或尾一抹，巧妙精奇，韓幹之匹也。偃，名畫記作鶠。

韋侯別我有所適，知我憐君畫無敵。戲一作試。拈禿筆掃驊騮，欻見騏驎出東壁。一匹齕草一匹嘶，坐看千里當霜蹄。時危安得眞致此，與人同生亦同死？

首贊畫品，先從空際形容，又一起法。中段敘畫山水正文，即上所謂壯哉，下所謂遠勢也，地名不必泥。末將看畫咏歎作結。

戲題王宰畫山水圖歌

張彥遠名畫記：王宰蜀中人，多畫蜀山，玲瓏嵌空，巉嵯巧峭。

十日畫一水，（起便奇崛）五日畫一石；能事不受相促迫，王宰始肯留眞跡。壯哉崑崙方壺（一作丈。）圖，拾遺記：三壺海中三山也，一曰方壺則方丈，二曰蓬壺則蓬萊，三曰瀛壺則瀛洲，形如壺器，上廣中狹下方。杜臆：崑崙方壺，乃舉極西極東言之，非眞畫此兩山也。下文日本銀河，亦即此意。掛君高堂之素壁。巴陵洞庭日本東，山海經注：長沙巴陵縣西有洞庭陂，潛伏通江。唐書外國傳：日本者，倭國之別種也，以其日在國邊，故名日本。仇注：巴陵日本，言水亦自西而東。赤岸水與銀河通，七發：淩赤岸，篲扶桑。善曰：山謙之南徐州記：京江，禹貢北江。春秋分朔，輒有大濤至江，乘北激赤岸，尤更迅猛。中有雲氣隨飛龍。（浦云：寫水勢兼帶風勢，筆墨生動。）舟人漁子入浦漵，山木盡亞洪濤風。言風湧洪濤而山木盡爲低亞。尤工遠勢古莫比，咫尺應須論萬里。（王右仲云：畫中景象，一語盡之。末帶戲意。）焉得并州快剪刀，剪取吳淞一作松。半江水？吳郡志：松江在郡南四十五里，禹貢三江之一。朱注：末二句即上咫尺萬里意。公少時嘗遊吳地，思之不忘，故因題畫而及之。劉少府畫障詩：悄然坐我天姥下，亦此意也。

劉須溪云：冥思玄構，畫者不及此。

戲韋偃爲雙松圖歌

名畫記：韋鶠工山水高僧奇士老松異石，筆力勁健，風格高舉。

天下幾人畫古松，畢宏已老韋偃少。邵云：起法又別。封演聞見記：畢宏天寶中御史，善畫古松。絕筆長風起纖末，長笛賦：其應清風也，纖末奮梢。滿堂動色嗟神妙！兩株慘裂苔蘚皮，屈鐵交錯迴高枝。屈鐵，松枝屈曲如鐵也。白摧朽骨龍虎死，黑入太陰雷雨垂。遣句奇警。史記索隱：極南爲太陽，極北爲太陰。朱注：皮裂故幹之剝蝕如龍虎骨朽，枝迴故氣之陰森如雷雨下垂。松根胡僧憩寂寞，龐眉皓首無住著。漢書：武帝過郎署，見顏駟龐眉皓髮。楞嚴經：名無住行，名無著行。偏袒右肩露雙腳，葉裏松子僧前落。蔣云：寫入定僧宛然。韋侯韋侯數相見；我有一匹好東絹，庾肩吾答賚絹啓：關東之妙，潛織陋其卷綃。又唐志：東川陵州，土貢鵞溪絹。重之不滅錦繡段。四愁詩：美人贈我錦繡段。已令拂拭光凌亂，請

蔣云：只就兒童鳥雀，寫先

公放筆爲直幹。杜臆：韋之畫松以屈曲見奇，直便難工。匹絹幅長，汝能放筆爲直幹乎？戲之也。

李子德云：老筆奇氣，足排萬人。○沈確士云：突兀起不妨平接，如堂上不合生楓樹，下接聞君掃卻赤縣圖是也。平調起必須用警語接，如天下幾人畫古松，下接絕筆長風起纖末是也。學者於此求之，思過半矣。

北鄰

明府豈辭滿，謝靈運詩：辭滿豈多秩。藏身方告勞。青錢買野竹，白幘岸江皐。晉書：謝奕爲桓溫司馬，岸幘嘯詠。愛酒晉山簡，晉書：山簡，濤之子，假節鎮襄陽，惟酒是耽。習氏有佳園池，簡置酒輒醉，號曰高陽池。能詩何水曹。借對 梁書：何遜八歲能賦詩，爲建安王水曹，行參軍兼記室。時來訪老疾，步屧到蓬蒿。

南鄰

錦里先生烏角巾，四皓中有角里先生，此當用以相比。園收芋栗未全貧。慣看賓客兒童喜，得

生好客忘機，情懷自妙。

食階除鳥雀馴。秋水纔深一作添。四五尺，野航恰受兩三人。白沙翠竹江村暮，一作路。相送一作對。柴門月色新。畫意最幽總在自然入妙 下半言秋水初生，偶出同游，至月上而歸也。

劉須溪云：淺溪小艇，本是實景，然寫此有至足之味。○申鳧盟云：秋水二句，語疏落而不酸。今人作七律，堆砌排耦，全無生氣，而矯之者又單弱無體裁。讀杜諸律，可悟不整爲整之妙。

因崔五侍御寄高彭州一絶

九域志：彭州南至成都九十二里。

百年已過半，秋至轉饑寒。爲問彭州牧：何時救急難？詩：兄弟急難。注：如字，又乃旦反。

奉簡高三十五使君

當代論才子，如公復幾人。傾倒幾同太白 驊騮開道路，鷹隼出風塵。仇注：二句喻才人得位，可以大行其志。行色秋將晚，交情老更親。天涯喜相見，披豁道一作對。吾眞。此殆意欲訪高而作，末句思一吐胸中鬱勃也。

和裴迪登新津寺寄王侍郎

原注：王時牧蜀。地理志：新津縣屬蜀州。

何恨倚山木，（起突兀）吟詩秋葉黃。蟬聲集古寺，鳥影度寒塘。風物悲遊子，（應還恨字）登臨憶侍郎。老夫貪佛日，蕭統旻法師義疏序：佛日團空，正流蕩垢。隨意宿僧房。上六句皆述裴詩，末句打一轉語，言我在此，雖亦日遊招提，然頗悟解脫之理，幾忘卻悲秋之興矣。意以翻寫見超，仇注謬甚。

李子德云：此與暗水流花徑，俱為盛唐正聲。

贈蜀僧閭丘師兄

原注：太常博士均之孫。舊唐書：成都人閭丘均，以文章稱，景龍中為太常博士。

大師銅梁秀，蜀都賦：外負銅梁於宕渠。唐書：合州石鏡縣有銅梁山，又有銅梁縣。十道志：銅梁山在涪江南七里。籍籍名家孫。嗚呼先博士，炳靈精氣奔。蜀都賦：近則江漢炳靈，世載其英。惟昔武皇后，臨軒御乾坤。多士盡儒冠，墨客藹雲屯。長楊賦序：藉翰林為主人，子墨為客卿以諷。當時上紫殿，不獨卿相尊。（蔣云：寫武后好士亦見雄主氣概）武后嘗親策貢士於洛城殿。三輔黃圖：武帝於甘泉宮起紫殿，雕文刻鏤，以玉飾之。世傳閭丘筆，峻極逾崑崙。鳳藏丹霄暮，龍去白水渾。東京

閭邱文，公必有獨契處，所以傾心之至。

賦：龍飛白水。朱注：二句比閭邱之沒，丹霄暮，白水渾，蓋言朝廷自此無色也。仇注：北魏段承根贈李寶詩：鳳戢崑邱，龍藏玄漠。又三鳳八龍，古人以比賢士，原不必專指人君也。青熒雪嶺東，雪嶺即雪山。注見下。碑碣舊製存。杜田曰：東蜀牛頭山下有閭邱均撰瑞聖寺磨崖碑。晚看作意者，妙絕與誰論。吾祖詩冠古，同年蒙主恩。公祖審言傳：武后朝授著作郎，遷膳部員外郎。朱注：史稱均拜太常在中宗景龍間，據公詩所云，則武后時已擢用。豫章夾日月，言其高大。歲久空深根。言枝葉凋零。小子思疏闊，豈能達詞門。窮秋一作愁。一揮淚，相遇即諸昆。我住錦官城，兄居祇翹移切。樹園。金剛經注：須達長者施園祇陀太子，施樹為佛說法之處，故後人名曰祇園，亦曰給孤園。地近慰旅愁，往來當邱樊。天涯歇滯雨，稉稻臥不翻。張云：是久雨禾臥之景。漂然薄游倦，始與道侶敦。景晏步脩廊，而無車馬喧。全用陶句。夜闌接軟語，法華經：如來能種種分別，巧說諸法，言詞柔輭，悅可眾心。維摩經：所言誠諦，常以輭語。眷屬不離，善和爭訟。落月如金盆。句亦隱寓圓覺意，不但寫景。公蓋以雨後晤閭邱，嘗一至寺中相訪留宿也。漠漠世界黑，驅驅爭奪繁。惟有摩尼珠，圓覺經：譬如清淨摩尼寶珠，映於五色，隨方各現。翻譯名義

上四是溪上遠見之景，此段乃溪上近見之事。

末寫回舟情景。

集：摩尼或云踰摩，正云末尼，卽珠之總名也，此云離垢。可照濁水源。宣室志：馮翊嚴生家漢南，得一珠如彈丸，胡人曰，此西國清水珠也，若至濁水，泠然洞徹矣。末慨世難多故，而欲以佛法普度衆生也，舊注非。

泛溪

浣花溪也。杜臆：自卜居浣花，至此始溯溪西遊。

落景下高堂，進舟泛迴溪。誰謂築居小？未盡喬木西。未盡謂喬木以西尙有餘地也。遠郊信荒僻，秋色有餘淒。練練峯上雪，吳均詩：練練波中白。纖纖雲表霓。童戲左右岸，罟弋畢提攜。翻倒荷芰亂，指揮徑路迷。仇注：攜罟用以得魚，翻荷所以採藕。得魚已割鱗，採藕不洗泥。帶興，亦本古樂府。人情逐鮮美，物賤事已暌。言得魚未可傷鱗，採藕則必洗泥。今以物非鮮美，故事與常異；以況人情厭故喜新，歎己之年老身賤而不為世重也。吾村靄暝姿，異舍雞亦棲。蕭條欲何適，出處庶可齊。日暝返棹，猶之身老息機，故曰出處可齊。衣上見新月，霜中登故畦。佳句。濁醪自初熟，東城多鼓鼙。成都城在草堂之東，故曰東城。浦注：末句正喜身超事外也。

出郭

霜露晚淒淒，高天逐望低。（眞景如畫。）遠烟鹽井上，蜀都賦：家有鹽泉之井。劉注：蜀都臨卬、江陽、漢安縣皆有鹽井。斜景雪峯西。元和郡國志：雪山在松州嘉城縣東，春夏積雪。故國猶兵馬，時東都復爲賊陷。他鄉亦鼓鼙。以西逼吐蕃故。江城今夜客，還與舊烏啼。末句亦見無人作伴意。

恨別

邵云：格老氣蒼，律家上乘。

洛城一別四千里，胡騎長驅五六年。草木變衰行劍外，朱注：九辨：草木搖落而變衰。蜀在劍門之外，故曰劍外。兵戈阻絕老江邊。思家步月淸宵立，（承首句）憶弟看雲白日眠。蔣云：淸宵反立，白日反眠，二句曲盡憂懷。聞道河陽近乘勝，（承次句）李光弼傳：乾元二年冬十月，光弼悉軍赴河陽，大破賊衆。上元元年，進圍懷州。通鑑：上元元年三月，光弼破安太淸於懷州城下。夏四月，

沈云：結語見公將略。

王阮亭云：三四不至蜀者不知其確。

又破史思明於河陽西渚。司徒急爲破幽燕。光弼時爲檢校司徒。舊注：當時用兵之失，在於專事河陽，與賊相持，而不爲直搗幽燕之舉，公詩蓋屢言之。嘗制郭子儀自朔方直取范陽還定河北。制下旬日，爲魚朝恩所阻，次年光弼遂有邙山之敗。此云急爲者，見此機會更不可失也。下首司徒下燕趙亦此意。

散愁二首

久客宜旋旆，興王未息戈。蜀星陰見少，江雨夜聞多。百萬傳深入，寰區望匪他。司徒下燕趙，收取舊山河。

聞道并州鎮，唐書：太原府本并州。尚書訓士齊。肅宗紀：乾元二年七月，以兵部尚書潞沁節度使王思禮兼太原尹。思禮傳：光弼徙河陽，思禮代爲河東節度，用法嚴整，人不敢犯。幾時通薊北？當去聲。日報關西。浦注：當日猶云即日，關西謂京師。戀闕丹心破，霑衣皓首啼。老魂招不得，歸路恐長迷。言太平不久可望，但恐已老不能歸耳。

此詩係二首合爲起結，脫盡律詩常套。前後各四句皆思歸意，首尾循環相應。中八句敘實處，將司徒尚書聯絡上下，兩首只如一首。○朱鶴齡曰：於中興諸將中獨屬望王李者，史鄴城之潰，惟光弼與思禮軍獨完。又公意思明在東都，范陽必虛，欲光弼乘勝長驅，傾其根本，思禮以澤潞之兵會之，卽前詩斬鯨遼海波意也。以散愁命題，深旨可見。

浦云：起四劈提殄寇宜急，勢如高屋建瓴，建都之非，不言自見。

杜詩鏡銓卷八

上元、寶應間，公居成都作。

建都十二韻

通鑑：至德二載以蜀郡爲南京，鳳翔爲西京，西京爲中京。上元元年九月，改置南都於荊州。唐書：上元初以呂諲爲荊州刺史，諲請以荊州置南都，帝從之，於是荊州號江陵府，以諲爲尹。

蒼生未蘇息，胡馬半乾坤。議在雲臺上，東觀漢紀：桓譚拜議郎，詔令議雲臺。江淹獄中書：高議雲臺之上。誰扶黃屋尊？言誰能爲天子分憂者。黃屋，天子之車，注見三卷。建都分魏闕，入題 周禮注：象魏宮門雙闕。下詔闢荊門。唐書：荊州有荊門縣，以荊門山名。寰宇記：荊門之地，乃荊襄要津。恐失東人望，句原分建之意。荊州在京師東南。其如西極存。冷句極嚴 西極當即指長安。按：是時廟謨之失，無有以江陵爲南都之甚者，遷洛陽，郭子儀尚堅持不可，況江陵愈趨而南，是直以宗廟陵寢爲可棄矣，故曰其如西極存。時危當雪恥，計大豈輕論？言其無與本圖，所以譏諲之無識也。雖倚三階正，句帶回護 東方朔傳：願陳泰階六符。注：泰階，天之三階也。謂三台六星，兩兩而居，形如階級。終愁萬國翻。二句言乘輿縱不輕動，羣情難免危疑也。**牽裾恨不死，**魏志：辛毗諫，文帝不答，起入內，毗隨而引其裾。**漏網辱殊恩。**公疏救房琯，詔三司推問，賴張鎬救獲免。**永負漢庭哭，**賈誼傳：可為痛哭者。**遙憐湘水魂。**謂屈原也。**窮冬客江劍，隨事有田園。**

○二○句○帶○興○。**風斷青蒲節，霜埋翠竹根。**牽裾以下皆自敘。公以陷賊孤臣，擢居兩省，凡國大政，義當直言。此段正傷己之削迹流離，不能參預朝議以進諫也。**衣冠空攘攘，關輔久昏昏。**關輔，謂近京地。**願枉長安日，**○應○轉○起○處○。世說：明帝數歲，元帝問曰與長安孰遠，答曰日遠。明日重問之，乃答曰日近。**光輝照北原。**蔡曰：北原河北之地也。朱注：言中原淪陷，天子當迴陽光以照之，奈何汲汲建都之舉耶！

浦二田云：是時思明尚據東都，朝廷不能專意進取，長驅北向，乃反納荊州之議，張賊勢而惑衆心，失策甚矣。是詩沈痛切摯，可作一篇諫止南都疏讀。

村夜

風色蕭蕭暮，江頭人不行。村春雨外急，何云：村春，謂水碓也。**鄰火夜深明。胡羯何多難？漁樵寄此生。中原有兄弟，萬里正含情。**

李云：佳句又兼王孟

王沅亭云：本非專詠，卻句句是梅，句句是和詠梅，又全不着迹，斯爲大家。

寄楊五桂州譚

原注：因州參軍段子之任。唐書：桂州始安郡屬嶺南道。

五嶺皆炎熱，宜人獨桂林。五嶺注見六卷。舊唐書：江源多桂，不生雜木，故秦時立爲桂林郡。鶴注：白樂天云：桂林無瘴氣，茲所以宜人也。嶺南無雪，獨桂林有之。梅花萬里外，南康記：大庾嶺多梅，而先發，亦曰梅嶺。雪片一冬深。聞此寬相憶，爲邦復好音。江邊送孫楚，仇注：孫楚爲石苞參軍，以比段。遠附白頭吟。久要之意。

和裴迪登蜀州東亭送客逢早梅相憶見寄

唐書：蜀州唐安郡，析益州置。黃鶴曰：按九域志：蜀州東至成都纔百里，宜公與裴頻有和寄。

東閣觀梅動詩興，東閣卽指東亭。還如何遜在揚州。趙曰：何遜詠早梅詩曰：兔園標物序，驚時最是梅。枝橫卻月觀，花遶凌風臺。遜時在廣陵爲建安王記室，以迪在王侍郎幕中，故用以相比。此時對雪遙相憶，送客逢春一作花。可自由？代他寫情一句，即呼動下文。幸不折來傷歲暮，仇注：陸凱詩：折梅逢驛使，寄與隴頭人。裴詩中必有不及折贈語。若爲看去亂鄉愁。二句言幸未折來，已傷歲暮，若爲看去，更亂鄉愁。只寄一詩，已令人魂消欲絕，不知見梅花當更何如也。江邊一樹垂垂發，楊愼曰：梅花放皆下垂，故曰垂垂。朝夕催人自白頭。初見春花，不覺歲年光易逝，卽所以易動鄉愁也。朱注：言只此江梅獨發，已催人老，況又見東亭之早梅乎？

黃白山云：此詩直而實曲，樸而實秀；其暗映早梅，婉折如意，往復盡情，王元美以爲古今詠梅第一。○吳東巖云：用意曲折飛舞，自是生龍活虎，不受排偶拘束者，然亦開宋人門庭。

寄贈王十將軍承俊

將軍膽氣雄，臂懸兩角弓。纏結青驄馬，出入錦城中。時危未授鉞，勢屈難爲功！賓客滿堂上，何人高義同？

浦二田云：將軍當是駐成都屬郡，嘗往來成都者。詩則以古爲律，壯之惜之，一氣貫注，筆力甚雄。結聯作問辭曰：同君氣誼者幾人乎？蓋微以相知自許。○楊升菴曰：五言律詩，起句最難。六朝人稱謝朓工於發端，如大江流日夜，客心悲未央，雄壓千古矣。唐人多以對偶起，雖森嚴而乏高古。余愛蘇頲：北風吹早雁，日日渡河飛。張柬之：淮南有小山，嬴女隱其間。杜子美：將軍膽氣雄，臂懸兩角弓。孟浩然：八月湖水平，涵虛混太淸。雖律也，而含古意，皆起句之可法者。然杜之佳者，實不止此。

芥隱筆記：荆公詩綠攙寒蕪出，紅爭暖樹歸，本於杜句。

劉須溪云：風韻閒淡。

奉酬李都督表丈早春作

力疾坐清曉，仇注：晉書：習鑿齒力疾著論一篇。謂扶病強起也。來詩悲早春。轉添愁伴客，更覺老隨人。紅入桃花嫩，靑歸柳葉新。望鄉應未已，四海尙風塵。

蔣弱六云：首句幾不知春至矣，忽接來詩，乃悲早春，於是又添出春愁，又因愁傷老。五六略用實筆，言早春之景，非不可娛，無如歸期未卜，世亂未靖，此其所以尤不免於傷春傷老也。下半係申上半，通首一氣，抒寫中有無限曲折。

西郊 此偶至城中來歸作。

時出碧雞坊，梁益記：成都之坊百有二十，第四曰碧雞坊。漢宣帝時，或言益州有金馬碧雞之神，遣王褒持節醮祭，故名。西郊向草堂。成都記：草堂在府西七里。市橋官柳細，承首句 華陽國志：成都西南石牛門外曰市橋。陶侃傳：都尉夏施，盜官柳種之己門。江路一作岸。野梅香。傍架齊書承次句帙，看題減一作檢。藥囊。劉辰翁曰：看有無，減去無用。作檢字淺近。無人覺來往，疏懶意何長。二句靜細可味。公此番入城，想竟未候客，故覺其疏懶。

王介甫曰：老杜之無人覺來往，下得覺字大好；瞑色赴春愁，下得赴字大好；若下得見字、起字，卽是小兒言語，足見吟詩要一字兩字工夫。按：瞑色赴春愁，乃皇甫冉歸渡洛水詩。

客至

原注：喜崔明府相過。

邵云：超脫有眞趣。

舍南舍北皆春水，但見羣鷗日日來。花徑不曾緣客掃，蓬門今始爲君開。

四句言無客至，亦不輕延客也。

盤飧市遠無兼味，樽酒家貧只舊醅。

韻會：醅，酒未漉也。

肯與鄰翁相對飮，隔籬呼取盡餘杯。

陳秋田云：賓是貴介之賓，客是相知之客，與前賓至首各見用意所在。

遣意二首

便是王韋佳句。

囀枝黃鳥近，泛渚白鷗輕。一徑野花落，孤村春水生。衰年催釀黍，細雨

仇云：上首記草堂春日景，此記草堂春夜景。

更移橙。漸喜交遊絕，幽居不用名。李云：感興在言外。交遊多則名盛。

簷影微微落，津流脈脈斜。野船明細火，宿鷺起舊作雁。聚。圓沙。杜臆：雁當作鷺，蓋因建子月詩句同而兩誤也。春來則雁北向，白露降則鷺飛去。雲掩初弦月，香傳小樹花。暗中不見樹，故止聞香也。鄰人有美酒，稚子也一作夜，能賒。

浦二田云：二詩輕圓明秀，在集中另爲一格。

漫成二首

邵云：俗物之可厭如是，爲之啞然。

野日荒荒白，春流泯泯清。渚蒲隨地有，村徑逐門成。妙語。只作披衣慣，常從漉酒生。漉酒注見六卷。眼邊無俗物，世說：嵇、阮、山濤在竹林酣飲，王戎後往，阮曰：俗物已復來，敗人意。多病也身輕。

申鳧盟云：杜詩善用疊字，如野日荒荒白，春流泯泯清；及江市戎戎暗，山雲淰淰寒之類，皆非意想所及。

劉須溪云：偶然語偶然道之，自見天趣。

江皐已仲春，花下復清晨。仰面貪看鳥，回頭錯應人。一片忘機意思。讀書難字過，浦注：卽靖節不求甚解意，亦見懶趣。對酒滿壺傾。近識峨嵋老，原注：東山隱者。知余懶是眞。

解杜舊多穿鑿，宋人有以三四爲相業者，殊屬可笑。

春夜喜雨

好雨知時節，當春乃發生。隨風潛入夜，是春雨。潤物細無聲。仇注：曰潛，曰細，寫得脈脈綿綿，見造物發生之妙。野徑雲俱黑，江船火獨明。邵云：十字咏夜雨入神。上二屬聞，此二屬見。曉看紅溼處，花重錦官城。

李子德云：詩非讀書窮理，不至絕頂，然一墮理障書魔，拖泥帶水，宋人遠遜晉人矣。公深入其中，掉臂而出，飛行自在，獨有千古。

春水生二絕

邵云：絕句別致自老。○山谷好學此種。

二月六夜春水生，門前小灘渾欲平。鸕鷀鸂鶒莫漫喜，先喜。吾與汝曹俱眼明。」

一夜水高二尺強，數日不可更禁平聲。當。南市津頭有船賣，緇以憂。無錢卽買繫籬

邵云：首二句見此老苦心，今人輕易作詩何也？前半俱說聊短述處，五六方入題。

旁。仇注：無錢買船，蓋恐水沒草堂也。

劉須溪云：此與漫興及江畔尋花絕句，皆放蕩自然，足洗凡陋，何必竹枝樂府。○孫季昭云：子美善以方言諺語點化入詩句中，正不傷雅，如此類甚多。

江上值水如海勢聊短述 吳瞻泰云：此公自負其平生有驚人句而傷老邁也。蓄意在未落筆之先，故值此奇景，不能長吟，聊爲短述。顧宸作翻案說固非，即謂偶然思澀，亦屬無味。

爲人性僻耽佳句，自負甚奇。語不驚人死不休。老去詩篇渾漫與，一作興。漫與，謂隨意付與。春來花鳥莫深愁。趙注：詩人形容刻露，即花鳥亦應愁怕。新添水檻供垂釣，公後有水檻詩。朱注：說文：檻，櫳也。軒牕之下，爲櫺曰欄，以板曰檻。故舊也。著浮槎替入舟。焉得思如陶謝手，令渠述作與同遊。末句因己偶無佳句，而思及古人也。

水檻遣心一作興。二首 邵注：草堂水亭之檻，言憑檻眺望以遣心也。

去郭軒楹敞，無村眺望賒。澄江平少岸，幽樹晚多花。細雨魚兒出，微風燕子斜。城中十萬戶，應去郭此地兩三家。應無村劉須溪云：結細潤有味。

葉石林云：詩語固忌用巧太過，然緣情體物，自有天然工巧而不見其刻劃之痕，如此詩細雨二句，殆無一字虛設。細雨着水面爲漚，魚常上浮而淰，若大雨則伏而不出。燕體輕弱，風猛則不能勝，惟微風乃受以爲勢，故又有輕燕受風斜之句，精微至此。

蜀天常夜雨，江檻已朝晴。葉潤林塘密，承雨衣乾枕席淸。承晴不堪秖音支。老病，何得尚浮名？淺把涓涓酒，深憑送此生。

題新津北橋樓得郊字

下四首閒至新津作。

望極春城上，開筵近鳥巢。極言樓之高也。白花簷外朶，青柳檻前梢。池水觀爲政，廚烟覺遠庖。謂不比城中喧雜也。杜臆：時新津令蓋設宴樓上。西川供客眼，惟有此江郊。

暮登四安寺鐘樓寄裴十迪

蜀志：新津縣南有四安寺，神秀禪師所建。浦注：此係至蜀州詩，或於寺中期裴不至而作，舊與和早梅詩編同一邵云：杜屢屢自信。

張云：潤字從薄字看出，暄字從遲字看出，寫景極細。

處，非是。

暮倚高樓對雪峯，僧來不語自鳴鐘。靜境可想 孤城返照紅將斂，近市浮烟翠且重。多病獨愁常闃寂，故人相見未從容。知君苦思緣詩瘦，蔣云若怨若責深情獨寄 太向交遊萬事慵。

遊修覺寺

全蜀總志：修覺山在新津縣治東南五里，山有修覺寺、絕勝亭。

野寺江天豁，二妙得兼 山扉花竹幽。詩應有神助，吾得及春遊。徑石相縈帶，川雲自去留。禪枝宿衆鳥，庾信安昌寺碑：禪枝四靜，慧窟三明。 漂轉暮歸愁。謂不如鳥之安棲也。

後遊

寺憶曾遊處，橋憐再渡時。江山如有待，花柳更無私。見道語 野潤烟光薄，沙暄日色遲。客愁全爲減，捨此復何之？

春水 復歸草堂作。

三月桃花浪，江流復舊痕。朝來沒沙尾，一作岸。碧色動柴門。接縷垂芳餌，連筒灌小園。李實曰：川中水車如紡車，以細竹爲之，車首之末，傳以竹筒，旋轉時低則舀水，高則瀉水。按：舀，遙上聲，挹水也。仇注：水深則線短，故釣須接縷；水高則近岸，故車可連筒。已添無數鳥，爭浴故相喧。

李云：結語俊宕，添毫妙手。

江亭

坦腹江亭臥，長吟野望時。水流心不競，雲在意俱遲。野水爭流而予心自靜，不欲與之俱競；閒雲徐度而予心欲動，不覺與之俱遲。二句意同語異，眞爲沂水春風氣象。寂寂春將晚，欣欣物自私。劉辰翁曰：物自私與花柳更無私實一意，物物自以爲有私，則無私矣。今按物自私謂物各遂其性也，更無私謂物同適其天也。故林歸未得，排悶強裁詩。杜公性稟高明，故當閒適時，道機自露，不必專講道學也。堯夫擊壤集中多有此意致，而超妙不及矣。

沈云：有理趣，無理語。

一妙在無私，一正妙在有私，可以意會。

方虛谷云：此等句千鍛百鍊，乃晚唐之祖。

早起

春來常早起，幽事頗相關。帖石防隤（同頹。）岸，開林出遠山。（吳注：岸懼江隤，故帖石以防之；山爲樹翳，故薙林以出之。）一邱藏曲折，緩步有躋攀。童僕來城市，瓶中得酒還。（下四言偶爾登陟回，適逢沽酒之人，俱見幽事意。）

落日

落日在簾鉤，溪邊春事幽。（句領下。）芳菲緣岸圃，樵爨倚灘舟。（畫景。）（史記：樵蘇後爨。）啅雀爭枝墜，飛蟲滿院遊。濁醪誰造汝？一酌散千愁。（空中忽作動盪之筆。）

謝茂秦云：五律首句用韻宜突然而起，如落日在簾鉤是也。○李子德云：本是鬱鬱無聊，寫來更饒興象。

可惜

邵云：起四語頓挫曲折，甚足情致。

大手筆人偏善狀此幽微之景。

花飛有底急？怪一句。朱注：俗謂何物爲底。有底急，言有底事而飛之急也。老去願春遲。輸情一句。可惜歡娛地，都非少壯時。寬心應是酒，遣興莫過詩。此意陶潛解，吾生後汝期。李子德云：烈士暮年，壯心不已，一心牢騷感寄，於言外得之。

獨酌

步屧深林晚，開樽獨酌遲。仰蜂粘落絮，行蟻上枯梨。薄劣慚眞隱，南史：何尚之致仕方山，後還攝職。袁淑錄古隱士有跡無名者，作眞隱傳以嗤焉。幽偏得自怡。本無軒冕意，不是傲當時。語極委婉，愈見身分。仇注：上四獨酌之景，下四獨酌之情。

徐步

整履步青蕪，杜臆：公疏懶，閒臥時多，故須整履而起。荒庭日欲晡。廣雅：日晚曰晡。芹泥隨燕觜，花蕊一作蕊粉。

後半寫出與俗相安，亦見眞趣。

上蜂鬚。燕銜泥而至，蜂採蕊而回，皆在日晡以後。把酒從衣溼，仇注：步而把酒，故至傾衣。吟詩信杖扶。敢論才見忌？實有醉如愚。

懶眞子曰：古人命題，絕不草草。如此二詩，云獨酌則無獻酬也，徐步則非奔走也，故蜂蟻之類，細微之物，皆能見之。若與客對談，或急趨而過，則何暇致詳至是。東山詩：伊威在室，蠨蛸在戶，町畽鹿場，熠燿宵行。此物尋常亦有之，但人獨居閒處時乃見得親切耳。杜詩之原，蓋出於此。

寒食

寒食江村路，風花高下飛。汀烟輕冉冉，竹日淨暉暉。田父要皆去，鄰家問不違。趙注：言鄰家問贈，亦不違而受之。地偏相識盡，雞犬亦忘歸。

石鏡

華陽國志：武都有一丈夫化爲女子，美而豔，蓋山精也。蜀王納爲妃，無幾物故，遣五丁之武都擔土作冢，高七丈，上有石鏡表其門，今成都北角武擔是也。後王悲悼，作臾邪之歌，龍歸之曲。寰宇記：冢上有一石，厚五寸，徑五尺，瑩徹號曰石鏡。

蜀王將此鏡，送死置空山。冥寞憐香骨，提攜近玉顏。衆妃無復歎，千騎亦虛還。千騎言送葬者。獨有傷心石，埋輪月宇間。結有神韻　江總詩：月宇照方疏。

琴臺

成都記：相如琴臺在城外浣花溪之海安寺南，今為金花寺。

茂陵多病後，尚愛卓文君。史記：相如常有消渴疾，既病免，家居茂陵。酒肆人間世，蜀記：相如宅在市橋西，即文君當壚滌器處。莊子內篇有人間世，所言乃齊得喪，忘物我，故以比相如寄傲之意。琴臺日暮雲。言酒肆尚在人間，可想見長卿慢世，無如琴臺但有暮雲，則亦付之憑弔耳。

蔣云：千古情種，風流佳話，盡此二語。

野花留寶靨，承三　益涉切。說文：靨，頰輔也。寶靨謂花鈿。朱注：唐時婦女多貼花鈿於面，謂之靨飾。李賀詩：花合靨朱紅是也。蔓草見羅裙。江總妻賦庭草詩：雨過草芊芊，連雲鎖南陌。門前君試看，似妾羅裙色。歸鳳求凰意，承四　寥寥不復聞。玉臺新詠：相如琴歌曰：鳳兮鳳兮歸故鄉，遨遊四海求其凰，時未通遇無所將。何悟今日升斯堂，有豔淑女在此房。室邇人遐愁我腸，何緣交頸為鴛鴦。

邵云：野花十字，已開溫李。

朝雨

邵云：咏物老境。

涼氣曉蕭蕭，江雲亂眼飄。是將雨景風鴛藏近渚，雨燕集深條。二物亦覺羇棲蕭索，興起下文。黃綺終二句亦朝上觸發辭漢，從夏黃公、綺里季，乃商山四皓之二。巢由不見堯。草堂樽酒在，幸得過清朝。

晚晴

村晚驚風度，庭幽過雨霑。夕陽薰細草，蔣云：初晴，日射處溼氣上騰，薰字如畫。江色映疏簾。謂江色得返照而明也。書亂誰能帙，杯乾自可添。時聞有餘論，謂聽外人議論。未怪老夫潛。潛字倒押得奇王符有潛夫論。

高柟

上林賦：楩柟豫章。俗作楠。公有柟樹為風雨所拔歎即此。

柟樹色冥冥，江邊一蓋青。近根開藥圃，接葉製茅亭。見樹之大。落景陰猶合，微風韻可聽。尋常絕醉困，臥此片時醒。

惡樹

首二句縮下六章。止一酒伴，又尋不着，明所以獨步尋花之故。

獨繞虛齋裏，常持小斧柯。幽陰成頗雜，惡木翦還多。枸杞因吾有，道書：千年枸杞，其形似犬，故以枸名。顧注：枸杞向爲惡木遮蔽，不能遂其生，今經翦伐，因爲吾有也。雞栖奈汝一作爾。何？急就篇注：皂莢樹，一名雞栖。魏志：劉放、孫資久典樞要，夏侯獻、曹肇心不平。殿中有雞栖樹，二人相謂：此亦久矣，其能復久。仇注：枸杞延年，故曰因吾有；雞栖賤樹，故曰奈汝何。枸杞雞栖，亦用借對法。方知不材者，生長漫婆娑。言其生而無用也。世說：殷仲文與衆在聽，視槐良久，歎曰：此樹婆娑，無復生意。

江畔獨步尋花七絕句

蔣云：着一惱字，尋花癡景，不描自出。

江上被花惱不徹，無處告訴只顛狂。走覓南鄰愛酒伴，原注：斛斯融吾酒徒。經旬出飲獨空牀。

稠花亂蕊裹江濱，行步欹危實怕春。慘語不免逗出詩酒尚堪驅使在，旋自踈張得妙。未須料理白頭人。世說：韓康伯母聞二吳哭母哀，語子曰：汝若爲選官，當好料理此人。

一路尋去，由近及遠。

此首係遙望，更尋出奢想。

上四首皆以酒陪說。

又尋到偏僻冷處。

又尋到人家。

末章總結，深情無限。

江深竹靜兩三家，多事紅花映白花。（怨得妙，爲他惱不徹）報答春光知有處，（故）應須美酒送生涯。」

東望少城花滿烟，蜀都賦：亞以少城，接乎其西。注：少城，小城也，在古城西，市在其中。元和郡國志：在成都縣西南一里。百花高樓更可憐。誰能載酒開金盞，喚取佳人舞繡筵？佳人卽樓上之人。

黃師塔前江水東，陸游老學菴筆記：余以事至犀浦，過松林甚茂，問馭卒此何處？答曰：師塔也。蜀人呼僧爲師，葬所爲塔，始悟少陵黃師塔前之句。春光懶困倚微風。（并傳出春光之神，綺語令人欲死。）桃花一簇開無主，可愛深紅愛淺紅？一作映。（疊用愛字，有致。）朱注：言桃花稠密，可是愛深紅乎，抑愛淺紅乎？」

黃四娘家花滿蹊，千朶萬朶壓枝低。留連戲蝶時時舞，自在嬌鶯恰恰啼。」（劉須溪云：點蕩稱情。）

不是愛花卽欲死，只恐花盡老相催。（明明供出，又不肯承認，妙。）繁枝容易紛紛落，（應稠花。）嫩蕊商量細細開。（應亂蕊。）」

王阮亭云：讀七絕，此老是何等風致。○劉須溪云：每誦數過，可歌可舞，能使老人復少。

絕句漫興九首

杜臆：興之所到，率然而成，故曰漫興，亦竹枝樂府之變體也。

蔣云：罵春色。

罵春風。○前花開既恨，此花折又恨，總是奈何不得光景。

罵燕子。

劉須溪云：總如此則樂天矣。

此處似一束。

又罵桃柳。

忽作自得語。

眼見客愁愁不醒，客愁二字乃九首之綱 無賴春色到江亭。即遣花開深造次，便教鶯語太丁寧。即所謂江上被花惱不徹也。因旅況無聊，故用反言見意。

手種桃李非無主，再三與他論道理。妙絕。劉須溪云 野老墻低還是家。恰似春風相欺得，疏野有佳致 夜來吹折數枝花。

熟知茅齋絕低小，江上燕子故來頻。是感是怨 銜泥點汚琴書內，數出罪過 更接飛蟲打著人。杜臆：遠客孤居，一時遭遇，多有不可人意者。此與下顛狂輕薄二句，俱帶寓言。

二月已破三月來，破，殘也。沈佺期詩：別離頻破月。漸老逢春能幾回。莫思身外無窮事，且盡生前有限杯。

腸斷春江欲盡頭，杖藜徐步立芳洲。顛狂柳絮隨風舞，輕薄桃花逐水流。

懶慢無堪不出村，呼兒自在掩柴門。蒼苔濁酒林中靜，碧水春風野外昏。

此及下首，皆寫入夏景。

此處又似一束。

此與第二首本一意，特用分置，始終見春光不能少留之感。

邵云：疊字易涉惡道，語亦頗村氣。

林中靜，又反上顛狂輕薄之景，承上句掩門說。野外昏，則綠暗春陰時也，此時儘可遊玩，特因懶未出村耳。

糝徑楊花鋪白氈，點溪荷葉疊青錢。筍根雉一作稚。子無人見，舊注：稚子，筍也。趙曰：漢鐃歌有雉子斑。又雉性好伏，其子身小，在筍旁難見。世本訛作稚子，遂起紛紛之說。沙上鳧雛傍母眠。

舍西柔桑葉可拈，江畔細麥復纖纖。人生幾何春已夏，不放香醪如蜜甜。

隔戶楊柳弱嫋嫋，恰似十五女兒腰。俚句是樂府體瑯琊王歌：新買五尺刀，懸著中梁柱，一日三摩娑，劇於十五女。謂誰朝來不作意？謂不見憐惜。狂風挽斷最長條。

絕句以太白、少伯爲宗，子美獨創別調，頹然自放中，有不可一世之槩，盧德水所謂巧於用拙，長於用短者也。後空同多好學之。

進艇

南京久客耕南畝，北望傷神坐北牕。南京謂成都，北望指長安。晝引老妻乘小艇，晴看稚子浴清江。俱飛蛺蝶元相逐，並蒂芙蓉本自雙。爾雅：荷，芙蕖。注：別名芙蓉，江東呼荷。二句係夫婦相慶慰之詞，舊分貼妻子非是。茗飲蔗漿攜所便，瓷罌無謝玉爲缸。無謝，猶言不讓。

葛常之曰：北征詩云：經年至茅屋，妻子衣百結。慟哭松聲迴，悲泉共幽咽。是時方脫身於萬死一生，以得見妻兒爲幸。至秦州則云：曬藥能無婦，應門亦有兒之句，已非北征時矣。及成都卜居後，江村詩云：老妻畫紙爲棊局，稚子敲鍼作釣鉤；進艇詩云：晝引老妻乘小艇，晴看稚子浴清江。其優游愉悅之情，見於嬉戲之際，則又異於客秦時矣。

一室　此詩在蜀而思楚也。

一室他鄉遠，空林暮景懸。正愁二字一讀。二句景在情中。聞塞笛，獨立見江船。巴蜀來三字一讀。多病，荊蠻去幾年？王粲七哀詩：遠身適荊蠻。注：荊蠻喻荊州。應同王粲宅，留井峴山前。襄沔記：王粲宅在襄陽縣西二十里峴山坡下，宅前有井，人呼爲仲宣井。仇注：以襄陽本公祖居，故欲留跡其地。

聞斛斯六官未歸　即斛斯融，官，想當時俗稱。

故人南郡去，南郡謂江陵府。去索作碑錢。本賣文爲活，翻令室倒懸。二句倒懸荆扉深蔓草，之狀土銼粗臥切。冷寒烟。朱注：說文：銼，鍑也。按：鍑音副，釜大者曰鍑，土銼是甗甑之屬，即今行鍋也。困學紀聞：土銼乃黔蜀人語。老罷休無賴，南史蔡興宗傳：太尉沈慶之曰：加老罷私門，兵力頓闕。仇注：老罷言老則百事皆罷。歸來省醉眠。

仇滄柱云：此因斛斯耽酒而諷之也。得錢即飲，不顧其家，近於少年無賴，故囑其早歸以爲善後之計，見朋友相規之義也。

赴青城縣出成都寄陶王二少尹

唐書：青城縣屬蜀州，因山爲名，今爲灌縣。時成都稱南京，故如京兆置少尹。下五首至青城作。

老被樊籠役，一云老恥妻孥笑。貧嗟出入勞。客情投異縣，詩態憶吾曹。東郭滄江承客情句合，浦注：青城在成都西，向西而行，故以成都爲東郭，其城西亦緣江也。舊引二江合於城東，非是。西山白雪高。即指雪嶺。文章差底病，承詩態句朱注：謂差在何病？差字乃差錯之差。回首興滔滔。言跋涉勞苦如此，豈文章不若人乎？所以回首故人，詩興猶覺滔滔耳。

野望因過常少仙

容齋隨筆：杜詩過常少仙，蜀本注云：應是言縣尉，縣尉謂之少府，而梅福爲尉，有神仙之稱，猶今俗呼仙尉也。浦注：按詩曰入村，曰幽

浦云：遂層引出景事，情意俱到。

中四一句一轉，玩通首全用虛寫，具見纏綿愴惻。

人，似是青城隱者，少仙或其名字。

野橋齊渡馬，秋望轉悠哉！范成大吳船錄：將至青城，當再渡繩橋，橋長百二十丈，分爲五架，橋之廣十二繩排連之。竹覆青城合，江從灌口來。灌口注見七卷。青城與導江接界。入村樵徑引，嘗果栗皺側尤切。開。宋祁益部方物贊：天師栗生青城山中，味美，以獨房爲貴，久食已風攣。漢上題襟周繇詩：開栗弋之紫皺。謂栗蓬也。落盡高天日，幽人未遣回。

寄杜位

原注：位京中宅近西曲江，詩尾有述位李林甫壻，林甫以天寶十一載卒，位是時當以林甫故貶官，至上元二年已十年也。

近聞寬法離去聲。新州，位貶所。唐書：新州屬嶺南道，至京師五千五十二里。想見懷歸尚百憂。逐客雖皆萬里去，指同時貶官者。悲君已是十年流！見遠同而久獨也。干戈況復塵隨眼，鬢髮還應雪滿頭。玉壘題書心緒亂，一統志：玉壘山在灌縣西北。按：灌縣即唐青城。何時更得曲江遊？公有位宅守歲詩在長安作。

龔芝麓曰：同一貶竄也，鄭虔台州之流，自論死減等，猶曰嚴譴；杜位在新州，去國萬里，長流十年，始離貶所，乃曰寬法。蓋虔陷賊中不得已，其情可原；杜爲李黨，僅加貶謫，復得量移，實曠

張上若云：百行以孝爲本，亂離至使人不能養父母，則天下事可知。二句多少感慨。〇轉字從靜字看出，稀字從寒字看出，甚細。

恩也。只嚴譴寬法四字，便見春秋之筆。

送韓十四江東省覲

張綖注：韓蓋公同鄉人，必其父母避亂江東而往省之，觀次聯及結可見。

兵戈不見老萊衣，太息人間萬事非。我已無家尋弟妹，君今何處訪庭闈？一氣旋折，極沈鬱頓挫之致。

黃牛峽靜灘聲轉，水經：江水又東逕黃牛山。注：下有灘，名曰黃牛灘，南岸高崖間，有石如人負刀牽牛，人黑牛黃，成就分明。行者謠曰：朝發黃牛，暮宿黃牛。言水路紆深，迴望如一矣。一統志：黃牛山在夷陵州西九十里，即黃牛峽。

白馬江寒樹影稀。趙曰：白馬江在蜀州。朱注：一統志：白馬江在崇慶州東北十里。按：唐蜀州今爲崇慶州。仇注：黃牛白馬皆途中所經，兼寫冬日之景。

此別應須各努力，故鄉猶恐未同歸。朱瀚曰：灘聲樹影二句，在韓是一片歸思，在杜是一片離情。氣韻淋漓，滿紙猶溼。

丈人山

御覽：玉匱經云：黃帝遍歷五岳，封青城山爲五岳丈人，爲第五大洞寶仙九室之天。連峯掩映，互相連接，靈仙所宅，神異甚多。寰宇記：山在青城縣西北三十二里。

自爲青城客，不唾青城地。張云似古語。劉勳妻王氏雜詩：千里不唾井，況乃昔所奉。智度論：若入寺時，當歌唄讚歎，不唾僧地。

爲愛丈人山，

浦云：結作遊仙語，而以詼諧出之，趣甚。

起句突兀。

公於舊家，往往致意。

丹梯近幽意。（謝朓敬亭山詩：即此凌丹梯。注：丹梯，山也。四句言因屬仙境，故不敢輕褻若此。）丈人祠前佳氣濃，（青城山記：昔甯封先生棲於北巖之上，黃帝築壇拜爲五岳丈人，晉代置觀。按：此與御覽所載不同，當亦傳聞異辭耳。）緣雲擬住最高峰。掃除白髮黃精在，（注見七卷。）君看他時冰雪容。（莊子：藐姑射之山，有神人焉，肌膚若冰雪，綽約若處子。）

送裴五赴東川（下復歸成都作。）

故人亦流落，高義動乾坤。（裴必有志匡扶者，故以高義稱之。）何日通燕塞，（時史朝義未平。）相看老蜀門。東行（承四）應暫別，北望（承三）苦銷魂。凜凜悲秋意，非君誰與論？

贈虞十五司馬

遠師虞祕監，（唐書：虞世南爲祕書監，封永興縣子。世南歿，太宗勅圖其像於凌烟閣。時稱世南五絕，四曰文詞，五曰書翰。）今喜得元孫。形象丹青逼，（言司馬之貌逼似其祖。）家聲器宇存。淒涼憐筆勢，（王羲之有筆勢論。）浩蕩問詞源。爽

宋羅大經鶴林玉露取此。

蔣云：寫枬樹耳，不覺寫出一篇離騷、兩道出師表。

氣金天豁，清談玉露繁。董仲舒有繁露篇。佇鳴南嶽鳳，劉楨詩：鳳凰集南嶽，徘徊孤竹根。欲化北溟鯤。莊子：北海有魚，名曰鯤，化爲大鵬。交態知浮俗，儒流不異門。過逢連客位，日夜倒芳樽。沙岸風吹葉，雲江月上軒。百年嗟已半，四座敢辭喧。仇注：謂同飲與豪。書籍終相與，魏志：蔡邕聞王粲在門，倒屣迎之，謂座客曰：此王公孫也，有異才，吾家書籍文章，盡當與之。按粲乃王暢孫。青山隔故園。時當有相約北歸之語。

李子德云：氣象軒翥，詞格老成，好德懷賢，風人之雅致。

枬樹爲風雨所拔歎

倚江枬樹草堂前，故老相傳二百年。誅茅卜居總爲此，哀江南賦：誅茅宋玉之宅。五月髣髴聞寒蟬。東南飄風動地至，江翻石走流雲氣。幹排雷雨猶力爭，根斷泉源豈天意？張云：二句盡風木相激之狀。又追敘未拔之先。滄波老樹性所愛，浦上亭亭一青蓋。野客頻留懼雪霜，行人不

蔣云：此處若再加歎息，不成文矣，妙竟推開自家，向大處作結，於極潦倒中正有興會。○邵云：此老襟抱自闊，與蟣蝨輩迥異。

過聽竽籟。高唐賦：纖條悲鳴，聲似竽籟。虎倒龍顛委荆榛。語亦奇。一作棘，言枏樹之拔也。淚痕血點垂胸臆。我有新詩何處吟，草堂自此無顏色。

浦二田云：結四具有深痛，虎倒龍顛，英雄失路，淚痕血點，人樹兼悲。末二句歎枏耶，自歎耶？殷仲文有言：樹猶如此，人何以堪。

茅屋爲秋風所破歌

八月秋高風怒號，卷我屋上三重茅。茅飛渡江灑江郊：高者掛罥長林梢，下者飄轉沉塘坳。南村羣童欺我老無力，敘事筆力恣橫。忍能對面爲盜賊。公然抱茅入竹去，脣焦口燥呼不得，歸來倚杖自歎息。單句縮住黯然。俄頃風定雲墨色，秋天漠漠向昏黑。布衾多年冷似鐵，嬌兒惡烏臥切。臥踏裏裂。牀牀一作頭。屋漏無乾處，雨脚如麻未斷絕。自經喪亂少睡眠，直戚到此亦即起下。長夜霑溼何由徹？徹，曉也。夜雨之苦，乃因屋破而究極言之。安得

蔣云：商定行止，宛如面談。

廣廈千萬間，大庇天下寒士俱歡顏，風雨不動安如山？（還說竆話妙）嗚呼！何時眼前突兀見此屋？（一筆兜轉本位，其疾如風）吾廬獨破受凍死亦足。朱注：白樂天詩：安得大裘長萬丈，與君都蓋洛陽城，即此意。

浦二田云：前篇峻整，此篇奇奡，不可軒輊。

○邵子湘云：詩亦以樸勝，遂開宋派。

太

繫。

逢唐興劉主簿弟 唐書：唐興縣屬遂州，天寶元年改蓬溪。此詩及唐興縣客館記，俱循舊名也。按：公未嘗至唐興，劉或有事來成都。浦謂為王宰求作記，

分手開元末，連年絕尺書。江山且相見，戎馬未安居。（四句一氣轉折）劍外官人冷，杜詩博議：官人乃隋唐間語。舊唐書高祖紀：高祖即位，官人百姓，賜爵一級。武宗紀：中書奏赴選官人多京債，到任塡還，致其貪求，罔不由此。則官人乃州縣令佐之稱。關中驛騎疎。浦注：即所謂厚祿故人書斷絕也。二句乃自述旅況，故欲有東下之意。扁舟下吳會，音桂。魏文帝詩：吹我東南行，行行至吳會。謂吳門、會稽也。主簿意何如？

敬簡王明府

鶴注：公嘗爲唐興縣宰王潛作客館記，當即其人，此詩或因劉附寄。

葉縣郎官宰，葉縣，王喬事，注見二卷。後漢書：湖陽公主爲子求郎，明帝曰：郎官上應列宿，出宰百里。明府必以郎官出爲宰。周南太史公。句以自比。司馬遷傳：天子始建漢家之封，而太史公留滯周南，不得與從事。後漢書注：古之周南，今之洛陽。神承一仙才有數，流承二落意無窮。驥病思倒字偏秣，鷹愁怕苦籠。看君用高義，恥與萬人同。末望王破格加惠也。

重簡王明府

想因寄前詩無濟，故復促之。

甲子西南異，朱注：甲子謂歲序。沈佺期詩：洛陽新甲子，何日是清明。冬來只薄寒。江雲何夜盡，蜀雨幾時乾？行李須相問，顧注：左傳注：行李，行人也。欲王遣使相存問。窮愁豈自一作有。寬。君聽鴻雁響，用比結不盡恐致稻粱難。

百憂集行

聊以洩憤，不嫌徑直。

仇云：笑語供主人，說窮途作客之態最苦。

此詩未免俗氣。

憶年十五心尚孩，健如黃犢走復來。形容絕倒正爲襯庭前八月梨棗熟，出下文一日上樹能千迴。卽今倏忽已五十，寫憔悴言少意多坐臥只多少行立。強將笑語供主人，悲見生涯百憂集。入門依舊四壁空，老妻覩我顏色同。癡兒不知父子禮，亦帶詼諧叫怒索飯啼門東。

漫叟詩話：庖廚之門在東，故曰啼門東，非趁韻也。

徐卿二子歌

君不見徐卿二子生絕奇，感應吉夢相追隨。孔子釋氏親抱送，此句正述其夢。並是天上麒麟兒！陳書：徐陵年數歲，家人攜侯寶誌上人，寶誌摩其頂曰：天上石麒麟也。大兒九齡色清澈，秋水爲神玉爲骨。小兒五歲氣食牛，尸子：虎豹之駒，雖未成文，已有食牛之氣。滿堂賓客皆回頭。吾知徐卿百不憂，積善袞袞生公侯。丈夫生兒有如此二雛者，名位豈肯卑微休！

張云：至理奇情，他人說不出，久在行間方知。

邵云：子璋二語，至今讀之，凜凜有生氣，當時愈瘧不虛耳。

王西樵云：花卿功罪不相

申鳧盟云：此等題雖老杜亦不能佳，今人刻詩集，生子祝壽，套數滿紙，豈不可厭。

戲作花卿歌

舊唐書肅宗紀：上元二年四月，梓州刺史段子璋反，襲東川節度使李奐於綿州，自稱梁王，改元黃龍，以綿州爲黃龍府，置百官。五月，成都尹崔光遠率將花驚定拔綿州，斬子璋。高適傳：西川牙將花驚定恃勇，既誅子璋，大掠東蜀。天子怒光遠不能戢軍，乃罷之。山谷詩話：花卿冢在丹稜縣之東館鎮，至今有英氣，血食其鄉，宜子美爲之作歌也。

成都猛將有花卿，學語小兒知姓名。用如快鶻風火生，南史：梁曹景宗謂所親曰：昔在鄉里，騎快馬如龍，拓弓弦作霹靂聲，逐麞數肋射之，覺耳後風生，鼻端火出。見賊惟多身始輕。綿州副使著柘黃，子璋時兼節度副使。著柘黃，謂僭天子服色。仇注：唐六典：隋文帝著柘黃袍，巾帶聽朝。我卿掃除即日平。子璋髑髏血模糊，手提擲還崔大夫。李侯重有此節度，李奐以子璋亂奔成都，及平得復之鎮。人道我卿絕世無！既稱絕世無，天子何不喚取守東都？唐書：上元二年三月，史朝義殺其父思明而自立，時據東都。朱鶴齡曰：花卿恃勇剽掠，不過成都一猛將耳，使移守東都，安能掃除大寇？末語刺之，意甚

掩，少陵筆亦雙管齊下。

微婉。又張溍曰：在遠故縱掠，至內地則不敢妄行，亦所謂因材器使之道。

贈花卿

錦城絲管日紛紛，半入江風半入雲。此曲祇應天上有，人間能得幾回聞？

楊升菴曰：花卿在蜀頗僭用天子禮樂，子美作此譏之，而意在言外，最得詩人之旨。○似諛似諷，所謂言之者無罪，聞之者足戒也。此等絕句，亦復何減龍標、供奉。

病柏

有柏生崇岡，童童狀車蓋。蜀志：先主舍東南角籬上有桑樹高五丈，遙望見童童如小車蓋。偃蹇龍虎姿，主當風雲會。神明依正直，故老多再拜。寫得肅然。豈知千年根，中路顏色壞。出非不得地，蟠據亦高大。再回想盛時多少沈吟感歎。歲寒忽無憑，日夜柯葉改。叶去聲。丹鳳領九雛，哀鳴翔其外。樂府隴西行：鳳凰鳴啾啾，一母將九雛。鴟鴞志意滿，養子穿穴內。杜臆：四句言正人摧折，故善類傷心而小人快意也。客從何鄉來？佇立久吁怪。靜求元精理，漢郎顗傳：元精所生，王之佐臣。浩蕩難倚賴。朱注：以柏之才大得地而顚頓如此，是難倚賴也。

李西崖曰：此傷房次律之詞。中興名相，中外所仰，一旦竟爲賀蘭進明所壞也。房爲融之子，再世秉鈞，故曰出非不得地。○四詩寄託深遠，語意沈鬱，不襲漢魏之迹，而能得其神髓。

病橘

羣橘少生意，雖多亦奚爲？惜哉結實小，酸澀如棠梨。爾雅注：棠，今之杜梨。陸曰：其子有赤白美惡，白色爲甘棠，赤色者澀而酢。剖之盡蠹蟲，一作蝕。采掇爽所宜。言病則本不應採。紛然不適口，豈止存其皮。橘皮可入藥。

王右仲云：二句於無知之物偏寫出有情。

蕭蕭半死葉，未忍別故枝。玄冬霜雪積，況乃迴風吹。上正寫病橘，以下發論。嘗聞蓬萊殿，羅列瀟湘姿。鮑照詩：橘生瀟湘側。此物歲不稔，朱注：橘結實一年多，必一年少，故曰歲不稔。玉食失光輝。寇盜尚憑陵，當君減膳時。汝病是天意，吾恐罪有司。二句一詩之主。仇注：病橘不供，適當減膳之時，疑是天意使然；但恐責

小題說得爾許關係。

有司而疲民力，故下引獻荔事爲證。憶昔南海使，奔騰獻荔枝。百馬死山谷，到今耆舊悲。後漢和帝紀：南海獻龍眼荔枝，十里一置，五里一候。唐國史補：貴妃生於蜀，好食荔枝，南海所生尤勝蜀者，每歲飛馳以進。

此首傷貢獻之勞民也。時或尙食頗貴遠物，以口腹之故病民，故因病橘而諷朝廷罷貢也。

枯椶

蜀門多椶櫚，廣志：椶一名栟櫚，狀如蒲葵，有葉無枝。陳藏器云：其皮作繩，入水千年不爛。高者十八九。其皮剝割甚，雖衆亦易朽。徒布如雲葉，靑靑歲寒後。交橫集斧斤，凋喪先蒲柳。蒲柳注見二卷。世說：蒲柳之質，望秋先零。傷時苦軍乏，一物官盡取。齊高帝紀：時軍容寡闕，乃編椶皮爲馬具。嗟爾江漢人，指巴蜀。生成復何有！有同枯椶木，使我沈歎久。死者卽已休，生者何自守？啾啾黃啄雀，側見寒蓬走。念爾形影乾，摧殘沒藜莠。

此章多實賦枯字，與第一首有別。

浦云：只就小材咏歎，若合若離，結法冷雋。

此首傷民困於重斂也。首八句敘椶枯之故，次八句言軍興賦重，剝民同於剝椶，乃嗟歎本旨。末四句收還本題，仍帶興意，言民窮財盡，直將坐以待斃而已。

枯柟

楩柟枯崢嶸，（三字領下）鄉黨皆莫記。（寫枯字皆見）不知幾百歲，（崢嶸處）慘慘無生意。上枝摩蒼天，下根蟠厚地。巨圍雷霆拆，萬孔蟲蟻萃。凍音東。雨落流膠，（落寞中偏寫得精采，句句寫意）楚辭：使凍雨兮灑塵。爾雅注：江東呼夏月暴雨為凍雨。庾信詩：枯楓乍落膠。衝風奪嘉一作佳。氣。楚辭：衝風至兮水揚波。注：衝風，隧風也。以柟木有香故云。白鵠遂不來，天雞為愁思。爾雅：鶾天雞。注：赤羽鳥。逸周書：文鶾若彩雞，成王時蜀人獻之。按：鶾古翰字。猶含棟梁具，無復霄漢志！良工古昔少，良工謂工師也。識者出涕淚。種榆水中央，齊民要術：榆性軟弱，久無不曲。成長何容易？截承（想頭）金露盤，（亦奇）三輔故事：武帝於建章宮立銅柱，高二十丈，上有仙人掌、承露盤。裊裊不自畏。

末首亦為用人者發，枯柟比大材不見用，水榆比小材當重任。時房琯自禮部出晉州，張鎬再貶辰州司戶，肅宗所相者乃呂諲、苗晉卿之屬，公故惜而悲之。

結語抵一篇大招。

所思

原注：得台州司戶虔消息。

鄭老身仍竄，台州信始傳。爲農山澗曲，臥病海雲邊。世已疏儒素，人猶乞（音氣。）酒錢。徒勞望牛斗，無計斸龍泉。張華傳：華見斗牛間有紫氣，補雷煥爲豐城令，到縣掘獄得石函，中有雙劍，一曰龍泉，曰太阿。張遠注：台州乃牛斗分野，鄭貶其地，如寶劍之埋土，故苦無計以出之耳。

不見

原注：近無李白消息。曾鞏李集序：乾元元年，長流夜郎，以赦得釋，憩岳陽江夏，復如潯陽，過金陵，族人陽冰爲當塗令，白過之，以病卒，年六十有四，寶應元年也。

不見李生久，佯狂眞可哀！世人皆欲殺，（眞知己語。）以其狂也。吾意獨憐才。敏捷詩千首，飄零酒一杯。匡山讀書處，頭白好歸來。杜田補遺：白之先客居蜀之彰明，太白生焉，幼讀書於大匡山，其讀書堂尙存，宅在清廉鄉，後爲僧房，號隴西院。語出楊天惠彰明逸事。彰明綿州屬邑，有大小匡山。按：太白蜀人，而公亦在蜀，自不當指潯陽之匡廬，楊升菴亦主此說。

草堂卽事

晝不能到。

李云：可稱高渾，顧況湖南客中春望詩：風塵海內憐雙鬢，涕淚天涯慘一身，全襲杜語。

荒村建子月，詩史。獨樹老夫家。假對。肅宗紀：上元二年九月，詔去上元號稱元年，以十一月爲歲首，月以斗所建辰爲名。建子月壬午朔，上受朝賀，如正旦儀。雪一作霧。裏江船渡，風前竹徑斜。寒魚依密藻，宿雁聚舊作鷺起，從杜臆。圓沙。蜀酒禁愁得，平聲。謂可以消愁。無錢何處賒？

浦二田云：詩眼在首句，全因建子月發感想；此日朝班上賀，新象蔚然，而我則雪江風竹，寥落羈棲，宛似魚依雁聚之淒然矣。此愁非酒曷消，況又無錢沽酒乎！一片寫來，無限悲愴。

野望

西山白雪三城戍，思家憂國首二並提起勢最健西山即雪嶺，三城在松維等州界，時爲吐蕃所擾。南浦清江萬里橋。注見七卷。海內風塵諸沈著。弟隔，天涯涕淚一身遙。惟將遲暮供多病，未有涓埃答聖朝。跨馬出郊時極目，不堪人事日蕭條！

朱鶴齡曰：按史是時分劍南爲兩節度，而西山三城列戍，百姓疲於調役，高適嘗上疏論之。公詩當爲此作，故有人事蕭條之歎。

曲折如話，亦所謂不煩繩削而自合者。

徐九少尹見過

晚景孤村僻，行軍數騎來。舊注：唐以少尹爲行軍長史，若有節度使，即謂之行軍司馬。交新徒有喜，禮厚愧無才。想少尹有周急之誼。賞靜憐雲竹，忘歸步月臺。何當看花蕊，欲發照江梅？謂照江之梅來在冬月，故期以花發再過也。

范二員外邈吳十侍御郁特枉駕，闕展待，聊寄此作

公過兩當吳宅，時郁尚謫楚，時必放還遊蜀也。

暫往比（音皮）鄰去，空聞二妙歸。晉書：尚書令衞瓘與尚書郎索靖俱善草書，號一臺二妙。幽棲誠簡略，（承一）衰白已光輝。（承二）野外貧家遠，村中好客稀。論文或不愧，（含情無限）重肯款柴扉。

王十七侍御掄許攜酒至草堂，奉寄此詩，便請邀高三十五使君同到

王掄終於彭州刺史，後有哭王彭州掄詩。高適時爲蜀州刺史，或以事至成都。黃鶴謂爲攝尹，無據。

亦代簡戲筆。

老夫臥穩朝慵起，白屋寒多煖始開。白屋謂白茅覆屋。江鸛巧當幽徑浴，鄰雞還過短牆來。四句先自寫索居之況。繡衣屢許攜家醖，皂蓋能忘折野梅？續漢志：二千石皂蓋，朱兩幡。戲假霜威促山簡，須成一醉習池迴。注見前。

王竟攜酒，高亦同過，共用寒字

臥疾荒郊遠，通行小徑難。故人能領客，攜酒重相看。自愧無鮭一作蝦。菜，集韻：鮭，吳人魚菜總稱。空煩卸馬鞍。移樽勸山簡，指高。頭白恐風寒。原注：高每云：汝年幾小，且不必小於我。故此句戲之。言老易畏寒，故宜多飲，蓋高以老戲公，公亦以老答戲也。

陪李七司馬皂江上觀造竹橋，卽日成，往來之人免冬寒入水，聊題短作，簡李公元和郡國志，郫江一名皂江。晏公類要：今在新津，此復至蜀州作。

王阮亭云：詩近俗套，今人大半應酬做此。

伐竹爲橋結搆同，褰裳不涉往來通。天寒白鶴歸華表，用事俱切。異苑：晉太康二年冬大雪，南洲人見二白鶴語於橋下曰：今茲寒不減堯崩年。搜神後記：丁令威本遼東人，後化鶴歸集城門華表柱，徘徊空中而言曰：去家千年今始歸，城郭如故人民非。此華表乃言橋柱。日落青龍見水中。朝野僉載：趙州石橋甚工，望之如初月出雲，長虹飲澗。天后時，默啜欲南過橋，馬跪地不進。但見青龍臥橋上，奮迅而怒，賊乃遁去。浦注：句卽杜牧阿房宮賦：長橋臥波，未雲何龍意。顧我老非題杜客，相如題橋柱事，注見二卷。知君才是濟川功。合觀從正異，諸本作歎，非。卻笑千年事，驅石何時到海東？謂聚觀橋成之速，而笑驅石之誕也。齊地記：秦始皇作石橋，欲過海觀日出處，有神人能驅石下海，石去不速，神輒鞭之，石皆流血。

觀作橋成，月夜舟中有述，還呈李司馬

把燭橋成夜，迴舟客坐時。天高雲去盡，江迴月來遲。佳句。衰謝多扶病，招邀屢有期。與前詩當另是一日。異方乘此興，樂罷不無悲？

李司馬橋成，高使君自成都回

起段縱橫長短，拉雜寫來，此公之變體，開盧仝劉叉一種詩派。

向來江上手紛紛，謂經營者衆。三日功成事出羣。已傳童子騎青竹，總擬橋東待使君。後漢書：郭伋爲幷州牧，始至行部，有童兒數百，騎竹馬道次迎拜。

入奏行贈西山檢察使竇侍御　唐官名無檢察使。朱注：按會要有西山運糧使檢校戶部員外郎，詩云：運糧繩橋壯士喜，疑卽此官。竇蓋以侍御出耳。

竇侍御，推本世家早伏後綵服庭闈句驥之子，鳳之雛。年未三十忠義俱，骨鯁絕代無！荀子：君有忠臣，謂之骨鯁。炯如一段清冰出萬壑，置在迎風露寒舊作寒露。之玉壺。西京賦：既新作於迎風，增露寒與儲胥。注：皆館名。長安志：在雲陽甘泉宮。蔗漿歸廚金盌凍，洗滌煩熱足以寧君軀。朱注：清冰寒蔗，實之玉壺金盌，足以滌君王之煩熱。想竇侍御以清望稱於時，故比之如此。政用疏通合典則，戚聯豪貴耽文儒。上贊侍御二句兼美其學術性情。兵革未息人未蘇，接筆健入本事天子亦念西南隅。尤鄭重有體吐蕃憑陵氣頗麤，竇氏檢察應時須。運糧繩橋壯士喜，二句正侍御檢察

卽白駒詩人意。中幅頗似板實，妙在結得逸致翩翩。

輿地紀勝（之職下再推說）：繩橋在維州保寧縣東十五里，辮竹爲繩，其上施木板，長三十丈，通蕃漢路。**斬木火井窮猿呼。**蜀都賦注：火井欲出其火，先以家火投之，須臾焰出通天，以竹筒盛之，接其光而無炭，取井火還煮井水，一斛得四五斗，鹽家火煮之不過二三斗。鶴曰：寰宇記：水涸時以火投井中卽焰出，移時方滅。今在蓬州，此指蓬州火井言。仇注：斬木於火井之地。言除道以通運，無木可依，故猿呼也。**八州刺史思一戰，**舊唐書：劍南西川節度統松、維、恭、蓬、雅、黎、姚、悉八州兵馬。公東西兩川說：八州素歸心於其世襲刺史。**三城守邊皆可圖。**浦注：高適論西山三城列戍疏：平戎以西數城，皆窮山之顛，蹊隧險絕，運糧束馬之路，坐甲無人之境。按其地今爲威、保、松、潘等處，卽唐史廣德初，吐蕃所陷之松、維、保三州也，三城當在其處。朱注指彭州三守捉城，非是。二句言或戰或守，皆當相機宜、畫長策以入奏朝廷也。**此行入奏計未小，**點題**密奉聖旨恩宜殊。**言當以春抵京。**繡衣春當霄漢立，綵服日向庭闈趨。**竇之父必官於朝。**省郎京尹必俯拾，**祝其增秩也。竇此時或未兼戶部銜，並卽望爲成都尹，成都時號南京。**江花未落還成都，肯訪浣花老翁無？爲君酤酒滿眼酤，**舊注：蜀人以竹筒酤酒，上有筒穿繩眼。滿眼酤，言其滿迫筒眼。**與奴白飯馬靑芻。**命云趣甚

蔣弱六云：頗似諛人文字，卻一團忠愛，無限激昂。

廣州段功曹到，得楊五長史書，功曹卻歸，聊寄此詩

唐書：京尹及諸都督府並有功曹參軍，廣州爲中都督府，故置。鮑曰：前有寄楊五桂州詩，楊蓋自桂而徙廣也。

衛青開幕府，（補出主將）東觀漢紀：衛青大克匈奴，武帝拜大將軍於幕中，因號幕府。楊僕將樓船。漢南越傳：主爵都尉楊僕爲樓船將軍，出豫章，下橫浦。漢節梅花外，廣州在梅嶺之外。春城海水邊。一統志：廣州，秦漢爲南海郡。銅梁書遠及，銅梁注見七卷。珠浦使將旋。唐書：廉州有合浦縣出珠。貧病他鄉老，煩君萬里傳。

李子德云：題有數層，不用虛字斡旋，而一一寫得暢足，可云才大如海矣。

邵云：數詩雖非警語，章法穩稱，要不作小家數。

得廣州張判官叔卿書，使還以詩代意

朱注：叔卿魯人，見公雜述及舊唐書李白傳。

鄉關胡騎滿，時史朝義據東都。宇宙蜀城偏。忽得炎州信，楚辭：嘉南州之炎德。遙從月峽傳。十道志：渝州有明月峽，三峽之始。雲深驃騎幕，（切判官）漢書：霍去病爲驃騎將軍。夜隔孝廉船。（切張姓）世說：張憑嘗詣丹陽尹劉惔，惔留宿，明日還船，須臾惔出，傳

敎覓張孝廉船同載，時人榮之。卻寄雙愁眼，相思淚點懸。言無物可寄，惟有淚點，具見情深。雙愁眼亦兼縮起處遭亂遠客意，不獨離情也。詩本易明，向多謬解。

送段功曹歸廣州

南海青天外，功曹幾月程。峽雲籠樹小，湖日蕩一作落。船明。仇注：三峽山高，故雲籠樹而小；洞庭湖闊，故日蕩船而明。二句言自蜀至廣途中經歷之景。交趾丹砂重，唐書志：交趾郡屬嶺南道。韶州白葛輕。韶在廣州之東。幸君因旅客，時寄錦官城。

魏十四侍御就敝廬相別

有客騎驄馬，江邊問草堂。遠尋留藥價，此人殊不易得惜別倒文場。謂傾倒其詩章也。杜預傳贊：元凱文場，號爲武庫。入幕旌旗動，歸軒錦繡香。魏之去亦當就幕職。時應念衰疾，書疏及滄浪。

此首詞悲意隱。

黃白山云：闊貼眉，高貼首，各見匠心。

贈別何邕

鶴注：邕時爲綿谷尉赴長安。

生死論交地，沈著便含末句意　翟方進傳：一死一生，乃見交情。何由見一人？悲君隨燕雀，薄宦走風塵！綿谷元通漢，句言邕可至京。唐書：綿谷縣屬利州。禹貢注：漢出爲潛。郭璞云：有水從漢中沔陽縣南流至梓潼漢壽縣入大穴中，通罡山下西南潛出。舊云卽禹貢潛水也。史記正義：潛水出利州綿谷縣東龍門山大石穴下。朱注：按綿谷卽蜀漢之漢壽，今保寧府廣元縣。是綿谷元通漢，謂綿谷潛水本上合於沔陽之漢水也，漢中北直長安，故云。沱江不向秦。句言己猶滯蜀。漢地理志：沱水在蜀郡郫縣西，東入大江，其一在汶江縣西南，東入江。金履祥曰：江至永康軍導江縣，諸源既盛，遂分爲沱，東至眉州彭山縣，復合於江。五陵花滿眼，傳語故鄉春。顧宸云：不曰傳語鄉人，而曰傳語故鄉春，非惟風物關心，亦見人情惡薄同調，寂寥故國之思，亦託之無情花鳥而已。

贈別鄭鍊赴襄陽

戎馬交馳際，西山時有吐蕃之警。柴門老病身。把君詩白描句三字一讀。過日，入神念此別驚神。地闊峨眉晚，天高峴首春。元和郡國志：峴山在襄陽縣東南九里。陳後主歸魂賦：映峴首之沈碑，地闊天高，猶云水遠山長，隱寓難於會面意。仇注：峨眉公所在，峴首鄭所往。臨別躊躇，故日色將晚；歸覽景物，當已及春時。晚春二字，亦不空下。爲於耆舊內，亦意試覓姓龐人。晉習鑿齒有襄陽耆舊傳。在言外。龐德公隱

鹿門山在襄陽，言耆舊中倘有如龐公之高蹈者，則吾亦將與之偕隱襄陽矣。

張惕菴云：一氣如話，在王孟集中絕調，在公集中駟耳，卽此可見身分。

重贈鄭鍊絕句

鄭子將行罷使臣，囊無一物獻尊親。江山路遠羈離日，裘馬誰爲感激人？

趙曰：言裘馬輕肥之人，誰是感激而念其貧者乎？上章敍惜別之情，此更表其淸況。

杜詩鏡銓卷九 寶應中，公居成都、客梓州作。

江頭五詠

丁香 圖經本草：丁香木類桂，高丈餘，葉似櫟，凌冬不凋，花圓細黃色。碎錄：丁香一名百結，子出枝葉上，如釘，長三四分。齊民要術：雞舌香世以其似丁子，故一名丁子香，即今丁香是也。日華子云：丁香治口氣，所以郎官含之。

丁香體柔弱，亂結枝猶墊。義山詩：本是丁香樹，春條結始生。蓋其枝常相結也。說文：墊，下也。凡物之下墮，皆可云墊。細葉帶浮毛，疏花披素豔。深栽小齋後，庶使幽人占。晚墮蘭麝中，休懷粉身念。若護若誡，深婉可味。朱注：丁香與幽僻相宜，晚而墮於蘭麝，則非其類矣。雖粉身豈足惜哉。

張上若云：此公自喻見棄遠方，安分隱退，不復更懷末路之榮以賈禍也。

浦云：五首觀我觀物，非實於身心世故有得者，不能爲此。

麗春　圖經本草：麗春草，一名仙女蒿。羣芳譜：麗春罌粟別種，根苗一類而數色咸具，即今虞美人花。

百草競春華，麗春應最勝。少須顏色好，多漫枝條賸。言麗春雖少，須知顏色自好，彼桃李之多，漫剩枝條耳，並非能勝於麗春也。顧桃李能移而麗春不能移何哉？紛紛桃李枝，處處總能移。顧注：桃李隨移隨活，獨罌粟之種，移植他處則槁。如何一作稀此貴重？卻怕有人知。此句正狀其不可移也。如。

此公自喻競進者多，己獨耿介自守，不移其性，故人之知公者少也。

梔子　圖經本草：梔子，南方及西蜀州郡皆有之，木高七八尺，二三月生白花，花皆六出，甚芬香。俗說即西域薝蔔也。夏秋結實如訶子狀，生青熟黃，中仁深紅。

梔子比衆木，人間誠未多。於身色有用，與道氣傷和。談理不腐趙曰：蜀人取其色以染帛與紙，故云有用。其性大寒，食之傷氣，故曰傷和。浦注：傷和則有用而見忌，故止可安於僻處，公殆自悔其秉性之孤直歟。紅取風霜實，青看雨露柯。無情移得汝，貴在映江波。謝朓梔子樹詩：有美當階樹，霜露未能移，還思照綠水，君家無曲池。結正翻用謝意。言但取映江波，更無心移植上苑也。

蔣云：此屬同病相憐之詞，故尤激切。

此公自傷以有用之材而孤冷不合於時，甘自老於江湖也。

鸂鶒

陳藏器本草：鸂鶒，水鳥，形小如鴨，毛有五采。

故使籠寬織，須知動損毛。看雲莫悵望，失水任呼號。六翮曾經翦，孤飛卒未高。且無鷹隼慮，留滯莫辭勞。是亂世逋客之言。

此公自喻失位於外，無心求進，有留滯之歎，但當安於義命也。

花鴨

花鴨無泥滓，階前每緩行。羽毛知獨立，黑白太分明。二句一揚一抑。不覺羣心妒，休牽衆眼驚。稻粱霑汝在，作意莫先鳴。尸子：戰如鬬雞，勝者先鳴。

此公自喻以直言救琯外斥，惟恐易招世忌而欲有心韜晦也。○顧脩遠云：五詠據是日江頭所見而言：丁香持末路也，麗春守堅操也，梔子遂幽性也，鸂鶒安留滯也，花鴨戒多言也。雖詠物實自咏也。前二詩作古體，杜每不拘如此。

畏人

曹植詩：客子常畏人。

早花隨處發，春鳥異方啼。萬里清江上，三年落日低。言日復一日也。畏人成小築，褊性合幽棲。門徑從榛草，無心待馬蹄。

屏跡三首

仄韻之律。

衰顏一作年。甘屏跡，幽事供高臥。鳥下竹根行，龜開萍葉過。年荒酒價乏，日併園蔬課。謂賣之以充酤直也。獨酌甘泉歌，歌長擊樽破。趙曰：酌甘泉以無酒也。末句亦暗用王大將軍酒後擊碎唾壺事。

對時育物，意思寫得深厚。

精言

用拙存吾道，幽居近物情。桑麻深雨露，燕雀半生成。謂一半方生，一半已成也。村鼓時時急，漁舟箇箇輕。杖藜從白首，心跡喜雙清。謝靈運詩：心跡雙寂寞。

蔣云：須於早晚烟日微茫時，想見此二句之妙。

李云：有古樂府意。

略似太白。

晚起家何事，無營地轉幽。竹光團（一作圍）。野色，舍影漾江流。失學從兒懶，長貧任婦愁。百年渾得醉，一月不梳頭。（嵇康絕交書：頭面常一月十五日不洗。）

少年行

（二首皆及時行樂之意，因次首有年少句，即用爲題，借以自鼓衰興，與尋常少年行有別。）

莫笑田家老瓦盆，自從盛酒長兒孫。傾銀注玉驚人眼，共醉終同臥竹根。

銀玉皆富貴家飲器。言瓦盆雖與金玉有異，及用以盛酒，亦同醉臥竹根之旁耳。上詩即有鳥下竹根行，可無須徵引故實。

巢燕養（一作引）。雛渾去盡，江花結子已無多。黃衫年少來宜數，（北史麥鐵杖傳：將度遼，呼其三子曰：阿奴當備淺色黃衫。）不見堂前東逝波。

少年行

（此乃實指少年。）

馬上誰家白面郎？臨軒（一作階）。下馬坐人牀。不通姓氏麤豪甚，指點銀瓶索酒。嘗。

絕句

江邊踏青罷，回首見旌旗。風起春城暮，高樓鼓角悲。

即事

盧注：此爲舞妓作。

杜集中豔體只此。

百寶裝腰帶，眞珠絡臂韝。同韝。漢書馬后傳：蒼頭衣綠韝。注：臂衣以縛左右手，於事便也。笑時花近眼，舞罷錦纏頭。通鑑注：舊俗賞歌舞人以錦綵置之頭上，謂之錦纏頭。

奉酬嚴公寄題野亭之作

何等風度。

拾遺曾奏數行書，懶性從來水竹居。二句敘客蜀之由。奉引濫騎沙苑馬，漢官儀：大駕則公卿奉引。注：奉引謂引道者。幽棲眞釣錦江魚。謝安不倦登臨賞，一作費。謝安傳：安於東山營墅，樓館林竹甚盛，子弟遊集，肴膳亦屢費百金。

嚴詩常有英氣。

阮籍焉知禮法疏。阮籍傳：籍性疏懶，禮法之士疾之如讎。枉沐一作何日。旌麾出城府，草茅無徑欲教鋤。

仇滄柱云：此詩與嚴詩句句相應，乃古人酬和體也。因嚴曰：何須不著鵕鸃冠，蓋勸之仕也。公故曰：拾遺奏書，奉引騎馬，見斥官之後無復此興矣。因嚴曰：漫把釣竿，懶眠沙草，謂不當隱也。公故曰：懶性從來，幽棲眞釣，見託迹此亭，習而安之矣。因嚴有興發語，公故曰：登臨不倦。因嚴有直到句，公故曰：枉沐旌麾，茅徑欲鋤，急待其來也。阮籍句，乃先致謙詞，亦因莫倚善題鸚鵡賦，有相諷意，而微託此以解嘲耳。

附

寄題杜二錦江野亭　嚴武

漫向江頭把釣竿，懶眠沙草愛風湍。莫倚善題鸚鵡賦，注見二卷。何須不著鵕音峻鸃冠。漢書：孝惠時郎侍中皆冠鵕鸃。注：鵕鸃，鳥名，以其羽飾冠。腹中書籍幽時曬，世說：郝隆七月七日出日中仰臥，人問其故。曰：我曬書。肘後醫方靜處看。葛洪抄肘後急要方四卷。二句憐其好學而多病。興發會能騎駿馬，終須直到使君灘。盛宏之荊州記：魚復縣界有羊腸虎臂灘，楊亮爲益州至此舟覆，至今名爲使君灘。九域志：使君灘在萬州，以堂在江干，故借用耳。

朱鶴齡曰：唐小說家以嚴詩有莫倚善題之句，遂起鉤簾欲殺之誣。今按莫倚善題鸚鵡賦，慮其恃才傲物，愛而規之也。何須不著鵕鸃冠，勸之出而仕也。二語正見嚴杜交情之厚。○洪容齋曰：子美集中詩凡爲武者幾三十篇：送還朝曰：江村獨歸處，寂寞養殘生。喜再鎮曰：得歸茅屋赴成都，眞爲文翁再剖符。此猶武在時語。至哭歸櫬曰：一哀三峽暮，遺後見君情。及八哀詩云：空餘老賓客，身上愧簪纓。若果有欲殺之怨，不應眷眷若此，況武肯以黃祖自比乎？

嚴中丞枉駕見過

原注：嚴自東川除西川，敕令兩川都節制。舊唐書嚴武傳：武初以御史中丞出爲綿州刺史，遷東川節度使，再拜成都尹兼御史大夫，充劍南節度使。朱注：武初鎮劍南，二史俱云兼御史大夫。今公詩止云中丞，史當屬有誤。

元戎小隊出郊坰，黃生云：小隊謂簡於騎從，足見風趣。問柳尋花到野亭。川合東西瞻使節，至德二載，始分劍南爲東、西川，各置節度。上元二年十二月，武代崔光遠鎮蜀，時敕兼攝兩川。東川節度至廣德二年始廢。地分南北任流萍。公自長安至蜀，乃自北而南。鄭玄戒子書：黃巾爲害，萍浮南北。扁舟不獨如張翰，注見一卷。皂帽應兼似管寧。魏志：管寧居海上，常著皂帽，布襦袴，

王阮亭云：起句亦莊重，亦瀟灑。

寫嚴公忘分下交處，用反結意更深長。

劉須溪云：語有天趣，正爾苦索不能到。

借田父以美中丞，此爲善頌。

布裙，隨時單複。杜臆：翰棄官而寧避世，故有不獨應彝之別。

寂寞江天雲霧裏，何人道有少微星？隋書天文志：少微四星在太微西，一名處士星。末句意在言外，若曰知我者惟嚴公耳。

李子德云：氣概雄放，絕非推崇軒冕之陋。

遣田父泥飲美嚴中丞

泥飲，謂強之飲。美嚴中丞，指田父之言，非公美之也。

步屧隨春風，村村自花柳。妙寫春光，亦便見政成民和意。田翁逼社日，邀我嘗春酒。酒酣誇新尹，畜眼未見有。迴頭指大男，渠是弓弩手。名在飛騎籍，長番歲時久。唐書兵志：擇材勇者爲番頭，習弩射。又有羽林軍飛騎，亦習弩。張遠注：舊兵一萬五千分爲六番，以次更代。今曰長番，是長在籍，無更代者，故尤以放歸爲感。前日放營農，放歸務農也。辛苦救衰朽。差科死則已，誓不舉家走。善寫感激。仇注：雜色差科在長番之外者。今年大作社，拾遺能住否？叫婦開大瓶，盆中爲吾取。感此氣揚揚，須知風化首。言愛民爲風化之首。語多雖雜亂，說尹終在口。朝來偶然出，自卯將及酉。久客惜人情，如何拒鄰叟？情事最眞，只如白話。高聲索果栗，欲起時被肘。史記：魏桓子肘韓康子於車上。指揮過無禮，未覺村野醜。月出遮我留，仍嗔問升斗。升斗酒量也。

邵子湘云：樸老眞率，開張王樂府派。○夾敍夾述，情狀聲吻，色色描畫入神，正使班馬記事，未必如此親切，千載下讀者無不絕倒。

奉和嚴中丞西城晚眺十韻

寫景雄闊，能顯出重鎮規模。○何云：樹浮秦句，暗入望京，起下帝念。

汲黯匡君切，先頌嚴中丞 漢書：汲黯，武帝召爲大中大夫，數切諫。句指昔爲中丞。廉頗出將頻。句言再爲節度。直詞才不世，承一 雄略動如神。承 政簡移風速，詩清立意新。呂氏童蒙訓：詩清立意新，是作詩用力處。蓋不可循習陳言，只規摹舊作也。層城臨暇景，絕域望餘春。二句城上近景，亦見氣象嚴肅，風化大行意。旗尾蛟龍會，樓頭燕雀馴。四句正寫晚眺 地平江動蜀，天闊樹浮秦。二句城外遠景。黃生注：動字寫洶湧之狀，浮字寫縹緲之意。帝念深分閫，軍須遠去聲。算緡。

以自家遠祖事業相期，逗出奉和意無跡。

漢書：元狩四年，初算緡錢。李裴曰：緡，絲也，以貫錢。一貫千錢，出稅二十。張遠注：遠算緡，謂不事科斂。按史稱武在蜀用度無藝，峻掊亟斂，此句蓋以諷也。花羅封蛺蝶，瑞錦送麒麟。舊注：蛺蝶麒麟，繡之羅錦者。言嚴公以此入貢，不忘朝廷也。四句言其不剝民而能奉君。辭第輸高義，霍去病傳：上爲治第，對曰：匈奴未滅，何以家爲。觀圖憶古人。朱注：言觀蜀之地圖，輒以古人爲期也。公有同嚴公咏蜀道畫圖詩。征南多興緒，此句暗合到西城晚眺。杜預傳：預卒贈征南大將軍，公十三世祖。多興緒，如立碑峴山之類。事業闇相親。近也。預傳稱其博學多通，明於籌略，比嚴公亦以文人而爲節鎮也。

中丞嚴公雨中垂寄見憶一絕，奉答二絕

雨映行宮辱贈詩，通鑑：玄宗離蜀，以所居行宮爲道士觀。元戎肯赴野人期。想詩中有欲見過意。江邊老病雖無力，強擬晴天理釣絲。寫設饌意韻

承上首說下

何日雨晴雲出溪，白沙青石洗無泥。只須伐竹開荒徑，倚一作拄。杖穿花聽馬嘶。穿花謂出相迎也。

謝嚴中丞送青城山道士乳酒一瓶

山瓶乳酒下青雲，氣味濃香幸見分。鳴鞭走送憐漁父，公自指。洗盞開嘗對馬軍。舊注：軍州謂驅使騎爲馬軍，卽走送者。句言急於欲飲，兼暗用謝奕引老兵共飲事。舊引羊祜飲陸抗酒事，甚謬。

三絕句

楸樹馨香倚釣磯，斬新花蕊未應飛。爾雅：椅梓，郭璞注：卽楸也。圖經本草：梓木似桐而葉小花紫。不如醉裏風吹盡，與花使性妙可忍醒時雨打稀。

邵云：老人情語。

門外鸕鷀去一作久。不來，沙頭忽見眼相猜。眼生故猜。自今已後知人意，一日須來一百迴。正極寫寂寞也。

無數春筍滿林生，柴門密掩斷人行。會須上番毛晃增韻讀甫患切。看成竹，朱注：斬新、上番，皆唐

張上若云：六詩便爲詩學指南。邈今議古，世世相同，惟大家持論極平，著眼極正。

未免過譽，亦屬有激之詞。下章仍稍帶抑，不失分寸。

人方言。元稹詩：飛舞先春雪，因依上番梅。獨孤及詩：舊日霜毛一番新，皆作去聲讀。杜臆：竹初番出者壯大，後出漸小。看，謂看守也。客至從嗔不出迎。三首一片無賴意思，有託而言，字字令人心醉。○亦開宋元詩派。

戲爲六絕句

六首逐章承遞，意思本屬一串，舊注多錯雜，今並正之。○庾信、四傑，特借作影子，非謂詩道以此爲至也。下四章俱屬推開，舊解仍粘定前文，故多輾轉不合。

庾信文章老更成，蔣云：公每以庾信自比，殆亦兼遭時言之。凌雲健筆意縱横。當指哀江南賦而言。今人嗤點流傳賦，干寶晉紀論：蓋共嗤點以爲灰塵而相詬病矣。庾信傳贊：揚子雲有言：詩人之賦麗以則，詞人之賦麗以淫。若以庾氏方之，斯又詞賦之罪人也。不覺前賢畏後生。

王楊盧駱當時體，王勃、楊炯、盧照鄰、駱賓王，唐初號爲四傑。輕薄爲文哂未休。玉泉子：王、楊、盧、駱有文名，人議其疵曰：楊好用古人姓名，謂之點鬼簿。駱好用數對，謂之算博士。爾曹身與名俱滅，不廢江河萬古流。浦注：首章下二反言以警醒之，此又正言以點破之。

縱使盧王操翰墨，劣於漢魏近風騷。謂不如漢魏之近風騷也。龍文虎脊皆君馭，漢西域傳贊：蒲梢、龍文、魚目、汗血之馬，充於黃門。天馬歌：虎脊兩，化若鬼。句謂超軼絕塵，只在人之自致。君字泛指，下爾曹乃專指後生。歷塊過都見爾曹。王褒頌：過都越國，蹶如歷塊。朱注：龍文虎脊，雖堪充馭，然必試之歷塊過都，爾曹方可自見耳。極言前賢之未易貶也。按：此二句謂果能力追漢魏，方足跨軼盧王，不然而漫加嗤點，終未免陷於輕薄也。或謂仍贊王楊者，非。

才力應難跨數公，此又總上三章評定之。凡今誰是出羣雄。隱然自負。或看翡翠蘭苕上，郭璞詩：翡翠戲蘭苕，容色更相鮮。注：蘭苕，蘭秀也。言珍禽芳草輝映可悅也。未掣鯨魚碧海中。此其所以難跨數公也，而可輕議乎？十洲記：扶桑東萬里有碧海，水不鹹苦，正作碧色。舊注：翡翠蘭苕，指當時研揣聲病尋摘章句之徒；鯨魚碧海，則所謂渾涵汪茫，千彙萬狀，兼古今而有之者也。

不薄今人愛古人，此句又作一搨 此首今人及下首前賢字，俱即承第一首來，並跟上凡今句。清詞麗句必爲鄰。言我非敢薄今人而專愛古人也，但庾

俗子多好爲高論，得少陵痛

下針砭。○李云：中原七子，大言相高，病正坐此。

信、四傑輩體格雖似略卑，其淸詞麗句，終必有近於風騷者，所以能長久不廢；今人好自矜詡，其果有卓卓可傳者乎？竊攀屈宋宜方駕，恐與齊梁作後塵。

未及前賢更勿疑，遞相祖述復先誰？顏氏家訓：傳相祖述，尋問莫知源由。謂時輩自相學擬，無能相尙也。別裁僞體親風雅，別裁，謂區別而裁去之。轉益多師是汝師。風騷有眞風騷，漢魏有眞漢魏，下而至於齊梁初唐莫不有眞面目焉。循流溯源以上追三百篇之旨，則皆吾師也。苟徒放言高論，而不能虛心以集益，亦終不離於僞體而已矣。此公之所以爲集大成歟。

昌黎詩：李杜文章在，光燄萬丈長，不知羣兒愚，那用故謗傷，蚍蜉撼大樹，可笑不自量。當公之世，其排詆者亦不少矣。故偶借庾信、四子以發其意，皆屬自寓意多，非如遺山論詩絕句通論古今人之詩也。然別裁僞體，轉益多師，學詩之道，實不出此。

野人送朱櫻

西蜀櫻桃也自紅，前半俱即對賜櫻下筆野人相贈滿筠籠。數回細寫愁仍破，禮記：器之漑者不寫，其餘皆寫。注：寫，謂傳置

蔣云：富貴氣象，寫得極風雅。

他器。萬顆勻圓訝許同。(縱開)憶昨賜霑門下省，早朝擎出大明宮。唐李綽歲時記：四月一日，內園薦櫻桃寢廟訖，頒薦賜各有差。金盤玉筯無消息，(收轉)此日嘗新任轉蓬。

託興深遠，格力矯健，此爲詠物上乘。○開手擊此動彼，入後一氣直下，獨往獨來，小題具如此筆力。

嚴公仲夏枉駕草堂，兼攜酒饌，得寒字

竹裏行廚洗玉盤，神仙傳：麻姑降蔡經家，坐定各進行廚，皆金盤玉杯。花邊立馬簇金鞍。非關使者徵求急，用顏闔事，注見二卷。時嚴或卽欲公入幕，而公猶未許，故有此句，謂不相強也。自識將軍禮數寬。廉頗傳：不知將軍寬之至此也。黃生注：句亦暗用漢書大將軍有揖客事。百年地僻柴門迥，五月江深草閣寒。看弄漁舟移白日，(末自謙情詞藹然)老農何有罄交歡。

嚴公廳宴，同詠蜀道地圖，得空字

劉須溪云：開闔古今，渺在言外，畫不足言矣。

日臨公館靜，畫滿地圖雄。劍閣星橋北，華陽國志：李冰沿水造橋，上應七宿。世祖謂吳漢曰：安軍宜在七星連橋間。松州雪嶺東。唐書：松州交川郡屬劍南道，取界內甘松嶺爲名。華夷山不斷，吳蜀水相通。興與烟霞會，清樽幸不空。

仇滄柱云：劍閣在星橋之北，松州則雪嶺居東，山自西南而來，水從東方而去。只四句，全蜀地形，如指諸掌。

戲贈友二首

便詞記事，亦是一體。〇李云：亦借二作以見用干支紀月之異。

元年建巳月，朱注：時肅宗去上元號稱元年，以建子月爲歲首，月以斗所建辰爲名。至建巳月，肅宗寢疾，詔皇太子監國，改元年爲寶應元年，復以正月爲歲首。詩作於未改元之先，故仍稱建巳月。郎有焦校書。唐書：崇文館有校書郎二人。自誇足膂力，能騎生馬駒。謂馬駒之生者。一朝被馬踏，脣裂板齒無。壯心不肯已，欲得東擒胡。

元年建巳月，官有王司直。唐書：東宮官司直一人，又大理寺司直六人。馬驚折左臂，骨折面如墨。駑駘漫深泥，何不避雨色？勸君休歎恨，未必不爲福。叶音偪。言鹵莽如此，不可無此懲戒。淮南子：塞上翁馬亡入胡，人皆弔之，曰：何知非福。居數月，其馬引胡駿馬而歸，人皆賀之，曰：何知非禍。及家富馬良，其子好騎，墮而折髀，人又弔之，曰：何知非福。居一年，胡人大入，丁壯戰死者十九，其子獨以跛故，父子得相保。

首敘久旱而雨。

大雨

鶴注：寶應元年，公上嚴武說旱云：今蜀自十月不雨，抵建卯非雩之時，奈久旱何？詩正其時作，蓋至入夏方雨。

西蜀冬不雪，春農尚嗷嗷。上天回哀眷，朱夏雲鬱陶。趙曰：鬱陶出尚書，蓋如陶窰之氣鬱結，此形容夏雲也。執熱乃沸鼎，纖絺成縕袍。風雷颯萬里，沛澤施蓬蒿。敢辭茅葦漏？已喜黍豆高。三日無行人，二江聲怒號。張云：驟雨江漲眞景。水經注：成都有二江，雙流郡下。宋史：初，李冰開二渠，一由永康過新繁入成都，謂之外江，一由永康過郫入成都，謂之內江。

次言雨後之景。

流惡邑里淸，左傳：有汾澮以流其惡。注：惡，垢穢。剡茲遠江皋。空庭步鸛鶴，隱几望波濤。謂水漫入戶也。沈痾聚藥餌，頓忘所進勞。言雨涼神爽，可以不煩進藥。則知潤物功，可以

末誌喜雨之情。

邵云：放翁極學此種。

貸施也不毛。陰色靜隴畝，勸耕自官曹。四鄰有耒耜，何必吾家操。結語見仁人大公心事。

溪漲 此阻於溪水，不得歸草堂而作也。

當時浣花橋，謂萬里橋也。溪水纔尺餘。白石明可把，水中有行車。淺水之景如畫。華陽風俗錄：浣花亭在州之西南，江流至清，其淺可涉。秋夏忽泛濫，豈惟入吾廬。蛟龍亦狼狽，況是鱉與魚。茲晨已半落，歸路跬步疏。謂人跡稀也。馬嘶未敢動，前有深塡淤。是行泥淖中景。青青屋東麻，散亂牀上書。不意一作知。遠山雨，夜來復何如？仇注：若山雨夜至，則更阻歸途矣。我遊都市間，晚憩必村墟。即指草堂。乃知久行客，終日思其居。杜臆：末四只言平日歸家，而阻雨思歸，自見於言外，更有蘊藉。

大麥行 仇注：憂邊寇而作也，故思東歸以避之。

大麥乾枯小麥黃，婦女行泣夫走藏。東至集壁西梁洋，舊唐書：梁州都督督梁、洋、集、壁四州，屬山南西道。一統志：今爲保寧漢中二府地。問誰腰鐮胡與羌。唐書党項傳：上元二年，党項羌與渾奴剌連和寇鳳州，明年又攻梁州，進寇奉天。又代宗紀：寶應元年，吐蕃陷秦成渭等州，亦與集壁等四州接壤。蔡夢弼曰：後漢桓帝時童謠曰：小麥青青大麥枯，誰當穫者婦與姑，丈夫何在西擊胡。公詩句法蓋出於此。豈無蜀兵三千人，謂蜀兵調發策應山南者。部領辛苦江山長。謂賓主之勢不敵。安得如鳥有羽翅，託身白雲歸故鄉？

張云：端嚴簡括，排體之正。只四句，將從前當下才略忠悃俱包入。

奉送嚴公入朝十韻

鼎湖瞻望遠，漢郊祀志：黃帝採首山銅鑄鼎於荊山下，鼎既成，龍有垂胡髯下迎，後世因名其處曰鼎湖。謂上皇及肅宗俱以四月晏駕。象闕憲章新。謂代宗初立。四海猶多難，中原憶舊臣。時嚴武召還，拜京兆尹，爲二聖山陵橋道使。與時安反側，自昔有經綸。指靈武扈從時。感激張天步，謂復京。嚴武傳：至德初赴肅宗行在，已收長安，拜京兆少尹。從容靜塞塵。謂鎮蜀。南圖迴羽翮，蜀在長安南。莊子：大鵬九萬里而圖南。北極捧星辰。漏鼓還思晝，承南圖句 指蜀人思舊署也。宮鶯罷囀春。承北極句 言以夏時入覲。空留玉帳術，抱朴子外篇：兵在太一玉帳之中，不可攻也。唐藝文志：兵家有玉帳經一卷。雲谷雜記：玉帳乃兵家厭勝之方，主將於其方置軍帳，則堅不可

法言忠告，令人肅然，非相知之深，不敢作此語。

黃白山云：燈光散遠近與城擁朝來客，見幕府駐節傾城奔奉之狀。

犯。其法出於黃帝遁甲，以月建前三位取之。愁殺錦城人。閣道通丹地，閣道即劍閣道。漢官儀：省中皆胡粉塗壁，以丹塗地，謂之丹墀。張正見詩：執戟趨丹地。江潭隱白蘋。此身那老蜀，不死會歸秦。公若登台輔，臨危莫愛身。自敘亦極簡切。送當道詩有此，想見古人交誼。

送嚴侍郎到綿州，同登杜使君江樓宴，得心字

按：新舊史俱稱武遷黃門侍郎在赴召之後，亦與公詩不合，恐史有誤。一統志：綿州在成都府東北三百餘里。唐天寶初改巴西郡，乾元初復爲綿州。

倒從江樓起法

野興每難盡，江樓延賞心。歸朝送使節，落景惜登臨。稍稍烟集渚，微微風動襟。重船依淺瀨，輕鳥度層陰。檻峻背幽谷，牕虛交茂林。燈光散遠近，月彩靜高深。仇注：上四薄暮景，下四入夜景。城擁朝來客，天横醉後參。春秋元命苞：參伐流爲益州，則參分本在蜀。又古樂府：月沒參橫，北斗闌干。此時見之則夜向闌矣，亦切江樓上所見。窮途衰謝意，苦調短長吟。此會共能幾，諸孫賢至今。杜使君蓋於公爲孫行也。不勞朱戶閉，自待白河沈。白河指銀河，謂宴畢而天將曙也，亦寓難爲別意。

所謂目斷魂消，不自知其

附 酬別杜二（仇注：此當是在綿州途中作，因杜送行至此，而酬詩以答也。）　嚴武

獨逢堯典日，（指受終之日。）再覩漢官儀。（亦謂代宗新立。）未效風霜勁，（起先）空慚雨露私。（自敍入朝）夜鐘清萬戶，曙漏拂千旗。並向殊庭謁，俱承別館追。斗城憐舊路，渦（當作涪。）水惜歸期。（朱注：渦水在譙縣西，非二公別處。按元和郡國志：綿州城治漢涪縣，依山作州，東據天池，西臨涪水，形如北斗，臥龍伏焉。渦水斷是涪水傳寫之誤。）峯樹還相引，（中誌臨別情景）江雲更對誰？試回滄海棹，莫妬敬亭詩。（勸杜無終隱也。圖經：敬亭山在宣城縣北十里。謝脁有敬亭山詩。）祇是書應寄，無忘酒共持。但令心事在，未肯鬢毛衰。最悵巴山裏，（末寫）清猿惱夢思。（別後心事）

奉濟驛重送嚴公四韻（驛去綿州三十里。）

遠送從此別，青山空復情。（五字愴絕。）幾時杯重把？昨夜月同行。列郡謳歌惜，三朝

可憐，嚴杜交情至此。

出入榮。列郡謂東西兩川，三朝謂玄、肅、代。江村獨歸處，寂寞養殘生。

亦近應酬之作，注意全在一結。

送人之官有此，可見古人無忌諱。

送梓州李使君之任

原注：故陳拾遺射洪人也，篇末有云。唐書：梓州梓潼郡屬劍南道。乾元後蜀分東西川，梓州恆為東川節度使治所。公後有陪李梓州四使君登惠義寺，陪李梓州泛江諸詩，此在綿送其赴任也。

籍甚黃丞相，能名自潁川。漢書：黃霸拜潁川太守，咸稱神明，後徵入為丞相。近看除刺史，還喜得吾賢。五馬何時到？雙魚會早傳。老思笻杖拄，一作竹杖。蜀都賦：笻杖傳節於大夏之邑。冬要錦衾眠。二物皆蜀產，欲李以此相寄也。不作臨歧別，惟聽舉最先。火雲揮汗日，山驛醒心泉。遇害陳公殞，於今蜀道憐。君行射洪縣，為我一潸然！唐書：射洪縣屬梓州。舊唐書：子昂父在鄉為縣令段簡所辱，子昂聞之，遽還鄉里，簡乃因事收繫獄中，憂憤而卒。

觀打魚歌

沈云：功名富貴，何獨不然。

寫一事必極其情狀。

綿州江水之東津，魴魚鱍音撥。鱍色勝銀。爾雅注：江東以魴魚爲鯿。詩：鱣鮪發發。韓詩作鱍。漁人漾舟沈大網，截江一擁數百鱗。衆魚常才盡卻棄，赤鯉騰出如有神。陶弘景本草：鯉爲魚中之王，神變，至飛越山湖。潛龍無聲老蛟怒，迴風颯颯吹沙塵。朱注：物惡傷類，故蛟龍亦不安其居，見殘生之可畏如此。饔子左右揮霜刀，鱠飛金盤白雪高。徐州禿尾不足憶，詩義疏：鱮似魴而大頭，魚之不美者。徐州謂之鰱，禿尾殆指此。漢陰槎頭遠遁逃。襄陽耆舊傳：峴山下漢水中出鯿魚肥美，常禁人採捕，以槎斷水，謂之槎頭縮項鯿。魴魚肥美知第一，既飽歡娛亦蕭瑟。君不見朝來割素鬐，咫尺波濤永相失？

二詩體物既精，命意復遠，一飽之後，仍歸蕭瑟，數語可當一篇戒殺文。

又觀打魚

蒼江漁子清晨集，設網提綱萬魚急。能者操舟疾若風，列子：津人操舟若神。撐突波濤

邵云：作詩必有關係，是大家數。

沈云：彷彿王子安滕王閣詩，見此老無所不有。

挺叉入。西征賦：垂餌出入，挺叉來往。小魚脫漏不可記，半死半生猶戢戢。大魚傷損皆垂頭，屈倔通。強泥沙有時立。奇句入神。東津觀魚已再來，主人罷鱠還傾杯。日暮蛟龍改窟穴，山根鱣鮪隨雲雷。言皆逐蛟龍而去，亦見因兩番故。東京賦：王鮪岫居。注：山有穴名岫。鮪岫居而能變化，故有山根雲雷之句。干戈格鬭尚未已，鳳凰麒麟安在哉？朱注：二句即家語覆巢破卵，則鳳凰不翔；剖胎刳孕，則麒麟不至意。吾徒胡為縱此樂？暴殄天物聖所哀。

越王樓歌 綿州圖經：州城外西北有臺高百尺，上有樓，下瞰州城。唐高宗顯慶中，太宗子越王貞任綿州刺史日作。

綿州州府何磊落！顯慶年中越王作。孤城西北起高樓，碧瓦朱甍照城郭。樓下長江百丈清，樓頭落日半輪明。君王舊跡今人賞，轉見千秋萬古情。懷古之思，妙在蘊含不盡。

朱注：按史越王為蔡州刺史，則天時起兵興復，不克死，蓋賢王也。故詩末言豈特今人遊賞，即後人豈無千秋萬古之思乎？

海椶行

宋祁益部方物贊：海椶大抵椶類，理緻幹堅，風雨不能撼。劉恂嶺表錄：廣中有一種波斯棗木，無旁枝，直聳三四丈，至顛四向，生十餘枝，葉如椶櫚，土人呼為海椶。

左綿公館清江濆，浦注：蜀都賦：於東則左綿巴東。謂綿在蜀都之左也。海椶一株高入雲。龍鱗犀甲相錯落，蒼稜白皮十抱文。自是衆木亂紛紛，海椶焉知身出羣。感慨豪宕移栽北辰不可得，北辰謂禁苑。時有西域胡僧識。以海椶種來自波斯國，故云。

黃白山云：公抱經濟大才而不能用，故借詠海椶以自負，亦以自歎也。

姜楚公畫角鷹歌

名畫記：姜皎上邽人，善畫鷹鳥，玄宗即位，累官太常卿，封楚國公。埤雅：鷹鷂頂有角毛微起，今通謂之角鷹。

楚公畫鷹鷹戴角，明注殺氣森森到幽朔。鷹產代北，故云。觀者徒驚一作貪愁。掣臂飛，畫師不是無心學。蔣云：想見姜公多少奇懷雄志，發泄於此。此鷹寫眞在左綿，陸游曰：畫鷹在錄參廳。卻嗟眞骨遂虛

句法近晦。

傳。梁間燕雀休驚怕，亦未摶空上九天。此詩若有所譏笑，用意又別。○集中題畫鷹畫馬詩極多，看總無一首相同處。

巴西驛亭觀江漲呈竇十五使君 綿閬皆稱巴西，此指綿州也。

宿雨南江漲，舊注：南江即綿江。波濤亂遠峯。孤亭凌噴薄，吳都賦：噴薄沸騰。萬井逼春容。霄漢愁高鳥，見水勢拍天意。泥沙困老龍。謂為水所衝激。天邊同舍客，仇注：合下浮萍句，想竇亦寄跡者。攜我豁心胸。

又呈竇使君 集外詩，見郭知達，黃鶴本。

向晚波微綠，連空岸腳一作卻。青。日兼春有暮，愁與醉無醒。漂泊猶杯酒，踟躕此驛亭。相看萬里外，同是一浮萍。

東津送韋諷攝閬州錄事　集外詩，見郭知達、黃鶴本。東津在綿州，閬州今保寧府。唐制諸州有錄事參軍。後有韋諷宅觀曹將軍畫馬詩。

聞說江山好，公後有閬山、閬水歌。憐君吏隱兼。寵行舟遠泛，惜別酒頻添。推薦非承乏，謂以賢攝官也。操持必去嫌。他時如按縣，不得慢陶潛。朱注：白帖：錄事參軍，即古郡督郵之職，故以慢陶潛戒之。

光祿坂行　下入梓州作。蔡曰：坂在梓州銅山縣。梓州，今爲潼川州。

山行落日下絕壁，南望千山萬山赤。樹枝有鳥亂鳴時，暝色無人獨歸客。馬驚不憂深谷墜，草動只怕長弓射。時蜀有徐知道之亂，山賊多乘險竊發。安得更似開元中，玄宗本紀：開元間海內富安，行者雖萬里不持寸刃。道路卽今多擁隔。

四句亦近畫景。

苦戰行　傷戰死之將也。鶴注：上元二年，段子璋反，陷遂州、綿州，馬將軍會兵攻之，爲所敗，死於遂州。仇注：據史子璋以五月誅，與詩木落時不合，史當或有誤。

苦戰身死馬將軍，（大書）自云伏波之子孫。後漢書：馬援拜伏波將軍。干戈未定失壯士，使我歎恨傷精魂。去年江南一作南行。討狂賊，遂在涪江之南。臨江把臂難再得。別時孤雲今不飛，時獨看雲淚橫臆。

去秋行 傷戰敗之士也。

去秋涪扶鳩切。江木落時，寰宇記：涪江自涪城縣東南合中江東流入射洪縣，屈曲二十里，北通遂州。臂槍走馬誰家兒？到今不知白骨處，部曲有去皆無歸。遂州城中漢節在，遂州今爲遂寧縣，屬潼川州。漢節在，鮑欽止謂指虢王巨被殺，今按當從黄鶴，卽指前首馬將軍，殆領涪江之兵以救遂州而戰沒於城外者，與去年江南討狂賊相應。遂州城外巴人稀。巴人卽指自涪江而來者。戰場冤魂每夜哭，空令野營猛士悲。

宗武生日 朱注：公時避徐知道亂入梓州，以宗武在成都，故思之也。

小子何時見？起得淒然高秋此日生。自從都邑語，已伴老夫名。言知公者無不知有宗武也。詩是吾浦云

邵云：公於文選實有得力處。

家事，（中四語質而有味）人傳世上情。張溍注：言傳家以詩，而人徒知為世上尋常父子之情耳。熟精文選理，休覓綵衣輕。借言無嬉戲意。彫瘵筵初秩，攲斜坐不成。流霞分片片，抱朴子：項曼都自言到天上遇紫府仙人，以流霞一杯飲之，輒不饑渴。涓滴就徐傾。四句言病中因為宗武生日開筵，聊欲少飲應景也。

按公祖審言和韋承慶過義陽公主山池五首，乃杜連章律詩之祖；和李大夫嗣眞奉使存撫河東四十韻，乃杜詩長排律之祖，所謂詩是吾家事也。

寄高適

集外詩，宋朝奉大夫員安宇所收。嚴武召還後，適代尹成都，公寄此詩，蓋欲歸相依之意，特因亂未果耳。

楚隔乾坤遠，仇注：七國時蜀本屬楚，時高與公家屬俱在成都，故云。難招病客魂。詩名惟我共，（邵云自負語）世事與誰論！北闕更新主，是年四月代宗初立。南星落故園。南星，南極老人星也。浦注：南星指高，西川本南郡，蜀州又在成都南也。公後稱杜鴻漸亦曰南極一星。故園當卽指成都，公後有將赴草堂寄嚴鄭公詩：故園猶得見殘春，可證。句言高以蜀州刺史為成都尹也。定知相見日，爛熳倒芳樽。

題玄武禪師屋壁

謂畫壁也。唐書：玄武縣屬梓州。華陽國志：玄武山一名三隅山，在玄武縣東二里。

畫境寫得有色有聲，語絕似太白。○五六用事入化，巧而不纖。張惕菴云：贊畫兼贊禪師，筆墨全無痕迹。

邵云：上下語不相蒙卻妙。

何年顧虎頭，滿壁畫滄洲。顧注：言畫之佳，非名手不能，非必出顧手也。赤日石林氣，青天江水一作海。流。畫有石林，赤日射之，而忽若有氣；畫有江水，青天映之，而忽若奔流。錫飛常近鶴，承石林。天台賦：應眞飛錫以躡虛。高僧傳：舒州灊山最奇，山麓尤勝，誌公與白鶴道人欲之，同白武帝；帝俾各以物識其地，得者居之。道人以鶴，誌公以錫，已而鶴先飛去，至麓將止，忽聞空中錫飛聲，誌公之錫，遂卓於山麓。杯渡不驚鷗。承江水。高僧傳：劉宋時，杯渡者，不知姓名。常乘木杯渡水，無假風棹，輕疾如飛。仇注：不驚鷗，亦參用列子海鷗事。似得廬山路，眞隨惠遠游。高僧傳：惠遠住廬山。彭城劉遺民、豫章雷次宗等，並棄世遺榮，依遠游止。

悲秋

涼風動萬里，羣盜尚縱橫。家遠傳書日，秋來爲客情。愁窺高鳥過，即不能奮飛意。老逐衆人行。始欲投三峽，何由見兩京？浦注：公前在綿州聞蜀亂，不回家而東入梓，其意卽思出峽，而中原猶未靖，故云。

客夜

此當因得家書後有感不寐而作，書中必有催歸之語，故末句云然。

著不肯字妙，眞景只說得出爲難。

沈云：比不才明主棄，蘊藉何如。

客睡何曾著？秋天不肯明。入簾殘月影，高枕遠江聲。趙汸注：惟夜久見月殘，惟夜靜聞江遠。計拙無衣食，途窮仗友生。二句正作客未歸之故。老妻書數紙，應悉未歸情。

客亭

秋牕猶曙色，落木更天高。一作風。日出寒山外，寫峽中秋曉江流宿霧中。如畫。聖朝無棄物，邵云：怨而不怒，見詩人忠厚。衰一作老。病已成翁。多少殘生事，飄零任轉蓬。時將欲迎家至梓。

九日登梓州城

伊昔黃花酒，如今白髮翁。追歡筋力異，望遠歲時同。弟妹悲歌裏，乾坤一作朝廷。醉眼中。兵戈與關塞，句言遭亂而兼遠客也。此日意無窮。

九日奉寄嚴大夫

趙曰：嚴武歸朝，以御史中丞進爲大夫，時因徐知道反，武阻兵，九月尙未出巴。

蔣云：不眠五字，有多少憂勞經略在。

嚴亦頗以詩自負。

邵云：淺語自佳。

九日應愁思，經時冒險艱。不眠持漢節，（承首句。）何路出巴山。（承次句。）小驛香醪嫩，重巖細菊斑。遙知簇鞍馬，（語帶畫景。）回首白雲間。杜臆：以己之思嚴，卻反說嚴之思己，從對面寫來，正是深於憶者。

附　巴嶺答杜二見憶　　嚴　武

臥向巴山落月時，兩鄉千里夢相思。可但步兵偏愛酒，也知光祿最能詩。宋書顏延之傳：世祖踐祚，以為金紫光祿大夫，領湘東王師。江頭赤葉楓愁客，自指。籬外黃花菊對誰？思杜。跋馬望君非一度，冷猿秋雁不勝悲。

戲題寄上漢中王三首

原注：王時在梓州，初至斷酒不飲，篇中戲述。按三詩皆索飲意，或未會面而先寄以此詩也。

西漢親王子，（用賓主對說起，便帶戲意。）漢中乃讓皇帝子。成都老客星。百年雙白鬢，謂俱當衰老也。一別五秋螢。朱注：唐書：肅宗詔收羣臣馬助戰，漢中王瑀與魏少游持不可，帝怒，貶瑀蓬州長史，事在乾元二年。公以是年出華州，因與王別，至寶應元年為五年也。浦注：蓬州今屬順慶府，在梓州之東。忍斷杯中物，陶潛詩：且進杯中物。祇看座右銘。注見三卷。不能隨皁蓋，鶴注：史載漢中王貶蓬州長史，今據詩云皁蓋，又奉手札詩云剖符，所貶當是刺史，而史誤耳。自醉逐浮萍。李子德云：三詩有潦盡水清，木落天空之致，傷離感故，惻惻動人。

前首用反筆，此用正筆。

策杖時能出，王門異昔遊。謂己既失官，王亦遭貶也。已知嗟不起，未許醉相留。杜詩博議：嗟不起，舊注病酒不起，極可笑。按晉書殷浩傳：於時比之管葛，王濛、謝尚伺其出處，以卜江左興亡。相謂曰：深源不起，當如蒼生何！蓋用此言。已知王歎我之不起矣，獨未許一醉而相留乎？蜀酒濃無敵，江魚美可求。終思一酩酊，山簡傳：日夕倒載歸，茗艼無所知。集韻：茗艼通作酩酊。淨掃雁池頭。西京雜記：梁孝王兔園有雁池。羣盜無歸路，衰顏會遠方。尚憐詩警策，文賦：立片言以居要，為一篇之警策。猶記一作憶。酒顛狂。魯衛彌尊重，○王○阮○亭○云○十字情事可慼明皇幸寧王憲宅詩：魯衛情先重。按：代宗立，漢中當為王叔，故曰彌尊重也。徐陳略喪亡。魏文帝與吳質書：昔年疾疫，親故多罹其

李云：淡語有深致，咀之無窮。〇三四正寫出月色爛然，故羈客難爲懷，而歸舟比白日也。下二句即申此意。

災，徐、陳、應、劉，一時俱逝。空餘枚叟在，雪賦：召鄒生，延枚叟。漢書：枚乘爲弘農都尉，去官遊梁，梁客皆善屬詞賦，乘尤高。應念早升堂。追憶舊遊，尤見不可不飲意。

翫月呈漢中王

夜深露氣淸，江月滿江城。浮客轉危坐，是翫字。謝惠連詩：眷眷浮客心。歸舟應獨行。朱注：歸舟謂漢中王，時蓋自梓歸蓬也。關山同一照，烏鵲自多驚。魏武詩：月明星稀，烏鵲南飛，繞樹三匝，何枝可依。黃生注：二句即萬象皆春氣，孤槎自客星意。欲得淮王術，使事精切。風吹暈已生。淮南子：畫蘆灰而月暈闕，許愼注：有軍士相圍守則月暈，以蘆灰環月，闕其一面，則月暈亦闕於上。廣韻：暈，日月旁氣，月暈則多風。二句係倒文。言風吹暈生，正可驗淮王畫灰之術也。

相從行贈嚴二別駕

我行入東川，十步一回首。成都亂罷氣蕭索，浣花草堂亦何有？通鑑：寶應元年秋七月，劍南兵馬使徐知道反，八月知道爲其將李忠厚所殺，劍南悉平。梓中豪俊大者誰？本州從事知名久。舊注：別駕古稱從事，與刺史別乘。嚴二梓州人，卽爲本州別駕也。把臂開樽飲我酒，酒酣擊劍蛟龍吼。烏帽拂塵青騾一作螺，非。粟，朱注：青騾粟，卽與奴白飯馬青芻意。言主人待客之厚如此也。紫衣將炙緋衣走。紫衣、緋衣，殆指其子弟之供役者。銅盤燒蠟光照倒補敍出初見日，夜如何其初促膝。黃昏始叩主人門，誰謂俄頃膠在漆？後漢書：陳重與雷義爲友，鄉里語曰：膠漆自謂堅，不如雷與陳。萬事盡付形骸外，百年未見歡娛畢。神傾意豁眞佳士，久客多憂今愈疾。更用感歎作結見起伏頓挫之致高視乾坤又可愁，一軀交態同悠悠。言知心者少也。垂老遇君未恨晚，似君須向古人求。

想公於潦倒中，嚴能極致周旋，不覺感激如此，前所云途窮仗友生，豈卽此人耶？

秋盡

方虛谷云：文氣總爾悲壯。

秋盡東行且未迴，梓州在東，故曰東行。茅齋寄在少城隈。少城在成都，注見八卷。籬邊老卻陶潛菊，江上徒逢袁紹杯。楊愼曰：鄭玄傳：袁紹總兵冀州，遣使要玄，大會賓客，玄最後至。乃延升上座，飲酒一斛，容儀溫偉。公以玄自況，爲儒而遭世難也。袁紹杯，仇注謂指李梓州，今按只泛指作客爲是。公詩有云：甫也諸侯老賓客。雪嶺獨看西日落，劍門猶阻北人來。時徐知道爲其下所殺，其兵尚據劍閣，故云。不辭萬里長爲客，懷抱何時得好開？

野望

張上若云：自然壯麗，七子之祖。

金華山北涪水西，方輿勝覽：金華山在梓州射洪縣。元和郡國志：涪江水西自郪縣界流入，在射洪縣東一百步，縣有梓潼水，與涪江合流。仲冬風日始淒淒。山連越巂承首句。音髓。蟠三蜀，漢書：越巂郡本益州西南外夷，武帝初開置。唐書：巂州越巂郡屬劍南道。御覽永昌郡傳云：越巂郡在建寧西北千七百里，自建寧高山相連至川中平地，東西南北八千餘里。常璩蜀志：秦置蜀郡，漢高祖置廣漢郡，武帝又分置犍爲郡，後人謂之三蜀。水散巴渝下五溪。寰宇記：巴州北水一名巴嶺水，一名渝州水，一名宕渠水。水經注：武陵有五溪，謂雄溪、樠溪、力溪、潕溪、西溪也；辰溪其一焉。夾溪悉是蠻左右所居，故謂五溪蠻也。朱注：按寰宇記云：黔州涪陵水西北注涪州入蜀江。黔州今辰州地，即五溪水也。涪水至渝州與岷江合，至忠涪以下，五溪水來入焉。此云下五溪，蓋約略大勢言之。

獨鶴承次句不知何事舞？饑烏似欲向人啼。射洪春酒寒仍綠，元和郡國志：梓潼水與涪江合流，急如箭奔，射涪江口。蜀人謂水口爲洪，因名射洪。顧注：酒煖則綠，射洪寒輕，故春酒仍綠。極目點明望字傷神誰爲攜？

浦二田云：此亦羈棲之歎也。一二風土之殊，三四區域之遠，寄跡此鄉，有何鼓舞，但欲悲啼耳。五六蓋賦而比也，春酒莫攜，更結出無依苦況。○蜀西南山不斷，東南水所會，三四盡之。

冬到金華山觀，因得故拾遺陳公學堂遺跡

仇注：地志：金華山上拂雲霄，下瞰涪江，有玉京觀在本山上。東晉陳勳學道山中，白日仙去。梁天監中建觀。唐書：陳子昂字伯玉，梓州射洪人，少讀書於金華山，武后時擢麟臺正字，遷右拾遺。輿地紀勝：陳拾遺書堂在射洪縣北金華山玉京觀後。射洪係梓屬縣，在州南。

寫道觀光怪又別。

涪右衆山內，梓州在涪江之右，故曰涪右。金華紫崔嵬。上有蔚藍天，杜田曰：度人經：三十三天，三十二帝，諸天皆有隱名。第一太黃皇曾天，鬱鑑玉明。鑑音藍。蔚藍，即鬱鑑也。

按：此題仙觀，自當用道書事，亦借指天之青色。

垂光抱瓊臺。太平經：太空瓊臺，洞門列眞之殿。金華之內，侍女衆眞

蔣云：淡然字配得妙，與上蔚藍等字映，亦卽起下二句。

李云：悲壯之篇，足爲陳公吐氣。

蔣云：用聖賢字擡起才高，卽含下忠義意。

之所處。天台賦：瓊臺中天而懸居。吳注：言山色上映，若天光上垂而迴抱於丹臺。瓊，赤玉也。與上紫字相應。繫舟接絕壁，杖策窮縈回。四顧俯層巖，淡然川谷開。雪嶺日色死，帶寫冬景寰宇記：懸巖在射洪縣南十五里，遠望懸巖，皎如白雪。霜鴻有餘哀。焚香玉女跪，曹植詩：仙人翔其隅，玉女戲其阿。霧裏仙人來。蔡曰：二句言觀中之景。陳公讀書堂，石柱仄青苔。悲風爲我起，激烈傷雄才。

首四記山觀，中八敍登山瞻眺，後四記學堂遺跡。○釋典道藏，觸處有故實供其驅使，故能盡態極妍，所謂讀破萬卷，下筆有神，良非虛語。

陳拾遺故宅

一統志：陳子昂宅在射洪縣東七里東武山下。仇注：碑目云：陳拾遺故宅，有趙彥昭、郭元振題壁。

拾遺平昔居，大屋尚脩椽。舊書本傳：子昂家世豪富，獨苦節讀書。悠揚荒山日，慘澹故園烟。位下曷足傷？所貴者聖賢。有才繼騷雅，哲匠不比肩。趙曰：江左之詩，至子昂而初變，蓋本於離騷二雅。公生揚馬後，皆蜀人故。名與日月懸。盧藏用子昂別傳：經史百家，罔不該覽，尤善屬文，雅有相如、子雲風骨。同遊英俊人，

擧大亦見仰止微情。

詩云：雖屬用典，若有神助。

首記上方景物。

多秉輔佐權。彥昭超玉價，胡震亨曰：趙有美玉，故比彥昭。郭振起通泉。舊唐書：趙彥昭甘州人，少以文詞名，中宗時累遷中書侍郎同中書門下三品。郭元振事見後，嘗爲梓州通泉縣尉。到今素壁滑，灑翰銀鉤連。索靖草書狀：婉若銀鉤，飄若驚鴻。盛事會一時，此堂豈千年。言當以人重也。終古立忠義，感遇有遺篇。舊書本傳：子昂爲感遇詩三十首，王適見而驚曰：此子必爲天下文宗。朱注：感遇詩多感歎武后革命事，寓旨神仙，故公以忠義稱之。

謁文公上方

張云：是山寺錯居景。

野寺隱喬木，山僧高下居。石門日色異，絳氣橫扶疏。江淹詩：絳氣下縈薄。注：絳氣，赤霞氣。謂日映霞光也。窈窕入風磴，長蘿紛卷舒。庭前猛虎臥，高僧傳：惠永住廬山西林寺，屋中嘗有一虎，人或畏之，輒驅出令上山，人去後還復馴伏。又潭州善覺禪師以二虎爲侍者。遂得文公廬。俯視萬家邑，烟塵對階除。吾師雨花外，續高僧傳：法雲講法華經，忽感天花，狀如飛雪，滿空而下。又勝光寺道宗講大論，天雨衆花，旋繞講堂，飛流戶外。不下十年餘。長者自布金，西域記：

此段言文公戒行之高。

末段自述解悟，求其接引。

昔善施長者拯乏濟貧，哀孤惜老，時號給孤獨。願建精舍，請佛降臨。惟太子逝多園地爽塏，太子戲言金遍乃賣。善施即出藏金，隨言布地，建立精舍。**禪龕只晏如。**廣韻：龕，塔下室。**大珠脫玷翳，白月當空虛。**法苑珠林：西方一月分爲黑白，初月一日至十五日名爲白月，十六日已去至於月盡名爲黑月。王洙注：佛書有牟尼珠及水月之說，言其性之圓明也。**甫也南北人，蕪蔓少耘鋤。**言性地荒穢。**久遭詩酒汚，何事忝簪裾。**佛門最先重懺悔 **王侯與螻蟻，同盡隨丘墟。願聞第一義，**涅槃經：出世人所知，名第一義諦，世人所知，名爲世諦。**迴向心地初。**華嚴經：菩薩摩訶薩有十種迴向。華嚴論：有心地法門。按心地之初，本空無一物。迴向者，言復返於空虛也。舊說似支。**金篦刮眼膜，**涅槃經：如盲目人爲治目造詣良醫，良醫即以金篦刮其眼膜。**價重百車渠。**法華經：或有行施金銀，珊瑚，珍珠，琿璖，瑪瑙。廣志：車渠出大秦及西域諸國，乃石之次玉者。**無生有汲引，**楞嚴經：是人即獲無生法忍。疏云：眞如實相，名無生法。無漏眞智名爲忍。**茲理儻吹噓。**

蔣弱六云：信手拈來都是，然非讀破五千四十八卷，不能說出。○浦二田云：詩有似偈處，爲坡公佛門文字之祖。

奉贈射洪李四丈

丈人屋上烏，人好烏亦好。（起語如謠。）尚書大傳：愛其人者愛其屋上之烏，憎其人者憎其儲胥。人生意氣豁，不在相逢早。南京亂初定，南京謂成都。所向色枯槁。遊子無根株，茅齋付秋草。東征下月峽，明月峽，三峽之始。掛席窮海島。公素有東遊之興。萬里須十金，揚雄傳：家產不過十金。舊注：古者一兩金直十千，今日十金，則為百千。妻孥未相保。八句言蜀亂既不可居，欲出峽而又苦無資也。蒼茫風塵際，蹭蹬騏驎老！志士懷感傷，心胸已傾倒。仇注：騏驎自喻，志士謂李，以李有知己之語，故贈此詩。

早發射洪縣南途中作

申鳧盟云：少時謀生頗易，然正爾負氣，豈屑及此，至老方憂已無可奈何矣。起語悵然。鄙人二句，他人不肯自言，然正是高處。

將老憂貧窶，筋力豈能及？（劉須溪云：人有此數十字，盡之，傷絕。）征途乃侵星，鮑照詩：侵星赴早路。得使諸病入。鄙人寡道氣，在困無獨立。仇注：窮難自立，逐隊依人，此早行之故。俶裝逐徒旅，張衡思元賦：簡元辰而俶裝。注：俶，始也。達曙淩險澀。寒日出霧遲，清江轉山急。（寫途間早景入妙。）謂江為山所激也。僕夫行不進，駑馬若維縶。汀洲稍

眼前景寫來有致。

疏散，風景開怏悒。空慰所尙懷，謂意所好尙。終非曩遊集。衰顏偶一破，勝事難屢挹。茫然阮籍途，更灑楊朱泣。淮南子：楊朱見歧路而泣之，謂其可以南可以北。

通泉驛南去通泉縣十五里山水作

此自射洪至通泉作也。舊唐書：通泉縣屬梓州。九域志：縣在州東南百三十里。魯訔曰：去縣十五里有佳山水，名沈家坑。

溪行衣自溼，承上早行說來，以霑霧也。亭午氣始散。冬溫蚊蚋集，人遠鳧鴨亂。蔣云：二句溼陰中景，亦從氣散後見得。登頓生曾陰，自溪邊上山。謝靈運詩：山行窮登頓。欹傾出高岸。又自山下溪邊。驛樓衰柳側，縣郭輕烟畔。上言通泉驛南，下方及去通泉山水。一川何綺麗！盡日窮壯觀。山色遠寂寞，江光夕滋漫。寰宇記：通泉山在縣西北二十里，東臨涪江，絕壁二百餘丈，水從山頂湧出，下注涪江。傷時愧孔父，去國同王粲。我生苦飄蓬，所歷有嗟歎。

浦云：上八句總挈生平，中八句特表勳伐。

忠貞知勇，俱在臨事斷三字中，公之尙論有識如此。

過郭代公故宅

朱注：按史元振魏州貴鄉人。長安志：宅在宣陽里。今曰故宅，當是尉通泉時所居。

豪雋初未遇，其跡或脫略。代公通泉尉，放意何自若！唐書：郭元振傳：郭震字元振，以字顯。舉進士授通泉尉。任俠使氣，撥去小節。及夫登袞冕，唐書：先天二年，元振以兵部尚書同中書門下三品。直氣森噴薄。張說撰行狀：太平公主、竇懷貞潛結凶黨，謀廢玄宗，睿宗猶豫不決，惟公廷爭不受詔。磊落見異人，豈伊常情度？定策神龍後，宮中翕清廓。俄頃辨尊親，邵云：語有斤兩。指揮存顧託。唐書：玄宗誅太平公主，睿宗御承天門，諸宰相走伏外省，獨元振總兵扈從，事定宿中書省。二十四日以功封代國公。趙次公曰：按代公定策在睿宗先天二年，去中宗即位改元神龍凡八年。今詩云：定策神龍後，蓋太平擅寵始中宗朝，則禍胎在神龍而下也。俄頃二句謂太平既誅，則尊位有歸，親傳不失，所以成睿宗付託之意也。羣公有慚色，王室無削弱。迥出名臣上，丹青照臺閣。丹青謂畫像也。唐會要：元振配饗玄宗廟。我行得遺址，一作過故宅只一點跡。池館皆疏鑿。壯公臨事斷，顧步涕橫落。精魄凜如在，所歷終蕭索。二句從草堂本，一本無此二句似更老。高詠寶劍篇，唐書：武后召元振與語奇之，索其文章，上寶劍篇，后覽嘉歎，遂得擢用。神交

李云：高古絕倫，馳騁左馬。

帶說郭，是史公合傳體。

付冥漠。

觀薛稷少保書畫壁 唐書薛稷傳：稷字嗣通，好古博雅，外祖魏徵家多藏虞褚舊跡，稷銳精模倣，遂以書名天下，畫又絕品。睿宗踐阼，遷黃門侍郎歷太子少保。

少保有古風，得之陝郊篇。稷有秋日還京陝西十里作曰：驅車越陝郊，北顧臨大河。惜哉功名忤，本傳：竇懷貞以附太平公主伏誅，稷坐知謀，賜死萬年獄。但見書畫傳。我遊梓州東，遺跡涪江邊。畫藏靑蓮界，謂佛寺。書入金牓懸。四句書。仰看垂露姿，王愔文章志：懸針，小篆體也。垂露書如懸針，而勢不遒勁，阿那如濃露之垂，故名。法書要錄：漢曹喜工篆隸，善懸針垂露之法。不崩亦不騫。詩注：騫，虧也。鬱鬱三大字，狀。得。出。蛟龍岌相纏。輿地紀勝：薛稷書慧普寺三字，徑三尺許，在通泉縣慶善寺聚古堂。趙曰：稷書慧普寺三字，乃眞書，旁有贔屭纏捧。又揮西方變，四句畫。言所畫西方諸佛變相。西陽雜俎：唐人謂畫亦曰變。發地扶屋椽。張遠注：謂西方之像，起自地面，直至屋椽。慘澹壁飛動，到今色未塡。此行疊壯觀，郭薛俱才賢。不知百載後，誰復來通泉？言尚有如郭薛之動人欣慕者乎？語帶感慨。

通泉縣署屋壁後薛少保畫鶴

名畫記：稷尤善花鳥人物雜畫，畫鶴知名，屏風六扇鶴樣自稷始。名畫錄：今祕書省有稷畫鶴。又蜀郡亦有，并佛像菩薩，並稱神品。

薛公十一鶴，皆寫青田眞。晉永嘉郡記：沐溪野去青田九里，此中有雙白鶴，年年生子，長大便去，只餘父母一雙在耳。精白可愛，多云神仙所養。畫色久欲盡，蒼然猶出塵。低昂各有意，磊落如長人。佳此志氣遠，豈惟粉墨新？萬里不以力，羣遊森會神。仇注：勢可萬里，正見志氣遠處；森然會神，不在粉墨之跡矣。威遲白鳳態，禽經：白鳳謂之鸘。非是倉鶊鄰。高堂未傾覆，常得會嘉賓。暴露牆壁外，終嗟風雨頻。赤霄有眞骨，恥飲洿池津。此以眞鶴比畫鶴也。冥冥任所往，法言：鴻飛冥冥，弋人何篡焉。即天空任鳥飛意。脫略誰能馴？言此地既無人知賞，鶴亦將破壁而飛去矣，兼帶自寓意。此四句舊解亦多未合。

李云：寫馬得其神駿，寫鶴得其高逸，皆絕搆也。

蔣云：高堂未傾覆，不顧署中人忌耶？明是惡其暴露，不勝感憤耳。

近率筆，且復一水字。

蔣云：妙是色不動，若云色動，便是醉意，忘反意俱借三

陪王侍御宴通泉東山野亭

江水東流去，清樽日復斜。異方同宴賞，何處是京華？亭景當讀影。臨山水，村烟對浦沙。狂歌遇形勝，得醉卽爲家。

陪王侍御同登東山最高頂，宴姚通泉，晚攜酒泛江

一統志：東山在潼川州東四里，隔涪江，層巖脩阜，勢若長城，杜甫有詩。

姚公美政誰與儔？先出姚 不減昔時陳太邱。後漢書：陳寔除太邱長，脩德清淨，百姓以安。邑中上客有杜史，次出王 史記：老子爲柱下史。指侍御。多暇日陪驄馬游。仇注：東山之宴，侍御爲主，而曰姚日陪遊者，蓋前此已迭爲賓主也。東山高頂羅珍羞，下顧城郭銷我憂。清江白日落欲盡，復攜美人登綵舟。美人，官妓也。笛聲憤怨哀中流，妙舞逶迤夜未休。燈前往往大魚出，善寫虛景 聽曲低昂如有求。荀子：昔者瓠巴鼓瑟，而游

字輕輕逗出。沈云：結出好樂毋荒意，而措詞含蓄，耐人咀諷。

魚出聽。三更風起寒浪湧，取樂喧呼覺船重。謂浪湧不行。滿空星河光破碎，四座賓客色不動。請公臨深莫相違，謂毋違臨深之戒也。迴船罷酒上馬歸。人生歡會豈有極！無使霜露霑人衣。謂無至竟夜也。

漁陽　朱注：此公聞雍王授鉞，作此以諷河北諸將，言當急歸本朝，無蹈祿山之覆轍也。

漁陽突騎猶精銳，後漢書：吳漢說彭寵曰：漁陽突騎，天下所聞也。赫赫雍王都節制。唐書：寶應元年九月，魯王适改封雍王。冬十月，以爲天下兵馬元帥，統河北朔方及諸道行營回紇等兵十餘萬進討史朝義，會軍於陝州。即德宗也。猛將翻然恐後時，仇注：時河北將薛嵩、張忠志各以州來降。本朝不入非高計。二句又假歸順者以動之。祿山北築雄武城，舊唐書：祿山反時築壘范陽北，號雄武城，峙兵聚糧。舊防敗走歸其營。繫書請問燕耆舊，繫書用魯連事。今日何須十萬兵。言以祿山之猖獗尚防退守，況今更不比祿山時耶！末用進一層繳足。

邵云：一片眞氣流行，此爲神來之作。毛西河云：即實從歸途一直快數作結，大奇。且兩峽兩陽作跌宕句，律法又變。

聞官軍收河南河北

唐書：寶應元年十月，僕固懷恩等屢破史朝義兵，進克東京，其將薛嵩以相、衛等州降，張忠志以恆、趙等州降。次年春正月，朝義走，至廣陽自縊，其將田承嗣以莫州降，李懷仙以幽州降。

劍外忽傳收薊北，初聞涕淚滿衣裳。妙在此句一折。即喜極涕零意。卻看妻子四字一讀。愁何在？漫卷詩書喜欲狂。蔣云：寇亂削平，愁懷頓釋，一時無可告訴，但目視其妻子，至書卷無心復向，且卷而收之。二語確肖當日情狀。白日一作首。放歌須縱酒，青春作伴好還鄉。黃生注：青春句尤妙。謂一路花明柳媚，更不寂寞也。即從巴峽穿巫峽，便下襄陽向洛陽。原注：余田園在東京。

沈確士云：一氣流注，而曲折盡情，篇法之妙，不可思議。○黃白山云：杜詩強半言愁，其言喜者，惟寄弟數首及此作而已。言愁者使人對之亦復太息唏噓，言喜者使人讀之亦復鼓舞歡躍，蓋能以其性情達之紙墨，而後人之性情亦爲之感動也。舍此而徒討論其格調，剽擬其字句，抑末矣。

遠遊

賤子何人記？迷方著處家。鮑照詩：南國有儒生，迷方獨淪誤。竹風連野色，江沫擁春沙。仇注：風竹江沙，亦自況飄搖流蕩意，卽景寓情。種藥扶衰病，吟詩解歎嗟。似聞胡騎走，猶未敢確信也。失喜問京華。失喜猶云失聲失笑。顧注：着一失字，從前之揣摹憂慮，當日之驚疑踊躍，種種如畫。

杜詩鏡銓卷十

廣德中，公往來梓閬作。

春日梓州登樓二首

行路難如此，登樓望欲迷。言不知所歸向也。身無卻少壯，顧注：卻猶重字意。跡有但羈棲。江水流城郭，春風入鼓鼙。感物歎己之無家。雙雙新燕子，依舊已銜泥。

仇滄柱云：杜律首句有語似承上卻是突起者，如此詩及杖錫何來此，秋風已颯然，故人亦流落，高義動乾坤之類。既飄忽，又陡健，語皆入化境。

起亦好。天畔登樓眼，隨春入故園。戰場今始定，時東京新復。移柳更能一作豈。存？哀江南賦：釣臺移柳，非玉關之可望。言亂雖定，而家未必存，故下復思他適也。厭蜀交游冷，思吳勝事繁。公少曾遊吳越。應須理舟楫，長嘯下荊門。

使君乃豪士，故不嫌唐突。

春日戲題惱郝使君兄

王趙必郝使君家妓，去年冬在通泉嘗出以侑樽，故作此戲之。

使君意氣淩青霄，憶昨歡娛常見招。細馬時鳴金騕褭，唐書：凡馬有左右監以別其麤良，細馬稱左，麤馬稱右。盧照鄰詩：漢家金騕褭。黃希曰：馬謂之金騕褭，因漢武鑄金爲麟趾褭蹄也。佳人屢出董嬌饒。玉臺新詠：宋子侯有董嬌饒詩。東流江水西飛燕，可惜春光不相見！古樂府：東飛伯勞西飛燕，黃姑織女時相見。願攜王趙兩紅顏，再騁肌膚如雪練。通泉百里近梓州，請公一來開我愁。舞處重看花滿面，酉陽雜俎：今人面飾用花子，起自昭容上官氏所製，以掩點跡。樽前還有錦纏頭。注見八卷。

花底

下四首集外詩，並見郭知達、黃鶴本。

紫萼扶千蕊，顧注：萼，花蒂也。黃鬚照萬花。忽疑行暮雨，何事入朝霞？所詠當是絳梅也，在下首點明。周宏正詩：帶啼疑暮雨，含笑似朝霞。恐是潘安縣，白帖：潘岳爲河陽令，多植桃李，號曰花縣。堪留衞玠車。晉書：衞玠風神秀異。乘羊車入

上首平鈍，頗不類公筆，次首較勝。

市，見者以爲玉人。浦注：潘縣衛車亦寓思洛陽意。深知好顏色，莫作委泥沙。

柳邊

只道梅花發，誰知柳亦新。枝枝總到地，葉葉自開春。紫燕時翻翼，黃鸝不露身。仇注：枝動故翻燕，葉密故藏鸝，二句分承。漢南應老盡，枯樹賦：昔年楊柳，依依漢南，今看搖落，悽愴江潭。霸上遠愁人。三輔黃圖：霸橋在長安東，漢人送客至此，折柳贈別，名曰銷魂橋。上句自況淹留，下句遙憶長安也。

題郪縣郭三十二明府茅屋壁

唐志：梓州治郪縣。

江頭且繫船，爲爾獨相憐。雲散灌壇雨，搜神記：文王以太公爲灌壇令，期年風不鳴條。文王夢一婦人當道哭，問其故，曰：我泰山之女，嫁爲西海婦，欲歸，灌壇令當道有德，廢吾行，吾行必有大風疾雨。文王覺，召太公問之，果有急風暴雨從邑外過。春青彭澤田。陶潛傳：潛爲彭澤令，公田五十畝種秫，五十畝種秔。頻驚適小國，左傳：楚文王戒申侯毋適小國。言郭之長才屢困小邑。一擬問高天。別後巴東路，顧注：謂自梓往閬時作。按杜安簡地志云：巴東夔忠，巴西綿閬，則閬州亦不應稱巴東，豈此時固即有南下意耶？逢人問幾賢。問字複 言如郭之賢者有幾人乎？

奉送崔都水翁下峽

唐書：都水監使者二人，正五品，上總河渠諸津監署。崔爲公之舅，故稱翁。

無數涪江筏，鳴橈總發時。邵注：編竹木爲桴，大者曰筏。橈，短棹也。別離終不久，宗族忍相遺？仇注：下峽想當北歸，故驚心橈發。因言己亦將出峽，以親族在京，不忍遺棄故也。白狗黃牛峽，句中對 十道志：白狗峽在歸州，黃牛峽在夷陵州。朝雲暮雨祠。高唐賦：朝爲行雲，暮爲行雨。所過憑問訊，到日自題詩。盧注：張籍詩：願君到處自題名，他日知君從此去，即末句意。

郪城西原送李判官兄、武判官弟赴成都府

憑高送所親，久坐惜芳辰。遠水非無浪，他山自有春。二句吞吐見致。言一路風浪可憂，而春光亦可賞也。野花隨處發，官柳著行新。天際傷愁別，離筵何太頻？

涪江泛舟送韋班歸京，得山字

李云：一氣滾注，只如說話，

追餞同舟日，傷春一水間。飄零爲客久，衰老羨君還。花遠重重樹，雲輕處處山。天涯故人少，更益鬢毛斑！

蔣弱六云：五六只是寫景，卻令三春客子神魂飛去也。○宋牧仲云：花遠二句，王摩詰繪成圖，杜詩已爲當時所重如此！按此圖見董元宰畫禪室跋語。

泛舟送魏十八倉曹還京，因寄岑中允參、范郎中季明

唐書：諸衞府各有倉曹參軍。岑參集序：參出爲虢州長史，改太子中允。

遲日深江水，輕舟送別筵。帝鄉愁緒外，春色淚痕邊。見酒須相憶，將詩莫浪傳。仇注：公詩多傷時語，故囑其莫浪傳以取忌。若逢岑與范，爲問各衰年。

送路六侍御入朝

童稚情親四十年，中間消息兩茫然。更爲後會知何地，忽漫相逢是別筵。無限曲折，正以倒插入妙。

而渾成不可及。

言方逢而即別也。不分音問。桃花紅似錦，不分猶云不合。生憎柳絮白於綿。徐摛詩：恆敎羅袖拂，不分秋風吹。盧照鄰詩：生憎帳額繡孤鸞。花柳本屬好景，以在離筵，故皆成愁況，即所謂無賴春色也。劍南春色還無賴，觸忤愁人到酒邊。

王元美曰：七言律篇法，有起有束，有放有斂，有喚有應，大抵一開則一闔，一揚則一抑，一象則一意，無偏用者；句法有直下者，有倒插者，倒插最難，非老杜不能也。篇法之妙，有不見句法者；句法之妙，有不見字法者；此是法極無跡，人猶能之，至境與天會，未易求也。有俱屬象而妙者，有俱屬意而妙者，有俱作高調而妙者，有直下不偶對而妙者，皆興詣而神合氣完使之然。

涪城縣香積寺官閣

唐書：涪城縣屬梓州。寰宇記：香積山在涪城縣東南三里，北枕涪江。

寺下春江深不流，先說江 山腰官閣迴添愁。閣在山腰 含風翠壁孤雲細，背日丹楓萬木稠。二句從閣仰觀 春無丹楓，以反照映之故赤。仇注：輕風散雲則漸細，落日映楓則更稠，此乃從一淡一濃對說。小院迴廊春寂寂，二句就閣邊寫 浴鳧飛鷺晚悠悠。諸天合在藤蘿外，寺在山上 昏黑應須到上頭。

陳勾山云：前詩言情婉摯，此詩寫景曲折可尋，俱是律詩入手。

方虛谷云：後四句工麗清婉。

泛江送客

二月頻送客，東津江欲平。打魚歌：綿州江水之東津。輿地紀勝：東津在郪縣東四里，渡涪江水。烟花山際重，重字妙。舟楫浪前輕。淚逐勸杯下，愁連吹笛生。離筵不隔日，那得易爲情。

上牛頭寺

寰宇記：牛頭山在梓州郪縣西南二里，形似牛頭，四面孤絕，俯臨州郭，下有長樂寺，樓閣烟花，爲一方勝概。

青山意不盡，衮衮上牛頭。謂巒嶂層疊。無復能拘礙，眞成浪出遊。浪謂放浪，心目至此而一曠也。二句中兼寓禪意。花濃春寺靜，竹細野池幽。何處啼鶯切，移時獨未休。

望牛頭寺

牛頭見鶴林，涅槃後分：佛入涅槃已，東西二雙合爲一樹，南北二雙亦合爲一，皆垂覆如來，其樹慘然變白。經云：樹色如鶴之白，故名鶴林。句謂望山而見寺也。梯徑繞幽深。春色浮山外，天河宿一作沒。殿陰。言其高。傳燈無白日，釋書有傳燈錄，以燈喻法，謂能破暗也。趙曰：此借言長明燈。無白日，言燈長照。布地有黃金。朱注：布金注見九卷。又彌陀經：極樂國土有七寶蓮池，池底純以金沙布地。休作狂歌老，迴看不住心。衆香偈：轉不住心，退無因果。不住猶言無著也。杜臆：公以作客之窮，眞有學佛之想，後詩故屢言之。

上兜率音律。寺釋迦成道記注：梵云兜率陀，此云知足，即欲界第四天也。侯主觀音寺記：梓州浮圖大小十二，慧義居其北，兜率當其南，牛頭據其西，觀音距其東。寰宇記：兜率寺前瞰郡城，拱揖如畫。

兜率知名寺，眞如會法堂。圓覺經略疏：圓覺自性，本無僞妄，變易即是眞如。眞謂眞實，顯非虛妄；如謂如常，表無變易。言此間乃會法之堂，以見其爲禪宗也。江山有巴蜀，謂形勝可一覽而得。棟宇自齊梁。庾信哀雖久，北史：庾信位望通顯，常有鄉關之思，乃作哀江南賦。周舊作何，誤。顒好不忘。南史：周顒音詞辨麗，長於佛理，於鍾山西立精舍，淸貧寡欲，終日長蔬，雖有妻子，獨處山舍。白牛車遠近，注見七卷。且欲上慈航。淸涼禪師般若經序：般若者苦海之慈航，昏衢之巨燭。言於任荷大法，尚不知遠近何如？聊欲籍佛力，以脫離苦海也。

葉石林曰：詩人以一字爲工，世固知之，惟老杜變化開闔，出奇無窮，殆不可以形跡捕詰。如此詩江山二句，遠近數千里，上下數百年，只在有與自兩字，而吞吐山川之氣，俯仰今古之懷，皆見於

浦云：由孤字影出身字，由遠字影出信字，情景一片。

言外。今人多取其已用字模倣用之，偃蹇狹陋，盡成死法；不知意與境會，言中其節，凡字皆可用也。

望兜率寺

樹密當山徑，江深隔寺門。霏霏雲氣重，閃閃浪花翻。不復知天大，空餘見佛尊。朱注：二語言佛之尊於天也。闞澤云：孔老二教，法天制用，不敢違天；佛之設教，諸天奉行，不敢違佛，故佛號人天師。可證此二句之義，他說皆支離。時應清盥罷，隨喜給孤園。注見七卷。

登牛頭山亭子

路出雙林外，傳大士傳：大士捨宅於松下建寺，因名雙林。亭窺萬井中。江城孤照日，春谷遠含風。兵革身將老，關河信不通。猶殘數行淚，忍對百花叢。

甘園

甘柑通。李實曰：柑園在梓州城南，今猶名柑子鋪，園廢。

春日清江岸，千甘二頃園。青雲羞葉密，白雪避花繁。結子隨邊使，開筒近至尊。唐書：梓州土貢有柑。後於桃李熟，終得獻金門。以與己之不然也。

陪李梓州、王閬州、蘇遂州、李果州四使君登惠義寺　唐書：閬州屬山南西道，遂州屬劍南道，果州屬山南西道。蔡曰：地志：惠義寺在梓州郪縣北長平山。

春日無人境，虛空不住天。鶯花隨世界，樓閣寄一作倚。山巔。隨世界，有而實無也。寄山巔，實而皆空也。即起下半首意。遲暮身何得，登臨意惘然。誰能解金印，瀟灑共安禪。

數陪李梓州泛江，有女樂在諸舫，戲爲豔曲二首贈李

上客迴空騎，佳人滿近船。江清歌扇底，野曠舞衣前。秀句。玉袖臨風並，承野曠梁簡文詩：風吹玉袖香。金壺隱浪偏。承江清競將明媚色，偷眼豔陽天。

張云：初下船則迴騎，今迴船又將上馬，故立馬以待也。兩首只如一首，情景如畫。

三四一喧一寂，景中帶比，杜詩善用此法。

白日移歌裛，見爲永日之遊。青霄近笛牀。謂笛聲穿雲也。翠眉縈度曲，漢紀注：度曲，謂曲終更換其次也。雲鬟儼成行。立馬千山暮，迴舟一水香。邵云：五字韻絕。使君自有婦，羅敷行：使君自有婦，羅敷自有夫。莫學野鴛鴦。盧注：鴛鴦本有定耦，若野鴛則亂羣矣。李梓州耽於女樂，故以此戲而規之。

送何侍御歸朝

原注：李梓州泛舟筵上作。

舟楫諸侯餞，謂李。車輿使者歸。謂何。山花相映發，水鳥自孤飛。春日垂霜鬢，天隅把繡衣。故人從此去，寥落寸心違。

江亭送眉州辛別駕昇之得蕪字

眉在蜀州之南。

柳影含雲幕，江波近酒壺。異方驚會面，終宴惜征途。沙晚低風蝶，天晴喜浴鳧。別離傷老大，意緒日荒蕪。

邵云：起手軒豁。

張云：寫出山縣簡僻光景。

行次鹽亭縣，聊題四韻，奉簡嚴遂州蓬州兩使君、咨議諸昆季

唐書：鹽亭縣屬梓州。九域志：在梓州東九十里。唐書：蓬州蓬山郡屬山南西道。朱注：兩使君無考，咨議或云卽嚴震。舊書：震字遐聞，梓州鹽亭人，至德乾元中，屢出家財助軍，授州長史王府諮議參軍，嚴武移西川，署押衙。震從弟礪字元明，官至尙書左僕射。

馬首見鹽亭，高山擁縣青。仇注：首二乃遠望，次二乃近見。雲溪花淡淡，春郭水泠泠。寰宇記：鹽亭縣因井爲名，負戴山在縣西，龍盤虎踞，起伏四百餘里。山有飛龍泉，噴下南流入梓潼江，水色淸冷，其味甘美。全蜀多名士，嚴家聚德星。異苑：陳仲弓與諸子姪造荀季和父子，於時德星聚，太史奏五百里內有賢人聚。長歌意無極，好爲老夫聽。

倚杖

原注：鹽亭縣作。

看花雖郭內，倚杖卽溪邊。言風景一如郊外也。山縣早休市，承郭 江橋春聚船。承溪 一作近。狎鷗輕白浪，歸雁喜青天。下四情與景會。物色兼生意，淒涼憶去年。謂去年避亂於此。

率筆。

惠義寺送王少尹赴成都　下三首皆集外詩，此首見郭知達、黃鶴本。

苒苒谷中寺，集韻：苒，草盛貌。娟娟林表峰。杜臆：苒苒，狀寺之幽蔚。娟娟，狀山之高秀。闌干上處遠，結搆坐來重。仇注：楊烱惠義寺銘：長平山兮建重閣，山穹窿兮下磅礴。可知寺高路遠。騎馬行春徑，衣冠起暮一作晚。鐘。言暮鐘動，衣冠皆起也。雲門青寂寂，此別惜相從。惜不與之偕行也。

惠義寺送辛員外　下二首俱見卞圜、吳若、黃鶴本。

朱櫻此日垂朱實，郭外誰家負郭田？萬里相逢貪握手，高才仰望足離筵。

又送　魯訔年譜謂公送辛員外暫至綿。朱鶴齡謂所見皆逸詩，未可深信。

雙峯寂寂對春臺，萬竹青青照客杯。細草留連侵坐軟，殘花悵望近人開。同舟昨日何由得？並馬今朝未擬回。直到綿州始分首，一作手。江頭樹裏共誰來。？謂獨自歸途也。二句乃預道惜別之詞。前半景中之情，後半寫別緒，尤覺綢繆懇摯。

李云：感慨流連，當得之言外。

陪王漢州留杜綿州泛房公西湖

漢州今隸成都府，在綿州西南。舊唐書房琯傳：上元元年四月，以禮部尚書出爲晉州刺史，八月改漢州。寶應二年四月，拜特進刑部尚書。仇注：寶應二年卽廣德元年也，其云夏召誤，據詩春已赴召矣。按：王漢州蓋繼房之任者，杜綿州見九卷。方輿勝覽：房公湖又名西湖。壁記云：房牧此邦時鑿，有詩存焉。

舊相恩追後，春池賞不稀。承一闕庭分音問。未到，朱注：時房公方赴召在途，故曰分未到。舟楫有光輝。承二豉化蓴絲熟，說文：豉，配鹽幽菽也。世說：陸機詣王武子，有羊酪。問：吳中何以敵此？曰：千里蓴羹，但未下鹽豉耳。刀鳴鱠縷飛。使君雙皂蓋，灘淺正相依。

得房公池鵞

偶然觸着，不嫌其纖。

房相西亭鷺一羣，眠沙泛浦白於（一作如。）雲。鳳凰池上應迴首，（房向在中書，茲復內召。）爲報（對知）籠（己作一笑）隨王右軍。法書要錄：王羲之性好鵞，山陰曇礦村有道士養好者十餘，王往求市易。道士言府君若能書道德經各兩章，便合羣以奉。羲之爲寫畢，籠鵞而歸。

答楊梓州

仇注：前有李梓州，後有章梓州，此又有楊，一歲三更，代何速也。

悶到房公池水頭，坐逢楊子鎮東州。卻向青溪不相見，楊當有來漢相約同遊之說。迴船應載阿戎遊。晉書：阮籍謂王渾曰：與卿語不如與阿戎談。阿戎，渾子戎也。

舟前小鵝兒

原注：漢州城西北角官池作。按：官池卽房公湖。

鵞兒黃似酒，對酒愛新鵞。方輿勝覽：鵞黃，漢州酒名，蜀中無能及者。引頸嗔船逼，無行亂眼多。二句工於體物。翅開遭宿雨，力小困滄波。客散層城暮，狐狸奈若何。末二亦寓愛屋及烏意。

官池春雁二首

自古稻粱多不足，至今鸂鶒亂爲羣。且休悵望看春水，更恐歸飛隔暮雲。春時則雁將歸矣。

青春欲盡急還鄉，承上首末句下紫塞寧論尙有霜？影世未平意。翅在雲天終不遠，勉之也。力微矰繳絕須防。危之也。

二詩舊解作自比，詳其語意似是爲房公，言欲其早退以爲善全之計，蓋救時雖急，正惟恐復遭讒妬也。

投簡梓州幕府兼簡韋十郎官

幕下郎官安穩一作隱。無？朱注：說文：隱，安也。義與穩通。通鑑：玄宗遣中使至范陽，祿山踞牀不拜，曰：聖人安隱。從來不奉一行書。固知貧病人須棄，能使可涕韋郎跡也疏。

漢州王大錄事宅作

集外詩。見郭知達本。朱注：公有詰王錄事許修草堂貲不到詩，疑即其人。

公留意人才如此，非但記一

邵云：清空一氣如話。

南溪老病客，南溪卽浣花溪，公送韋司直歸成都詩：爲問南溪竹是也。相見下肩輿。近髮看烏帽，看烏帽乃暗藏白頭，謂錄事惜公老也。催蓴煮白魚。宅中平岸水，身外滿牀書。憶爾才名叔，含凄意有餘。王當有叔已沒。

贈韋贊善別 唐志：東宮官左贊善大夫五人，掌傳令，諷過失，贊禮儀。

扶病送君發，自憐猶不歸。祇應盡客淚，復作掩荊扉。江漢故人少，音書從此稀。往還二十載，歲晚寸心違。謂老而反別也。

王右仲云：此詩語多婉轉，無限感傷，眞堪一字一淚。

短歌行送祁錄事歸合州因寄蘇使君 唐書：合州涪陵郡屬劍南東道。

前者途中一相見，人事經年記君面。後生相動何寂寥！君有長才不貧賤。

不識十也。

申覺盟云：可想名士風流。

張云：臺亭十字，結搆殊不

君今起柂春江流，余亦沙邊具小舟。幸爲達書賢府主，江花未盡會江樓。時公亦有下峽之志。方輿勝覽：江樓在合州州治之前，釣魚山、學士山、巫山橫其前，下臨漢水。

送韋郎司直歸成都

竄身來蜀地，同病得韋郎。天下兵戈滿，江邊日月長。別筵花欲暮，春日鬢俱蒼。邵云：十字可感。爲問南溪竹，抽梢合過牆。李云：結更悠然有致。原注：予草堂在成都西郭。

寄題江外草堂

原注：梓州作，寄成都故居。

我生性放誕，雅欲逃自然。謂不用安排計較也。嗜酒愛風竹，卜居必林泉。此卜築草堂之由。遭亂到蜀江，臥疴遺所便。言靜便方可遣病。誅茅初一畝，廣地方連延。經營上元始，斷手寶應年。淳化帖：唐高宗勅：使至，知元堂已成，不知諸作，總得斷手。敢謀土木麗，自覺面勢堅。臺亭隨高下，敞豁

草草，妙於布置。

蛟龍八句，一揚一抑，可見公胸襟曠達處。束兩句總上，又轉得地步。高于鱗謂少陵見道過昌黎，於此益信。

久旱慘景，亦即映起兵戈意。

當清川。惟有會心侶，數能同釣船。此追敍草堂始末干戈未偃息，安得酣歌眠？公以避徐知道亂入梓，遂攜家寓焉。蛟龍無定窟，黃鵠摩蒼天。古來賢達士，一作達士志。寧受外物牽？顧惟魯鈍姿，豈識悔吝先？謂未能先幾引去。偶攜老妻去，慘澹凌風烟。事跡無固必，此述去草堂之故幽貞愧一作貴。雙全。謂不能高隱而出於轉徙也。尚念四小松，末致懷思，卻借一松寓意蔓草易拘纏。霜骨不堪一作甚。長，永爲鄰里憐。

洪容齋曰：古今詩人懷想故居形之篇詠，必以草木爲比興。杜公寄題草堂云：尚念四小松，蔓草易拘纏，霜骨不甚長，永爲鄰里憐。讀之凄然。及歸草堂詩曰：四松初移時，大抵三尺強，別來已三歲，離立如人長。尤可見一時之懷抱也。

喜雨

春旱天地昏，日色赤如血。農事都已休，兵戈況騷屑。巴人困軍須，當指吐蕃之役。

諷切時事，皆關治要，天地間有用文章。

慟哭厚土熱。滄江夜來雨，眞宰罪一雪。穀根小蘇息，沴音戾。氣終不滅。何由見寧歲，解我憂思結？崢嶸羣山雲，交會未斷絕。安得鞭雷公，滂沱洗吳越。原注：時聞浙右多盜賊。舊唐書：寶應元年八月，台州人袁晁反，陷浙東州郡。廣德元年四月，李光弼討之。

述古三首

赤驥頓長纓，穆天子傳：右驂赤驥而左白義。長纓，馬鞅也。非無萬里姿。四句多少頓挫。悲鳴淚至地，爲問馭者誰？戰國策：驥服鹽車上太行，漉汗灑地，中阪遷延，負轅而不能上；伯樂遭之，下車攀而哭之，驥於是俯而噴仰而鳴者。何也？彼見伯樂之知己也。鳳凰從東來，一作天。何意復高飛。竹花不結實，念子忍朝饑。子字叫得親切。詩：惄如調饑。韓詩作朝饑。薛君章句云：朝饑最難忍。古時君臣合，可以物理推。賢人識定分，進退固其宜。末四入正意，不責上而安分，忠厚之道也。

李子德曰：比賦相兼，名論不朽。○朱鶴齡曰：題曰述古，述古事以風今也。肅宗初立，任用李泌、房琯、張鎬諸賢，其後或罷或斥或歸隱，君臣之分不終。故言驥非善馭則頓纓，鳳無竹實則

浦云：首以市人鄙之，繼以自煎惕之，又以身尊勉之，終以秦法擬之，有國家者可以悟矣。

飛去，君臣遇合其難如此，賢者可不明於進退之義乎？

市人日中集，於利競錐刀。置膏烈火上，哀哀自煎熬。莊子：膏火自煎也。農人望歲稔，相率除蓬蒿。所務穀爲本，邪羸無乃勞。西京賦：何必昏於作勞，邪羸優而足恃。舜舉十六相，身尊道何高。蘇東坡云：自是稷契輩。左傳人語：天下同心戴舜以爲天子，以其舉十六相故也。秦時任商鞅，法令如牛毛。史記：商鞅天資刻薄少恩，變秦法令，密如牛毛。

朱鶴齡曰：是時第五琦、劉晏皆以宰相領度支鹽鐵使，榷稅四出，利悉錐刀。故言爲治之道在乎惇本抑末，舉良相以任之，不當用興利之臣以滋民邪僞也。又盧元昌曰：寶應間，元載代劉晏專判財利，按籍舉八年租調之逋負者，計數籍其所有，謂之白著，故以商鞅比之。

漢光得天下，祚永固有開。豈惟高祖聖，功自蕭曹來。漢書贊：蕭何、曹參起刀筆吏，爲一代宗臣。經綸中興業，何代無長才。吾慕寇鄧勳，濟時亦良哉！耿賈亦宗臣，羽翼共徘徊。寇鄧謂寇恂、鄧禹，耿賈謂耿弇、賈復也。休運終四百，（竟住悠然）圖畫在雲臺。（不盡）東觀漢記：永平中，顯宗追感前世功臣，乃圖畫二十八將於南宮雲臺。舉歷年之永，亦所以歆動人主也。仇滄柱云：論光武中興而推本高祖人才，思太宗創業名臣也。其引寇、鄧、耿、賈比肅宗恢復諸將。但昔則圖畫雲臺，生享爵祿而沒垂令名；今則功臣疑忌，忠如李郭尚懷憂畏，故借漢事以諷唐也。

送王十五判官扶侍還黔中得開字

後漢書劉平傳：平弟仲為賊所殺，平扶侍其母奔走逃難。此注向未引及。唐書：黔州黔中郡屬江南西道，本三國吳黔陽郡。一統志：今為辰州府地。

邵云：俗字雅用，是大家數。

大家（音姑）東征逐子回，曹大家東征賦：維永初之有七兮，余隨子乎東征。後漢書：大家子穀為陳留長，大家隨至官，作東征賦。風生洲渚錦帆開。陰鏗詩：平湖錦帆張。青青竹笋迎船出，楚國先賢傳：孟宗至孝，母好食笋，冬月無之。宗入林中哀號，笋為之生。白白江魚入饌來。東觀漢記：姜詩與婦傭作養母，母嗜魚鱠，俄而湧泉舍宅，每旦出雙鯉魚。離別不堪無限意，艱危深仗濟時才。黔

詩近選體。

陽信使應稀少，莫怪頻頻勸酒杯。

張綖曰：題曰還黔中，詩又曰逐子回，王荩黔中人，以侍養而歸，故深爲濟時之才惜，或以爲之官，非也。〇西清詩話：謂作詩用事要如水中著鹽，飲水乃知鹽味。此三四二句，只似寫景而孝養在其中，運化故事，渾然無迹。

陪章留後惠義寺餞嘉州崔都督赴州

杜氏通典：節度使若朝覲則置留後，擇其人以任之。章留後，梓州刺史章彝也。嚴武還朝後，西川節度高適代之，東川節度虛懸，以章彝爲留後。唐書：嘉州眉山郡屬劍南東道。舊書：乾元元年，升嘉州爲中都督，尋罷。

中軍待上客，令肅事有恆。前驅入寶地，祖帳飄金繩。四句敘題 法華經：國名離垢，琉璃爲地。有八交道，黃金爲繩。漢疏廣傳：設祖道供帳東都門外。南陌既留歡，兹山亦深登。詳寫遊寺 清聞樹杪磬，遠謁雲端僧。迴策匪新岸，一作崖。所攀仍舊藤。杜臆：公登惠義寺已兩見於詩，故曰匪新、仍舊。耳激洞門飆，目存寒谷冰。出塵閟軌躅，謂塵跡所不至。畢景影同。遺炎蒸。鮑照詩：畢景逐前儔。永願坐長夏，將衰棲大乘。李顒大乘賦序：大乘者如來之道場也，故緣覺聲聞，謂之小乘。羈旅惜宴會，（重合到餞別）艱難懷友朋。勞生共幾何？離恨兼相仍。

詩之豪放不必言，通首格律甚細。

陪章留後侍御宴南樓得風字

絕域長夏晚，（二句完題大意）茲樓清宴同。朝廷燒棧北，（感世從登樓上蠲出）漢書：張良說高祖燒絕棧道。鼓角漏天東。梁益記：雅州西北有大小漏天，以其西北陰盛常雨，如天之漏也。又寰宇記：邛都縣漏天，秋夏常雨。朱注：按通鑑：上元二年二月，奴剌党項寇寶雞，燒大震關，廣德元年秋七月，吐蕃陷蘭、廓、河、鄯、洮、岷、秦、成、渭等州，故有燒棧二句。屢食將軍第，（補點留後侍御）左傳：豈將軍食之而有不足。仍騎御史驄。見章侍御之優。本無丹竈術，（感身從陪宴上蠲出）南越志：長沙郡瀏陽縣有王喬山，山有合丹竈。那免白頭翁？（二句雙綰）寇盜狂歌外，形骸痛飲中。上句謂亂且勿憂，承朝廷二句。此句謂老且莫管，承丹竈二句。野雲低渡水，（補寫南樓之景）簷雨細隨風。出號江城黑，通鑑注：凡用兵下營，就主帥取號，以備緩急相應。題詩蠟炬紅。此身醒復醉，不擬哭途窮。

前首借酒自遣，此首仍不免傷老。

起四疏老。

清雅以韻勝，頗似錢劉。

臺上得涼字

改席臺能迴，留門月復光。朱注：留門，謂留城門使不閉也。雲霄遺忘也。暑溼，山谷進風涼。上句臺之高，此句臺之曠。去老一杯足，誰憐屢舞長。詩：屢舞傞傞。何須把官燭，似惱鬢毛蒼。

章梓州橘亭餞成都竇少尹得涼字

秋日野亭千橘香，玉杯錦席高雲涼。高雲涼，是言秋爽之氣。主人送客何所作，音佐。行酒賦詩殊未央。衰老應爲難離去聲。別，賢聲此去有輝光。預傳籍籍新京尹，一作兆。青史無勞數趙張。漢書：趙廣漢、張敞相繼爲京兆尹，吏民語曰：前有趙張，後有三王。

章梓州水亭

原注：時漢中王兼道士席謙在會，同用荷字韻。吳郡志：席謙郡人，梓州肅明觀道士，善棊。公絶句席謙不見近彈棊是也。

城晚通雲霧，亭深到芰荷。謂亭在芰荷中也。吏人橋外少，謂簡去儀從。秋水席邊多。近屬淮

王右仲云：後半並列賓主四人，卻流利不板。

王至，世說：梁王趙王國之近屬。淮南王安傳：武帝以安屬爲諸父，辨博善爲文辭，甚尊重之。高門薊子過。神仙傳：薊子訓至京師，諸貴人各絕客灑掃凡二十三家，並時各有一子訓到其家。至朝相問，所見皆同，惟所言話隨主人意答，乃不同也。荊州愛山簡，此章留後。吾醉亦長歌。晉書：山簡出遊習氏池，置酒輒醉，兒童歌之云云。亦長歌，言欲效兒童之歌山簡也。

隨章留後新亭會送諸君　集外詩，見郭知達黃鶴本。

新亭有高會，行子得良時。日動映江幕，承一風鳴排檻旗。承二絕葷終不改，勸酒一作醉。欲無辭。浦注：公自入梓來頻遊諸寺，實有學佛之想。終不改者，謂此志已決，茲乃不辭痛醉者，爲感於知交之惜別耳。已墮峴山淚，晉書：羊祜嘗登峴山置酒。祜沒，百姓建碑其上，見者莫不流涕，因名爲墮淚碑。時諸客中當有杜梓而去者，故用峴山碑以誌去思。因題零雨詩。孫楚陟陽候送別詩：晨風飄岐路，零雨被秋草。

戲作寄上漢中王二首　原注：王新誕明珠。

此首憐其遠謫。

此首祝其還朝。

李云：厚道格言，與班姬團扇篇各有至理。

雲裏不聞雙雁過，范雲詩：寄書雲間雁，爲我西北飛。掌中貪看一珠新。三輔決錄：孔融見韋元將仲將，與其父書曰：不意雙珠，生於老蚌。庾信傷心賦：掌中珠碎。秋風嫋嫋吹江漢，九歌：嫋嫋兮秋風。只在他鄉何處人？言己飄泊而王亦謫居，只在他鄉，究當爲何處人耶？

謝安舟楫風還起，李云：無一義不穩貼。謝安傳：安嘗與孫綽等泛海，風起浪湧，諸人並懼，安吟嘯自若。句言王在蓬州。梁苑池臺雪欲飛。漢書：梁孝王築東苑，自宮屬於平臺三十餘里。謝惠連雪賦：梁王不悅，遊於兔園，俄而微霰零，密雪下。句言京中舊第。杳杳東山攜妓去，承一。謝安傳：安居東山，每遊賞必以妓女從。泠泠脩竹待王歸。承二。西京雜記：梁孝王苑中，奇果佳樹，瓌禽異獸，靡不畢備，世人言梁王竹園也。枚乘兔園賦：脩竹檀欒夾池水。

椶拂子

椶拂且薄陋，豈知身效能。不堪代白羽，扇也。有足除蒼蠅。熒熒金錯刀，仇注：金錯刀有錢與刀二者之分。漢食貨志：王莽更造錯刀，以黃金錯其文，一刀直五千。又張衡四愁詩：美人贈我金錯刀。此言錢也。杜詩：金錯囊垂罄用之。續漢書輿服志：佩刀，乘輿通身雕錯，諸侯

邵云：杜此等詩，不必盡有

黃金錯。東觀漢記：賜鄧通金錯刀。此言刀也，詩當用之。擢擢朱絲繩。鮑照詩：直如朱絲繩。朱注：錯刀絲繩，皆櫻拂之飾。非獨顏色好，亦由顧盼稱。吾老抱疾病，家貧臥炎蒸。咂膚倦撲滅，咂與嚙同，齧也。莊子：蚊虻嚙膚，則通昔不寐矣。賴爾甘服膺。物微世競棄，義在誰肯徵？三歲清秋至，未敢闕緘縢。莊子：惟恐緘縢扃鐍之不固。言三歲緘藏，不忍以過時而棄之，用物之義當然也。從班婕好團扇詩翻出。

客舊館

集外詩。員氏所收。浦注：舊編梓州時或周流近邑，復歸於此。

陳跡隨人事，初秋別此亭。重來梨葉赤，依舊竹林青。風幔前一作何。時捲，寒砧昨夜聽。無由出江漢，愁緒日冥冥。

送陵州路使君之任

唐書：陵州仁壽郡屬劍南東道。浦注：在今成都府仁壽縣境。

此亦詩史。言之慨然。

王室比多難，高官皆武臣。朱注：按史時諸州久屯軍旅，多以武將兼領刺史，法度隳廢，侵奪百姓，人甚弊之。幽燕通使者，時河北已

警語，要是深渾難到。

此正文臣撫綏弭亂之道，語不嫌質。

邵云：十字具三四層曲折，作起句尤警。

平，故云。岳牧用詞人。國待賢良急，君當拔擢新。佩刀成氣象，寫得氣色。晉書：呂虔爲刺史有佩刀，相者以爲必三公可服，乃贈別駕王祥曰：卿有公輔之望，故相與也。行蓋出風塵。戰伐乾坤破，瘡痍府庫貧。衆寮宜潔白，萬役但平均。霄漢瞻佳士，泥塗任此身。結到自己。秋天正搖落，回首大江濱。

送元二適江左

朱注：王右丞集有送元二使安西詩，疑即此人也。

亂後今相見，秋深復遠行。風塵爲客日，江海送君情。二句有無窮之悲。晉室丹陽尹，宋書：漢丹陽郡治宛陵，晉太康年分爲宣城郡，而丹陽移治建業。元帝改爲尹。梁元帝丹陽尹傳序：自二京板蕩，五馬南渡，乃變淮海爲神州，亦即丹陽爲京尹。公孫白帝城。元和郡縣志：白帝城與赤甲山相接。初公孫述至魚復，有白龍出井中，因號魚復爲白帝城。丹陽元所適，白帝元所經。胡孝轅曰：丹陽尹不必指定晉何人，南渡初如溫嶠、劉隗尹京多在王敦俶擾際，而子陽負劍稱白帝，大似肅代朝節鎮分據景象，故用以引起論兵，自非泛設。經過自愛惜，取次莫論兵。結意深厚。原注：元嘗應孫吳科舉，時藩鎮多跋扈觀望者，故戒其毋談兵以賈禍。黃生注：取次亦當時方言，猶從容之意。

送竇九赴成都

集外詩，見郭知達黃鶴本。

文章亦不盡，竇子才縱橫。非爾更苦節，何人符大名？竇蓋有文名而又能砥節也。讀書雲閣觀，浦注：未詳所在，當指現在寓處。問絹錦官城。魏志：胡質爲荊州刺史，子威往省，自驅驢，不止傳舍。告歸，父賜絹一疋。威跪問曰：大人清貧，何以得此？質曰：此吾俸餘，聊助汝糧耳。仇注：竇九想是成都竇少尹之子，故用問絹事，時蓋以省覲歸成都也。我有浣花竹，題詩須一行。

王嗣奭曰：起得突兀，轉亦頓挫，如尺水興波。

九日

去年登高郪縣北，今日重在涪江濱。苦遭白髮不相放，羞見黃花無數新。悲甚直欲自厭其餘生。世亂鬱鬱久爲客，路難悠悠常傍人。酒闌卻憶十年事，腸斷驪山淸路塵。追維亂本，結語黯然。

杜臆：天寶十四年冬，公自京師赴奉先路經驪山，玄宗方幸華淸宮，祿山反，然後回京，至此十年矣，所以憶之而腸斷也。

李云：古色蔚然，一結尤見忠愛。

倦夜

邵云：淸景如見，一結感慨。

竹涼侵臥內，野月滿庭隅。重露成涓滴，稀星乍有無。仇注：竹上露重，積成涓滴；月中星稀，乍覺有無。二句分承。暗飛螢自照，水宿鳥相呼。萬事干戈裏，空悲淸夜徂。前三句上半夜，下三句下半夜，結以徂字，正見得徹夜無眠，所以爲倦夜也。

李子德云：寫夜易，寫倦夜難，卻俱只在景上說，不着一倦字字面，故渾然無迹。○王直方詩話：東坡云：司空表聖自論其詩，以爲得味外味，綠樹連村暗，黃花入麥稀，此句最善。又云：棋聲花院閉，幡影石壇高。吾嘗獨遊五老峯，入白鶴觀，松陰滿地，不見一人，惟聞棋聲，然後知此句之工，但恨其寒儉有僧態。若子美暗飛螢自照，水宿鳥相呼；四更山吐月，殘夜水明樓，才力富健，去表聖之流遠矣。

薄暮

江水最深地，山雲薄暮時。寒花隱亂草，宿鳥擇深枝。二句自寓晦跡意。故國見何日？高秋心苦悲。人生不再好，鬢髮自成絲。

起語聳絕，已覺黯然神傷。

用比結，情景雙融入化。

閬州奉送二十四舅使自京赴任青城 集外詩，見郭知達、黃鶴本。顧注：此舅氏使蜀，隨有青城之命也。

聞道王喬舄，名因太史傳。太史候王喬雙舄者，注詳見三卷。見外吏有藉於朝臣。如何碧雞使，王褒傳：益州有金馬碧雞之神，使褒往祀焉。把詔紫微天。言京官反除縣令也。杜臆：青城爲第五大洞寶仙九室之天，故云紫微天。秦嶺愁回首，涪江醉泛船。青城漫汚雜，青城時或備蕃，故下復有王命崩奔之慨。吾舅意淒然。

王閬州筵奉酬十一舅惜別之作 盧注：二十四舅赴任青城，十一舅想與之同往也。此章是奉酬作，下章乃奉送作。

萬壑樹聲滿，千崖秋氣高。浮舟出郡郭，別酒寄江濤。良會不復久，此生何太勞？四句一句一轉。窮愁但有骨，羣盜尚如毛。賈誼新書：反者如蝟毛而起。吾舅惜分手，使君寒贈袍。史記：范睢見須賈，賈曰：范叔一寒至此！乃取一綈袍以贈之。當指贈舅，此句帶表主誼。沙頭暮黃鵠，失侶亦哀號。二句自況酬別。

李子德云：發端陡健如謝宣城，餘亦老氣橫披。

閬州東樓筵奉送十一舅往青城，得昏字

一統志：東樓在保寧府治南嘉陵江上，杜甫有詩。

曾城有高樓，制古丹雘存。迢迢百餘尺，豁達開四門。雖有車馬客，而無人世喧。翻陶句 遊目俯大江，列筵慰別魂。是時秋冬交，節往顏色昏。天寒鳥獸伏，霜露在草根。張云寫出慘景 今我送舅氏，萬感集清罇。豈伊山川間，回首盜賊繁。高賢意不暇，王命久崩奔。末又兼懷二十四舅。謝靈運詩：圻岸屢崩奔。此比行役之匆遽。 臨風欲慟哭，聲出已復吞。

放船

送客蒼溪縣，縣屬閬州，在州北。山寒雨不開。直愁騎馬滑，故作放船回。青惜峰巒過，黃知橘柚來。江流大自在，坐穩興悠哉。對三四句看，正見路滑怕人。

二句寫舟行迅速，應接不暇，光景入神。

李云：工於體物，感興極淡。〇李商隱屬疾詩：秋蝶無端豔，寒花只暫香，全用杜語。

偶然牽筆，憤邊鎮之不好士而欲與逸人偕隱也。

薄遊

俞瑒曰：玩詩意宜作薄暮。

淅淅風生砌，團團日隱牆。遙空秋雁滅，半嶺暮雲長。承二。滅長字都有意。病葉多先墜，承寒花只暫香。二句比。巴城添淚眼，閬州漢巴郡地。今夕復清一作秋。光。謂見月而悲也。

嚴氏溪放歌行

華陽國志：閬中有三狐、五馬，蒲、趙、任、黃、嚴爲大姓，溪蓋以其族名也。

天下兵馬未盡銷，豈免溝壑常漂漂？劍南歲月不可度，謂成都遭亂。邊頭公卿仍獨驕。仇注：謂指章彝，近是。費心姑息是一役，言無愛敬眞情，直以一役夫相待耳。肥肉大酒徒相要。呂氏春秋：肥肉厚酒，務以相強，命曰爛腸之食。嗚呼古人已糞土，古人謂古之好士者。獨覺志士甘漁樵。況我飄蓬無定所，終日慼慼忍羈旅。秋宿霜溪素月高，喜得與子長夜語。東遊西還力實倦，朱注：閬在梓東，此言東遊閬州又欲西還梓州也。從此將身更何許？知子松根長茯苓，遲暮有意來同煮。

劉須溪云：反冷眼爲暖，亦新。

本草：茯苓，千歲松脂也。作丸散服，能斷穀不饑。

與嚴二郎奉禮別

下二首皆集外詩，見郭知達黃鶴本。唐書：太常寺奉禮郎二人，掌君臣班位以奉朝會祭祀之禮。時嚴必入京赴職。

別君誰暖眼，將老病纏身。出涕同斜日，臨風看去塵。○張○云○送○別○慘○景○商歌還入夜，淮南子：甯戚飯牛車下，扣牛角而疾商歌。巴俗自爲鄰。尙愧微軀在，遙聞盛禮新。因其官觸出是年春史朝義死，其將李懷仙、田承嗣各以州降，盛禮，言告廟獻俘等事。山東羣盜散，闕下受降頻。諸將歸應盡，題書報遠人。

贈裴南部

原注：聞袁判官自來，欲有按問。唐書：南部縣屬閬州。

塵滿萊蕪甑，後漢書：范丹字史雲，爲萊蕪長，淸貧，人歌曰：甑中生塵范史雲。堂橫單父琴。呂氏春秋：子賤爲單父宰，彈琴不下堂而治。人皆知飲水，晉書：鄧攸爲吳郡守，載米之官，俸祿無所受，飲吳水而已。公輩不偷金。漢書：直不疑爲郎，有告歸者持同舍郎金去，意不疑，不疑買金償之。後告歸者來而歸金，金主大慚。梁獄書應上，時裴必有訴理之詞。秦臺鏡欲臨。西京雜記：高祖入咸陽宮，有方鏡廣四尺，高五尺九寸，表裏洞明，人照之見腸胃五臟。又女子有邪心，則膽張心動。獨醒時所嫉，羣小謗能深。（沈痛）卽出黃沙在，晉書武帝紀：太康五年六月初，置黃沙獄。何一作應。須白髮侵。使君傳舊德，已見直繩心。鮑照詩：直如朱絲繩。

浦二田云：裴以淸節蒙獄，公爲此詩，一紙辨誣狀也。先表之，次原之，終慰之。秦鏡直繩，兼誦判官，得體。

對雨

莽莽天涯雨，（起句蒼涼）江邊獨立時。（雄渾）不愁巴道路，恐溼漢旌旗。朱注：言不憂巴道難行，特戍兵此時沐雨，深可念耳。雪嶺防秋急，顧注：廣德元年七月，吐蕃盡取河隴，邊備正嚴。繩橋戰勝遲。繩橋注見八卷。西戎甥舅禮，未敢背恩私。反詞也。

愁坐

集外詩，員氏所收。

高齋常見野，愁坐更臨門。十月山寒重，孤城水氣昏。葭萌氏種迴，華陽國志：蜀

規諷處立言甚渾。

王封其弟葭萌於漢中，號曰苴侯，因命其地曰葭萌。唐書：葭萌縣屬利州。氐種指羌人。**左擔犬戎存。**李充蜀記：自綿谷葭萌道徑險窄，北來負擔者不容易肩，謂之左擔道。犬戎謂吐蕃。仇注：恐其內外相結爲亂，故憂當避去也。**終日憂奔走，歸期未敢論。**

警急

原注：高公適領西川節度。蔡夢弼曰：按史代宗卽位，吐蕃陷隴右，漸逼京師，適練兵於蜀，臨吐蕃南境以牽制之，師出無功，尋失松維等州。此詩乃松州未陷時作。

才名舊楚將，朱注：高適傳：至德初，適陳永王璘必敗，以適爲揚州左都督府長史淮南節度使。淮南本楚地。**妙略擁兵機。玉壘雖傳檄，**玉壘山在灌縣西，去成都不遠。傳檄應指調兵，舊注非。**松州會解圍。**松州卽今松潘，最偪蕃境。會解圍，正見圍猶未解也。**和親知計拙，公主漫無歸。青海今誰得？**青海注見一卷。時陷吐蕃。**西戎實飽飛。**

楊守陳曰：此下三章，皆爲高適作，譏其不能禦虜也。首冠以才名楚將，妙略兵機，而下皆敗北之事，則機略概可見矣。

王命

漢北豺狼滿，唐書：寶應元年，吐蕃陷臨洮，取秦、成、渭等州，明年又取蘭、河等州，隴右盡亡。按其地俱在漢源西北。**巴西道路難。血埋諸**

邵云：警痛。

邵云：少陵詩及時事，往往氣格高絕。

將甲，骨斷使臣鞍。朱注：廣德元年，李之芳崔倫往聘，吐蕃留不遣。牢落新燒棧，注見前。蒼茫舊築壇。浦注：如子儀閒廢，嚴武罷鎮，皆是。深懷喻蜀意，司馬相如傳：唐蒙通夜郎發巴蜀吏卒，用軍興法，誅其渠帥，巴蜀民大驚恐，上使相如喻告。慟哭望王宮。望王命之申以救警急也，不必專有所指。

征夫

十室幾人在？千山空自多！謂有險莫守。路衢惟見哭，城市不聞歌。漂梗無安地，仍歸到自身 銜枚有荷戈。傳徙 漢書注：銜枚止言語讙囂，其狀如箸橫銜之。言所到之處皆用兵也。官軍未通蜀，謂援師不至。吾道竟如何！

西山三首

鶴注：此亦松州被圍時作。

夷界荒山頂，元和郡國志：雪山當吐蕃之界，所以隔中外也。蕃州積雪邊。李宗諤圖經：維州南界岷山，連嶺而西，不知其極。北望高山，積雪如玉，東望成都若井底，是西蜀控吐蕃之要衝。二句先述西山形勢。築城依白帝，黃希曰：白帝西方之帝也，舊引夔州白帝城，非是。句亦極言其高。轉粟上青天。

三首章法，相銜而下。

二句言戍守之難。蜀將分旗鼓，羌兵助鎧鋋。羌兵，屬夷也。公東西兩川說：仍使羌兵各繫其部落。西南背和好，殺氣日相纏。

辛苦三城戍，浦注：當在松、維、保三州界，今為松潘、威州、保縣等處。長防萬里秋。烟塵侵火井，唐書：邛州有火井縣。按：邛在維保之東。雨雪閉松州。上句謂彼深入，此句謂此被圍。風動將軍幕，天寒使者裘。二句言戰既不勝，和又無成，與王命詩血埋二句同意。漫平聲。山賊營壘，迴首得合句無憂？

子弟猶深入，公兩川說有邛雅子弟、羌子弟，皆以備蕃者。關城未解圍。蠶崖鐵馬瘦，唐書：導江縣有蠶崖關。灌口米船稀。一統志：唐初於灌口置盤龍縣，尋改導江縣。浦注：按蠶崖灌口在成都西五十里，為備蕃饋運之出口。上句言兵疲，此句言糧盡。辨士安邊策，元戎決勝威。言或和或戰，兩者必有一得，庶可望卻敵凱旋耳。上半危甚，下半用翻轉說，特強作自寬之詞。今朝烏鵲喜，欲報凱歌歸。

仇滄柱云：公抱憂國之懷，籌時之略，而又洊逢亂離，故在梓閬間有感於朝事邊防，凡見諸詩者，多悲涼激壯之語；而各篇精神煥發，氣骨風神並臻其極，熟復長吟，知為千古絕唱也。

李云：情深詞婉，國風之遺。張云：知甚難眞，是在遠遙測之情，非身歷不知。

遺憂

集外詩，下三首俱見郭知達黃鶴本。

亂離知又甚，通鑑：廣德元年十月，吐蕃入寇，邊將告急，程元振皆不以聞。至奉天武功，京師震駭，上方治兵，而吐蕃已渡便橋，倉卒出幸陝州，吐蕃入長安，焚掠一空。消息苦難眞。受諫無今日，邵云：語味深渾。臨危憶古人。劇談錄：明皇幸蜀，妃子既死，一日登高山望秦川，謂高力士曰：吾用張九齡言，不至於此。遣使祭之。盧注：先是郭子儀數爲上言吐蕃党項不可忽，宜早爲之備。上狃於和好而不納。代宗之於子儀，猶明皇之思九齡也。公不忍明言，故託之古人。紛紛乘白馬，用侯景事。攘攘著黃巾。用張角事。仇注：是時高暉以城降吐蕃，王獻忠脅豐王以迎吐蕃，故云。隋氏留宮室，焚燒何太頻？長安前陷於祿山，今陷於吐蕃，借隋言唐，亦諱詞也。

巴山

浦注：前首初聞京陷作，此續得幸陝之信而作。

巴山遇中使，云自陝城來。盜賊還奔突，乘義從去聲，讀從平聲。輿恐未迴？二句述中使之言。天寒邵伯樹，九域志：邵伯甘棠樹，在陝州府署。地闊望仙臺。三輔黃圖：望仙臺漢武帝所建，在華州華陰縣。狼狽風塵裏，羣

直下格，亦自清空一氣。

邵云：五排正宗。○宋張戒謂氣象廓然，可與三都兩京並駕。

臣安在哉！仇注：時吐蕃入寇，徵兵不應，官吏奔散。曰羣臣安在，譏文官不能扈從，武將不能禦敵也。

早花

西京安穩未？不見一人來。臘月巴江曲，山花已自開。盈盈當雪杏，豔豔待春梅。直苦風塵暗，誰憂客鬢催？折進一層應首二句

江陵望幸

朱注：唐書：上元初，呂諲建請荊州置南都，於是更號江陵府，以諲爲尹，置永平軍萬人，以遏吳蜀之衝。廣德元年冬，乘輿幸陝，以衛伯玉有幹略，拜江陵尹，充荊南節度觀察等使。時公在巴閬，傳聞代宗欲巡幸江陵，故有此作。

雄都元壯麗，望幸欻威神。魯靈光殿賦：又似乎帝室之威神。注：威神，言尊嚴也。地利西通蜀，天文北照秦。先指陝江陵建都大略浦注：晉天文志：柳七星張，周三輔，翼軫楚荊州。按秦分楚分諸宿相聯，皆南方朱鳥之宿，故云。風烟含越鳥，謝朓詩：風烟有鳥路。古詩：越鳥巢南枝。舟楫控吳人。仇注：西蜀北秦南越東吳，言江陵四至之地。未枉周王駕，再合到望幸左傳：昔周穆王周行天下，必將皆有車轍馬迹焉。終期漢武巡。漢書：

武帝南巡至於盛唐。注：在南郡。甲兵分聖旨，謂置永平軍。居守付宗臣。卽指衞伯玉。仇注牽扯子儀無謂。早發雲臺仗，注見六卷。恩波起涸鱗。謂窮民待澤也。

浦二田云：前敘形勢極簡要，後述望幸極委悉。○公作建都十二韻，大以江陵之舉爲非，茲顧若爲勸駕者，蓋以初聞幸陝之信，懸揣蕃寇狓猖，深懼乘輿播越，姑結爲遠避其鋒之想，亦忠愛之心所迫耳，豈自背其初論哉！

發閬中　冬末自閬還梓。九域志：閬州西至梓州二百二十里。

前有毒蛇後猛虎，溪行盡日無村塢。江風蕭蕭雲拂地，山木慘慘天欲雨。女病妻憂歸意速，秋花錦石誰復一作能。數？歸在冬而曰秋花者，蓋追憶來時所見。別家三月一得書，時公家在梓州。避地何時免愁苦？

蔣云：發閬中爲女病，知女病緣得書，節節倒出。

天邊行　浦注：此詩亦當是秦、蜀蕃警時作。

王阮亭云：一題便是春秋書法。

王嗣奭云：百里山空，已無剩語，忽入鸜鵒，法奇而意足。

天邊老人歸未得，叶都木切。日暮東臨大江哭。江指嘉陵涪江之屬。隴右河源不種田，胡騎羌兵入巴蜀。通鑑：廣德元年，吐蕃盡取河西隴右之地，十二月，復陷松、維、保三州。洪濤滔天二句帶興風拔木，前飛禿鶖後黃鵠。一作鴻。九度附書向洛陽，十年骨肉無消息。叶蘇六切。

冬狩行 原注：時梓州刺史章彝兼侍御史留後東川。

君不見東川節度兵馬雄，校獵亦似觀成功。三字便含末意 夜發猛士三千人，清晨合圍步驟同。見兵法訓練。禽獸已斃十七八，殺聲落日迴蒼穹。暗用魯陽揮戈返日意。幕前生致九青兕，馲駝即駱駝。㠑落猥切。峞五毀切。垂玄熊。㠑峞，高貌。東西南北百里間，髣髴蹴踏寒山空。有鳥名鸜鵒，禽經：鸜鵒剔舌而語。力不能高飛逐走蓬。肉味不足登鼎俎，何爲見羈虞羅中？亦是借言取此無益之物，不如乘時以建大功也。春蒐秋狩侯得同，重韻 趙注：蒐狩本天子事，而諸侯得行之。使君五馬

結語有大聲疾呼，涕淚俱下之致。

張云：信者哀，便非引人佞佛語，妙有斟酌。仇云：大官豪

一馬驄。謂乘侍御。況今攝行大將權，謂為留後。號令頗有前賢風。（贊語分寸）飄然時危一老翁，（接入突兀）十年厭見旌旗紅。喜君士卒甚整肅，為我迴轡擒西戎。草中狐兔盡何益？天子不在咸陽宮。時吐蕃陷京，車駕出幸陝州。朝廷雖無幽王禍，史記：申侯與犬戎攻殺幽王於驪山之下。得不哀痛塵再蒙！前玄宗幸蜀，今代宗幸陝。嗚呼！得不哀痛塵再蒙！（複句尤痛切）王洙曰：是時詔徵天下兵，程元振用事，無一人應者，故章末感激言之。

張上若云：以流寓一老正詞督強鎮為敵愾勤王之舉，眞過人膽力，眞有用文章。

山寺

原注：章留後同遊，得開字。

野寺根石壁，諸龕遍崔嵬。前佛不復辨，百身一莓苔。雖有古殿存，世尊亦塵埃。仇注：前佛露石龕者，世尊坐殿中者。如聞龍象泣，維摩經：菩薩勢力，譬如龍象蹴踏。翻譯名義集：水行中龍力最大，陸行中象力最大。足令信者哀。使君騎紫馬，捧擁從西來。樹羽靜千里，臨江久徘徊。山僧衣藍

侈之狀，僧家乞憐之態，摹寫逼眞。

蔣云：借佛說法，亦即現身說法。

縷，告訴棟梁摧。公爲顧賓徒，一作從。咄嗟檀施開。僧肇曰：天竺言檀，此言布施。大乘論：檀越者，檀施也。謂比人行檀，能越貧窮海故。吾知多羅樹，西域記：南印建那補羅國北，有多羅樹林三十餘里，其葉長廣，其色光潤，諸國書寫，莫不採用。卻倚蓮花臺。文殊傳：世尊之座高七尺，名七寶蓮花臺。諸天必歡喜，語亦帶諧 朱注：佛書有三界諸天；自欲界以上，皆曰諸天。鬼物無嫌猜。以茲撫士卒，孰曰非周才。晉書傅咸傳：顧榮與親故書曰：傅長虞爲司隸，勁直忠果，劾按驚人，雖非周才，偏亮可貴也。此注向所未引。窮子失淨處，法華經：譬如有人，年既幼稚，捨父逃逝。長大復加困窮，父求不得。窮子傭賃，遇到父舍，受雇除糞，污穢不淨。其父宣言：爾是我子，今我財物，皆是子有。窮子聞言，即大歡喜。高人憂禍胎。歲宴風破肉，荒林寒可迴。言將入春也。思量入道苦，猶難字意。自哂同嬰孩。

朱鶴齡曰：章彝事二史無考，但附見嚴武傳云：武再鎭劍南杖殺之。公在東川與往來最數，然桃竹杖、冬狩行語皆含刺，他詩又以指揮能事訓練強兵稱之。大抵彝之爲人，將略似優，乃心不在王室。是冬天子在陝，彝從容校獵，未必無擁兵觀望坐制一方之意。公窺其微而不敢頌言，因遊寺以諷諭之。世尊塵埃，咄嗟檀施，豈天子蒙塵獨能宴然罔聞乎。以茲撫士卒，孰曰非周才，欲其用此道以治兵敵愾，無但廣求福田也。窮子失淨處，高人憂禍胎，諷其不脩臣節，妄覬非分，猶窮子之離淨處而甘糞穢也。淨處失矣，能無禍胎之憂乎？隱言段子璋徐知道之戮，當爲前鑒也。末四句又傷己之入道無期，其詞若不爲彝而發者，此公之善爲忠告也。

桃竹杖引贈章留後

蜀都賦：靈壽桃枝。注：桃枝，竹屬，出墊江縣，可以爲杖。東坡跋桃竹杖引後：桃竹葉如椶，身如竹，密節而實中，犀理瘦骨，蓋天成拄杖也。出巴渝間，子美有桃竹歌。

江心蟠石生桃竹，蒼波噴浸尺度足。斬根削皮如紫玉，江妃水仙惜不得。叶都木切。列仙傳：江妃二女出遊漢江湄，逢鄭交甫，解佩與之。王逸楚詞注：馮夷，水仙人也。梓潼使君開一東，鶴注：梓州梓潼郡，西倚梓林，東枕潼水。滿堂賓客皆歎息。叶蘇六切。憐我老病贈兩莖，出入爪甲鏗有聲。言其堅勁。老夫復欲東南征，乘濤鼓枻白帝城。時有下峽之志。路幽必爲鬼神奪，拔劍或與蛟龍爭。用澹臺子羽拔劍碎璧事。一杖說得如此珍重。重爲告曰：杖兮杖兮，爾之生也甚正直，慎勿見水踴躍學變化爲龍。神仙傳：壺公遣費長房歸，以一竹杖與之，長房騎杖，忽然如眠，便到家，以杖投葛陂中，視之，乃青龍耳。使我不得爾之扶持，滅跡於君

沈云：淩空設想，筆力橫絕。

申凫盟云：方是豪傑歸落處，非一味使酒罵座者可比。

山江上之青峰！君山乃洞庭湖山也。水經注：是山湘君所遊處，故曰君山。噫！風塵澒洞兮豺虎咬人，忽失雙杖兮吾將曷從？

長短句公集中僅見，字字騰擲跳躍，亦是有意出奇。○朱鶴齡曰：此詩蓋借竹杖規章留後也。以踴躍爲龍戒之，又以忽失雙杖危之，其微旨可見。

將適吳楚，留別章使君留後兼幕府諸公，得柳字 公此行自梓往閬，本欲東下，尋因嚴武復鎮，遂還成都。

我來入蜀門，歲月亦已久。豈惟長兒童？自覺成老醜。常恐性坦率，失身爲杯酒。近辭痛飲徒，折節萬夫後。杜臆：觀失身折節等語，公亦殊有戒心，其告別以此，但未明言耳。昔如縱壑魚，今如喪家狗。史記：孔子纍纍若喪家之狗。既無遊方戀，用遊必有方意。行止亦何有？相逢半新故，取別隨薄厚。眞情只是說得出。謂贐贈之資。不意青草湖，元和郡國志：巴邱湖又名青草湖，在巴陵縣。扁舟落吾手。言久思下峽而今始得遂也。

眷眷章梓州，開筵俯高柳。樓前出騎馬，帳下羅賓友。健兒簸紅旗，後有揚旗詩，當即此。此樂幾難朽。日車隱崑崙，謂日色西落。鳥雀噪戶牖。波濤未足畏，三峽徒雷吼。所憂盜賊多，重見衣冠走。祿山、吐蕃兩陷京師，中原消息斷，黃屋今安否？時帝在陝州。終作適荊蠻，王粲詩：復棄中國去，遠身適荊蠻。安排用莊叟？注見六卷。仇注：以長安經亂，不能北歸，故但思南適也。隨雲拜東皇，楚詞有東皇太乙章。文選注：太乙，天之尊神，祠在楚東，以配東帝，故曰東皇。掛席上南斗。春秋說題詞：南斗，吳地也。舊書天文志：南斗在雲漢之流，當淮海之間，爲吳分。亦暗用乘槎意。有使去聲。卽寄書，無使長迴首。

（眉批：復打動章所謂一飯不忘也。雋句。句）

王嗣奭曰：章留後所爲多不法，而待杜特厚，公詩屢諫不悛，不久遂辭去。蓋保身之哲，不欲以數取疏也。亦見公識見過人處。

舍弟占歸草堂檢校，聊示此詩

久客應吾道，相隨獨爾來。熟一作孰。知江路近，頻爲草堂迴。鵞鴨宜長數，杜臆：

（眉批：李云，絮絮家常話，入公便）

成絕妙文章。

沉着。

公迎家至梓後，草堂當仍有代爲看守者。柴荊莫浪開。 東林竹影薄，臘月更須栽。鍾伯敬云：家務瑣悉，有一片友愛在內，故只見其眞，不見其俚。○黃白山云：杜善鍊字，竹稀而曰影薄，樹多而曰陰雜，皆能涉筆成趣。

歲暮

歲暮遠爲客，邊隅還用兵。 烟塵犯雪嶺，鼓角動江城。時松維保三州新陷。 天地日流血，朝廷誰請纓？終軍傳：請受長纓，必羈南粵王致之闕下。見當時將帥無能奮身以殉國難者。 濟時敢愛死，寂寞壯心驚。仇注：言當寂寞之中而壯心忽覺驚起，以世變方亟故也。

邵云：言外荒涼自見。

杜詩鏡銓卷十一

廣德中，公往來梓閬、歸成都草堂、嚴武表授節度參謀作。

城上 下復至閬州作。

草滿巴西綠，此巴西指閬州。空城白日長。風吹花片片，春動一作蕩。水一作送雨。茫茫。八駿隨天子，用周穆王事。羣臣從武皇。趙注：漢武帝初幸汾陰至洛陽，侵尋於太山，其所巡幸周萬八千里。遙聞本春秋書法出巡狩，早晚遍遐荒。十二月帝已還京，公尚未聞也。

王右仲云：此詩敘景言情，真堪痛哭，詩之不愧風人者。

送李卿曄 世系表：曄太鄭王房淮南忠公瑀之子。

王子思歸日，哀江南賦：咸陽布衣，非獨思歸王子。長安已亂兵。霑衣問行在，走馬向承明。漢書嚴助

結語無限低徊，想見溫柔敦厚之致。

傳：君厭承明之廬。**暮景巴蜀僻，**句言老在遠方。**春風江漢淸。**杜臆：嘉陵水在閬，亦名漢江。**晉山雖自棄，**蔡曰：地理志：閬州有晉安縣，本晉城。仇注：兼用介之推入綿上山中事。**魏闕尙含情。**呂氏春秋：中山公子牟謂詹子曰：身在江海之上，心居魏闕之下。朱鶴齡曰：公嘗扈從肅宗，故自比之推。曰自棄者，不敢以華州之貶懟其君也。壯游詩之推避賞從，亦此意。

雙燕

旅食驚雙燕，銜泥入此堂。一作北。**應同避燥溼，且復過炎涼。**見甘苦相共意。**養子風塵際，**二句雙關。古樂府蛺蝶行：卒逢三月養子燕。**來時道路長。今秋天地在，吾亦離**去聲。**殊方。**朱注：時公欲出峽，故託燕寓意。張云：天地在，見雖禍亂而天地不改，吾亦必歸不敢望平靜也。

百舌

王十朋曰：百舌，反舌也，能反覆其舌隨百鳥之音，春囀夏止。

百舌來何處，重重祗報春。喻善取媚意。**知音兼衆語，整翮豈多身？**異其一身而兼衆音也。**花密**

一首感世而帶及感身。

二首感身而仍歸感世。

藏難見，枝高聽轉新。過時如發口，張儀傳：陳軫曰：軫可發口言乎。君側有讒人。汲冢周書：芒種之日螳螂生，又五日鵙始鳴，又五日反舌無聲。反舌有聲，佞人在側。仇注：時程元振已貶斥，公初春猶未知，故借百舌以寄慨。

傷春五首

原注：巴閬僻遠，傷春罷始知春前已收宮闕。楚辭：目極千里兮傷春心，題取此。

天下兵雖滿，春光日自濃。（便爾傷心開手揭明大旨）西京疲百戰，北闕任羣兇。通鑑：廣德元年十月，吐蕃陷京畿，渭北行營兵馬使呂月將與戰於盩厔，爲所擒。涇州刺史高暉，射生將王獻忠等迎吐蕃入長安，立邠王守禮孫承宏爲帝。關塞三千里，烟花一萬重。言巴閬去長安之遠。蒙塵清露急，通鑑：吐蕃度渭橋，上蒼卒幸陝。清露急，言暴露於外意。御宿且一作有。誰供？漢書：御宿苑在長安城南，羞宿聲相近，故或云御羞，或云御宿。羞者珍羞所出，宿者止宿之義。殷復前王道，（二句借古形今）今謂武丁中興，亦取奮伐荊楚意。周遷舊國容。史記：平王東遷於洛邑，避戎寇。時傳有王在洛之說，故云。蓬萊足雲氣，即五陵佳氣無時無意。應合總從龍。言羣臣皆當扈從而歎己之不能從也。

鶯入新年語，花開滿故枝。天清風卷幔，草碧水通池。（云即前春光日自濃句又細寫一番）牢落官軍遠，蕭條

張云：此首治亂始末具見，此豈尋常韻語。○以朝廷事不便指斥，故假天象言之，乃變雅詩人之義。

此結有望於君。

萬事危。仇注：巴地春光依然無恙，但恨長安被兵而援軍不赴，則萬事俱危矣。鬢毛原自白，淚點向來垂。不是無兄弟，其如有別離！巴山春色靜，北望轉逶迤。仍點本旨

日月還相鬬，邵云：極傷心事，極驚人語。晉天文志：數日俱出若鬬，天下起兵大戰。元帝太興四年二月，癸亥日鬬。星辰屢合圍。漢天文志：高祖七年，月暈圍參畢七重，是年上至平城，爲單于所圍。二句追原禍本。不成誅執法，不減痛哭流涕。星經：執法四星，主刑獄之人。又爲刑政之官，助宣王命，中常侍官也。杜詩博議：漢志：哀帝元年十一月，歲星入太微逆行，干右執法。占曰：大臣有憂，執法者誅若有罪。二年十月，高安侯董賢免歸自殺。詩兼暗引此事，以董賢況程元振也。焉得變危機？言天變頻仍，總由不能早除嬖倖，以至於此。至收京消息未聞，恐尚不當賞，指柳伉一疏也。大角纏兵氣，史記天官書：大角者，天王帝庭，其兩旁各有二星曰攝提。鉤陳出帝畿。星經：鉤陳六星，主天子六軍。

烟塵昏御道，耆舊把天衣。行在諸軍闕，來朝大將稀。唐書：代宗幸陝，諸鎮畏程元振讒搆莫至，朝廷所恃者惟郭子儀一人。賢多隱屠釣，韓詩外傳：太公望屠牛朝歌，釣於磻溪。王肯載同歸？去奸當急思進賢，則將士羣知効命而天心亦從此悔禍矣。

再有朝廷亂，祿山之亂，於斯爲再。難知消息眞。近傳王在洛，幸陝後程元振曾有勸都洛陽之議。復道使歸

此結有望於臣。

寫播遷事，由主上而妃主而軍士，自有次第。

末首君臣雙綰，高呼震天，正復淚痕滿紙。

秦。奪馬悲公主，通鑑：魏高歡出滏口，道逢北鄉長公主有馬三百匹，盡奪而易之。登車泣貴嬪。晉書：成帝延和年，蘇峻逼遷天子於石頭城，帝哀泣升車，宮中慟哭。蕭關迷北上，漢武帝紀：元封四年，行幸雍祠五時，通回中道，遂北出蕭關。一統志：在平涼府鎮原縣西北。滄海欲東巡。秦始皇紀：二十八年，並渤海以東，過黃腄，窮成山，登之罘，立石頌秦德。東巡北上，皆無定之詞，正見消息難眞意。敢料安危體，劉須溪云：感諷不迫，得詩人之意。言國家事非草野所知。猶多老大臣？豈無嵇紹血，霑灑屬車塵？言國有老臣，尚當以死衞君也。晉書：惠帝北征敗績於蕩陰，嵇紹以身捍衞，兵交御輦，紹被害，血濺帝服。

聞說初東幸，陝在京師東。孤兒卻走多。漢紀注：取從軍死事者之子養羽林官，敎以五兵，號羽林孤兒。難分太倉粟，競棄魯陽戈。淮南子：魯陽公與韓遘戰酣，日暮援戈而麾之，日返三舍。通鑑：帝幸陝，官吏六軍奔散，扈從將士不免饑餒。胡虜登前殿，王公出御河。得毋中夜舞，晉書：祖逖與劉琨共寢，中夜聞雞鳴，因起舞曰：此非惡聲也。誰憶大風歌？高帝歌：大風起兮雲飛揚，安得猛士兮守四方。二句言豈無英雄思奮志在報讎雪恥者，恐朝廷信讒不復記憶耳。時郭子儀閒廢，李光弼亦懼讒不至，故云。春色生烽燧，總結傷春。幽人泣薜蘿。應轉前二首自謂。

君臣重修德，猶足見時和。

激昂慷慨，亦復悱惻纏綿，與有感五首並見才識忠悃；此皆杜詩根本之大者，學者所宜著眼。○朱鶴齡曰：代宗致亂，皆因信任非人，老臣不見用，故一曰賢多隱屠釣，一曰猶多老大臣，一曰誰憶大風歌，篇中每三致意焉。

邵云：老成憂國，結意更深。

收京

下三首皆集外詩，見郭知達黃鶴本。唐書：廣德元年十月癸巳，郭子儀復京師，十二月車駕至自陝州，此聞信後作。

復道收京邑，兼聞殺犬戎。通鑑：吐蕃退圍鳳翔，鎮西節度使馬璘赴難，單騎奮擊，俘斬千計。衣冠却扈從，杜臆：却字有不滿諸臣意。蓋平日依回坐視，無益於成敗之數者也。車駕已還宮。尅復誠如此，安危在數公。莫令回首地，慟哭起悲風。言當信任以圖治安，無使京華之地再傷寇亂也。

巴西聞收京闕，送班司馬入京二首

舊本下章另有送司馬入京題，單復依黃鶴本合爲一。

上首送班赴闕。

聞道收京邑，嗚鑾自陝歸。傾都看黃屋，正殿引朱衣。指侍從之臣。劍外春天遠，

下首自述己懷。

巴西勑使稀。念君經世亂，匹馬向王畿。鄭繼之曰：詩之妙處，正在不必寫到眞，說到盡，而其欲寫欲說者，自宛然可想，斯得風人之義。杜詩每有失之太眞太盡者，如此詩末二句，則有不眞不盡之興矣，餘可類推。

羣盜至今日，先朝忝從臣。〔邵云：起二了不相蒙，却妙〕公肅宗朝曾任拾遺。歎君能戀主，久客羨歸秦。黃閣長司諫，丹墀有故人。謂舊日同爲諫官者。向來論社稷，〔暗應首句〕爲話涕霑巾。二句言爲我傳語故人，向來共論社稷，不免涕下霑巾，今盜賊猶然未息，我則已矣，諸君其何以答昇平耶？無限期勉，自在言外。

釋悶

四海十年不解兵，自天寶十四載祿山始亂，至廣德初爲十年。犬戎也復臨咸京。失道非關出襄野，莊子：黃帝將見大隗於具茨之山，至於襄城之野，七聖皆迷，無所問塗。揚鞭忽是過湖城。世說：王大將軍敦軍姑熟，明帝乘巴賨馬，齎一金鞭，陰察軍形。敦晝寢夢日遶城，命騎追之不及。朱注：晉書王敦傳：帝至蕪湖察敦營壘。又蕪湖縣有王敦城，即詩所謂湖城。二句言出巡非訪道，乃避賊也。豺狼塞路人斷絕，烽火照夜屍縱橫。天子亦應厭奔走，羣公固合（冷句）思昇平。但恐誅求不改轍，聞道嬖孽能全生。通鑑：程元振專權自恣，諸將有大功者，元振皆忌嫉欲害之。吐蕃入寇，元振不以時奏，致上狼狽出幸。太常博士柳伉上疏請斬元振，上猶以元振嘗有保護功，削官爵，放歸田里。江邊老翁錯料事，眼暗不見風塵清。

王嗣奭曰：此爲代宗不誅程元振而作也。吐蕃入寇，禍皆起於元振，今嬖孽不除，則兵不得解，兵不得解，則誅求仍不得息，其事之舛謬，眞有出於意料之外者；然則風塵何由淸而太平將何時見乎？通篇一氣轉下，皆作怪歎之詞。

贈別賀蘭銛

黃雀飽野粟，劉楨詩：羞與黃雀羣。注：黃雀喻小人。羣飛動荊榛。今君抱何恨？（一問）寂寞向時人。（五字悲甚）老驥倦驤首，蒼鷹愁易馴。高賢世未識，固合嬰饑貧。（一答）仇注：黃雀比趨勢附利者，驥鷹比抱才不遇者，寧爲驥倦鷹馴，不爲雀飽羣飛，此可見其志節。國步初反正，時代宗幸陝初還。乾坤尙風塵！悲歌鬢髮白，遠赴湘吳

張云：著震蕩於歡娛之後，寓意甚深，正見當時朝內以安樂釀禍也。

邵云：五詩皆紀時事，氣格深渾，是大家數。○此因吐蕃入寇，憤諸

春。指銛。我戀岷下芋，貨殖傳：岷山之下，沃野千里，下有蹲鴟，至死不饑。注：蹲鴟，芋也。君思千里蓴。陸機稱千里蓴羹，注見十卷。一統志：千里湖在溧陽縣東南，至今產美蓴。生離與死別，自古鼻酸辛。

寄賀蘭銛

此別後再寄。

朝野歡娛後，乾坤震蕩中。相隨萬里日，總作白頭翁。賀蘭當以天寶亂後同客蜀。歲晚仍分袂，江邊更轉蓬。自言往來梓閬。勿云俱異域，飲啄幾回同？末二句反言以慰之，亦見別後毋遽相忘也。

有感五首

此詩或編在廣德元年之春，事跡既多不合；或編在是年冬，方當蕃寇披猖，乘輿播越，豈宜有愼勿呑青海語，且此時而欲議封建，則亦迂矣。詳其語意，當是收京後廣德二年春作。蓋吐蕃雖退，而諸鎭多跋扈不臣，公復憂其致亂，作此懲前毖後之詞。未幾僕固懷恩遂引吐蕃回紇入寇，亦已有先見。所謂編次得，則詩意自明者也。

長歎起早，十分驚動。

將帥蒙恩澤，兵戈有歲年。至今勞聖主，何以報皇天。言無以答君恩也。白骨新交戰，謂吐蕃之亂。

劉須溪云：五字有日蹙百里之悲。

雲臺舊拓邊。雲臺謂唐初功臣。朱注：按史唐自武德以來，開拓邊境，地連西域，皆置都督府州縣，開元中置朔方等處節度使以統之。祿山反後，數

鎮不赴援而作，爲五詩之緣起。

此首歎鎮將擁兵，天子懦弱不能致討，是正旨。

下二首皆追論前事，此欲其行儉德以消逆亂。

年間相繼淪沒，自鳳翔以西，邠州以北，皆爲左衽，公故發此歎也。**乘槎斷消息，無處覓張騫？**漢張騫傳：騫以郎應募使月支，經匈奴，匈奴留騫十餘載，後亡歸漢。時御史大夫李之芳等使吐蕃未歸，故云。按：唐書吐蕃傳：廣德元年，使散騎常侍李之芳、太子左庶子崔倫往聘，吐蕃留不遣，明年還使人李之芳等。則之芳之歸，本在廣德二年，舊書亦云：之芳使吐蕃被留，二年乃得歸。顧宸年譜誤以之芳歸自吐蕃編在廣德元年，以致詩與事蹟，全然錯誤。

幽薊餘蛇豕，左傳：吳爲封豕長蛇，薦食上國。諸鎮皆安史餘孽。**乾坤尙虎狼。諸侯春不貢，使者日相望。**二句乃所以有感作詩之主

浦注：河北諸鎮，凡拜節度及封爵等，皆命使持節就鎮授之。**愼勿呑青海，**襯筆 指吐蕃。**無勞問越裳。**指南詔。天寶以後，南詔叛唐歸吐蕃，屢爲邊患。非謂西南可置度外，以朝政惟尙姑息，近在內地不修貢職，何況能勤遠略乎？**大君先息戰，歸馬華山陽。**隱謂朝廷不復能用兵也，而措詞甚婉。

按史廣德元年，史朝義既誅，僕固懷恩恐賊平寵衰，請以降將薛嵩、田承嗣、李懷仙等爲河北諸鎮節度使。朝廷亦厭苦兵革，苟冀無事，因而授之。唐世藩鎮之禍，實自此始，詩蓋以是作。

洛下舟車入，天中貢賦均。史記：成王使召公復營洛邑曰：此天下之中，四方入貢道里均焉。**日聞紅粟腐，**朱注：唐江海之粟，皆輸洛陽，轉運京師。**寒待翠華春。**去冬有還都洛陽之議。**莫取金湯固，長令宇宙新。**言立國不在乎地利，但能修德自強，節儉

此欲其建宗藩以懾叛臣。

愛民，宇內自有更新氣象也。

不過行儉德，盜賊本王臣。 仁人之言。顧注：代宗天興聖節，諸道獻金飾器用珍玩駿馬爲壽，常袞請却之，不聽。知其漸有奢侈之志，故以儉德規之。蓋儉德行則下無暴斂，而強藩亦不敢輕爲窺伺矣。

先程元振勸帝遷都洛陽，郭子儀附章論奏，有曰：明明天子，躬儉節用，則黎元自理，寇盜自息，太平之功，旬日可冀。詩意正與之合。

丹桂風霜急， 漢五行志：成帝時童謠曰：桂樹華不實，黃雀巢其顛。注：桂赤色，漢家象。**青梧日夜凋。** 上官儀冊殷王文：慶表栽梧，德成觀梓。丹桂喻王室，青梧喻宗藩。言王室不安，由於宗藩削弱也。**由來強幹地，** 西都賦：蓋以強幹弱枝，隆上都而觀萬國。**未有不臣朝。** **授鉞親賢往，卑宮制詔遙。** 二句言威權不至下移，聲教故能遠訖也。卑宮取傳子意，亦承前儉德來。舊指玄宗傳位肅宗，似覺太遠。按：肅宗收兩京以廣平王爲元帥，代宗卽位十月，以雍王适爲天下兵馬元帥，皆所謂授鉞親賢也。**終依古封建，豈獨聽簫韶。** 言不可徒修禮樂文具也，亦見強藩嘗有制馭之策，非如苗民逆命，可以干羽格之耳。

初，房琯建分鎮討賊之議，肅宗入賀蘭進明之譖，貶之。至廣德初，河北諸鎮跋扈不臣，公故追歎當時不行琯議，有失強幹弱枝之道也。○公爲王閬州進論巴蜀安危表，屢申親賢磐石之義，末首復極言藩鎮之弊，應轉起處，欲朝廷重司牧以蘇民困，乃示以本計也。

與此相表裏。

胡滅人還亂，兵殘餘也。將自疑。安史既平，懷恩懼誅謀叛。又諸鎮各歛賄聚兵爲負固計。登壇名絕假，時諸道節度使並加實封，故云。亦用淮陰假王事。報主爾何遲？領郡輒無色，之官皆有詞。因諸將專制，致刺史縣令失其職，士大夫皆不樂外任，爲吏者類多隱忍苟祿，不恤民瘼可知，故欲下詔而問瘡痍也。願聞哀痛詔，端拱問瘡痍。歸到人君

所言皆當時大事要著，足補國史所未逮，公生平自許稷契，良非虛語。○諸詩多爲藩鎮作。藩鎮之禍，始於僕固懷恩，而唐遂失河北，下逮五季，兵火相尋，五詩見其端矣。

憶昔二首

浦注：舊編嚴武幕中，頗不類，當屬吐蕃陷京後，代宗復國時作，特以尙書郞三字誤入耳。

憶昔先帝巡朔方，謂肅宗靈武之立。千乘萬騎入咸陽。謂肅宗還京。陰山驕子汗血馬，秦本紀：西北斥逐匈奴，自榆中並河以東屬之陰山。通典：陰山，唐安北都護府也，此謂借兵回紇。長驅東胡胡走藏。回紇助討安慶緒，收復兩京，慶緒奔河北，保鄴郡。鄴城反覆不足怪，史思明既降復叛，救慶緒於鄴城，九節度師潰，東京尋復陷。關中小兒壞紀綱，謂李輔國。舊唐書宦官傳：李輔國閑廄馬家小

蔣云：子儀留京事如此措詞，與誅褒妲語並妙。

前首傷亂，此首思治。

兒，少爲閹，貌陋粗，知書記，爲僕事高力士。通鑑注：凡廐牧五坊禁苑給使者，皆謂之小兒。**張后不樂上爲忙。**張云：三字寫出作爲淫巧以悅婦人之狀。謂良娣。舊唐書后妃傳：張后寵遇專房，與輔國持權禁中，干預政事，帝無如之何。**至令今上猶撥亂，勞心**一作身**焦思補四方。我昔近侍叨奉引，**插入自家作襯渡**出兵整肅不可當。**亦用法見變化肅宗初，公爲拾遺，時代宗以廣平王爲太子，拜天下兵馬元帥。**爲留猛士守未央，**猛士謂郭子儀也。括地志：漢未央宮在長安故城中。**致使岐雍防西羌。**唐書：寶應元年八月，子儀自河南入朝，程元振數譖之，子儀請解副元帥節度使留京師。明年十月，吐蕃大入寇。**犬戎直來坐御牀，**南史侯景傳：齊文宣夢獼猴坐御牀。又大同中太醫令朱耽夢犬羊各一在御坐，既而天子蒙塵，景登正殿焉。**百官跣足隨天王。**謂代宗幸陝。**願見北地傅介子，**漢書：傅介子北地人也，持節使樓蘭，斬其王首歸，懸之北闕，詔封義陽侯。**老儒不用尚書郎。**木蘭行：欲與木蘭賞，不用尚書郎。此句特用成語，言國恥得雪，即窮老亦無所恨也。

肅宗朝之禍亂成於張后輔國，以致貽憂繼世。代宗在東朝，身履其難，又少屬亂離，長於軍旅，乃不知鑒，復任用程元振以召西戎之禍。公歷敘前後事不諱，其陳戒之旨切矣。

憶昔開元全盛日，小邑猶藏萬家室。稻米流脂粟米白，公私倉廩俱豐實。

可見朋友亦關係世道。

九州道路無豺虎，遠行不勞吉日出。妙語。舊唐書：開元末年，頻歲豐稔，京師米價斛不盈三百，天下乂安，雖行萬里，不持寸刃。齊紈魯縞車班班，後漢書：桓帝時童謠曰：車班班，入河間。男耕女桑不相失。宮中聖人奏雲門，謂世際太和。周禮：大司樂歌大呂舞雲門以祀天神。天下朋友皆膠漆。謂人無詐僞。百餘年間未災變，叔孫禮樂蕭何律。豈聞一絹直萬錢，有田種穀今流血？轉筆健疾。洛陽宮殿燒焚盡，宗廟新除狐兔穴。唐書：吐蕃留京師十五日乃走。傷心不忍問耆舊，復恐初從亂離說。沈痛。小臣魯鈍無所能，朝廷記識蒙祿秩。按年譜，公去年曾召補京兆功曹，不赴。周宣中興望我皇，灑淚一作血。江漢身衰疾。二首總結。

閬山歌

閬州城東靈一作雪，非。山白，唐書：閬州閬中縣有靈山。輿地圖云：昔蜀王鼈靈登此，因名。閬州城北玉臺碧。輿地紀勝：玉臺山在閬州城北七里，後有玉臺觀。松浮欲盡不盡雲，江動將崩未崩石。邵云奇句。那知根無鬼神會，杜臆：閬中

結句咏嘆，無限曲折。

山多仙聖遊跡。**已覺氣與嵩華敵。**仇注：石根下蟠，乃鬼神所護，雲氣上際，與嵩華並高。**中原格鬭且未歸，應結茅齋著青壁。**

閬水歌

嘉陵江色何所似？寰宇記：嘉陵水一名西漢水。地圖云：源出秦州嘉陵谷，因名。經閬中即爲閬中水，亦曰閬江。**石黛碧玉相因依。**六書故：黛，青黑色，用爲畫眉墨。說文：碧，石之青美者。言水淺處如碧，深處如黛也。**正憐日破浪花出，更復春從沙際歸。**邵云：句秀。**巴童蕩槳欹側過，水雞銜魚來去飛。**劉須溪云：景少語長。朱注：水雞，聞蜀士云：狀如雄雞而短尾，好宿水田中。今川人呼爲水雞公。**閬中勝事可腸斷，**杜臆：猶云惱殺人意。**閬州城南天下稀。**樓鑰曰：嘉陵江至閬州西北，折而南而東而北，州城三面皆水，故謂之閬中。城南正當佳處，對面卽錦屏山。又馮忠恕記云：閬之爲郡，當梁、洋、梓、益之衝，有五城十二樓之勝槪。

陳後山謂二詩詞致峭麗，語脈新奇，句清而體好，在集中似又另爲一格。

南池

後漢書：巴郡閬中縣南有彭池。益州記：南池在閬中縣東南八里。

峥嶸巴閬間，所向盡山谷。安知有蒼池，萬頃浸坤軸。呀然閬城南，字林：呀，大空貌。西都賦：呀周池而成淵。枕帶巴江腹。三巴記：閬白二水東南流至漢中，至始寧城下入涪陵，曲折三回，有如巴字，曰巴江，經峻峽中謂之巴峽。芰荷入異縣，見池之大。秔稻共比屋。一統志：南池自漢以來，堰大斗之水灌田，里人賴之。皇天不無意，美利戒止足。敍事中插議論高田失西成，此物頗豐熟。清源多衆魚，遠岸富喬木。獨歎楓香林，春時好顏色。叶速。楚詞注：楓似白楊，有脂而香，霜後葉丹可愛。南有漢王祠，帶敍朱注：項羽立高祖爲漢中王。漢中鄰閬，故有漢王祠，在今保寧府城南。方輿勝覽：南池在高祖廟旁。終朝走巫祝。歌舞散靈衣，楚詞：靈衣兮披披。荒哉舊風俗。高皇亦明主，魂魄猶正直。叶濁。不應空陂上，縹緲親酒肉。一作食。淫祀自古昔，非惟一川瀆。干戈浩茫茫，地僻傷極目。平生江海興，遭亂身局促。駐馬問漁舟，收處仍合到

李云：前四有黯然魂消之致。

蔣云：首二是從蜀中萬山攢接，江勢險急，忽見空天平流之象，不覺若驚若喜。

躊躇慰羈束。南池

江亭王閬州筵餞蕭遂州

離亭非舊國，長安東有灞橋，古送別處。春色是他鄉。老畏歌聲斷，愁隨舞曲長。杜臆：歌既畏其斷，舞又愁其長，總因漂泊他鄉，寫出侘傺無聊之狀。二天開寵錫，指王。後漢書：蘇章遷冀州刺史，有故人為清河太守，喜曰：人皆有一天，我獨有二天。五馬爛生光。指蕭。川路風烟接，合結俱宜下鳳凰。漢書：黃霸為潁川太守，是時鳳凰神雀數集郡國，潁川尤多。

陪王使君晦日泛江就黃家亭子二首 唐以正月晦日為中和節。

山豁何時斷，江平不肯流。惟山豁故江平。稍知花改岸，始驗鳥隨舟。二句串看，言其流穩，舟行如不動，見花改方知岸改，乃覺鳥亦隨行也。結束多紅粉，歡娛恨白頭！非君愛人客，補點晦日更添愁。

李子德云：江平不肯流，與秋天不肯明，用兩不肯字，皆有妙理。○張上若云：前青惜峯巒二句，寫泛舟疾行入妙；此稍知二句，寫泛舟徐行入妙。

上首陪使君泛江，此首就黃家亭子。○妍麗亦開溫李。

寫景又別。

有徑金沙軟，蜀都賦：金銀沙礫。注：永昌有水，出金如糠，在沙中。一統志：保寧府劍州、廣元、江曲、巴縣出麩金。無人碧草芳。沙草乃上亭之路。野哇連蛺蝶，江檻俯鴛鴦。日晚烟花亂，風生錦繡香。錦繡謂舞衣。不須吹急管，衰老易悲傷。結語申歡娛恨白頭意。

泛江

浦注：想亦地主相邀，故有妓樂。

方舟不用楫，方舟，並舟也。極目總無波。長日容杯酒，深江淨綺羅。綺羅亦指妓衣。杜臆：江澄無波，綺羅映水，可想淨字之妙。亂離還奏樂，飄泊且聽歌。故國留清渭，如今花正多。收句神遠。

渡江

春江不可渡，二月已風濤。舟楫欹斜疾，魚龍偃臥高。仇注：江風急，故舟楫欹斜而迅疾；江濤湧，故魚龍偃臥而高浮。以方起蟄，故猶有偃臥之容，乃二月之風濤然也。渚花張素錦，汀草亂青袍。古詩：青袍似春草。戲問垂綸客，悠悠見汝曹。歎己不能如其安閒自適也。

暮寒

霧隱平郊樹，風含廣岸波。沈沈春色靜，（承一）慘慘暮寒多。（承二）戍鼓猶長擊，時吐蕃新陷松維保三州。林鶯遂不歌。忽思高宴會，（轉筆不測）朱袖拂雲和。周禮：大司樂奏雲和之琴瑟。

浦二田云：此當去陪泛之時不遠，而陰晴喧寂，頓爾改觀，妙寫得凄然不盡。

遊子

巴蜀愁誰語，吳門興杳然。時欲下峽而不遂。九江草春外，三峽暮帆前。九江三峽皆赴吳所經，二句有神與俱往意。厭就成都卜，高士傳：嚴君平賣卜成都市中，日得百錢，則閉肆下簾而授老子。休爲吏部眠。晉書：畢卓爲吏部郎，比舍郎釀熟，卓因醉夜至其甕間盜飲，爲掌酒者所縛。言愁懷非酒可解。蓬萊如可到，衰白問羣仙。（說到遊仙一片蕪頹）一說，田藝蘅云：蓬萊可到，謂公戀戀不忘朝廷，冀衰白

毛西河云：江石有傷心之麗，花蘂成滿目之班，此深於豔情之言。

而猶得見君也。

滕王亭子二首

原注：在玉臺觀內，王調露中任閬州刺史。舊唐書滕王元嬰傳：元嬰，高祖第二十二子，都督洪州，數犯憲章，於滁州安置，後起授壽州刺史，轉隆州。地理志：先天二年，避玄宗名，改隆州爲閬州。

君王臺榭枕巴山，萬丈丹梯尙可攀。顧注：丹梯，山之磴道。春日鶯啼修竹裏，下句兼切 修竹用梁孝王事。孫綽蘭亭詩：鶯語吟修竹。襯以虛對實 仙家犬吠白雲間。用事人化 神仙傳：八公與淮南王白日升天，餘藥器置在中庭，雞犬舐啄之，盡得升天。故雞鳴天上，犬吠雲中也。仇注：臺榭當春，故聽鶯啼修竹；丹梯極峻，故想犬吠雲間。清江錦石傷心麗，嫩蘂濃花滿目班。人到於今歌出牧，來遊此地不知還。李子德云：極具鋪揚，卻自疏樸，初唐名手得意之篇。

寂寞春山路，君王不復行。古牆猶竹色，一句亭外 亦用梁王事。虛閣自松聲。一句亭中 鳥雀荒村暮，

邵云：通首奇警。

雲霞過客情。雲霞，亦寓變滅無常意。尙思歌吹入，千騎擁一作把。霓旌。

黃白山云：前六句淒涼已甚，結處若再用衰颯語，意便索然；末二句忽翻身作結，振起文勢，用筆最爲奇變。

玉臺觀二首

原注：滕王造。方輿勝覽：玉臺觀在閬州城北七里，唐滕王嘗遊，有亭及墓。趙曰：觀在高處，其中有臺號曰玉臺。

中天積翠玉臺遙，列子：西極化人見周穆王，爲改築宮室，其高千仞，臨終南之上，名曰中天之臺。顏延之詩：積翠亦葱芊。注：松柏重布曰積翠。上帝高居絳節朝。漢郊祀歌：遊閶闔，觀玉臺。應劭曰：玉臺，上帝之所居。梁邵陵王祀魯山神文：絳節陳竿，滿堂繁會。此言羣仙皆來朝集。遂有馮夷來擊鼓，注見二卷。始知嬴女善吹簫。仙傳拾遺：蕭史善吹簫，秦穆公女弄玉好之，公妻焉。日教弄玉吹簫，似鳳聲，鳳凰來止其屋，公爲作鳳臺。合下蕭史句，觀中或有公主遺跡。江光隱見黿鼉窟，石勢參差烏鵲橋。四句總形容仙境恍惚，因黿鼉窟想出馮夷，又因嬴女想出烏鵲橋，然江光之遠，石勢之高，卻是觀外所見眞景。更肯一作有。紅顏生羽翼，一作翰。便應黃髮老漁樵。言世果有駐顏飛昇之術，吾便當留此以終老耳。

黃白山云：此詩首尾皆對，能化排偶之痕。而其寫景靈活，寓意深長，觸事必見本懷，故雖閒題雜詠，不爲徒作也。

浩劫因王造，朱注：度人經：惟有元始浩劫之家，部制我界。廣異記：儒謂之世，釋謂之劫，道謂之塵。按：浩劫，無窮之劫，猶言萬古也。又廣韻：浩劫，宮殿大階級也。杜田云：俗謂塔級爲劫，故嶽麓行曰：塔劫宮牆壯麗敵。**平臺訪古遊。**漢書：梁孝王大治宮室，自宮連屬於平臺。**彩雲蕭史駐，文字魯恭留。**漢書：魯恭王壞孔子舊宅以廣其居，聞鐘磬琴瑟之聲，於壁中得古文尚書、論語。**宮闕通羣帝，**仇注：道書天有羣帝，而大帝最尊。羣帝，五方之帝也。**乾坤到十洲。**○流○走○對　十洲記：四方巨海之中，有祖洲、瀛洲、元洲、炎洲、長洲、充洲、鳳麟洲、聚窟洲、流洲、生洲。言觀之高上通羣帝，是乾坤內之十洲也。十洲爲神仙所聚，故云。**人傳有笙鶴，時過此山頭。**○收○處○仍○關○合○滕○王　一作北。神仙傳：王子喬，周靈王太子晉也，好吹笙作鳳鳴，後乘白鶴駐緱氏山頂，舉手謝時人而去。

李子德云：實寫處胸無滯迹，虛寫處筆有遠神。

○何義門云：此及滕王五律俱有王楊氣味。

奉寄章十侍御

原注：時初罷梓州刺史東川留後，將赴朝廷。舊唐書嚴武傳：武再鎮蜀，恣行猛政，梓州刺史章彝初爲武判官，及是少不副意，赴成都杖殺之。按：此事或當在入覲回來之後，彝起身時，武尚未至蜀也。至彝爲武判官，當屬前事。朱注：謂或及其未行而殺之。浦注：又謂彝爲留後，武不應降爲判官者，俱屬非是。

毛西河云：如題敍起，具龍跳虎臥之致，今人無此矣。

淮海維揚一俊人，彝為揚產也。江淹詩：長纓多俊人。金章紫綬照青春。漢公卿表：三公徹侯，並金印紫綬。舊唐書輿服志：二品三品並服紫綬三綵。指揮能事迴天地，訓練強兵動鬼神。湘西不得歸關羽，蜀志：先主收江南諸郡，拜羽襄陽太守盪寇將軍；西定益州，拜羽董督荊州事。陸機辨亡論：漢主報關羽之敗，圖收湘西之地。注：湘西，荊州地也。此句比其任留後，下句比其任刺史。河內猶宜借寇恂。後漢書：光武收河內，拜寇恂為太守，後移潁川，又移汝南。潁川盜賊羣起，百姓請復借寇君一年。借寇本潁川事，河內屬借用，言侍御之才，東川倚重，不當罷之歸朝也。朝覲從容問幽仄，側通。勿云江漢有垂綸。仇注：江漢垂綸，隱然以磻溪釣叟自況也。章必素有薦引之意，故結語反言以諷之。

將赴荊南寄別李劍州

唐書：劍州普安郡屬劍南道。

使君高義驅今古，言其意氣足以凌駕今古。寥落三年坐劍州。但見文翁能化俗，（切官）漢循吏傳：文翁為蜀郡守，修起學宮，吏民大化，蜀地學於京師者，比齊魯焉。焉知李廣未封侯？（切姓）李廣傳：廣從弟蔡封安樂侯，廣不得爵邑，官不過九卿。言李之才不當以刺史老也。路經灩澦雙蓬鬢，灩澦堆在瞿塘峽口。天入滄浪一釣舟。（寫得景色蒼茫。）禹貢：又東為滄浪之水。鄭樵曰：漢水東過南漳荊山，為滄浪水。戎馬相逢更何日？春風回首仲宣樓。荊州記：當陽縣城樓，王仲宣登之而作賦。

前半寄李劍州，先代爲傷慰。五六將赴荊南，並訴出衰老無家之況。末句帶出惜別意，其情自深。

只用淡淡語結，自甘遠引，視彼登朝，含情無限。

奉寄別馬巴州

原注：時甫除京兆功曹，在東川。浦注：巴州在閬東北，今屬保寧府。朱注：蔡興宗年譜：廣德元年補功曹，與此詩自注語正合，以詩語及下奉待嚴大夫詩證之，可見除功曹正在東川將爲荊南之遊也。本傳以召補京兆府功曹不至，在上元二年。王原叔集序因之皆誤。

勳業終歸馬伏波，二句賓主並提 以同姓比巴州。功曹非復漢蕭何。漢高帝紀：蕭何爲沛主吏。孟康注：主吏，功曹也。吳志：孫策謂虞翻曰：孤未得還府，卿復以功曹爲吾蕭何守會稽耳。扁舟繫纜沙邊久，中四承次句 南國浮雲水上多。句亦況己之漂泊無定。獨把漁竿終遠去，難隨鳥翼一相過。知君未愛春湖色，末二應首句 興在驪駒白玉珂。沈約詩：高門列騶駕，廣路從驪駒。時馬必將赴京師，玉珂乃早朝事。

李子德云：用意甚曲而筆無不到，寫寄別遂無遺憾。

仇云：身老則思故人，時危則望濟世，仍與首聯相應。

李云：文之古者必樸淡，此詩當之。

邵云：秀潤。

奉待嚴大夫 時公將赴荊南，聞嚴公將至，故留以待之。

殊方又喜故人來，重鎮還須濟世才。常怪偏裨終日待，不知旌節隔年回。言果如所望也。嚴以寶應元年秋入朝，以廣德二年春再鎮。欲辭巴徼啼鶯合，謂仲春時。遠下荊門去鷁催。見停舟久。淮南子：龍舟鷁首。方言注：鷁，鳥名，今江東貴人船前作青雀是其像。身老時危思會面，一生襟一作懷。抱向誰開？四句謂本欲去蜀之楚，但以欲待武至一會，故尚未去耳。

自閬州領妻子卻赴蜀山行三首

汨汨避羣盜，從頭敘起 悠悠經十年。自天寶十五載避亂，至今十年。不成向南國，復作遊西川。即題中卻字意。

物役水虛照，趙曰：言身為物所役，水亦徒相照，不得優游觀賞之也。魂傷山寂然。蔣云：鬼語。亦自騷出 我生無倚著，盡室畏途邊。

長林偃風色，迴復一作首。意猶迷。仇注：疾風偃林，行人怯阻，故往復而意迷也。衫裛翠微潤，翠微謂山色輕縹。馬銜青草斷。棧懸斜避石，朱注：閬至成都無棧道，只言架木爲路耳。橋斷卻尋溪。言石橋斷處再尋溪路以行也。何日干戈盡？（感歎）（情緒）飄飄愧老妻。（宛然）

行色遞隱見，人烟時有無。此正迴復中景。僕夫穿竹語，（可畫）稚子入雲呼。轉石驚魑魅，抨音烹。弓落狖鼯。抨，彈也。爾雅注：鼯鼠狀似蝙蝠。眞供一笑樂，似欲慰窮途。

始而傷，繼而愧，至三首復欲破涕爲笑，曲盡山行之景。

別房太尉墓

舊唐書房琯傳：寶應二年四月，拜特進刑部尙書，在路遇疾，廣德元年八月四日，卒於閬州僧舍，贈太尉。

他鄉復行役，時將自閬赴成都。駐馬別孤墳。近淚無乾土，（生死交情）低空有斷雲。（令人心惻）句正見哭墓之哀，雲亦爲之愁慘而不去也。對碁陪謝傅，句謂生前。謝安傳：謝玄等破苻堅，檄書至，安方對客圍碁，了無喜色。安薨，贈太傅。舊注：琯爲宰相，聽董庭蘭彈琴以招物議，此詩以謝傅圍碁爲比，蓋爲房公解嘲也。圍碁無損於謝傅，則聽琴何損於太尉乎？雖非正意，亦見苦心搜索。把劍覓徐君。句謂歿後。說苑：季札聘晉過徐，心知徐君愛其寶劍。及還，

張云：此首是所以復歸成都之由。

此首預計歸時。

徐君已沒，遂解劍繫其冢樹而去。惟見林花落，（帶記時）鶯啼送客聞。

將赴成都草堂，途中有作，先寄嚴鄭公五首

唐書嚴武傳：寶應元年，自成都召還，拜京兆尹。明年為二聖山陵橋道使，封鄭國公，遷黃門侍郎。廣德二年復節度劍南。

得歸茅屋赴成都，直一作眞。為文翁再剖符。漢文帝紀：初與太守為銅虎符、竹使符。杜臆：成都尹本刺史，故比之文翁。但使閭閻還揖讓，善頌。自嚴公去後，蜀有徐知道之亂。敢論松竹久荒蕪？魚知丙穴由來美，蜀都賦：嘉魚出於丙穴。御覽：周地圖記曰：順政郡丙穴，以其口向丙，因名。每春三月上旬後，有魚聯綿從穴出躍，相傳名為嘉魚。酒憶郫筒不用酤。成都記：成都府西五十里，因水標名曰郫縣，以竹筒盛美酒號為郫筒。一統志：相傳山濤治郫，用筠管釀酴醾作酒，兼旬方開，香聞百步。五馬舊曾諳小徑，武初鎮蜀時，曾再至草堂。幾回書札待潛夫。知公此次赴蜀，嚴當先有書見招。

處處清江帶白蘋，故園猶得見殘春。雪山斥候無兵馬，賈誼傳：斥候望烽燧。錦里逢迎

此首又追言草堂云後荒涼之景。

此首言再葺草堂，得依嚴公暫爾休息之樂。

有主人。休怪兒童延俗客，不敎鵝鴨惱比鄰。是初歸情景妙說得瑣悉人情 習池未覺風流盡，況復荊州賞更新。仇注：山簡以征南將軍都督荊、湘、交、廣四州，故可稱荊州。習池自比草堂，荊州借比嚴公也。賞更新，乃指再鎮說。

竹寒沙碧浣花溪，竹映水故見沙碧。橘刺藤梢咫尺迷。過客徑須愁出入，居人不自解東西。書籤藥裹封蛛網，野店山橋送馬蹄。言主人不在，好景徒送過客馬蹄耳。肯藉荒庭春草色，歡情亦見疏。故處 先判一飲醉如泥。世說：過江諸人，每至暇日輒出新亭，藉草飲宴。同拚。後漢周澤傳：一歲三百六十日，三百五十九日齋。注：漢官儀此下云：一日不齋醉如泥。預擬初至草堂，不暇芟薙蕪穢，而嚴公必來，先當與之一醉也。

常苦沙崩損藥欄，也從江檻落風湍。江檻即水檻。張溍注：落，殺也。言設為江檻，所以減殺風湍，則沙岸不至崩頹矣。新松恨不高千尺，惡竹應須斬萬竿。二句兼寓扶善疾惡意。仇注：藥欄江檻，昔所結構者；新松惡竹，今欲栽薙者。生理祇憑黃閣老，浦注：嚴以黃門侍郎來鎮，故曰黃閣老。衰顏欲付紫金丹。抱朴子：金丹燒之愈久，變化愈妙，令人不老不死。雲笈七籤：合丹法，火至七十日，藥成，五色飛華，紫雲亂映，

痛定思痛，語極沈著。

此首又約略今昔去回，而欲與嚴公時時過從也。

仇云：前以剖符起，後以總戎結，文治武功，皆有望於嚴公也。

末四自傷自解，不堪多讀，亦有隨遇而安之意。

名曰紫金，其蓋上紫霜，名曰神丹。三年奔走空皮骨，謂往來梓、閬間。信有人間行路難。昔去爲憂亂兵入，公以避徐知道亂入梓州。今來已恐鄰人非。公有南鄰北鄰詩，又走覓南鄰愛酒伴。到此又不免觸出無聊心事錦官城西生事微，烏皮几在還思歸。浦注：謝脁有烏皮隱几詩，卽今髹漆器。劉須溪云：歷鍊慷慨，無限言外。側身天地更懷古，回首風塵甘息機。共說總戎雲鳥陣，握奇經：八陣，天地風雲爲四正，飛龍、翼虎、鳥翔、蛇蟠爲四奇。梁簡文七勵：迴雲鳥之密陣。又太公六韜：凡當敵臨戰，以車騎分爲雲鳥之陣，所謂鳥雲者，鳥散而雲合，變化無窮者也。不妨遊子芰荷衣。離騷：製芰荷以爲衣兮，集芙蓉以爲裳。有嚴公將略，則遊子可優游託跡。芰荷衣謂以野服晤語也。

邵子湘云：五詩不作奇語高調，而情致圓足，景趣幽新，遂開玉局、劍南門戶。

春歸

苔徑臨江竹，茅簷覆地花。先作感歎起別來頻甲子，歸到忽春華。再細細追尋倚杖看孤石，識認傾壺就淺沙。寫景入微遠鷗浮水靜，輕燕受風斜。世路雖多梗，吾生亦有涯。此身醒復

申云：久客入門，荒涼在目。

四句一篇之綱。

醉，乘興卽爲家。黃白山云：輕燕句宋人所極稱，上句之工秀，人未見賞，鷗去人遠，故久浮不動也。

歸來

客裏有所適，仇注：卽指往梓閬。歸來知路難。蔣云：客久已忘路難，至此一去一歸，更深覺其難也，最是眞情。開門野鼠走，散帙壁魚乾。爾雅：蟫，白魚。注：衣書中蟲，一名蛃魚。洗杓開新醞，想見歸後適意之狀低頭著小冠。漢書：杜欽杜鄴並字子夏，而欽盲人，呼盲子夏。欽因製小冠冠之，由是更謂欽爲小冠子夏，鄴爲大冠子夏。憑誰給麴蘖，細酌老江干？投老之計，不無望於嚴公也。

草堂

昔我去草堂，蠻夷塞成都。盧注：徐知道糾集蠻夷爲亂。今我歸草堂，成都適無虞。請陳初亂時，反覆乃須臾。張云可見重臣不可輕動大將赴朝廷，羣小起異圖。嚴武內召，知道遂反。中宵斬白馬，盟歃寫出草草烏合光景

此段言知道倡亂而自敗。

摹寫特至。

此段言賊徒乘亂而殘民。

氣已麤。蘇秦傳：會於洹水之上，通質，刳白馬而盟。西取邛南兵，華陽國志：臨邛縣在郡西南二百里，邛下西卒，蓋此本內附羌夷，知道引之爲亂者。北斷劍閣隅。劍閣在成都北，時知道以兵守要害。布衣數十人，亦擁專城居。謂從逆授僞職者。其勢不兩大，左傳：物莫能兩大。始聞蕃漢殊。西卒卻倒戈，賊臣互相誅。焉知肘腋禍，晉書：江統曰：寇發心腹，禍起肘腋。自及梟獍徒？漢書注：梟，鳥名，食母。破鏡，獸名，食父。黃帝欲絕其類，令百吏祠皆用之。按：鏡通作獍。朱注：知道乃兵馬使，漢兵是其統領，又脅誘羌夷共反；繼而賊徒爭長，羌兵不附，其下李忠厚因而殺之。義士皆痛憤，紀綱亂相踰。一國實三公，左傳：一國三公，吾誰適從。謂與李忠厚同輩者。萬人欲爲魚。史項羽紀：今人方爲刀俎，我爲魚肉。唱和作威福，孰肯辨無辜？眼前列杻械，爾雅：杻謂之梏，械謂之桎。背後吹笙竽。談笑行殺戮，濺一作流。血滿長衢。到今用鉞地，左傳：至於用鉞。風雨聞號呼。鬼妾與鬼馬，色悲充爾娛。諧句色悲兼馬說妙趙曰：已殺其主而奪之，故謂之鬼妾鬼馬，如匈奴以亡者之妻爲鬼妻也。國家法令在，此又足驚吁。上申首二句以下申次二句賤子且奔走，三年望東吳。公去成都往來梓閬凡三年，時欲

蔣云：拉雜寫來，亂離之戚，故舊之感，依倚之情，慰勞之意，一一俱見，自是古樂府神境，非止襲其調而已。又云：一片悲憫牢騷，化作和平溫厚之言，大家合掌。

東下不果。弧矢暗江海，難爲遊五湖。史記正義：五湖者：菱湖、遊湖、莫湖、貢湖、胥湖，皆太湖東岸五灣。虞翻曰：太湖東通松江，南通霅溪，西通荊溪，北通滆溪，東南通韭溪，凡五道，別謂之五湖。不忍竟舍去，復來薙榛蕪。入門四松在，步屧萬竹疏。舊犬喜我歸，低徊入衣裾。鄰里喜我歸，沽酒攜胡盧。一作提榼壺。世說：陸士衡初入洛詣劉道真，劉性嗜酒，禮畢初無他言，惟問東吳有長柄壺盧，卿得種來否？胡古與壺通，胡盧以貯酒。大官喜我來，指嚴武。遣騎問所須。城郭喜我來，賓客隘村墟。一作溢。（邵云：插入城郭，故爾作奇。）後村詩話：子美草堂詩：大官喜我來四韻，其體蓋用木蘭詩：爺娘聞女來，出郭相扶將，阿姊聞妹來，當戶理紅妝，小弟聞姊來，磨刀霍霍向猪羊。天下尚未寧，健兒勝腐儒。（又入感慨）飄颻風塵際，何地置老夫？於時見疣音尤。贅，疣，瘤也。莊子：彼以生爲附贅懸疣。言己之不爲世用也。骨髓幸未枯。飲啄愧殘生，食薇不願餘。

以草堂去來爲主，而敍西川一時寇亂情形，幷帶入天下，鋪陳終始，暢極淋漓，豈非詩史。

題桃樹

吳瞻泰云：此詩乃借桃樹以起興，非詠桃樹也。下半全屬推開說，粘定解便難通。

小徑升堂舊不斜，今為桃樹所蔽，致徑之斜。必有議去此桃者。五株桃樹亦從遮。高秋總餽貧人實，來歲還舒滿眼花。歸在晚春，花期已過，言所以不忍輕去者，以其為物我之所均賴也。簾戶每宜通乳燕，兒童莫信打慈鴉。燕鴉皆堂前所見。二句言當廣其愛物之仁，非獨桃樹也。寡妻羣盜非今日，言非今日乎。天下車書正一家。一物尚必加愛惜如此，又況世變方亟，天下一家皆吾同體，又孰可以漠視乎哉。

此詩於小中見大，直具民胞物與之懷，可作張子西銘讀，然卻無理學氣。此老杜一生大本領，尋常詩人，未許問津。

四松

四松初移時，大抵三尺強。別來忽三歲，離立如人長。禮記：離坐離立。注：兩相麗之謂離。會看根不拔，莫計枝凋傷。幽色幸秀發，疏柯亦昂藏。所插小藩籬，本亦有隄防。終然棖撥損，謝惠連祭古塚文：以物棖撥之。注：南人以觸物為棖。得愧千葉黃？謂人觸損藩籬，有傷松枝，致其葉萎黃。得愧，言得

結處寄託深遠。

張云：臨川二句，意甚豁達，人生凡事，皆作此觀，省多少心計，省多少繁費。

不愧也。敢爲故林主，黎庶猶未康。人句超拔。避賊今始歸，春草滿空堂。覽物歎衰謝，如水檻破船之類。及茲慰淒涼。清風爲我起，灑面若微霜。足爲送老資，謂欲藉此游息以娛老。聊待偃蓋張。我生無根蒂，配爾亦茫茫。劉須溪云：語極悲痛。有情且賦詩，事跡可兩忘。勿矜千載後，慘澹蟠穹蒼。仇注：言自恐行踪無定，不能長伴此松，惟有賦詩寄情，聊以遣興耳，至於千載摩蒼，亦何容預爲矜羨乎？寓意於物而弗留意於物，可見公之曠懷矣。

水檻

蒼江多風飆，雲雨晝夜飛。茅軒駕巨浪，焉得不低垂？遊子久在外，門戶無人持。高岸尚爲谷，何傷浮柱欹。八句言檻壞。西京賦：跱遊極於浮柱。注：三輔名梁爲極，作遊梁置浮柱上。扶顛有勸誡，恐貽識者嗤。既殊大廈傾，可以一木支。文中子：大廈之傾，非一木所支。八句言修檻。臨川視萬里，何必欄檻爲？人生感故物，慷慨有餘悲。

蔣弱六云：曰焉得，又曰何傷，又曰何必，卻到底不免有餘悲；無限沉吟，一結慨然盡露。

破船

（起超）平生江海心，宿昔具扁舟。豈惟清溪上，日傍柴門遊？蒼皇避亂兵，緬邈懷舊邱。謝靈運詩：緬邈區中緣。鄰人亦已非，野竹獨脩脩。船舷不重叩，江賦：詠采菱以扣舷。注：船唇也。埋沒已經秋。仰看西飛翼，下愧東逝流。言欲西還長安，東下吳楚，俱未遂也。故者或可掘，上有埋沒已經秋句，故須用掘。舊引掘頭船事無謂。（轉進一層反將題撇去用意又別）新者亦易求。所悲數奔竄，白屋難久留。言船非難辦，但恐居仍未定耳。

過南鄰朱山人水亭

朱注：公南鄰詩：錦里先生烏角巾，疑即此山人。又絕句詩：梅熟許同朱老喫。

（起二寫景甚幽）相近竹參差，相過人不知。不知從竹參差來。幽花欹滿樹，細水曲通池。歸客村非遠，殘樽席更移。張云：惟村近故可杯酒流連，二句合看方妙。看君多道氣，從此數追隨。

沈云：氣象雄渾，籠蓋宇宙，乃集中最上之作。申云：北極二語，可抵一篇王命論。

前半寫地，後半寫人，想見幽居素心之樂，字字有餘味。

登樓

花近高樓傷客心，萬方多難此登臨。首二句倒裝突兀。錦江春色來天地，玉壘浮雲變古今。承高樓句。言治亂相尋不已也。北極朝廷終不改，承多難句。鶴注：去冬吐蕃陷京，郭子儀復京師，乘輿反正。西山寇盜莫相侵。可憐後主還祠廟，結意深。亦是登樓所感。吳曾漫錄：蜀先主廟在成都錦官門外，西挾即武侯祠，東挾即後主祠。此句隱況代宗幸未失國也。舊注：代宗任用程元振、魚朝恩致蒙塵之禍，故以後主之用黃皓諷之。日暮聊爲梁甫吟。傷時無諸葛之才，以致三朝鼎沸，寇盜頻仍，是以吟想徘徊，至於日暮而不能自已耳。幷自傷不用意亦在其中，其興寄微婉若此。

李子德云：造意大，命格高，眞可度越諸家。○吳東巖云：可憐字、還字、聊爲字，傷心之故，只在呑吐中流出。

奉寄高常侍

唐書百官志：門下省左散騎常侍二人，掌規諷過失，侍從顧問。高適傳：爲西川節度，亡松維等州，以嚴武代，還爲刑部侍郎散騎常侍。

汶上相逢年頗多，仇注：開元間相遇於齊魯。飛騰無那一作奈。故人何！謂己不能及。總戎楚蜀猶全未，

亦代簡戲作。

朱注：未盡其才也。方駕曹劉不啻過。廣絕交論：遒文麗藻，方駕曹王。今日朝廷須汲黯，指常侍之職。中原將帥憶廉頗。上二言文武才兼，此二言朝野仰望。天涯春色催遲暮，別淚遙添錦水波。時高赴召而公在成都，故有末句。

李子德云：語語沈實，咀之有餘味；今人門面雄詞，一覽輒盡者，徒浮響耳。

寄邛州崔錄事

邛州在成都西。

邛州崔錄事，聞在果園坊。坊在成都。久待無消息，終朝有底忙？應愁江樹遠，怯見野亭荒。浩蕩風塵外，誰知酒熟香？以酒招之。

王錄事許修草堂貲不到聊小詰

爲嗔王錄事，不寄草堂貲。昨屬愁春雨，能忘欲漏時？恃愛語使人心動

歸雁

東來萬里客，亂定幾年歸？腸斷江城雁，高高向（一作正。）北飛。（懷長安也。）

絕句二首

遲日江山麗，春風花草香。泥融飛燕子，沙暖睡鴛鴦。

江碧鳥逾白，山青花欲然。（佳句。）（庾信詩：山花燄欲然。）今春看又過，何日是歸年？

寄司馬山人十二韻

（四句總領大意。）

關內昔分袂，（謂長安。）天邊今轉蓬。（謂蜀地。）馳驅不可說，（承二）談笑偶然同。（承一）道術曾留意，先生早擊蒙。家家迎薊子，處處識壺公。（後漢方伎傳：費長房爲市吏，有賣藥老翁懸一壺於肆，市罷輒跳入壺中，長房異之，因往再拜同入此壺。水經注作玉壺公。）長嘯峨嵋北，潛行玉壘東。有時騎猛虎，（洞冥記：東方朔出，遇蒼虎息於道，朔便騎而還，打捶過痛，虎嚙之，足傷。）虛室使仙童。（雲笈七籤：守元丹十八年，詣上清宮受書佩符，役使玉童玉女各十八人。）髮少何勞白，顏衰肯

（此段敘山人，承談笑偶然同句。）

此段自敘，承馳驅不可說句。

末望其指授也。

起四句，總領來蜀相逢大意。

更紅。望雲悲轗軻，畢景羨沖融。言以年暮，故羨山人顏色沖和。喪亂形仍役，淒涼信不通。懸旌要路口，句指戍人守隘者言。倚劍短亭中。因亂世而有戒心也。仇注：上四衰老之歎，下四飄流之感。永作殊方客，殘生一老翁。相哀骨可換，漢武內傳：一年易氣，二年易血，三年易精，四年易脈，五年易髓，六年易骨，七年易筋，八年易髮，九年易形。亦遣馭清風。莊子：列子御風而行，泠然善也。

贈王二十四侍御契四十韻

朱注：元結別王佐卿序：癸卯歲，京兆王契佐卿年四十六，頃去西蜀，對酒欲別。按：癸卯爲廣德元年，王侍御前想因奉使來蜀，得與公相遇於成都，後愛導江山水之勝，遂卜居於此。及公還草堂，適王亦解紱來歸，時相過從，此詩曲敘其事。

往往雖相見，飄飄愧此身。起得飄忽，又見別致。不關輕紱冕，但是避風塵。言己特以避亂來蜀，不如王之謝職高尚，亦暗用賓主並提。一別星橋夜，漢書：秦李冰造七星橋，上應七星。三移斗柄春。言別侍御於成都已經三年。敗亡非赤壁，荊州記：蒲圻縣沿江一百里南岸名赤壁，昔周瑜破魏武處。仇注：時徐知道爲部下所殺，與赤壁戰敗者不同。奔走爲黃巾。後漢書：鉅鹿人張角所部有三十六方，皆著黃巾，同日反叛。子

此自敍別後之事。

此自敍初歸之事。

此侍御還蜀而重敍交情。

此王過草堂而面述已況。

去何蕭灑，余藏異隱淪。公以避徐知道亂入梓，時王已還京。書成無過雁，衣故有懸鶉。荀子：子夏家貧，衣若懸鶉。朱注：按說文：鶉，鷂屬，其羽斑而散，貧士衣象之。恐懼行裝數，謂往來梓閬。伶俜臥疾貧。曉鶯工迸淚，秋月解傷神。鍊句極淒婉。會面嗟黧黑，含悽話苦辛。接輿還入楚，喻回蜀。王粲不歸秦。憶長安。錦里殘丹竈，花溪得釣綸。花溪即浣花溪。消中祇自惜，後漢李通傳：素有消疾。素問：多食數溲曰消中，即消渴也。晚起索誰親？絕交書：臥喜晚起。句跌入王。伏柱聞周史，王康琚詩：老聃伏柱史。承槎有漢臣。鵷鴻不易狎，龍虎未宜馴。五君詠：龍性誰能馴。客即掛冠至，承上二。後漢逢萌傳：王莽居攝，萌解冠掛東都門而去。交非傾蓋新。起下二。家語：孔子之郯，遭程子於途，傾蓋而語終日。由來意氣合，直取性情眞。浪跡同生死，慘語。史記：讀鵩鳥賦，同死生，輕去就。無心恥賤貧。偶然存蔗芋，蜀都賦：瓜疇芋區，甘蔗辛薑。幸各對松筠。麤飯依他日，謂欲與王相依以老。窮愁怪此辰。女長裁褐穩，男大卷書勻。言婚嫁之志未畢也。漰當作堋，逋鄧切。口江如練，朱注：水經注：李冰於

以上言過訪王園，侍御留飲，幷及同遊之事。

都安縣堰江作堋，堋有左右口，謂之湔。堋江入郫江檢江以行舟。寰宇記：導江縣有都安堰，蜀人謂堰爲堋。蠶崖雪似銀。蜀山類多雪。寰宇記：蠶崖在導江縣西北。名園當翠巘，野棹沒青蘋。屢喜王侯宅，浦注：時王或當賃故侯廢宅爲居。時邀江海人。追隨不覺晚，款曲動彌旬。但使芝蘭秀，家語：與善人居，如入芝蘭之室。何須棟宇鄰。山陽無俗物，向秀與嵇康爲竹林之遊，作思舊賦云：濟黃河以泛舟兮，經山陽之舊居。俗物注見八卷。鄭驛正留賓。漢書：鄭當時字莊，常置驛馬於長安諸郊，請謝賓客，夜以繼日。二句言其不濫交而又好客也。出入並鞍馬，光輝參席珍。前後皆說王園，此八句插入。重遊先主廟，在成都城南。更歷少城闉。在成都西門外。說文：闉，城內重門也。石鏡通幽魄，琴臺隱絳脣，石鏡琴臺注俱見八卷。送終惟糞土，蒙石鏡。結愛獨荆榛。蒙琴臺。二句亦便見當及時行樂意，起下。置酒高林下，觀碁積水濱。區區甘累跰，顧前奔走意。古典切。莊子：百舍重跰而不息。稍稍息勞筋。網聚粘圓鯽，絲繁煮細蓴。長歌敲柳瘿，雅興逸事。曹植詩：我有柳瘿瓢。瘿，頸瘤也，柳瘿可爲樽。小睡凭藤輪。藤輪，蒲團也，以藤爲之，如隱囊之類。農月須知課，田家敢忘勤？去聲。浮生難去食，良會惜淸晨。言碁酒之樂如此，特以農事方迫，不能久留耳。勉以再出列國兵戈暗，今王德教淳。要聞除猰烏八切。貐，勇主切。山海經作窫窳。爾雅：猰貐類貙，虎牙食人，迅走。淮南子：堯之時，猰貐爲民害。休作畫麒麟。朱注：朝野僉載：楊炯每目朝官爲麒麟楦。言如弄假麒麟，刻畫頭角，修飾皮毛，覆之驢上，巡場而走，及脫皮，還是驢耳。舊引圖形麟閣事，與此無涉。上句望其立功，此句戒其尸位。洗眼看輕薄，虛懷任屈伸。仍結歸友誼莫令膠漆地，萬古重雷陳。注見九卷。

此有感身世而以古道交情望之侍御也。

張上若云：排律至此，收放卷舒，一一如意，具有仙靈之氣。

黃河二首

此亦爲吐蕃不靖，民苦饋餉而作。蓋代蜀人爲蜀謠以告哀也。

黃河北岸海西軍，朱注：按水經：河水自于闐疏勒而東逕金城允吾縣北。闞駰曰：縣西有卑禾羌海，世謂之靑海。浦注：海西軍唐盛時所置，時已陷於吐蕃。椎鼓鳴鐘天下聞。鐵馬長鳴不知數，胡人高鼻動成羣。晉中興書：冉閔殺石鑒及諸胡，於時高鼻多鬚者無不濫死。言海西軍盛，自昔有聞，而今鐵馬成羣，盡爲彼用，是可慨也。

此首言吐蕃之橫。

此首言蜀民之窮，故急望太平，以紓民困。

八句形容盡致，足與長揚羽獵爭奇。

黃河西一作南。岸是吾蜀，欲須供給家無粟。杜詩博議：唐運道俱仰黃河，獨蜀僻在西南，河漕不通，西山三城糧運屢絕，故有供給無粟之歎。願驅衆庶戴君王，混一車書棄金玉。

揚旗　原注：二年夏六月，成都尹嚴公置酒公堂，觀騎士試新旗幟。

江風颯長夏，府中有餘清。我公會賓客，肅肅有異聲。初筵閱軍裝，羅列照廣庭。庭空六一作四。馬入，駊布可切。騀五可切。揚旗旌。首段敘事　說文：駊騀，馬搖頭也。迴迴偃飛蓋，曹植詩：飛蓋相追隨。熠熠迸流星。來纏風飆急，去擘山嶽傾。材歸俯身盡，妙取略地平。略即掠字意，謂馬上俯身而旗尾略地。虹蜺就掌握，舒卷隨人輕。次段摹寫　三州陷犬戎，去冬吐蕃陷松維保三州。但見西嶺青。謂日日烽烟起也。公來練猛士，欲奪天邊城。此堂不易升，見任大責重。庸蜀日已寧。牧誓：及庸蜀羌髳。十道志：夔州，古庸國。又公孫述傳注：王莽改益州爲庸部。吾徒且加餐，休適蠻與荆。亦用王粲詩，公先有東下意。

全對內熱炎天，極誇所居之樂以招之。

寄李十四員外布十二韻

原注：新除司議郎兼萬州別駕，雖尚伏枕，已聞理裝。萬州今為縣，屬夔州府。杜臆：員外必布之兼官。按：詩言渚柳村花，當屬成都草堂作，編從仇本。

名參漢望苑，漢書：戾太子冠，武帝為立博望苑以通賓客。唐制司議郎為東宮官屬，故云。職述景題輿。謝承後漢書：周景為豫州刺史，辟陳蕃為別駕，蕃不就，景題別駕輿曰陳仲舉座也，不更辟，蕃惶恐起視職。巫峽將之郡，荊門好附書。巫峽與荊門相近。遠行無自苦，內熱比何如？莊子：我其內熱與。正是炎天闊，那堪野館疏。闊謂途長，疏謂館少。黃牛平駕浪，黃牛灘在峽口。畫鷁上凌虛。炎天野館，病熱所忌，駕浪凌虛，兼值水漲難行也。試待盤渦歇，方期解纜初。謂當俟涼秋水落然後啟行。悶能過小徑，自為摘嘉蔬。渚柳元幽僻，村花不掃除。宿陰繁素柰，蜀都賦：朱櫻春熟，素柰夏成。過雨亂紅蕖。寂寂夏先晚，以宿陰言。泠泠風有餘。江清心可瑩，去聲。竹冷髮堪梳。直作移巾几，秋帆發敝廬。

首記家世及書畫能事。

沈云：割據，不與以正統也，此爲史書。

此記其善於寫眞。○此詩每八句一轉韻，亦屬創見之格。

此記其畫馬神駿。

李子德云：以詩代簡，能暢所欲言，在詩則波折縈洄，於文則抑揚盡致矣。○前半戒其觸暑之官，後半欲其過家度夏，通首招邀，眷戀之至，公之篤於友誼如此。

丹青引贈曹將軍霸

名畫記：曹霸魏曹髦之後，髦畫稱於魏代。霸在開元中已得名，天寶末每詔寫御馬及功臣，官至左武衛將軍。

將軍魏武之子孫，（起得蒼莽大家。）於今爲庶爲淸門。左傳：三后之姓，於今爲庶。英雄割據雖已矣，文采風流今尚存。學書初學衛夫人，（以書陪畫）法書要錄：衛夫人名鑠，字茂猗，廷尉展之女弟，恆之從女，汝陰太守李矩之妻也。隸書尤善，規矩鍾公，右軍少嘗師之。但恨無（一作未。）過王右軍。張懷瓘書斷：篆、籀、八分、隸書、章草、飛白、行書、草書，通謂之八體，惟王右軍兼工。丹青不知老將至，（用經入化。）富貴於我如浮雲。（伏下途窮。）

開元之中常引見，承恩數上南薰殿。長安志：南內興慶宮內有南薰殿。凌烟功臣少顏色，將軍下筆開生面。唐書：貞觀十七年二月，圖功臣於麒麟閣。良相頭上進賢冠，唐書：百官朝服皆進賢冠。舊書：武德中制有爵弁、遠遊、進賢、武弁、獬豸諸冠。猛將腰間大羽箭。酉陽雜俎：太宗好用四羽大笴長箭，嘗一抉射，洞門闔。褒公鄂公（寫得奕奕。）毛髮動，（有神。）舊書：凌烟閣功臣二十四人，開府儀同三司鄂國公尉遲敬德第七，故輔國大將軍揚州都督褒國忠壯公段志元第十一。英姿颯爽來酣戰。黃生

申云：與堂上不合生楓樹同一落想，而出語更奇。

此又言隨地寫眞，慨將軍之不遇。

劉須溪云：首尾極悲壯動盪。

注：功臣獨言褒鄂，舉二公以見其餘，想畫此尤生動耳。先帝御馬玉花驄，（明皇雜錄：上所乘馬有玉花驄、照夜白。）畫工如山貌（莫角切，下同。）不同。（謂傳寫不肖也。）是日牽來赤墀下，迥立閶闔生長風。詔謂將軍拂絹素，意匠慘澹經營中。（所謂良工心苦。）須臾九重眞龍出，（神來之筆。）一洗萬古凡馬空。玉花卻在御榻上，榻上庭前屹相向。至尊含笑催賜金，圉人太僕皆惆悵。（朱注：畫馬奪眞，故圉人太僕爲之惆悵。太僕，馬官；圉人，廝養也。）弟子韓幹早入室，（邵云：縱筆所如，無非神境。）亦能畫馬窮殊相。（名畫記：韓幹大梁人，官至太府寺丞。善寫貌人物，尤工鞍馬。初師曹霸，後獨自擅。玄宗好大馬，西域大宛歲有來獻，命幹悉圖其駿。時岐、薛、申、寧王廐中皆有善馬，幹並圖之，遂爲古今獨步。）幹惟畫肉不畫骨，（反襯霸之盡善，非必貶幹也。）忍使驊騮氣凋喪。將軍善畫（一作盡善。）蓋有神，偶逢佳士亦寫眞。（謂向日。）卽今飄泊干戈際，屢貌尋常行路人。（與淩烟功臣對。）途窮反遭俗眼白，世上未有如公貧。但看古來盛名（隱爲自家嗚咽。）下，終日坎壈纏其身。（楚辭：志坎壈而不違。）

張惕菴云：此太史公列傳也。多少事實，多少議論，多少頓挫，俱在尺幅中。章法跌宕縱橫，如神龍在霄，變化不可方物。○邵滄來云：寫畫人卻狀其畫功臣，寫畫馬卻狀其畫玉花驄，難貌者已有神，而常人凡馬更不待言。乃前畫功臣御馬，能令至尊含笑，後畫行路常人，反遭俗子白眼，有無限感慨！然曹惟浮雲富貴，則雖貧賤終身，亦足以自慰耳。○許彥周詩話：讀老杜丹青引：一洗萬古凡馬空；東坡題吳道子畫壁詩：筆所未到氣已吞。二公之詩，足以當之。

韋諷錄事宅觀曹將軍畫馬圖歌

一本無歌字。朱注：曹將軍九馬圖後藏長安薛紹彭家，蘇子瞻作贊。

國初已來畫鞍馬，直起大筆如椽。神妙獨數江都王。名畫記：江都王緒，太宗皇帝猶子也，善書畫，鞍馬擅名，官至金州刺史。將軍得名三一作四。十載，人間又見眞乘黃。山海經：白民之國有乘黃，其狀如狐，背上有兩角，乘之壽二千歲。注云：卽飛黃也。曾貌先帝此處早伏末段意照夜白，先帝謂玄宗。畫鑒：曹霸人馬圖，紅衣美髯奚官牽玉面騂，綠衣閹官牽照夜白。龍池十日飛霹靂。奇句唐六典注：興慶宮，今上潛龍舊宅也，宅東有舊井，忽涌爲小池，常有雲氣，或黃龍出其中。景雲中其沼浸廣，遂瀰洞爲龍池焉。朱注：言霸畫逼眞龍馬，故能感動龍池之龍，隨風雷而至也。內府殷烏閒切。紅瑪瑙盤，唐書裴行儉傳：平都支遮匐，獲瑪瑙盤廣二尺，文采粲然。婕音捷好余。傳詔才人索。所革切。唐百官志：內官有婕好九人，正三品；才人七人，正四品。

九馬敍得錯綜。

沈云：因畫馬說到眞馬，因眞馬說到天子巡幸，故君之思，惓惓不忘。此題後拓開一步法，筆墨尤極飛舞淋漓。

盤賜將軍拜舞歸，輕紈細綺相追飛。一作隨指權戚求畫者。貴戚權門得筆跡，始覺屏障生光輝。昔日太宗拳毛騧，接筆陡健。長安志：太宗六駿刻石於昭陵北闕之下，五曰拳毛騧，平劉黑闥時所乘。近時郭家獅子花。杜陽雜編：代宗自陝還，命以御馬九花虬并紫玉鞭轡賜郭子儀。九花虬額高九寸，拳毛如麟，亦有獅子驄，皆其類。天中記載杜詩獅子花，即九花虬。今之新一作畫。圖有二馬，復令識者久歎嗟。此皆戰騎一作騎戰。一敵萬，縞素漠漠開風沙。言縞素一開，如見戰地風沙也。其餘七匹亦殊絕，迥若寒空動烟一作雜霞。雪。霜蹄蹴踏長楸間，曹植詩：走馬長楸間。注：古人種楸於道，故曰長楸。馬官廝養森成列。可憐九馬爭神駿，顧視清高氣深穩。精句。借問苦心愛者誰，後有韋諷前支遁。人章只一語。劉須溪云：以主人對支遁，豪氣橫出。世說：支道林常養數匹馬，或言道人畜馬不韻，支曰：貧道重其神駿耳。憶昔巡幸新豐宮，唐書：京兆府昭應縣，本新豐，有宮在驪山下。翠華拂天來向東。騰驤磊落三萬匹，皆與此圖筋骨同。王洙注：明皇幸驪山，王毛仲以廐馬數萬從，每色爲一隊，相間若錦繡。自從獻寶朝河宗，謂河宗朝而獻寶。穆天子傳：天子西征至陽紆之山，河伯馮夷之

是救時切務語，無文飾。

所都居，是惟河宗氏，天子沈璧禮焉。河伯乃按圖視典，用觀天子之瑤器。玉海引水經注云：玉果璿璣燭銀金膏等物，皆河圖所載，河伯所獻，穆王視圖，乃導以西邁矣。舊注：周穆王自此歸而上昇，蓋以比玄宗之升遐也。

無復射蛟江水中。漢武帝紀：元封五年，自潯陽浮江，親射蛟江中，獲之。張溍云：用周穆漢武事，亦見明皇好大喜功意。君不見金粟堆前松柏裏，唐書：明皇泰陵在奉先縣東北二十里金粟山，廣德元年三月葬泰陵。龍媒去盡鳥呼風。

李子德云：如太史公寫鉅鹿之戰，楚兵無不一以當百，呼聲震天，當使古今詩人膝行匍匐而見。○此與前篇俱極沈鬱頓挫，尤須玩其結構之妙，將江都王襯出曹霸，又將支遁襯出韋諷，便增兩人多少身分。本畫九馬，先從照夜白說來，詳其寵賜之出；本結九馬，卻想到三萬匹去，不勝龍媒之悲，前後波瀾亦闊。中敍九馬，先將拳毛、獅子二馬拈出另敍，次及七馬，然後將九馬併說，妙在一氣渾雄，了不着跡，眞屬化工之筆。○張上若云：杜詩詠一物必及時事，故能淋漓盡致，今人不過就事塡寫，宜其興會索然耳。

送韋諷上閬州錄事參軍

浦注：韋成都人，公寶應中先有送韋攝閬詩，此當是卽眞後再送。

國步猶艱難，兵革未衰息。萬方哀嗷嗷，十載供軍食。自天寶十四載至此爲十載。庶官務割剝，不暇憂反側。誅求何多門，賢者貴爲德。漢書韓信傳：公小人，爲德不卒。韋生富春秋，

此詩於小中見大，全是樂府意。

洞徹有淸識。操持綱紀地，（白帖：錄事參軍謂之綱紀掾。）喜見朱絲直。當令豪奪吏，自此無顏色。必若救瘡痍，（至言。）先應去蝥賊。揮淚臨大江，高天意悽惻。行行樹佳政，慰我深相憶。

太子張舍人遺織成褥段

（杜臆：張係太子舍人，題加太子於張之上，製題謹愼如此。朱注：北堂書鈔：異物志云：大秦國以野繭絲織成氍毹，以羣獸五色毛雜之，爲鳥獸人物草木雲氣，千奇萬變，惟意所在。廣志：氍毹，白氎毛織之，近出南海，織毛褥也，織成褥段，殆卽此類。）

客從西北來，遺我翠（一作細。）織成。開緘風濤湧，中有掉尾鯨。（點染處已令人目眩。）逶迤羅水族，瑣細不足名。客云充君褥，承君終宴榮。（曹植詩：終宴不知疲。）空堂魑魅走，高枕形神淸。（先完題面。）領客珍重意，（下發論）顧我非公卿。留之懼不祥，施之混柴荆。服飾定尊卑，大哉萬古程。（言於分不宜。）今我一賤老，短褐更無營。（言於己不稱。）煌煌珠宮物，（楚辭：紫貝闕兮珠宮。趙曰：珠

空中落筆，亦見本家無人。

宮指言龍宮。寢處禍所嬰。再推極言之歎息當路子，干戈尙縱橫。掌握有權柄，衣馬自肥輕。李鼎死岐陽，舊唐書：上元二年，以羽林大將軍李鼎爲鳳翔尹典鳳隴等州節度使。鼎之死，史不載。實以驕貴盈。來瑱賜自盡，舊書：寶應元年，來瑱爲山南東道節度使，裴茙表瑱倔強難制，帝令茙圖之，瑱擒茙入朝謝罪，廣德元年賜死。氣豪直阻兵。左傳：阻兵安忍。皆聞黃金多，坐見悔吝生。奈何田舍翁，受此厚貺情？錦鯨卷還客，始覺心和平。振我麤席塵，愧客茹藜羹。結二句亦與承君句應莊子：孔子窮於陳蔡之間，七日不食，藜羹不糝。說文：糝，以米和羹也。

俞犀月云：諷諭之篇，有關世道。○按此詩當是嚴武幕中作。史稱武累年在蜀，肆志逞欲，恣行猛政，窮極奢靡，賞賜無度。公在武幕下，作此諷諫，至舉李鼎來瑱以深戒之，朋友責善之道也。不然，辭一織成之遺，而侈談殺身自盡之禍，無疾而呻，豈詩人之意乎。

過故斛斯校書莊二首

原注：老儒艱難，病於庸蜀，歎其沒後方授一官。按：校書名融。

此老已云沒，鄰人嗟未休。竟無宣室召，漢書：賈誼自長沙徵見，文帝方受釐坐宣室，問以鬼神之本。蘇林曰：宣室，未央前正室。

邵云：氣勢渾壯。

徒有茂陵求。司馬相如傳：相如家居茂陵，病甚，武帝使往求其書，至則相如已死。問其妻，得遺札書，言封禪事。妻子寄他食，浦注：公前詩云：本賣文爲活，翻令室倒懸。蓋其家貧甚，至此竟成空莊矣。園林非昔遊。空餘繐帷在，淅淅野風秋。燕入非旁舍，鷗歸祇故池。二句見再三識認意。斷橋無復板，臥柳自生枝。寫廢莊宛然。遂有山陽作，晉書：向秀經嵇康山陽舊居，作思舊賦。多慚鮑叔知。素交零落盡，廣絶交論：素交盡，利交興。白首淚雙垂。

李子德云：過其莊，思其人，不獨比鄰相依，愴然見身世之感矣。○前首先言人，後言莊，次首先言莊，後言人，一倒轉寫，杜公多用此法。

寄董卿嘉榮十韻

浦注：董卿爲防秋邊將，公寄詩以相勖也。

聞道君牙帳，朱注：元帥建牙旗於帳前，謂之牙帳。防秋近赤霄。言西山三城之高。下臨千仞雪，卻背五繩橋。仇注：元和郡國志：繩橋在茂州西北，架大江上。按：繩橋以篾索五條，布板其上，防秋處更在橋外，故曰卻背。海內久戎服，京師今晏朝。犬羊曾爛漫，宮闕尚蕭條。廣德元年冬，吐蕃陷京師。猛將宜嘗膽，吳越春秋：越王欲報吳怨，懸膽於戶，出入嘗之。龍

十分鼓動，一片苦心。

李云：高人入幕，落落難堪，觸事寫之，自有其致。

泉必在腰。越絕書：楚王使歐冶子為鐵劍，一曰龍泉。黃圖遭污辱，唐藝文志有三輔黃圖一卷，黃圖圖地形，以黃繪之，如今之地理圖。月窟可焚燒。月窟注見二卷。欲其覆巢穴以雪國恥也。會取干戈利，無令斥候驕。西域傳：斥候百人，五分之，擊刁斗自衛。居然雙捕虜，後漢馬武傳：武與虎牙將軍蓋延等討劉永，拜捕虜將軍。自是一嫖姚。以古名將望之也。落日思輕騎，高一作秋。天憶射雕。北齊書：斛律光嘗射一大鳥，形如車輪，旋轉而下，乃雕也，時號為落雕都督。雲臺畫形像，皆為掃氛妖。

立秋雨院中有作

山雲行絕塞，大火復西流。詩：七月流火。注：大火，心星也，七月則此星西流。選句 飛雨動華屋，蕭蕭梁棟秋。窮途愧知己，暮齒借前籌。留侯世家：臣請借前箸為大王籌之。謂為節度參謀。已費清晨謁，那成長者謀。言無老謀以佐嚴公也。解衣開北戶，高枕對南樓。樹溼風涼進，江喧水氣浮。禮寬心有適，節爽病微瘳。主將歸調鼎，吾還訪舊邱。

蔣云：嚴詩一味英武，此更寫得精細，有多少方略在，而頌處仍不溢美。

張云：何等氣槪。

奉和嚴鄭公軍城早秋

秋風嫋嫋動高旌，玉帳分弓射虜營。已收滴博雲間戍，滴博，他處作的博。困學紀聞：的博嶺在維州。韋皋傳：出西山靈關，破峨和、通鶴，定廉城，踰的博嶺，遂圍維州。嚴武傳：廣德二年九月，破吐蕃七萬餘衆，拔當狗城，遂收鹽州城。欲奪蓬婆雪外城。元和郡國志：柘州城四面險阻，易於固守，有安戎江蓬婆水在州南三十里。大雪山一名蓬婆山，在柘縣西北一百里。朱注：其地在雪山外。

附　軍城早秋　嚴武

昨夜秋風入漢關，朔雲邊月滿西山。更催飛將追驕虜，莫遣一作放。沙場匹馬還。通鑑：武以崔旰爲漢州刺史，使將兵擊吐蕃於西山，連拔其城，攘地數百里。

院中晚晴懷西郭茅舍 即浣花草堂。

幕府秋風日夜清，澹雲疏雨過高城。葉心朱實看時落，階面青苔先自生。

復有樓臺銜暮景，同影言日出也。不勞鐘鼓報新晴。舊注：俗以鐘鼓聲亮爲晴之占。浣花溪裏花饒笑，肯信吾兼吏隱名。（感慨蘊藉）汝南先賢傳：鄭欽吏隱於蟻陂之陽。

張璁曰：詳此詩見公不樂居幕府，明年正月遂歸草堂。

到村

碧澗雖多雨，秋沙亦少泥。蛟龍引子過，西京雜記：瓠子河決，有蛟龍從九子，自決中逆上入河。荷芰逐花低。仇注：雨多水寬，故蛟龍引子而過；泥少根脫，故荷芰逐花而低。二句分承。老去參戎幕，歸來散馬蹄。稻粱須就列，榛草卽相迷。是久不到光景。二句亦帶寓意，殆指幕中人言。蓄積思江漢，思由江漢而去也，公久有下峽之志不遂。疏頑惑町音挺。畦。町畦，田畔界也。莊子：彼且爲無町畦，亦與之爲無町畦。卽下出處遂何心意。蓋此時既不願久留，又不便辭去，不知何適而可，頗費躊躇耳。舊解俱非。暫酬知己分，還入故林棲。末向村訂歸期也。

村雨

雨聲傳兩夜，寒事颯高秋。挈帶看朱紱，年譜：是年六月武表爲工部員外郎，賜緋魚袋。開箱覩黑裘。仇注：看朱紱，謂君恩未報；覩黑裘，謂久客未歸。世情只益睡，（承四）盜賊敢忘憂。（承三）松菊新霑洗，茅齋慰遠遊。

蔣云：五句閱盡世情語，一敢字孤忠凜然。

宿府

清秋幕府井梧寒，魏明帝詩：雙梧生空井。獨宿江城蠟炬殘。永夜角聲悲自語，（句有三折）中天月色好誰看？二句言獨宿淒涼之況。風塵荏苒音書絕，關塞蕭條行路難。已忍伶俜十年事，強移棲息一枝安。

邵云：渾壯。

遣悶奉呈嚴公二十韻

白水漁竿客，清秋鶴髮翁。胡爲來幕下？祇合在舟中。黃卷眞如律，唐會要：

四句總挈大意，是致悶之。

天寶四載勅御史依舊置黃卷書闕失。句謂簿書督責之嚴。青袍也自公。謂幕府之禮亦同於朝廷也。唐志：尙書員外郎從六品上，上元元年制五品服淺緋，六品服深綠。浦注：公時已賜緋而此云青袍者，蓋供事之便服。老妻憂坐痺，音庇。嵇康絕交書：危坐一時，痺不得搖。說文：痺，溼病也。幼女問頭風。平地專欹倒，一作側，謂病體支離，不能久坐。分曹失異同。失於有異同也。二句言公在幕中既患老病，復與同僚多意見不侔。禮甘衰力就，義忝上官通。衰力如此而甘就職者，以與嚴公通好也。疇昔論詩早，公至德中屢有贈嚴詩。光輝仗鉞雄。寬容存性拙，翦拂念途窮。輸○情○語○可○憐○廣絕交論：翦拂使其長鳴。露裛思藤架，烟霏想桂叢。信然龜觸網，史筴傳：龜使抵網而遭漁者得之。直作鳥窺籠。四句言思草堂而不得去也。西嶺紆村北，南江繞舍東。西嶺即西山。元和郡國志：大江一名汶江，一名流江，經成都縣南七里。竹皮寒舊翠，椒實雨新紅。句○法○新○四句言草堂之勝，上二遠景，下二近景。浪簸船應坼，杯乾甕即空。謂無人釀酒。藩籬生野徑，斤斧任樵童。四句言入幕後草堂不免荒廢。束縛酬知己，張○云○二○句○蹉跎效小忠。情○事○百○種○周防期稍稍，杜預左傳序：聖人包周身之防。注：謂防慮必於周身也。太簡遂忽忽。言在己持身之道，不敢有一

此段從草堂環轉居幕府，章法一順一逆，以下段申足上段。結出奉呈之意。

邵云：老人絮絮，眞情苦語。○公寄弟憶弟諸詩無不佳，以其從眞性情流出也。

毫苟且，藉以上答所知；惟性過疏略，遇事恐未免有草率處耳。二句亦帶有自爲表白意。**曉入朱扉啓，昏歸畫角終。**周益公詩話：韓退之上張僕射書云：使院故事，晨入夜歸，非有疾病事故，輒不許出，抑而行之，必發狂疾。乃知唐藩鎮之屬，皆晨入昏歸，亦日少暇，如牛僧孺待杜牧，固不以常禮也。**不成尋別業，未敢息微躬。烏鵲愁銀漢，**朱注：愁無塡河之力也。**駑駘怕錦幪。**言畏羈束。徐陵詩：金鞍覆錦幪。幪，鞍帕也。**會希全物色，**張溍注：物色，物之本色，謂得全其閒曠之本色也。**時放倚梧桐。**莊子：倚樹而吟，據槁梧而瞑。

黃白山云：公與嚴武始終睽合之故，具見此詩。公在蜀兩依嚴武，其於故舊之情，不可謂不厚。及居幕中，未免以禮數相拘，又爲同輩所譖，此公所以不堪其束縛，往往寄之篇詠也。

送舍弟潁赴齊州三首

潁想以省公來蜀，茲送其歸耳。

岷嶺南蠻北，已所在。南蠻，南詔蠻也。**徐關東海西。**弟所赴。徐關在齊地。左傳：齊侯自徐關入。**此行何日到？送汝萬行啼。絕域惟高枕，清風獨杖藜。**二句言去後淒涼。**時危暫相見，衰白意都迷。**言暫見卽別，故使心緒憒亂。

李云：老筆瘦硬，眞乃慨惻動人。

張云：傍字，看字，多少斟酌，是亂離眞景。

風塵暗不開，汝去幾時來？兄弟分離苦，形容老病催。上二承時危，此二承衰白。江通一柱觀，日落望鄉臺。注俱見七卷。客意長東北，（結語眞覺黯然魂消）齊州安在哉？蔣云：明明在東北，卻忽忽如不知，即所謂衰白意都迷也。

諸姑今海畔，（不覺一一想到）公范陽太君盧氏墓誌：太君二女，一適京兆王佑，一適會稽賀撝。兩弟亦山東。謂觀與豐。去傍干戈覓，來看道路通。短衣防戰地，匹馬逐秋風。二句又囑其路上小心。莫作俱流落，長瞻碣石鴻。廣絕交論：軼歸鴻於碣石。碣石山在齊州東北海中，欲其到後先寄書相慰也。

嚴鄭公階下新松，得霑字

弱質豈自負，移根方爾瞻。細聲聞玉帳，疏翠近珠簾。未見紫烟集，松高則雲烟集。虛蒙清露霑。何當一百丈，欹蓋擁高簷。

嚴鄭公宅同詠竹，得香字

綠竹半含籜，新梢纔出牆。色侵書帙晚，陰過酒樽涼。雨洗娟娟淨，風吹細細香。但令無翦伐，會見拂雲長。

李子德云：二詩秀色藹然，俱切時地言之，非漫作者。○張上若云：松竹皆公自喻幕中效職之意，不能無望於鄭公之培植也。

晚秋陪嚴鄭公摩訶池泛舟，得溪字

成都記：隋蜀王秀取土築廣子城，因爲池，有胡僧見之曰：摩訶宮毗羅。蓋摩訶爲大宮，毗羅爲龍，爲此池廣大有龍，因名摩訶池。在成都縣東南十二里。

湍駛風醒酒，船回霧起隄。（承風）高城秋自落，（承霧）雜樹晚相迷。坐觸鴛鴦起，坐字卽黃鶯並坐之坐。巢傾翡翠低。莫須驚白鷺，爲伴宿青一作清。溪。

陪鄭公秋晚北池臨眺

集外詩，見郭知達黃鶴本。

邵云：通首穩秀。

王右仲云：素檝杯酒兩聯，寫出大官遊宴氣象。

邵云：刻劃秀淨，巧不傷雅。

北池雲水闊，首敍秋池景物華館闢秋風。獨鶴元依渚，衰荷且映空。採菱寒刺上，次敍臨眺景事踏藕野泥中。素檝分曹往，金盤小徑通。素檝金盤，採取菱藕以獻也。萋萋露草碧，片片晚旗紅。盃酒霑津吏，衣裳與釣翁。異方初豔菊，末寫陪字意故里亦高桐。搖落關山思，自謂。淹留戰伐功。指嚴。嚴城殊未掩，帶有節意得體清宴已知終。何補參軍一作卿。事，晉書：孫楚為石苞將軍，初至，長揖曰：天子命我參卿軍事。歡娛到薄躬。

奉觀嚴鄭公廳事岷山沱江畫圖十韻得忘字

沱水流中座，岷山到一作對。北堂。沈云：即堂上不合生楓樹起法白波吹粉壁，青嶂插雕梁。直訝松杉冷，逐聯山水分貼兼疑菱荇香。雪雲虛點綴，沙草得微茫。嶺雁隨毫末，川蜺飲練光。朱注：毫末謂筆毫之末，練光謂素練之光，兼用澄江淨如練意。霏紅洲蕊亂，拂黛石蘿長。暗谷非關雨，丹楓不為霜。秋城玄圃外，景物洞庭旁。（二句用比）繪事功殊絕，（結上）幽襟興激昂。（自寫覯字收）從來謝太傅，邱壑道難忘。（到殷公鄭重得體）晉書：謝安放情邱壑，雖受朝寄，東山之志，始末不渝。

王阮亭云：格律精細，點眼只在一二虛字，學者宜潛心玩之。○此詩誠齋所極賞，然在杜排律中，卻另爲一體，格調似諸唐人，必謂公他作皆不及則非也。

送唐十五誡因寄禮部賈侍郎

舊唐書賈至傳：寶應二年爲尚書左丞，廣德二年轉禮部侍郎。朱注：舊唐書：是年九月，尚書左丞楊綰知東京選，禮部侍郎賈至知東京舉，兩都分舉選自至始。時唐十五必往東都赴舉，公故寄此詩爲之先容也。

九載一相逢，百年能幾何？復爲萬里別，送子山之阿。白鶴久同林，潛魚本同河。未知棲息期，衰老強高歌。

四句有無數層折，俯仰具足，眞一字一頓挫。首敘惜別之情。

歌罷兩悽惻，六龍忽蹉跎。相視髮皓白，況難駐羲和。六龍、羲和，注俱見五卷。胡星墜燕地，謂史朝義。唐書：廣德元年正月，史朝義縊死於幽州醫巫閭祠下，傳首京師。漢將仍橫戈。謂僕固懷恩。通鑑：廣德二年七月，僕固懷恩引回紇吐蕃入寇，冬十月逼奉天。蕭條九州內，人少豺虎多；少人慎莫投，多虎信所過。饑有易子食，獸猶畏虞羅。四句更轉進一層，即苛政猛於虎意，以下二句申上二句。子負經濟才，天門鬱嵯峨。即君門萬里意。飄飄適東周，國策注：東周今洛陽。來往若崩波。鮑照詩：客行惜日月，崩波不可留。南宮吾故人，白馬金盤陀。金盤陀，馬鞍飾也。注見二卷。句言其爲貴官。雄筆映千古，見賢心靡他。念子善師事，歲寒守舊柯。謂其勿輕馳騖，亦取久要之意。爲我謝賈公，病肺臥江沱。

憤世疾俗之言，寫得十分警動，語亦可泣鬼神。次言行路之難，並慨時事。末段乃因唐寄賈正文，末句帶及自家不漏。

初冬

垂老戎衣窄，幕官亦著戎服，以時方用兵故。歸休寒色深。漁舟上急水，獵火著高林。日有習池醉，愁來梁甫吟。干戈未偃息，出處遂何心。遂，得遂也。

黃白山云：漁獵亦常事，拈急字，著字，便有意致。

觀李固請司馬弟山水圖三首

詳詩意，所畫當是海上仙山圖。

王右仲云：自已有愁，忽想到羣仙之不愁，眞得味外之味。

此首虛擬，下首實寫。

收處同一厭濁世而慕仙遊，卻前用反筆，此用正筆。

邵云：疏老。

易簡高人意，匡牀竹火爐。上半敍事作題前襯筆，已覺洒落異人。寒天留遠客，碧海掛新圖。雖對連山好，貪看絕島孤。羣仙不愁思，冉冉下蓬壺。

方丈渾連水，天台總映雲。人間常見畫，老去恨空聞。范蠡舟偏小，王喬鶴不羣。此生隨萬物，何路一作處出塵氛？俞云一結沈鬱。

高浪垂翻屋，崩崖欲壓牀。八句皆畫中景。野橋分子細，沙岸繞微茫。紅浸珊瑚短，靑懸薜荔長。浮查並坐得，仙老暫相將。拾遺記：堯時有巨查浮於西海，其上有光若星月，常繞四海，十二年一周，名貫月查，又名掛星查，羽人棲息其上。

至後

冬至至後日初長，遠在劍南思洛陽。公舊居。靑袍白馬有何意？謂爲幕職。金谷銅

眞切。

駝非故鄉。石崇金谷詩序：余別廬在河南縣界金谷澗。華延儁洛陽記：兩銅駝在宮之南街，東西相向，高九尺，洛陽謂之銅駝陌。按銅駝本漢所鑄。梅花欲開不自覺，棣蕚（借對）一別永相望。愁極本憑詩遣興，詩成吟詠轉淒涼。（結語頗嫌直致）

懷舊 仇注：此悼蘇之亡而自傷失侶也。

地下蘇司業，源明先爲國子司業，後爲祕書少監。情親獨有君。那因喪亂後，便作死生分！老罷知明鏡，謂覽鏡知其衰老也。悲來望白雲。用淵明停雲思友意，即所謂哭友白雲長也。自從失詞伯，不復更論文。

哭台州鄭司戶蘇少監 集外詩，見郭知達黃鶴本。

（直人慘然）故舊誰憐我，平生鄭與蘇。（先爲一身哭）存亡不重見，喪亂獨前途。（次爲天下哭）豪俊何人在？文章掃地無。羈遊萬里闊，自謂。凶問一年俱。鄭蘇同卒於廣德二年。（起下二句）白日中原上，清秋大海隅。夜臺當北斗，公詩：秦城北斗邊。泉路窅東吳。唐書：台州屬淮南東道採訪使。張遠注：北斗蓬閣承中原，指蘇。東吳台州承海隅，指鄭。得罪台州去，時危棄碩儒。移官蓬閣後，謂爲祕書少監。穀貴歿潛夫。鶴注：廣德二年，斗米千錢。苕溪漁隱叢話：律詩有扇對格，如少陵哭鄭司戶蘇少監詩：得罪台州去四句是也。東坡和鬱孤台詩云：邂逅陪車馬，尋芳謝朓洲，淒涼望鄉國，得句仲宣樓，用此體。流慟嗟何及，銜冤有是夫！道消詩發興，心息酒爲徒。又追敘舊日交情。言不以爲世用始放情於詩酒也。許與才雖薄，追隨跡未拘。班揚名甚盛，嵇阮逸相須。會取君臣合，寧詮論也。品命殊？賢良不必展，廊廟偶然趨。仇注：四句言天寶之際，鄭蘇俱仕而未久。勝決風塵際，功安造化鑪。從容詢舊學，慘澹閟陰符。四句言肅宗復國後，蘇得官而鄭貶斥。說命：台小子舊學於甘盤。唐書：兵書類有周書陰符九卷，蘇昔爲太子諭德，後又除祕書少監，故曰詢舊學。鄭嘗著天寶軍防錄未能見用於世，故曰閟陰符。擺落嫌疑久，哀傷志力輸。又敘入自己。二句言公與二子爲忘形之交，今以哀傷而志力灰頹也。俗依緜谷異，客對雪山孤。童稚思諸子，言幼時便慕諸子才名，二公年蓋少長。交朋列友于。情乖清酒送，望絕撫墳呼。謝靈運詩：撫墳徒自傷。瘧痢一作病。餐巴水，瘡痍老蜀都。鶴注：此與俗依綿谷異二句，公自敘展轉歷縣閭閻而復來成都也。飄零迷哭處，東吳西秦，皆公所欲至而不能遂者。天地日榛蕪。

盧德水云：此詩泣下最多，緣二公與子美莫逆故也。豪俊何人在四句，抵一篇大祭文。結云飄零迷哭處，天地日榛蕪。蒼蒼茫茫，有何地置老夫之意。想詩成時熱淚一湧而出，不復論行點矣，是以謂之哭也。

送王侍御往東川放生池祖席

東川詩友合，此贈怯輕爲。況復傳宗近，仇本作匠，與下不複，公八哀詩：宗匠集精選。空然惜別離。言王素傳能詩，故尤不敢作惜別常語，惟望早歸以慰衰疾耳。梅花交近野，草色向平池。倘憶江邊臥，歸期願早知。

杜詩鏡銓卷十二

永泰中，居成都草堂、去蜀至雲安、居夔州作。

正月三日歸溪上有作，簡院內諸公

野外堂依竹，籬邊水向城。蟻浮仍臘味，謂酒釀於臘月。鷗泛已春聲。藥許鄰人劚，書從稚子擎。謂任之不嚴督也。白頭趨幕府，深覺負平生。

敝廬遣興奉寄嚴公

野水平橋路，春沙映竹村。風輕粉蝶喜，花暖蜜蜂喧。只二句寫得春興勃然。把酒宜深酌，題詩好細論。府中瞻暇日，江上憶詞源。詞源謂嚴公。跡忝朝廷舊，情依節制尊。還思長者轍，恐避席爲門。陳平傳：家貧以席爲門，然門外多長者車轍。

蔣弱六云：上四句敝廬遺興，若傲以所無，撥動他詩興，招之使不得不來也。下四句奉寄嚴公，末更以相與之素，相依之情，坐實他必不棄貧賤之誼，而特用反跌以速之，絕妙招飲小簡。

營屋

我有陰江竹，能令朱夏寒。陰通積水內，高入浮雲端。甚疑鬼物憑，張云陰况可駭不顧翦伐殘。曾有此景東偏若順也。面勢，戶牖永可安。愛惜已六載，公自上元元年營草堂，至永泰元年為六載。茲晨去千竿。言欲於竹間營屋，故必以去之為事。蕭蕭見白日，芟除後快景洶洶開奔湍。度堂匪華麗，養拙異考槃。言居之暫。草茅雖薙葺，言室之陋。衰病方少寬。洗音洒。然順所適，此足代加餐。寂無斧斤響，庶遂憩息歡。

除草

原注：去蕁草也，蕁音潛。益部方物贊：燖麻自劍以南處處皆有之，或觸其葉，如蜂蠆人，以溺灌之即解；莖有刺葉，或青或紫，善治風腫。考杜詩當作蕁。

草有害於人，曾何生阻修。其毒甚蜂蠆，其多彌道周。清晨步前林，江色

蔣云：首二江村春日分點，從江村便想到萬里，從春日便感及百年，何等胸次。

未散憂。芒刺在我眼，霍光傳：光驂乘，上內嚴憚之，若有芒刺在背。焉能待高秋？霜露一霑凝，蕙葉亦難留。趙曰：若待秋去之，則蕙葉與薉草美惡無辨矣。二句正言不可不除之爲急。荷鋤先童稚，日入仍討求。轉致水中央，豈無雙釣舟。頑根易滋蔓，敢使依舊邱。自茲藩籬曠，更覺松竹幽。芟夷不可闕，疾惡信如讎。

申鳧盟云：有爲調停之說者，賢奸並用而國事已去，不可不三復此詩。芒刺在我眼二句，丰裁凜然。頑根易滋蔓，敢使依舊邱，於去惡務盡三致意焉。末只一語點破正意，多則反淺。

春日江村五首

農務村村急，春流岸岸深。乾坤萬里眼，謂從蜀江望，去家國俱遠。時序百年心。天涯孤身百年過客語壯而悲亦便含末首意茅屋還堪賦，言故鄉所居。桃源自可尋。艱難昧生理，飄泊到如今。

迢遞來三蜀，蹉跎又六年。客身逢故舊，發興自林泉。幸逢故舊，謂可建立功名，發興林泉，誰知仍歸

此首追憶重歸草堂所見。

此首方及今謝職來歸。

落拓。後四句遂一意隱居，無復他望矣。過懶從衣結，頻遊任履穿。藩籬頗無限，謂無拘束意，一作無限景便淺。恣意向江天。

種竹交加翠，栽桃爛熳紅。經心石鏡月，到面雪山風。赤管隨王命，漢官儀：尙書令僕丞郎日給赤管大筆一雙，篆題曰北宮著作。銀章付老翁。漢百官表：凡吏秩比二千石以上，皆銀印青綬。豈知牙齒落，名玷薦賢中。浦注：結聯有自顧失笑意，所以決辭無悔。

扶病垂朱紱，歸休步紫苔。沈約詩：客位紫苔生。郊扉存晚計，言將終老於此。幕府愧羣材。（綺思雋句）燕外晴絲卷，鷗邊水葉開。鄰家送魚鼈，問我數能來。問謂問遺。羣盜哀王粲，王粲七哀詩：西京亂無象，豺虎方遘患。注：豺虎謂羣盜也。中年召賈生。登樓初有作，王粲避亂客荊州，思歸作登樓賦。前席竟爲榮。漢書：賈誼爲長沙王太傅，歲餘帝思誼，徵之宣室，問鬼神之事，至夜半，文帝前席。蔣云：初字是何願望？賦中冀王道之一平兮，假高衢而騁力

邵云：足見詩句至穩，大非易境。

是也。竟字不料僅然。舊評謂千秋萬歲稱杜工部，則自今日始也。

宅入先賢傳，郡國志：長沙寺南有賈誼宅。沔襄記：王粲宅在襄陽，井臺尚存。又古書有楚國先賢傳。才高處士名。西征賦：賈生洛陽之才子。魏志：蔡邕見王粲，謂坐客曰：此王公孫有異才。言王賈之才不遇於時，猶之處士而已。異時懷二子，（仍結歸春日）春日復含情。（章法最密）朱鶴齡云：公依幕府似王粲荊州，官幕僚似賈生王傅，故此詩以二子自況，因以自悲也。宅空載於先賢，名實同於處士，二語正爲卜居草堂、吏隱使府發歎，寄感甚深。

五詩前首總起，末首總結，中三首逐章承遞，從前心事，向後行藏，備悉此中，可作公一篇自述小傳讀。

長吟　集外詩，見卞圜、吳若、黃鶴本。

江渚翻鷗戲，官橋帶柳陰。花飛競渡日，仇注：荊楚歲時記：屈原以五日死於汨羅，人以舟拯之，競渡是其遺俗。唐人以中和節爲戲。草見踏青心。壼中贅錄：蜀中風俗舊以二月二日爲踏青節，言覩物情之向榮，而覺人心之閒曠也。競渡在江渚，踏青在柳陰，二句用分承說。已撥形骸累，前在幕時未免束縛。眞爲爛熳深。賦詩新句穩，不覺一作免。自長吟。

春遠　顧注：猶言春深也。

前半善寫虛景。

公好截中四語作絕句。

肅肅花絮晚，菲菲紅素輕。本草：柳花一名絮。紅言花，素言絮也。日長惟鳥雀，見過客之稀。春遠獨柴荊。見村居之僻。數有關中亂，唐書：廣德二年十月，僕固懷恩誘回紇吐蕃入寇。永泰元年二月，党項羌寇富平。富平屬京兆府。何曾劍外清？時蜀邊仍未撤戍。故鄉歸不得，地入亞夫營。注見三卷。時郭子儀屯兵涇原。

絕句六首

寫積雨新晴景色曲盡

日出籬東水，雲生舍北泥。言溼蒸未散。竹高鳴翡翠，沙僻舞鵾雞。俱以喜晴故。

藹藹花蕊亂，飛飛蜂蝶多。幽棲身懶動，客至欲如何？張云：閉戶久，實有此景。

鑿井交椶葉，趙曰：蜀有鹽井，雨露之水落其中則壞，新鑿井時即交椶葉以覆之。開渠斷竹根。扁舟輕裊纜，小徑曲通村。

急雨捎溪足，謂雨勢掠過。斜暉轉樹腰。隔巢黃鳥並，承樹 翻藻白魚跳。承溪舍下筍穿壁，庭中藤刺七亦切。簷。地晴絲冉冉，江白草纖纖。取嫩綠相映，亦自雨後見出。

江動月移石，溪虛雲傍花。黃生注：石在江邊，月浮江上，波既動則月亦隨波移於石之前後左右矣。花在溪旁，雲行天上，映於水中，故見其虛而相傍。二句體物甚精。

鳥棲知故道，帆過宿誰家？寫所居景物，當在春夏之交，禽魚花草，種種幽適，字堪入畫，惟稍嫌太板實耳。

絕句四首

此皆就所見掇拾成詩，亦漫興之類。

李云：樸甚，然自雅。

堂西長筍別開門，塹北行椒卻背村。行椒，椒之成行者。仇注：別開門，恐踏筍也；卻背村，為塹隔也。梅熟許同朱老叟，松高擬對阮生論。原注：朱阮劍外相知。

欲作魚梁雲覆湍，因驚四月雨聲寒。青溪先有蛟龍窟，竹石如山不敢安。趙曰：魚梁乃劈竹積石，橫截中流以取魚者，因溪下有蛟龍，時興雲雨，故未敢安也。

兩箇黃鸝鳴翠柳，一行白鷺上青天。窗含西嶺千秋雪，門泊東吳萬里船。范成大吳船錄：蜀人入吳者，皆從合江亭登舟，其西則萬里橋。句亦寓下峽意。

藥條藥一作栞。甲潤青青，色過棱亭入草亭。苗滿空山慙取譽，根居隙地怯成形。猶成材也。浦注：下二就藥寓意，空山隙地，得遂其性，將反畏人之見知矣。公所以辭幕而居此歟？

絕句三首 集外詩，見吳若黃鶴本。

聞道巴山裏，春船正好行。都將百年興，一望九江城。九江城謂江陵，時蓋已有出峽之志。

水檻溫江口，唐書：溫江縣屬成都府。茅堂石筍西。移船先主廟，洗藥浣花溪。

漫道春來好，三首一氣轉下。狂風大放顛。吹花隨水去，翻卻釣魚船。

此首神韻絕似太白。

喜雨

追昔撫今，無限悲慨，於結尾露意。

南國旱無雨，今朝江出雲。入空纔漠漠，言雲。灑迥已紛紛。言雨。巢燕高飛盡，林花潤色分。曉來聲不絕，應得夜深聞。

莫相疑行

男兒生無所成頭皓白，牙齒欲落眞可惜。憶獻三賦蓬萊宮，自怪一日聲輝（自怪妙）赫。一作烜。集賢學士如堵牆，禮記：孔子射於矍相之圃，觀者如堵牆。觀我落筆中書堂。本傳：甫獻三大禮賦，帝奇之，使待制集賢院，命宰相試文章。往時文采動人主，此一作今。日饑寒趨路旁。晚將末契託年少，指同幕者。當面輸心背面笑。（一句寫盡世情）寄謝悠悠世上兒，不爭好惡莫相疑。前詩有分曹失異同句，知辭幕之故，大半因同輩不合。蓋一則老不入少，一則主人相待獨優，未免見忌。然公實無心與競，彼亦何用相疑哉！末二句蓋開誠以示之也。

赤霄行

楚辭：載赤霄而凌太清。

仇云：孔雀被觸，一事四句，飛燕見嚇，一事兩句，皇孫鮑莊，一事一句，文法錯綜入古。

孔雀未知牛有角，叶谷。奇語似謔似諷。渴飲寒泉逢觝觸。赤霄玄圃任往來，翠尾金花不辭辱。言所志者大不以爲意也。博物志：孔雀尾多變色，如雲霞無定，人採其尾有金翠。初春乃生，四月後凋，與花蕊俱榮衰。江中淘河嚇飛燕，爾雅：鵜，鴮鸅。注：今之鵜鶘也，好羣飛沈水食魚，故名。洿澤俗呼爲淘河。莊子：鴟得腐鼠，鵷雛過之，仰而視之曰嚇！注：嚇，怒而拒物聲。言燕從江上來，淘河疑爭其魚而嚇之。銜泥卻落羞華屋。羞，羞向也。皇孫猶曾蓮音輦。勺困，漢宣帝紀：帝初爲皇曾孫，喜遊俠，嘗困於蓮勺鹵中。如淳曰：爲人所困辱也，蓮勺縣有鹽池，縱廣十餘里，鄉人名爲鹵。衛朱云：當作鮑。莊見貶傷其足。左傳：齊國子相靈公，高鮑處守，及還，孟子愬之曰：高鮑將不納君。秋，刖鮑牽而逐高無咎。仲尼曰：鮑莊子之智不如葵，葵猶能衛其足。注：葵傾葉向日以蔽其根。老翁慎莫怪少年，葛亮貴和書有篇。諸葛亮傳：陳壽所上諸葛亮集目錄，凡二十四篇，貴和篇第十一。丈夫垂名動萬年，更置身百尺樓上一。記憶細故非高賢。

公以白頭趨幕，不免爲同列少年所侮，二詩蓋於辭歸後追歎之也。

三韻三首　黃鶴注：此詩刺廣德永泰間朝士之趨附元載魚朝恩者。

申云：三韻三篇甚古悍。

有篇無句，至此方是老境，結又得體。

高馬勿唾一作捶。面，戰國策：趙太后謂左右，有復言令長安君爲質者，老婦必唾其面。長魚無損鱗。辱馬馬毛焦，困魚魚有神。君看磊落士，不肯易其身。

蕩蕩萬斛船，影若揚白虹。起檣必椎牛，掛席集衆功。自非風動天，莫置大水中。言大才不可小用。

烈士惡多門，左傳：晉政多門。小人自同調。名利苟可取，殺身傍權要。痛快不嫌其直。何當官曹清，爾輩堪一笑。

張上若云：此公自喻一生立身行己不苟處，而古今君子自待之道，不能越此。

去蜀 集外詩，見郭知達黃鶴本

五載客蜀郡，一年居梓州。如何關塞阻，轉作瀟湘遊？時將往荊楚。世事已黃髮，

邵云：眼前景語，自然入妙。

殘生隨白鷗。安危大臣在，何一作不。必淚長流。結用反言見意，語似自寬，正隱諷大臣也。

宿青溪驛，奉懷張員外十五兄之緒

輿地紀勝：青溪驛在嘉州犍爲縣。高力士外傳：李輔國弄權，但經推按，不死則流，黔中道尤多。員外則張謂、張之緒、李宣。

漾舟千山內，日入泊枉一作荒。渚。我生本飄飄，今復在何許？石根青楓林，猿鳥聚儔侶。月明遊子靜，畏虎不得語。五字淒絕。中夜懷友朋，乾坤此深阻。浩蕩前後間，仇注：時張在荊楚，公將往與相會，故曰前後間。佳期赴荊楚。

狂歌行贈四兄

集外詩，見陳浩然本，又見文苑英華。胡夏客曰：公諸弟見於詩者不一，此兄又其諸從也。蔣云：胸中無限牢騷，借乃兄發泄，題曰狂歌行，傷我羨人，一片鬱勃所出，都是狂態也。

與兄行年校一歲，謂差少一年也。賢者是兄愚者弟。兄將富貴等浮雲，弟竊故自一作貶作切。功

明宗臣報劉一丈書所本。

名一笑好權勢。長安秋雨十日泥，四句承好權勢我曹鞴音備。馬聽晨雞。說文：鞴，車鞁也。一曰加鞭於馬曰鞴。公卿朱門未開鎖，我曹已到肩相齊。吾兄穩睡方舒膝，四句承等浮雲不襪不巾踏曉日。見雨卽不出也。男啼女哭莫我知，身上須繒腹中實。妙語正對自家心事寫出上皆追述前事。今年思我來嘉州，嘉州酒香一作重。花滿一作繞。樓。樓頭喫酒樓下臥，長歌短詠迭一作還。相酬。四時八節還拘禮，可見仍不遠乎人情女拜弟妻男拜弟。幅巾鞶帶不掛身，只須繒。頭脂足垢何曾洗。只須腹實。吾兄吾兄巢許倫，一生喜怒常任眞。邵云受用在此正自傷其不得任眞也。日斜枕肘寢已熟，啾啾唧唧爲何人？廣韻：啾唧，小聲也。

邵子湘云：眞率別是一種，開中晚多少法門。○元白張王都領此派，然亦爲宋人濫觴。

宴戎州楊使君東樓

唐書：戎州南溪郡屬劍南道。浦注：戎州卽今之敍州，在成都府東南。

起語斗絕，二句更以回曲見致。

亦屬戲筆。○

勝絕驚身老，情忘發興奇。言勝地高會，不覺忘老也。座從歌妓密，承次句樂任主人爲。張云：坐雖與妓密，而樂則仍任主人爲，二句自有微意。重碧拈春酒，趙曰：元微之元日詩：羞看稚子先拈酒。白樂天歲假詩：歲酒先拈辭不得。則拈酒乃唐人語也。輕紅擘荔枝。唐書：戎州土貢荔枝。樓應轉首句高欲愁思，橫笛未休吹。

渝州候嚴六侍御不到先下峽唐書：渝州南平郡屬劍南道。即今重慶府。

聞道乘驄發，沙邊待至今。不知雲雨散，王粲詩：風流雲散，一別如雨。虛費短長吟。山帶烏蠻闊，二句言渝州之勝。梁益記：巂州巂山其地接諸蠻部，有烏蠻白蠻。江連白帝深。白帝城在夔州。船經一柱觀，在荊州。留眼共登臨。公此行本欲出峽，因不果而留止於夔耳。

撥悶

聞道雲安麴米春，雲安注見下。東坡志林：退之詩：且可勤買拋青春。國史補：酒有滎陽之土窟春，富平之石凍春，劍南之燒春。子美亦云雲安麴米春，乃知唐人名

何云：言酒能解憂，卽三峽驚濤，可以不計，無窮抑鬱，卻寫得興會飛騰，公詩作用所以微也。

酒多以春也。纔傾一盞卽醺人。乘舟取醉非難事，下峽銷愁定幾巡。長年三老遙憐汝，蔡注：峽中以篙師爲長年，柁工爲三老。捩柁開頭捷有神，邵注：三老，捩柁者；長年，開頭者。已辨青錢防雇直，當令美味入吾脣。

聞高常侍亡

原注：忠州作。唐書：適召還轉左散騎常侍，永泰元年正月卒。

歸朝不相見，蜀使忽傳亡。虛歷金華省，後漢班固傳：班伯拜中常侍，時上方嚮學，鄭寬中張禹朝夕入說尙書論語於金華殿中，詔伯受焉。漢宮闕記：金華殿在未央宮白虎殿右，祕府圖書皆在。何殊地下郎！王隱晉書：蘇韶仕中牟令卒，韶伯父子節夢見韶，言顏回卜商今現在爲修文郎。致君丹檻折，用朱雲事，注見後。哭友白雲長。獨步詩名在，祇令故舊傷！

杜詩博議：虛歷金華省，何殊地下郎，惜其有才不展，雖宦華要，何異地下修文，痛之深也。史稱適負氣敢言，權貴側目，又常侍主諷諫過失，故有致君丹檻折之句。

宴忠州使君姪宅

唐書：忠州南賓郡屬山南東道。

觀下題忠州院壁詩，知此詩有深意。

出守吾家姪，殊方此日歡。自須遊阮舍，比姪居也，自須二字亦便有強意。不是怕湖灘。言非因險而住。峽程記：四百五十灘有清水、重峯、湖灘、漢灘。一統志：湖灘在夔州府萬縣西六十里，其水甚險，春夏水汎，江面如湖。樂助長歌送，杯饒旅思寬。昔曾如意舞，世說：王戎好作如意舞。牽率強爲看。左傳：牽率老夫以至於此。

王阮亭云：寫得神靈颯然，筆墨之妙。

禹廟

方輿勝覽：禹祠在忠州臨江縣南，過岷江二里。

禹廟空山裏，秋風落日斜。二句廟外。荒庭垂橘柚，古屋畫龍蛇。二句廟中。招魂：仰觀刻桷，畫龍蛇些。孫莘老曰：橘柚錫貢，驅龍蛇，皆禹事，公因見此有感也。雲氣生虛一作噓壁，江聲走白沙。早知乘四載，書傳：四載謂水乘舟，陸乘車，泥乘楯，山乘樏。疏鑿控三巴。譙周巴記：劉璋分巴，以永寧爲巴東郡，墊江爲巴郡，閬中爲巴西郡，是爲三巴。仇注：禹乘四載以治水，向時早已知之，今親至三巴而見其疏鑿遺跡也。

仇滄柱云：四十字中，風景形勝，廟貌功德，無所不包；局法謹嚴，氣象宏壯，是大手筆。○胡元瑞曰：此詩荒庭垂橘柚二句，與錫飛常近鶴，杯度不驚鷗，皆用事入化處，然不作用事看，則古廟之荒涼，畫壁之飛動，亦更無人可着語，此老杜千古絕技，未易追也。

題忠州龍興寺所居院壁

陸務觀有龍興寺弔少陵先生寓居詩：扈蹕老臣身萬里，天寒來此聽江聲，卽此。注：寺門聞江聲甚壯。

忠州三峽內，趙曰：三峽以明月峽爲首，巴峽巫峽之類爲中，東突峽爲盡。浦注：明月峽在渝州，巫峽等在夔外，忠州在夔渝之間，故曰三峽內。井邑聚雲根。小市常爭米，張云：山縣眞景。以石多土少故。孤城早閉門。空看過客淚，莫覓主人恩。淹泊仍愁虎，深居賴獨園。金剛經有祇樹給孤獨園。

哭嚴僕射歸櫬

嚴武傳：永泰元年四月薨，年四十，贈尚書左僕射。

素幔隨流水，歸舟返舊京。朱注：武本華陰人，故櫬歸京師。老親如宿昔，武母甚賢，及卒時母尚在。部曲異平生。邵云：語有氣勢，是節度歸櫬。風送蛟龍匣，西京雜記：帝及諸王送死，皆珠襦玉匣，匣形如鎧甲，連以金鏤，鏤爲蛟龍鸞鳳之狀，世謂蛟龍玉匣。按：霍光傳：賜璧珠璣玉衣梓宮，則人臣亦可稱蛟龍匣也。公哀李光弼詩，亦云：零落蛟龍匣。天長驃騎營。漢書：元狩六年，霍去病以驃騎將軍薨，其年略與武同，故以相比。上句謂靈轝遠去，此句謂故府遙瞻。一

邵云：警聯不易得。

哀三峽暮，見哭之久。遺後見君情。遺後猶云身後。公在幕時，與嚴頗不甚合，及至忠渝間，人情涼薄，益念及昔日相依，語最眞摯。

劉後村曰：老親二句，極其悽愴。李義山有過舊府寄諸掾詩云：莫憑無鬼論，終負託孤心。猶有門生故吏之情，可以矯薄俗。

旅夜書懷

細草微風岸，危檣獨夜舟。上四旅望。星垂平野闊，月湧大江流。雄渾。名豈文章著，官應老病休。下四書懷。飄飄何所似？天地一沙鷗。末句應舟中。

沈確士云：胸懷經濟，故云名豈以文章而著；官以論事罷，而云老病應休，立言含蓄之妙如此。

放船

集外詩，見郭知達黃鶴本。

收帆下急水，卷幔逐回灘。張云：帆至水勢迅急則收之，防過疾也。幔至回灘曲折則卷之，恐遮蔽也。二句是川江中景。江市戎戎暗，詩：何彼襛矣。注：襛襛猶戎戎。張衡冢賦：乃樹靈木，戎戎繁霜。此指市中晚烟之盛。山雲淰音審。淰寒。禮運：龍以爲畜，故魚鮪不淰。注：淰之言閃也。淰淰，

邵云：情致楚楚。

大約言蔽掩日光，合散不定之狀。荒林無徑入，獨鳥怪人看。妙語 已泊城樓底，何曾夜色闌。上寫峽暗林昏，幾於夜色矣，及至泊舟，始知日尚未闌也。

雲安九日，鄭十八攜酒，陪諸公宴 舊唐書：雲安縣屬夔州。浦注：今為雲陽縣，在夔州北百七十里。

寒花開已盡，菊蕊獨盈枝。舊摘人頻異，輕香酒暫隨。陶開虞曰：着一頻字，上下數十年存沒離合之感具見。暫字見樽酒匆匆，過此行蹤飄泊，不知又作何狀也。地偏初衣裌，袷同。說文：裌，無絮衣。徐曰：夾衣也。句亦見地氣之暖。山擁更登危。萬國皆戎馬，鶴注：是年九月，僕固懷恩誘回紇吐蕃等入寇。酣歌淚欲垂。

答鄭十七郎一絕 此當是鄭十八之兄，乃訪鄭後，鄭贈詩而公答之也。

雨後過畦潤，花殘步履遲。把文驚小陸，陸雲也，比鄭十八。好客見當時。鄭莊也，比鄭十七。

別常徵君

此等詩開郊島一派。○李云：亦東坡所謂絢爛之極，歸於平淡者。

兒扶猶杖策，臥病一秋強。餘也。白髮少三字一讀。新洗，寒衣寬總長。（句法。別畫出老人病起樣子。）故人憂見及，言徵君憂己之病而見訪。此別淚相忘。言不覺下淚也。各逐萍流轉，來書細作行。

長江二首

此首江之源。蔣云：借波浪點出歸心，即借歸心寫出波浪，兩面都出。

衆水會涪萬，（筆力高古，直是水經。）浦注：涪州在岷江之南，萬州在岷江之北，俱在夔之上流。瞿塘爭一門。寰宇記：瞿塘在夔州東一里，古西陵峽也，連崖千丈，奔流電激。方輿勝覽：瞿塘峽乃三峽之門，兩崖相對，中貫江，望之如門焉。朝宗人共挹，取也。盜賊爾誰尊？言水猶知朝宗，盜賊乃爾犯順，爾將舍天子而誰尊乎？孤石隱如馬，寰宇記：灩澦堆在蜀江中心，瞿唐峽口。水經注：江中有孤石爲淫豫石，冬出水二十餘丈，夏則沒。樂府：淫豫大如馬，瞿塘不可下。高蘿垂飲猿。水經注：瞿唐峽多猿，不生北岸。謝靈運遊名山志：觀掛猿下飲，百丈相連。二句係虛實借對。歸心異波浪，何事卽飛翻。

此首江之尾。

浩浩終不息，乃知東極臨。東極指東海。衆流歸海意，萬國奉君心。（前次聯罵賊，此更喻以大義天良。）色借瀟湘闊，聲驅灩澦深。（解出終屬不佳。）未辭添霧雨，接上過衣襟。王道俊曰：江流上接霧雨而過人衣襟之間，所謂波浪兼天者如此。四句亦寓出峽北歸之意，言

蔣云：孔明功業未就，安石忠勳死後方明，非獨是兩名相，用事十分精切。

使歸心得遂，卽冒險有所不辭也。

浦二田云：時崔旰殺郭英乂，公在雲安聞蜀亂，思下峽以避之，故借長江寫意，非咏江也。

承聞故房相公靈櫬，自閬州啓殯歸葬東都，有作二首

遠聞房太尉，一作守，非。歸葬陸渾山。十道志：陸渾山在洛陽。唐書：琯，河南人，少好學，與東平呂向偕隱陸渾山十年。一德興王後，二句多少惋惜。琯相肅宗中興，故以一德興王許之。孤魂久客間。孔明多故事，蜀志：陳壽與荀勗等定故蜀丞相諸葛亮故事二十四篇，以進。句言琯言行皆可垂後。安石竟崇班。王獻之傳：謝安薨，贈禮有異同之議，惟獻之與徐邈共明安之忠勳，孝武帝遂加安殊禮，贈太傅。句比房贈太尉，所以慰之。他日嘉陵淚，嘉陵江在閬州。仍霑楚水還。江北流至夔州爲楚水，公在閬州曾哭琯墓，故言此淚仍隨江水而來也。

丹旐飛飛日，丹旐，銘旌也。周王褒送葬詩：丹旐書空位。初傳發閬州。風塵終不解，江漢忽同流。嘉陵江一名漢水，房公之櫬自西漢而下夔江，故云。何云：房相一生志在興復，今旅櫬所經，但見江漢之朝宗，未解風塵之澒洞，目其不瞑乎？深悼之也。劍動親身匣，朱注：

上四將曉景物，下四將曉心事。

左傳：不識屬辟。疏云：屬，次大棺；辟，親身棺也。劍動言其靈爽所憑，既沒猶思討賊。書歸故國樓。見其別無長物。盡哀知有處，爲客恐長休。公舊莊亦在陸渾，末句蓋不但悲房而且自悲矣。

李子德云：目擊時艱，心傷國是，其詩至眞至老，視黃鳥爲哀矣。○前首倒從歸葬東都說到閬州，次首從自閬州啓殯說到歸葬，亦用首尾回環。三四前合汚隆作歎，後合身世作歎。五六前述國典，後思故物。中四句又各暗用分承，意到而情更切摯。

將曉二首

觀第二首，此行當屬鄰近應酬往返之事。

石城除停擊柝，巴漢志：朐䏰縣山有大小石城，漢朐䏰，唐雲安也。鐵鎖欲開關。鼓角愁荒塞，星河落曙一作曉。山。巴人常小梗，蜀使獨無還。統指段子璋、徐知道、崔旰之亂。垂老孤帆色，飄飄犯百蠻。犯字妙。

浦注：雲安夔州之南皆蠻地，今爲平茶、酉陽諸土官處。

軍吏回官燭，當是縣邑主人遣役相送。舟人自楚歌。寒沙蒙薄霧，落月去淸波。寫曉景如畫。三四前寫岸上之景，此

結亦從將曉觸發。

此首從成都想到草堂。

此首從草堂慨到成都，曲盡懷字之意。

寫舟前之景。壯惜身名晚，衰慚應接多。歸朝日簪笏，筋力定如何？公初離蜀時，本欲北歸，觀後客堂詩尚想趨朝廷，毫髮裨社稷，亦此意。

懷錦水居止二首　此因蜀亂而懷思草堂也。

軍旅西征僻，謂王師未到。風塵戰伐多。唐書：永泰元年冬十月，劍南節度使郭英乂為兵馬使崔旰所殺，邛州牙將栢茂琳、瀘州牙將楊子琳、劍州牙將李昌夔等共起兵討之。猶聞蜀父老，只此足寒畔臣之膽。不忘去聲。舜謳歌。謂玄宗曾幸蜀也。天險終難立，言盜賊不能恃天險以自固。柴門豈重過。朝朝巫峽水，結處景近情遙。遠逗錦江波。言巫峽之水遠通錦江，而歎己之不能重至草堂也。

萬里橋西宅，四句承柴門。百花潭北莊。層軒皆面水，老樹飽經霜。雪嶺界天白，四句承天險。錦城曛日黃。句兼見風塵意。惜哉形勝地，回首一茫茫！

浦二田云：前去成都有寄題江外草堂詩，此去成都復有懷錦水居止詩，公生平流寓之跡，惟草堂最費經營，宜其流連不置。

邵云：有古絕，有律絕，此及

青絲

青絲白馬誰家子？用侯景事以比僕固懷恩。麤豪且逐風塵起。謂乘吐蕃入犯之後。唐書：廣德二年十月，懷恩與回紇、吐蕃進逼奉天，永泰元年九月，又誘回紇、吐蕃、吐谷渾、党項、奴剌俱入寇。不聞漢主放妃嬪，不聞，言豈不聞也。舊唐書：永泰元年二月，內出宮女千人。漢書：文帝十二年出惠帝後宮美人令得嫁，此盛德事，故借漢主爲言也。近靜潼關掃蜂蟻？唐書：吐蕃陷長安，涇州刺史高暉爲鄉導，吐蕃遁，率驍騎三百東走潼關，守將李日越擒而殺之。殿前兵馬破汝時，殿前兵馬謂神策軍也。兵志云：廣德元年代宗幸陝，魚朝恩舉神策軍迎扈，後以軍歸禁中自將之。永泰元年又以神策軍屯苑中，自是寖盛，分爲左右廂，數出征伐有功。十月卽爲虀粉期。莊子：使宋王而寤，子爲虀粉矣。不如面縛歸金闕，萬一皇恩下玉墀。仇注：上初遣裴遵慶詣懷恩諷令入朝，又下詔稱其勳勞，許以但當詣闕，更勿有疑，而懷恩皆不從，故特以此曉諭之也。朱注：是年九月，懷恩死於鳴沙，虀粉之言果驗。

三絕句

詩史 前年渝州殺刺史，今年開州殺刺史。唐書：開州盛山郡屬山南西道。舊注：天寶亂後，蜀中山賊塞路，渝開之事，史不及書，而杜詩載之，師

黃河二首，皆古絕也。

浦云：注意尤在此章，禁軍之害等於山賊羌渾，可以鑒矣。○筆力橫絕，此等絕句，亦非他人所有。

可當奏章，結句幾於痛哭流涕。

氏曲爲之說，皆僞撰耳。**羣盜相隨劇虎狼，**甚也。**食人更肯留妻子？**

二十一家同入蜀，唐書：永泰元年九月，懷恩誘党項渾奴剌寇同州及鳳翔盩厔。此入蜀蓋因避羌渾之亂也。**惟殘**餘也。**一人出駱谷。**偏留得一人，情事更慘

朱注：駱谷關在京兆府盩厔縣西南一百二十里，南通蜀漢。寰宇記：自鄠縣界西南，經盩厔縣又西南入駱谷，出駱谷入洋州興勢縣界。**自說二女嚙臂時，**史記：吳起出衛國門，與母訣，嚙臂而盟。杜臆：二女嚙臂，恐不兩全，故棄之而走也。**迴頭却向秦雲哭。**

殿前兵馬雖驍雄，縱暴略與羌渾同。羌謂吐蕃党項之屬，渾，吐谷渾也。**聞道殺人漢水上，婦女多在官軍中。**朱注：代宗任用中人，專倚禁軍以平禍亂，而不知其縱暴乃如此，此詩故深刺之也。

遣憤

鶴注：回紇既助順收河北，以賊平恣行暴掠，代宗冊命可汗，復論功封左右殺都督以下；尋爲僕固懷恩所誘，與吐蕃合兵入寇，此詩故深憂之。

聞道花門將，論功未盡歸。通鑑：永泰元年十月，郭子儀使白光元帥精騎與回紇將藥葛羅追吐蕃於靈臺原，大破之，又破之於涇州東。於是回紇胡祿都督等二百餘人入見，前後贈賚繒帛十萬疋，府藏空竭，稅百官俸以給之。所謂論功未盡歸也。**自從收帝里，誰復總戎機？**四句言回紇方恃功邀賞，而

總戎又不得其人，此皆時事之可憤者也。朱注：吐蕃敗去，京師解嚴，時魚朝恩統神策軍，勢寖盛。誰復總戎機，蓋諷中人典兵而任子儀之不專也。蜂蠆終懷毒，雷霆可震威。言當自強以定難。莫令鞭血地，再溼漢臣衣。左傳：齊侯誅屨於徒人費，弗得，鞭之見血。于慎行曰：初，雍王見回紇可汗於黃河北，責雍王不於帳前舞蹈。車鼻遂引藥子昂、李進、韋少華、魏琚各搒捶一百。少華、琚一夕而死。漢臣鞭血，正記此事也。

劉須溪云：子美七言律每每放蕩，此又參差竹枝之比。

十二月一日三首

浦注：三詩總是思歸不歸之感，題是臘月而注意則在春也。

今朝臘月春意動，首句記時 蔣云：三詩之根，全在此三字生出。夔地方冬而暖，故臘初春意已動。雲安縣前江可憐。次句記地 一聲何處送書雁？承次句 百丈誰家上瀨船？一作水。王周峽船具詩序：岸石如齒，非麻枲紉繩之爲前牽。竹之筋者，破而用枲爲靱以續之，以備其牽者，謂之百丈。入蜀記：上峽惟用艣及百丈，不用張帆。百丈以巨竹四破爲之，大如人臂。聞雁則想家書，見船則思出峽，二句亦景中寓情。未將梅蕊驚愁眼，承首句 要一作更。取椒花媚遠天。朱注：以十二月一日去元日已近，故用椒花獻頌事。楊用修謂當作楸，未然。媚言其可愛，公詩梔子紅椒豔復殊是也。明光起草人所羨，注見四卷。肺病幾時朝日邊。因春近而念朝正也。顧注：漢制尚書郎內直起草。公辟嚴幕，名爲檢校員外郎，實未拜官於朝，故及之。

盧德水云：末章尤空奇變化，其虛實實虛，有無無有之間妙極。歷亂而懷人歎老，抱映盤紆，此老杜七律之神境。

寒輕市上山烟碧，日滿堂前江霧黃。亦以冬蒸地暖，故有烟霧。負鹽出井此溪女，唐書：夔州奉節、雲安皆有鹽官，其俗以女當門戶，多販鹽自給。打鼓發船何郡郎？張遠注：峽中多曲江，有峭石，兩舟相觸，急不及避，故發船多打鼓聲，既遠後船方發，恐相值觸損也。

新亭舉目風景切，凄切也。句謂中原未平。王導傳：中州士人，避亂江左，每至暇日，邀飲新亭，周顗中座歎曰：風景不殊，舉目有江山之異。通鑑注：新亭去江寧縣十里，近臨江渚。茂陵著書消渴長。句指肺病留蜀。春花不愁不爛熳，楚客惟聽棹相將。夔爲南楚，故公自稱楚客。棹相將，謂相將以舉棹也。二句言春光即到，惟恐尚不能出峽耳。

承上來試說他爛熳光景 即看燕子入山扉，豈有黃鸝歷翠微？豈有言豈不有也。短短桃花臨水岸，輕輕柳絮點人衣。活對 春來準擬開懷久，老去親知見面稀。言年老作客，正恐怕見春光也。下二句申上，更進一層。他日一杯難強盡，朱注：詩作於十二月一日，而云燕鸝桃柳者，蓋逆道其事，即所謂他日也。重嗟筋力故山違。筋力，即老去；故山違，即親知見面稀。一杯難進，將春來亦無開懷之日耳。

仇滄柱云：杜詩凡數章承接，必有相連章法。此首章結出還朝，次章結出下峽，三章又恐終老峽中，乃其布置次第也。

又雪

南雪不到地，以氣暖故。青崖霑未消。微微向日薄，脈脈去人遙。承霑未消寫南雪如畫。言似有如無也。冬熱鴛鴦病，峽深豺虎驕。文禽偏病，猛獸偏驕，見地惡不可久居也。二句中亦帶寓意。愁邊有江水，焉得北之朝？

李云：賦雨至此，能事無遺矣。

雨

入大曆元年。此亦苦春陰蒸鬱而作。

冥冥甲子雨，朝野僉載：里諺云：春雨甲子，赤地千里。特註出為憂旱也。已度立春時。輕箑須相向，纖絺恐自疑。秋興賦：於時乃屏輕箑，釋纖絺。以服不以時，故疑也。烟添纔有色，風引更如絲。二句正言陰溼連綿之狀。直覺巫山暮，高唐賦：妾在巫山之陽，暮為行雨。兼催宋玉悲。仇注：巫山暮，謂雨後昏翳；宋玉悲，謂客況淒涼者。謂雨過如秋，便與輕箑纖絺句背。

南楚

戰國時夔亦楚地。顧注：雲安在楚之西南，故曰南楚。

自然佳句，亦從王胄詩脫出。

邵云：清麗另是一格，宋元人多效之。

南楚青春異，寒暄早早分。無名江上草，隨意嶺頭雲。正月蜂相見，非時鳥共聞。杖藜妨躍馬，倒句不是故離羣。時當有招不赴。

水閣朝霽，奉簡雲安嚴明府

東城抱春岑，江閣鄰石面。崔嵬晨雲白，朝旭射芳甸。雨檻臥花叢，風牀展書卷。謂書爲風展開也。鉤簾宿鷺起，丸藥流鶯囀。晉陳壽傳：父喪有疾，使婢丸藥。呼婢取酒壺，續兒讀文選。晚交嚴明府，矧此數相見。

石林詩話：蔡天啓云：荊公每稱老杜鉤簾宿鷺起一聯，以爲用意高妙，五字之模楷。他日公作詩，得青山捫蝨坐，黃鳥挾書眠，自謂不減杜語。按此乃情與境會，初不因思索而得，荊公詩終稍近刻削矣。

杜鵑

邵云：古拙。樂府有此法，不害其爲大家。○本將西川杜鵑陪起雲安杜鵑，卻用兩無杜鵑處搭說，便離奇不可捉摸。本義先在客段中說透，入正文只一找足，此亦虛實互用之法，在拙手必多寫雲安杜鵑矣。

西川有杜鵑，東川無杜鵑。涪萬無杜鵑，涪州今屬重慶府。萬州今爲縣，屬夔州府。雲安有杜鵑。起四鄭重，杜鵑而誌其有無之地。吳曾漫錄：樂府江南詞：魚戲蓮葉東，魚戲蓮葉西，魚戲蓮葉南，魚戲蓮葉北。子美正用此格。我昔遊錦城，結廬錦水邊。有竹一頃餘，喬木上參天。杜鵑暮春至，哀哀叫其間。我見常再拜，重是古帝魂。生子百鳥巢，百鳥不敢嗔。仍爲餧其子，有若奉至尊。鴻雁及羔羊，推類言之有禮太古前。行飛與乳跪，識序如一作又。知恩。春秋繁露：雁有行列，羔飲其母必跪，皆類知禮者，故以爲贄。聖賢古法則，付與後世傳。君看禽鳥情，言外慨然猶解事杜鵑。今忽暮春間，雲安值我病經年。中云拜杜鵑身病不能拜，語奇。不能拜而泣更奇。淚下如迸泉。

趙次公曰：此詩譏世之不修臣節者，曾禽鳥之不若也。舊說謂指段子璋、徐知道、崔旰之徒，今玩語意，似感當時藩鎮而發。○章法不過雙提雙應，而特變化其跡。

子規　杜臆：一說子規非杜鵑，乃叫不如歸去者。

張云：眞景老筆，寫蜀中如畫。

峽裏雲安縣，江樓翼瓦齊。蔡注：翼瓦，謂簷宇飛揚，如鳥之張翼。兩邊山木合，終日子規啼。俊爽似太白語。眇眇春風見，蕭蕭夜色淒。仇注：眇眇指子規，蕭蕭指山木。客愁那聽此？故作傍人低。

近聞

唐書：永泰元年十月，郭子儀與回紇定約共擊退吐蕃，時僕固名臣，及党項帥皆來降。大曆元年二月，命楊濟修好吐蕃，吐蕃遣首領論泣陵來朝，此詩蓋記其事。

近聞犬戎遠遁逃，牧馬不敢侵臨洮。渭水逶迤白日靜，隴山蕭瑟秋雲高。渭水出渭州，隴山在隴州，言無烽烟之警。崆峒五原亦無事，唐書：鹽州五原郡屬關內道。朱注：崆峒有三，此與五原並舉，當指在平涼者。五原今榆林，北直長安，西北與靈州接壤。先是僕固懷恩自靈州合吐蕃、回紇入寇，今吐蕃敗走，故崆峒、五原皆無事也。北庭數有關中使。通鑑：北庭節度統瀚海天山伊吾三軍。關中之使來自北庭，謂吐蕃遣請和者。似聞贊普更求親，舅甥和好應難棄。唐初有文成、金城公主兩降吐蕃。

客居

客居所居堂，前江後山根。下塹萬尋岸，承江蒼濤鬱飛翻。葱靑眾木梢，承山邪豎雜

多率意之作，如此種誠不免唐頹。

借人虎相半輿起，順逆雜處，下遂及蜀中近事。

此感客居而思故鄉，因望復見太平以作歸計也。

石痕。杜臆：濤色白，今云蒼濤，以岸高掩映故也。所處地高，故見木梢雜石之根，或邪或豎。子規晝夜啼，壯士斂精魂。寫客居訖 恨賦：拱木斂魂。峽開四千里，舊注：梁簡文蜀道難詩：峽山七百里，巴水三回曲。惟三峽七百里中，兩岸連山，略無闕處，公所謂峽開四千里，蓋統論江山之大勢，非專指峽山也。水合數百源。宋肇三峽堂記：峽江綿跨西南諸夷，合牂牁、越嶲、夜郎、烏蠻之水，縈紆曲折，掀騰洶湧，咸歸納於峽口，實衆水之會也。人虎相半居，申云大道理他人說不出 相傷終兩存。蜀麻久不來，吳鹽擁荊門。西南失大將，謂郭英乂爲崔旰所殺。商旅自星奔。今又降元戎，已聞動行軒。舟子候利涉，亦憑節制尊。通鑑：大曆元年二月，以杜鴻漸爲山南西道劍南東西川副元帥、劍南西川節度使，以平蜀亂。我在路中央，言雲安路在荊蜀之間。生理不得論。臥愁病腳廢，徐步視小園。恐久臥不能行，故徐步以試之也。短畦帶碧草，悵望思王孫。劉安招隱士：王孫遊兮不歸，春草生兮萋萋。鳳隨其凰去，籬雀暮喧繁。趙曰：見碧草則思王孫，見雀喧則思鳳舉，皆因小園感興，亦與前大將云云關映。覽物想故國，十年別鄉村。日暮歸幾翼，北林空自昏。二句譬亂世幾人得歸也。安得覆八溟，爲君洗乾坤？稷契易爲力，

浦云：客居歎世之亂，客堂歎身之衰。首述居此之由。

次言客堂景物，解如此平心，可無歎老嗟卑之感。

犬戎安足吞？儒生老無成，臣子憂四藩。（邵云此章章法頗雜）魯直刊作思翻。篋中有舊筆，情至時復援。曹植詩：援筆從此辭。仇注：言朝廷果用稷契，即外寇何難掃除，今年老無成，而猶憂及邊境，惟有賦詩寄慨而已。

客堂

（起處便伏臺郎一段之根）憶昨離少城，而今異楚蜀。捨舟復深山，窅窕一林麓。棲泊雲安縣，消中內相毒。舊疾廿載來，（慘然）衰年得無足？一作弱無足。張云：言抱病更歷多年，似乎年數已足，不敢奢望壽考也。死為殊方鬼，頭白免短促。言年已衰，非為不壽。（轉意直貫結末）老馬終望雲，南雁意在北。別家長兒女，欲起慙筋力。起謂起去。客堂序節改，具物對羈束。具謂供用之物，即下芽筍等。石暄蕨芽紫，陸璣詩疏：蕨，山菜，初生似蒜，莖紫墨色，可食如葵。渚秀蘆筍綠。巴鶯紛未稀，徼麥早向熟。悠悠日動江，漠漠春辭木。臺郎選才俊，漢官儀：尚書郎初從三署郎選，詣尚書臺試。孔融薦禰衡表：路粹、嚴象以異才擢拜臺郎。自顧亦已極。前輩

此追憶成都往事，而歎其以病故留滯也。

亦善形容。

聲名人，埋沒何所得！居然綰章紱，受性本幽獨。言雖身被章服而性愛山林。平生憩息地，必種數竿竹。名士風流事業只濁醪，營葺但草屋。上公有記者，謂嚴鄭公。累奏資薄祿。主憂豈濟時？身遠彌曠職。言己隱居草堂，特以嚴薦得官，而自愧曾無報稱也。循文廟筭正，獻可天衢直。尚想趨朝廷，毫髮裨社稷。形骸今若是，進退委行色。應轉起處。

古人屋職二韻多通用。公此詩及三川觀水漲、別贊上人、戲贈友、天邊行、桃竹杖引、南池、久雨期王將軍不至、虎牙行，多以屋沃與職字同用，蓋亦用古韻也。

石硯 平侍御者。

平公今詩伯，秀發吾所羨。奉使三峽中，長嘯得石硯。巨璞禹鑿餘，異狀君獨見。其滑乃波濤，其光或雷電。聯坳各盡墨，朱注：聯坳謂硯穴相並。盡墨謂盡墨力，猶今云發墨也。多水遞隱見。多水謂硯潤出水。揮灑容數人，十手可對面。比公頭上冠，貞質未爲賤。

唐書：法冠者，御史大夫中丞御史之服也，一名獬豸冠。當公賦佳句，況得終清宴。謂宴閑臨書。公含起草姿，不遠明光殿。三秦記：未央宮漸臺西有桂宮，內有明光殿，皆金玉珠璣爲簾箔，金陛玉階，晝夜光明。致於丹青地，（結到物以人重得體）知汝隨顧盼。言此硯致於明光禁中丹墀青瑣之地，亦得蒙天子之盼睞也。

贈鄭十八賁

起四總攝下意。

溫溫士君子，令我懷抱盡。靈芝冠衆芳，言其有文采而又氣味相投也。安得闕親近？

此段表鄭才品，應上溫溫士君子。

遭亂意不歸，竄身跡非隱。二句當指鄭，鄭想亦以避亂流寓在蜀爲卑官，故云。細人尙姑息，謂憐其窮而勸以屈身求進。吾子色愈謹。高懷見物理，（寫得意思深微是眞知己語）謂知窮達有命，不可妄干。識者安肯哂？卑飛欲何待，捷徑應未忍。張衡應閒：捷徑邪至，吾不忍以投步。二句言鄭十八甘心下位，不失足於邪徑也。示我百篇文，詩家一標準。

此段述與鄭往

羈離交屈宋，牢落値顏閔。羈離以下皆自述。水陸迷畏途，藥餌駐修軫。江淹賦：駐修軫乎平原。此言以病暫駐行蹤也。古人日已

來遊處之跡，應上安得闕親近。

末用自歎作結，亦是懷抱盡中語。

遠，青史字不泯。步趾詠唐虞，追隨飯葵堇。音謹。唐本草：堇菜野生，花紫色。數杯資好事，揚雄傳贊：家貧，人希至其門，時有好事者，載酒肴從遊學。異味煩縣尹。當指雲安嚴明府，趙謂縣令即指鄭十八者非。心雖在朝謁，力與願矛盾。尸子：楚人有鬻矛與盾者曰：吾盾之堅，莫能陷也。又曰：吾矛之利，於物無不陷也。或曰：以子之矛，刺子之盾何如？其人弗能應也。抱病排金門，揚雄解嘲：歷金門，上玉堂。衰容豈爲敏？左傳：魯人以爲敏。言非衰老所優爲。鄭想必以用世推公，故答之以此。

別蔡十四著作

起得磊落。

首敘蔡平時忠義。

次記雲安重遇之由。

賈生慟哭後，寥落無其人。安知蔡夫子，高義邁等倫！獻書謁皇帝，志已清風塵。流涕灑丹極，萬乘爲酸辛。朱注：肅宗在鳳翔時，著作必嘗上書言事。天地則瘡痍，朝廷多正臣。異才復間出，周道日維新。使蜀見知己，別顏始一伸。主人薨城府，主人謂郭英乂。按：舊史英乂奔簡州，普州刺史韓澄斬其首送崔旰。英乂必殯於成都，此云薨城府，蓋隱之也。扶櫬歸咸秦。巴道此相逢，會我病江濱。憶念鳳翔都，聚散俄十春。公別蔡後一晤於成都，今扶櫬而歸，又逢於夔江，回憶鳳翔相聚，自至德二載至大曆元年，已十春也。我衰不足道，但願子章一作陳。時蔡必將有入奏之事。稍令社稷安，自契魚水親。冀其君臣契合。我雖消渴甚，敢忘帝力勤。尚思未朽骨，復覩耕桑民。萬死一心耿耿不滅。積水駕三峽，浮龍傍長津。揚舲洪濤間，楚辭注：舲，船有窗牖者。仗子濟物身。鞍馬下秦塞，王城通北辰。王城在河南。二句言著作出峽後，復從陸道歸京師也。玄甲聚不散，班固燕然山銘：玄甲耀日。注：玄甲，鐵甲也。兵久食恐貧。唐書：崔旰反，柏茂林等舉兵討之。大曆元年三月，山南西道節度使張獻誠與旰戰於梓州，大敗。窮谷無粟帛，使者來相因。言蜀民困苦如此，而徵餉之使尙往來不絕，故公欲其以兵食匱乏歸奏天子，計安蜀人也。若逢南轅吏，夔州在長安之南，故自長安來者爲南轅。書札到天垠。囑其寄書以相慰也。

寄常徵君

鶴注：徵君去秋曾訪公雲安。

白水青山空復春，徵君晚節傍風塵。楚妃堂上色殊衆，古今樂錄：張永元嘉技錄有吟歎四曲，一曰楚妃

拗體七排，亦見風韻。

歎。楚妃，楚莊王夫人。樊姬也，事見列女傳。海鶴階前鳴向人。萬事糾紛猶絕粒，一官羈絆實藏身。開州入夏知涼冷，開州今漢中府開縣。不似雲安毒熱新。

朱鶴齡曰：味此詩晚節傍風塵語，蓋深爲常徵君惜也。徵君未出，如楚妃之色處於堂上，所謂靜女其姝也；徵君既出，如海鶴之性鳴向階前，不免牢籠之苦矣。糾紛二句，又若爲徵君解者，明其雖仕而非風塵俗吏也。末二句，言開州涼冷，不若雲安之不可居，不猶勝我之旅食乎？時常必官於開，故復慰之如此。

寄岑嘉州

杜確岑參集序：參自庫部正郎出爲嘉州，杜鴻漸表爲職方郎中兼侍御史列於幕府。嘉州，漢犍爲郡，今爲嘉定州，在成都府南。

不見故人十年餘，不道故人無素書。願逢顏色關塞遠，豈意出守江城居？外江三峽此相接，浦注：外江一名汶江，卽大江之經流也，由成都而經嘉州，北轉而東行出三峽。雲安在三峽之間。斗酒新詩終自疏。謝朓每篇堪諷誦，比岑。馮唐已老聽吹噓。自謂。泊船秋夜經春草，句中對伏枕青楓限玉除。言不得至京闕也。眼前所寄選何物，贈子雲安雙鯉魚。應素書

常建破山寺詩為歐公所極賞，不知出於杜句。

寫別況只用覺汝賢三字，無限含蓄。

移居夔州作

唐書：夔州雲安郡屬山南東道。寰宇記：夔州雲安縣，上水去夔州奉節縣二百四十三里。

伏枕雲安縣，遷居白帝城。王彥輔曰：周魚復國，秦置巴郡，漢公孫述更曰白帝，唐改夔州。春知催柳別，折柳所以贈別，謂春知我之別意，故催柳成條。江與放船清。與是付與之與。二句從無情處看出有情。農事聞人說，山光見鳥情。言鳥亦樂為棲止，正見可居意。禹功饒斷石，且就土微平。舊注：沿峽皆因開鑿而成，故少平土，惟夔州稍平耳。

船下夔州郭宿，謂宿於雲安郭外。雨溼不得上岸，別王十二判官

依沙宿舸船，方言：南楚荊湖凡船大者謂之舸。石瀨月娟娟。風起春燈亂，江鳴夜雨懸。蔣云：江聲與雨聲響應，終夜不絕，故但覺其空際如懸耳，形容入神。晨鐘雲岸溼，勝地石堂烟。趙曰：石堂，夔州勝處。柔艣櫓同。輕鷗外，含悽覺汝賢。

從薄暮至天曉，從泊舟至開船，情景一一寫出，而寓意仍復雋永；此亦杜五律之勝者，惟複一石字。

蒲云：寫泊船景，畫不能到。

李云：眼前語妙能拈出。

此詩尋源句別有解悟，可當讀南華一則。

漫成一首

鶴注：此亦雲安下夔州時作。

江月去人只數尺，卽江清月近人意。風燈照夜欲三更。燈颭風而漸昏，故知夜久。沙頭宿鷺聯拳靜，船尾跳魚撥方割切，一作潑。剌力達切。鳴。

引水

魯訔曰：夔俗無井，皆以竹引山泉而飲，蟠窟山腹間，有至數百丈者。

月峽瞿唐雲作頂，月峽卽明月峽。雲作頂，言山高接雲。亂石崢嶸俗無井。雲安沽水奴僕悲，魚復移居心力省。舊唐書：奉節縣屬夔州，本漢巴郡魚腹縣。白帝城西萬竹蟠，接筒引水喉不乾。人生留滯生理難，可戚。斗水何值百憂寬。

示獠奴阿段

所言亦引水事。困學紀聞：北史：獠者南蠻別種，無名字，以長幼次第呼之：丈夫稱阿謩、阿段，婦人稱阿夷、阿等之類，皆語之次第稱謂也。

山木蒼蒼落日曛，竹竿褭褭細泉分。郡人入夜爭餘瀝，豎一作稚。子尋源獨不

公詩無物非詩料。

聞。謂人不能知。病渴三更迴白首，傳聲一注溼青雲。張云句寫泉之自高下注甚妙。曾驚陶侃胡奴異，舊注：陶侃家僮千餘人，嘗得胡奴，不喜言。侃一日出郊，奴執鞭以隨。胡僧見而驚禮曰：此海山使者也。侃異之，至夜失奴所在。此事見今本劉敬叔異苑，或以爲撰疑之，更引陶峴甘澤謠事，謂侃字或當作峴，亦恐未合，姑存疑。怪爾常穿虎豹羣。

寄韋有夏郎中

省郎憂病士，書信有柴胡。飲子頻通汗，仇注：古人稱湯藥爲飲子。孫眞人有甘露飲子。懷君想報珠。四愁詩：何以報之明月珠。東坡志林：沈佺期回波詞云：姓名雖蒙齒錄，袍笏未復牙緋。子美以飲子對懷君，亦齒錄牙緋之比也。親知天畔少，藥餌峽中無。舟楫生衣臥，衣謂水衣。春鷗洗翅呼。浦注：楫臥生衣，出峽無期也；鷗呼洗翅，招朋引興也，故下思韋郎之來會。猶聞上急水，時韋必有事入蜀。早作取平塗。謂取道夔州。萬里皇華使，末更致感謝之意爲寮記腐儒。左傳：荀林父曰：同官爲寮。

上白帝城

劉禹錫夔州刺史廳壁記：夔初城於瀼西，後周大總管龍門王述登白帝歎曰：此奇勢可居。遂移府於今治所。隋初，楊素以越公領總管，又張大之。全蜀總志：

白帝城在夔州府治東五里，下卽西陵峽口，大江湍騰澎湃，信楚蜀咽喉。

城峻隨天壁，謂壁高插天。水經注：白帝城周迴二百八十步，北緣馬嶺接赤岬山，又東傍瀼溪，卽以爲隍，西南臨大江，瞰之眩目，惟馬嶺小差逶迤，猶斬山爲路，羊腸數轉，然後得上。樓高望女牆。釋名：城上垣謂之女牆，言其卑小，比之於城，如女子之於丈夫也。江流思夏后，風至憶襄王。風賦：楚襄王遊於蘭臺之宮，有風颯然而至，王乃披襟當之曰：快哉此風。按：襄王遊處，卽在夔東。老去聞悲角，人扶報夕陽。扶字見老病意，又遠眺情移，不覺忘返，故人報夕陽也。公孫初恃險，後漢書：公孫述更始時起兵，有蜀土，僭立爲帝，色尚白，築城於魚復，號白帝城。立十二年，爲光武所滅。躍馬意何長？蜀都賦：公孫躍馬而稱帝。意何長，謂雖負雄心而不能久據，意中亦隱爲崔旰言之，語更有含蓄。

上白帝城二首

盧德水云：此詩起四句，見天地之心，知雨暘之性，窮新舊之變，領

江城含變態，一上一回新。唐子西極賞此二句。天欲今朝雨，山歸萬古春。浦注：今朝雨變而新也，萬古春，新仍舊也。英雄餘事業，衰邁久風塵。取醉他鄉客，相逢故國人。時必有京師算賦之使在夔同登。兵戈猶擁

山水之神，俱能朗朗寫出，所謂登高而開道眼者此也。

蔣云：子瞻於此脫出，固一世之雄也，而今安在哉！畢竟此二句倒裝尤有味。

蜀，謂崔旰之亂。賦歛強輸秦。不是煩厭也。形勝，深愁畏損神。言形勝非不可喜，特以蜀民之困，正恐觸目生愁耳。

白帝空祠廟，方輿勝覽：白帝廟在奉節縣東八里舊州城內。按奉節乃夔州首縣，舊城卽白帝城。孤雲自往來。江山城宛轉，棟宇客徘徊。勇略今何在？當年亦壯哉！後人將酒肉，虛殿日塵埃。谷鳥鳴還過，林花落又開。應前衰邁，意卻正託出此地淒涼。多慚病無力，騎馬入青苔。

陪諸公上白帝城頭一作樓。宴越公堂之作

原注：越公，楊素也。有堂在城上，畫像尚存。李貽孫夔州都督府記：白帝城東南斗上二百七十步得白帝廟，又有越公堂在廟南而少西，隋越公素所建。奇構隆敞，內無撐柱，夐視中脊，邈不可度，信其人之瓌傑也。

此堂存古制，城上俯江郊。落構垂雲雨，荒階蔓草茅。柱穿蜂溜蜜，古堂在目。棧缺燕添巢。閣木曰棧。坐接春盃氣，心傷豔蘂梢。英靈如過隙，英靈謂越公。燕衎願投膠。莫問東流水，生涯未卽抛。言不能舍夔州而東下也。

拗體，歌行變格。

張云：兩絕句足盡武侯心事。

白帝城最高樓

城尖徑仄旌旆愁，（三字便含末二句意）顧注：時必城守戒嚴。以風高易仆，故旌旆亦欲愁也。獨立縹緲之飛樓。峽坼雲霾龍虎睡，（二句近景）一作臥。江清日抱黿鼉遊。蔣云：三四身在雲霄，目前一片雲氣蒼茫，平低望去，峽中多少怪怪奇奇之狀，隱約其際。惟下視江流不受雲迷，卻受日光，遂覺如日抱之，而波光日光兩相湧閃，亦怪奇難狀。以一語該萬態，妙絕千古。扶桑西枝對斷石，（二句遠景出力寫最高二字）弱水東影隨長流。朱注：峽之高，可望扶桑西向；江之遠，可望弱水東來。與朱崖著毫髮，碧海吹衣裳同義。杖藜歎世者誰子？（應獨立）泣血迸空回白頭。邵子湘云：奇氣奡兀，此種七律，少陵獨步。○邵二泉云：扶桑西枝，以西言東；弱水東影，以東言西。謝靈運詩：早聞夕飆急，晚見朝日暾。略同此句法，而此尤奇橫絕人。

武侯廟

張震武侯祠堂記：唐夔州治白帝，武侯廟在西郊。

遺廟丹青古，一作落。空山草木長。猶聞辭後主，蜀志：後主建興五年，亮率諸軍北駐漢中，臨發上表。不復臥南陽。蜀志注：漢晉春秋云：亮家於南陽之鄧縣，在襄陽城西二十里，號曰隆中。

朱鶴齡曰：武侯爲昭烈驅馳，未見其忠，惟當後主昏庸而盡瘁出師，不復有歸臥南陽之意，此則雲霄萬古者耳。曰猶聞者，空山精爽，如或聞之。

八陣圖

寰宇記：八陣圖在奉節縣西南七里。荊州圖副云：永安宮南一里渚下平磧上，有孔明八陣圖，聚細石爲之，各高五尺，廣十圍，歷然棊布，縱橫相當，中間相去九尺，正中開南北巷，悉廣五尺，凡六十四聚，或爲人散亂，及爲夏水所沒，冬時水退，復依然如故。成都圖經：武侯八陣有三，在夔者六十有四，方陣法也；在彌牟鎮者二十有八，當頭陣法也；在棊盤市者二百五十有六，下營陣法也。

功蓋三分國，名成八陣圖。江流石不轉，遺恨失吞吳。先主征吳敗績，還至魚復，孔明歎曰：法孝直若在，必能制主上東行，不至傾危矣。詩意謂吳蜀脣齒之國，本不應相圖，乃孔明不能諫止征吳之舉，致秭歸挫辱，爲生平遺恨，亦以先主崩於夔州，故感及之。一說：劉逵曰：孔明以蓋世之才，創爲江上陣圖，至今不磨，使先主能用其陣法，何至連營七百里敗績於猇亭哉？惜欲吞吳而不知陣法，致此石徒留千古遺恨耳！如此說兩句，似較融洽。

謁先主廟

方輿勝覽：先主廟在奉節縣東六里。

慘澹風雲會，乘時各有人。風雲本壯語，着慘澹二字，便使下意俱含。力侔分社稷，志屈偃經綸。力侔謂主臣才力相敵，分任社稷之事。志屈言不能一統

邵云：全首渾壯，是大家數。託孤是先主一生大著，盡瘁而死，又是孔明一生大志，兩人俱卽末以該全，復漢又其本也，四句絕頂識議。首敘先主始末。次寫廟中景事。末段乃謁廟而有感也。

也。君臣魚水，三分割據，只此兩句該括。復漢留長策，中原仗老臣。仇注：二句卽先主臨終時所謂君才十倍曹丕，必能定大事也。雜耕心未已，蜀志：亮與司馬宣王對於渭南，每患糧不繼，分兵屯田爲久駐之基。耕者雜於渭濱居民之間，百姓安堵，軍無私焉。歐嘔同。血事酸辛。魏志：亮糧盡勢窮，憂恚嘔血，一夕燒營走入谷道，發病卒。注：臣松之曰：蓋因孔明亡而自誇大也，夫以孔明之略，豈爲仲達嘔血乎？霸氣西南歇，雄圖歷數屯。錦江原過楚，劍閣復通秦。舊注：錦江、劍閣蜀地也，過楚通秦，傷其未久而復合於晉。舊俗存祠廟，空山立立字一作泣。鬼神。如生 虛簷交鳥道，謂廟在山中。枯木半龍鱗。竹送清溪月，苔移玉座春。謝脁詩：玉座猶寂寞。閭閻兒女換，歌舞歲時新。此見人心思漢，歷數百年如一日也。絕域歸舟遠，荒城繫馬頻。如何對搖落，況乃久風塵。孰與關張竝，功臨耿鄧親。耿弇、鄧禹也。應天才不小，蜀志：譙周等上言：聖王應際而生，與神合契，願大王應天順民。得士契無鄰。武侯本傳：先主曰：孤之有孔明，猶魚之有水也。契無鄰，言其委心一德，莫與相竝。遲暮堪帷幄，飄零且釣緡。向來憂國淚，寂寞灑衣巾。絕域歸舟下，純是借古傷今語：言今風塵未靖，孰與關張並其忠勇，而其功可與耿鄧相

公於先主武侯每惓惓不置，蓋君臣相遇，自古爲難。

首咏夔州廟柏。

親者乎？必有眞主應天之才，方成君臣契合之盛；以吾年齒雖衰，未嘗無心用世，無如飄零不偶，老狎漁翁，惟憂國念深，不禁淚灑衣巾耳。

李子德云：其意則悽惻纏綿，其氣則縱橫排宕，其詞則沈鬱頓挫，其音則激壯鏗鏘，懷古感時，淵洄不盡。大小雅之篇章，太史公之敍次，可以兼之矣。○純以議論成章，他人無此深厚力量。

諸葛廟

數詩非一時作，今從朱本類編。

久遊巴子國，元和郡國志：武王伐殷，巴人助焉，後封爲巴子。三巴記：其地東至魚復，西至僰道，北接漢中，南極牂牁。屢入武侯祠。竹日斜虛寢，溪風滿薄帷。君臣當共濟，賢聖亦同時。翊戴歸先主，并吞更出師。蟲蛇穿畫壁，巫覡醉杜臆作綴。蛛絲。欻憶吟梁父，躬耕也一作起。未遲。黃生注：諸葛隱南陽時年尚少，雖躬耕以待際會，何遲之有。二句正傷己之垂暮無成也，與前詩遲暮堪帷幄，皆以武侯自況。

廟中景分作兩層。寫見斷續沈吟之妙。

古柏行

趙曰：成都武侯祠堂附於先主廟，夔州則先主武侯廟各別。此詩專咏夔廟柏，夔州十絕所謂武侯祠堂不可忘，中有松柏參天長是也。

孔明廟前有古柏，柯如青銅根如石。霜一作蒼。皮溜雨四十圍，黛色參天二千

次借成都柏作襯。

此從咏柏寄慨，而以才大難用結之。

尺。此特形容柏之高大，不必泥。君臣已與時際會，（補腦）樹木猶爲人愛惜。雲來氣接巫峽長，月出寒通雪山白。（此句恰引起下段）雪山在成都西，此更言其聳峙陰森之象。憶昨路繞錦亭東，一作城。即成都錦江亭。先主武侯同閟宮。崔嵬枝榦郊原古，窈窕丹青戶牖空。成都記：先主廟西院即武侯廟，廟前有雙大柏，人云諸葛手植，即所謂錦官城外柏森森者。落落盤踞雖得地，冥冥孤高多烈風。扶持自是神明力，正直原因造化功。（恰是孔明廟柏增多少斤兩）朱注：言成都廟柏在郊原平地，故可久存，若此之盤踞高山而烈風莫撼者，誠有得於神明造化之力耳。大廈如傾要梁棟，萬牛迴首邱山重。言木重不能載也。不露文章世已驚，未辭翦伐誰能送？苦心豈免容螻蟻？香葉終經宿鸞鳳。（人後寄託遙深極沈鬱頓挫之致）謝承後漢書：方儲遭母憂，種松柏，鸞棲其上。志士幽人莫怨嗟，古來材大難爲用！

王右仲云：公生平極贊孔明，蓋竊比之意。孔明才大而不盡其用，公嘗自比稷契而人莫之用，故篇終結出材大難用；此作詩本旨，發興於古柏者也。○浦二田云：不露文章寫得身分高，未辭翦伐寫得意思曲。容螻蟻媒孽何傷，宿鸞鳳德輝交映。俱爲志士幽人寫照。

邵云：風土詩，須如此朴老。

負薪行 傷勞婦也。

夔州處女髮半華，四十五十無夫家。更遭喪亂嫁不售，一生抱恨長咨嗟。土風坐男使女立，應當門戶女出入。十猶八九負薪歸，賣薪得錢應供給。

浦注：四句屬統說，下四乃復承無夫言者。

至老雙鬟只垂頸，野花山葉銀釵並。陸游入蜀記：峽中負物賣率多婦人，未嫁者爲同心髻，高二尺，插銀釵至六隻，後插象牙，梳如手大。

筋力登危集市門，死生射利兼鹽井。面妝首飾雜啼痕，地褊衣寒困石根。若道巫山女麤醜，何得此有昭君村？方輿勝覽：歸州東北四十里有昭君村。琴操云：昭君死胡中，鄉人思之爲立廟，廟有大柏，又有搗練石，在廟側溪中，今香溪也。

最能行 刺丈夫也。

峽中丈夫絕輕死，少在公門多在水。富豪有錢駕大舸，貧窮取給行艓音葉。

公素留心民瘼，故當深服

子。艓，小舟名，言輕如葉也。小兒學問止論語，大兒結束隨商旅。欹帆側柁入波濤，撇漩張云寫出楚人習慣。旋，去聲。捎濆無險阻。操舟之態。江賦：漩澴滎瀯，渨㵽濆瀑。善曰：皆波浪回旋，濆湧而起之貌。左峴曰：蜀諺云：濆起如屋，漩下如井。蓋濆高湧而中虛，漩急轉而深沒，濆可避，漩不可避，行舟者遇漩則撇開，遇濆則捎過也。朝發白帝暮江陵，頃來目擊信有徵。盛宏之荊州記：朝發白帝，暮到江陵，其間千二百里，雖乘奔御風不以疾也。瞿唐漫天虎鬚怒，水經注：江水又逕虎鬚灘，灘水廣大，夏斷行旅。全蜀總志：虎鬚潭在夔州府治西。歸州長年行最能。朱注：長年謂梢公。最能，言行瞿唐虎鬚甚易也。劉須溪以最能爲水手之稱，未是。此鄉之人器量窄，水經注：袁山松曰：歸鄉地險流絕，故其性亦隘。誤競南風疏北客。若道士一作土。無英俊才，何得山有屈原宅？水經注：秭歸故歸鄉縣北有屈原故宅，累石爲屋基，今曰樂平里，宅東有女嬃廟，擣衣石猶存。

同元使君春陵行

有序。朱注：按次山春陵行序其詩作於廣德二年間，公詩乃大曆初年作。

覽道州元使君結春陵行兼賊退後示官吏作二首，唐書：道州江華郡屬江南西道。顏魯公表元次山墓碑：家

元詩。序亦古勁。

首末俱說自家，脫盡應酬套數。

於武昌之樊口。上以君居貧，起家爲道州刺史，州爲西原賊所陷，人十無一，戶纔滿千，君下車行古人之政，二年間歸者萬餘家，賊亦懷畏不敢來犯。志之曰：當天子分憂之地，效漢朝良吏之目。今盜賊未息，知民疾苦，得結輩十數公，落落然參錯天下爲邦伯，萬物吐氣，天下少（一作小。）安可待矣！不意復見比興體制，微婉頓挫之詞，感而有詩，增諸卷軸。簡知我者，不必寄元。（此意尤高）

遭亂髮盡白，轉衰病相嬰。沈綿盜賊際，狼狽江漢行。歎時藥力薄，（言無救世之方。）爲客羸瘵成。吾人詩家流，（一作秀。）博采世上名。粲粲元道州，前聖畏後生。觀乎春陵作，欻見俊哲情。復覽賊退篇，結也實國楨。賈誼昔流慟，匡衡嘗引經。道州憂黎庶，詞氣浩縱橫。兩章對秋月，一字偕華星。（魏文帝詩：華星出雲間。）致君唐虞際，淳樸憶大庭。（莊子：昔容成氏、大庭氏結繩而用之，若此時則至治也。古史考：大庭氏姜姓，以火德王，號曰炎帝。）何時降璽書，用爾爲丹青？鹽鐵論：公卿者神化之丹青。獄訟永衰息，豈惟偃甲兵！悽惻念誅求，薄斂近休明。杜臆：按道州本傳：結以人困甚，不忍加賦。嘗奏免租稅及和市雜物十三萬緡，又奏免租庸十餘萬緡，因之流亡盡歸。乃知正人意，不苟婉詞令人汗下飛長纓。陸機詩：長纓麗且光。謂纓組也。涼飆振南嶽，南嶽，衡山也，在道州南。之子寵若驚。色沮金印大，晉周顗傳：取金印如斗大，懸肘後。興含滄浪清。朱注：因元詩有歸老江湖之志，故美及之。我多長卿病，應轉起處日夕思朝廷。肺枯渴太甚，漂泊公孫城。呼兒具紙筆，隱几臨軒楹。作詩呻吟內，墨淡字欹傾。感彼危苦詞，庶幾知者聽。所謂簡知我者

附　春陵行　有序　　元結

癸卯歲，漫叟授道州刺史。道州舊四萬餘戶，經賊已來，不滿四千，大半不勝賦稅。到官未五十餘日，承諸使徵求符牒二百餘封，皆曰失

張云：今之長吏，誰肯作此語。

次山詩樸直，另是一格。

其限者，罪至貶削。嗚呼！若悉應其命，則州縣破亂，刺史欲焉逃罪；若不應命，又即獲罪戾，必不免也。吾將守官，靜以安人，待罪而已。此州是春陵故地，故作春陵行，以達下情。水經注：春陵縣本冷道縣之春陵鄉，蓋因春溪爲名。漢長沙定王分以爲縣，武帝元朔五年，封王仲子買爲春陵節侯。

軍國多所需，切責在有司。有司臨郡縣，刑法竟欲施。供給豈不憂，徵斂又可悲。州小經亂亡，遺人實困疲。大鄉無十家，大族命單羸。朝飧是草根，暮食乃樹皮。出言氣欲絕，意速行步遲。追呼尚不忍，況乃鞭扑之！郵亭傳急符，來往跡相追。更無寬大恩，但有迫促期。欲令鬻兒女，言發恐亂隨。悉使索其家，而又無生資。聽彼道路言，怨傷誰復知？

去冬山賊來，殺奪幾無遺。所願見王官，撫養以惠慈。奈何重驅逐，不使存活爲？安人天子命，符節我所持。州縣忽亂亡，得罪復是誰？逋緩違詔令，蒙責固所宜。前賢重守分，惡以禍福移。亦云貴守官，不愛能適時。顧惟孱弱者，正直當不虧。何人采國風，吾欲獻此辭。

賊退示官吏 有序　元結

癸卯歲，西原賊入道州，焚掠幾盡而去。明年賊又攻永破邵，不犯此州邊鄙而退。豈力能制敵與？蓋蒙其傷憐而已！憤語以諧出之 諸使何爲忍苦徵斂？故作詩一篇，以示官吏。

昔歲逢太平，山林二十年。泉源在庭戶，洞壑當門前。井稅有常期，日晏猶得眠。忽然遭世變，數歲親戎旃。今來典斯郡，山夷又紛然。城小賊不屠，人貧傷可憐。是以陷鄰境，此州獨見全。使臣（痛切）將王命，豈不如賊焉？今彼徵斂者，迫之如火煎。誰能絕人命，以作時世賢？思欲委符節，引竿自刺（郎達切）船。將家就魚麥，歸老江湖邊。